KNAUR

Von Kate O'Hara ist im Knaur Verlag bereits erschienen:
Stadt der Träume
»Tal der Illusionen« ist der zweite Teil der Caldwell-Saga über das Schicksal einer Reederei-Familie im Kalifornien der Jahre 1898 bis 1926.

Über die Autorin:
Aufgewachsen in Deutschland, studierte Kate O'Hara Germanistik sowie Theater-, Film- und Fernsehwissenschaft. Nach dem Studium war sie als freie Journalistin für den Rundfunk sowie für Tageszeitungen und Zeitschriften tätig. Sie veröffentlichte zahlreiche Kurzgeschichten und Reportagen als Reiseschriftstellerin und wanderte in den 90er-Jahren in die USA aus, wo sie heiratete und die amerikanische Staatsbürgerschaft annahm. Sie arbeitete viele Jahre als Musik- und Reisejournalistin für Printmedien und den Rundfunk, bevor sie sich dem historischen Roman widmete.

Kate O'Hara

Tal der Illusionen

Roman

KNAUR

Besuchen Sie uns im Internet:
www.knaur.de

FSC
www.fsc.org
MIX
Papier aus verantwortungsvollen Quellen
FSC® C083411

Originalausgabe Januar 2020
Knaur Taschenbuch

Ein Imprint der Verlagsgruppe
Droemer Knaur GmbH & Co. KG, München
Ein Projekt der AVA International GmbH
Autoren- und Verlagsagentur
www.ava-international.de

Redaktion: Susanne Wallbaum
Covergestaltung: Alexandra Dohse / grafikkiosk.de
Coverabbildung: Artwork Alexandra Dohse unter Verwendung von Bildern von Trevillion Images / Ildiko Neer, Arcangel / Ildiko Neer, Bridgeman Images, Mauritius Images / Alamy / Beth Dixson, Shutterstock und PPP / Max Croy
Satz: Daniela Schulz, Rheda-Wiedenbrück
Druck und Bindung: CPI books GmbH, Leck
ISBN 978-3-426-52328-5

2 4 5 3 1

Für Daphne, Kate, Sally, Moira,
Emily und Lena, meine großen Heldinnen,
die immer einen besonderen Platz
in meinem Herzen haben werden.

*»Hollywood ist wunderbar!
Wer etwas anderes behauptet,
ist entweder verrückt oder nüchtern.«*

Raymond Chandler, 1941

Prolog

Juni 1910

Der Santa Ana wehte seit den Morgenstunden, fegte von den kahlen San Fernando Mountains herab ins Tal. Der heiße Wind, der einem die Kehle austrocknete, kam aus der roten Mojave-Wüste. Er wirbelte Staub auf und trieb Steppenläufer aus totem Gesträuch vor sich her. Die Landschaft war karg, der Baumbestand spärlich. Hier und da behaupteten sich ein paar Sykomoren und Zypressen, und vereinzelt ragten Agaven und fast mannshohe Kakteen aus dem verdorrten Gras. Ansonsten wuchs hier nur Chaparral. Flecken dieser niedrigen Hartlaubgehölze überzogen die sonnengebackene graubraune Erde mit einem dornigen Flickenteppich.

Schweiß rann Frank Maynard von der Stirn in die Augen, und er blinzelte ins grelle Mittagslicht. Klatschnass klebte ihm das sonnengebleichte Haar am Kopf. Es war ähnlich stumpf, zottelig und von Staub bedeckt wie das Gras. Dasselbe galt für den dunkelblonden Vollbart, den er sich seit einigen Monaten stehen ließ, weil ihm egal war, wie er aussah. Er sehnte sich nach einem eiskalten Drink. Wobei er sich mittlerweile auch mit einem großen Schluck Wasser zufriedengegeben hätte. Aber seine verbeulte Feldflasche hatte er längst geleert, und das schon vor einer guten Stunde. Seitdem war er auf keine noch so kleine Ortschaft gestoßen, wo er hätte haltmachen und seinen Durst stillen können. Nichts als diese öde Landschaft, in der sich alle paar Meilen abseits der Straße die bescheidenen Wohn- und Wirtschaftsgebäude einer armseligen Farm oder Ranch unter dem hohen Himmel duckten.

Die Luft über der Straße flirrte glasig. Obwohl, von einer Straße konnte eigentlich keine Rede sein. Bestenfalls handelte es sich um eine sandige Piste, um Fahrspuren von Pferdegespannen und wohl auch einigen Automobilen, die so etwas wie eine Wegmarkierung in den gebackenen Dreck dieser gottverlassenen Landschaft gegraben hatten. Zahlreiche Schlaglöcher, Querrillen und steinige Abschnitte machten die Fahrt zu einer mühsamen Rüttelpartie, die nicht nur ihm auf dem harten Sitz zusetzte, sondern auch seinem schwarzen Maxwell-Lieferwagen, dem er in den vergangenen vier Jahren und sechs Wochen viele Tausend Meilen Strapazen zugemutet hatte. Und das ließ der Wagen ihn in letzter Zeit mit häufigen Pannen spüren.

Die Piste stieg an, führte hinauf zu einer kahlen, von Canyons zerfurchten Bergkette. Er passierte ein verwittertes Holzschild am rechten Pistenrand. Es trug den kaum noch lesbaren Hinweis *Cahuenga Pass 7 Meilen.* Und für den ganz Begriffsstutzigen wies ein verblasster Pfeil auf die Berge, zu denen hin die Piste anstieg. Als gäbe es an dieser Stelle eine Kreuzung mit noch anderen Pisten!

Frank schaltete herunter. Zumindest versuchte er es. Aber das Getriebe verweigerte ihm ähnlich störrisch den Dienst wie am Morgen. Es krachte und knirschte, als wolle es ihm losgebrochene Zahnräder um die Ohren schleudern. Das aufheulende Kreischen ging ihm durch Mark und Bein.

»Verdammt, nicht schon wieder!«, fluchte er. Mit Motorschaden hier im Nirgendwo liegen zu bleiben, und das auch noch an seinem dreißigsten Geburtstag, hatte ihm gerade noch gefehlt!

Er trat mehrmals die schwergängige Kupplung, ruckte am Schaltknüppel und hämmerte den Gang schließlich ins Getriebe. Aber der Motor klang alles andere als gesund, und plötzlich war eine trockene Kehle Franks geringste Sorge. Im ersten Gang kroch er hinauf in die Berge. Kein Gefährt kam ihm entgegen, keines zeigte sich hinter ihm, nirgendwo eine Menschenseele.

Na wunderbar! Mein erster Tag in Kalifornien, und die Karre droht unter mir zu verrecken!, dachte er grimmig. So hatte er sich seine Rückkehr nicht vorgestellt. Was hatte ihn bloß dazu getrieben, wieder nach Westen zu ziehen?

Seit er San Francisco verlassen hatte, lebte Frank Maynard in seinem Lieferwagen. Er hatte sich eine herunterklappbare Pritsche in den Frachtraum bauen lassen, besaß einen Klappstuhl, eine Petroleumlampe, einen Spirituskocher sowie eine Pfanne, einen Wasserkessel und zwei Töpfe. Dazu kamen ein wenig Besteck und zwei Eimer zum Wasserholen und Waschen. Das war im Großen und Ganzen sein Hausrat.

Auf seinen ziellosen Wanderungen war er bis hoch nach Wyoming und in die Dakotas gekommen, lange hatte er sich auch in Colorado, New Mexico und Arizona aufgehalten. Die großen Städte hatte er konsequent gemieden, selbst um die kleinen hatte er einen Bogen gemacht, oder er war, ohne anzuhalten, durchgefahren. Er begnügte sich mit den Provinznestern, in die noch kein Nickelodeon den Siegeszug des Stummfilms getragen hatte, und davon gab es zu seinem Glück landauf, landab noch unzählige. Ihm reichte ein ans Stromnetz angeschlossenes Wirtshaus, die Versammlungshalle des örtlichen Leichenbestatters oder der Gemeindesaal, um seine alten Filme zu zeigen. Meist war die Neugier größer als die Abneigung gegen Fremde. Und wenn sich auf diese Weise auch kein Vermögen verdienen ließ, so kam im Laufe der Jahre bei seiner asketischen Lebensweise doch einiges zusammen. Abgesehen von den ersten anderthalb Jahren, in denen er versucht hatte, den unerträglichen Schmerz und die Schuld im Alkohol zu ertränken. Gerade noch rechtzeitig hatte er begriffen, dass die Erlösung nicht in der Selbstzerstörung lag. Es waren bittere Jahre gewesen, aber er hatte eingesehen, dass er lernen musste, *mit* der Schuld und *mit* dem Schmerz zu leben. Der Weg zu dieser Erkenntnis war steinig gewesen, und die Mühsal, Tag für Tag danach zu handeln, war noch längst nicht vorbei.

Aber es gab Fortschritte. Mittlerweile konnte eine ganze Woche verstreichen, ohne dass er von grässlichen Albträumen heimgesucht wurde und er schweißnass aus dem Schlaf auffuhr, vor seinem geistigen Auge das Bild, wie Florence, die er nie hätte heiraten dürfen, in seinen Armen verblutete – und mit ihr das ungeborene Kind starb. Das war ihm während der ersten Jahre fast jede Nacht widerfahren. Er wusste, dass die Schuld ihn sein Leben lang begleiten würde, mal erdrückend, mal weniger quälend. Gnädiges Vergessen würde es jedenfalls nicht geben. Und das galt auch für Harriet, die Liebe seines Lebens, die er so sträflich verspielt hatte. Wie hätte er die Liebe zu ihr auch vergessen können? Das war, als wollte man sich einreden, man könne vergessen, dass man einen Arm oder das Augenlicht verloren hatte.

Als der Wagen plötzlich beschleunigte und der Motor in dem viel zu niedrigen Gang aufheulte, schreckte Frank aus seinen Gedanken auf. Er war über den Cahuenga Pass hinweg, und es ging auf der anderen Seite der Bergkette hinab in ein weites Tal. Wenige Meilen voraus zeichnete sich eine Ansammlung weit verstreuter Häuser ab, und sogar zwei bescheidene Kirchturmspitzen machte er aus.

Er versuchte, einen höheren Gang einzulegen, doch ohne Erfolg. Das Getriebe widersetzte sich allen Schaltversuchen, sodass ihm nichts anderes übrig blieb, als im ersten Gang weiterzufahren und zu hoffen, dass die Bremsen nicht versagten. Es roch gefährlich nach verbrannten Bremsklötzen, als er endlich in die Ortschaft rollte. Auch der Kühler schien kurz davor, ihm den Dienst aufzukündigen, quollen doch schon Schwaden von Wasserdampf unter der Haube hervor.

Endlose Zitrus- und Orangenhaine sowie andere Obstplantagen reihten sich aneinander. Einige bescheidene, eher vernachlässigt wirkende Farmbetriebe lagen staubig in der Mittagssonne. Hier und da tauchte auch ein halbwegs ansehnliches Wohnhaus auf, aber sie lagen verstreut wie ein willkürlich hingeworfener Haufen Bauklötze.

Auffallend waren die vielen Pfeffer- und Feigenbäume zu beiden Seiten der sandigen Straße, die in den Ort führte. Sogar ein paar Palmen mit müde herabhängenden Wedeln entdeckte er. Im Großen und Ganzen machte die Ortschaft einen ähnlich verschlafenen und trostlosen Eindruck wie zahllose andere Ansiedlungen, deren Gründer einst eine großartige Zukunft vorhergesehen hatten, nur um mit den Jahren zu der Erkenntnis zu gelangen, dass sie einer Illusion aufgesessen waren und die Zukunft sich andernorts niedergelassen hatte.

Zu seiner großen Erleichterung entdeckte er kurz hinter dem Ortseingang eine Tankstelle. Genau genommen handelte es sich um eine einsame Zapfsäule vor einem Wellblechschuppen, der sichtlich neueren Datums war. Er stand im Schatten eines großen scheunenartigen Gebäudes aus verwittertem Holz, dessen Wände eine unübersehbare Neigung in Richtung des hier vorherrschenden Windes vorwiesen. Über dem Doppeltor der Scheune stand in gerade noch entzifferbarer weißer Schrift: *McGregor's Livery Stable,* und darunter, in frischer Farbe, der Zusatz: *& Automobile Garage.*

»Vielleicht gibt es ja doch einen gnädigen Gott!«, murmelte Frank dankbar und lenkte den qualmenden Lieferwagen vor den Wellblechschuppen. Das weit offen stehende Tor gab den Blick auf einen Ford mit aufgeklappter Motorhaube frei. Davor stand ein Mann, mit dem Rücken zur Straße, und beugte sich über die Maschine. Indessen gab Franks Maxwell ein letztes Kreischen von sich und erstarb, als wüsste der Motor, dass er sich nicht weiter zu quälen brauchte.

Frank stieß einen schweren Seufzer aus, hievte sich mit steifen Gliedern aus der Fahrerkabine und schob sich den staubigen schwarzen Filzhut in den Nacken.

Der Mann, eine schlaksige Erscheinung in einem ölverschmierten dunkelblauen Overall, unter dem die nackte Brust hervorschaute, trat von dem Ford zurück und kam ohne Eile aus dem

Schuppen ins Freie. Er wischte sich die Hände an einem Lappen ab und warf einen interessierten Blick auf den noch immer qualmenden und nach verbrannten Bremsklötzen stinkenden Lieferwagen. Er hatte krauses, dunkelrotes Haar, und sein Gesicht, in dem aufmerksame Augen lagen, war gesprenkelt von einem Meer von Sommersprossen.

Frank schätzte ihn auf höchstens Anfang zwanzig. Links war in die Overall-Brust der Name *Scott McGregor* eingestickt, wenn auch nicht gerade von geübter Hand. Die unterschiedlich großen Buchstaben und die leicht schiefe Anordnung derselben legten die Vermutung nahe, dass er selbst zu Nadel und Faden gegriffen hatte. Was keineswegs gegen ihn sprach, wie Frank fand.

»Klingt schwer nach 'nem letzten Röcheln, Mister«, sagte er spöttisch, aber mit einem fröhlichen Blitzen in den Augen, als freue er sich schon darauf, dem Maxwell neues Leben einzuhauchen. Er stopfte den Öllappen in seine Gesäßtasche und holte einen Tabaksbeutel hervor.

Frank nickte. »Ich fürchte, das Getriebe ist endgültig hin, von den Bremsklötzen ganz zu schweigen. Und der Kühler dürfte zum letzten Mal geschweißt worden sein. Kriegen Sie das wieder hin, Mr McGregor? Verstehen Sie genug von diesen Benzinmotoren?« Er klopfte auf die heiße Haube seines Maxwell.

»So viel wie mein Vater von Pferden und Hufeisen, und darin macht ihm auch heute noch keiner was vor«, gab Scott McGregor zurück, deutete mit dem Kopf in Richtung der Scheune und öffnete den Tabaksbeutel. Hier bahnte sich ein gutes Geschäft an, und das ließ sich am besten bei einer Zigarette bereden.

»Das freut mich zu hören«, sagte Frank und stellte sich dem jungen Mann vor.

»Wird aber 'ne Weile dauern, wenn das Getriebe rausmuss und Sie auch noch 'nen neuen Kühler brauchen, Mr Maynard. Da muss ich erst mal sehen, welche Teile ich brauche, und die dann ordern.

Und von selbst setzt sich das alles auch nicht zusammen. Also mit 'ner Woche werden Sie mindestens rechnen müssen.«

Frank seufzte. »Ist mir schon klar. Also gut, dann machen Sie mal. Brauchen Sie eine Anzahlung?«

Scott schüttelte den Kopf. »Wagen und Schlüssel reichen mir.«

»Gut, dann hoffe ich, Sie können bald loslegen.« Frank schaute sich suchend um. »Und wo finde ich hier eine anständige Unterkunft?«

»Wir haben ein richtig feines Hotel, wenn Sie über das nötige Kleingeld verfügen«, sagte Scott McGregor. »Ist gar nicht weit von hier. Nur die Straße runter bis zur Kreuzung da unten am Hydranten«, er deutete die Landstraße hinunter, »und dann ein Stück nach rechts. Da sehen Sie es schon.«

Franks Gesicht hellte sich auf. »Das ist die erste gute Nachricht des Tages!«, sagte er und beschloss spontan, sich erst gar nicht nach einer preiswerteren Unterkunft zu erkundigen. Wann hatte er sich das letzte Mal den Luxus eines Hotelbetts erlaubt? Das war eine halbe Ewigkeit her. Auch war die Aussicht auf eine gut sortierte Hotelbar, in der eiskalte Drinks serviert wurden, viel zu verlockend, als dass er dieser Versuchung hätte widerstehen können.

Er legte ein paar frische Hemden, Wäsche und was er sonst brauchte, in die bauchige Reisetasche aus abgewetztem Rindsleder. Auch seine wichtigsten Filmdosen packte er ein. Dann zog er den Holzkoffer mit der Pathé-Kamera, seinem wertvollsten Besitz, unter der Pritsche hervor und machte sich auf den Weg zum Hotel.

Doch dann blieb er noch einmal stehen. »Was ich Sie noch fragen wollte«, sagte er und drehte sich zu dem Mechaniker um. »Wie heißt eigentlich dieses …« Das Wort »Kaff« konnte er sich gerade noch verkneifen. »… äh, dieses Dorf?«

Scott grinste breit. »Dorf? Mann, wir haben hier bald siebenhundert Einwohner! Wenn wir weiter so stürmisch wachsen, sind wir im nächsten – spätestens im übernächsten – Jahrtausend 'ne richtige Metropole!«, verkündete er selbstironisch.

Frank lachte. »Und wie heißt diese zukünftige Metropole?«

Scott zog ein Streichholz hervor, riss es am Leder seines Stiefels an und zündete sich die Selbstgedrehte an. »Haben Sie nicht die vielen prächtigen *Holly trees* gesehen, die Stechpalmen, die hier überall wachsen?«, fragte er paffend. »Die haben nämlich unserem Ort seinen Namen gegeben.«

Frank runzelte die Stirn, versuchte, sich zu erinnern, schaute sich um. *»Holly trees?«* Er schüttelte den Kopf. »Bisher habe ich keinen einzigen zu Gesicht bekommen.«

Scott McGregor nickte mit einem schiefen Grinsen. »Werden Sie auch nicht. Trotzdem haben unsere weitblickenden Gründungsväter den Ort danach benannt!«, rief er ihm zu und schnippte das Streichholz in den Dreck des Vorplatzes. »Sie sind im wunderschönen Hollywood gestrandet, Mr Maynard!«

Die staubige Landstraße, die sich Cahuenga Boulevard nannte und ins Zentrum von Hollywood führte, zog sich. Frank fragte sich, was die Verwaltung der Ortschaft bewogen haben mochte, diese von Schlaglöchern übersäte Sandpiste Boulevard zu nennen. Er kam an immer neuen Zitrusanpflanzungen vorbei, dazwischen fanden sich, von der Straße zurückgesetzt, einige weiß gestrichene Farmhäuser mit bescheidenen Nebengebäuden, doch die Zahl der hauswandgroßen Reklametafeln mit einer saftigen Orange und dem Firmenlogo von *Sunkist* sowie der Werbeschilder der *California Fruit Growers Exchange,* die sich weithin sichtbar entlang der Landstraße erhoben, überstieg die der Wohnhäuser bei Weitem.

Niemand begegnete ihm, kein Fahrzeug zeigte sich auf dem Boulevard, noch konnte er auf einer der Anpflanzungen Arbeiter entdecken. Abgesehen von dem müden, lustlosen Kläffen zweier Hunde gab es keinerlei Anzeichen von Leben, und selbst das Kläffen erstarb schnell wieder, als sei es in der Mittagshitze die Mühe nicht wert. Was immer es an menschlichem Leben in dieser Ortschaft gab, es musste in einen tiefen Siesta-Schlaf gefallen sein.

Allmählich wurden ihm die Arme lahm, und er begann zu bezweifeln, dass es hier ein Hotel gab, das diese Bezeichnung auch nur ansatzweise verdiente. Vermutlich hatte dieser Scott McGregor eine vollkommen andere Vorstellung von einem »feinen« Hotel als er. Ähnlich den Stadtvätern, die ja offensichtlich auch ihre eigene Definition eines Boulevards besaßen.

So richtete er sich auf eine schäbige Absteige ein, wie er sie im Laufe der letzten Jahre viel zu häufig gesehen hatte, und das besserte seine Laune keineswegs. Endlich kam er an die Kreuzung mit dem Hydranten, wo er rechts in den Hollywood Boulevard abbiegen musste. Ein Stück weiter unten an der Straße, die von Pfefferbäumen mit fein gefiederten Blättern und roten Beeren gesäumt war, stieß er schließlich auf das Hotel. Abrupt blieb er im spärlichen Schatten eines der Bäume stehen, setzte Reisetasche und Kamerakoffer ab und meinte, seinen Augen nicht zu trauen.

»Heilige Makrele!«

Das *Hollywood Hotel* nahm zwischen der Highland und der Orchid Avenue – beide genauso ungepflasterte Dreckpisten wie die sogenannten Boulevards – einen ganzen Häuserblock ein und bot gut und gern hundert oder mehr Gästen ein zweifellos komfortables Unterkommen. Das Haus im spanischen Kolonialstil hatte drei Stockwerke und war reichlich mit Balkonen, Erkern und Türmchen bestückt. Rot-weiß gestreifte Markisen warfen Schatten über alle Fenster, Türen und Balkone. Schatten boten auch die breiten Veranden unter den weit vorgezogenen Vordächern, die mit bauchigen Steinkübeln voll rot blühender Geranien geschmückt waren. Eine gepflegte Gartenanlage mit saftig grünem Rasen und blühenden Beeten umgab die lang gestreckte Anlage.

Mit einem leisen Auflachen nahm Frank den Hut vom Kopf, zog

sein kariertes Taschentuch hervor und wischte sich über das verschwitzte Gesicht. Es war ihm ein Rätsel, wie dieses verschlafene Nest zu solch einem Hotel kam, das ihm erschien wie ein weißer Elefant inmitten einer Herde von staubbedeckten Rindviechern. Fast noch mehr wunderte ihn, dass es offenbar in Betrieb war; in der halbrunden Auffahrt standen mehrere Kutschen und Einspänner sowie drei Automobile.

Er zerbrach sich nicht lange den Kopf darüber. Was kümmerte es ihn? Später sollte er erfahren, dass ein reicher Bauunternehmer namens H. J. Whitley das *Hollywood Hotel* 1902 als Countryclub errichtet hatte, um Kaufinteressenten aus dem nahen Los Angeles anzulocken, das mit seinem Ölboom und wirtschaftlichen Aufschwung Menschen aus allen Teilen des Landes anzog. Frank genügte es zu wissen, dass er für ein paar Tage eine Unterkunft mit allen Annehmlichkeiten eines gehobenen Hotels genießen konnte. Die hatte er sich verdient, und nötig waren sie allemal. Er brauchte dringend ein ausgiebiges Bad, eine ordentliche Rasur und ein paar gut gekühlte Drinks, wenn auch nicht unbedingt in dieser Reihenfolge.

Die Lobby, mit großformartigen dunkelroten mexikanischen Fliesen ausgelegt und einem sanft plätschernden Springbrunnen in der mosaikverzierten Mitte, lag unter einer hohen, weiß gekalkten Balkendecke und war herrlich kühl.

Frank schrieb sich ins Gästebuch ein, ohne nach dem Zimmerpreis zu fragen. »Ich werde ein paar Tage bleiben«, teilte er dem unverhohlen argwöhnisch blickenden Angestellten an der Rezeption mit, einem distinguierten Mann mit grau meliertem Haar und einem perfekt sitzenden schwarzen Anzug. »Wie viele es werden, hängt davon ab, wie schnell Mr McGregor mein Automobil reparieren kann.« Und weil er wusste, dass er nicht gerade das Bild eines betuchten Geschäftsmannes abgab, legte er zehn Dollar auf den Tresen. »Ich denke, das dürfte vorerst als A-conto-Zahlung genügen. Teilen Sie mir rechtzeitig mit, wenn ein weiterer Vorschuss fällig ist.«

Beim Anblick der beiden Fünfdollarnoten setzte der Mann sofort ein verbindliches Lächeln auf, was Frank nicht wunderte, schätzte er doch, dass der Betrag mindestens vier Übernachtungen abdeckte.

»Selbstverständlich! Aber das wäre nicht nötig gewesen, Mr Maynard«, versicherte der Empfangschef, griff aber dennoch rasch nach dem Geld. Er stellte schwungvoll eine Quittung aus und reichte Frank einen Zimmerschlüssel. »Juan wird sich um Ihr Gepäck kümmern und Sie auf Ihr Zimmer führen, wenn Sie erlauben.« Dabei winkte er einen halbwüchsigen Hoteldiener in schmucker Livree herbei.

»Danke, aber ich möchte erst in die Bar, und um den Koffer kümmere ich mich selbst«, wehrte Frank ab, als der junge Bursche ihm die Holzkiste mit der Kamera abnehmen wollte, drückte ihm aber die Reisetasche sowie einen Dime Trinkgeld in die Hand, was ein strahlendes Lächeln auf das Gesicht des Jungen zauberte.

Es ging Frank nicht nur um die Pathé, obwohl sie allein schon einen Wert von gut tausend Dollar darstellte, sondern er hatte in den Hohlräumen unter dem Filz der Passform auch mehrere Rollen mit sauer ersparten Geldscheinen versteckt. Deshalb dachte er nicht daran, den zerkratzten Holzkasten aus den Augen zu lassen.

Der junge Mann wies ihm, bevor er die Reisetasche auf sein Zimmer brachte, den Weg zur Bar. Beschwingt und in Vorfreude auf ein kaltes Bier schlenderte Frank den Gang hinunter. Aus dem Speisesaal drangen das Klirren von Besteck und Geschirr sowie gedämpfte Stimmen; Frank warf im Vorbeigehen einen flüchtigen Blick hinein. Mindestens ein halbes Dutzend Tische war besetzt. Aus der Bar kam ihm eine Gruppe von Männern mittleren Alters entgegen. Ihre gediegene, aber ländlich konservative Kleidung und die breitkrempigen Hüte in ihren Händen ließen vermuten, dass es sich um wohlhabende Geschäftsleute aus der Umgebung handelte, vermutlich Großrancher oder -farmer. Die Männer verschwanden im Speisesaal.

Die Bar, die im Stil einer gehobenen Bodega gehalten war, schien so gut wie leer. Nur zwei Männer saßen hinten am Tresen, der eine pummelig, mit rosigem Milchgesicht und nicht älter als Anfang zwanzig, der andere eher Ende dreißig, Anfang vierzig, breitschultrig und von kräftiger Statur. Während das Milchgesicht in einem schlecht sitzenden grauen Straßenanzug von der Stange und einem kragenlosen Hemd steckte, trug der Ältere einen modischen, wenn auch verknitterten Anzug aus sandfarbenem Leinen und ein mokkabraunes Hemd mit Stehkragen. Sein dunkles Haar war raspelkurz geschnitten und sah aus wie eine borstendicke Schuhbürste. Das Gesicht mit seinen scharf konturierten Zügen, dem buschigen Schnurrbart und der knochigen Nase wirkte wie aus Holz geschnitzt, ohne jedoch unsympathisch zu sein. Das lag vermutlich an dem jugendlich lebhaften Blick, der hinter den großen Gläsern einer Hornbrille aus den Tiefen seiner Augen blitzte. Neben ihm auf der Theke standen ein Martiniglas, in dessen trügerisch klarer Flüssigkeit eine Olive schwamm, sowie ein silberner Shaker, an dessen eisgekühlter Oberfläche Wassertropfen herabperlten.

Der Mollige hatte ein halb leeres Glas Orangensaft vor sich stehen. Er hielt Bleistift und Notizblock in den Händen und notierte, was der Ältere ihm diktierte. Als Frank eintrat, verstummte der Ältere mitten im Satz.

Frank nickte den beiden höflich zu, stellte die Holzkiste neben die Fußstange aus blank poliertem Messing und schob sich auf einen der lederbezogenen Barhocker, wobei er darauf achtete, mehrere Plätze Abstand zu halten. Er wollte nicht aufdringlich erscheinen, zumal die beiden Geschäftliches zu besprechen schienen. Der lange Blick, den der Ältere auf den Kamerakoffer richtete, entging ihm, denn da hatte er sich schon dem Barkeeper zugewandt und ein Bier bestellt. »Das kälteste, das Sie haben!«

»Kein Problem, Sir. Wir kriegen zweimal täglich mehrere Blöcke Eis geliefert«, erklärte stolz der dunkelhaarige Barkeeper, der wie der Hoteldiener Juan zweifellos mexikanischer Abstammung war.

Frank griff zu seinen Woodbines und steckte sich eine an. Er konnte den ersten Schluck kaltes Bier kaum erwarten. Indessen nahmen die beiden Männer fünf Barhocker weiter ihre Unterhaltung wieder auf.

»Was genau soll denn nun in dem Telegramm stehen, Vergil?«, fragte das Milchgesicht und klopfte ungeduldig mit dem Bleistift auf seinen Schreibblock.

»Das fragst du noch, wo wir heute Morgen fast drei Stunden durch die Gegend gefahren sind?«, gab der Ältere mit der auffälligen Hornbrille spöttisch zurück. »Hast du denn keine Augen im Kopf?«

»Na ja …«, kam es etwas hilflos vom Milchgesicht.

»Herrgott, sei doch nicht so begriffsstutzig! Das ist das reinste Paradies! Hier liegt das Geld doch förmlich auf der Straße!«, erklärte Vergil enthusiastisch, griff zu seinem Glas, schlürfte die Olive zusammen mit einem guten Schluck Martini und fuhr kauend fort: »Teil Drexler mit, dass er Kuba und Florida vergessen kann, weil wir Eldorado gefunden haben.«

Frank schüttelte den Kopf. Dieses staubige Nest und ein Paradies? Er fragte sich, ob dieser Mann wohl zu jenen skurrilen Einheimischen gehörte, die eine löchrige Sandpiste für einen Boulevard hielten und einen Ort nach einer Baumart benannten, die es dort weit und breit nicht gab. Dann kam das Bier in einem hohen, dickwandigen Glas, und es war kalt und köstlich und rann ihm durch die trockene Kehle wie der Trunk aus einem Jungbrunnen. Jetzt war er mit sich und der Welt versöhnt. Aber er wusste, dass dieser himmlische Zustand nicht von Dauer sein würde. Dafür schnürte ihn das Geflecht aus Schuld, Schmerz und Scham noch immer zu sehr ein, und es war fraglich, ob er sich je daraus würde befreien können. Zumal er diese Erlösung nicht verdient hatte.

Indessen machte sich das Milchgesicht Notizen.

»Warte! Mach aus Eldorado besser Walhalla«, korrigierte sich der Fremde namens Vergil. »Das ist vermutlich mehr nach dem Geschmack dieses Wagnerverrückten.«

»Walhalla? Aber ist das nicht mehr so ein Palast der Götter und Ort für gefallene Krieger und so?«, wandte das Milchgesicht ein.

»Und wennschon! Ist doch egal, was genau dahintersteckt«, wischte Vergil den Einwand beiseite. »Walhalla steht für was Besonderes, und darum geht's, okay? Drexler wird schon kapieren, was gemeint ist!«

Milchgesicht zuckte die Achseln. »Okay, also Walhalla. Was noch?«

»Natürlich, dass er unverzüglich den Rest der Crew und am besten auch unser zweites Team auf den Weg schicken soll. Er soll in Philadelphia die Zelte abbrechen, aber so unauffällig wie möglich«, diktierte Vergil. »Und er soll das Geld für die alte Kaschemme möglichst schnell anweisen, sonst kommt uns noch ein anderer zuvor, und der Deal platzt. Vergiss bloß nicht, das richtige Büro der *Western Union* in Los Angeles zu nennen! Da gibt es jetzt nämlich mehrere!«

»Schon notiert, Vergil.«

Dieser nickte und kippte den Rest Martini hinunter. »Und wenn du schon mal in Los Angeles bist, kannst du dich auch gleich darum kümmern, dass Colin und Lester aus dem County Jail kommen. Jetzt dürften sie ja wohl ausgenüchtert sein.« Er zückte eine dicke Geldrolle, schälte mehrere Scheine davon ab und schob sie dem Milchgesicht über den Tresen. »Das dürfte für die Kaution reichen. Den Rest gibst du Lester. Es ist sein noch ausstehender Wochenlohn; seine Kaution habe ich davon abgezogen. Lass dir eine Quittung geben. Und sag ihm, dass er sich zum Teufel scheren soll. Bei mir soll er sich jedenfalls nicht wieder blicken lassen. Diesmal ist es mir ernst. Colin nehme ich mir später vor. So, und jetzt mach dich auf den Weg, Skinny!«

Frank grinste, als er hörte, wie dieser Vergil seinen wohlgenährten Mitarbeiter nannte.

»Ich brauche noch die Schlüssel für den Packard«, sagte der, während er Notizblock und Bleistift wegsteckte.

»Geht nicht, den Wagen brauche ich selbst noch«, erwiderte Vergil, während er nach dem silbernen Shaker griff und sich Martini nachgoss. Es rann jedoch nur ein kläglicher Rest aus dem silbernen Gefäß ins Glas.

»Aber wie soll ich dann nach Los Angeles kommen?«

»Natürlich mit dem Trolley!«, sagte Vergil ungerührt. »Und wenn ich mich recht erinnere, befindet sich die Haltestelle der *Los Angeles Pacific Railroad* drüben auf dem Sunset Boulevard, also nur ein Stück die Highland Avenue runter!«

»Aber mit der Straßenbahn sind es gute zwei Stunden bis nach Los Angeles!«, protestierte Skinny Milchgesicht.

Vergil zuckte die Achseln. »Kauf dir eine Zeitung oder meinetwegen auch zwei, und genieß die Fahrt ins Valley«, spottete er.

»Könnten wir denn nicht zusammen …«, versuchte Skinny, ihn noch einmal umzustimmen.

Diesmal fiel Vergil ihm ins Wort. »Vergiss es! Es bleibt dabei, du nimmst die Elektrische! Ich wüsste nämlich nicht, was du heute außer diesen beiden Botengängen zu erledigen hättest. Und wenn ich mich nicht täusche, zahle ich dir nicht satte dreißig Dollar die Woche, damit du mit meinem Packard durch die Gegend gondelst und dir eine schöne Zeit machst, sondern damit du mir möglichst viel Arbeit abnimmst – und zwar vor allem die lästige. Und jetzt zieh endlich ab!«

Mit mürrischer Miene rutschte Skinny vom Barhocker, leerte

sein Glas Saft auf einen Zug und verließ, leise vor sich hin maulend, die Hotelbar.

Frank widmete sich wieder seinem kühlen Bier und seiner Zigarette und versank zwangsläufig in trüben Gedanken. Es gab so viele Fragen, die ihn beschäftigten und auf die er langsam eine Antwort finden musste.

Augenblicke später riss ihn eine Stimme, die vom Ende des Tresens kam, aus seinen Grübeleien.

»Was dagegen, dass ich Ihnen Gesellschaft leiste, Kollege?«

Verblüfft blickte Frank zu Vergil hinüber. »Kollege?«

»Kommen Sie, Sie sind doch einer von uns«, sagte Vergil mit breitem Grinsen, griff sich Martiniglas und Shaker und kam zu ihm herüber.

Frank verstand nicht, was der Fremde meinte, und hob in einem Ausdruck des Unverständnisses die Brauen. »In welcher Hinsicht, wenn ich fragen darf?«

»Nun, Sie gehören doch wie ich zu den Unabhängigen, nicht wahr?« Es war mehr eine Feststellung als eine Frage, und dazu zwinkerte Vergil ihm verschwörerisch zu, als teilten sie ein Geheimnis.

»Unabhängigkeit trifft meinen derzeitigen Status recht gut, das ist schon wahr«, erwiderte Frank mit einem Anflug von Selbstironie. Genau betrachtet war Unabhängigkeit das Motto seines Lebens, seit er mit vierzehn seinem gewalttätigen Vater davongelaufen, auf einen Güterzug nach San Francisco gesprungen und in der Bay unter die Austernräuber gegangen war. Drei Jahre hatte er mit seinem Freund Lenny dieses ebenso freie wie gefährlich rechtlose Leben geführt und Nacht für Nacht Kopf und Kragen riskiert. Eine wilde Freiheit, die schließlich ihr jähes Ende gefunden hatte, als ihr Boot eines Nachts in Flammen aufgegangen war und sie den Flinten ihrer Verfolger nur um Haaresbreite hatten entkommen können. So hart ihn der Verlust der Sloop und des abenteuerlichen Lebens damals auch getroffen hatte, so dankbar war er dem Schicksal im Nachhinein dafür, dass er so noch rechtzeitig den Absprung geschafft hatte und zu einer rechtschaffenen Arbeit gezwungen worden war. Andernfalls hätte sich sein Weg nicht mit dem des fahrenden Filmvorführers Ezra Silverman gekreuzt und verbunden, und Gott allein wusste, wie sein Leben dann verlaufen wäre!

»Das dachte ich mir doch!«

»Steht mir das auf der Stirn geschrieben?«, fragte Frank, dem mittlerweile dämmerte, worauf sein Gegenüber hinauswollte.

Vergil lachte. »Nein, aber da unten!« Er deutete mit dem leeren Martiniglas in der Hand auf den Kamerakoffer. Auf der Vorderseite prangte eine ovale Messingplakette mit dem eingeprägten Schriftzug *Société Pathé Frères – Paris.* »Die Pathé ist gut, aber bei den Leuten vom Syndikat ist sie verpönt wie jede aus Europa oder sonst woher importierte Filmkamera. Keiner von Edisons Feiglingen dreht mit einer, die vom Syndikat nicht lizenziert ist.«

Frank erwiderte das Lachen, wenn auch mit einem bitteren Unterton. »Da sagen Sie was Wahres!« Er hatte am eigenen Leib erfahren, was einem von den Schlägertruppen des Syndikats blühte, wenn man nicht bereit war, an Edisons Patentgesellschaft, die auch Trust genannt wurde, zu zahlen. Die Frau seines Mentors und Freundes Ezra Silverman, mochte er in Frieden ruhen, hatte dafür, dass er sich dem erpresserischen Diktat nicht hatte beugen wollen, sogar mit ihrem Leben bezahlt.

Thomas Edison, der in seinem Laboratorium außerhalb von New York an die zweihundert Techniker beschäftigte, hatte in den Achtzigerjahren des vergangenen Jahrhunderts die Kinematografie erfunden. Genau genommen hatte sein Chefingenieur William Dickson die Grundlagen der Filmtechnik entwickelt. Edison hatte zunächst wenig davon gehalten und sich geweigert, die Patente auch in Europa anzumelden. Die dafür nötigen hundertfünfzig Dollar Gebühren schienen ihm verschwendet.

Als er jedoch merkte, wie verrückt die Leute nach den flackernden Kurzfilmen waren, änderte er seine Meinung, gründete eine Patentgesellschaft, den Trust, und beanspruchte das Monopol am Filmgeschäft. Er erhob saftige Lizenzgebühren auf Kameras, den Rohfilm, Kopien und Projektoren. Sogar für das Recht, in einem Nickelodeon Filme vorzuführen, die wiederum hinsichtlich ihrer Länge und anderer Besonderheiten seinem Monopol unterworfen waren, verlangte er Lizenzgebühren. Wer sich als unabhängiger Filmproduzent, Verleiher oder Nickelodeon-Besitzer den Knebelverträgen widersetzte und sich auf dem Schwarzmarkt importierten Rohfilm sowie Kameras und Projektoren verschaffte, den verfolgte die *Motion Picture Patents Company* mit unerbittlicher Härte. Auf Klagen und ähnliche Einschüchterungsversuche folgte schnell rohe Gewalt. Das Syndikat, wie Edisons Patentgesellschaft von den meisten Unabhängigen genannt wurde, ließ die Studios der Unabhängigen ausspionieren und schickte ihnen Überfallkommandos auf den Hals. Mit Baseballschlägern zerlegten diese Trupps nicht lizenzierte Kinos und Studios und prügelten nicht selten auch auf Filmcrews und Schauspieler ein.

Frank drückte seine Zigarette aus und schob den Kamerakoffer zur Seite, damit er Vergil nicht im Weg war. »Kompliment, Sie haben ein scharfes Auge.«

»Was wohl eine der wenigen Voraussetzungen für einen Kameramann ist. Na ja, genau genommen bin ich auch Studioleiter, Gag-Schreiber und Kulissenschieber, wie das bei einer kleinen Filmgesellschaft eben so ist«, sagte Vergil, stellte Glas und Shaker ab und streckte die Hand aus. »Vergil Hall von der *Centurio Film Company*. Freut mich, Ihre Bekanntschaft zu machen, Mister …«

»Frank Maynard.« Frank ergriff die Hand.

Vergil Hall setzte sich neben ihn. »Darf ich Sie zu einem Drink einladen, Mr Maynard?«

Frank zögerte. Sein Glas war fast leer, aber sein Magen ebenso.

Vergil Hall nahm das Zögern als Ermunterung. »Kommen Sie, trinken Sie noch einen mit mir! Man trifft hier draußen nicht alle Tage einen Kollegen. Und ich sage immer, dass ich das wenige, das ich esse, ebenso gut auch trinken kann«, scherzte er und gab dem Barkeeper einen Wink. »Alvaro, mach dem Gentleman hier ein Bier und für mich noch mal das Gleiche.«

Der Barkeeper nickte und machte sich an die Arbeit.

Vergil Hall wandte sich wieder seinem vermeintlichen Kollegen zu. »Sind Sie hier aus der Gegend, Mr Maynard?«

Frank, der gerade sein Glas leerte, hätte sich fast verschluckt. »Gott bewahre! Sehe ich etwa wie ein Landei aus?«

Vergils Blick wanderte von Franks rissigen Stiefeln über seine dunkelblaue Hose aus derbem Drillich und das verschwitzte, grob karierte Baumwollhemd von der Sorte, wie man sie in jedem x-beliebigen Farmladen fand, blieb kurz an dem zerzausten, eingestaubten Vollbart hängen und glitt über das gebräunte Gesicht mit den hellblauen Augen, zu dem hellen Strich einer Narbe über der linken Braue und hinauf zu der weizenblonden Mähne, die von der Sonne ausgebleicht war.

»Nun, wenn ich ehrlich sein soll, geht von Ihnen schon ein gewisser …«, er stockte kurz und fuhr dann mit breitem Grinsen fort: »… nun ja, rustikaler Charme aus. Nur die Woodbines passen nicht recht dazu.« Er wies auf die grüne Zigarettenschachtel. »Nicht sehr wahrscheinlich, dass die Leute hier diese teuren britischen Dinger rauchen.«

»Ihnen entgeht aber auch nichts, oder?«, sagte Frank mit einem anerkennenden Lachen. »Nein, ich komme aus der Gegend von San Francisco und bin eingefleischter Kalifornier, wenn auch in letzter Zeit mit wenig Kontakt zu Wäschereien und Barbieren.

Was ich aber definitiv in den nächsten Tagen zu ändern gedenke.« Dabei fuhr er sich über den Bart. Es wurde wirklich Zeit, dass dieses wilde Gestrüpp unter einem Rasiermesser fiel.

»So, Sie kommen aus der Gegend von San Francisco, interessant. Und was hat Sie ins wunderschöne Hollywood verschlagen?«

»Ein kaputtes Getriebe, ruinierte Bremsklötze und ein löchriger Kühler. Hatte Glück, dass ich es noch über den Cahuenga Pass geschafft habe«, antwortete Frank. »Nun bin ich hier wohl für eine geschlagene Woche gestrandet, wenn nicht für länger.«

»Das ist natürlich Pech – und ein kostspieliges wohl noch dazu«, sagte Vergil mitfühlend.

»Ja, das steht zu befürchten.«

Die Drinks kamen, und sie stießen kurz an.

Frank nahm einen guten Schluck und wischte sich den Schaum vom Mund. »Erlauben Sie, dass ich jetzt *Ihnen* eine Frage stelle?«

»Nur zu, schießen Sie los.«

»Als Sie vorhin mit Ihrem Assistenten geredet haben, konnte ich nicht umhin, einiges mitzubekommen, ohne dass ich …«

Vergil winkte lässig ab. »Da war nichts, was unter dem Siegel der Verschwiegenheit hätte laufen sollen. Schon gar nicht, wo auch Sie ein Unabhängiger sind. Also, was wollen Sie wissen?«

»Vor allem, was Sie dazu bewogen hat, diese gottverlassene Gegend als Paradies zu bezeichnen.« Frank griff zu seinen Woodbines. »Ich meine, das könnte auch gut und gern das Ende der Welt sein – abgesehen davon, dass in dem Drecknest ein derart feudales Hotel steht.«

Vergil lachte. »Aber gerade das ist doch für uns unabhängige Filmproduzenten das Paradiesische an diesem Ort! Hollywood ist *das* ideale Nirgendwo, und es ist so weit wie nur möglich entfernt von der Ostküste, wo sich das Geschäft konzentriert und Edisons Syndikat sein Netz aus Spionen und Schlägern ausgeworfen hat!«, erwiderte Vergil enthusiastisch, um dann ein grimmiges Schnauben folgen zu lassen. »Haben Sie schon mal an der Ostküste gearbeitet?«

Frank schüttelte den Kopf. »Bin über den Westen noch nicht hinausgekommen und habe auch kein Verlangen danach.«

»Dann will ich Ihnen mal erzählen, wie unser Studio in Philadelphia aussieht! Wie ein verdammter Hochsicherheitstrakt, mit Ausweiskontrollen, mehrfach verriegelten Türen und anderen Sicherungsmaßnahmen, und dazu nach außen aufwendig getarnt!« Er hieb mit der Faust auf die Theke, dass Gläser und Shaker tanzten und klirrten. »Das alles, um uns vor den Spionen und Schlägertrupps des Syndikats zu schützen, ein Riesenaufwand, auch finanziell! Aber selbst das hilft nicht immer. Richtig gefährlich wird es, und da sage ich Ihnen sicher nichts Neues, wenn wir Außenaufnahmen machen wollen. Wir können ja nicht jeden verdammten Film im Studio drehen! Was man da tun muss, um das Team zu tarnen und die Ausrüstung zu schützen! Aber ich kann nicht jede Außenszene durch ein Loch in einer verdammten Riesentonne, einer Kiste, einem Kleiderschrank oder sonst einer Tarnung drehen, die man unauffällig auf einem Fuhrwerk oder sonst wie platziert. Das geht auf Dauer einfach nicht.«

»Das heißt also, Sie wollen Ihr Studio in Philadelphia aufgeben und von nun an hier im Westen drehen?«, folgerte Frank mit wachsendem Interesse.

»Worauf Sie Gift nehmen können!« Die hellen Augen hinter den Gläsern der großen Brille funkelten begeistert. »Sehen Sie sich doch mal hier in der Gegend um! Da haben Sie alles, was Sie brauchen! Eine unglaublich abwechslungsreiche Landschaft, die es einem erlaubt, die unterschiedlichsten Arten von Filmen zu produzieren. In den Bergen und Canyons können wir Western und Abenteuerstorys machen, in den Wüsten lassen wir orientalische Geschichten und Märchen à la *1001 Nacht* spielen, die nahen Strände sind ideal für romantische Stoffe und Piratenstücke. Außerdem gibt es jede Menge zerfallene spanische Missionsgebäude und Ruinen, mit denen man eine Menge anfangen kann, die kostspielige Kulissen ersetzen und im Film auch noch tausendmal besser rüberkommen. Und dann das fantastische Wetter! Hier können wir quasi das ganze verdammte Jahr über drehen!« Er klang so aufgeregt, als hätte er im Lotto den Hauptpreis gewonnen, und war in seiner Begeisterung kaum zu bremsen; es sprudelte nur so aus ihm hervor. »Südkalifornien hat im Schnitt gut und gern dreihundertzwanzig Sonnentage im Jahr. Dagegen kommt man in Philadelphia, Chicago und anderswo im Osten bestenfalls auf zweihundert sonnige Tage, und selbst an denen hat man nur wenige Stunden lang wirklich gutes Licht zum Drehen. Da helfen dann auch diese neuartigen Kohlebogenscheinwerfer nicht viel. Ganz abgesehen davon, dass die schweren Dinger verdammt teuer und aufwendig zu warten sind. Ohne einen guten Elektriker und ein fettes Budget geht da gar nichts. Und all das fällt hier weitgehend weg, weil es an Licht unter *diesem* Himmel wahrlich nicht mangelt! Na, begreifen Sie jetzt, warum ich von Paradies gesprochen habe?« Er strahlte über das ganze Gesicht und warf sich die Olive in den Mund.

Frank machte eine überraschte Miene. »Ich muss zugeben, dass ich Hollywood und die Umgebung aus dieser Perspektive nicht gesehen habe. Was Sie da sagen, leuchtet mir ein.«

»Außerdem sind wir hier weit außerhalb der Reichweite des Syndikates«, fuhr Vergil, von seinem zweiten Martini sichtlich beschwingt, schwungvoll fort. »Und bis die Blutsauger an der Ostküste den Braten gerochen haben und merken, dass sich immer mehr Filmproduzenten hierhin verdrücken, wird es zu spät sein. Sie werden weder den Exodus nach Westen aufhalten noch selbst hier Fuß fassen können. Zudem hoffe ich, dass die Anti-Trust-Klagen gegen Edisons Patentgesellschaft dann endlich zugunsten von uns unabhängigen Filmproduzenten entschieden worden sind.«

Frank runzelte die Stirn. »Das ist zu hoffen. Aber was macht Sie so sicher, dass es zu diesem Exodus kommt?«

Genüsslich schlürfte Vergil seinen Martini. »Ich wünschte, ich könnte für mich in Anspruch nehmen, Hollywood und das Gebiet rund um die Santa Monica Mountains als idealen Drehort entdeckt zu haben.«

»Wem gebührt dieser Lorbeer dann?«

»Ich denke, unserem Kollegen William Selig von der *Polyscope Film Company* in Chicago. Der hat schon letztes Jahr mit seiner Crew hier in der Gegend einen Streifen abgedreht. Und er hat sich drüben in Edendale, das ist ein ähnliches Kaff im Nordwesten von Los Angeles, sogar schon ein Studio eingerichtet. Nichts Großes, aber immerhin. Außerdem ist da noch dieser clevere Deutsche, Carl Laemmle von der *Universal*. Der führt seit Jahren mit seinem Filmverleih vor Gericht erbittert Krieg gegen das Syndikat und ist neuerdings auch unter die Filmproduzenten gegangen. Wie ich gehört habe, hat er schon seine Scouts hier ins Valley geschickt, um die Lage für ein Filmstudio zu peilen.« Mit fragendem Blick deutete er auf die Schachtel Woodbines und bediente sich, sobald Frank sie ihm zuschob. »Ich sage Ihnen, hier ist was Großes im Busch. Ich rieche das förmlich. Über kurz oder lang wird sich in Hollywood und Umgebung eine ganze Reihe von Filmstudios angesiedelt haben. Und die *Centurio* wird zu den Ersten zählen!«

»Na, dann wünsche ich Ihnen, dass es auch wirklich so kommt, wie Sie es sich erhoffen«, sagte Frank und ließ den letzten kühlen Schluck Bier durch seine Kehle rinnen. Er spürte die Wirkung des Alkohols. Es wurde höchste Zeit, dass er zur Abwechslung mal feste Nahrung zu sich nahm. Der Duft, den er im Vorbeigehen wahrgenommen hatte, war recht verlockend gewesen.

»Und was ist mit Ihnen, Frank?«

»Was soll mit mir sein?«

»Haben Sie nicht Lust, hier gleich von Anfang an mitzumischen?«

Verblüffung malte sich auf Franks Gesicht. »Als was soll ich denn hier mitmischen?«

»Liegt das nicht auf der Hand? Kommen Sie zur *Centurio!* Ich biete Ihnen einen Job in meiner Filmcrew an. Ich brauche dringend einen zweiten Kameramann. Sie haben ja vermutlich mitbekommen, dass zwei meiner Leute im County Jail von Los Angeles in der Ausnüchterungszelle sitzen.«

Frank schmunzelte darüber, dass Vergil ihn für einen Kameramann hielt, und nickte. »Ja, und Ihr Assistent, dieser mollige Skinny«, bei dem Namen lachte er unwillkürlich, »ist jetzt mit der Kaution auf dem Weg zu ihnen.«

Vergil zuckte die Achseln. »Das mit dem Skinny ist nicht auf meinem Mist gewachsen. Das brachte er schon mit, als er zu mir kam. Aber wer mit Nachnamen Skinner heißt, der hat den Spitznamen Skinny nun mal beizeiten weg.«

»Ja, das ist wohl fast so was wie ein Naturgesetz«, pflichtete Frank ihm bei.

Vergil machte eine ungeduldige Geste. »Zurück zu meinen Leuten Colin und Lester«, nahm er den Faden wieder auf. »Die beiden haben gestern Abend sturzbetrunken eine Kneipenschlägerei vom Zaun gebrochen. Haben sich mit Arbeitern von einem Bohrtrupp auf den Ölfeldern unten im Valley angelegt. Ist ihnen nicht gut bekommen.«

»Das kann ich mir gut vorstellen.«

»Aber egal. Jedenfalls war einer von den beiden, Lester, bislang mein zweiter Kameramann. Eigentlich ein fähiger Bursche an der Kurbel, aber leider auch aufbrausend und noch dazu einer, der an der Flasche hängt.«

»Eine explosive Mischung.«

Vergil nickte grimmig. »Der Kerl hat mir schon so manchen Drehplan vermasselt, weil er zu betrunken war oder in sonst welchen Schwierigkeiten steckte. Ich habe ihn oft genug gewarnt, dass ich ihn rausschmeiße, wenn er sich nicht endlich zusammenreißt. Hat offenbar nichts gefruchtet. Jetzt bin ich fertig mit ihm, das haben Sie ja gehört.« Er beugte sich vor. »Also, was ist, steigen Sie bei mir ein? Ich zahle Ihnen einen guten Wochenlohn!«

»Ihr Angebot ehrt mich, aber da liegt wohl ein Irrtum vor. Ich verstehe nichts vom Filmen, also von den Dreharbeiten und der Handhabung einer Kamera«, eröffnete Frank ihm.

Vergil machte ein ungläubiges Gesicht. »Aber die Pathé ...«

»Habe ich von meinem Mentor und seligen Partner geerbt. Wir haben so etwas wie ein mobiles Nickelodeon betrieben, sind rund um die San Francisco Bay von Ort zu Ort gereist und haben in Schuppen, Zelten und anderen improvisierten Vorführräumen unsere Streifen gezeigt. Seit Ezra tot ist, betreibe ich diesen Wanderzirkus allein.« Er verschwieg, dass er nach Ezras Tod in San Francisco innerhalb kurzer Zeit drei gut gehende Nickelodeons eröffnet und ein viertes, fast fertig renoviertes Lichtspielhaus besessen hatte. Wie er auch unerwähnt ließ, dass er im April vor vier Jahren bei dem schweren Erdbeben und der darauffolgenden Feuerhölle innerhalb weniger Stunden alles verloren hatte. Nicht allein seine Kinos, sondern sehr viel mehr, etwas unvergleichlich Kostbares, das sich auch durch noch so harte Arbeit nicht ersetzen ließ. Über diesen unersetzlichen Verlust wollte er schon gar nicht reden. »Und wenn Sie mich jetzt entschuldigen – ich glaube, ich muss unbedingt etwas essen.«

»Warten Sie! Es macht nichts, dass Sie keine Dreherfahrung haben!«, sagte Vergil schnell und gestand: »Ich brauche ja nicht nur einen zweiten Kameramann, sondern auch eine zweite Kamera! Denn die, mit der Lester gearbeitet hat, gehört ihm. Also, ich nehme Sie auch ohne Erfahrung, okay?«

»Wie bitte? Soll das ein Witz sein?«

»Ganz und gar nicht! Mein Gott, das bisschen Wissen und Technik, das Sie für einen Dreh brauchen, bringe ich Ihnen im Handumdrehen bei!«, versicherte Vergil. »Die einzig wirklich unverzichtbaren Voraussetzungen sind eine ruhige Hand und dass man gleichmäßig kurbeln kann. Was ist, haben Sie eine ruhige Hand?«

Frank zuckte die Achseln. »Ich denke schon.«

»Lassen Sie mal sehen. Hier, nehmen Sie die Streichholzschachtel! Die klemmen Sie sich zwischen Zeigefinger und kleinen Finger, und dann strecken Sie den Arm und die Hand aus!«

Frank lachte. Der Mann meinte es tatsächlich ernst. »Sie sind ja verrückt«, sagte er, folgte jedoch der Aufforderung.

»Na also!«, rief Vergil triumphierend. »Nicht das leiseste Zittern, ruhig wie die Hand eines Toten! Und das nach zwei großen Bieren! Sie sind engagiert, Frank!«

»Nun mal ganz langsam!« Frank hob abwehrend die Hände, doch insgeheim erwärmte er sich immer mehr für Vergils überraschendes Angebot. Seit vier Jahren zog er rastlos von Ort zu Ort. Anfangs war diese Rastlosigkeit ein Segen gewesen, weil sie ihn auch physisch stark beansprucht und ihm geholfen hatte, nachts Schlaf zu finden. Aber gegen das, was ihn tief in Herz und Seele quälte, war körperliche Erschöpfung auf Dauer kein Heilmittel. Er hatte längst eingesehen, dass er nicht vor Schuld, Schmerz und Scham flüchten konnte, indem er möglichst viele Meilen zwischen sich und San Francisco brachte, einsam durchs Land zog und nirgendwo länger blieb als ein, zwei Tage. Er war müde, physisch und seelisch, und das ziellose Herumziehen leid. Was er brauchte, war eine Aufgabe, die ihn forderte, eine Perspektive. Und die bot Vergil ihm. Warum also nicht?

»Was ist, warum zögern Sie? Haben Sie nicht selbst gesagt, Sie sind hier erst mal gestrandet? Und es klang nicht so, als hätten Sie für die nähere Zukunft Verpflichtungen und feste Pläne, oder irre ich mich da?«

»Das ist schon richtig«, räumte Frank ein. Zu verlieren hatte er in der Tat nichts, und das machte die Sache umso verlockender.

»Was vergeben Sie sich dann? Nehmen Sie mein Angebot an, und finden Sie heraus, ob Ihnen die Arbeit hinter der Kamera gefällt. Wenn der Dreh nicht Ihr Ding ist, lassen Sie es eben wieder sein und kehren zu dem zurück, was Sie bisher gemacht haben«, redete Vergil ihm gut zu. »Finanziell wird es Ihr Schaden ganz sicher nicht sein!«

Eine unerklärliche Aufregung packte Frank, und er steckte sich eine Zigarette an, um die Nervosität zu bekämpfen. »Und was genau heißt das?«

Die lebhaften hellen Augen hinter den Gläsern der Hornbrille leuchteten siegessicher. Vergil wusste, dass er einen zweiten Kameramann für seine Crew gewonnen hatte. Jetzt ging es nur noch um die Details. »Endlich stellen Sie die richtigen Fragen! Ich zahle Ihnen fünfzig Dollar die Woche! Dazu kommen Spesen.«

Fünfzig Dollar die Woche! Das war mehr, als ein gewöhnlicher Arbeiter *im Monat* nach Hause brachte. Vor allem war es mehr als das Doppelte von dem, was ihm im Schnitt in einer Woche Tingeln über die Dörfer in die Eintrittskasse geklimpert war. Daher hatte er alle Mühe, sich die freudige Überraschung nicht anmerken zu lassen. Er brachte sogar eine unentschlossene Miene zustande, als klinge das Angebot wenig verlockend.

»Außerdem können Sie die erste Zeit bei uns in der Taverne schlafen«, fügte Vergil seinem Angebot noch schnell einen geldwerten Bonus hinzu. »Da ist über dem alten Schankraum noch eine Kammer frei.«

»Was für eine Taverne?«

Vergil lachte stolz. »Eine Kneipe als Filmstudio, das hat doch was, oder? Liegt unten an der Ecke Grover Street und Sunset Boulevard und nennt sich *Blondeau Tavern.* Ich habe sie für die *Centurio* angemietet. Der Laden ist schon länger geschlossen, weil es an Kundschaft fehlte, die Küche unter aller Sau oder das Bier sauer war. Wer weiß, vielleicht auch alles auf einmal? Aber als Produktionsbüro ist die leer stehende Taverne erst einmal ausreichend«, versicherte er. »Die Schuppen auf dem großen Hinterhof lassen sich kinderleicht in ein Studio verwandeln, und zwar ohne dass wir wie im Osten sündhaft teure Glasdächer bauen müssen, um unten genug Licht zu haben, aber vor Wind und Wetter geschützt zu sein! Jetzt schlagen Sie schon ein, Frank!«

Frank ließ einen langen Moment verstreichen, dann antwortete er: »Sagen wir, sechzig die Woche. Immerhin bringe ich meine eigene Kamera mit.«

»Hören Sie, bei allem, was recht ist, aber fünfzig …«, setzte Vergil zu einem Einwand an.

»… waren Ihr erstes Angebot. Was bedeutet, dass da ganz bestimmt noch Luft nach oben ist«, fiel Frank ihm ins Wort. »Ich bin sicher, dass Sie Lester mehr als fünfzig gezahlt haben.«

Vergil kniff die Augen zusammen und gab sich einen grimmigen Anschein. »Mann, sind Sie sicher, dass Sie nicht heimlich auf der Lohnliste des Syndikats stehen, das nun auf diese Weise versucht, uns Unabhängige zu ruinieren?«

»Sechzig, und ich bin Ihr zweiter Kameramann!«, beharrte Frank und streckte ihm die Hand hin. »Einverstanden?«

»Sie sind ein harter Hund, Frank Maynard! Das ist reine Erpressung! Aber das kriegen Sie zurück! Ich werde dafür sorgen, dass Sie sich die Finger an der Kurbel wund drehen!«, erwiderte er mit gespieltem Ingrimm und schlug lachend ein. »Okay, sechzig, abgemacht!«

Plötzlich fühlte Frank sich mehr als nur beschwipst. Ein leichter Schwindel packte ihn, und in seiner Magengrube meldete sich ein ekelhaft flaues Gefühl. Er hatte einen Job als Kameramann angenommen. *Er und Kameramann!* Verrückt! Absolut verrückt! Was zum Teufel hatte ihn geritten? Das konnte doch nur als Blamage enden, als völliger Reinfall, oder?

Erster Teil

1911–1914

1

Es war noch früh am Morgen, doch die ersten Strahlen der Septembersonne glitten schon über die sanft gewellten Bergzüge des Napa Valley, wo ausgedehnte Weinberge, dunkle Eichenwälder und verschlafene Dörfer die beschauliche Landschaft entlang des Napa River bestimmten. San Francisco auf der anderen Seite der riesigen offenen Bay schien von hier nicht nur wenige Dutzend Meilen, sondern eine ganze Welt entfernt.

Behutsam, um seine Frau nicht zu wecken, richtete Jordan Shaw sich im Bett auf. Harriet schlief tief und fest. Auf *Seven Oaks,* dem vierzehn Hektar großen Landgut seiner verwitweten Tante Agnes Whittaker, war es noch still. Sieben alte Lebenseichen mit knorrigem Stamm und weitverzweigtem Geäst hatten dem Gut seinen Namen gegeben. Wie Wächter, die in der Sommerhitze auch noch wohltuenden Schatten spendeten, umstanden die alten Bäume mit ihren ausladenden Kronen das geräumige Haus, das mit seinen Sprossenfenstern, den flaschengrünen Schlagläden und der umlaufenden Terrasse unter einem weit vorgezogenen Dach auf einer Anhöhe thronte.

Doch die morgendliche Stille würde nicht mehr lange währen, das wusste Jordan. Schon bald würde der alte Chang mit seiner munter schwatzenden Sippe, allesamt erfahrene Traubenpflücker, die Allee heraufkommen und oben in den ausgedehnten Weinbergen die Arbeit wieder aufnehmen. Anders als die meisten anderen Farmer und Gutsbesitzer verpflichtete Tante Agnes zur Erntezeit keine Wanderarbeiter. Sie drückte auch nicht schamlos den Lohn, wie es so viele taten, weil die herumziehenden Arbeiter arme Schlucker waren, so gut wie rechtlos und leicht um ihren gerechten Lohn zu betrügen. Sie zahlte einen fairen Preis, auch wenn er ihren Profit schmälerte. Und immer ließ sie Chang und seine Sippe unten aus dem Dorf kommen, so wie es schon ihr Mann Geoffrey gehalten hatte. Auch war über ihre Lippen noch nie das verächtliche *Chinks* oder *Schlitzaugen* gekommen, mit dem so viele Bewohner des Landes die Chinesen zu bezeichnen pflegten.

Ein Lichtstrahl stahl sich durch die Ritzen der Jalousien, wanderte über das Bett und fiel auf Harriets schwarze Haarpracht, deren Flut sich über das Kopfkissen ergoss. Es war, als scheine das Licht auf gesponnene Seide. Harriet lag, ihm halb zugewandt, auf der Seite. Die Bettdecke, die sie im Schlaf zurückgeschoben hatte, reichte ihr nur bis zur Hüfte.

Voller Liebe und Begehren sah Jordan sie an. Zärtlich strich er ihr eine Strähne aus dem Gesicht. Wie jung und gertenschlank sie mit ihren sechsundzwanzig Jahren war, so gar nicht wie die Mutter eines bald fünfjährigen Sohnes! Er selbst war fast zehn Jahre älter, und manchmal fürchtete er, dass zwischen ihnen mehr lag als nur diese zehn Jahre. Noch immer erschien es ihm manchmal wie ein Traum, dass sie seit fünf Jahren seine Frau war. Ob sie wohl wusste, wie viel sie ihm bedeutete und welches Glück sie ihm jeden Tag schenkte? Sein Leben hätte er gegeben für sie und Adrian, ihren Sohn!

Jordan beugte sich zu ihr und streichelte liebevoll ihr Gesicht, zog mit der Fingerspitze die Linien ihrer vollen Lippen nach, die leicht offen standen. Harriet seufzte leise und regte sich, ohne jedoch die Augen zu öffnen. Deren leuchtende tiefgrüne Farbe erinnerte ihn immer an kostbare Smaragde. Oder an die atemberaubende Halskette aus chinesischer Kaiserjade, die ihr Vater, der Reeder Arthur Caldwell, ihr zur Hochzeit geschenkt hatte.

Seine Hand glitt an ihrem Hals hinunter, legte sich auf ihre rechte Brust und liebkoste sie durch den dünnen Musselin des

Nachthemdes hindurch. Einen Augenblick lang fürchtete er, Harriet würde sich von ihm wegdrehen, die Decke hochziehen und sich einrollen, doch sie streckte sich nur ein wenig. Träge und wohlig wie eine schläfrige Katze, aber in seinen Augen mit erregender Anmut.

Mutiger geworden, zog er die Schleife auf, löste das Seidenband aus seinen Schlaufen und küsste die köstliche nackte Haut, die er Stück für Stück freilegte.

Harriet schlug die Augen auf. »Ach, Jordan …«, sagte sie mit noch schläfriger Schwere.

Seine Lippen lösten sich von ihrer Brustspitze. »Soll ich aufhören?«

Sie lachte leise. »Nein, du Dummkopf«, murmelte sie und fuhr ihm durchs Haar.

Er setzte seine Zärtlichkeiten fort, streifte ihr das Nachthemd ab und liebkoste sie mit Händen und Lippen. Als sie ihn schließlich auf sich zog und er in sie eindrang, war sie mehr als bereit. Sie schlang die Beine um ihn und nahm ihn tief in sich auf.

Er suchte ihre Zungenspitze mit der seinen. Einen Augenblick lang verharrte er reglos, genoss die feuchte Glut, die ihn umschloss, und das Wissen, mit ihr verschmolzen zu sein, so innig vereint, wie zwei Menschen es nur sein konnten. Dann erst folgte er dem Drang, sich in ihr zu reiben.

Harriet nahm seinen Rhythmus auf und schob ihm ihren Schoß entgegen. Es steigerte seine Erregung, dass sie seine Lust teilte. Er hörte ihren schneller werdenden Atem und das leise Stöhnen, das sich ihrer Kehle entrang, als seine Stöße heftiger wurden. Er wartete darauf, dass ein Zittern durch ihren Körper ging, dass sie sich unter ihm aufbäumte und nach Atem rang.

Endlich überwältigte es Harriet, und dann kam es auch ihm, und noch während er sich lustvoll in ihr ergoss, flehte er einmal mehr in Gedanken: *Schenk uns noch ein Kind, Gott! Mach, dass sie noch einmal schwanger wird und Adrian eine Schwester oder einen Bruder bekommt!* Dann küsste er sie noch einmal auf den Mund und drehte sich mit ihr auf die Seite, um sie nicht mit seinem Gewicht zu erdrücken.

»Ach, Harriet«, seufzte er und strich ihr übers Gesicht. »Ich wünsche mir so sehr …«

Schnell legte sie ihm den Finger auf die Lippen. »Bitte sag jetzt nichts«, flüsterte sie. »Mach es nicht kaputt. Lass uns einfach noch einen Augenblick so liegen.« Sie wusste nur zu gut, was er sich wünschte, und nur zu gern hätte sie ihm diesen Wunsch erfüllt. Aber das ließ sich nun mal nicht erzwingen.

»Es war so schön. Entschuldige, dass ich fast wieder davon angefangen hätte«, flüsterte er reuig.

Von draußen drangen Stimmen zu ihnen ins Zimmer.

»Chang und sein Familienclan«, sagte Harriet leise. »Man könnte sie glatt für einen aufgeregten Gänseschwarm halten.«

Jordan lachte. »Ja, aber fleißigere Pflücker als seine Leute findest du nirgends im Napa Valley«, sagte er und spürte, wie sein Mannesstolz schrumpfte und unweigerlich aus ihr herausglitt.

Harriet war mit ihren Gedanken schon wieder woanders. »Sag, wann willst du heute nach Sausalito zurück?«, fragte sie. »Ich muss wissen, wann ich mit dem Packen beginnen muss.« Sie hatten das verlängerte Labor-Day-Wochenende bei Tante Agnes verbracht. Eigentlich drängte es sie nicht, in das kleine Haus oberhalb des Hafens zurückzukehren. Aber ihr Vater, Arthur Caldwell, Reeder und Mehrheitseigner der Caldwell Shipping Company, brauchte sie am Donnerstag in seinem Kontor in San Francisco.

Was ihr Haus in Sausalito betraf, so war es nur eine Notunterkunft, eine Übergangslösung. Jordan und sie hatten dennoch allen Grund, dankbar zu sein, dass sie nach dem fürchterlichen Erdbeben und der noch entsetzlicheren viertägigen Feuersbrunst dort ein solides Dach über dem Kopf gefunden hatten. Die Katastrophe im April 1906 hatte in San Francisco mehr als fünfhundert Häuserblocks in Schutt und Asche gelegt, mehrere Tausend Menschen das Leben gekostet und eine gute Viertelmillion Einwohner zu Obdachlosen gemacht. Auch Jordans Junggesellenwohnung war den Feuersbrünsten zum Opfer gefallen. Und das neue Haus am Nob Hill, dessen Planung und Bau er gleich nach der Rückkehr von ihrer fast einjährigen Hochzeitsreise durch Europa und den Vorderen Orient in Angriff genommen hatte, wurde wohl erst Ende des Jahres fertig.

»Nach dem Mittag sollten wir los«, sagte Jordan. »Auch wenn Agnes wieder versuchen wird, uns noch bis zum Nachmittag festzuhalten. Am liebsten würde sie Adrian ja ganz bei sich behalten.«

Sein Vaterstolz berührte sie tief, und sie erwiderte sein Strahlen mit einem Lächeln. »Kannst du es ihr verdenken, dass sie so an ihm hängt?«

Die Ehe von Agnes und Geoffrey Whittaker war zum Leidwesen beider kinderlos geblieben. Schon zu Geoffreys Lebzeiten hatte Jordan bei ihnen die Stellung des Sohnes eingenommen, der ihnen versagt geblieben war, und deshalb bezeichnete Tante Agnes Adrian auch unverblümt als ihr Enkelkind.

»Natürlich nicht, Schatz.« Er gab ihr einen letzten Kuss und schwang sich aus dem Bett. »Ich geh schon mal ins Bad. Bleib ruhig noch etwas liegen, es ist ja noch früh.« Er verschwand, und Augenblicke später begann das Wasser zu rauschen.

2

Harriet hörte, wie Jordan im Bad eine beschwingte Melodie summte, und die lustvolle Leichtigkeit der frühen Morgenstunde wich von ihr. Jäh traten an ihre Stelle Traurigkeit und Schuldgefühle.

Gewiss, sie hatte den Sex mit ihm genossen, wie eigentlich fast immer in ihrer fünfjährigen Ehe. Jordan war zärtlich, zweifellos ein Liebhaber mit Erfahrung und stets darauf bedacht, dass sie nicht zu kurz kam. Aber Wollust zu empfinden war noch lange nicht gleichbedeutend mit jener überwältigenden Erfüllung und seelischen wie körperlichen Sattheit, die sie in den Armen von Frank erfahren hatte. Die zu erfahren, setzte eine gegenseitige Hingabe voraus, die weit über das rein Körperliche hinausging.

Sie fühlte sich von Jordan uneingeschränkt geliebt und litt darunter, dass sie seine Liebe zwar mit tiefer Zuneigung und gesundem sexuellen Appetit erwidern konnte, nicht jedoch mit jener hingebungsvollen Liebe, die er eigentlich verdiente.

Jordan hatte ihre Ehre und den guten Ruf ihrer Familie gerettet, den drohenden Skandal verhindert und Adrian davor bewahrt, als Bastard das Licht der Welt zu erblicken und für den Rest seines Lebens mit diesem Makel geschlagen zu sein. Der Junge war vom ersten Tag seines Lebens an *sein* geliebter Sohn gewesen, und sein Vaterstolz war unübertroffen. Niemand wusste, dass er nicht der leibliche Vater war.

Ja, Jordan hatte die Scherben ihres Lebens aufgesammelt und mit unendlicher Liebe wieder zusammengesetzt. Dafür würde sie ihm ewig dankbar sein. Die feinen Risse, die zurückgeblieben waren, sah niemand. Manchmal war selbst sie sich ihrer für lange

Zeit nicht bewusst, doch dann und wann geschah es, so wie jetzt, dass sich diese Bruchstellen unverhofft bemerkbar machten, und dann drangen Melancholie und Verlorenheit durch die feinen Risse in ihr Herz und ihr Bewusstsein.

Sie wünschte, sie könnte sich nach so vielen Jahren endlich von Reue und Scham lossagen, aber ihr Gewissen ließ es nicht zu. Sie hatte versucht, Trost im Glauben zu finden, doch es war ihr nicht gelungen. Gott war für sie mehr denn je ein Labyrinth, für das es keine Karte gab.

Als Jordan aus dem Bad kam und sich anzog, stellte sie sich schlafend, damit er nicht merkte, wie ihr zumute war. Er besaß für ihre Anfälle von Melancholie ein sehr feines Gespür, und sie wollte nicht, dass er sich zu ihr ans Bett setzte und sie mit seiner Liebe und seinem Verständnis noch mehr beschämte, als es auch so schon der Fall war. Erst als er leise aus dem Zimmer geschlüpft war, stand sie auf und begab sich ins Bad. Die kalte Dusche spülte nicht nur die Tränen von ihrem Gesicht, sondern half ihr auch, einigermaßen zu einem inneren Gleichgewicht zurückzufinden. Sie ließ sich Zeit mit der Morgenwäsche und dem Anziehen. Sie wählte aus ihrer mitgebrachten Garderobe einen schlichten schwarzen Rock und eine weiße Chiffonbluse. Das lange Haar fasste sie im Nacken zusammen und bändigte es mit einer silbernen Spange. Schließlich war sie bereit, sich dem neuen Tag zu stellen und ihren Lieben in die Augen zu sehen. Indessen kamen aus der Küche schon lautes Geklapper und das helle Lachen ihres Sohnes, in das Jordan und Tante Agnes einstimmten.

Als sie die große Küche betrat, vertrieb der Anblick ihres Sohnes den Rest Schwermut sofort. Ihr wurde warm ums Herz. Er war so ein fröhlicher, unkomplizierter und dazu auch noch hübscher Junge! Die grünen Augen hatte er von ihr, während er von seinem leiblichen Vater das lockige Haar geerbt hatte, gottlob aber nicht dessen Farbe. Adrian ging mehr ins Brünette und kam damit

Jordans dunkelbraunem, elegant gewelltem Haar viel näher als Franks strohblonder Mähne.

Jordan schenkte ihr einen bewundernden Blick. »Du siehst mal wieder himmlisch aus! Aber das würdest du ja selbst in Sackleinen tun!« Er fasste sie um die Taille und gab ihr einen Kuss auf die Schläfe.

»Vielleicht sollte ich das mal ausprobieren und sehen, was du dazu sagst«, erwiderte sie leichthin und fand, dass ihm die sexuelle Befriedigung noch deutlich ins Gesicht geschrieben stand.

»Wir backen Kuchen, Mom!«, rief Adrian ihr vergnügt zu. Er stand in kurzen Kakihosen und einem geringelten, kurzärmligen Hemd auf einem Schemel neben Agnes, die gerade eine Form einfettete, und schleckte die Reste von einem Teigschaber. »Granny backt meinen Rosinenkuchen für heute Nachmittag!«

Tante Agnes, der man ihre fünfundsechzig Jahre nicht ansah, strahlte und wuschelte ihm durchs Haar. »Natürlich backen wir den, mein Engel. Wo kämen wir denn hin, wenn ich dich ohne deinen Lieblingskuchen fahren lassen würde! Du bist sowieso viel zu selten hier, und wenn du erst in der Schule bist, sehe ich dich noch viel weniger. Ihr werdet doch wohl nicht so grausam sein, mir die paar Stunden mit meinem Sonnenschein nicht zu gönnen, oder?«

Jordan und Harriet tauschten einen ahnungsvollen Blick. Es würde mal wieder ein harter Kampf werden, Tante Agnes davon zu überzeugen, dass sie bestenfalls bis zum *frühen* Nachmittag bleiben konnten. Sie würde um jede Viertelstunde ringen und natürlich Adrian auf ihrer Seite haben.

Aber Harriet konnte Agnes nicht böse sein. Ganz abgesehen davon, dass es auch nichts gebracht hätte. Diese von Statur kleine und schmächtige Frau war, was Energie und Durchsetzungsvermögen betraf, ein Riese. Auch mangelte es ihr nicht an exzentrischem Selbstbewusstsein. Um Konventionen scherte sie sich kein bisschen, was zweifellos eine unbedingte Voraussetzung war, wenn man das silbergraue Haar so kurz trug wie ein Mann, sich mit Vorliebe in orientalische Gewänder inklusive farbenfroher Pumphosen kleidete und dazu in aller Öffentlichkeit schwarze türkische Zigaretten der Marke Orient rauchte, und zwar mit einer langen Zigarettenspitze aus geschnitztem Elfenbein. Und wenn sie die Luft nicht gerade mit ihrem türkischen Tabak verpestete, umgab sie stets ein dezenter Duft von Zeder und Magnolie.

Die Leute im Napa Valley hielten sie für eine Verrückte, wenn auch von der harmlosen Art; eine, über die man den Kopf schüttelte und nicht selten auch einmal lachte. Aber die Einheimischen hatten auch Respekt vor ihr, insbesondere vor ihrer Geschäftstüchtigkeit. Für ganz und gar nicht harmlos hielten sie Agnes Whittaker dagegen, wenn sie mit ihrem Einspänner, gezogen von einem prächtigen pechschwarzen Hengst namens Pharao, unterwegs war und wie eine Furie durch die Straßen fegte. Dann machte man ihr lieber schnell den Weg frei, als darauf zu vertrauen, dass sie auswich oder ihr Gefährt noch rechtzeitig zum Stehen brachte.

Die Liebe zum Orient, insbesondere zu Ägypten und der Levante, sowie lange Reisen in diese Länder hatte sie mit ihrem Mann geteilt. Geoffrey war ein sachkundiger und fast schon besessener Hobbyarchäologe gewesen, und er hatte Jordan, als dieser noch in Harvard studierte, mit seiner Leidenschaft angesteckt. Sieben Jahre war es her, dass Jordans väterlicher Freund und Mentor in Ägypten an den Folgen eines schweren Unfalls bei einer Ausgrabungsexpedition gestorben war.

Auf Zeugnisse dieser tiefen Verbundenheit der Whittakers mit dem Orient und seiner Kultur stieß man im Landhaus von *Seven Oaks* auf Schritt und Tritt: Teppiche, Wandbehänge, osmanische Möbelstücke, kunstfertig gehämmerte Kupfer- und Silberarbeiten sowie Ölgemälde, die Szenen aus dem Basar von Kairo, Beduinenzelte in der Wüste, den Auszug einer Karawane aus einer Oase und andere orientalische Motive zeigten.

An diesem Morgen trug Agnes schwarz-rote Pumphosen, eine weiße Bluse mit orientalischen Stickereien und darüber eine Weste aus türkis-goldenem Samt. Dazu hatte sie sich ein magentarotes Tuch kunstvoll um den Kopf geschlungen.

»So, und jetzt setzt euch an den Frühstückstisch!«, rief sie. »Es ist alles gedeckt! Und dann müssen wir darüber reden, wann ihr wiederkommt!«

Jordan seufzte. »Ach, Agnes! Wir sind noch gar nicht weg, und schon liegst du uns wieder in den Ohren damit, wann wir denn wiederkommen!«, beklagte er sich, wenn auch mit einem Lächeln.

»Wir kommen wieder, wenn die Cabbers gepflückt werden!«, schlug Adrian vor.

»Du meinst die Cabernet-Trauben«, korrigierte Agnes ihn augenzwinkernd. »Gute Idee! Die sind schon in ein paar Wochen reif. Das ist also abgemacht! Ihr kommt zur ersten Cabernet-Ernte! Und jetzt an den Tisch!«

In einer Geste der Resignation warf Jordan die Hände in die Luft.

Harriet lachte und zuckte die Achseln. Sie war gern auf *Seven Oaks*, und sie würde gern Anfang Oktober wieder für ein paar Tage kommen. Das Landgut war wie eine Oase. Aber sie liebte auch die Betriebsamkeit von San Francisco, besonders das geschäftige Treiben auf dem langen Bogen der Waterfront, wo der Vater sein Kontor hatte und die eigenen Schiffe anlegten. Nach dem langen Wochenende in Ruhe und ländlicher Beschaulichkeit freute sie sich schon, ihre Arbeit dort wiederaufnehmen zu können. In den vergangenen Jahren hatte der Vater sie immer mehr in die Geschäfte seiner Firma eingeweiht. Längst war sie mit jedem Schiff der Flotte, die mittlerweile auf elf Frachter unter Dampf und zwei Segelschiffe angewachsen war, vertraut. Die Verhandlung über den Ankauf eines zwölften Überseedampfers stand in den nächsten Tagen an, und es erfüllte sie mit Stolz und einer tiefen inneren Bestimmung, dass der Vater sie bei den Gesprächen dabeihaben wollte und ihr zutraute, die Geschicke der Caldwell Shipping Company eines Tages ganz allein zu lenken.

3

Wai Wah Chin machte seine morgendliche Weckrunde durch die Kellerräume seiner Opiumhöhle. Es roch in dem Gewölbe nach Moder, Schweiß, kalter Tabakasche, vergossenem Tee, schalem Bier und Urin. An manchen Tagen kam noch der strenge Geruch von Erbrochenem hinzu. All das nahm er längst nicht mehr wahr. Jedes Geschäft hatte seinen eigenen Geruch. Entscheidend war, was es abwarf. Und was das betraf, konnte er sich nicht beklagen. Sein Opium war vielleicht nicht das beste, aber dafür stand er in dem Ruf, seinen berauschten Kunden nicht die Taschen zu leeren. Und das war in Chinatown von San Francisco alles andere als selbstverständlich.

Es war schummerig hier unten, so wollten es die Kunden. Selbst wenn es anders gewesen wäre, hätte Wai Wah Chin nicht im Traum daran gedacht, zwischen den primitiven Brettergestellen mit den Holzpritschen auch nur ein billiges Öllicht mehr auf die Wandborde zu stellen. Aber seine Augen ließen nach, und so nahm er seit einiger Zeit eine Petroleumlampe mit hochgedrehtem Docht mit nach unten. Die Lampe in der Linken und einen dicken Bambusstock in der Rechten, schritt er durch den schmalen Mittelgang, leuchtete seinen Kunden ins Gesicht und schlug mit dem Stock gegen die Gestelle. Wer neu war und das Zeichen nicht verstand, den scheuchte er mit Stockhieben von der Liege, deren Auflagen vor Urzeiten mit Stroh gefüllt worden und längst platt gelegen waren wie Oblaten.

An diesem Morgen gehörte auch Tau-Tau zu denen, die Stockschläge bezogen, weil sie nicht schnell genug hochkamen. Klatschend trafen die Hiebe den Seemann auf den nackten Oberkörper.

Dabei hätte er wissen müssen, dass selbst Stammkunden wie er bei Wai Wah Chin keine Vorzugsbehandlung genossen. Dass er erst das Holzbein an seinen linken Beinstumpf schnallen musste, ließ der hagere Chinese mit dem zotteligen Kinnbart nicht als Entschuldigung gelten. Dabei war einige Fummelei nötig, um sich das plumpe Ding mit seinen Lederbändern und dem Stück Holzstange am Ende umzuschnüren. Die klobige Prothese musste richtig sitzen, sonst rutschte sie ihm schon nach ein paar Schritten weg und brachte ihn zu Fall. Und das fehlte gerade noch, dass er sich in den Dreck von Chinatown legte und sich vielleicht noch was brach! Verdammter Chink, einen so zu hetzen!

»Mach dich auf Weg, Tau-Tau!«, drängte Wai Wah Chin mürrisch. »Kein Dolla, kein Opiumpfeif!« Dazu pikste er ihn mit der Stockspitze in die Rippen.

Fluchend zog Tau-Tau die letzte Schnalle zu, griff nach seiner speckigen Lammfelljacke und humpelte den Gang zur Treppe hinunter. Er war der Letzte, der den Keller der Opiumträume verließ, und Wai Wah Chin blieb ihm mit Stock und Lampe bis zur Hintertür auf den Fersen.

Tau-Tau hatte sich am Abend zwei fette Pfeifen gegönnt. Die Nachwirkungen des schweren Opiumrausches spürte er, als er benommen auf die schmale Stouts Alley wankte, immer noch. Er blinzelte ins Morgenlicht, das ihn nach dem Dämmerlicht von Keller und Hausflur blendete. So geriet er in den Weg einer älteren Chinesin, die sich mit einem Joch über der Schulter und zwei daran hängenden schweren Weidenkörben abschleppte.

Ihn traf ein Blick, in dem Abscheu und Erschrecken zu gleichen Teilen lagen. »*Fahn quai!*«, stieß sie schrill hervor, und die Weidenkörbe schwangen bedrohlich, als sie vor ihm zurückwich und sich Halt suchend mit dem Rücken an eine Hauswand presste. »*Fahn quai!*«

Tau-Tau spuckte mit verächtlichem Grinsen aus und humpelte an ihr vorbei. Er war es gewohnt, in Chinatown *Fahn Quai* oder *Gwailo* genannt zu werden, was beides mehr oder weniger so viel wie »weißer Teufel« bedeutete. Und er fand es komisch, denn an ihm war nicht mehr viel, das man als weiß hätte bezeichnen können.

Sein Körper war nahezu vollständig von polynesischen Tätowierungen bedeckt. Selbst über seinen kahlen Schädel und sein Gesicht zogen sich die heiligen Symbole und Wellenmuster in blauschwarzer Farbe, die man ihm, dem gerade Siebzehnjährigen, damals auf Samoa gestochen hatte. *Tau-tau* nannten die Eingeborenen das Stechen, das Tätowieren. Und seit jener Fahrt in die Südsee vor mehr als fünfundzwanzig Jahren rief man ihn Tau-Tau, an Land wie auch auf See. Seinen richtigen Namen, Gordon Sloan, hatte er schon seit Jahrzehnten nicht mehr gehört. Selbst ihm war er längst fremd.

Als er aus der Gasse auf die breite Washington Street traf und von der nahen Bay her ein kühler Wind durch die Häuserschluchten fegte, fuhr er in seine Lammfelljacke. Die vielen chinesischen Banner, eine Flut aus Rot und Gold, flatterten im Wind. Er überquerte die Washington Street, auf der es schon am frühen Morgen geschäftig zuging, und bog ein Stück weiter die Straße hinunter rechts in den Waverly Place ab.

In dem von gut 45 000 Chinesen bewohnten Viertel herrschte dichtes Gewimmel. Zahllose Wimpel, Reklamebänder und Banner mit chinesischen Schriftzeichen sowie eine wahre Flut von Lampions hingen über den Straßen und an den Häusern, von denen viele an Pagoden erinnerten. Überall Drachen: als Wandmalerei, auf Markisen und den Fensterscheiben von Geschäften und Restaurants, in Form steinerner Wächter vor Hauseingängen und als kunstvolle Schnitzerei an Balkonen, Fensterrahmen und Giebelwänden.

In starkem Kontrast zu der bunten Vielfalt stand die fast einheitlich schwarze Kleidung der Leute hier. Die langen Kittel und weiten Hosen kamen Tau-Tau immer vor wie zu groß geratene Pyjamas. Gut verdienende chinesische Geschäftsleute kleideten sich westlich und hatten sich von der traditionellen Haartracht befreit, aber es gab kaum einen Arbeiter, unter dessen Spitzhut nicht ein geflochtener Zopf hervorgelugt hätte.

Auf den Bürgersteigen standen kleine Tische, auf denen Nüsse, Früchte, Zigarren und andere Waren feilgeboten wurden. Schuster, Blechschmiede, Polsterer oder Allerweltshandwerker – alle beanspruchten einen Platz vor einer Türschwelle, wo sie ihr Gewerbe ausübten. Schon jetzt, am frühen Morgen, waberten von den offenen Feuern Rauchwolken durch die Gassen, und von überall her kam der intensive Geruch von Reis und den Gerichten, die in den Töpfen und Pfannen der allgegenwärtigen Garküchen brutzelten.

Tau-Tau fluchte leise vor sich hin. Sein Beinstumpf sandte mal wieder stechende Phantomschmerzen aus. Er musste sich hinsetzen. Außerdem brauchte er einen starken Kaffee, notfalls auch einen schwarzen Tee, um die verdammte Benommenheit loszuwerden. Er sah sich nach einem Ausschank um, wollte aber nicht in eins dieser dunklen Löcher, die sich Teestube nannten. Als Heizer, als elender Kohlenaffe auf dem Raddampfer *Amelia,* steckte er schon zu viele verfluchte Stunden in einem glutheißen, lärmenden Loch ohne auch nur ein Schimmer Tageslicht.

Schließlich fand er eine annehmbare Teestube an der Ecke zur Clay Street, wo man »weiße Teufel« wie ihn auch bediente. Er nahm auf einem Rohrstuhl vor dem Lokal Platz und ließ sich einen Blechbecher mit Kaffee bringen.

Chinatown war im Großen Feuer von 1906 vollständig niedergebrannt, aber von der chinesischen Bevölkerung erstaunlich schnell wiederaufgebaut worden, schneller als andere Viertel der Stadt. Was auch dem Umstand zu verdanken war, dass man hier alle guten Ratschläge ignoriert und überwiegend wieder Holz verwendet hatte. Der Versuch der Stadtverwaltung, das Viertel der Chinesen irgendwo an den Stadtrand zu verdrängen, war am erbitterten Widerstand der chinesischen Bevölkerung gescheitert. Und sogar Peking hatte heftigen Protest gegen die versuchte Enteignung eingelegt.

Tau-Tau schlürfte die pechschwarze Brühe, die vermutlich Tote zum Leben erwecken konnte, und griff zu seinem Tabaksbeutel, um sich eine Zigarette zu drehen. Ihn drängte nichts, schon gar nicht sein verfluchter Job auf der *Amelia.* Der Schaufelraddampfer, der die ebenso kurze wie sterbenslangweilige Route Napa City–San Francisco bediente, kam erst morgen aus dem Trockendock.

Einmal mehr verfluchte er den Tag, an dem eine herabstürzende Besanrah ihn zum Krüppel gemacht hatte, vor sieben Jahren auf der Viermastbark *Josefine* während eines fürchterlichen Sturms in den berüchtigten *Roaring Forties,* unten vor Australien. Seitdem hatte er keine Heuer mehr auf einem Schiff gefunden, das auf große Fahrt ging. Wer wollte auch einen Krüppel dabeihaben, der sich an Deck selbst bei leichter See kaum auf den Beinen halten, geschweige denn im Sturm aufentern konnte? Seitdem schlug er sich als Heizer durch und musste dem übellaunigen Kapitän der *Amelia* sogar noch dankbar sein, dass er ihn nicht längst durch einen gesunden, jungen Mann ersetzt hatte. Aber früher oder später würde der Tag kommen. Immerhin ging er auf Mitte vierzig zu, und solch einen Knochenjob in dem verdammten Glutloch eines Maschinenraums würde er mit seiner verfluchten Behinderung nicht mehr viele Jahre durchstehen. Und dann würde er auf der Straße landen, buchstäblich.

Mit finsterer Miene grübelte Tau-Tau darüber nach, dass er sich womöglich bald für einen Hungerlohn als Tagelöhner an der Waterfront würde durchschlagen müssen, als ein Chinese auf der gegenüberliegenden Straßenseite seine Aufmerksamkeit erregte. Der etwa vierzigjährige Mann trat aus einem Geschäft, das sich dem

Schild über dem Eingang nach *Imperial Treasures* nannte. Er war in einen taubengrauen Anzug gekleidet, trug jedoch noch den traditionellen Zopf nach mandschurischer Art.

Doch es war nicht die Mischung aus westlicher Kleidung und fernöstlicher Haarmode, die Tau-Tau stutzen ließ. Vielmehr war es das großflächige, ins Schwärzliche tendierende Muttermal, das sich auf der rechten Gesichtshälfte des Mannes abzeichnete.

Tau-Tau kniff die Augen zusammen. Eine seltsame Unruhe ergriff ihn. Angestrengt blickte er hinüber, um Genaueres zu erkennen. Der Mann war vor dem Schaufenster stehen geblieben und gestikulierte. Es schien, als mache er Zeichen, die jemandem im Geschäft galten. Und dann, als er etwas in Richtung Ladentür rief, wandte er den Kopf so, dass Tau-Tau ihn von rechts sah.

Wie unter einem elektrischen Schlag zuckte Tau-Tau zusammen und verschüttete Kaffee, ohne es zu merken. Er glaubte, seinen Augen nicht zu trauen: Das handtellergroße Mal hatte die Form eines dreifingerigen Blattes.

Verdammt, dieses Muttermal kannte er! Der Schreck fuhr ihm jäh in die Glieder. Es fühlte sich an wie der kalte Stahl des Messers, das ihm damals auf der *Leviathan* bis ans Heft in seine Seite gefahren war. Dass er den Stich überlebt hatte, war ein Wunder gewesen. Aber noch heute machte sich die wulstige Narbe bei starken Wetterumschwüngen mit einem Ziehen bemerkbar.

Fassungslos starrte Tau-Tau hinüber zur anderen Straßenseite.

4

Das neue *Centurio Studio* bestand aus einem großen Schuppen ohne Dach, der Platz für zwei geräumige *sets* bot. Bei Regen wurde gewachste Zeltplane an Stangen ausgerollt, deren Eisenräder in Schienen oben auf den Längswänden liefen.

Alles war für den Dreh vorbereitet. Die beiden Kameras auf ihren dreibeinigen Stativen waren auf die Szene im Blockhaus ausgerichtet. Die Hütte in der Wildnis bestand nur aus zwei Kulissenwänden, doch die gekonnte Bemalung der Pressholzplatten täuschte recht überzeugend Wände aus grob geschälten Baumstämmen vor. Nur das dünne Glas im Fensterrahmen, das nachher bei der Schießerei zu Bruch gehen sollte, war echt.

Direkt neben dem Studioschuppen ragte eine Art Hochstand mit Sprossenleiter auf, beides aus Brettern und Balken grob zusammengezimmert. Das war das Krähennest, in dem Jimmy, ein halbwüchsiger Farmersjunge, hockte und für einen halben Dollar pro Drehtag »Himmelswache« hielt. Er beobachtete heraufziehende Wolken, die Kurs auf Hollywood nahmen und ihren Schatten auf das Set werfen konnten. Nur selten brauchte er eine Warnung auszurufen, aber er musste die Geschwindigkeit der Wolken einschätzen können. Waren sie rund zehn Minuten entfernt, musste er laut und deutlich »Wolke in zehn!« rufen. Ab dann hatte er mithilfe einer alten Taschenuhr, die ihm für die Dauer seiner Himmelswache gestellt wurde, nach jeder verstrichenen Minute die Ansage zu aktualisieren. Ein alter schwarzer Regenschirm, an eine lange Dachlatte hinter dem Sitz montiert, diente ihm als Sonnenschutz.

Auch Frank war zum Dreh bereit. Er stand, den Daumen am

Kippschalter der Kurbel, hinter der Kamera. Und er hatte sich noch einmal davon überzeugt, dass er den klobigen Tisch mit der Petroleumlampe und der Opiumwaage sowie William Cavendish, den bärtigen Hauptdarsteller ihres neuen Streifens, wie von Eddie Drexler gewünscht im Sucher hatte. Was bedeutete, dass auch das Fenster im Rücken des Schauspielers in der Aufnahme gut zu sehen war. Denn dort würde gleich der skrupellose Bösewicht mit dem Gewehr im Anschlag seinen Auftritt haben. Diesen besonderen *shot* würde allerdings Vergil machen, der sich mit seiner Kamera schräg links von ihm postiert hatte. Jetzt stand erst einmal der *take* mit dem Abwiegen der Goldkörner auf dem Programm.

Die anderen Schauspieler hielten sich drüben im Schankraum der einstigen Taverne auf. Helen und Rory, die beide tragende Rollen in diesem Film hatten, vertrieben sich die Wartezeit vermutlich mal wieder damit, steife Martinis zu süffeln. Dass sie sich den mit Lebensmittelfarbe pink gefärbten Alkohol aus der Thermoskanne in Emaillebecher gossen und vorgaben, Limonade zu trinken, täuschte keinen der alten Hasen darüber hinweg, dass die Drinks der Grund für ihre aufgekratzte Stimmung waren. Aber sie steckten das harte Zeug verteufelt gut weg, das musste man ihnen lassen.

Von der Straße her setzte wieder das laute Rattern und Dröhnen von Presslufthämmern ein. Seit sich immer mehr unabhängige Filmproduzenten hier niederließen, erlebte Hollywood einen regelrechten Bauboom. Mittlerweile gab es schon sieben Studios. Und mit Carl Laemmle und seiner *Universal* würde bald einer der ganz großen Unabhängigen seine Produktionsstätte an diesen Ort verlegen. Im Laufe der vergangenen vierzehn Monate war das Nest Hollywood zweifellos aus seinem Dornröschenschlaf erwacht.

Eddie Drexler griff zur Flüstertüte, um den Baulärm zu übertönen. »Achtung! Aufnahme!«, brüllte er durch den Trichter. »Kamera!«

Auf das Kommando hin löste Frank die Arretierung und begann zu kurbeln. Im selben Moment hielt Skinny, der mollige Assistent, die *slate* in den nahen Kamerabereich. Es gehörte zu seinen Aufgaben, mit Kreide den Filmtitel sowie die jeweilige Szene und Einstellung auf die schwarze Klapptafel zu schreiben. An diesem Septembermorgen stand dort *Treasure Hunters, scene 8, take 2.*

Längst hatte Frank den Bogen raus, die Kurbel gleichmäßig zu drehen und dabei die vorgeschriebene Geschwindigkeit von sechzehn Einzelbildern pro Sekunde konstant beizubehalten. Aber es hatte einiger Übung bedurft, bis ihm die gleichmäßige Bildfrequenz in Fleisch und Blut übergegangen war. Vergil hatte ihm geduldig geholfen und war längst zu einem guten Freund geworden. Mittlerweile kam es Frank so vor, als sei es eine kleine Ewigkeit her, dass er zum ersten Mal hinter einer Kamera gestanden hatte. Wobei er in den ersten Wochen nur als *framer* gearbeitet hatte, das hieß, er hatte dafür sorgen müssen, dass die Linse genau den Bereich erfasste, der aufgenommen werden sollte. Das war gar nicht so leicht gewesen, denn damals hatten sie noch mit Kameras ohne Außensucher gearbeitet. Stattdessen saß bei den alten Modellen oben auf dem lichtdichten Holzgehäuse ein quadratisches Eisengestänge mit zwei sich kreuzenden Diagonalen. Dieses aufgesetzte Zielkreuz diente als *view finder,* mit dem man sicherstellte, dass man mit der Aufnahme im *frame,* im Rahmen, blieb. Zum Glück gehörte dies der Vergangenheit an. Die Filmtechnik machte gewaltige Fortschritte, alle paar Monate gab es Neuerungen.

Er verfolgte durch den Seitensucher, wie William Cavendish am Tisch zu Pfeife und Streichhölzern griff. Der hochgewachsene Schauspieler mit den markanten Gesichtszügen war vor Jahren noch ein gefeierter Shakespeare-Darsteller gewesen und am Broadway aufgetreten, aber damit war es vorbei, seit er seine Stimme ruiniert hatte. Mit diesem heiseren Krächzen war ihm, wollte er weiterhin in seinem Beruf arbeiten, nur noch der Stummfilm geblieben. Vor der Kamera zu stehen und den Erfordernissen eines Drehs gerecht zu werden, war jedoch etwas anderes, als im Theater aufzutreten. Das zeigte sich auch jetzt, als ihm beim Anreißen die ersten zwei Streichhölzer abbrachen und er sich beim dritten die Finger verbrannte.

»*Cut! Cut! Cut!*«, schrie Eddie Drexler erbost und knallte die Blechtüte zu Boden, was ihr zu einer Beule mehr verhalf. »Cut, verdammt noch mal!«

Frank arretierte die Kurbel und trat von der Kamera zurück. Er hatte Lust auf einen zweiten Becher Kaffee und eine Zigarette. Skinny wischte die »2« von der Klappe und schrieb eine »3« hinter »Take«.

»Was soll diese Fummelei, Cavendish? Wir verkurbeln hier teures Zelluloid! Gottverdammte siebenundsechzig Fuß pro Minute, wenn Sie es genau wissen wollen! Und das bei sieben Dollar für die Rolle Rohfilm! Soll ich Ihnen vielleicht noch ausrechnen, was mich eine Drehminute bei all den Ausgaben und Ihrer Gage kostet?«, erregte sich der Produzent, und seine Stimme klang wie Donnergrollen. William Cavendish setzte zu einem ebenso entrüsteten Protest an, aber Drexler ließ ihn nicht zu Wort kommen. Wenn er in Fahrt war, hatte auch ein gestandener Shakespeare-Mime – egal, wie es seiner Stimme ging – gegen ihn keine Chance. »Also, wenn Sie nicht in der Lage sind, Ihre blöde Pfeife mit dem ersten Streichholz anzuzünden, lassen Sie es gefälligst sein! War sowieso eine idiotische Idee. Das wird gestrichen. Sie holen sofort den Beutel mit dem Gold hervor und beginnen mit dem Abwiegen.«

Eddie Drexler war Mitte fünfzig, von gedrungener Gestalt und mit einem ordentlichen Bauchansatz und Stiernacken. Dazu gesellte sich ein etwas grobschlächtiges Gesicht mit steingrauen Augen und einer kurzen, dicken Nase. Er war kein schlechter Boss, vor allem zahlte er faire Löhne, und das auch noch pünktlich, was nicht von allen Filmproduzenten gesagt werden konnte, aber er war ein Choleriker und Hektiker, der ständig die Kosten im Blick hatte. Schnelligkeit ging ihm über Qualität, ebenso Serie über besondere Einzelproduktionen. Er versorgte den Filmverleih mit Standardware, fast ausschließlich mit tausend Fuß langen *one reelers,* die eine Spielzeit von zwölf bis fünfzehn Minuten hatten. Alle diese Einspuler waren einander mehr oder weniger gleich, ähnlich den Autos, die bei Henry Ford & Co. von den Fließbändern liefen. »Drei Filme pro Woche und Team!«, lautete seine Vorgabe. Zum Glück tauchte er nicht jeden Tag am Set auf.

Vergil warf Frank einen Blick zu und verdrehte die Augen.

Die Kakofonie der Presslufthämmer auf der anderen Straßenseite mischte sich mit dem Lärm eines Lieferwagens, der mit quietschenden Bremsen nebenan vor der chinesischen Wäscherei hielt, von der manchmal dicke Schwaden seifenhaltiger Luft herüberwaberten.

»Geh und sag Patsy, Helen und Rory, dass sie sich bereithalten sollen«, trug Drexler einem der Kulissenschieber auf und griff zur Flüstertüte. Mit einem kurzen Blick zu Frank und Vergil vergewisserte er sich, dass seine Crew für die nächste Einstellung bereit war. »Achtung! … Aufnahme! … *Kamera!*«

Frank löste die Arretierung der Kurbel. Das leise Geräusch des Antriebs drang aus dem Nussholzgehäuse, und wieder knallte Skinny mit der Klappe. Nun also der dritte Versuch einer wirklich simplen Szene. Und dabei hatten sie noch sechs vor sich, bevor der Streifen im Kasten war. Es versprach mal wieder ein langer Tag zu werden.

5

Am Donnerstagmorgen nahm Harriet die Zehn-Uhr-Fähre von Sausalito nach San Francisco. Das Treffen mit den beiden Anderson-Brüdern, den Besitzern der *Portland Steamship Company*, die ihre kleine Flotte Küstenfrachter an den Vater verkaufen und Anteile der Caldwell Shipping Company erwerben wollten, war erst für zwölf Uhr im »Fairmont Hotel« angesetzt. Damit blieb ihr Zeit genug, um vorher noch bei ihrer Mutter und ihren Geschwistern vorbeizuschauen. Den flotten silbergrauen Buick Roadster, den Jordan ihr zum fünften Hochzeitstag geschenkt hatte, ließ sie stehen. Eine Mietdroschke brachte sie hinunter zum Hafen. Ihr Vater verabscheute Benzinkutschen und stieg grundsätzlich nur in von Pferden gezogene Gefährte. Wofür Magnus Magnussen, der aus Schweden stammende, altgediente Kutscher der Caldwells, ihm zweifellos von Herzen dankbar war.

Jordan hatte das Haus schon kurz vor acht verlassen. Er hatte ihren Sohn mitgenommen und auf seinem Weg zum Hafen im Kindergarten abgeliefert. Auch sein Tag war mit Terminen gefüllt, mehr noch als der seiner Frau. Er musste auf der Baustelle am Nob Hill nach dem Rechten sehen, damit ihr Haus endlich fertig wurde. Dann verlangten die beiden Wohltätigkeitsorganisationen, in deren Vorsitz er sich hatte wählen lassen, mehrere Stunden seiner Aufmerksamkeit. Besonders wichtig aber war ihm sein nachmittäglicher Termin mit der städtischen Museumsverwaltung. Dabei ging es um die Pläne für den Bau eines kulturhistorischen Museums. Jordan wollte den Ausschuss dazu bewegen, der altägyptischen Kultur einen eigenen Flügel zu widmen. Die Archäologie und insbesondere Expeditionen zu Ausgrabungen in Ägypten waren seine große Leidenschaft. Damit hatte ihn Jahre zuvor Onkel Geoffrey angesteckt. Er war gewillt, sich mit einer stattlichen Spende an den Kosten für diesen Ägypten-Flügel zu beteiligen, sofern dessen Ausgestaltung seinen Vorstellungen gerecht wurde. Nur gingen darüber bislang die Meinungen noch recht weit auseinander.

Aber bevor er sich einmal mehr vor dem Ausschuss ins Zeug legen konnte, musste er noch an einer der öden Aufsichtsratssitzungen der *First Pacific Bank* teilnehmen, die sich seit dem Goldrausch von 1855 im Besitz der Familie Shaw befand. Seit über zwanzig Jahren wurde sie von seinem Vater Archibald geführt, und in einigen Jahren würde die Kontrolle auf seinen älteren Bruder Randolph übergehen. Dem war die Kronprinzenrolle von Kindesbeinen an sicher gewesen, und Jordan neidete sie ihm nicht. Auch hätte er die Sitzung gern gemieden. Abgesehen davon, dass er sich nicht für Bankgeschäfte interessierte, hatte er weder zu seinem Vater noch zu seinem Bruder ein gutes Verhältnis. Es gab Dinge, die sie einander nicht verziehen. Der schäbige Versuch, Harriets Vater mit erpresserischen Mitteln aus der Geschäftsführung seiner eigenen Firma zu drängen, war nur eine der Gemeinheiten, die er seinem Vater und seinem Bruder vorwarf. Sie wiederum trugen ihm nach, dass er ihr Komplott nicht nur verhindert und Arthur Caldwell zu einer neuen Hausbank verholfen, sondern sich im Zuge dieser Ereignisse auch noch in Harriet verliebt und sie zur Frau genommen hatte.

Normalerweise gingen sie einander aus dem Weg, aber da er dank seiner viel zu jung verstorbenen Mutter einen zehnprozentigen Anteil an der Bank besaß und damit bei knappen Abstimmungen das Zünglein an der Waage sein konnte, hielt Jordan es für ratsam, an besonders wichtigen Sitzungen teilzunehmen, vor allem, wenn, wie an diesem Morgen, weitreichende Entscheidungen wie Kapitalerhöhungen auf der Tagesordnung standen.

Harriet ging an Bord der *Lady Ashburn,* die kurz darauf unter sonnigem Himmel, aber bei kühlem Westwind und leicht kabbeliger See Kurs auf das gegenüberliegende San Francisco nahm. Die Schaufelräder ratterten und schäumten in den Seitenkästen, und ein Schwarm hungriger Möwen folgte der Fähre mit lautem Geschrei, als beschwerten sie sich, dass im Kielwasser keine Fischabfälle schwammen.

Harriet hatte sich am Kiosk auf der Pier die neueste Ausgabe des *San Francisco Chronicle* gekauft, warf jedoch nur einen flüchtigen Blick auf die Schlagzeilen. Die rivalisierenden europäischen Großmächte rasselten mal wieder mit den Säbeln, protzten mit ihrer militärischen Stärke und benahmen sich wie Halbstarke auf dem Schulhof. Aber das war nichts Neues, und außerdem vollzog es sich eine Welt entfernt auf einem anderen Kontinent. Statt sich zum Lesen in den windgeschützten, aber verqualmten Aufenthaltsraum zu begeben, klemmte sie sich die Zeitung unter den Arm, stieg aufs Oberdeck und genoss den Ausblick. Den wurde sie niemals leid, egal bei welchem Wetter, und das war in San Francisco launisch wie nirgendwo sonst.

Vor ihr erstreckte sich die mächtige Bay mit der hügeligen Skyline von San Francisco, die sich im Süden vage gegen den Horizont abhob. Rechter Hand glitt bald die Felseninsel Alcatraz mit ihren schroffen Ufern und der alten Zitadelle auf dem kahlen Felsbuckel vorbei. Dann war der Blick wieder frei auf die Meerenge, die beiden einander gegenüberliegenden Landenden des *Golden Gate* im Westen. *Das Goldene Tor der Welt* wurde diese gerade mal zwei Meilen breite Durchfahrt zum Pazifik von vielen einheimischen, aber auch fremden Seeleuten genannt.

Auf dem Wasser herrschte der vertraute rege Verkehr. Die Raddampfer der Fährunternehmen, auf den Gewässern rund um San Francisco zu allen Tages- und Nachtzeiten unterwegs, strebten in alle Himmelsrichtungen. Bullige Barkassen und schnittige Lotsenboote geleiteten Überseedampfer sowie große Segelschiffe zu und von ihren Landungsbrücken. Dazwischen zogen bunt bemalte Fischerboote und die hochbordigen Dschunken chinesischer Shrimper mit ihren rechteckigen drachenblutroten Segeln ihre Bahn. Zollkutter schnitten durch die eisigen Fluten, plumpe Kohlenfrachter und rostige Lastkähne kämpften sich schwer beladen mit rauchendem Schornstein ihrem Ziel entgegen.

Der kühle Wind vom Pazifik war erfüllt von den vielfältigen Geräuschen auf dem Wasser. Es war ein an- und abschwellender Chor aus Schiffssirenen, dumpf hämmernden Dampfmaschinen, rhythmisch aufs Wasser klatschenden Schaufelradblättern, rauschenden Bugwellen sowie knarrenden Rahen und singender Takelage. Aber der Wind trug nicht nur diese Geräusche mit sich, sondern auch den herben Geruch von Salz, Rauch, Tang und Teer.

Schnell rückte die Stadt näher. Sie schien sich an ihre Hügel zu klammern. Aus einiger Entfernung bot sie mit ihren vielfach steilen Anhöhen noch immer ein herrliches Panorama, zumal der meilenlange Bogen der Waterfront mit seinen Lagerhäusern, Kontoren, Werkstätten und Geschäften wundersamerweise sowohl vom Erdbeben als auch von der Feuerhölle verschont geblieben war. Auch die meisten aus Stahl und Beton errichteten Wolkenkratzer und Geschäftshäuser hatten das Beben gut überstanden, womit sich diese Bauweise für die Zukunft als die einzig richtige herausgestellt hatte. Leider hatten im Zuge des Wiederaufbaus nur die wenigsten Bauunternehmer diese Lehre beherzigt.

Der bitteren Zeit der Obdachlosenlager und mühsamen Aufräumarbeiten war schnell eine geradezu fieberhafte Bautätigkeit gefolgt. Wie Phoenix aus der Asche hatte die Stadt aus den Trümmern auferstehen wollen, und zum größten Teil war ihr das auch gelungen. Aber auch fünf Jahre nach der Katastrophe verunstalteten noch viele ausgebrannte Ruinen und Trümmergrundstücke das Antlitz der Stadt wie Pockennarben.

Pünktlich um 10.45 Uhr erreichte die *Lady Ashburn* den zentralen Terminal von San Francisco, wo sich den Flotten der Fährunternehmen ein halbes Dutzend Landungsbrücken entgegenstreckten. Über dem fast zweihundert Yards langen Gebäude ragte in der Mitte ein hoher Uhrenturm auf wie ein südländischer Campanile. Tatsächlich war er dem spanischen Giralda-Turm der Kathedrale von Sevilla nachempfunden.

Harriet ging von Bord, durchquerte das Gebäude zügigen Schrittes und trat auf der anderen Seite hinaus auf die Market Street. Als eine der Hauptverkehrsadern schnitt die Market Street vom Fährenterminal bis an den Fuß der Twin Peaks diagonal durch die Stadt. In der Straßenmitte befand sich der *slot,* ein meilenlanger stählerner Schlitz, unter dem das unablässig surrende, klirrende Kabel für die Cablecars verlief. Ein weites Netz dieser Linien, betrieben von einer ganzen Reihe von Unternehmen, durchzog die steil ansteigenden und abfallenden Hügel der Stadt.

Die stählerne Spalte auf der Market Street stellte zugleich eine gesellschaftliche Trennlinie dar. *North of the slot,* also im Norden der Stadt, lagen die besseren Wohngegenden sowie das Geschäfts- und Finanzzentrum. Hier gab es zwar auch Enklaven wie Chinatown, Little Italy und das verruchte Viertel Barbary Coast, aber im Großen und Ganzen lebte man nördlich der Market Street geräumiger, besser und sicherer, und dort konzentrierte sich auch das Geld, das so reichhaltig durch San Francisco floss.

Dagegen hatten sich *south of the slot* die schmutzige, stinkende und lärmende Industrie mit ihren rauchenden Schloten sowie allerlei Kleinbetriebe und dubiose Geschäftsleute angesiedelt. Dort wohnten ein Großteil der Arbeiterschaft und das Heer der Einwanderer, die ums tägliche Überleben kämpften und sich mit einer billigen Unterkunft in einer der düsteren Mietskasernen zufriedengeben mussten.

Harriet erwischte eine abfahrtbereite Cablecar der *Montgomery*

Line, die sie in wenigen Minuten zum Telegraph Hill brachte. Die Fahrt ging vorbei an ebenso vielen brandgezeichneten Ruinen wie Neubauten und im Bau befindlichen Gebäuden. Erdbeben und Feuer hatten nur wenige Bezirke der Innenstadt verschont.

Welches Glück wir damals hatten!, dachte sie dankbar, als sie an Ecke Union und Montgomery Street von der Tram sprang. Ihr Elternhaus am Fuß des Telegraph Hill und auch das von Onkel Henry, der mit seiner Familie ein halbes Dutzend Blocks weiter westlich auf dem Russian Hill wohnte, hatten Erdbeben und Feuer unbeschadet überstanden. Dagegen hatte keine noch so große Anstrengung der Feuerwehr es vermocht, die Villen und Paläste auf dem Nob Hill, dem Millionärshügel, vor der Zerstörung zu bewahren.

Ihr Elternhaus war ein stattliches zweieinhalbstöckiges Gebäude im georgianischen Stil mit großen, lichten Zimmern. Kein Palast, aber doch eine respektable Residenz, die vom Geschäftserfolg ihres Besitzers kündete. Trotz der zentralen Lage gehörte zum Haus ein beachtliches Gartengrundstück, das auf der Rückseite von hohen Buchsbaumhecken umschlossen war. Selbst der alte Kirschbaum im Vorgarten hatte der Katastrophe von 1906 getrotzt.

Als Harriet auf das Haus zuging, überkam sie eine Welle von Traurigkeit, in die sich umgehend Bitterkeit mischte. Wären ihr sechzehnjähriger Bruder Elliot und die zwölfjährige Schwester Ashley nicht gewesen, sie hätte kehrtgemacht und wäre wieder gegangen. Ihr Vater hätte sich gefreut, sie schon so früh bei sich im Kontor zu sehen.

Bis zu ihrem dreizehnten Geburtstag hatte sie hier ein behütetes, sorgloses Leben geführt. Da jedoch endeten ihre guten Erinnerungen. Alles, was sich danach unter diesem Dach ereignet hatte, war ein endloser Albtraum gewesen. Nach dem schweren Schlaganfall ihres Vaters hatten sie monatelang unter seiner selbstzerstörerischen Tyrannei gelitten, das Personal eingeschlossen, und hier war es zum endgültigen Bruch zwischen ihrer Mutter und ihr gekommen. Doch der schlimmste Tag war der ihrer Rückkehr aus Boston gewesen. Fast auf den Tag genau sechs Jahre war das her. Nie würde sie vergessen, wie weh es ihr getan hatte, von Caitlin zu hören, Frank habe Hals über Kopf seine ehemalige Freundin Florence geheiratet und verbringe gerade die Flitterwochen mit ihr in Mexiko.

Caitlin!

Sie wünschte, eine Begegnung mit ihrer einstigen Zofe und getreuen Komplizin während ihrer heimlichen Affäre mit Frank bliebe ihr erspart. Caitlin – unselige Überbringerin einer Falschmeldung in der Klatschspalte der *Bar Harbor Gazette.* Diese Meldung hatte eine Kettenreaktion in Gang gesetzt, an deren Ende Franks überstürzte Heirat gestanden hatte. Und obwohl sie, Harriet, indirekt mit Schuld daran trug, hatte sie Caitlin den tragischen Fehler noch immer nicht ganz verziehen.

Sie wird es bestimmt wieder versuchen, dachte sie ahnungsvoll. Was *soll ich ihr bloß sagen? Wo doch Ashley bald aus dem Haus ist und Elliot längst kein Kindermädchen mehr braucht.*

Harriet seufzte, gab sich einen Ruck und trat widerwillig ein.

6

Tau-Taus entsetzter Blick klebte förmlich an dem Chinesen. Wie Luftblasen, die unter Schlick, Sand und Korallengestein von Jahrzehnten verschüttet gewesen waren, stiegen schaurige Bilder in ihm auf und zerplatzten wie übel riechende Gase an der Oberfläche seines Bewusstseins: Erinnerungen an die fatale Fahrt der *Leviathan.*

Tod und Teufel, wie ist das möglich? Spielt mir jetzt meine Fantasie einen Streich, oder kann der Chink da tatsächlich einer von den beiden Burschen sein, die es damals noch ins Ruderboot geschafft haben? Nein, unmöglich! Eine täuschende Ähnlichkeit, nichts weiter!

Im nächsten Augenblick jedoch hatte er den Beweis vor Augen, dass das scheinbar Unmögliche sehr wohl geschehen war. Denn nun trat ein zweiter Chinese aus dem Geschäft. Und der ähnelte dem Mann vor dem Schaufenster wie ein Ei dem anderen – das seltsame Muttermal eingeschlossen.

Sie waren es! Die Zwillinge!

»Soll mich der Teufel kielholen!«, stieß Tau-Tau hervor, doch seine Stimme war kaum mehr als ein zittriges Hauchen. Während die beiden Männer vor dem Schaufenster standen und sich offenbar über irgendetwas nicht einigen konnten, versuchte er, sich an ihren Namen zu erinnern. Es gelang ihm nicht. Seine Fahrt mit der *Leviathan* lag Jahrzehnte zurück. Außerdem: Wer merkte sich schon die Namen von Chinks, von toten Chinks ganz zu schweigen?

Als ihm bewusst wurde, dass er nicht befürchten musste, von ihnen wiedererkannt zu werden, wich sein Entsetzen großer Erleichterung. Selbst mit dem besten Erinnerungsvermögen der Welt würden sie in ihm nicht den Gordon Sloan von damals erkennen. Er war ja erst sechzehn gewesen, Decksjunge auf der *Leviathan,* von der Sonne gebräunt. Sein Körper war zu der Zeit von Tätowierungen noch so unbefleckt gewesen wie sein Gewissen von Blutschuld. Erst auf seiner nächsten großen Fahrt hatte er sich während eines elend langen Aufenthaltes auf Samoa die Tattoos stechen lassen und war zu Tau-Tau geworden.

Ein völlig anderes Bild drängte sich vor sein inneres Auge, das Foto von dem strahlenden Hochzeitspaar in der *Napa Gazette.* Fünf, sechs Jahre musste das jetzt zurückliegen. Aber er erinnerte sich gut daran. Das Lokalblatt hatte die Story groß rausgebracht, weil irgendwelche Verwandten des Bräutigams da im Napa Valley Rang und Namen hatten. Deshalb hatte das Foto fast eine halbe Seite eingenommen.

Er war durch Zufall auf den Artikel gestoßen. Vernon Pike, der Maschinist der *Amelia,* überließ ihm manchmal die Zeitung, wenn er selbst damit durch war. Fast hätte er sie damals weggeschmissen, aber dann hatte er die Seite ausgeschnitten und zu dem Sammelsurium von Erinnerungsstücken in seine Seekiste gelegt – zu den beiden anderen Fotos. Nicht, dass es etwas wert gewesen wäre. Nichts von all dem Kleinkram, den er in Pappschachteln, Blechdosen und Holzkästen aufbewahrte, hätte ihm in einer Pfandleihe oder beim Trödler auch nur einen lausigen Quarter gebracht, von den beiden chinesischen Lackschatullen vielleicht einmal abgesehen. Zumindest hatte er das bis eben gedacht. Nun aber, beim Anblick der beiden Männer mit dem Muttermal, rührte sich in ihm die aufregende Ahnung, dass der Artikel und die verblichenen Fotos in seiner Seekiste sehr wohl etwas wert sein konnten, womöglich sogar einen richtigen Batzen Geld! In seinen Gedanken nahm eine Idee Gestalt an.

Augenblicke später kehrten die Zwillinge in den Laden zurück und begannen, an der Dekoration ihres Schaufensters Veränderungen vorzunehmen. Woraus Tau-Tau den Schluss zog, dass das Geschäft *Imperial Treasures* ihnen gehörte, was immer sie da auch an chinesischem Tand als »kaiserliche Schätze« anzubieten hatten.

Er lachte leise. Ein hämisches Grinsen verzog die Wellentattoos und die Kriegerprofile, die sich von seinem Schädel herab und über sein Gesicht ergossen. Er kippte den letzten Schluck Kaffee hinunter und brachte den Becher in die Teestube zurück. Dabei erkundigte er sich beim Inhaber des handtuchschmalen Ausschanks nach den Zwillingen von gegenüber. Er brauchte Gewissheit, und die würde er sich notfalls auch etwas kosten lassen. Wie nicht anders erwartet, gab der Chinese zunächst vor, nichts über die beiden zu wissen, doch als Tau-Tau einen Silberdollar auf die Theke legte und seine Frage wiederholte, setzte die Erinnerung des Mannes schlagartig wieder ein.

»Nicht von hier, von China Cove!«, teilte er ihm mit und ließ die Silbermünze nicht aus den Augen.

Tau-Tau nickte. China Cove kannte er. Die Siedlung lag auf der Nordwestseite der Bay. Da lebten viele chinesische Shrimper. Einen Großteil ihrer Siedlung hatten sie auf Pfählen errichtet. »Und weiter?« Er gab den Silberdollar noch nicht frei. »Das allein ist keinen Nickel wert!«

»Lao Ching verkaufen an sie, zwei Wochen zurück«, fügte der Mann hastig hinzu. »Sein Frau letzt Jahr in Grab und er kein Sehen mehr … Er zu Tochter in Oakland.«

»Und ihr Name? Versuch gar nicht erst, mir weiszumachen, du wüsstest nicht, wie die beiden heißen!«

»Taishu … Feng und Yong Taishu«, rückte der Mann heraus. »Du kennen?«

Tau-Tau schob ihm die Münze zu und ging, ohne zu antworten. Und ob er Feng und Yong Taishu kannte! Trotz der vielen Jahre, die seither vergangen waren, hatte er sie auf Anhieb erkannt … zumindest *fast* auf Anhieb.

Eiligen Schrittes machte er sich auf den Weg zum *Spyglas Corner Guesthouse,* einer billigen Seemannsabsteige auf der südlichen Waterfront, nur einen Steinwurf von der Folsom Pier entfernt. Er beglückwünschte sich dazu, die Fotos, die er damals in den beiden Lackschatullen gefunden hatte, nicht weggeworfen zu haben. Zusammen mit dem Artikel aus der *Napa Gazette* hielt er damit einen Trumpf in der Hand, der ihn womöglich von allen Zukunftssorgen erlösen konnte. Zeit, einem alten Bekannten einen Besuch abzustatten und ihm die neuen Spielregeln beizubringen!

7

»Wolke in zehn!«, rief Jimmy mitten in der dramatischen Szene, in der der Schurke Rory mit seiner Schrotflinte am Fenster der Blockhütte auftauchte.

Alle nahmen die Warnung zur Kenntnis, doch keiner ließ sich bei dem, was er zu tun hatte, beirren. Frank und Vergil stockten nicht einen Wimpernschlag lang an der Kurbel.

»Großaufnahme von den Gewehrläufen, Vergil!«, wies Drexler seinen ersten Kameramann an. »Ich will die Mündungen riesengroß auf der Leinwand haben! Die Leute im Kino sollen einen Heidenschreck bekommen, wenn sie plötzlich in zwei Gewehrläufe blicken. Und dann will ich die Fensterscheibe unter dem Kugelhagel zerspringen sehen. Pass bloß auf, dass du mit der Stahlkugel auch die richtige Stelle im Glas triffst, Skinny!«

»Werde ich, Boss!«, rief Skinny, der hinter der Kulissenwand kauerte.

Weit außer Sicht, nämlich hinten bei den Kulissen für andere Szenen, saß auch der Set-Musiker unter einem kleinen Sonnensegel am Klavier. Üblich war ein Trio oder ein Quartett, das beim Dreh im Hintergrund etwas zur jeweiligen Szene Passendes spielte, um die Schauspieler in die richtige Stimmung zu versetzen, aber Drexler, der alte Geizhals, hatte für diesen Job nur einen ältlichen Pianisten angeheuert. Der wechselte nun von einer beschwingten Mozart-Klaviersonate zu einem schnellen, dramatischen Stück.

Skinny hinter der Kulissenwand spannte die Zwille und schoss auf Drexlers Kommando hin eine Stahlkugel auf die Glasscheibe ab. Das Glas barst, und Scherben flogen in alle Richtungen.

»In neun!«

Vergil hatte das Bersten der Scheibe mit fast doppelter Geschwindigkeit aufgenommen, damit es später beim Abspielen des Filmes mit der standardisierten Geschwindigkeit von sechzehn Bildern pro Sekunde dramatischer wirkte.

Bei dem vermeintlichen Pulverdampf, der nun aus den Läufen waberte, handelte es sich in Wirklichkeit um Zigarrenrauch, den der Gehilfe Rory durch die aufgeklappten Läufe blies.

»In acht!«

William Cavendish bäumte sich auf, warf den Kopf nach hinten, fasste sich an die Schulter, taumelte vom Hocker und stürzte, das Gesicht zu einer Grimasse des Schmerzes verzerrt, neben dem Tisch mit den Goldnugget-Beuteln zu Boden – und zwar direkt vor die Füße der holden Helen Hobson, die mit ihrer blonden Korkenzieherlockenpracht, den großen Augen und dem herzförmigen Puppengesicht die weibliche Hauptrolle spielte, die hilflose, naive Schöne, die schreckliche Gefahren zu durchleiden hatte, am Ende aber aus höchster Not gerettet wurde.

»Im Kamerabereich bleiben!«, rief Drexler, als Cavendish versuchte, sich aufzurichten, und dann wieder zusammenbrach.

Der Pianist hämmerte noch dramatischer in die Tasten.

Helen schrie theatralisch, riss die Augen auf und presste die Hände vor ihre hübschen Brüste, von denen dank des vorn eingerissenen Kleides mehr zu sehen war als üblich.

Indessen krümmte sich Cavendish mit der übertriebenen Gestik des Stummfilms, ließ das falsche Blut aus dem Mund laufen, murmelte etwas und streckte in Todesqual den Arm nach seiner Angehimmelten aus.

»In sieben!«, rief Jimmy gelangweilt aus dem Krähennest.

Der Pianist wechselte Stück und Tonart. Er spielte etwas in Moll, aus einem Requiem, da doch der Held anscheinend dem sicheren Tod ins Auge blickte und gerade noch Zeit hatte, von seiner großen Liebe Abschied zu nehmen.

»In der Haltung bleiben!«, kommandierte Drexler, was sich auch auf den Gesichtsausdruck der Schauspieler bezog, und tatsächlich erstarrten alle geübt mit eingefrorener Mimik. »Cut! Fitzie, marsch!«

Frank und Vergil arretierten die Kurbel ihrer Kamera, und die Musik brach jäh ab.

Dennis Fitzpatrick, der Standfotograf, hatte schon auf seinen Einsatz gewartet. Sogleich flammte der erste Magnesiumblitz auf, erklang das typische »Puff« der zerplatzenden Leuchte und zog der schweflige Geruch des verbrannten Blitzlichtpulvers durch das Set.

Fitzie, wie Dennis Fitzpatrick von allen genannt wurde, war ein kleiner, flinker Bursche von Mitte zwanzig, dem die Kleidung immer eine Nummer zu groß um den schmächtigen Körper schlotterte. Er trug ausnahmslos grellbunte Krawatten, die er viel zu hoch band, sodass sie ihm gerade mal bis zur Brustmitte reichten, und war selten ohne einen Zahnstocher zwischen den Lippen anzutreffen. Dass er wie ein ewiger Jugendlicher wirkte, hatte auch mit seinen Pausbacken und dem strubbeligen Haar zu tun.

Mit seiner handlichen 4x5-Graflex-Kamera machte Fitzie ein halbes Dutzend Standfotos von der dramatischen Szene. Sie wurden für die Schaukästen der Kinos und die Filmmagazine gebraucht, von denen es mittlerweile einige gab. Immerhin gingen mehr als zwanzig Millionen Amerikaner einmal pro Woche ins Kino; der Hunger des Publikums nach neuen Filmen sowie nach Storys und Fotos aus der Filmwelt schien unersättlich. »Standknipser« bei einem Filmstudio zu sein, war ein schlecht bezahlter Job, aber viele rissen sich darum, weil sie davon träumten, bald hinter einer Filmkamera zu stehen.

»In sechs.«

»Okay, eine halbe Stunde Drehpause!«, verkündete Drexler. »Howard, Mitch und Chris, ihr hängt schon mal die Kulissen für die nächste Szene um.« Und Jimmy rief er zu, er solle herunterkommen und sich drüben in der Taverne eine Limo geben lassen.

Dann wandte er sich Cavendish zu, und seine zusammengekniffenen Brauen verhießen nichts Gutes. »Sagen Sie, habe ich Sie da gerade richtig verstanden?«, fragte er und stemmte die Fäuste in die Hüften. »Haben Sie, als Sie da am Boden lagen, so etwas wie ›*Hiermit entsage ich aller Vaterpflicht!*‹ gesagt?«

Der einstige Broadway-Schauspieler nickte und warf sich in die Brust. »›*Bei dem heiligen Sonnenfeuer, hiermit entsage ich aller Vaterpflicht!*‹ Das ist aus *König Lear* und dabei …«

Drexler fuhr ihm über den Mund. »Sind Sie noch bei Trost, Mann? Ich habe Ihnen schon einmal gesagt, dass Sie diesen Shakespeare-Schwachsinn sein lassen sollen! Wenn Sie schon den Mund bewegen, dann muss das, was Sie sagen, auch in der Szene Sinn ergeben, zum Teufel noch mal! Haben Sie vergessen, dass auch Taubstumme ins Kino gehen? Von denen können viele Lippen lesen. Was sollen die davon halten, dass Sie sterbend Ihren verdammten Vaterpflichten entsagen? Sie sind unsterblich in die Kleine verliebt, die Sie gerade erst vor einem Unhold gerettet haben!«

»Oh!«, sagte Cavendish.

»Den tiefen Teller hat der Holde auch nicht erfunden«, raunte Vergil Frank zu. »Komm, lass uns was Kaltes trinken und draußen eine rauchen.«

Frank nickte. Wolken zogen über ihnen dahin und warfen für kurze Zeit ihre Schatten auf das primitive Studio.

»Also reißen Sie sich gefälligst zusammen, Cavendish!«, fuhr Drexler fort. »Sonst können Sie sich ein anderes Filmstudio suchen! Haben wir uns verstanden?«

Cavendish schoss das Blut ins Gesicht. »Ich gestehe, diesen Aspekt des Stummfilms vergessen zu haben, Mr Drexler. Seien Sie versichert, dass so etwas nicht wieder vorkommen wird«, versprach er gestelzt, um dann schnell das Thema zu wechseln. »Aber erlauben Sie mir, noch einmal auf unser Gespräch von letzter Woche zurückzukommen. Ich tue es äußerst ungern, muss aber darauf bestehen, dass mein Name sowohl auf den Plakaten steht als auch im Film angezeigt wird. Bei der *Universal* hat man auch damit begonnen, die Schauspieler namentlich zu nennen. Und da mein Name ja noch immer einen beachtlichen Bekanntheitsgrad genießt …«

Drexler verdrehte die Augen. »Ach, kommen Sie mir doch nicht wieder damit! Okay, Sie waren mal 'ne große Nummer am Theater, aber für Kinogänger sind Sie ein Niemand, kapiert? Der Film ist das Esperanto für das Auge, die Universität des einfachen Mannes. Da liegt man nicht vor Mimen auf den Knien, die vor betuchtem Publikum die verstaubten Klassiker zum Besten geben! Abgesehen davon werden in meinen Filmen grundsätzlich keine Namen genannt, weder auf Plakaten noch im Vorspann, noch irgendwo sonst!«, beschied er ihm. »Was das betrifft, bin ich, wie viele andere Produzenten, ausnahmsweise mal einer Meinung mit Edisons verfluchtem Trust: ›Das Unternehmen hält fest, dass es nicht die Persönlichkeit eines bestimmten Schauspielers ist, die einen Film erfolgreich macht. Das erfolgreiche Schauspiel in einem Film wird durch die Gemeinschaft erreicht und nicht durch ein Individuum!‹«, deklamierte er. »Also schminken Sie sich den Unsinn mit Ihrem Namen auf Plakaten oder sonst wo ab. Und wenn Ihnen das nicht passt, steht es Ihnen frei, sich ein anderes Studio zu suchen. Ich bezweifle aber, dass man Ihnen anderswo hundertzwanzig Dollar die Woche zahlt. Der gute Carl Laemmle von der *Universal* hat es nämlich gern preiswerter als ich! So, und jetzt entschuldigen Sie mich, verehrte Theatergröße! Ich habe mich noch um einige *wirklich* wichtige Angelegenheiten zu kümmern!«

8

Ich wünschte, es wäre schon Samstag und ich säße endlich im Zug nach Boston!« Ashley seufzte theatralisch, machte einen Schmollmund und strich sich eine blonde Locke hinters Ohr. Sie trug ein dunkelblaues Samtkleid mit weißem Spitzenkragen und saß im Schneidersitz auf der Tagesdecke ihres Himmelbettes. Missmutig kramte sie in einem mit Rosenmustern bedruckten Karton, der bis oben hin mit Haarbändern und Spangen vollgestopft war. »Ich fahre natürlich erster Klasse und habe für die fünf Tage im *Overland Limited* mein eigenes Pullman-Abteil! Die blöde Gouvernante, die bis Boston auf mich aufpassen soll, muss nebenan in einer mickrigen Kammer schlafen!«

»Ja, das hatte ich damals auch, mein eigenes Abteil und eine alte Jungfer mit Argusaugen. Aber hast du es wirklich so eilig, in dieses Internat zu kommen?«, fragte Harriet und setzte sich zu ihrer zwölfjährigen Schwester auf die Bettkante. Mit ihrem kunstvoll frisierten Haar, den rosigen, puttenhaft vollen Wangen und den leuchtenden Augen war sie ein verblüffendes Abbild ihrer Mutter. Auch Evelyn war in ihrer Jugend eine Schönheit gewesen. Mit der Schönheit hatte Ashley allerdings auch die exaltierte Eitelkeit geerbt. »Also ich war heilfroh, dass ich erst mit dreizehneinhalb auf *Madame Worchester's Institute For Young Ladies* musste. Und noch froher war ich, als ich es endlich hinter mir hatte!« Genau genommen hatte sie es vom ersten Tag an gehasst, dort zu sein; sie war sich vorgekommen wie in einem Zuchthaus. Und zwar nicht allein, weil sie jeglicher persönlichen Freiheit beraubt gewesen war, sondern auch, was das viktorianisch strenge Reglement anging. Dazu diese nervige Geziertheit, die endlosen Unterrichtsstunden in den tausend Facetten steifer Etikette und obendrein das seichte, ewig gleiche Geplapper der anderen Mädchen über Nichtigkeiten, Mode, Klatsch und die eigenen Aussichten auf eine gute Partie. Was der Unerträglichkeit die Krone aufgesetzt hatte, war der herausgekehrte britische Akzent der vertrockneten alten Worchester-Ziege gewesen. Die Jahre unter ihrer Fuchtel waren eine schier endlose Zeit stillen Leidens gewesen, und daran änderte sich auch durch die nostalgische Brille der Rückbesinnung nichts.

Das mit dem »englischen Institut« war eine fixe Idee ihrer Mutter, die eine geborene Chadwick war, in England geboren und die ersten neun Jahre ihres Lebens in London aufgewachsen. Für sie war die englische Kultur das Maß aller Dinge. Hörte man sie darüber reden, konnte man meinen, ihre Familie habe im huldvollen Schatten des königlichen Hofes gelebt. Wobei sich die Frage stellte, warum die Chadwicks London so Hals über Kopf verlassen hatten und nach Boston gekommen waren. Offenbar hatten eine katastrophal verlaufene Börsenspekulation sowie einige ungedeckte Schecks dabei eine Rolle gespielt, jedenfalls hatte Harriet das vor vielen Jahren einer Bemerkung ihres Vaters entnommen, als sie zufällig einen heftigen Streit der Eltern mit anhörte.

»Bestimmt hast du auch da alles besser gewusst und versucht, den Ton anzugeben«, gab Ashley schnippisch zurück. »Kann ich mir jedenfalls gut vorstellen. So hast du es ja auch gemacht, als du noch hier gewohnt hast.«

»Nun hör aber mal auf!«

Ashley zuckte die Achseln. »Stimmt doch, auch wenn du es natürlich nicht wahrhaben willst. Ist aber auch egal!« Sie legte ein rosa und ein pastellgrünes Seidenband zu dem kleinen Haufen der schon ausgesuchten Accessoires. »Ich bin mir jedenfalls sicher, dass es mir da gefallen wird.«

»Das kann sogar gut sein«, sagte Harriet und meinte es sarkastisch, was ihrer Schwester jedoch entging. »Aber wer weiß, vielleicht sehnst du dich auch bald nach Hause zurück.«

»Pah!«, schnaubte Ashley, knallte den Deckel auf den Karton und schob ihn von sich. »Darauf kannst du lange warten! Hier ist doch alles öde! In einer Katatombe eingemauert zu sein, kann ja wohl nicht schlimmer sein!«

»Es heißt Katakombe, mit einem k in der Mitte.«

Ashley ging mit der ihr eigenen Gleichgültigkeit darüber hinweg. »Miss Higgins hat nur ihren Küchenkram im Kopf, und Caitlin geht mir immer mehr auf die Nerven. Ich kann ihre langweiligen irischen Geschichten und die schmalzigen Lieder von der Insel nicht mehr hören. Das ödet mich alles an! Und mit Mom ist auch nichts anzufangen. Entweder schließt sie sich in ihre Gemächer ein, schreibt stundenlang Briefe und hockt vor ihrem Jonathan-Schrein, oder sie geht mit ihrem Verein alter Tanten, die alle nach Mottenkugeln oder nach kannenweise Lavendel riechen, zu diesen Seranzen.«

»Du meinst Séancen, spiritistische Sitzungen.«

Ashley verdrehte die Augen und wedelte die Verbesserung wie ein lästiges Insekt von sich. »Mir doch egal, wie dieses Herumsitzen um einen Tisch heißt!«, rief sie. »So was Blödes, bei schummerigem Kerzenlicht mit den Geistern des Totenreichs sprechen zu wollen! Und ich mag es gar nicht, dass Mom seit Jahr und Tag bloß Trauerkleidung trägt und wie ihr eigener Geist durchs Haus schleicht!«

Harriet musste lachen, obwohl die Angelegenheit von traurigem Ernst war. Jonathan, der von ihrer Mutter angehimmelte Erstgeborene, war mit neunzehn Jahren beim Bergsteigen in den Yosemite Mountains tödlich verunglückt. Mittlerweile lag sein Tod dreizehn Jahre zurück, aber noch immer trug die Mutter ausschließlich Trauerkleidung, wenn auch von den exklusivsten Schneiderinnen der Stadt aus den edelsten Stoffen maßgefertigt. Ihr Interesse für den Rest der Familie beschränkte sich auf sporadische und schmerzhaft flüchtige Momente.

»Du hast gut lachen!«, grollte Ashley. »Du hast mit deinem reichen Banker ja schnell eine tolle Partie gemacht! Und jetzt ziehst du bald in einen Palast auf dem Nob Hill!« Der Neid war nicht zu überhören.

Harriet hatte Mühe, sich zu beherrschen. Sie würde ihre kleine Schwester frühestens zu Weihnachten wiedersehen, da wollte sie nicht noch zwei Tage vor ihrer Abreise mit ihr aneinandergeraten. »Es ist kein Palast, sondern ein hübsches Stadthaus, meinetwegen eine Villa. Aber Jordan ist kein Protz, das weißt du genau!«, erwiderte sie. »Und bitte red nicht so schnodderig über Jordan, das gehört sich nicht. Er ist keine tolle Partie, sondern mein geliebter Ehemann und Vater unseres Kindes, und er ist *dein Onkel!*«

Ashley zog eine Schnute und sprang vom Bett. »Wirklich? Das hatte ich doch glatt vergessen!« Und dann erklärte sie, sie wolle nun nicht länger aufgehalten werden, denn sie habe bis zu ihrer Abreise noch viele wichtige Dinge zu erledigen.

»Gut, dann bis Samstag«, sagte Harriet mit einem bemühten Lächeln. Aber als sie plötzlich vom Ende des Flurs das Klappern einer Schreibmaschine hörte, fragte sie noch: »Sag mal, kommt das aus Elliots Zimmer?«

»Woher denn sonst? Meist du vielleicht, Mom hämmert auf so einem Ding herum und ruiniert sich die Fingernägel wie eine gewöhnliche Sekretärin? Onkel Henry hat ihm die Krachmaschine gestern geschenkt. Seitdem raubt auch er mir noch den letzten Nerv! Ein Grund mehr, so schnell wie möglich von hier zu verschwinden!«

Elender Schleimer!, dachte Harriet grimmig. Onkel Henry ließ wirklich keine Gelegenheit aus, um sich in gutes Licht zu rücken und den gutherzigen Verwandten zu spielen. Bei ihrer Mutter und Ashley und wohl auch bei Elliot hatte er leichtes Spiel. Sie hatten ja keine Ahnung, wie berechnend und hinterhältig er in Wahrheit war und was für ein dreckiges Spiel er spielte.

Als sie auf den Gang hinaustrat, öffnete sich fast zeitgleich die gegenüberliegende Tür, hinter der die Gemächer ihrer Mutter lagen. Es wäre ihr lieber gewesen, sie hätten einander verpasst. Und dass sie so fühlte, versetzte ihr einen Stich. Wie viel lieber hätte sie zu ihrer Mutter ein inniges Verhältnis gehabt! Aber diese Hoffnung hatte sie schon vor Jahren aufgeben müssen.

»Harriet.«

»Mutter.«

Flüchtig streiften sich ihre Wangen in einem verlogenen Ritual. Wenigstens verzichtete die Mutter schon lange auf die Luftküsse. In kühler Reserviertheit und Sparsamkeit, was das Ausdrücken von Gefühlen betraf, war sie schon immer eine Meisterin gewesen.

Auch mit ihren zweiundfünfzig Jahren war Evelyn Caldwell noch eine attraktive Frau. Ihre geradezu hoheitsvolle Trauer, die nichts und niemand zu mildern vermochte, sowie die sündhafte teure Garderobe unterstrichen diesen Eindruck noch. Wie üblich hatte sie ihr Gesicht leidensbleich gepudert und das herrliche Haar, von einem Haarnetz aus hauchzarter schwarzer Spitze bedeckt, zu einem strengen Dutt frisiert. Und unten im Foyer wartete zweifellos Caitlin mit Mantel, Hut und Handschuhen.

Evelyn musterte ihre Tochter mit strengem Glanz in den Augen. »Deine Frisur ist ja ganz annehmbar. Hast du endlich den Friseur gewechselt?« Sie missbilligte offenes Haar bei einer verheirateten Frau. Ihrer Meinung nach hatte es gebändigt zu sein.

Harriet verzog den Mund. Ihre Mutter verstand sich prächtig darauf, Kritik in scheinbar lobende Worte zu packen. »Nein, es ist immer noch derselbe, und ich gedenke auch nicht zu wechseln.«

»Nun ja, vielleicht findest du ja doch noch zu einem annehmbaren Stil.« Doch ihre Miene verriet, dass sie nicht wirklich daran glaubte.

»Zu gütig.«

»So, ich muss jetzt gehen.«

»Lass dich nicht aufhalten, Mutter.«

Evelyn bedachte sie mit einem kühlen Lächeln. »Ich wüsste auch nicht, wie du das anstellen wolltest«, sagte sie und ließ sie stehen.

Harriet schloss kurz die Augen und zwang sich, einige Sekunden lang ruhig ein- und auszuatmen. Dann atmete sie noch einmal tief durch und schaute bei ihrem Bruder vorbei. Jetzt war sie froh, nicht zuerst zu ihm gegangen zu sein. Elliot zu sehen würde sie den schlechten Geschmack, den ihr Besuch bislang hinterlassen hatte, vergessen machen. Sie liebte ihren Bruder, und diese Liebe wurde mit derselben Herzlichkeit erwidert.

Elliot war ein Büchernarr, was man seinem Zimmer unschwer ansah: Regale voller Bücher und der Schreibtisch überladen mit weiteren Büchern sowie Zeitschriften, Notizzetteln und Skizzenblöcken. Auch das Zeichnen liebte er. Oft unternahm er Streifzüge durch die Stadt, und er war gut darin, Alltagsszenen mit schnellem Strich festzuhalten.

Ihr kleiner Bruder, mit seinen siebzehn Jahren gar nicht mehr so klein, saß vor einer fabrikneuen Underwood-Schreibmaschine und tippte mit zwei Fingern linkisch, aber begeistert darauf herum. Aus der schmächtigen Gestalt von einst war ein sehnig schlanker Körper geworden, was zweifellos damit zu tun hatte, dass Elliot anderthalb Jahre zuvor seine Liebe zum Schwimmen entdeckt hatte und nun zu den Besten der Schulmannschaft gehörte. Das nussbraune, leicht gewellte Haar sowie die bernsteinfarbenen Augen mit den langen seidigen Wimpern hatte er von der Mutter geerbt. Dagegen hatte er von ihrem Vater nichts, zumindest nicht äußerlich, und das hatte er als kleiner Junge stets als schmerzlichen Makel empfunden. Darüber hatte er, der stille Träumer, nur mit ihr gesprochen, und selbst das nur sehr selten.

»Schwesterherz!« Mit einem strahlenden Lächeln ließ Elliot von dem schwarzen Koloss ab und sprang auf. »Schön, dass du dich mal wieder blicken lässt!«

Sie umarmten sich.

»Mann, riechst du gut!« Er zwinkerte ihr zu. »Und dieses Pepitakostüm steht dir sehr gut!«

»Danke, Bruderling! Und du? Sitzt du an deinem ersten Roman?«, fragte sie scherzhaft und deutete auf das Blatt, das in die Underwood eingespannt war. Das Durcheinander der Buchstaben, von denen die wenigsten auf einer Linie standen, sah aus, als sei ein Huhn mit Tinte an den Krallen über die Seite gehüpft.

Elliot lachte. »Krieg ja noch nicht einmal meinen Namen sauber aufs Papier. Bei dem Tempo, in dem ich mit dem Monster vorankomme, bin ich dreißig, bis ich den samt Adresse fehlerlos getippt kriege!«

»Unsinn, das wird schon!«

Sie unterhielten sich eine Weile über die Bücher, die Elliot gerade las. Er erzählte ihr von dem Briten E. M. Forster, dessen Romane *Zimmer mit Aussicht* und *Wiedersehen in Howards End* er gerade entdeckt hatte.

Harriet lehnte am Schreibtisch. An der Wand dahinter hatte ihr Bruder ein großes Korkbrett aufgehängt. Es war bespickt mit einem dichten Durcheinander von handbeschriebenen Zetteln, Zeitungsartikeln und Postkarten, die Ansichten von Paris, London, Rom, Istanbul, Kairo, Zürich, Athen und vielen anderen Orten in Übersee zeigten. Harriet hatte sie ihm von ihrer fast ein Jahr dauernden Hochzeitsreise, ihrer Grand Tour mit Jordan durch Europa und den Vorderen Orient, geschickt, und Elliot hatte sie alle aufbewahrt.

Einer der Zettel erregte ihre besondere Aufmerksamkeit; das darauf notierte Zitat war mit einem rot-schwarzen Kasten umrahmt.

»Man muss eine Aufgabe vor sich sehen und nicht ein geruhsames Leben!«, las sie laut.

»Das ist von Leo Tolstoi. Gut, nicht?«

»Und, schon eine gefunden?«, fragte sie neckend.

Er grinste verlegen. »Nö, wird schon noch kommen.«

Sie lachte. »Das glaube ich auch. Sieh erst mal zu, dass du die Highschool mit guten Noten hinter dich bringst. Dann wird sich an der Uni schon …« Sie stutzte und brach ab, als ihr Blick auf ein dünnes Notizbuch fiel. Es war nicht viel größer als ihre Hand und in billigen schwarzen Karton gebunden. In dem weißen Feld auf dem Umschlag stand von Elliots Hand *Dunkle Gedanken.* »Was ist denn das? Dunkle Gedanken? Ist das ein spezielles Tagebuch?«

Elliot zögert einen Moment, zuckte dann mit den Achseln und fragte zurück: »Hat die nicht jeder, Schwester?«

Nun war es an ihr, seinem Blick auszuweichen, denn an dunklen Gedanken mangelte es in ihrem Leben wahrlich nicht. »Ja, schon, aber doch nicht, wenn man so jung ist wie du.«

»Was hat das Alter damit zu tun?« Er hob die Brauen, als wollte er stumm fragen, ob sie vergessen hatte, wie sehr er als Junge unter dem übermächtigen Vater und der distanzierten Mutter gelitten hatte.

»Und was für dunkle Gedanken quälen dich?«, fragte Harriet besorgt.

»Ach, nichts Aufregendes. Aber hier, lies doch selbst!« Mit einem verschmitzten Lächeln schob er ihr das Heft zu.

Sie sah ihn skeptisch an. »Bist du dir sicher? Man liest nicht in anderer Leute Tagebüchern.«

»Absolut!«, bekräftigte er, ein seltsames Blitzen in den Augen. »Vor dir habe ich keine Geheimnisse, das weißt du doch. Und nun mach schon, wenn ich dir doch sage, dass du es ruhig lesen kannst!«

»Also gut.« Sie schlug das Notizbuch auf, blätterte darin und stellte verblüfft fest, dass es überhaupt keine Einträge enthielt. Die Seiten waren leer, nur die erste sah merkwürdig aus, verkratzt von mehrfach wieder ausradierter Bleistiftschrift. Es gab im ganzen Heft noch viele einander kreuzende und überschreibende Buchstaben, doch einzelne Wörter waren nicht auszumachen, das wäre höchstens vielleicht mit der Lupe und viel Zeit möglich gewesen.

Sie lachte. »Na, da hast du mich aber schön reingelegt!«

Elliot schüttelte mit ernster Miene den Kopf. »Nein, das soll so sein. Denn das ist ja der Witz an der Sache, besser gesagt: das kleine Wunder dieser Methode. Man schreibt seine dunklen Gedanken abends auf, lässt sie über Nacht auf dem Papier vor sich hin schmoren – und dann radiert man sie am nächsten Morgen wieder aus. So wird man sie los. Frag mich nicht, wo ich das gelesen habe, aber es funktioniert ganz gut. Du siehst, du brauchst dir um mich keine Sorgen zu machen«, sagte er leichthin, nahm das Notizbuch und ließ es in einer Schreibtischschublade verschwinden. »Ich radiere einfach aus, was mich bedrückt und nicht in mein Leben passt!«

9

Frank und Vergil begaben sich in den Schankraum der alten »Blondeau Tavern« und holten sich eine Coca-Cola aus dem mit Blech ausgeschlagenen Eisschrank. Sharon Keller, Drexlers Sekretärin und argwöhnische Hüterin selbst über die kleinsten Ausgaben, knöpfte jedem von ihnen einen Nickel ab. Bei ihrem Boss gab es nichts gratis, wer nicht Wasser aus dem Hahn trinken und den Drehtag hungrig durchstehen wollte, musste sich seine Getränke und Sandwiches selbst mitbringen oder sich bei einem der Straßenhändler, die regelmäßig ihre Runde zwischen den Studios machten, etwas kaufen.

Sie setzten sich im Hinterhof im Schatten des Vordachs auf eine der vielen Kisten, die mit Requisiten und Kostümen gefüllt waren, ließen die eisige Coke in kleinen Schlucken durch ihre trockenen Kehlen laufen und rauchten.

Aus einem offenen Fenster des einstigen Lagerraums der Taverne, der nun als spärlich eingerichtete Künstlergarderobe fungierte, drang Drexlers genervte Stimme zu ihnen heraus.

»Du liebe Güte, was soll denn das, Patsy? Habe ich dir nicht gesagt, du sollst dir, verdammt noch mal, nicht die Lippen röten? Das kommt im Film schwarz! Und niemals Rouge auf Wangen und Nase! Willst du auf der Leinwand aussehen wie mit Kohle beschmiert? Herrgott, wie oft muss ich euch verdammten Anfängern das denn noch sagen?«

»Aber ich dachte …«, erwiderte eine piepsige Mädchenstimme.

»Überlass das Denken mir, denn bei mir funktioniert es. Es reicht, wenn du genau das tust, was ich dir sage, verstanden?«, schnitt Drexler ihr das Wort ab. »Und jetzt runter mit der Schminke. Du hast ’ne junge Siedlertochter zu spielen, nicht ’ne angemalte Bordsteinschwalbe!« Eine Tür knallte, und es folgte ein halb weinerliches, halb wütendes Aufschluchzen.

Frank und Vergil grinsten einander an. Patsy Moore war ein hübsches Mädchen von siebzehn Jahren, das eine der Nebenrollen ergattert hatte, aber nicht eben helle war. Beworben hatte sie sich mit den denkwürdigen Sätzen: »Beim Theater muss man so viel auswendig lernen, hat man mir gesagt. Deshalb will ich es lieber beim Lichtspiel versuchen.« Ihr unschuldiger Blick, die vollen Lippen und das makellose Gesicht hatten jedoch in Drexlers Augen die Unbedarftheit mehr als wettgemacht.

»Mann, bin ich froh, dass wir nicht länger *Ortho*-Rohfilm verwenden«, sagte Vergil. »Bei dem Zeug gab es ständig Schwierigkeiten mit den Grautönen, da hatten die Leute oft so weiße Gesichter, dass sie aussahen wie Clowns.«

Frank nickte, auch wenn er nichts dazu sagen konnte, weil das vor seiner Zeit als Kameramann gewesen war. Außerdem beschäftigte ihn etwas anderes. »Ich finde ja, dass Drexler einen Fehler macht, was die Namensnennung auf Plakaten und im Vorspann betrifft. Ich habe das Gefühl, dass sich das früher oder später durchsetzen wird.«

Vergil schnippte die Asche von seiner Chesterfield und machte ein skeptisches Gesicht. »Na, ich weiß nicht. Glaubst du wirklich, die Leute wollen wissen, wie jeder Schauspieler heißt? Also, wenn ich einen Western sehe, juckt es mich nicht, wie der Saloon-Wirt oder die drei randalierenden Cowboys heißen. Und ich schätze, den meisten anderen Zuschauern ergeht es nicht viel anders.«

»Das ändert sich, Vergil«, widersprach Frank. »Den Leuten reicht es nicht mehr, wenn in *Variety, Moving Picture World, The Motion Picture Story Magazine* oder *The Photo-Play* nur vom *neuen Biograph-Girl* oder der *Vitagraph-Schönen mit den goldenen Locken* geschrieben wird. Die Kinofans wollen mehr über die Schauspieler wissen, und zu solchen Storys gehören nun mal Namen. Du solltest auch mal eines dieser Magazine zur Hand nehmen.«

»Reicht doch, wenn du den ganzen Kram liest«, winkte Vergil lachend ab, und sie kamen wieder auf ihre Arbeit zu sprechen. »Ich sag dir, ich mach drei Kreuze, wenn Drexler nächste Woche aus Hollywood verschwindet, um weitere Deals mit den Filmverleihfirmen auszuhandeln. Dann wird's bei uns wieder ruhiger.«

»Mit dir als Studioleiter zweifellos. Mir wäre aber noch wichtiger, er würde endlich in neue Kameras investieren. Und zwar am besten in ein neues Modell von *Bell & Howell* oder in eine von *Aeroscope.*«

»Du meinst die von dem polnischen Erfinder, mit der man freihändig drehen kann?«

Frank nickte. »Sie wird in England gebaut und ist die erste Kamera, für die man kein Stativ braucht und bei der man nicht kurbeln muss. Der Antrieb arbeitet mit komprimierter Luft.«

Vergil hätte sich beinahe verschluckt. »Wie bitte? Mit Luft?«

»Ja, man pumpt den Speicher mit einer normalen Fahrradpumpe auf und kann bequem zehn Minuten lang drehen, bevor man wieder zur Luftpumpe greifen und sozusagen nachladen muss. Man kann die *Aeroscope* also in der Hand halten und ist damit mobil. Das eröffnet ganz neue Möglichkeiten!«, schwärmte Frank.

»Und was kostet so eine Wundertüte?«

»Weit über tausend Dollar. Für eine neue 35-Millimeter von *Bell & Howell* musst du sogar fast das Doppelte hinlegen.«

Vergil verzog das Gesicht. »Wenn du glaubst, dass Drexler so eine sauteure Kamera anschafft, solange die alten noch ihren Dienst tun, dann lebst du bei Alice im Wunderland!«, spottete er gutmütig. »Apropos Alice: Wie läuft es denn mit deiner Flamme? Noch alles in ruhigem Fahrwasser, oder werden schon die Hochzeitsglocken geputzt?« Er stieß ihm freundschaftlich den Ellbogen in die Rippen.

»Keine Sorge, du musst dir noch keinen Frack aus dem Kostümverleih holen«, flachste Frank zurück. »Das mit Alice ist nichts Festes, das habe ich dir schon mal gesagt.« Er war schon im August des vergangenen Jahres aus der Kammer über der Taverne ausgezogen und hatte sich im »Glen-Holly Hotel« einquartiert, wo es nur zwanzig Zimmer gab. Es stand in ruhiger Lage, an der südöstlichen Ecke von Franklin und Ivar Street, hinter hohen schattigen Bäumen und umschlossen von einem üppigen Rosengarten. Es war sauber und gediegen und genügte seinen Ansprüchen vollkommen. Weshalb er schnell mit dem Besitzer übereingekommen war, dass er für einen annehmbaren Monatspreis Dauergast sein würde. Was die dreiundzwanzigjährige Brünette Alice Darby betraf, die im Schankraum des Hotels arbeitete, für den Betrieb der Bowlingbahn verantwortlich war und drei Monate zuvor zum ersten Mal den nächtlich verschwiegenen Weg in sein Bett gefunden hatte, so betrachtete er sie als flüchtige Liebschaft.

Vergil griente. »Ja, hast du. Aber hast du es auch *ihr* gesagt? Du weißt doch, wie Frauen sind. Das Unausgesprochene legen sie immer zu ihrem Vorteil aus.«

»Sie weiß, dass ich nicht daran denke, mich zu binden.« Und bislang deutete auch nichts darauf hin, dass Alice auf eine Bindung aus war. Sonst hätte sie wohl nicht ständig davon geredet, dass sie nach Alaska gehen und Huskys für Hundeschlitten züchten werde, sowie sie für dieses Abenteuer genug Geld beisammenhätte. Dass ihm Kälte und Schnee zuwider waren und er also ganz sicher nicht mit von der Partie sein würde, war ihr klar.

»Na prächtig, dann hast du ja vielleicht auch Zeit, heute Abend mit ins *Wilcox* zu kommen. Da steigt mal wieder eine scharfe Pokerrunde.« Das *Wilcox Building* gehörte zu den neuen Geschäftshäusern, die in letzter Zeit wie Pilze aus dem Boden geschossen waren. Im Erdgeschoss des Gebäudes hatte eine Bank ihre Schalter eröffnet. In den Räumen über der Bank befanden sich unter anderem ein Ballsaal samt Bühne für Fest- und Tanzveranstaltungen sowie ein Billard- und ein Kartenzimmer, die sich allesamt regen Besuchs erfreuten.

Auf Frank übte das Glücksspiel keinen Reiz aus, ganz im Gegensatz zu seinem Freund. Dass Vergil trotz seines guten Wochenlohns oft abgebrannt war, hatte mit seiner fatalen und vor allem glücklosen Pokerleidenschaft zu tun. Ihm fehlte einfach das Talent, überzeugend zu bluffen oder ein mieses Blatt früh abzuwerfen.

»Danke, aber das ist nicht so mein Ding, wie du weißt. Außerdem habe ich schon was vor«, sagte Frank freundlich, und bevor Vergil noch in ihn dringen konnte, was er denn für den Abend geplant habe, rief Drexler sie schon zum Set zurück. Er war ganz froh darüber, denn er hätte seinen Freund nur ungern angelogen. Es gab einfach Dinge, die erst in einem reifen und konkrete Gestalt annehmen mussten, bevor man sie unbesorgt ans Licht der Welt lassen konnte!

10

Caitlin hatte sie natürlich doch noch abgepasst und sie auf ihr Herzensanliegen angesprochen, unten im Foyer, als sie schon fast aus der Tür gewesen war. Und Harriet hatte es nicht über sich gebracht, Eile vorzuschützen und sie einfach stehen zu lassen. Sie waren einmal ein Herz und eine Seele gewesen, und ohne Caitlins Komplizenschaft wäre ihre heimliche Liebschaft mit Frank nie möglich gewesen. Sie hatte Caitlin viel vorzuwerfen, aber eben auch viel zu verdanken.

»Sie wissen doch genau, was mir blüht, Miss Harriet!« Seit ihrer verhängnisvollen Eigenmächtigkeit vor sechs Jahren war sie wieder zur respektvollen Anrede zurückgekehrt, und Harriet hatte sie auch nicht aufgefordert, sie wieder zu duzen. »Wo Miss Ashley doch jetzt nach Boston aufs Institut geht, der junge Herr Elliot schon lange kein Kindermädchen mehr braucht und Miss Higgins ihre junge Nichte als Zimmermädchen ins Haus geholt hat, wird Ihre Mutter mich bestimmt bald vor die Tür setzen.«

»Sie wird dir ein gutes Zeugnis ausstellen, und du wirst schnell eine neue, vielleicht sogar eine viel besser bezahlte Anstellung finden, da bin ich mir sicher«, sagte Harriet ausweichend.

Caitlin sah sie beschwörend an. »Aber viel lieber würde ich bei Ihnen in Anstellung gehen. Mir reicht auch der Lohn, den ich bekomme. Bitte geben Sie mir noch eine Chance, Miss Harriet! Wo Sie doch bald in Ihr neues Haus am Nob Hill einziehen und so viel Zeit bei Ihrem Vater im Kontor verbringen, werden Sie für Ihren Sohn ein gutes und zuverlässiges Kindermädchen brauchen. Und Sie wissen, dass ich auch für alle anderen Arbeiten im Haus gut bin. Ich werde Sie nicht enttäuschen.« Händeringend sah Caitlin sie an.

Harriet zögerte einen Moment. Als ihre Mutter Caitlin acht Jahre zuvor eingestellt hatte, war sie ein plumpes, reizloses und scheinbar einfältiges Geschöpf von siebzehn Jahren gewesen, mehr oder weniger frisch vom Einwandererschiff. Aber sie hatte sich vom ersten Tag an als aufgeweckt, lernwillig und überaus tüchtig erwiesen. Im Laufe der Jahre hatte sie ihren irischen Akzent abgelegt, sich in allen häuslichen Belangen umfassende Kenntnisse verschafft und sich zu einer recht ansehnlichen Frau von fünfundzwanzig Jahren entwickelt. Damit war sie ein Gewinn für jede Familie, die ausschließlich gut ausgebildete und vertrauenswürdige Leute in ihre Dienste nahm. Abgesehen davon mochte Adrian sie. Ja, Caitlin wäre ein ideales Kindermädchen für ihren Sohn, zehnmal besser sogar als die mund- und denkfaule Pauletta, die sie drüben in Sausalito angestellt hatte. Wäre da nicht die Sache vom September 1905 gewesen …

In Caitlins Augen schimmerten Tränen, und Harriet gab sich einen Ruck. »Also gut, ich denke darüber nach«, sagte sie, fügte jedoch sofort hinzu: »Aber das ist auch alles, was ich dir versprechen kann: nachdenken, ja? Weiß der Himmel, wie dann meine Entscheidung ausfällt.«

Den letzten Satz hatte sie etwas ruppig hingeworfen. Dann hatte sie sich eilig abgewandt und war gegangen, denn sie hatte Caitlins Blick gesehen und befürchtet, sie könnte gleich nach ihren Händen greifen und ihr mit tränenerstickter Stimme danken. Diese sentimentale Ader hatte sie leider nicht abgelegt.

Im Zwiespalt ihrer Gefühle für Caitlin ging Harriet die Union Street hinunter. Von ihrem Elternhaus war es nur ein kurzer Weg bis zur Waterfront. Der sichelförmige Bogen der Hafenanlagen von North Beach, deren Landungsbrücken wie die Füße eines Tausendfüßlers in die kalten Fluten der San Francisco Bay ragten, war für sie von Kindesbeinen an ein magischer Ort gewesen, und diesen Zauber empfand sie noch immer. Das verband sie mit ihrem Vater, dessen Kontor am Ende der Vallejo Street lag. Und einen Steinwurf entfernt legten an der gleichnamigen Pier die Schiffe der Caldwell Shipping Company an.

Auf der linken Straßenseite der Waterfront, die offiziell East Street North hieß, reihten sich über Dutzende Häuserblocks hinweg die von Wind und Wetter gezeichneten Lagerhäuser und Kontore der Reeder, Frachtbroker, Versicherungsagenten, Schiffsausrüster, Fuhrunternehmen, Arbeitsvermittler, Konsularvertretungen und vieler anderer Unternehmen aneinander. Dazwischen drängten sich Werkstätten sowie Seemannsunterkünfte und Wirtshäuser in reicher Zahl und von höchst unterschiedlicher Qualität.

Auf der gegenüberliegenden Seite erstreckte sich entlang der Landungsbrücken ein Wald aus Schornsteinen, Masten, Rahen und aufgerolltem Segeltuch. Noch immer ragten die Bugspriete vieler Segelschiffe auf den breiten Plankenweg hinaus, doch die jahrhundertelange Vorherrschaft der stolzen Segler war gebrochen, bestimmten seit einigen Jahren doch Dampfschiffe das Hafenbild.

Es roch nach Teer und frischer Farbe, nach Terpentin und Labsal, nach Tabak und Ruß, nach toten Fischen und verfaultem Abfall, nach Getreide, Kohle und exotischen Gewürzen, nach Pferdemist, Holz sowie dem Essen der Garküchen und Wirtshäuser.

Diese Vielfalt an Reizen für den Geruchssinn fand ihre visuelle Entsprechung in dem bunten Treiben, dem lauten Wogen und Durcheinander von Menschen aller Klassen, aus aller Herren Länder und aller Sprachen. Boten hasteten mit Telegrammen, Frachtpapieren und anderen wichtigen Sendungen in alle Richtungen. Hier ein Kapitän, der mit einem Lieferanten stritt, dort Tagelöhner auf Arbeitssuche. Chinesische Lieferanten mit Spitzhut und lang über den Rücken baumelndem Zopf, über der Schulter das Joch, an dem rechts und links dicke Packen sauberer Wäsche baumelten. Ungeduldige Fuhrleute, die sich mit knallender Peitsche einen Weg zu bahnen versuchten. Automobile, Lieferwagen, dazwischen Reiter, Mietdroschken, offene Einspänner und stattliche Kutschen. Passagiere, die das Verladen ihres Gepäcks überwachten, Reisende, die sich von Freunden oder Angehörigen verabschiedeten. Ein wogendes Heer von Matrosen, Schauerleuten und Lastenträgern. Geschäftsleute, Müßiggänger, fliegende Händler mit ihren Bauchläden, Bettler, herumlungernde Galgenstricke, Zuhälter und Taschendiebe. Seeleute aus aller Welt, Afrikaner, dunkel wie Ebenholz, blonde Skandinavier, Insulaner aus der Südsee mit verstörenden Tätowierungen, Filipinos in der makellos weißen Uniform der Küchen- und Kabinenbediensteten auf Passagierschiffen. Und dazu das Stimmengewirr, das Geratter der dampfbetriebenen Kräne, die Fracht auf Schiffe und von ihnen herunterhievten, das Kreischen von Möwen, das Schlagen von Segeltuch, das Ächzen von Rahen, das Surren von Flaschenzügen und das Tuten der Dampfer.

Harriet sah schon von Weitem, dass der Stolz ihres Vaters an der Vallejo Pier lag. Der Dreimaster musste am frühen Morgen eingelaufen sein. Der Anblick des Seglers mit seinen mächtigen Masten und eleganten Linien ließ sie jegliche Grübelei vergessen. Für ihren Vater war der Clipper, gebaut in einer renommierten Werft in Maine und ein echter Downeaster mit mächtigem Frachtraum, noch immer das Flaggschiff seiner Flotte. Er hatte ihn damals beim Kauf auf den Namen *Samoa* umtaufen lassen, denn alle Schiffe der Caldwell Shipping Company trugen den Namen einer Insel, und alle Namen fingen mit einem S an.

Vor dem Kontor, einem massiven zweistöckigen Gebäude aus dunklem Backstein, dessen Bleiglasfenster im Erdgeschoss vergittert waren, standen zwei Fuhrwerke. Das obere Stockwerk diente als Lagerraum für besonders wertvolle Waren. Ein mächtiger Vierkantbalken mit Flaschenzug ragte aus dem Giebel, und über den Flaschenzug wurden dicke Stoffballen von den Fuhrwerken nach oben gehievt. Harriet nahm an, dass es sich um Seide aus China handelte, denn gewöhnliche Fracht wurde in die beiden großen Lagerhäuser gebracht, die sich hinter dem Kontor erhoben.

Cecil Slocum, Kontorvorsteher und pedantischer Prokurist ihres Vaters, stand draußen bei den Arbeitern und überwachte das Umladen der schweren Ballen. Steif wie ein Ladestock und damit in seiner alltäglichen Haltung, gab er seine Anweisungen.

»Guten Tag, Miss Harriet!«, sagte er und neigte steif den Kopf. Er trug einen Kneifer mit kleinen runden Gläsern auf der schmalen Nase. Fuchsrote Koteletten, die nach oben hin in das Zimtbraun seines dünnen Haupthaars übergingen, betonten ein schmales, blasses Gesicht mit wachsamen Augen, hohlen Wangen und einem spitzen Kinn, das auf einem stets hohen, steifen Hemdkragen ruhte. Eine zimtbraune Augenbraue hatte Cecil Slocum immer hochgezogen. Es war, als rechne er jeden Moment damit, auf einen Fehler in einem Frachtmanifest oder Geschäftsbrief zu stoßen. Es hieß, Slocum schlafe sogar mit einer hochgezogenen Braue, aber einen Beweis hatte noch keiner erbracht. Harriet hatte keine Ahnung, wie alt der Mann war; er konnte ebenso gut Mitte fünfzig wie auch erst Ende dreißig sein.

Sie grüßte zurück und begab sich in die Seitengasse, wo eine Rampe zum Hintereingang des Kontors hochführte. Nach dem schweren Schlaganfall acht Jahre zuvor hatte ihr Vater sich lange Zeit nur im Rollstuhl fortbewegen können. Die halbseitige Lähmung rechts hatte sich leider nur zu einem kleinen Teil zurückgebildet. Auch seine volle Sprachfähigkeit hatte Arthur nicht zurückgewonnen. Seine schlurrende Aussprache blieb für viele, die nicht ständig Kontakt mit ihm hatten, unverständlich, sodass Harriet seine Worte auch weiterhin sozusagen übersetzen musste.

In der schmalen Durchfahrt, wo es zu den Lagerhäusern ging, stand die dunkelblau lackierte Kutsche ihres Vaters mit dem Rotfuchs Samson im Geschirr. Magnus Magnussen wartete gewiss wie üblich nebenan in der Taverne auf das Zeichen, dass er gebraucht wurde. Aber bis zu ihrem Termin im »Fairmont Hotel« war noch Zeit.

Das Kontor war gut beheizt. Harriet zog die Handschuhe aus und knöpfte den Mantel auf. Von der Hintertür führte ein kurzer Gang nach vorn zu einem großen offenen Raum, der unter einer mächtigen Decke aus Vierkantbalken lag. Hier standen die Stehpulte der Schreiber und Buchhalter und Cecil Slocums leicht erhöhter Sekretär, von dem aus er alles im Auge behielt. Durch die eher kleinen Fenster, die rechts und links der Eingangstür zur Waterfront hinausgingen, fiel selbst an sonnigen Tagen wenig Tageslicht. Für die nötige Helligkeit sorgte ein Kranz von vier Gasleuchten mit ziselierten Glaszylindern unter der Decke. Entlang der fensterlosen Seitenwände reihten sich schwere Faktoreitische sowie ein Dutzend brusthohe Aktenschränke aneinander. Die Tische waren fast immer von ausgerollten Seekarten bedeckt, es gab ein Chronometer und ein Barometer, beide in solides Messing gefasst und aus der Manufaktur einer renommierten Londoner Firma, sowie ein Korkbord, an das Telegramme und andere Meldungen geheftet wurden. Für Wärme sorgte ein gusseiserner Kohleofen.

Das Büro des Vaters, abgetrennt durch hüfthohe Wände aus dunklem Holz und klare Fensterscheiben, die oberhalb der Trennwände in breite Holzrahmen eingefügt waren, nahm das hintere Drittel des Raums ein. Von seinem Platz hinter dem Schreibtisch aus hatte er einen ungehinderten Blick auf das, was sich dort im vorderen Teil tat. Wollte er seinerseits vor neugierigen Blicken geschützt sein, brauchte er nur die Bambusjalousien vor die Scheiben zu ziehen.

Vor fünf Jahren, wenige Wochen nach dem Erdbeben, hatte der Vater seinen alten Schreibtisch durch einen englischen, mit dunkelgrünem Leder bespannten *partner desk* austauschen lassen. In England war es Tradition, dass zwei Bankpartner einander an einem gemeinsamen Schreibtisch gegenübersaßen, um jederzeit über geschäftliche Belange reden zu können. Solch einen Tisch hatte der Vater kommen lassen, damit auch sie einen angemessenen Arbeitsplatz hatte und er sie noch besser mit der komplexen Geschäftswelt der Caldwell Shipping Company vertraut machen konnte.

Einen eigenen und zudem noch gleichwertigen Arbeitsplatz bei ihm im Büro zu haben, hatte Harriet wie einen Ritterschlag empfunden, und es hatte sie tief gerührt, dass er sie jetzt auch im Kontor so oft wie möglich an seiner Seite wissen wollte.

Er aber hatte ihrer Rührung sogleich ein etwas übertrieben unwilliges Schnauben entgegengesetzt. »Was bleibt mir denn übrig, als auf dich zu zählen? Elliot wird sich doch nie fürs Geschäft interessieren. Und sosehr ich meinen Bruder auch liebe, werden doch der gute Henry und später sein Sohn Guy nie mehr als ein Viertel an der Firma halten. Also muss ich auf dich setzen, ob es mir nun gefällt oder nicht.« Sein barscher Ton hatte sie allerdings vermuten lassen, dass auch bei ihm sehr viel mehr Gefühl im Spiel war, als er zugeben wollte. »Schluss mit dem Studium der Fachbücher! Daraus lernt man nicht, wie ein Unternehmen geführt wird. Es wird höchste Zeit, dass du bei mir im Kontor sitzt und einen Einblick in die täglichen Abläufe bekommst. Du musst ja nicht von morgens bis abends hier hocken, aber täglich ein paar Stunden müssen es schon sein, wenn dir wirklich was daran liegt, dass die Firma in den Händen unserer Familie bleibt! Wenn nicht, lasse ich das verdammte Monstrum wieder wegschaffen!«

Sie schmunzelte in Erinnerung an jenen Tag. Als sie an der halb verglasten Seitenwand des väterlichen Büros vorbeiging, drang eine gedämpfte Stimme zu ihr in den Gang. Unwillkürlich blieb sie stehen und sah zu ihrem Vater ins Büro. Die Jalousien waren nicht geschlossen, sodass sie einen ungehinderten Blick auf den Besucher hatte.

Der Fremde war von kräftiger Gestalt und trug über dem nackten Oberkörper nur eine speckige Lammfellweste. Sein Körper war über und über mit Tätowierungen bedeckt, selbst über sein Gesicht und den kahl rasierten Kopf zogen sich die schwarzbläulichen Muster. Ein Seemann mit Tätowierungen war an der Waterfront alles andere als eine Seltenheit, aber noch nie hatte Harriet einen Mann zu Gesicht bekommen, der derart viele Tattoos getragen hatte.

Der Mann stand, die muskulösen Arme aufgestützt, halb über den Schreibtisch gebeugt, eine unmissverständlich drohende, aggressive Haltung.

Harriet sah, wie ihr Vater ihm mehrere Geldscheine zuschob. Dann machte er eine wütende Handbewegung, als weise er ihm die Tür.

Verwundert verfolgte Harriet, wie der Fremde die Scheine grapschte und in die Westentasche steckte. Dazu machte er eine grimmige Bemerkung, von der sie nur die Worte »… nicht so billig …« verstand. Dann beugte er sich wieder vor, um mit ausgestrecktem Zeigefinger auf zwei Papiere zu pochen, die auf der Schreibtischplatte lagen. Sie schaute genauer hin und meinte, ein sepiafarbenes Foto und ein Stück Zeitung auszumachen.

Sie wünschte, sie könnte verstehen, was der Tätowierte zu ihrem Vater sagte, aber er sprach weiterhin gedämpft. Auf einmal griff Arthur das Foto, knüllte es mit einer wütenden Erwiderung zusammen und warf es in den großen Aschenbecher aus Bleikristall, wo seine Zigarre vor sich hin qualmte.

Blitzschnell nahm der Seemann den Zeitungsausriss an sich, faltete ihn zusammen und schob ihn in die Hosentasche. Als Arthur sein Feuerzeug aufschnappen ließ und die Flamme an das Fotoknauel im Aschenbecher hielt, lachte der Fremde höhnisch, und Harriet meinte zu hören, dass er sagte: »Davon gibt's noch 'n Zwilling, Captain! Also überleg es dir!« Damit stieß er die Tür auf und humpelte an den Schreibern und Buchhaltern vorbei, die so taten, als schenkten sie ihm keine Beachtung. Er trug links eine Prothese, die in einer eisenbeschlagenen Holzstange endete und anstelle eines Schuhs aus dem Hosenbein ragte. Dumpf hämmerte sie über die dicken Dielenbretter.

»Mein Gott, wer war denn dieser Grobian?«, fragte Harriet, als sie im nächsten Augenblick zu ihrem Vater ins Büro trat.

Arthur winkte ab. »Ach, ein armer Hund. Meinte, ich wäre ihm von früher noch was schuldig. Eine ärgerliche Lappalie, nichts weiter«, wiegelte er ab und drückte mit seinem Zigarrenstumpen die Flamme im Aschenbecher aus. Als er aufschaute, ging sein Blick an ihr vorbei zur Straßenfront. »Ah, da kommt ja auch schon Henry. Dabei ist Pünktlichkeit doch sonst nicht seine Stärke.« Damit griff er zu seinem Krückstock und stemmte sich aus dem ledergepolsterten Drehstuhl.

Harriet konnte sich des Eindrucks nicht erwehren, dass die Sache viel ernster war, als er zugeben wollte. Dafür sprach zumindest seine Blässe. Aber vielleicht bildete sie sich das auch nur ein, weil sie manchmal noch ein anderes, kraftstrotzendes Bild von ihm vor Augen hatte.

Noch mit Anfang sechzig war Arthur Caldwell eine Respekt einflößende Erscheinung gewesen, groß und aufrecht wie ein Mastbaum, die Schultern breit wie eine Seekiste. Seine schwarze, kaum von Grau durchzogene Haarfülle war in einen dichten eisengrauen Vollbart übergegangen, der ein kantiges Gesicht mit energischen Zügen und klaren Augen umschloss. In allem noch ganz der furchtlose Kapitän, der auf seinen Handelsfahrten über die Meere dieser Welt Stürmen, Schiffbruch und vielen anderen Gefahren getrotzt hatte und sich wie kein anderer darauf verstand, Seemannsgarn zu spinnen.

Doch seit dem Schlaganfall war er nicht mehr derselbe. Er hatte in der Zeit der quälend langsamen Genesung stark an Gewicht verloren, und das Haar war schütter und gänzlich grau geworden.

Harriet kam nicht mehr dazu, ihm weitere Fragen zu stellen, denn schon spazierte Onkel Henry auf seine großspurige Art ins Büro. Dabei klopfte er mit seinem Spazierstock gegen den Türrahmen. Es war ein besonders extravagantes Exemplar aus Ebenholz, mit einer silbernen Weltkugel als Griffstück, wobei die Konturen der Kontinente aus eingefassten Rubinen bestanden. »Sag mal, der Kerl, der da gerade aus dem Kontor kam, war das nicht dieser Tau…?«

»Ja!«, fiel Arthur seinem achtzehn Jahre jüngeren Bruder ins Wort. »Hat ein Almosen geschnorrt, und ich habe ihm ein bisschen Geld gegeben, der alten Zeiten wegen. Und mehr gibt es dazu nicht zu sagen.«

Harriet war so, als werfe ihr Vater dem Onkel einen warnenden Blick zu, aber sicher war sie sich dessen nicht.

Henry zuckte die Schultern. »Wie du meinst«, sagte er und wechselte das Thema. »Wollen wir noch mal durchgehen, wie wir gleich den Anderson-Brüdern von der Portland Steamship Company einen noch besseren Handel abpressen können? Vielleicht schaffen wir es, ihren Anteil auf unter acht Prozent zu drücken. Die sitzen ordentlich in der Klemme, da lässt sich bestimmt noch einiges herauspressen.« Er grinste verschlagen.

»Ja, das sieht dir ähnlich«, giftete Harriet. Sie konnte Henry nicht ausstehen und er sie nicht, was sie sich als Verdienst anrechnete.

»Fangt bloß nicht wieder an, euch in den Haaren zu liegen! Wir werden einen fairen Preis zahlen, nicht mehr, aber auch nicht weniger!«, knurrte Arthur merkwürdig gereizt. »Und jetzt lasst uns fahren, auch wenn noch viel Zeit ist. Ich muss hier raus, und im ›Fairmont‹ gibt's den besten karibischen Rum. Sag Slocum, er soll jemanden rüber in die Tavern schicken, damit Magnus weiß, dass wir loswollen.«

»Ich übernehme das selbst, Arthur«, gab Henry sich beflissen und schoss ihr im Vorbeigehen einen giftigen Blick zu.

Harriet stützte ihren Vater auf dem Weg zur Kutsche und half ihm beim Einsteigen. Henry kam mit Magnus um die Ecke, und sie hatte ihren Fuß schon auf der Trittstufe, als sie sich plötzlich ihrer nackten Hände bewusst wurde. »Tut mir leid, aber ich muss noch mal zurück, Vater. Ich habe meine Handschuhe im Büro vergessen. Bin gleich wieder da!«

Sie lief zurück ins Kontor und holte ihre grauen Handschuhe, die sie auf ihrer Seite des Schreibtisches neben einem Stoß kopierter Frachtpapiere abgelegt hatte. Sie wollte schon umkehren, als ihr Blick auf den Aschenbecher fiel. Neben dem zerdrückten Zigarrenstumpen ragte ein streichholzschachtelgroßes Stück Papier aus der Asche hervor. Das Foto war nicht völlig verbrannt.

Mit spitzen Fingern griff sie nach dem Fetzen, streifte Ascheflocken ab und hätte nicht verblüffter sein können, als ihr von dem Foto eine ältere Chinesin mit ernster, geradezu hoheitsvoller Miene entgegenblickte. Die Flammen hatten nur ihren Kopf und den Stehkragen eines seidenen Kleids oder einer Jacke übrig gelassen. Darüber trug sie eine Kette, aber von der war kaum etwas zu erkennen. Was jedoch ins Auge fiel, waren die makellosen Gesichtszüge, die etwas Aristokratisches hatten. Wie alt die Frau war, vermochte Harriet nicht zu sagen. Vierzig, fünfzig oder sogar sechzig? Die eine Schätzung war so gut wie die andere.

Wer war diese Chinesin? Und was hatte der tätowierte Seemann mit ihr zu schaffen? Woher hatte er überhaupt das Foto? Warum hatte er es ihrem Vater auf den Schreibtisch gelegt, und weshalb hatte der es wütend verbrannt? Sie wusste, dass er in den Jahrzehnten, in denen er mit seinem ersten eigenen Schiff, dem Schoner *Sansibar*, über die Meere gefahren war, viele Fahrten in die Südsee unternommen und auch mit China Handel betrieben hatte. Aber wie passte diese Frau in sein Leben?

Fragen über Fragen, auf die sie die Antworten brennend gern gewusst hätte. Mit der Hoffnung, dass sie bald eine Gelegenheit fand, bei ihrem Vater einen vorsichtigen Vorstoß in diese Richtung zu wagen, steckte sie den Fotofetzen ein.

»Eine Frage, Mr Slocum.«

Der Prokurist schaute von seinen Papieren auf und blickte sie durch seinen Kneifer in höflicher Erwartung an. »Ja, bitte?«

»Wissen Sie, wer der Seemann mit den vielen Tätowierungen und dem Holzbein war, den ich vorhin bei meinem Vater gesehen habe? Er ging gerade, als ich kam.«

Slocum nickte. »Der Mann wird Tau-Tau genannt.«

»Tau-Tau? Wirklich?«

Slocum nickte. »Das ist ein Wort aus der Südsee. In der Sprache der Polynesier bedeutet es ›schlagen‹ und beschreibt das Geräusch beim Tätowieren. Seinen richtigen Namen kenne ich nicht. Ich glaube, er hat mal zur Mannschaft der *Sansibar* gehört. Das muss über zwanzig Jahre her sein, aber selbst das kann ich Ihnen nicht mit Gewissheit sagen, denn damals stand ich noch nicht in den Diensten Ihres Vaters.«

»So, Tau-Tau«, sagte Harriet, verbarg ihre Enttäuschung, nicht mehr erfahren zu haben, hinter einem Lächeln, dankte Slocum und begab sich zu ihrem Vater und Onkel Henry in die Kutsche. Am liebsten hätte sie das Foto sofort hervorgeholt und rundheraus gefragt, wer die Chinesin war und was dieser Tau-Tau gewollt hatte, aber sie wusste, dass das unklug gewesen wäre und dass sie Geduld haben musste.

11

Scott McGregor wartete schon, als Frank den staubigen Hof der Autowerkstatt mit der einsamen Zapfsäule erreichte. Der rotblonde Mechaniker, wie üblich in einem ausgebleichten und ölfleckigen Overall, wuchtete gerade seinen Werkzeugkasten in den Gepäckraum seiner Tin Lizzie, wie das robuste und bestverkaufte Automobil im Land ebenso spöttisch wie liebevoll genannt wurde.

Frank stellte seinen Maxwell-Lieferwagen in den Schatten des Wellblechschuppens. Er hatte einen drehfreien Tag, und es war ein für die hiesigen Verhältnisse ausgesprochen milder Oktobervormittag: strahlend blauer Himmel mit einigen hingetupften Schäfchenwolken, dazu ein sanfter blauer Schimmer über den Santa Monica Mountains, eine Landschaft wie aus dem Bilderbuch. Aber das hieß nicht, dass es den ganzen Tag bei diesen angenehmen Temperaturen blieb; man musste immer damit rechnen, dass die Sonne noch an Kraft gewann.

»Wir können! Obwohl das hier eigentlich deine Aufgabe wäre, Kurbelmeister!«, rief Scott ihm zu, winkte ihm mit der Kurbel und warf den Ford mit einem kraftvollen Schwung an. Der Motor spuckte kurz und lief dann gleichmäßig wie eine Nähmaschine. Scott grinste zufrieden und tätschelte die Motorhaube.

»Hast du an Benzin gedacht?«, fragte Frank, obwohl er unbesorgt einen ganzen Wochenlohn darauf gewettet hätte, dass Scott daran gedacht hatte. Er kannte ihn mittlerweile recht gut, fast konnte man sagen, dass sie Freunde geworden waren. Seine alte Maxwell-Mühle hatte im letzten Jahr mehrfach der besonderen Reparaturkünste des Mechanikers bedurft. Sie tranken auch mal ein Bier miteinander, wenn Scott zum Bowling ins »Glen-Holly« kam und sie sich in der Tavern trafen.

»Steht schon hinten drin«, sagte Scott, schob die Kurbelstange unter den Fahrersitz und klemmte sich hinter das Steuer. Ohne heftiges Rucken fuhr er an, was bei der Tin Lizzie einem Kunststück gleichkam, und rollte über den unbefestigten Cahuenga Boulevard dem Pass entgegen. Ihr Ziel lag auf der anderen Seite der Bergkette im San Fernando Valley.

»Und du meinst wirklich, der Wagen ist ein Schnäppchen?«, fragte Frank, während die Tin Lizzie mit tapferem Gleichmut die Steigungen zum Pass hinauf bewältigte. »Ich meine, trotz der Reparaturen, die notwendig sind, um ihn wieder ans Laufen zu bringen?« Er war es allmählich leid, mit dem klobigen Lieferwagen herumzufahren. Der hatte ihm in den Jahren seiner ziellosen Wanderschaft gute Dienste geleistet, und Drexler zahlte ihm zehn Dollar zusätzlich zu seinem Wochenlohn, damit die Filmcrew den Kastenwagen bei Außenaufnahmen als Schminkraum, Umkleide und Aufbewahrungsort für Filmkassetten sowie Requisiten wie Perücken und Kostüme benutzen konnte. Er wollte ihn nicht verkaufen, aber in seiner freien Zeit weiter damit herumfahren wollte er auch nicht. Und nun hatte Scott ihm erzählt, dass drüben im San Fernando Valley ein flotter Wagen für einen Spottpreis zum Verkauf stand. Er hätte sich unbesorgt ein brandneues Auto leisten können. In den letzten Jahren seiner Odyssee hatte er extrem sparsam gelebt, und von seinem Lohn als Kameramann bei *Centurio* war von der ersten Woche an mindestens die Hälfte auf sein Konto bei Wells Fargo gegangen. Seine Ersparnisse hatten mittlerweile eine Summe erreicht, die ihm weit mehr als den Kauf eines fabrikneuen Automobils ermöglicht hätte, doch er hatte noch ganz andere Pläne, und für die wollte er sein Geld zusammenhalten.

»Mann, das ist ein Hispano-Suiza. Den hat dieser Verrückte sich aus Spanien kommen lassen, als er noch mehr Geld hatte als

Verstand«, sagte Scott. »Am Ende hat er beides verloren. Buchstäblich in den Sand gesetzt, würde ich sagen. Wie auch immer, an dem Wagen ist nicht viel zu reparieren. Alles nur Kleinigkeiten, die ich längst gemacht hätte, aber Roderick hat sein letztes Geld lieber in billigen Fusel gesteckt.«

»Du sagst, der Mann ist vorletzte Woche gestorben?«

Scott nickte. »Genickbruch. Ist im Suff von seinem blöden Bohrturm gestürzt. Vielleicht war es ja auch gar kein Unfall. Würde mich jedenfalls nicht wundern, wenn er selbst den Schlussstrich gezogen hätte. Der Mann war erledigt, in jeder Hinsicht.«

»Ich wusste gar nicht, dass da drüben auch nach Öl gebohrt wird«, sagte Frank, als sie über die letzte Steigung krochen.

Scott lachte. »Wird ja auch nicht, es sei denn, man hat nicht mehr alle Murmeln im Glas wie dieser Roderick Morrison. Der war regelrecht besessen von der Idee, da drüben Öl zu finden wie unten in Los Angeles bei Santa Fe Springs, wo die Bohrtürme meilenweit Spalier stehen!« Er deutete hinunter auf die kahle Ebene, die sich bis zum Horizont ausbreitete. »Also hat er da unten Land gekauft, eine Crew verpflichtet und einen Bohrturm hingestellt. Dreieinhalb Jahre hat er ausgehalten. Tja, und in der Zeit ist ihm das Geld wie Sand durch die Finger gerieselt, ohne dass schwarzes Gold aus seinem Bohrloch geströmt wäre. Am Ende war er da draußen allein. Mit der Flasche Fusel als einzigem Gefährten.«

»Traurige Geschichte.«

»Glück ist kein Zuschauersport, Frank. Da muss man sich schon die Hände schmutzig machen. Aber natürlich hat derjenige bessere Chancen, auf eine Bonanza zu stoßen, bei dem das Mühlrad des Denkens nicht vorher zum Stillstand gekommen ist. Was Roderick angeht, hat die Geschichte natürlich auch ihr Gutes: So kommst du billig zu einem Hispano-Suiza!«

»Wusste gar nicht, dass du so ein Zyniker bist, Scott.« Frank schüttelte den Kopf, konnte sich jedoch ein Grinsen nicht verkneifen. Scott war echt eine Marke.

Jenseits des Passes fuhren sie abwärts, und am Fuß der Berge bog Scott nach einer halben Meile von der Überlandstraße links in eine noch weniger befahrene staubige Piste ab.

»Hat dieser Weg auch einen Namen?«

»Klar, Ventura Road. Bis zu Roderick Morrisons Camp ist es nicht mehr weit, es liegt gleich hinter der Hügelkette da drüben«, sagte Scott und wies schräg nach rechts, wo sich in zwei, drei Meilen Entfernung eine mit Büschen spärlich bewachsene und mit Felsgestein durchsetzte Anhöhe aus der graubraunen Ebene erhob wie ein gestrandeter Wal.

»Okay.« Frank schaute auf die Uhr. Sieben Minuten vor elf. Sie lagen also für das Treffen mit James Sedgewick, dem Verwandten und Erben des Verstorbenen, gut in der Zeit.

Kurz darauf verließen sie die Ventura Road und folgten einer mit öligem Schotter gesprenkelten Piste, die sich in einem westlichen Bogen um die steinige Hügelgruppe zog. Und dann kam auch schon das Balkengerüst des Bohrturms in Sicht. Frank schätzte, dass er gute fünfzig, sechzig Fuß hoch war, aber selbst aus der Entfernung sah man, dass er außer Betrieb war und sich in einem miserablen Zustand befand. Abgerissene Seilzüge und Kettenreste hingen wie Spinnweben zwischen den Verstrebungen, und aus dem Führungsrohr der Arbeitsplattform ragte ein abgeknicktes Bohrgestänge schräg zur Seite weg. Man ahnte Rost und Dreck schon, bevor man ihn aus der Nähe sah.

Zum einsam gelegenen Bohrcamp gehörten das rostige Gestell einer Windmühle, von der zwei Flügel abgerissen waren, ein verbeulter Wassertank, ein großer Wellblechschuppen sowie zwei hölzerne Wohnwagen mit gewölbtem Dach, wie Zirkusleute sie benutzten, nur dass die Räder fehlten. Die Wagen saßen auf Zementblöcken, und die einst bunte Bemalung war längst verblichen.

Überall lagen Bretter, Gestänge, leere Ölfässer und andere Objekte herum, die bei Ölbohrungen Verwendung finden mochten, sich an diesem Ort aber schon vor langer Zeit in Schrott verwandelt hatten. Das Einzige, was brandneu aussah, waren die Vorhängeschlösser an den Türen der Wohnwagen und des Wellblechschuppens.

»Nicht gerade ein einladender Ort zum Sterben«, meinte Scott und hielt vor dem Wellblechschuppen, in dem Roderick Morrison seinen Hispano-Suiza abgestellt hatte. »Hier hilft nur noch Dynamit.« Er machte den Motor aus, und sie stiegen aus.

Frank steckte sich eine Woodbine an und sah sich ohne großes Interesse um, während Scott am Wagen lehnte und sich eine Zigarette drehte. Er sah die Staubfahne, die gute zehn Minuten später über der Hügelgruppe in den klaren Himmel stieg, zuerst.

»Das wird Mr Sedgewick sein«, sagte Frank. »Wie hoch soll ich gehen, was meinst du?«

»Hat er dir schon einen Preis genannt?«

»Nein.«

»Versteht er was von Autos?«

»Keine Ahnung, aber er wusste auch nicht, was für ein Wagen genau bei seinem verstorbenen Verwandten zum Verkauf steht. Nur dass es ein Viersitzer ist und ein ausländisches Modell.«

»Dann hat er von technischen Sachen bestimmt keinen blassen Schimmer!«, folgerte Scott. »Also fang schön zögerlich an, mit fünfhundert, fünfhundertfünfzig, und geh nicht über siebenhundert. Ich sorg schon dafür, dass der Hispano-Suiza als völlig marode dasteht!«

Der Wagen, der um die Anhöhe kam, entpuppte sich als elegante silbergraue Pierce-Arrow-Limousine mit bordeauxroten Ledersitzen, funkelnden Speichenrädern und Weißwandreifen. Das schwarze Verdeck war heruntergeklappt, und hinter dem Steuer saß eine Frau, deren hellblaues Kopftuch im Fahrtwind wehte.

»Oh!« Frank machte ein verblüfftes Gesicht.

Auch Scott hob die Brauen. »Hattest du nicht von einem *Mr* Sedgewick gesprochen, dem dieser roststarrende Schrottplatz als Erbe in den Schoß gefallen ist?«

»Ja, natürlich. Vielleicht hat die Frau sich verfahren«, mutmaßte Frank. »Und Mr Sedgewick kommt noch.«

»Glaube ich nicht. Wer sich einen Pierce-Arrow leisten kann, verfährt sich nicht, sondern lässt sich fahren«, sagte Scott und schnippte seine Kippe in den Sand, um sie mit dem Stiefelabsatz auszudrücken. »Es sei denn, man sitzt selber gern hinterm Steuer und ist scharf auf eine Spritztour ins Nirgendwo des San Fernando Valley.«

Der Pierce-Arrow hielt, das Schnurren des PS-starken Motors erstarb, und die Frau stieg aus, mit sportlichem Schwung und dennoch elegant geschmeidig. Sie war von schlanker, langbeiniger Gestalt und trug ein eng geschnittenes Kostüm aus dunkelblauem Samt mit einer weißen Bluse unter der Jacke, die sich verlockend über den Brüsten wölbte. Das lange schwarze Haar hatte sie im Nacken zu einem schlichten Zopf zusammengefasst.

Mit sicherem Instinkt dafür, wer hier ihr Verhandlungspartner war, wandte sie sich an Frank, und schnell wurde klar, dass sie sich ganz und gar nicht verfahren hatte, sondern anstelle von James Sedgewick gekommen war. »Ich hoffe, ich habe Sie nicht zu lange warten lassen, Mr Maynard«, sagte sie und nahm die Sonnenbrille ab. »Ich bin Laura Lynnford.«

Mit einer Mischung aus Faszination und Verwirrung blickte Frank in das eher aparte als hübsche Gesicht der fremden Frau. Hohe Wangenknochen, eine fein geformte Nase – fast eine kecke Stupsnase –, leicht aufgeworfene volle Lippen und große mandelförmige Augen, deren Iris die Farbe von Karamell hatte. Sie war höchstens Anfang zwanzig, verströmte aber die Selbstsicherheit einer viel älteren, welterfahrenen Frau.

Es dauerte einen Moment, bis er sich gefasst hatte und registrierte, dass sie ihm die Hand hinhielt. »Oh, entschuldigen Sie meine Verwirrung, aber ich hatte mit Mr James Sedgewick gerechnet«, sagte er und ergriff die Hand, die seinen vorsichtigen Druck mit einem verblüffend kräftigen Händedruck erwiderte. Was so gar nicht ladylike war. »Und was das andere betrifft, so sind die paar Minuten nicht der Rede wert.«

Nun schien sie verblüfft. »James Sedgewick ist mein Vater. Hat er Ihnen nicht mitgeteilt, dass ich mich selbst um den Verkauf kümmere? Da muss er etwas falsch verstanden oder sich missverständlich ausgedrückt haben. Ich hoffe, das ändert nichts an Ihrem Interesse, Mr Maynard?«

»Ganz im Gegenteil, Miss Lynnford!«, versicherte Frank mit einem Lächeln.

»*Mrs* Lynnford, wenn es Ihnen nichts ausmacht«, korrigierte sie ihn höflich.

»Pardon, Mrs Lynnford«, sagte er und empfand leises Bedauern. »Ich dachte nicht, dass eine so junge Frau schon …«

»Natürlich nicht, woher auch«, fiel sie ihm ins Wort und setzte zum Zeichen, dass sie keineswegs pikiert war, ein freundliches Lächeln auf. Dann griff sie in die Jackentasche und reichte ihm eine Visitenkarte.

Er stutzte, und als er den Aufdruck las, malte sich Verblüffung in seinem Gesicht. Für die Adresse in Downtown Los Angeles hatte er keine Augen, weil die ersten drei Zeilen ihn geradezu bannten.

MRS LAURA J. LYNNFORD
Architektin
Lizenziert & vollversicherte Gewährleistung

Er blinzelte ungläubig. Diese junge Frau war Architektin? Aber doch, das stand da, und sie machte nicht den Eindruck, als wollte sie ihn auf den Arm nehmen. Und er hatte noch nicht einmal gewusst, dass es überhaupt weibliche Architekten gab!

Laura Lynnford schien seine Gedanken erraten zu haben. Vermutlich war ihr die Reaktion vertraut, insbesondere bei Männern. »Doch, gibt es«, sagte sie schmunzelnd, und in ihrer rechten Wange erschien ein reizendes Grübchen. »Ich bin weder die Einzige noch die Erste. Architektinnen gibt es in Amerika schon seit Jahrzehnten.«

»Oh!«, brachte er nur hervor und kam sich vor wie ein Trottel.

Scott, der an der verschlossenen Schuppentür stand, machte sich mit einem lauten Räuspern bemerkbar. »Hätten Sie was dagegen, uns aufzuschließen, damit ich mir den Wagen ansehen kann?« Dazu rappelte er demonstrativ am Vorhängeschloss.

Laura Lynnford runzelte kurz die Stirn, dann lächelte sie verbindlich. »Natürlich, einen Augenblick, bitte. Ich hole die Schlüssel.«

Kurz darauf zog Scott die Doppeltüren auf und betrat mit Frank den hohen Schuppen. Der Hispano-Suiza stand gleich vorn an der rechten Längswand, abgedeckt mit einer schmutzigen Zeltplane. Scott zog sie herunter.

»Ach, du liebe Güte!«, entfuhr es Frank, als ein kanariengelbes Auto zum Vorschein kam, elegant in den Linien und die Sitze mit schwarzem Leder bezogen, aber eben doch knallgelb lackiert. »Du hast mir gar nicht gesagt, dass es sich bei dem Wagen um erstarrtes Eidotter auf Rädern handelt!«

»Lackiere ich dir im Handumdrehen in die Farbe deiner Wahl um«, raunte Scott ihm zu, um gleich darauf laut und mürrisch fortzufahren: »Das ist noch das geringste von den Übeln. Bei dieser spanischen Kiste stecken noch einige böse Überraschungen unter der Haube. Also wenn du mich fragst, solltest du die Finger davon lassen. Aber was rede ich? Ist ja deine Sache, wofür du dein Geld zum Fenster hinauswirfst!« Und während er die rechte Seite der Motorhaube hochklappte, senkte er den Kopf und raunte wieder in Franks Richtung,: »Sieh zu, dass du diesen Traumwagen billig kriegst!«

Als Frank Laura Lynnfords Blick auf sich ruhen sah, bekam er Hemmungen. »Also mit der unsäglichen Farbe habe ich nicht gerechnet, und Scott, dem die Autowerkstatt McGregor in Hollywood gehört … also er meint, dass da einiges zu machen ist, bevor der Wagen wieder in Ordnung ist«, sagte er etwas hilflos. »Was haben Sie sich denn vorgestellt, was Sie für den Wagen haben wollen?«

»Sie meinen, nur den Wagen?«, fragte sie irritiert zurück.

»Ja, natürlich«, sagte Frank und dachte: *Was für eine komische Frage. Darum sind wir doch hier!*

Sie machte ein enttäuschtes Gesicht. »Ich weiß nicht«, sagte sie und schien plötzlich das Interesse an dem Handel verloren zu haben. »Machen Sie mir ein faires Angebot, Mr Maynard.«

Frank fluchte im Stillen. Jetzt hatte sie ihm den Schwarzen Peter zugeschoben. Wie sollte er sich aus der Klemme ziehen? Er ging noch einmal zu Scott, der im Schuppen reichlich Lärm machte, immer wieder den Kopf schüttelte, als könne er nicht glauben, was für gravierende Schäden der Wagen hätte, und dabei missmutig vor sich hin brummelte.

»Sie will keinen Preis nennen. Sie sagt, ich soll ihr ein faires Angebot machen!«, sagte Frank mit gedämpfter Stimme. »Was soll ich tun?«

»Sag bloß, du hast einen tiefen Blick in die Honigaugen der Süßen geworfen und plötzlich Skrupel bekommen!«, spottete Scott.

»Ja, habe ich! Ich kann das nicht – sie dreist übers Ohr hauen!«

»Man sollte das Denken nicht dem Schwanz überlassen, Frank. Das geht immer in die Hose, buchstäblich.« Er grinste anzüglich.

»Lass den Quatsch. Und jetzt sag schon, was ein *faires* Angebot für den Wagen ist! Aber leg mich nicht rein, okay?«

Scott seufzte. »Tausend, aber auf keinen Fall mehr! Das mit den Reparaturen ist ja nicht gelogen, wenn sie auch nicht so aufwendig sein werden, wie ich es hab aussehen lassen. Außerdem willst du ihn umlackiert haben.«

Frank ging zurück zu Laura Lynnford und unterbreitete ihr sein Angebot, und sie nahm es sofort an. Dann sagte sie zu seiner Verwunderung: »Schade, dass Sie nur an dem Wagen interessiert sind. Aber gut, immerhin bin ich damit schon etwas los.«

»Entschuldigen Sie, aber ich verstehe nicht ganz. Was haben Sie denn gedacht, woran ich noch interessiert sein könnte?«

»Nun, an den fünfzehn Hektar Land, dem ganzen Bohrkram und all dem anderen, was Roderick mir hier hinterlassen hat.« Sie machte eine vage Handbewegung, die wohl das Camp und das umliegende Gelände umschließen sollte.

Jetzt verstand Frank.

»Ich würde Ihnen auch einen guten Preis machen, um das alles auf einen Schlag loszuwerden«, sagte sie, aber offenbar ohne Hoffnung, dass sie Frank würde umstimmen können. Schließlich zuckte sie die Achseln. »Na ja, immerhin decken die tausend Dollar die Schulden, die mein Onkel noch bei der Bank hat.«

Frank stutzte, drehte sich um und betrachtete das schäbige Camp mit Bohrturm, Wellblechschuppen, Windmühle und Wohnwagen auf einmal mit völlig anderen Augen. Nämlich mit denen eines Filmproduzenten. Ein wagemutiger Gedanke durchzuckte ihn, und plötzlich war er wie elektrisiert. Ein wahres Feuerwerk an Ideen raste ihm durch den Kopf.

Laura Lynnfords Stimme riss ihn aus dem Strudel seiner Gedanken und der Bilder, die wie ein viel zu schnell gedrehter Film vor seinem inneren Auge dahinjagten. »Tut mir leid, dass ich Sie mit meinen falschen Erwartungen so in Verlegenheit gebracht habe, Mr Maynard«, sagte sie. »Das ist natürlich die Schuld meines Vaters, der wohl bei dem Telefongespräch mit Ihnen nicht richtig hingehört hat. Er ist in letzter Zeit leider des Öfteren mit seinen Gedanken nicht da, wo er sein sollte. Seine Augenprobleme nehmen ihn …«

Frank drehte sich wieder zu ihr um und fiel ihr ins Wort. »Machen *Sie* mir ein faires Angebot!«

Verständnislos sah sie ihn an. »Wofür?«

Er lachte sie an. »Na, für die fünfzehn Hektar Land mit dem Bohrkram und allem anderen, was dazugehört, inklusive des rollenden spanischen Eidotters! Machen Sie mir ein Angebot, das ich nicht ausschlagen kann!«

12

Wieder fiel eine der massiven Gittertüren hinter dem Wärter ins Schloss, während Tau-Tau, die Hände auf dem Rücken, reglos mit dem Gesicht zur Wand stand. Es war die vierte oder fünfte Gittertür, die er seit seiner Einlieferung hatte passieren müssen. Und mit jeder weiteren Sicherheitsschleuse wuchsen Verzweiflung und Hoffnungslosigkeit.

Das metallische Dröhnen hallte durch die kahlen Gänge des Zellenblocks und bohrte sich schmerzhaft in seine Ohren. Er hörte, wie der Schlüsselbund des Wärters gegen die Gitterstäbe klirrte, ein schwerer Riegel vorsprang und die Türsperre mit einem lauten Klack einrastete. Dann klirrte der Schlüsselbund zurück an den breiten Ledergürtel dieses sadistischen Bullen in Uniform.

»Los, genug geträumt! Weiter, Mann!« Der Wärter versetzte ihm mit seinem Knüppel einen groben Stoß in die Nierengegend. »Und ein bisschen zügig, sonst mach ich dir Beine!«

Tau-Tau beeilte sich, dem Befehl Folge zu leisten. Er wusste, dass ihm jedes Zögern weitere Schläge einbringen würde. Hastig taumelte er seitlich von der Wand weg. Dabei verdrehte sich seine Prothese, rutschte halb vom Stumpf ab. Er spürte, wie sich die sowieso schon lockeren Schnallen noch mehr lösten. Nach zwei, drei weiteren schnellen Schritten würde das Mistding nutzlos im Hosenbein baumeln und ihn unweigerlich zu Fall bringen.

Ihm brach der Schweiß aus, aber er hatte keine Wahl. Er musste das Schweigen, das man ihm befohlen hatte, brechen. »Hören Sie, Mister, mein Holzbein löst sich gleich, wenn ich die Schnallen nicht …«

»Du sollst das Maul halten, du Dreckstück!«, brüllte der Wärter und hieb ihm seinen Knüppel über den Rücken. »Und wenn du was gefragt wirst, hast du die Antwort mit ›Sir‹ zu beenden!«

»Aber mein Holzbein, Sir …!«

»Warte, das haben wir gleich, du Saukerl!« Der Wärter holte mit seinem klobigen Stiefel aus und trat mit voller Kraft gegen das Holzbein des neu eingelieferten Häftlings.

Tau-Tau stürzte der Länge nach auf den kalten Steinboden, der wie die Wände einen schmutzig grauen Anstrich trug. Den feurigen Schmerz, der ihm vom Stumpf bis hoch in die Hüfte schoss, ertrug er stumm.

Der Wärter erlaubte ihm nicht, sich das Holzbein wieder anzuschnallen. »Klemm dir deine verdammte Krücke unter den Arm, und dann weiter! Wirst ja wohl noch auf einem Bein hüpfen können, oder?«, höhnte er und trieb ihn mit Stockschlägen an. »Aber die Hand von der Wand, du elender Krüppel! Hier wird sich nicht abgestützt! Wir sind hier nicht im Altenheim für verdiente Bürger! Hüpfen sollst du, verdammt noch mal! Na los, zeig, was du noch kannst, außer dich wie ein verdammter Wilder bemalen zu lassen und Leute abzustechen!«

Unter einem Hagel von Schlägen hüpfte Tau-Tau den Gang hinunter. Blinde Wut erfasste ihn. Sie galt ihm selbst. Und sie war wie aus Glas, sodass er fürchtete, sie könnte in ihm zerspringen und ihn ins Haltlose katapultieren. Wie in der Hafenkaschemme an dem Abend nach seinem Besuch bei Arthur Caldwell. Da hatte er wüst gesoffen und die Gewissheit gefeiert, den Caldwells noch viel Geld abpressen zu können. Und dann war er volltrunken mit zwei Fremden in Streit geraten. Worum es gegangen war, wusste er nicht mehr, aber das hatte auch vor Gericht keine Rolle gespielt. Was allein zählte, war, dass er den einen Burschen mit seinem Bootsmesser abgestochen und den anderen schwer verletzt hatte. Und jetzt saß er wegen Totschlags und schwerer Körperverletzung für eine halbe Ewigkeit hinter Gittern!

Was für ein verfluchter Idiot er doch war! Da hatte er einen Lottoschein mit richtigen Zahlen in der Hand gehabt und hatte es verpfuscht. Hatte den Hauptgewinn in der verdammten Spelunke gegen fünfzehn Jahre Gefängnis eingetauscht! Die Wut auf sich selbst trieb ihm die Tränen in die Augen.

»Hier, mach's dir gemütlich, verdammter Krüppel!« Der Wärter versetzte ihm einen Stiefeltritt in den Hintern und beförderte ihn in eine stinkende Zelle. »Willkommen in San Quentin!«

13

Du bist verrückt!«, stieß Vergil hervor, blinzelte in die Frühjahrssonne und starrte fassungslos auf die große Holzplatte, die über dem Doppeltor des Wellblechschuppens hing. Dort stand in silbrig glitzernden Lettern auf schwarzem Grund: *Silver Screen Studios.* »Um Himmels willen, was soll das sein, Frank?« Sein Blick irrte über das Camp, als sei er aus einem Albtraum erwacht oder habe plötzlich die Orientierung verloren.

»Mein Filmstudio«, sagte Frank und grinste breit. Er stand, die Arme verschränkt, gegen den Kühler des Hispano-Suiza gelehnt, den Scott ihm in das Silbergrau umlackiert hatte, in dem auch der Schriftzug gehalten war. »Genau genommen soll es *unser* Filmstudio sein. Ich möchte, dass du als mein Partner mit einsteigst. Du hast doch von Drexler auch längst die Nase voll, oder nicht?«

»Du bist verrückt!«

Frank überhörte das geflissentlich. Ihm war klar, dass er noch einige Überzeugungsarbeit zu leisten hatte. »Ich weiß, es sieht alles ziemlich primitiv aus und für ein Filmstudio nicht gerade vielversprechend, aber aus dem Camp lässt sich eine Menge machen, ich habe da schon einige Ideen. Und ich bin sicher, dass sie dir gefallen werden. Außerdem ist die alte Taverne mit ihrem Hinterhof und dem Schuppen auch nicht gerade ein Glanzstück von einem Filmstudio. Was uns nicht davon abgehalten hat, dort ein paar ganz annehmbare Streifen zu drehen, oder?«

Vergil stand noch immer mit offenem Mund da. Dann fragte er: »Wie bist du bloß auf die Idee gekommen, diesen Schrottplatz mitten im Nirgendwo zu mieten und zu glauben, daraus könnte ein Filmstudio werden?«

»Ich habe ihn nicht gemietet, sondern gekauft, schon im Oktober. Zusammen mit den fünfzehn Hektar Land, die zu dem Ölbohrcamp gehören«, erklärte Frank stolz. Es hatte ihm viel Selbstbeherrschung abverlangt, seinem Freund über all die Monate zu verschweigen, an welchen Plänen er arbeitete und wofür er sein Geld zusammenhielt. »Wir haben hier Strom und Wasser, zwei Wohnwagen, die man nur etwas ausmisten und frisch anstreichen muss, einen Schuppen für Innenaufnahmen und eine echte Außenkulisse, die Gold wert ist!«

»Du bist wirklich verrückt! Total verrückt!«

»Und du wiederholst dich, was deiner Behauptung nicht mehr Wahrheitsgehalt verschafft«, erwiderte Frank fröhlich. »Hör mal, ich habe mir das gut überlegt. Das Set für unseren ersten eigenen Film steht hier schon, der Bohrturm wird zum zentralen Stück der Story, die man sogar in zwei, drei Folgen erzählen kann. Ich habe auch schon einen Titel: *Desert Gold.*«

»Narrengold, das wird's wohl eher treffen!«, merkte Vergil an.

»Es ist die Geschichte eines Mannes, den man unten auf den Bohrfeldern von Santa Fe Springs um seinen Anteil betrogen hat«, fuhr Frank ungerührt fort, »und der nun sein gesamtes restliches Geld auf ein paar Hektar Land setzt, auf denen es allerdings nach Meinung der Experten nie und nimmer Öl geben wird. Unser Held pfeift darauf, dass er sich bei den einheimischen Ranchern und Farmern zum Gespött macht. Er hält eisern an seinem Traum fest, rackert sich ab und gibt nicht auf, was auch immer ihm das Schicksal an Rückschlägen und Herausforderungen in den Weg schmeißt, und das ist so einiges. Es wird einen nächtlichen Brandanschlag geben, einen Sandsturm, eine Auseinandersetzung mit Viehdieben, die in der Gegend ihr Unwesen treiben und ihn aus dem Weg schaffen wollen, und jede Menge weitere Gefahren.«

»Und das Zelluloid rollt bis in alle Ewigkeit, ja?«, spottete Vergil.

Frank ließ sich nicht beirren. »Natürlich bauen wir auch eine

Liebesgeschichte ein. Unser Held ist anfangs verbittert und will von dem Mädchen nichts wissen – und sie nichts von ihm. Auf Santa Fe Springs hat ihn die hochnäsige Kaufmannstochter, mit der er verlobt war, von heute auf morgen verlassen, als man ihn um seinen Geldsegen gebracht hatte, aber die Tochter eines kleinen Farmers hier in der Wildnis kann die Wunde schließlich heilen und ihn von ihrer Liebe überzeugen. Na, was hältst du davon?«

Vergil verzog das Gesicht. »Na ja, klingt nicht schlecht«, räumte er widerstrebend ein. »Aber all diesen Stoff kriegst du nie auf tausend Fuß Film unter, ja, nicht einmal auf zweitausend.«

»Natürlich nicht, aber ich habe auch nicht vor, weiterhin Einspuler am Band zu produzieren. Diese kurzatmige Massenware überlasse ich gern Drexler und all den anderen, die zwar gegen das Syndikat prozessieren und sich unabhängig schimpfen, sich aber trotzdem seinem Diktat beugen und nur Einspuler produzieren. Diese Dinger haben doch überhaupt keinen Plot, sind doch im Grunde bloß eine Handvoll bewegte Bilder. Ich will Filme mit einer Handlung in die Kinos bringen, Filme, die den Zuschauer von Anfang an packen und bis zum Schluss nicht mehr loslassen! So wie ein guter Roman, bei dem der Leser ins Geschehen einbezogen wird, mit den Helden leidet und sich fragt, wie es bloß weitergeht. Damit das funktioniert, muss man im Film eben auch eine überzeugende Geschichte erzählen, und dafür braucht man selbst bei einer kompakten Story eine gute Stunde, vielleicht sogar länger. Aber erst einmal will ich es mit einem Vierspuler versuchen. Ich bin sicher, das Publikum ist längst reif für lange Filme. Und dann macht der Dreh auch richtig Spaß, meinst du nicht auch?«

Mit gefurchter Stirn sah Vergil ihn an. »Du bist ja noch verrückter, als ich dachte!«

Frank verdrehte die Augen. »Also komm, Vergil! Das mit dem Verrücktsein hatten wir jetzt zur Genüge!«

»Selbst wenn du so einen Vierspuler produziert kriegst, wie

willst du den in die Kinos bringen?«, kam Vergil mit seinem nächsten Einwand. »Ohne den richtigen Verleih hast du am Markt keine Chance, auch nur ein halbes Jahr durchzuhalten. Du brauchst deren Vorschuss, um die nächsten Streifen finanzieren zu können.«

»Richtig.«

»Und du weißt, wie die Burschen arbeiten. Die buchen einen ganzen Block von Filmen, nicht einen einsamen Streifen. Ganz abgesehen davon, dass sie kaum scharf darauf sein werden, sich für einen kostspieligen Vierspuler finanziell aus dem Fenster zu hängen. Ja, wenn du als Produzent schon einen Namen hättest, würde vielleicht jemand das Risiko auf sich nehmen, aber für einen Erstling?« Er schüttelte den Kopf. »Keine Chance!«

Frank hatte ihn ruhig ausreden lassen und machte nun den Einwand mit einem einzigen Satz zunichte. »Ich habe schon einen Filmverleih.«

»Was? Du hast einen Filmverleih an der Hand, obwohl du noch nicht einmal deinen ersten eigenen Film produziert hast? Das gibt es doch gar nicht!«

»Und ob es das gibt, Kumpel! Wir werden mit der *Westcoast Film Exchange* in Oakland zusammenarbeiten. Die gehört meinem alten Kumpel Byron Adelson. Er hat Ezra Silverman und mich damals mit neuen Streifen versorgt. Den Verleih hat er schon vor zwei Jahren gegründet, aber seit die Anti-Trust-Klage der Unabhängigen vor Gericht anhängig ist, traut er sich ganz offen auf den Markt. Ich habe mehrmals mit ihm telefoniert. Byron ist von meinem Konzept überzeugt und gewillt, das Risiko einzugehen. Seine Firma ist zwar nicht die größte im Westen, hat sich aber bei den unabhängigen Kinobetreibern westlich von St. Louis schon einen beachtlichen Marktanteil erobert. Und er ist ein alter Profi, er versteht sein Geschäft. Bei ihm sind wir in den besten Händen.«

»Hol mich doch der Teufel!« Vergil machte den Eindruck, als könne er das alles so schnell gar nicht verarbeiten. Er kratzte sich die Bartstoppeln und griff kopfschüttelnd zu seinen Zigaretten, als brauche er Halt. Dabei sah er Frank mit gefurchter Stirn an, so als habe er jemanden vor sich, den er zu kennen geglaubt hatte, jetzt aber in völlig anderem Licht sah.

»Ja, mir ist es ernst, Vergil!«, bekräftigte Frank. »Übermorgen ist der neue Film mit Cavendish abgedreht, dann kriegt Drexler meine Kündigung. Und ich hoffe, dass auch du dann kündigst und als mein Partner die *Silver Screen Studios* mit aufbaust«, sagte er ernst.

»Ich habe nichts auf der hohen Kante, Frankie. Aber selbst wenn ich Geld für eine Beteiligung hätte …«, setzte Vergil an.

»Du bist ein exzellenter Kameramann, das reicht mir als Beteiligung – sofern du bereit bist, in der ersten Zeit für einen Hungerlohn zu arbeiten«, warf Frank ein. »Das nötige Geld für die Produktion beschaffe schon ich.«

»… würde das Ganze nicht funktionieren«, fuhr Vergil unbeirrt fort, und Frank hatte den Eindruck, als schwinge in der Stimme seines Freundes Bedauern mit. »Du kennst dich doch mittlerweile gut aus im Filmgeschäft. Und du weißt, wie der Spruch bei uns geht: *Ein Schriftsteller braucht einen Stift, ein Maler braucht einen Pinsel, aber ein Filmmacher braucht eine ganze Armee.* Also wie willst du das organisatorisch und finanziell lösen? Allein die Schauspieler …«

Nun ließ Frank eine weitere Überraschungsbombe platzen. »Die beiden Stars unseres Films habe ich schon engagiert!«, verkündete er. »William Cavendish und Patsy Moore stehen von Anfang nächster Woche an bei *Silver Screen Studios* unter Vertrag.«

»Du hast Cavendish dazu gekriegt, bei dir zu unterschreiben? Das glaube ich nicht! Du machst Scherze, oder?«

»Ganz und gar nicht!«, beteuerte Frank, belustigt von Vergils verdatterter Miene. »Und es hat mich nicht viel Überredungskunst gekostet. Beide kriegen weniger als bei Drexler. Cavendish tritt für bloß hundertzehn die Woche an, und Patsy gibt sich mit vierzig zufrieden. Dafür habe ich ihnen vertraglich zugesichert, dass ihre Namen im Vorspann, auf Plakaten und in allen Presseveröffentlichungen genannt werden, und zwar in ›augenfälliger Form‹, wie Cavendish es im Vertrag stehen haben wollte. Auch den Rest unserer Crew kriege ich schnell zusammen. Neuerdings herrscht in Hollywood ja kein Mangel an Schauspielern, Kulissenbauern, Technikern und Handlangern aller Art. Außerdem kommen unsere ersten zwei, drei Filme mit einer kleinen Mannschaft aus.«

Vergil fehlten die Worte, aber es stahl sich schon ein zögerlicher Ausdruck von Bewunderung und Interesse auf sein Gesicht. »Meine Güte, bei deinem Tempo wird einem ja ganz schwindelig«, gestand er. »Aber selbst, wenn du das alles so hinkriegst, haben wir doch immer noch nur eine Kamera. Nichts gegen die Pathé, aber die hat ihre beste Zeit hinter sich. Also mit der kommen wir nicht weit.«

»Ah, da du gerade davon sprichst! Bei der Litanei deiner Einwände hätte ich doch fast das hier vergessen«, sagte Frank und jubilierte innerlich, wusste er doch, dass er gewonnen hatte. Vergil hatte zum ersten Mal von *wir* gesprochen. »Wirf doch mal einen Blick in den Kasten hier unter der Decke auf der Rückbank.«

Als er den Deckel des klobigen Monstrums von Koffer aufklappte und zwei gut gepolsterte Kameras erblickte, fielen Vergil fast die Augen aus dem Kopf.

»Gebraucht, aber bestens in Schuss«, bemerkte Frank. »Hab mir bei der Auktion auch gleich fünf Trommelmagazine gesichert, zwei Wechselkassetten für vierhundert Fuß Film und drei mit tausend Fuß Kapazität. Den Schneidetisch zeige ich dir später, der steht drüben im zweiten Wohnwagen.«

»Heiliger Strohsack!«, stieß Vergil mit einer Mischung aus Ungläubigkeit und freudiger Erregung aus. »Eine *Aeroscope* und eine *Bell & Howell 2709!*«

»Jetzt können wir endlich freihändig drehen!«, sagte Frank stolz.

»Himmel, wo hast du die bloß her? Die sind doch so teuer! Neu soll die hier fast zweitausend Dollar kosten! Nicht mal Drexler hat sich das geleistet. Hast du eine Bank ausgeraubt?« Geradezu andächtig hob er die *Bell & Howell* aus ihrem weichen Nest. Ihr Ganzmetallgehäuse war mit schwarzem Leder bezogen, weshalb sie in Filmkreisen auch *Black Box* genannt wurde. Zärtlich strich Vergil über die Kamera, folgte ihren klaren Linien mit den Fingerspitzen und bewunderte die vier verschiedenen Linsen. Sie saßen mit ihrer unterschiedlichen Länge vorn in einer Art von Revolvertrommel, sodass man schnell und lichtsicher durch eine Vierteldrehung das Objektiv wechseln konnte. Was für ein Riesenfortschritt gegenüber den alten Kameras, die mit nur einer Linse arbeiteten!

»Die Pathé habe ich verkauft, und diese beiden Beautys habe ich bei einer Zwangsversteigerung in Los Angeles ergattert«, sagte Frank, froh darüber, Vergil mit im Boot zu haben und seine kindliche Freude zu sehen. »Eine Firma unten in Glendale namens *Chamberlain Lux* ist mit einem Haufen Schulden pleitegegangen. Der Produzent hatte sich wohl an der Börse verzockt. Billig waren die Kameras nicht, aber ich habe sie doch zu einem guten Preis bekommen. So, und jetzt entscheide dich: Partner oder nicht Partner?« Er streckte seinem Freund die Hand hin und wusste, dass dessen Entscheidung längst gefallen war.

Schnell wechselte Vergil die Kamera in die linke Hand und schlug ein. »Partner!«, versprach er mit leuchtenden Augen. »Verdammt, verdammt, wir sind beide verrückt … *total* verrückt!«

14

Es war der zweite Sonntag im Februar des Jahres 1913. Der dichte Nebel hatte sich zwar am frühen Mittag verzogen, aber nirgendwo riss die tief hängende Wolkendecke auf. Das Tageslicht war fahl, doch das triste Wetter kümmerte Arthur nicht. Den Sonnenschein, den er brauchte, hatte er an seiner Seite, ging er doch mit seinem Enkelsohn im Garten zu den beiden Vogelhäusern hinten bei der Hecke. Dort überließ er Adrian die braune Papiertüte mit Sonnenblumenkernen und zeigte ihm, wie man die Futterrinnen und -behälter richtig füllte.

Harriet beobachtete die beiden mit stiller Freude. Sie stand in der offenen Terrassentür der Bibliothek, die bei allen Caldwells *Kartenzimmer* hieß und im Haus ihrer Eltern ihr Lieblingsraum war, seit sie denken konnte. Es war das Arbeitszimmer ihres Vaters. Hier hatte er in den ersten drei Jahren nach dem Schlaganfall auch sein Bett gehabt sowie, versteckt hinter zwei Paravents, den Toilettenstuhl.

Das Kartenzimmer war geräumig. Handkolorierte Seekarten in schweren Rahmen bedeckten die Wände; die meisten zeigten in großer Detailfülle die kartografierte Südsee mit ihren Inselgruppen. Aber auch das Südchinesische Meer und der Indische Ozean waren vertreten. All diesen Karten sah man an, dass sie jahrelang auf See und bei jedem Wetter benutzt worden waren. Viele trugen handschriftliche Einträge: Positionsmarkierungen und kryptische, abgekürzte Anmerkungen.

Deckenhohe Bücherregale aus dunkler Eiche füllten die schmalen Räume zwischen den Seekarten, über dem Kamin aus schwarzem Marmor hing ein Ölgemälde. Es zeigte den Schoner *Sansibar*, mit dem der Vater den Grundstein seiner Flotte gelegt hatte, vor Kap Horn in stürmischer See. Vor den Karten der Sandwichinseln stand ein schwerer, in Messing gefasster Schiffskompass auf einem Gestell, auf der gegenüberliegenden Seite des Zimmers lagen vor der Seekarte von Yokohama und den dortigen Küstengewässern auf einem Beistelltisch zwei Sextanten. Ein ehemaliger Kapitänsschreibtisch mit Rolltop, rechts und links davon passende Aktenschränke, ein Drehstuhl mit Armlehnen sowie zwei alte Ledersessel machten die Einrichtung perfekt.

Ein ähnliches Zimmer hatte Harriet sich für ihr Haus am Nob Hill erbeten, und Jordan hatte ihr diesen Wunsch nur zu gern erfüllt. Dabei hatte er Arthurs Kartenzimmer nicht einfach kopiert, sondern einen Raum geschaffen, der ihrer Persönlichkeit entsprach *und* seine ganz eigene maritime Atmosphäre hatte. Unter anderem hatte Jordan ein herrliches Ölgemälde von der *Samoa* anfertigen lassen, wusste er doch, dass ihr Herz an diesem Dreimaster besonders hing, auch wenn die Caldwell-Flotte längst von Dampfschiffen dominiert wurde. Das Bild zeigte die *Samoa* mit voll gesetzten Segeln und schäumender Bugwelle auf hartem Backbordkurs, im Hintergrund die Durchfahrt zwischen den Landenden des Golden Gate und die hügelige Silhouette von San Francisco.

»Eine Kopie ist immer nur der billige Abklatsch eines Originals«, hatte Jordan mit liebevollem Stolz gesagt, als sie zwei Wochen vor Weihnachten in ihr neues Haus einzogen und er sie in den lichtdurchfluteten Raum führte, den sie all die Monate zuvor als einzigen nicht hatte betreten dürfen. »Ich wollte, dass du dein ganz eigenes Kartenzimmer hast Ich hoffe, es gefällt dir ein wenig.«

»Ein wenig? Mein Gott, Jordan, es ist einfach … einfach wunderbar!«

Sie war so überwältigt gewesen, dass sie ihm spontan um den

Hals gefallen war und ihn geküsst hatte; einer jener seltenen Momente, in denen sie sich ihm innig verbunden und der vorbehaltlosen Liebe greifbar nahe fühlte. Wie gern wollte sie ihm solche Liebe schenken, doch es gelang ihr einfach nicht, die unsichtbare Mauer zu durchbrechen und in ihrem Inneren ganz frei für ihn zu werden. Dann und wann zeigten sich Risse in dieser Wand, aber nie folgte der befreiende Durchbruch.

Seit ihrem Einzug in die prächtige Stadtvilla war ein gutes Jahr vergangen, und 1913 würde einen schmerzlichen Einschnitt mit sich bringen, wurde Adrian doch nach dem Sommer eingeschult. Die ideale Zeit für ein zweites …

Hör auf damit! Diese Dinge nehmen ihren natürlichen Lauf und lassen sich weder herbeiwünschen noch herbeizwingen! Es ist gut so, wie es ist!, ermahnte sie sich und untersagte sich, erneut in schwermütiges Grübeln und Selbstvorwürfe zu verfallen. Jordan und sie führten eine gute Ehe, und die Liebe zu Adrian verband sie auf kostbare Art. Sie hatte allen Grund, für die Segnungen ihres Lebens dankbar zu sein, und weil dem so war, hatte sie Caitlin zu Weihnachten als Zimmer- und Kindermädchen in ihre Dienste genommen. Sie hatte es einfach nicht übers Herz gebracht, ihr noch länger gram zu sein und zuzusehen, wie ihre Mutter sie auf die Straße setzte. Jordan hatte die Auswahl eines Kindermädchens für Adrian ihr überlassen, wie er ihr auch nicht hineingeredet hatte, als es um die Einstellung der Köchin und Haushälterin sowie des übrigen Personals gegangen war. Das Haus am Nob Hill war doch um einiges größer, vor allem aber eleganter und prachtvoller als das ihrer Eltern. Ein Haus, das von mehr als nur einem Kinderlachen erfüllt sein wollte, wie Jordan einmal bemerkt hatte …

Sie hörte Adrian und ihren Vater lachen, und das brachte ein warmes Lächeln auf ihr Gesicht zurück. Wie schön, dass die beiden sich so gut verstanden und ihr Vater so viel Geduld mit Adrian hatte. Zum Glück war Arthur wieder wohlauf. Zu Adrians

Geburtstagsfeier vier Tage zuvor hatte er nicht kommen können. Er hatte mehrere Schwindelanfälle gehabt, sich aber standhaft geweigert, den Arzt zu rufen, geschweige denn ins Krankenhaus zu gehen. Er habe nicht vor, sich umbringen zu lassen und auch noch dafür zu bezahlen, hatte er gepoltert.

Gottlob hatten sich diese Gleichgewichtsstörungen tags darauf wieder gegeben. Jordan vermutete, dass Arthur mal wieder zu wenig getrunken hatte, was schon des Öfteren vorgekommen war. Wie auch immer – ihr Vater war wieder auf den Beinen und bester Stimmung. Und so waren sie heute gekommen, damit Adrian sich sein heiß ersehntes Geburtstagsgeschenk, einen großen Metallbaukasten, abholen konnte.

Adrian kam über den Rasen gerannt. »Wir brauchen noch mehr Vogelfutter!«, rief er fröhlich und wedelte mit der leeren Tüte. »Ich soll noch eine Tüte holen. Miss Higgins soll noch welche haben.«

Harriet fuhr ihm zärtlich über das lockige Haar. »Na, dann lauf zu ihr in die Küche!«

»Bin schon weg!«

Als Harriet wieder in den Garten schaute, fuhr ihr ein eisiger Schreck in die Glieder. Ihr Vater wankte wie ein Betrunkener auf das Haus zu. Dann stieß sein Krückstock ins Leere, und er stürzte zu Boden.

»Vater!«, schrie Harriet und rannte zu ihm. Und über die Schulter rief sie mit schriller Stimme: »Ruft den Arzt! Doktor Tillerson soll sich beeilen! Vater hat einen Anfall!«

Arthur wälzte sich auf den Rücken. Mit der Linken zerrte er an seinem steifen Kragen, als bekomme er keine Luft. Dann fuchtelte er durch die Luft, als versuche er, etwas abzuwehren.

»Nein! Verdammt, runter … damit!« Er röchelte, das Gesicht zu einer Grimasse der Angst und des Entsetzens verzerrt. »Nicht! … Nicht schießen!«

Es waren nur zehn, zwölf Schritte zu ihm, aber ihr kam es so vor, als müsste sie Meilen zurücklegen. Warum nur kam sie so langsam voran? Die Zeit schien in einem Meer aus Teer stecken geblieben zu sein. Sie hörte erschrockene Rufe hinter sich, eine Terrassentür knallte gegen die Hauswand.

Arthur krümmte sich und schrie erstickt auf. »Da! … Henry! … Das Ruderboot! Das Gewehr … schnell!«

Endlich war sie bei ihm. Sie fiel auf die Knie, riss ihm den steifen Kragen vom Hemd und zerrte das Hemd unter der Weste weit auf. Sie hob ihn an und zog ihn auf ihren Schoß. Beschwörend redete sie auf ihn ein, er solle um Gottes willen tief atmen und durchhalten, Doktor Tillerson sei bestimmt schon auf dem Weg. Er reagierte nicht. Jegliches Blut schien aus seinem Gesicht gewichen, es war bleich wie Wachspapier, doch die Haut glänzte von Schweiß. Sein Blick irrte an ihr vorbei, als sähe er schräg über ihrer Schulter etwas, das ihn in Angst und Schrecken versetzte. Seine gesunde Hand krallte sich in ihr Kleid. Sein Atem ging immer schneller und immer flacher, kam bald nur noch in mühsamen Stößen. Jeder Atemzug ein Kraftakt.

»O Gott … das Blut! … So viel Blut!«

Ein Ausdruck des Grauens trat auf sein Gesicht. Im nächsten Moment ging ein Zittern durch seinen Körper. Dann sackte er in Harriets Schoß zusammen, und der Blick seiner weit aufgerissenen Augen ging starr und leblos ins Nichts.

15

Frank hatte sich schlicht und ergreifend verfahren. Er war auf der Suche nach der neuen Kopieranstalt, von der Fitzie ihm erzählt hatte und bei der er einen besseren Preis für die Filme der *Silver Screen Studios* herauszuhandeln hoffte. Wer in ein boomendes Geschäft einstieg, war gemeinhin gewillt, die Platzhirsche zu unterbieten, um möglichst schnell zu einem soliden Kundenstamm zu kommen. Keiner wusste das besser als er.

Das vergangene Jahr hatte einige erhebende Momente gebracht, ja, Vergil und ihm sogar Stunden und Tage der Euphorie geschenkt. *Sugar high* hatten sie diese seltenen Gelegenheiten selbstironisch genannt. Denn im Großen und Ganzen war dieses Jahr eine albtraumhafte und nervenaufreibende Gratwanderung gewesen, ein täglicher Kampf, immer haarscharf am Bankrott vorbei. Zum Glück hatte er nicht geahnt, wie hart es sein würde, mit nur wenigen Tausend Dollar Startkapital ein eigenes Filmstudio aufzubauen. Bis zum Letzten hatten Vergil und er sich abgerackert, um das Schiff ihrer Firma, das schon beim Auslaufen leckgeschlagen war, über Wasser zu halten. Täglich waren neue Kosten aufgetaucht, die in seinem Budget nicht vorgesehen waren. Der Aufbau einer funktionstüchtigen Crew mit der nötigen Zahl an Schauspielern und Statisten sowie einige dringend erforderliche Baumaßnahmen hatten eine ganz eigene Dynamik entwickelt. Er hatte sich bis über beide Ohren verschuldet und auf wirklich alles, was die Bank als Sicherheit gerade noch so akzeptierte, eine Hypothek aufgenommen. Aber selbst das hätte sie nicht vor der Pleite bewahrt, wenn Byron Adelson nicht unerschütterlich an seine *Desert Gold*-Filme geglaubt, zu ihnen gestanden und ihre finanziellen

Abgründe mit großzügigen Vorauszahlungen auf noch nicht abgedrehte Filme überbrückt hätte. Seit dem Weihnachts- und Neujahrsgeschäft, bei dem ihre Filme prächtige Umsätze erzielt hatten, befanden sie sich gottlob in ruhigeren Gewässern. Zumindest war der Berg ihrer Schulden auf ein erträgliches Maß zusammengeschrumpft. Sie hatten den Sturm ihrer Firmengründung überstanden, was jedoch nicht hieß, dass von nun an alles eitel Sonnenschein war und nur noch munteres Kinokassengeklingel auf sie wartete.

Frank zündete sich eine Zigarette an und klappte das Verdeck zurück, während der Verkehr auf der Grant Avenue an ihm vorbeirauschte. Erst hatte es ihn gewurmt, die Kopieranstalt nicht auf Anhieb gefunden zu haben, doch nun war er seinem Standfotografen geradezu dankbar, dass er ihn mit so ungenauen Angaben losgeschickt hatte. Denn sonst hätte er nicht gegenüber vom feudalen »Biltmore Hotel« in einer Parkbucht gehalten, um die Straßenkarte von Los Angeles zurate zu ziehen. Und dann wäre er auch nicht auf die Todesanzeige gestoßen, die zwischen den Seiten steckte. Womit er neben Fitzie auch diesem Roderick Morrison zu Dank verpflichtet war. Der hatte den Stadtplan im Handschuhfach liegen gehabt, und dort hatte Frank ihn auch belassen.

Die schwarz umrandete Briefkarte aus schwerem Bütten verkündete den Tod von Richard Lynnford, im Alter von gerade einmal dreiundzwanzig Jahren jäh aus der Welt gerissen. Als Ehefrau des Verstorbenen stand Laura Lynnford an erster Stelle der Hinterbliebenen.

Franks anfängliche Betroffenheit wich freudiger Erregung, als er das Datum von Trauergottesdienst und Bestattung las. *Sumstag, den 18. September 1909.* Laura Lynnfords Mann lag schon dreieinhalb Jahre auf dem Evergreen Memorial Cemetery im Stadtviertel Boyle Heights! Was hieß, dass Laura schon gute zwei Jahre verwitwet gewesen war, als sie ihm das Ölbohrcamp an der Ventura Road verkauft hatte! Und er hatte sie all die Zeit in festen Händen geglaubt und sich von ihr ferngehalten!

Aufgeregt griff er zu seiner Brieftasche. Aus unerfindlichen Gründen hatte er ihre Visitenkarte nicht weggeworfen, auch nicht nach dem Notartermin, bei dem sie den Kaufvertrag unterschrieben hatte. Die Karte war immer noch da. Wenn das kein Wink des Schicksals war!

Er suchte im Verzeichnis der Straßenkarte nach der Wabash Avenue, fand sie auf dem Plan und prägte sich den Weg von der Grant Avenue dorthin ein. Beschwingt und mit klopfendem Herzen machte er sich auf den Weg. Es war verrückt, aber er konnte gegen das Verlangen, sie auf der Stelle wiederzusehen, nicht an. Dass sie vielleicht schon wieder verheiratet oder sonst wie liiert war, bei einer so betörenden jungen Frau nicht unwahrscheinlich, verdrängte er. Dass er ihre Visitenkarte so lange aufbewahrt und ausgerechnet an diesem Vormittag die Todesanzeige entdeckt hatte, konnte einfach kein Zufall sein! Daran hielt er sich fest, während er Downtown verließ und hinüber nach Boyle Heights fuhr.

Die Wabash Avenue, breit angelegt und von Birken gesäumt, lag am östlichen Stadtrand, die Hausnummer 3168 war schnell gefunden. Zu seiner Verwunderung gehörte sie zu einer zweistöckigen Villa im spätviktorianischen Stil. Er parkte zwischen zwei Weißbirken und stieg aus.

Etwas verwundert registrierte er das Schild neben der schmiedeeisernen Gartentür, das ihm verriet, dass Laura Lynnford nicht allein hier wohnte. Was bei den Ausmaßen der Villa auch merkwürdig gewesen wäre. Das Schild, das einen vernachlässigten Eindruck machte, verwies auf das Architektenbüro ihres Vaters: *James C. Sedgewick, Building Design & Construction.*

Frank schob die Gittertür auf, schritt über den kurzen, mit Backsteinen ausgelegten Gartenweg und klingelte. Es dauerte eine

Weile, bis jenseits der Tür Schritte auf knarrenden Dielenbrettern zu hören waren, begleitet von einem rhythmischen *Klock-klock*.

Die Tür ging auf, und vor ihm stand ein groß gewachsener, weißhaariger Mann um die siebzig. Er trug einen dunkelbraunen Tweedanzug, dem ein Bügeleisen gutgetan hätte. Auch ein frisches Hemd wäre nicht fehl am Platz gewesen. Der Mann stützte sich auf einen Krückstock und musterte ihn, die Augen angestrengt zusammengekniffen, durch eine Brille mit daumendicken Gläsern.

»Sind Sie das, Walt? Bringen Sie die Bauzeichnung für die Wellingtons?« Seine Stimme, voll und sonor, schwankte zwischen freudiger Erwartung und Skepsis.

»Nein, mein Name ist Frank Maynard. Ich nehme an, ich spreche mit Mr Sedgewick?«

»Das tun Sie, und zwar mit seiner altersschwachen Version, wie Sie wohl unschwer erkennen. Meine Augen taugen nicht mehr viel, und mit dem Rest ist es auch nicht viel besser bestellt. Andererseits hat ein früher Abgang natürlich auch so seine Schattenseiten«, erklärte James Sedgewick. »Aber lassen wir die Küchenphilosophie. Was kann ich für Sie tun? Wenn Sie was verkaufen wollen, sparen Sie sich besser Ihren Atem.«

»Bitte entschuldigen Sie die Störung. Ich wollte Mrs Laura Lynnford sprechen. Ich dachte, sie wohnt hier. Jedenfalls ist auf ihrer Visitenkarte diese Adresse angegeben.«

»Ah, Sie wollen zu meinem Schutzengel!« Ein Lächeln huschte über das stoppelbärtige Gesicht. »Da sind Sie an dieser Tür schon goldrichtig. Sie wacht hier über mich, dass ich nicht wieder die Treppe hinunterfalle und den Gasherd nicht anlasse! Solche Kleinigkeiten eben. Haben Sie einen Auftrag für meine Tochter?«

Die Frage kam unerwartet. »Nun ja, das … das wird sich zeigen, Mr Sedgewick«, sagte er ausweichend.

»Dann beglückwünsche ich Sie zu Ihrer exzellenten Wahl, Mr Maynard. Sie leistet ausgezeichnete Arbeit, und das sage ich nicht als Vater, sondern als Fachmann. Aber heute ist meine Tochter leider nicht in ihrem Büro.«

»Oh!«, entfuhr es Frank, und seine Enttäuschung war nicht zu überhören.

»Wenn es Ihnen nichts ausmacht, nach Santa Monica zu fahren, können Sie Laura auf ihrer ganz privaten Baustelle antreffen«, teilte James Sedgewick ihm mit. »Wird auch Zeit, dass sie die Renovierung der alten Fischerhütte endlich zu Ende bringt!«

Frank ließ sich die Adresse der Fischerhütte geben, dankte dem alten Herrn und machte sich auf den Weg. Von Boyle Heights war es nur eine kurze und landschaftlich reizvolle Fahrt über die Berge ans Meer.

Zwanzig Minuten später fuhr er in Santa Monica den Olympic Boulevard hinunter, geradewegs auf den breiten Strand zu, wo sich die Santa Monica Pier wie eine Verlängerung des Boulevards vierhundert Fuß weit in die Fluten des Pazifiks erstreckte.

Er ließ die Pier links liegen und folgte der malerischen Küstenstraße nach Norden. Kurz vor der Abfahrt zu der Siedlung Pacific Palisades fand er das Haus, das Lauras Vater eine alte Fischerhütte genannt hatte. Es duckte sich hinter einigen windgebeugten Zypressen und wilden Büschen an den Hang der Klippen, die stellenweise gefährlich steil zum Strand hin abfielen, bestand aus grauem, verwittertem Holz und wirkte, von der Straße aus gesehen, unscheinbar – abgesehen davon, dass es größer war als das, was man sich wohl gemeinhin unter einer Hütte vorstellte. Unter einer von Efeu dicht umrankten Pergola stand der silbergraue Pierce-Arrow. Frank nahm an, dass es der Wagen von Lauras Vater war, der wegen seiner Augenschwäche nicht mehr fahren konnte. Auf dem sandigen Vorplatz stand der Lieferwagen einer Schreinerei mit dem Firmennamen *Sherwood & Sons;* auf der offenen Ladefläche türmte sich allerlei Baumaterial.

Niemand öffnete ihm auf sein Klingeln hin. Was daran liegen mochte, dass die Klingel noch nicht funktionierte oder ihr Ton zu leise war, um bei dem lauten Hämmern, das von der Rückseite des Hauses kam, gehört zu werden.

Frank ging um die einstige Fischerhütte herum und stellte fest, dass sie um einen doppelt so großen Anbau erweitert worden war. Das sah man jedoch nur aus der Nähe, da wo die Erweiterung mit ähnlich grauen, verwitterten Hölzern an die ursprünglichen Wände stieß.

Die Aussicht über den Strand und das Meer mit seiner rauschenden Brandung war überwältigend. Und das galt auch für Laura Lynnford. Sie setzte gerade zusammen mit einem etwas grobschlächtigen Mann um die dreißig, mit Halbglatze und pockennarbigem Gesicht, den Rahmen für ein großes Fenster ein. Fasziniert sah Frank zu, wie sie den Hammer schwang. Wobei seine Aufmerksamkeit weniger ihren handwerklichen Fähigkeiten galt als vielmehr ihrer Kleidung, die für eine Frau aus ihren Kreisen reichlich unkonventionell war. Sie trug zu festen Schnürstiefeln eine dieser dunkelblauen Hosen aus Denim von Levi Strauss und ein grob kariertes Flanellhemd, das sie vor der Brust nachlässig verknotet hatte, sodass zwischen Hosenbund und dem Ansatz ihrer Rippenbögen ein handbreiter Streifen gebräunter nackter Haut zu sehen war. Einige Strähnen ihres tiefschwarzen, sanft gewellten Haars hatten sich aus dem Zopfband gelöst und fielen ihr in das schweißglänzende Gesicht.

Eine Weile blieb Frank, völlig in ihren Anblick versunken, am Rand der Terrasse stehen. Eine schmerzhafte Erinnerung zuckte durch seine Brust, kratzte am Schorf der Narbe. Schnell wehrte er sich gegen den aufsteigenden Schwall der Erinnerungen und machte sich bemerkbar, indem er aus dem Schatten der Pergola trat und gegen die Hauswand klopfte.

Laura Lynnford wandte den Kopf und sah zu ihm herüber. Der

Ausdruck auf ihrem Gesicht verriet Überraschung, aber sein Anblick brachte sie nicht aus dem Rhythmus ihrer Hammerschläge. Sie fixierte die Keile des Fensterrahmens mit weiteren fünf, sechs präzisen Schlägen, erst dann ließ sie von der Arbeit ab, drehte sich zu ihm um und sah ihn mit leicht hochgezogenen Brauen an.

»Was treibt denn Sie zu uns an die Küste, Mr Maynard?«, begrüßte sie ihn und wischte sich mit dem Unterarm den Schweiß von der Stirn. Der pockennarbige Handwerker äugte kurz zu Frank herüber, um dann in seiner Arbeit fortzufahren und sie nicht weiter zu beachten. »Suchen Sie ein Motiv für Außenaufnahmen?«

»Nein, ich habe Sie gesucht und dank der freundlichen Auskunft Ihres Vaters auch gefunden, Mrs Lynnford.«

Sie stutzte und runzelte die Stirn. »Und welches Anliegen treibt Sie her?«

Er lächelte. »Nun, Sie sagten, Sie wären Architektin, und da dachte ich, bevor ich einen Wildfremden damit betraue, könnte ich es ebenso gut mit Ihnen probieren. Ich meine, wo wir doch schon gute Geschäfte miteinander gemacht haben und es zwischen uns schon so etwas wie eine Vertrauensbasis gibt.«

»Ach, und was genau wollen Sie mit mir *probieren?*«, fragte sie spöttisch, als lege sie es geradezu auf Doppeldeutigkeit an.

»Ein Bauprojekt.«

Nun gingen die fein geschwungenen Bögen ihrer Brauen richtig in die Höhe. »Sie wollen, dass ich Ihnen ein Haus baue?«

Er grinste. »Ich denke, darauf läuft es hinaus.«

»So, darauf soll es hinauslaufen«, wiederholte sie. »Was für eins soll es denn werden, Mr Maynard? Ein Gebäude für Ihr Studiogelände oder ein Haus für Sie persönlich?«

»Mir schwebt Letzteres vor. Ich dachte, Sie könnten mir ein paar Entwürfe machen.«

»Interessant.« Sie legte den Hammer aus der Hand und verschränkte die Arme. »Was für eine Art von Haus soll es denn sein?

Ein Haus für Ihre Familie? Dann wäre es gut zu wissen, wie viele Kinder Sie zu bekommen gedenken.«

Er sah das herausfordernde Blitzen in ihren Augen und räusperte sich. »Also, drei halte ich für eine gute Zahl, aber bislang habe ich weder Kinder noch die Frau gefunden, mit der ich sie haben möchte«, sagte er und wünschte sofort, er hätte es anders formuliert. Denn diese Frau hatte es in seinem Leben ja sehr wohl schon gegeben.

»Aha, jetzt kommen wir der Sache schon ein Stück näher.« Sie setzte eine ernste Miene auf. »Es soll also eher etwas Repräsentatives für einen alleinstehenden Filmproduzenten sein, ja? Mit der Option, dass dort einmal auch eine Ehefrau und Kinder leben können, oder lieber ohne diese Möglichkeit? Finanziell schlägt das ja ganz anders zu Buche. Ich meine, sowohl eine Familie als solche als auch Entwurf und Bau eines entsprechenden Hauses. Wobei wir schon beim nächsten Punkt sind, von dem so einige wichtige Entscheidungen abhängen. Denn da wäre die Frage, wie groß das Grundstück ist, auf dem das Haus stehen soll?«

Inzwischen hatte Frank keinen Zweifel mehr, dass sie seine wahren Motive längst durchschaut hatte und mit ihm spielte. Aber nicht auf gemeine, abschätzige Art, sondern eher belustigt, und das gab ihm den Mut, es kurzerhand mit der Wahrheit zu versuchen. In einer Geste der Kapitulation breitete er die Arme aus.

»Ich gebe zu, dass ich mir das alles erst auf der Fahrt hierher ausgedacht habe«, sagte er und gab sich zerknirscht. »Bis vor ein paar Stunden dachte ich, Sie wären verheiratet. Seit ich weiß, dass Sie … dass Sie es nicht mehr sind, wollte ich Sie einfach wiedersehen.«

Ein dunkler Schatten glitt über ihr Gesicht, verschwand jedoch so schnell wieder, wie er erschienen war. »Also erst einmal kein Haus, Mr Maynard?«, spottete sie. »Schade. Und ich dachte schon, ich hätte endlich mal wieder einen lohnenden Auftrag.«

Er bedachte sie mit einem verlegenen und um Nachsicht bittenden Blick. »Könnten Sie sich erst einmal dazu durchringen, einfach nur Frank zu mir zu sagen?«

»Gut möglich, dass ich das könnte. Aber dann müsste ich ja zulassen, dass Sie mich ebenfalls beim Vornamen nennen.«

Er wagte ein Lächeln, von dem er hoffte, dass es entwaffnend war.

Einen langen Moment musterte sie ihn schweigend. Frank glaubte ihr förmlich ansehen zu können, wie sie zwischen Ablehnung und Zustimmung schwankte. Dann drehte sie sich unverhofft um, nahm ihre Denim-Jacke von einem der Adirondack-Stühle, ging auf das Ende der Terrasse zu, wo der Hang steil abfiel, und sagte: »Kommen Sie, Frank!«

»Wohin?« Er war so verblüfft, dass die Freude darüber, dass sie ihn mit dem Vornamen angesprochen hatte, erst mit Verspätung einsetzte.

»Hinunter an den Strand. Am Wasser kann ich klarer denken. Kann also sein, dass ich es mir da noch mal anders überlege«, rief sie ihm über die Schulter zu und lachte.

»Ja, aber wie sollen wir hier von den Klippen … Gütiger Gott!«, stieß er erschrocken hervor, als sie von der Terrasse stieg und im nächsten Moment hinter einem Ginsterbusch verschwand, als sei sie soeben in die Tiefe gestürzt.

Was sie natürlich nicht war, denn an diesem Teil der Klippen war der Abhang nicht gar so dramatisch steil wie fast überall sonst, sodass man einen Weg hatte anlegen können. Zwar war er schmal und bei starkem Wind zweifellos lebensgefährlich, aber er hatte solide Stufen aus fest in die Erde gerammten Balkenstücken. Auf der dem Hang zugewandten Seite verlief ein Seil, an dem man Halt finden konnte. Allerdings sahen die Eisenpflöcke, durch deren Ösen das Seil lief, nicht so aus, als würden sie größerer Zugkraft lange widerstehen.

Es kostete Frank Überwindung, nicht vorsichtig einen Fuß vor den anderen zu setzen, sondern ihrem flotten Schritt zu folgen. Gottlob gab es das Seil. Er war erleichtert, als er unten angekommen war und wieder sicheren Boden unter den Füßen hatte. Nun endlich erfasste ihn die Freude, dass sich sein spontanes Wagnis ausgezahlt hatte. Immerhin fand sie ihn sympathisch genug, um ihn mit dem Vornamen anzusprechen und mit ihm am Strand entlangzuspazieren.

Eine ganze Weile gingen sie schweigend nebeneinanderher, immer knapp an der Brandungslinie entlang. Hin und wieder leckte eine Welle an Lauras festem Schuhwerk. Der Wind aus Nordwesten war frisch, der Sand unter ihren Füßen fest und dunkel, getränkt von der ablaufenden Flut. Die Brise legte ihnen das Salz des Meeres auf die Lippen. Hoch über ihnen zogen Möwen ihre Kreise, und die Boote weit draußen waren weiße Tupfer auf der glitzernden See.

Das Schweigen hielt an, und er spürte, dass es nicht ratsam war, es durch eine oberflächliche Bemerkung zu brechen. Es musste einen Grund haben, dass sie mit ihm an den Strand gewollt hatte und plötzlich so in sich gekehrt war. Irgendwann würde sie ihm schon sagen, was sie beschäftigte, und bis dahin würde er tunlichst den Mund halten. Was nicht schwer war, denn allein hier mit ihr zusammen zu sein war mehr, als er sich auf dem Weg nach Santa Monica erhofft hatte.

Auf einmal blieb Laura stehen und blickte aufs Meer hinaus. »Da draußen ist er gestorben«, teilte sie ihm leise, aber mit fester Stimme mit und deutete auf die Wellen, die sich mehrere Hundert Fuß vom Strand entfernt schäumend brachen.

»Ihr Mann.«

Sie nickte. »Ertrunken beim Surfen. Dabei war er ein hervorragender Schwimmer und noch besserer Surfer.«

»Sie sprechen vom Wellenreiten, nicht wahr?«, vergewisserte

sich Frank. Er hatte von dem neuen Sport gehört, ihn aber noch nie selbst zu sehen bekommen.

»Ja, Richard war einer der Ersten, die George Douglas Freeth hier bei uns angesteckt hat«, erzählte Laura erstaunlich nüchtern. »George Freeth kam aus Hawaii und hat am Redondo Beach unten in der South Bay mit seinen Kunststücken auf dem Brett für irgendeine Sache Reklame gemacht. Jedenfalls war er ein verrückter Surfer und Richard einer seiner ersten Jünger. Er konnte nicht genug bekommen und hat darüber sogar seinen Collegeabschluss riskiert.« Sie lachte leise auf. »Ich fürchte, er wäre nicht der geschäftstüchtige Architekt und Unternehmer geworden, den mein Vater sich als Mann für mich und Nachfolger für sich erhofft hatte; das stand irgendwie nicht in seinen Karten. Gut möglich, dass ich das Brot hätte verdienen müssen, und es wäre wohl ein karges Brot gewesen. Aber was rede ich da? Richard ist tot, und diese Hättewenn-und-aber-Gedankenspiele sind allesamt sinnlos.«

Frank holte seine Zigaretten hervor und hielt ihr die Schachtel hin. Sie bediente sich, als sei es ganz selbstverständlich, dass sie rauchte, und er gab ihnen beiden Feuer. Nachdem er zwei Züge genommen hatte, fragte er: »Wie ist Ihr Mann gestorben, wenn er doch so ein guter Schwimmer war?«

»Ein tödlicher Unfall, eine Kette von unglückseligen Zufällen«, sagte sie. »Es war September. Wir hatten einen ordentlichen nächtlichen Sturm, und am Morgen danach waren die Wellen hoch, also ideal für einen Surf-Verrückten wie Richard. Aber dann ist er bei einem gar nicht mal so großen Brecher vom Brett gestürzt. Es wäre weiter nichts passiert, wenn er nicht mit dem Kopf auf ein hartes Stück Treibholz aufgeschlagen wäre.« Sie machte eine kurze Pause und atmete tief durch. »Er muss bewusstlos geworden sein und ist dann ertrunken.«

Frank verkniff sich die »Tut mir leid«-Floskel. Was sollte ihm denn auch leidtun, wo der Verstorbene ihm fremd gewesen war wie nur irgendwer und er hoffte, dass sie über den Verlust hinweg war. Bereit, ihn in ihr Leben zu lassen.

Er brauchte auch gar nichts zu sagen, denn sie fuhr schon fort, indem sie den Schlusspunkt unter ihre Erinnerung setzte. »Richard war meine große Liebe, und hier habe ich damals beides verloren. Wir hatten nicht einmal ein Jahr zusammen«, sagte sie mit einem Seufzer und sah ihn mit einem wehmütigen Lächeln an. »Schlacken der Erinnerung, die nicht mehr glühen.«

»Seltsam, dass wir das gemeinsam haben. Auch ich habe meine Frau verloren«, brachte Frank spontan hervor, »nur eben drei Jahre früher. 1906, bei dem Erdbeben in San Francisco.« Und kaum hatte er es gesagt, schämte er sich auch schon dafür, nicht an Florence, sondern an Harriet gedacht zu haben.

Sie musterte ihn nachdenklich. »War sie Ihre große Liebe, Frank? Die Liebe eines Mannes spiegelt seinen Charakter wider. Also, welche Art von Liebe hat Sie mit Ihrer Frau verbunden? Meine war wie ein kurz aufstrahlender Komet, der einen Schweif unerfüllter Träume hinter sich herzieht und im Nu in der Schwärze des Universums verglüht. Und Ihre? Eine Nova? Oder ein zu früh erkalteter Stern?«

Ein toter Stern, dessen Licht aber noch immer mit gleißender Helligkeit durch mein Universum strahlt!, dachte Frank, sprach es aber nicht aus, sondern antwortete: »Das Bild vom Kometen kommt dem schon nahe, aber sicher scheint mir nur, dass uns beiden mit unserer ersten großen Liebe nicht viel Glück beschieden war.«

»Ja, aber Glück erscheint mir auch kein erstrebenswertes Ziel zu sein«, erwiderte sie. »Viel zu anstrengend, das dem Leben permanent abringen zu wollen. Glück ist was für flüchtige Momente. Dauerhaft wünsche ich mir dagegen eine Arbeit, die mich erfüllt, meinem Leben einen Sinn gibt und mich zufrieden macht.« Sie bückte sich, um die Glut der Zigarette in einer anlaufenden Welle zu löschen. Die Kippe steckte sie in die Jackentasche. »So, und jetzt muss ich zurück an die Arbeit. Es war nett, dass Sie mich besucht haben, Frank.«

»Sehe ich Sie wieder?«, fragte er hoffnungsvoll.

Sie zuckte die Achseln und strich sich eine Strähne aus dem Gesicht. »Möglich ist vieles. Meist sogar mehr, als man sich vorstellt.«

Inständig sah er sie an. »Ich wünsche es mir jedenfalls sehr, Laura. Es würde mir viel bedeuten.«

Sie kniff die Augen zusammen und legte den Kopf leicht schräg. »Hat Ihnen jemand schon mal gesagt, dass zwischen Hartnäckigkeit und Belästigung ein feiner Grat verläuft?«

»Sicher, aber das Risiko gehe ich ein. Das Leben besteht nun mal aus schweren Entscheidungen. Und ich möchte Sie unbedingt wiedersehen.«

»So? Unbedingt, koste es, was es wolle, ja?«, zog sie ihn auf.

»Natürlich nicht!«, sagte er gequält. »Jetzt spielen Sie mit mir! Sie wissen genau, wie ich es meine!«

Unschlüssig zog sie die Unterlippe zwischen die Zähne und hielt seinen bittenden Blick fest. »Kann schon sein, dass wir uns wiedersehen«, sagte sie schließlich. »Kommt ganz darauf an.«

»Worauf?«

Sie schmunzelte. »Na ja, vielleicht sind Sie ja am Samstag ganz zufällig auch im ›Costello's‹. Das ist ein nettes kleines Restaurant am Strandende vom Pico Boulevard. Es ist einfach, aber das Essen ist göttlich, sofern Sie frischen Fisch lieben.«

Franks Augen leuchteten auf. »Und um welche Uhrzeit müsste der Zufall mich denn ins ›Costello's‹ führen?«

Sie wiegte den Kopf. »Na, so gegen halb sieben wäre ideal. Denn dann kriegt man noch den Sonnenuntergang mit, vorausgesetzt, man ergattert früh genug einen der begehrten Fensterplätze.« Sie schenkte ihm ein schelmisches Lächeln. »Wie der Zufall eben so spielt.«

»Es könnte also sein, dass wir uns am Samstag um halb sieben ganz zufällig im ›Costello's‹ wiedersehen?«

Sie setzte eine ernste Miene auf, doch das Lachen zuckte schon um ihre Mundwinkel. »Wäre doch verrückt, oder? Aber solche Zufälle soll es ja geben!« Eine Sekunde lang rang sie noch mit dem aufsteigenden Lachen, dann prustete sie los.

Frank fiel erleichtert ein. Als er kurz darauf zurück nach Los Angeles fuhr, um nach der Kopieranstalt zu suchen, behauptete sich die ganze Fahrt über ein geradezu seliges Lächeln auf seinem Gesicht. Er konnte sich nicht erinnern, wann er das letzte Mal so beschwingt und voller Lebensfreude gewesen war.

16

Das Wetter am Tag der Beerdigung war prächtig. Schöner hätte ihr Vater es sich nicht wünschen können, es hätte sein Seemannsherz höherschlagen lassen. Über Stadt, Bay und Pazifik spannte sich ein strahlend blauer Himmel, blank gefegt von der kräftigen Meeresbrise aus Nordwest. Ideal, um auf einem Schiff wie der *Sansibar* oder der *Samoa* auch noch das letzte Stück Segeltuch zu setzen und hoch vor dem Wind über die flirrende See zu fliegen, einer fremden Küste entgegen.

Die Kirchenbänke waren gut gefüllt. Es waren entschieden mehr Leute gekommen, als Harriet vermutet hatte. Ihr war, als habe sich die halbe Waterfront eingefunden, nicht nur Geschäftsleute, sondern auch eine beträchtliche Anzahl einfacher Seeleute und Arbeiter von den Docks. Das rührte sie mehr als alles andere. Es tat gut zu sehen, dass selbst viele einfache Leute die Zeit und den Weg nicht gescheut hatten, um Captain Arthur Caldwell ihren Respekt zu zollen.

Immerhin, der noch junge Priester hielt seine Predigt kurz und unsentimental. Was Harriet zu der Vermutung veranlasste, dass ihre Mutter, die Hohepriesterin kalt zelebrierter Trauer, ihn vorher streng ins Gebet genommen und ihre Wünsche unmissverständlich zum Ausdruck gebracht hatte – zweifellos versüßt durch einen Umschlag mit einer beachtlichen Geldspende.

Jedenfalls machte der junge Geistliche seine Sache gut und schickte ihren Vater mit einigen seemännischen Metaphern auf seine letzte große Fahrt – ins Reich Gottes. Umso unerträglicher war Harriet anschließend die verlogene Rührseligkeit von Onkel Henry. Geschlagene vierzehn Minuten und damit vier Minuten länger, als der Priester gesprochen hatte, erging er sich in Erinnerungen an gemeinsame Erlebnisse mit seinem verstorbenen Bruder, wobei er selbst in den Geschichten nicht zu kurz kam.

Nach der Totenfeier folgte dem Leichenwagen eine lange Kolonne aus Mietdroschken, Privatkutschen und Automobilen. Es ging hoch nach Presidio Heights. Die Beisetzung fand auf dem *Laurel Hill Cemetery* an der Ecke California Street und Presidio Avenue statt.

Adrian, den Harriet und Jordan schützend in ihre Mitte genommen hatten, weinte und schluchzte am Grab noch herzzerreißender, als er es in der Kirche getan hatte. Auch Elliot rannen Tränen übers Gesicht, doch auf jene stille Art, die so typisch für ihn war. Harriet ahnte, worum er trauerte. Nicht nur um den Vater, sondern auch um das, wonach er sich all die Jahre gesehnt hatte und was Arthur ihm nie hatte geben können oder wollen: das Gefühl, geliebt zu werden und angenommen zu sein, so wie er war, auch wenn er nichts von dem hatte, was seinen Bruder Jonathan ausgezeichnet und zum Stolz der Eltern gemacht hatte. Diese Wunde würde, anders als der Kummer über den Verlust des Vaters, wohl sein Leben lang schmerzen.

Evelyn vergoss nicht eine Träne, weder in der Kirche noch am Grab. Sie ging in ihrer sündhaft teuren Witwenkleidung auch nicht gramgebeugt, sondern in aufrechter, straffer Haltung, als wollte sie zum Ausdruck bringen, dass kein Verlust, ja nicht einmal der Tod ihre Contenance zu brechen vermochte.

Die kühle Emotionslosigkeit, ja fast schon Teilnahmslosigkeit auf dem Gesicht ihrer Mutter erinnerte Harriet an eine Totenmaske. Nur dass ihre Mutter es schaffte, dabei nicht allein Unnahbarkeit auszustrahlen, sondern auch so etwas wie hoheitsvolles Witwentum. Das hätte sie ihr noch eher nachgesehen als ihre Reaktion auf den jähen Tod ihres Mannes wenige Tage zuvor.

»Er war ein guter Mann«, hatte Evelyn unaufgeregt verkündet

und ohne ein Anzeichen von Bestürzung, geschweige denn Schmerz auf ihn hinabgeblickt, als mache er nur ein Nickerchen. Sich zu ihm hinunterzubeugen, nach seiner Hand zu greifen oder ihm zum Abschied gar einen Kuss auf die noch warme Stirn oder den Handrücken zu drücken, war ihr nicht in den Sinn gekommen. Sie hatte volle zwei Schritte Distanz zu dem Toten gewahrt. »Er hat eingelöst, was er versprochen hat, als er damals um meine Hand anhielt. Was kann man von einem Ehemann mehr verlangen?« Und damit hatte sie sich abgewandt und war ins Haus zurückgekehrt, um nach Magnus zu rufen, damit er dem Bestatter Mitford Bescheid gab. Jordan, der noch mit Harriet neben Arthur gekniet und vergebens Wiederbelebungsversuche gemacht hatte, hatte ihr mit offenem Mund hinterhergeschaut.

Ashley nahm weder an der kirchlichen Feier noch an der Beisetzung teil. Sie war gar nicht erst aus Boston angereist. Dabei hatte Harriet ihr noch am Todestag ein Kabel mit der traurigen Nachricht geschickt und sie darüber informiert, dass die Familie mit der Beerdigung bis zu ihrem Eintreffen zu warten gedenke. Worauf ihre Schwester ihnen ebenso umgehend telegrafisch mitgeteilt hatte, dass sie leider nicht imstande sei, die Heimreise anzutreten. Die Nachricht habe bei ihr einen fiebrigen Zustand ausgelöst und sie umgehend ins Bett gezwungen. Gott allein wisse, wann es ihr wieder besser gehen werde, jedenfalls sehe sie sich ihrer tiefen Erschütterung beim besten Willen nicht in der Lage, die Strapazen einer mehrtägigen Zugreise quer über den Kontinent auf sich zu nehmen. Sie werde mit ihren Gedanken und Gebeten bei ihnen sein.

Evelyn hatte daran nicht das Geringste auszusetzen gehabt, ganz im Gegenteil. Es wunderte sie auch nicht, dass Ashley auf einmal ein derart sensibles Seelenkostüm entwickelt haben wollte. Ihr war es recht, nicht auf Ashley warten zu müssen; es hatte ihr von Anfang an nicht gepasst, dass Harriet darauf bestanden hatte. Nun konnte sie Arthur ohne lästige Verzögerung unter die Erde bringen.

Dagegen glaubte Harriet ihrer Schwester kein Wort. Allein die Länge des Telegramms kam ihr seltsam vor. Sie zweifelte nicht daran, dass Ashley die Nachricht vom plötzlichen Tod des Vaters mit Betroffenheit aufgenommen hatte, aber ebenso sicher meinte sie zu wissen, dass ihre Schwester darüber keinen Nervenzusammenbruch erlitten hatte. Das hätte ihrem Wesen so gar nicht entsprochen. Vielmehr hegte sie den Verdacht, dass Ashley ganz andere Gründe hatte, nicht zur Beerdigung kommen und damit Madame Worchesters Mädchenpensionat über mehrere Wochen fern sein zu wollen.

Harriet erinnerte sich genau an die Wohltätigkeitsveranstaltung, die Madame jedes Jahr in der letzten Februarwoche gab und die im Kalender der Bostoner Oberschicht einen festen Platz einnahm – insbesondere bei Eltern mit jungen Töchtern und jenen, deren Söhne allmählich an Heirat denken und nach einer guten Partie Ausschau halten sollten. Die Veranstaltung nannte sich hochtrabend *The Winter's Tale – An Enchanting Evening at the Institute for Young Ladies.* Die Spendengelder des Abends kamen irgendeinem wohltätigen Verein zugute, aber jeder wusste, dass es Madame Worchester in erster Linie darum ging, sowohl für ihr Institut als auch für ihre jungen Ladys zu werben.

Das Programm bestand aus einer mehr oder weniger diskreten Parade ihrer Zöglinge. Sittsam gewandet, bewegten sie sich über die kleine Bühne, rezitierten artig Gedichte, demonstrierten ihre Fertigkeiten am Klavier, mit der Geige oder Harfe, trugen mit verklärtem Blick romantische Lieder vor, führten Volkstänze auf und boten kleine pantomimische Szenen dar. Dabei hatte die jüngeren Mädchen kürzere Auftritte, während die älteren die Höhepunkte des Abends bestritten.

Diesen Anlass, für den die Mädchen wochenlang geübt und geprobt hatten, wollte Ashley wohl auf keinen Fall versäumen, zumal er für sie eine Premiere war. Harriet fragte sich, ob unter den Mädchen noch immer die Bezeichnung *Winter's Sale* anstelle von *Winter's Tale* kursierte. Manche hatten die Präsentation auch ganz unverblümt »Fleischbeschau« genannt, denn selbst den Naivsten war bewusst, dass dieser Abend möglichst viele respektable Junggesellen dazu animieren sollte, den Debütantinnenball des Instituts im Herbst in ihrem Kalender zu vermerken.

Doch Harriet behielt ihren Verdacht für sich. Was hätte es auch geändert, ihn zu äußern? Sie wäre nur einmal mehr mit ihrer Mutter aneinandergeraten, die ihr zweifellos bösartige Unterstellungen vorgeworfen hätte.

Nach der Beisetzung fanden sich im Haus des verstorbenen Reeders gut sechzig geladene Gäste zum obligatorischen Leichenschmaus ein.

Evelyn kannte nur die wenigen, die zu ihrem persönlichen Kreis gehörten und zu Arthur ebenso wenig Kontakt gehabt hatten wie sie zu seinen Geschäftspartnern. Für die Firma hatte sie sich nie interessiert. Daher stammte der Großteil der Namen auf der Gästeliste aus der Feder von Henry und Cecil Slocum. Harriet hatte sich bewusst herausgehalten, obwohl auch sie längst mit fast allen vertraut war, mit denen die Caldwell Shipping Company geschäftliche Beziehungen unterhielt.

Auch der Name Charles Kipling war ihr bekannt, Seniorpartner der Anwaltskanzlei Kipling & Whitcombe. Nur begegnet war sie dem Mann noch nicht, denn die Reederei wurde in allen rechtlichen Belangen von der Sozietät Sanford & Sanford vertreten. Dagegen hatte ihr Vater in privaten Angelegenheiten die Dienste von Charles Kipling in Anspruch genommen und ihn nicht zuletzt auch zu seinem Testamentsvollstrecker bestellt.

Der Anwalt, ein etwa fünfzigjähriger Mann von kleiner, untersetzter Gestalt in einem konservativen schwarzen Dreiteiler und mit randloser Brille, bat um ein kurzes Gespräch mit Evelyn.

Man führte Charles Kipling ins Kartenzimmer, und als Henry sah, wie Harriet ihrer Mutter eine Visitenkarte zeigte und ihr etwas zuflüsterte, wie Evelyn leicht ungehalten die Schultern zuckte und wie die beiden den Salon verließen, schloss er sich ihnen unverzüglich an.

»Wo wollt ihr hin? Wer ist das?«, zischte er argwöhnisch und versuchte, einen Blick auf die Visitenkarte in Harriets Hand zu erhaschen.

»Der Testamentsvollstrecker«, sagte sie.

»Lass mal sehen!« Er nahm ihr die Karte einfach ab.

Harriet schoss ihm einen ärgerlichen Blick zu. »Kannst es wohl nicht erwarten, was?«

Henry grinste geringschätzig, steckte die Karte in seine Westentasche und strich die Enden seines Zwirbelbartes hoch.

Der Anwalt war taktvoll genug, es kurz zu machen. Eine steife Verbeugung, eine knappe Beileidsbekundung, dann nannte er seinen Namen und sein Anliegen. Drei juristisch trockene Sätze waren alles, was zu sagen er für nötig erachtete. »Als Testamentsvollstrecker Ihres verstorbenen Gatten sehe ich mich beauftragt, Sie und Ihre Angehörigen zu einem Besuch in unsere Kanzlei zu bitten. Dies sollte umgehend geschehen, damit ich Sie über den Letzten Willen von Mr Arthur Caldwell in Kenntnis setzen kann. In Anbetracht der Konsequenzen, die das Testament des Verstorbenen unter Umständen für die Belange der Firma haben kann, ist aus juristischer Sicht von einer verzögerten Testamentseröffnung abzuraten.«

»Natürlich!«, meldete sich Henry energisch zu Wort, noch bevor Evelyn reagieren konnte. »Diese juristischen Dinge müssen sein, so schmerzlich das in dieser Zeit des Kummers auch ist!« Er wandte sich Evelyn zu und berührte sie behutsam an der Schulter. »Sagen wir, übermorgen? Meinst du, du bist dazu in der Lage?« Sein Ton war schmierig wie Öl.

Evelyn bedachte ihn mit einem irritierten, ja indignierten Blick. »Natürlich!«

Henry lächelte und reichte das Lächeln gleich an den Anwalt weiter. »Also übermorgen, da haben Sie Ihre Zusage. Ich schlage elf Uhr vor, Mr Kipling.« Und ohne eine Bestätigung abzuwarten, komplimentierte er ihn auch schon aus dem Haus. »Wir danken Ihnen für Ihr Kommen und Ihr Beileid. Wir sehen uns übermorgen bei Ihnen in der Kanzlei. Einen guten Tag noch, der Herr!«

Kaum dass Charles Kipling gegangen und auch ihre Mutter außer Hörweite war, raunte der Onkel Harriet im Vorbeigehen zu: »Stell dich schon mal darauf ein, dass in der Firma bald ein neuer Wind weht und du mehr Zeit für deinen Haushalt und anderen Frauenkram hast!«

17

Das Konferenzzimmer von Kipling & Whitcombe auf der Montgomery Street verströmte die gediegene Atmosphäre einer alteingesessenen Anwaltskanzlei: stuckverzierte Decke, dunkel getäfelte Wände, eingelassene Regale mit langen Reihen ledergebundener Gesetzestexte, aufgelockert von den neutralen Motiven dreier kleiner Stillleben, ein ovaler Tisch aus blank poliertem Mahagoni auf einem raumgroßen Perserteppich sowie ein Dutzend um den Tisch gruppierte Stühle, deren Sitzpolster und Rückenlehne mit dunkelgrünem Leder bezogen waren. Es hatte den Anschein, als seien hier schon Generationen von Kiplings und Whitcombes unaufgeregt ihren Rechtsgeschäften nachgegangen.

Charles Kipling präsidierte an der Stirnseite im einzigen Stuhl mit Armlehnen, vor sich ein Glas Wasser auf einem Korkuntersetzer sowie eine Aktenmappe aus burgunderrotem Leder mit goldgeprägtem Firmennamen. Zu seiner Rechten saßen Evelyn, Harriet und Jordan, zu seiner Linken hatten Henry, seine matronenhafte Gemahlin Ida und ihr einundzwanzigjähriger Sohn Guy Platz genommen.

Elliot war zu Hause geblieben. Harriet hätte ihn bei der Testamentseröffnung gern an ihrer Seite gehabt, aber ihr Bruder hatte nicht gewusst, was er da sollte. Er habe da nichts verloren und erwarte auch nichts. Der Vater und er seien einander nie nahe gewesen, sodass er in dem Testament höchstens als Fußnote vorkommen werde. Harriet hatte ihm nicht widersprechen können, und deshalb hatte er es vorgezogen, ins Sutro Baths schwimmen zu gehen.

»Wenn es recht ist, schreite ich jetzt zur Testamentseröffnung«, sagte der Anwalt, nachdem ein ältlicher Sekretär mit steifer Förmlichkeit Kaffee und Tee aus Silberkannen serviert sowie einen Teller mit staubtrockenem Sandgebäck auf den Tisch gestellt hatte.

»Nur zu, schreiten Sie, guter Mann«, sagte Guy und rührte lärmend die drei Löffel Zucker in seiner Kaffeetasse um. Er ähnelte seinem Vater wie aus dem Gesicht geschnitten. Auch hatte er dessen untersetzte, kompakte Gestalt geerbt und trug wie er das dunkle, nicht sehr dichte Haar glatt nach hinten gekämmt, in der Mitte gescheitelt und mit viel Pomade geglättet. Fehlte nur noch der hochgezwirbelte Schnurrbart, doch mehr als einen kläglichen dunklen Schatten gab der Flaum auf der Oberlippe bislang nicht her.

»Bitte, Guy!«, kommentierte Ida die ungebührliche Bemerkung mit sanftem Tadel.

Jordan murmelte etwas Unverständliches. Doch was immer es war, ein Kompliment war es ganz sicher nicht.

Guy zuckte die Achseln, ließ den Silberlöffel auf die Untertasse klappern und tauschte, während er einen Schluck von seinem süßen Kaffee nahm, einen spöttischen Blick mit seinem Vater. »Was ist? Ich dachte, wir wollen die Sache hier so schnell wie möglich hinter uns bringen, oder?«

Harriet hätte sich am liebsten über den Tisch gebeugt und diesem Schnösel eine Ohrfeige verpasst.

Derweil blickte Evelyn mit ausdrucksloser Miene über Schwager, Schwägerin und Neffen hinweg, als seien sie überhaupt nicht anwesend. Ihr Blick verlor sich in einem der Stillleben, das an der Wand hinter ihnen hing und eine tropfende Kerze zeigte, die neben einer Geige und einem kleinen Stapel alter Bücher stand.

»Das ist schon richtig«, pflichtete Henry ihm bei und sagte mit einem konzilianten Lächeln zu dem Anwalt: »Wenn Sie dann also Ihres Amtes walten wollen, Mr Kipling?«

»Sehr wohl, Mr Caldwell.« Charles Kipling schob seine Brille mit den kleinen, runden Gläsern höher auf die Nase, räusperte sich und schlug die Dokumentenmappe auf. Zuerst verlas er die Zuwendungen, mit denen Arthur seine langjährigen Bediensteten bedacht hatte. Miss Higgins, die Köchin und Hauswirtschafterin, der Kutscher Magnus Magnussen sowie der Valet Ernest Baldwin, der als sein Krankenpfleger all die Jahre eine wahre Engelsgeduld bewiesen hatte, sollten jeder fünftausend Dollar erhalten. Was überaus großzügig war, entsprach die Summe doch bei allen mehr oder weniger dem Lohn von fünf, sechs Jahren.

Diese Großzügigkeit stieß bei Henry, Ida und Guy auf Missbilligung, das ließen ihre Mienen und ihr Kopfschütteln unschwer erraten. Eines Kommentars enthielten sie sich allerdings.

»Eine weitere Zuwendung in Höhe von zehntausend Dollar«, fuhr der Anwalt indes fort, »geht an das Heim für chinesische Waisen von Mrs Donaldina Cameron.«

Harriets Augenbrauen gingen leicht in die Höhe. Die Summe überraschte sie, wenn auch nicht die Spende als solche. Sie kannte Donaldina Cameron und das Waisenhaus am Rand von Chinatown, das die Missionarin seit Jahrzehnten betrieb. Sie selbst hatte vor dem Erdbeben einige Monate lang als Freiwillige dort ausgeholfen, wobei sie vor allem an der nächtlichen Aufsicht in den Schlafsälen interessiert gewesen war. Und das nicht aus selbstloser Nächstenliebe, sondern weil der Aushilfsdienst im Waisenhaus es ihr gestattet hatte, sich so manche Nacht zu Frank zu schleichen und in seinen Armen Leidenschaft, Rausch und Vergessen zu finden. Ihr Vater hatte dem Waisenhaus jedes Jahr eine beachtliche Spende zukommen lassen, das wusste sie. Seltsam war nur, dass er sich all die Jahre standhaft geweigert hatte, diese Spende persönlich zu übergeben oder auch nur einen Fuß in das Waisenhaus zu setzen. Im Grunde genommen hatte er für Chinesen wenig Sympathie gezeigt. Wenn einmal die Rede auf sie gekommen war, dann hatte er sie fast immer abfällig *Schlitzaugen* oder *Chinks* genannt. Und nun eine so hohe Spende!

Was Harriet verwunderte, löste bei ihrem Onkel spontane Empörung aus. »Was? *Zehntausend* Dollar für die Bälger von gottverdammten Chinks?«, entrüstete er sich. »Das glaube ich nicht! So etwas Idiotisches würde mein Bruder niemals tun! Sie müssen sich verlesen haben, Mr Kipling!«

»Das wäre ja noch schöner!«, pflichtete Ida ihrem Mann bei. »Perlen vor die Säue wäre das!«

»Ich bedaure, aber so steht es schwarz auf weiß im Letzten Willen des Verstorbenen«, erwiderte der Anwalt kühl. »Sie können sich später gern mit eigenen Augen davon überzeugen. Überhaupt können Sie in der beglaubigten Abschrift, die ich Ihnen aushändigen werde, jede seiner Verfügungen nachlesen.«

»Das ist ja wohl der Gipfel!«, knurrte Henry.

»Man nennt es Wohltätigkeit, aber natürlich ist nicht jeder mit dem Konzept der Bedürftigenhilfe vertraut«, warf Jordan ein.

»Pah!«, gab Harriets Onkel zurück.

»Der Schlaganfall hat wohl mehr beeinträchtigt als nur Onkel Arthurs Sprachvermögen und seine Beweglichkeit«, bemerkte Guy.

Harriet konnte mit ihrer Verärgerung nicht länger hinter dem Berg halten. »Deinen Bemerkungen nach zu urteilen ist für eine geistige Beeinträchtigung bei dir noch nicht einmal ein Schlaganfall nötig!«, beschied sie ihm.

»Blas dich mal nicht so auf, Cousinchen!«, blaffte Guy zurück.

»Das reicht jetzt!« Henry legte seinem Sohn eine Hand auf den Arm. Eine stumme Anweisung, sich gefälligst zurückzuhalten. Und an den Anwalt gewandt, fuhr er fort: »Können wir nicht langsam zu den wirklich wichtigen Punkten kommen, zu den Verfügungen, die mein Bruder hinsichtlich der Firmenanteile getroffen hat?«

Guy schoss Harriet einen giftigen Blick zu, zündete sich eine Zigarette an und blies ihr den Rauch entgegen.

»Sie werden mir schon gestatten, meinen gesetzlichen Verpflichtungen als Testamentsvollstrecker und Treuhänder gemäß den Vorschriften meines Berufsstandes korrekt nachzukommen, Mr Caldwell«, wies der Anwalt Onkel Henry ebenso gedrechselt wie eisig in die Schranken. »Wobei die Zeit, die für die gewissenhafte Verlesung vonnöten ist, nicht unwesentlich von der Zahl fruchtloser Unterbrechungen abhängt.« Er machte eine kurze Pause. »Also, darf ich fortfahren, die Herrschaften, oder gibt es vielleicht noch irgendwelche Wortmeldungen, die zur Kenntnis genommen werden wollen?« Mit geschürzten Lippen und kühlem Blick schaute er fragend in die Runde.

Es herrschte Schweigen. Das von seiner linken Seite war verbissen und voller Groll, während das Schweigen von der anderen Seite zur einen Hälfte von Gleichgültigkeit und zur anderen von Genugtuung geprägt war. Jordan drückte Harriet unter dem Tisch die Hand. Sie war froh, dass er bei ihr war; er gab ihr Halt und Trost.

Charles Kipling nickte zufrieden, erlaubte sich den Anflug eines Lächelns und senkte den Blick wieder auf die Papiere in der Ledermappe. Mit monotoner Stimme verlas er, was Arthur seiner Frau vermacht hatte, und die Vermögenswerte konnten sich hören lassen.

»Vom Barvermögen sind meiner Ehefrau Evelyn siebzigtausend Dollar umgehend und zu ihrer freien Verfügung auszuzahlen. Weitere hundertfünfzigtausend Dollar sind auf ihren Namen treuhänderisch durch die Kanzlei Kipling & Whitcombe in festverzinslichen US-Staatsanleihen anzulegen. Jährlich ist ihr in der ersten Januarwoche auf Verlangen, das von ihr in schriftlicher Form zum Jahresende anzumelden ist, der Zinsertrag auszuzahlen. Von dem zu Buche stehenden Kapital können ihr auf schriftliches Verlangen hin pro Jahr maximal fünf Prozent ausgezahlt werden …«

»Himmel, der gute Arthur hatte ja ordentlich was auf der hohen Kante, dass er dich so üppig versorgen kann«, bemerkte Ida, und in ihren Augen blitzte Neid auf.

Evelyn reagierte nicht darauf, sie schien sie überhaupt nicht zur Kenntnis zu nehmen.

Laut Testament erhielt Evelyn auch auf Lebenszeit das Wohn- und Nutzungsrecht für das Haus am Telegraph Hill. Im Fall einer Wiederverheiratung war das Haus zu verkaufen, wobei fünfzig Prozent des Verkaufserlöses den gemeinsamen Kindern zu gleichen Teilen zustanden. Des Weiteren hatte Evelyn Anspruch auf eine jährliche Zahlung aus dem Firmengewinn nach Steuern, deren Höhe sich nach ihrem Besitzanteil an der Caldwell Shipping Company berechnete.

Henry beugte sich mit angespannter Erwartung vor und hing nun förmlich an den dünnen Lippen des Anwalts, doch noch kam Charles Kipling nicht zu dem Passus, der aufschlüsselte, wem Arthur Caldwell wie viele seiner Anteile an der Reederei vermacht hatte. Vorher verlas er noch, dass Arthur jedem seiner drei Kinder fünfundsiebzigtausend Dollar sowie seinem Enkelsohn Adrian zwanzigtausend Dollar zugedacht hatte. Diese Beträge waren festverzinslich anzulegen. Frei über das Geld verfügen konnten die Erben erst mit Beendigung ihres sechsundzwanzigsten Lebensjahrs.

»Und damit kommen wir zu den Anteilen des Erblassers an der Caldwell Shipping Company und der von ihm verfügten Aufteilung dieses Vermögenswertes«, sagte Charles Kipling.

»Na endlich!«, entfuhr es Henry, der nervös schluckte und nach seinen Zigaretten griff.

»Wenngleich dazu noch einige Verfügungen in einem Addendum niedergelegt sind«, merkte der Anwalt an. »Diese sind jedoch von vergleichsweise geringfügiger Bedeutung, sodass wir uns ihnen später widmen können.«

»Den Kleinkram können wir ja später selbst nachlesen«, sagte Guy.

Charles Kipling bedachte ihn mit einem eisigen Blick. »Es beruhigt mich ungemein, Ihrer Bemerkung entnehmen zu dürfen, dass

Sie juristisch bewandert genug sind, um meiner Hilfe nicht zu bedürfen«, erwiderte er. »Ganz wie Sie meinen. Die Verteilung der Anteile ist wie folgt geregelt …«

Auch Harriet konnte sich jetzt einer gewissen erwartungsvollen Anspannung nicht erwehren. Wie hatte der Vater seine Nachfolge geregelt? Wer würde die Stimmenmehrheit halten? Onkel Henry, die Bank? Was war, wenn er *sie* …? Sie wagte den Gedanken nicht zu Ende zu denken, und doch flackerte er im Rhythmus ihres Herzschlags in ihr auf.

Mit dem Verkauf der Portland Steamship Company an den Vater hatten deren einstige Besitzer Bradley und Gregory Anderson unter anderem jeweils acht Prozent an der Caldwell Shipping Company erworben. Zudem hielt die Pacific Maritime Bank, ihre Hausbank, einen achtprozentigen Anteil an der Firma. Durch die drei neuen Anteilseigner hatte der Vater statt der anfänglichen fünfundsiebzig nur noch fünfundfünfzig Prozent an der Firma gehalten. Zugleich hatte sich auch Onkel Henrys Anteil verringert, nämlich von fünfundzwanzig auf einundzwanzig Prozent.

»Acht Prozent an der Caldwell Shipping Company gehen an meine Ehefrau Evelyn«, verlas Charles Kipling, nachdem der sich viel Zeit für einen Schluck aus seinem Wasserglas genommen hatte. »Je zehn Prozent an meiner Reederei vererbe ich meiner Tochter Ashley und meinem Sohn Elliot, wobei deren Stimmrechte bis zu ihrem vollendeten siebenundzwanzigsten Lebensjahr von meiner Tochter Harriet wahrgenommen werden, der ich siebenundzwanzig Prozent vermache und in deren Hände ich die Geschicke der Reederei lege. Des Weiteren …«

Weiter kam der Anwalt nicht.

Henry hatte mitgerechnet und war blass geworden, noch bevor der Anwalt die Worte die *Geschicke der Reederei* ausgesprochen hatte. Auch Guy realisierte sofort, was die Zahlen bedeuteten. Ihm fiel nicht nur der Unterkiefer herunter, sondern auch die Zigarette aus der Hand. Dagegen blickte Ida verstört von ihrem Mann zu ihrem Sohn. Sie hatte noch nicht begriffen, dass keine weiteren Prozente zu vererben waren.

Henrys Faust knallte so heftig auf den Tisch, dass die Tassen klirrend über die Untertassen tanzten und der Anwalt kurz verstummte. »Das … das kann er nicht machen, verdammt noch mal!«, stieß er, völlig außer sich, hervor.

»Doch, er hat es genau so verfügt«, entgegnete Charles Kipling, ganz die Ruhe in Person. »Und seine Verfügungen sind rechtens.«

»Das werden wir anfechten!«, rief Guy.

Der Anwalt schenkte ihm einen mitleidigen Blick. »Das ist Ihnen natürlich unbenommen, nur wird es Ihnen außer beachtlichen Kosten nichts bringen.«

Henry sprang auf, wobei er den Stuhl umstieß. »Das war anders ausgemacht!«, brüllte er, und das Blut schoss wie eine Flutwelle in sein Gesicht zurück. »Mir stehen mindestens fünfzehn Prozent zu, von der Leitung der Reederei ganz zu schweigen! Und jetzt soll *sie*«, er deutete mit abfälliger Miene auf Harriet, »an der Spitze der Firma stehen? Meine Nichte? Ein Weiberrock? Das ist doch lächerlich!«

»Vorsicht, Henry!«, sagte Jordan und fixierte ihn. »Wage es nicht, meine Frau zu beleidigen!«

Ida blickte derweil irritiert in die Runde. »Aber … so etwas ist doch bestimmt nicht zulässig, nicht wahr?«

»Es ist nicht nur zulässig, Mrs Caldwell, es hat in jeder Hinsicht seine juristische Richtigkeit!«, wiederholte Charles Kipling. »Und wenn ich jetzt den Rest noch verlesen dürfte? Immerhin hat Ihr Bruder Sie in seinem Testament nicht vergessen, wie ich sehe.«

Henry kniff argwöhnisch die Augen zusammen. »So? Und was hat er mir vermacht?«

»Ein recht wertvolles Gemälde«, erklärte der Anwalt nach einem Blick in seine Unterlagen. »Es zeigt den Schoner *Sansibar*. Ihr

Bruder meinte, der ideelle Wert des Bildes liege für Sie gewiss um einiges höher als der materielle, da Sie mit dem Schiff viel verbindet.«

Aus Henrys Augen schoss ein wilder, von maßloser Wut erfüllter Blick. »Das verdammte Ding können Sie sich sonst wohin stecken! Ach, geht doch zum Teufel allesamt! Ida! Guy! Kommt!« Grob zerrte er seine Frau hoch und stürmte mit den beiden aus dem Konferenzzimmer, wobei er in der offenen Tür noch kurz verharrte und Harriet zurief: »Und was dich und die Firma betrifft, so ist da noch längst nicht das letzte Wort gesprochen, darauf kannst du verdammte Erbschleicherin Gift nehmen!« Damit knallte er die Tür hinter sich zu, dass es im ganzen Haus zu hören war.

Charles Kipling lächelte sein verbindliches, geschäftsmäßiges Lächeln. »Nun ja, im Leben erfüllen sich nun mal nicht alle Blütenträume«, verkündete er mit dem Gleichmut eines Elefanten. Dann verlas er den Rest des Testaments.

Harriet bekam davon wenig mit. Sie stand unter einer Art Schock, empfand Freude und Angst zu fast gleichen Teilen. Ihr Vater hatte gewollt, dass sie in seine riesigen Fußstapfen trat und die Reederei leitete!

18

Es war ein schwüler Augusttag, und der Brief mit dem Ergebnis der Untersuchung brannte Jordan in der Tasche. Einerseits konnte er es nicht erwarten, den Umschlag aufzureißen und Doktor Giffords erlösende Nachricht zu lesen, dass seine beklemmende Furcht unbegründet war – andererseits wollte er den Moment der Wahrheit noch möglichst lange hinauszögern, denn es war ebenso gut möglich, dass der Brief eine niederschmetternde Diagnose enthielt.

Jordan hatte Zuflucht im kühlen Lesesaal des *Bohemian Club* gesucht, dessen Mitglied er seit vielen Jahren war und der in Kürze sein vierzigjähriges Jubiläum feierte. Der Lesesaal hatte die Ausmaße einer mittleren Bahnhofshalle, besaß aber dennoch eine verblüffend anheimelnde Atmosphäre. Vor allem aber war er eine Oase der Stille. Einer Stille, die den Mitgliedern heilig war und die keiner zu brechen wagte. Wer sich im Klubhaus, einem massiven, sechsstöckigen Backsteingebäude an der Ecke Taylor und Post Street, also in unmittelbarer Nähe des Finanzdistrikts, in diesen Raum zurückzog, wollte seine Ruhe haben und brauchte auch nicht zu befürchten, dass er angesprochen wurde.

Herrliche Orientteppiche, von unterschiedlicher Größe und bewusst asymmetrisch über den Raum verteilt, dämpften nicht nur alle Geräusche, sondern bildeten auch, zusammen mit ihren Sitzgruppen, in dem weitläufigen Saal eigene Inseln des Rückzugs. Mal standen da nur zwei schwere Lederfauteuils mit Beistelltischen, mal gruppierten sich mehrere Sessel um ein weich gepolstertes Sofa. Zimmerpalmen, kleine Säulen mit den Büsten berühmter Künstler sowie frei stehende Bücherschränke, zu beiden

Seiten offen und nur hüfthoch, und Tische mit Zeitungen und Zeitschriften aus aller Welt dienten als optische Trennelemente.

Jordan sank in einen allein stehenden Ledersessel, zog den Brief aus der Tasche und drehte ihn minutenlang unschlüssig hin und her. Plötzlich kam er sich lächerlich vor. *Na los, bring es endlich hinter dich!* Er gab sich einen Ruck, riss den Umschlag auf und zog den Briefbogen hervor.

Im nächsten Augenblick wurde ihm flau zumute. »Also doch!«, flüsterte er. Die Nachricht traf ihn wie ein Schlag unter die Gürtellinie. Statt der erhofften Erlösung enthielt das kurze Schreiben die Bestätigung seiner schlimmen Befürchtung. Was um alles in der Welt sollte er bloß Harriet sagen? Wie sollte er ihr, die er doch über alles liebte, dabei in die Augen sehen? Oder sollte er ihr die Diagnose verschweigen? Eine Möglichkeit, ihr die bittere Wahrheit schonend beizubringen, gab es jedenfalls nicht.

Er fühlte sich elend und hatte einen ekelhaften Geschmack im Mund. Er brauchte einen starken Drink. Benommen stand er auf. Im Hinausgehen nahm er die neueste Ausgabe des *San Francisco Examiner* von einem der Beistelltische. Er wollte auch drüben in der Bar nicht angesprochen werden, und sich hinter einer Zeitung zu verbergen war ein probates Mittel. Die Meldung über die *Panama-Pacific International Exposition,* die in zweieinhalb Jahren in San Francisco stattfinden und den dann fertiggestellten Panamakanal feiern würde, beherrschte die Titelseite. Mit der Weltausstellung wollte San Francisco zeigen, dass es sich von dem Erdbeben und der Feuerkatastrophe erholt hatte und in neuem Glanz erstrahlte.

Auf dem Weg zur Bar kam er am Domino-Zimmer vorbei. Die Türen standen offen und gaben den Blick auf die mit grünem Filz bespannten Vierertische frei.

»Spielst du eine Partie mit, Jordan?«, rief ein stämmiger, kahlköpfiger Mann, der im Komitee der Weltausstellung saß und schon seit Längerem versuchte, Jordan für den Bauausschuss zu gewinnen. Das künftige Ausstellungsgelände an der Küste mit seinen Pavillons und Gartenanlagen würde mehr als zweihundertfünfzig Hektar umfassen, ein Teil davon sollte sogar erst aus Sumpflandschaft gewonnen und aufgeschüttet werden. Bei diesem gewaltigen Projekt unten an der Bucht sei eine Menge Geld zu verdienen, hieß es.

Jordan wehrte ab, ohne auch nur stehen zu bleiben. »Will nur auf einen Sprung in die Bar, muss gleich wieder weg, Howard. Termine, tut mir leid. Aber beim nächsten Mal!«

Die Bar, ein Stück weiter den Gang hinauf gelegen und fast so geräumig wie der Lesesaal, war das Herz des *Bohemian Club,* der 1872 von Journalisten, Künstlern und Intellektuellen gegründet worden war. Nur hieß sie bei den Mitgliedern nicht Bar, sondern *cartoon room.* Und wer den Raum zum ersten Mal betrat, verstand auch sofort, warum, denn zahllose gerahmte und signierte Cartoons, Poster, Flugblätter, Karikaturen, Skizzen, Porträts und andere Werke, die ausnahmslos von Klubmitgliedern stammten, bedeckten die hohen Wände dermaßen dicht, dass von der Holztäfelung kaum noch etwas zu sehen war. Hinten im Raum gab es eine kleine Bühne und einen Flügel, und über dem langen Bartresen prangte das Wahrzeichen des *Bohemian Club,* als Mosaik aus Buntglas ins Fenster eingelassen. Es handelte sich um eine Eule – weise, nachtaktiv und diskret, ganz wie die Mitglieder sich selbst sahen. Am Tresen lagen stets Würfel bereit, damit ausgeknobelt werden konnte, wer die Rechnung unterschrieb.

Jordan nickte einigen bekannten Gesichtern zu und steuerte das hintere, einsame Ende der Theke an. »Doppelter Scotch, *straight,* Carlton!«, sagte er zu dem schwarzen, längst ergrauten Barkeeper, den viele Mitglieder fast schon als Teil der Einrichtung empfanden.

»Sehr wohl, Sir.«

Der Drink kam umgehend. Jordan kippte ihn mit einem Zug hinunter. »Noch mal das Gleiche!«

Erst beim dritten Doppelten ließ er es langsam angehen. Seine Gedanken drehten sich hilflos im Kreis. Die Hoffnungslosigkeit erschütterte ihn mehr, als er geahnt hatte. Zugegeben, die Ungewissheit hatte ihn gequält, aber sie war doch um ein vieles leichter zu ertragen gewesen als die Gewissheit, das wurde ihm nun klar. Warum hatte er Doktor Gifford nur aufgesucht und sich der Untersuchung gestellt? Aber es war nun einmal geschehen, jetzt musste er mit den Konsequenzen leben. Doch welche genau sollte er ziehen? Wie er es auch drehte und wendete, es würde Harriet hart treffen.

Geistesabwesend stierte er ins Glas.

Plötzlich legte sich eine Hand auf seine Schulter, und eine joviale Stimme holte ihn aus seinen trüben Gedanken. »Schön, dass du dich mal wieder blicken lässt. Was dagegen, wenn ich dir Gesellschaft leiste, alter Knabe?«

Jordan fuhr zusammen, und sein Gesicht verdüsterte sich noch mehr, als er Henry an seiner Seite erblickte. »Lass mich in Ruhe!«, knurrte er.

Henry ignorierte die Abfuhr. »Hör zu, wir sollten mal in Ruhe über alles reden, du und ich, nur wir beide, so von Geschäftsmann zu Geschäftsmann.«

Auf einmal spürte Jordan den Alkohol, und der vermischte sich mit seiner Bitterkeit über die Unbarmherzigkeit des Schicksals. »Ich wüsste nicht, was ich mit dir zu bereden hätte, weder privat noch als Geschäftsmann. Das Einzige, was mich interessieren könnte, ist die Frage, wie du es in den Klub geschafft hast. Durch Bestechung, nehme ich mal an.« Mitglied wurde man im *Bohemian Club* nur auf Einladung, aber sicher gab es unter den rund zweieinhalbtausend Mitgliedern immer jemanden, der knapp bei Kasse war und sich gegen einen entsprechenden, diskret zugesteckten

Betrag bereitfand, dem Vorstand die Aufnahme eines neuen Mitglieds vorzuschlagen.

Henry lächelte gezwungen. »Ich habe es nicht nötig …«

»Und ich habe es nicht nötig, mir von dir ein Gespräch aufzwingen zu lassen!«, fiel Jordan ihm ins Wort und rutschte mit abweisender Miene vom Barstuhl. »Such dir ein anderes Opfer!« Damit ließ er Henry stehen und ging mit leicht unsicherem Schritt davon.

»Aufgeblasener Schnösel!«, zischte Henry ihm nach. Als er die Blicke von anderen Mitgliedern auf sich gerichtet sah, die ein Stück weiter saßen und würfelten, griff er schnell nach der Zeitung, die Jordan auf der Theke liegen gelassen hatte. Dabei fiel der Briefumschlag zu Boden, der unter dem *Examiner* gelegen hatte.

Henry bückte sich danach. Er las, dass der Brief von einem gewissen Doktor Vernon Gifford stammte und an Jordan Shaw gerichtet war. Sofort war seine Neugier geweckt. Hemmungen hatte er nicht.

Er überflog die Diagnose, und sein hämisches Grinsen wurde mit jeder Zeile breiter. Da hatte Fortuna ihm ja ein echtes Ass zugespielt!

19

Das »Café Montclair« auf dem Hollywood Boulevard wurde seinem Namen selbst bei großzügigster Auslegung auch nicht annähernd gerecht, servierten die Kellner in den opulenten Räumlichkeiten doch äußerst selten einmal Kaffee, Tee oder Kuchenstücke, dafür aber Ströme von hochprozentigen Drinks aller Art. Das »Café Montclair« war der eleganteste Nachtklub der Stadt. Genau genommen war es der einzige, aber es genoss in der Welt der Filmschaffenden schon jetzt einen legendären Ruf.

Jeder, der in Hollywood etwas war oder vorgab, etwas zu sein, ließ sich hier blicken. Ebenso jene, die noch zur Masse der Namenlosen gehörten, aber fest daran glaubten, dass ihnen am flimmernden Sternenhimmel der Filmwelt ein Platz sicher war, wenn man ihnen nur die Chance gab, ihr Schauspieltalent unter Beweis zu stellen. Das »Café Montclair« war sozusagen die nächtliche Casting-Bühne, insbesondere für jene, die jung, hübsch und weiblichen Geschlechts waren.

Die Musiker, die der Nachtklubbesitzer unter Vertrag nahm, waren ausnahmslos erstklassig, die Drinks nicht gepanscht, die Tanzfläche großzügig ausgelegt. Selbst bei vollem Haus hatte man auf dem Parkett noch Platz. Ein weiterer Vorteil war, dass die Gäste an den umliegenden Tischen und in den mit rotem Samt ausgekleideten Nischen nicht eine verschwommene, gesichtslos wogende Masse vor Augen hatten, sondern die anmutigen Bewegungen der Tänzer ebenso begutachten konnten wie ihre körperlichen Vorzüge – oder eben den Mangel an beidem. So strichen Blicke wie unsichtbare Suchscheinwerfer über Gesichter und Körper, so wurde taxiert und in Gedanken entkleidet. Nicht wenige Gäste lauerten hier auf ihre Chance, immer bereit zur Jagd auf das nächste Opfer, auf eine naive junge Schöne oder einen Beau, deren Rolle leidenschaftliche Hingabe verlangte, wenn auch nicht unbedingt vor einer Kamera.

Laura und Frank waren von alldem unberührt, nahmen nicht einmal den Trubel ringsum so richtig wahr, obgleich Frank nur zu gut wusste, dass auch ihnen Blicke folgten. Sie tanzten eng aneinandergeschmiegt, von dem ganz eigenen Zauber ihrer Gefühle füreinander wie von einer schützenden Blase umschlossen. Was sie spürten, waren die Hitze ihrer Körper, der schnelle Atem des anderen auf der Haut und das Begehren, das schon seit Monaten in ihnen glühte und nach Erfüllung drängte.

Als die Band nach einer schnellen Nummer eine Pause einlegte, ließen sie nur widerwillig voneinander ab. Laura fächelte sich Luft zu und lächelte ihn an, und Frank erwiderte ihr Lächeln mit grenzenloser Bewunderung. Sie sah einfach hinreißend aus in dem figurbetonten hellroten Chintzkleid. Sie war eine Augenweide, und obwohl es in dem Nachtklub wahrlich nicht an schönen jungen Frauen mangelte, erschien ihm doch keine so unwiderstehlich wie seine Laura.

Er nahm ihre Hand und führte sie zu ihrer Nische. Dass er eine solche an einem Wochenende noch ergattert hatte, verdankte er seiner Voraussicht und dem Geldschein, den er dem Oberkellner schon am Nachmittag zugesteckt hatte. Nur auf Maschinen, die man schmierte, war Verlass. Die Champagnerflasche im Eiskübel, der schon eine vorausgegangen war, war noch zur Hälfte voll, und der Kellner war sofort zur Stelle, um ihre Kristallschalen neu zu füllen.

»Willst du es dir mit den Bauvorhaben auf meinem Studiogelände nicht doch noch mal überlegen?«, fragte Frank, nachdem sie beide den Champagner durstig und in einem Zug hinuntergestürzt hatten. »Ich würde dir so gern die zweite Bauphase übertragen, die ich für Anfang nächsten Jahres geplant habe.«

Manchmal erschreckte es ihn selbst, wie rasant seine Firma in nicht einmal zwei Jahren gewachsen war. Sie schrie förmlich nach weiteren Mitarbeitern vor und hinter der Kamera, aber auch nach einem weiteren Ausbau der Studioanlage – und damit auch nach einem wachsenden Strom von Geld, um den gefräßigen Betrieb am Laufen zu halten. Er hatte zwei neue Tageslichtbühnen bauen lassen, und zurzeit wurde da, wo die beiden Wohnwagen gestanden hatten, ein Verwaltungsgebäude errichtet. Vergil und er wohnten wieder für einige Monate im Hotel. Allerdings hatte er sich von den alten Zirkuswagen, die ihnen bislang als Unterkunft und Büro gedient hatten, nicht trennen können. Sie würden sich noch in vielen Streifen verwenden lassen, etwa als *Chuckwagon* in Western oder als Planwagen von gen Westen ziehenden Siedlern. Ein neuer Anstrich oder sonst eine kleine Veränderung, und schon fiel keinem Zuschauer mehr auf, dass in den Filmen der *Silver Screen Studios* immer dieselben Wagen vorkamen. Aber so machten es alle. Wiederverwertung war das Gebot der Stunde, wo der Markt immer schneller nach immer neuen Filmen verlangte. Deshalb stand auch der Bohrturm noch, obwohl sie die dritte und letzte Folge von *Desert Gold* längst abgedreht hatten. Nicht zuletzt diente er jetzt, ohne das Bohrgestänge, als Wahrzeichen der Firma. Die drei S hingen übergroß untereinander an dem Gerüst, wobei die Bögen wie bei einer Kette ineinandergriffen. Das hatte ihnen in der Branche auch den Namen *Triple S* eingebracht.

Was ihr Wachstum außerdem mit sich gebracht hatte, war die Einsicht, dass Vergil und er nicht länger hinter der Kamera stehen konnten. Sie waren durch wichtigere Aufgaben vollends in Anspruch genommen, durch komplizierte Produktions- und Finanzierungspläne, eine nicht enden wollende Flut von Personalproblemen, vertrackte Vertragsverhandlungen, Pressekontakte und andere organisatorische und administrative Arbeiten. Dazu gehörte auch, die kleinen Katastrophen, die den laufenden Betrieb scheinbar täglich bedrohten, unter Kontrolle zu bringen, bevor sie sich auswachsen und Schaden anrichten konnten.

»Das Angebot ehrt mich, aber du weißt, dass ich nicht für dich arbeite, Frank«, erwiderte sie und bediente sich bei seinen Zigaretten.

»Du hast doch selbst gesagt, dass du endlich mal wieder einen richtig großen Auftrag brauchst«, wandte er ein. Seit ihr Vater sein Augenlicht immer mehr verlor, ging auch die Zahl seiner Aufträge zurück. Aufträge, die in den vergangenen beiden Jahren Laura ausgeführt hatte, zusammen mit Walt Whitman, den ihr Vater nach dem Tod seines Schwiegersohns als Juniorpartner eingestellt hatte. Laura hielt sich nach eigenen Worten gerade so über Wasser, auch weil sie wieder in ihrem Elternhaus wohnte, um ein wachsames Auge auf ihren Vater zu haben. »Seit ihr die Villa für die Wellingtons in Malibu fertiggestellt habt und Walt sich selbstständig gemacht hat, hast du ja nur noch Kleinzeug angeboten bekommen.«

Laura lächelte etwas gequält. »Stimmt, aber ich schlage mich durch. Und so schlimm ist es gar nicht. Da hat die gute Louise Bethune damals ganz andere Kämpfe durchstehen müssen!«

Seit ihrem ersten Rendezvous im »Costello's« war Frank mit dem Namen Louise Blance Bethune bestens vertraut. Laura hatte ihm damals von dieser außergewöhnlichen Frau erzählt, die 1881 in Buffalo als erste professionell ausgebildete Architektin ein eigenes Büro eröffnet hatte und vier Jahre später von der *Western Association of Architects* als vollwertiges Mitglied aufgenommen worden war. Laura verehrte sie, weil sie Frauen wie ihr den Weg in diese Profession geebnet hatte, auch wenn es noch immer nicht leicht war, sich gegen die übermächtige männliche Konkurrenz und die Vorurteile potenzieller Auftraggeber zu behaupten.

»Immerhin hat sie das ›Hotel Lafayette‹ in Buffalo gebaut!«, sagte Frank und gab ihr Feuer. »Und das war ein Millionenprojekt!«

»Also, wenn du mir den Bau eines Hotels anbieten würdest,

könnte ich in Versuchung geraten, dann würde ich es mir vielleicht noch mal überlegen«, gab sie zurück. »Ansonsten halte ich mich an das eiserne Prinzip meines Vaters: Mit Freunden und Verwandten macht man besser keine Geldgeschäfte, vor allem aber baut man ihnen nie und nimmer – unter keinen Umständen – ein Haus! Weil das garantiert nur Streit und Ärger gibt! Und mehr habe ich dazu nicht zu sagen, Frank.« Sie lächelte und legte die Hand auf seinen Arm, damit er nicht glaubte, er hätte sie verärgert.

Frank seufzte und gab es auf, sie überreden zu wollen. Als er sich anschickte, noch eine Flasche Champagner zu bestellen, hielt sie ihn jedoch davon ab.

»Ich möchte keinen Champagner mehr.«

»Willst du lieber einen Cocktail?«

»Nein.«

»Was dann?«

Sie schmiegte sich an ihn und gab ihm einen Kuss, und während ihre Finger sich unter dem Tisch zwischen die Knöpfe seines Hosenschlitzes zwängten und ihn augenblicklich steif werden ließen, flüsterte sie: »Ich will *dich!*«

20

Seit Elliot seine Leidenschaft für das Schwimmen entdeckt hatte, waren die *Sutro Baths* der Ort in San Francisco, an dem er sich am liebsten aufhielt, denn selbst im Hochsommer blieb das Wasser des Pazifiks empfindlich kalt. Aber nicht nur deshalb war die Badeanstalt ihm die vierzig Cent Eintritt allemal wert. Die Erlösung, die er hier fand, war mit Geld nicht aufzuwiegen. An diesem Ort hatte er endlich den Mut gefunden, zu tun, wonach er sich schon so lange gesehnt hatte. Zum ersten Mal spürte er die Hände und Lippen eines Mannes und die berauschende Lust, begehrt zu werden und dieses Begehren ungehemmt erwidern zu dürfen.

Die Badeanstalt, 1896 von dem exzentrischen und steinreichen Minen-Tycoon Adolph Sutro errichtet, galt als Wunder ihrer Zeit und war auch jetzt noch, Jahrzehnte später, die größte der Welt. Die gigantische Konstruktion aus Stahl und Glas überspannte am Ocean Beach, unweit von »Cliff House« und Seal's Rock, auf einer Länge von fast einer Viertelmeile eine felsige Bucht. Unter den hochgewölbten Glasdächern reihten sich sechs riesige, verschieden temperierte Schwimmbecken mit Sprungtürmen, Wasserrutschen und Schwingreifen aneinander. Fiel bei schönem Wetter das Sonnenlicht durch das Buntglas, tauchte es das Wasser in den Becken in schillernde Farben. Die Anlage war für 25 000 Besucher ausgelegt, was jedoch den tatsächlichen Bedarf der Bevölkerung bei Weitem überstieg. Diese Tatsache bescherte der Stadtkasse Jahr für Jahr kräftige Verluste. Auch in anderer Hinsicht waren die *Sutro Baths* reichlich überdimensioniert, verfügten sie doch über fünfhundert Umkleidekabinen und hielten zu jeder Zeit viertausend Badehandtücher zum Ausleihen bereit. Zur Badeanstalt gehörten auch ein hufeisenförmiges Außenbecken draußen in den Felsen, das den Gezeiten ausgesetzt war, eine Innentribüne, auf der bei Sportveranstaltungen mehrere Tausend Zuschauer Platz fanden, breite, mit Blumen- und Palmenkübeln geschmückte Wandelgänge entlang der Schwimmbecken, ein Trainingsraum, eine Arkade mit Restaurants und Geschäften sowie ein völkerkundliches Museum. Die elektrischen Trolleys der *Sutro Railroad* sowie der *Ferries & Cliff House Railroad* verbanden die Anlage an der Westküste mit Stationen in der Innenstadt.

Die Badeanstalt war an diesem Herbsttag gut besucht, und es stieg der übliche fröhliche Lärm aus den Schwimmbecken zu den Buntglasdecken empor. Er drang auch zu Elliot und Richard in die Umkleidekabine am Ende des Gangs.

Elliot jedoch nahm die Geräuschkulisse aus den Hallen nicht wahr. Seit er den Mut gefunden hatte, auf die stummen Zeichen einzugehen, seit er zugelassen hatte, dass der fremde junge Mann, der ihm den Namen Richard zugeraunt hatte, sich mit ihm in die Umkleide schlich und ihn im Schritt berührte, seitdem schien der Rest der Welt in Bedeutungslosigkeit versunken zu sein.

Ein letzter, kläglicher Rest von Widerstand regte sich in Elliot. »Ich weiß nicht, ich habe noch nie … Ich meine, vielleicht sollten wir doch besser nicht …«, flüsterte er schwer atmend. Ihm war, als hätte er nie eine härtere Erektion gehabt als in diesem Moment.

»Ich will dich«, raunte der andere, der nur ein paar Jahre älter sein konnte und von dem Elliot nur den Namen wusste. »Und du willst es doch auch, oder?« Durch den kratzigen Wollstoff des Badeanzuges hindurch knetete er Elliots steifen Schwanz.

»Ja«, hauchte Elliot, gab jeden Widerstand auf und erkundete Richards Erektion mit beiden Händen. Und wie er es wollte!

»Warte! Nicht diese hastige Fummelei, okay? So macht es keinen Spaß.«

Augenblicke später stand Richard in aller erregenden Herrlichkeit vor ihm. Und er hatte untenrum nicht ein einziges Haar. Die Haut war glatt rasiert, selbst die der Hoden. Elliot konnte sich nicht sattsehen und wusste nicht, was seine Hände zuerst tun wollten. So vieles, wonach es ihn gelüstete, schoss ihm durch den Kopf, all die Bilder und Fantasien seiner über Jahre hinweg geträumten Wunschträume, Fantasien, für die er sich so geschämt und gegen die er vergebens angekämpft hatte.

»So, und jetzt du. Aber lass nur, ich mach das«, flüsterte Richard und streifte ihm die breiten Träger von den Schultern. Er tat es langsam und genussvoll, so als packe er ein verheißungsvolles Geschenk aus und wolle die Vorfreude möglichst in die Länge ziehen. Er rollte den Stoff hinunter und ließ seine Hände ebenso aufregend langsam wieder aufwärtswandern. Dann beugte er sich vor. Seine Lippen glitten über die feuchte Haut. Er leckte ihm Wassertropfen von der Brust, umspielte die Brustwarzen mit der Zungenspitze und saugte und nagte sanft an ihnen.

Elliot suchte Halt an der Rückwand der Kabine, wand sich unter den Liebkosungen und presste die Lippen zusammen, um das Stöhnen, das sich in ihm Bahn brechen wollte, zurückzuhalten. Und endlich zog Richard ihm den Badeanzug von der Hüfte, sodass sie beide splitternackt waren.

Richard lächelte. »Mann, was machst du mir für einen Appetit!«, flüsterte er mit leuchtenden Augen und drängte sich an ihn, presste Körper an Körper, Glied an Glied, umschlang ihn, strich ihm über den Rücken, legte ihm die Hände auf die Pobacken und zog ihn noch fester an sich, um sich dann aber schnell wieder von ihm zu lösen. Sie schauten einander an, jeder den steifen Schwanz des anderen in der Hand und erregt von diesem Anblick. Eine Weile lang rieben sie sich gegenseitig.

»O Gott, ich … komme gleich«, keuchte Elliot.

»Ja, du zuerst. Aber nicht so. Warte, ich zeig dir, wie«, sagte Richard, ließ von ihm ab und entzog sich seinen Händen. Stattdessen kniete er sich vor ihn auf den kalten Kachelboden. Eine Hand umschloss den Schaft von Elliots Glied, die andere legte sich auf den Po. Und dann senkte sich sein Mund über den heiß pochenden Schwanz, nahm ihn tief in sich auf und begann, an ihm zu saugen.

Elliot schloss die Augen, warf den Kopf in den Nacken und überließ sich der erlösenden Explosion der Sinne, die Augenblicke später durch seinen Körper schoss.

Endlich! Endlich war geschehen, wonach er sich so lange gesehnt hatte. Und es war himmlischer, als er es sich in seinen wildesten Wunschträumen vorgestellt hatte!

21

Lass uns später darüber reden, Ida«, sagte Henry und hatte Mühe, sich seinen Unwillen nicht anmerken zu lassen. Ihre ständigen Ermahnungen, endlich etwas zu unternehmen, raubten ihm den letzten Nerv. Seit Arthur unter der Erde war, verging kein Tag, an dem sie ihm nicht damit in den Ohren lag. »Ich bin im Klub verabredet.«

Ida schnaubte geringschätzig. »Welchen Klub meinst du denn? Den, wo du dich mit deinen billigen Flittchen triffst, oder den, wo du deine Pferdewetten machst und dir am Spieltisch das Geld aus der Tasche ziehen lässt?«

»Weder noch«, knurrte Henry und knöpfte sich die Weste aus Goldbrokat zu. »Im *Bohemian Club,* wenn du es genau wissen willst. Und ich wäre dir dankbar, wenn du deine haltlosen Unterstellungen endlich lassen würdest!«

»Und ich wäre *dir* dankbar, wenn du dich endlich mal darauf konzentrieren würdest, Harriet in die Schranken zu weisen und ihr den Stuhl vor die Tür zu setzen!« Ihr Mann streute ihr schon lange keinen Sand mehr in die Augen. Sie wusste seit Jahren von seinen Affären mit blutjungen Revuetänzerinnen und namenlosen Varietéschauspielerinnen wie auch von seiner Schwäche für das Glücksspiel. Aber solange er seine Affären diskret abhandelte und die Verluste am Spieltisch sich in Grenzen hielten, ließ sie ihm das Vergnügen. Wofür sie jedoch keinen Funken Verständnis aufbrachte, war sein Zögern, Harriet aus der Firma zu drängen und die Kontrolle über die Caldwell Shipping Company an sich zu reißen. Denn dabei ging es nicht allein um späte Genugtuung und Prestige, sondern auch um die Zukunft ihres Sohnes. Henry musste um jeden Preis dafür sorgen, dass Guy die Reederei eines Tages übernehmen konnte.

»Mein Gott, Harriet hat die Stimmenmehrheit!«, erwiderte er gereizt. Und was ihn fast am meisten wurmte, war, dass sie sich noch nicht einen groben Schnitzer geleistet hatte. Dabei schaute er ihr scharf auf die Finger, immer in der Hoffnung, dass sie eine kostspielige Fehlentscheidung traf, mit der er sie bei den Anteilseignern, die nicht zur Familie gehörten, würde anschwärzen können. »Aber selbst wenn ich es schaffen sollte, die Bank und die Andersons auf unsere Seite zu bringen, fehlen uns noch immer sechs Prozent, um Harriet vom Sockel stoßen zu können.«

»Dann lass dir gefälligst etwas einfallen, wie du sie auf andere Art aus dem Weg schaffen kannst!«

»Soll ich meine Nichte vielleicht umbringen?«, höhnte Henry und griff nach seinem Jackett. »Wie hättest du es denn gern? Mit einer Prise Gift oder kurz und schmerzlos mit einer Kugel? Also mit dem Messer geht nicht, das gibt eine zu große Sauerei.«

»Sei nicht albern!«, blaffte sie. »Du weißt genau, wie ich es meine!«

Das Telefon klingelte im Nebenzimmer und unten im Foyer. Zunächst wollte Ida es klingeln lassen, aber dann fiel ihr ein, dass ihr Hausmädchen seinen freien halben Tag hatte, der Hausdiener im Hof den Duesenberg wusch und polierte und die Köchin Einkäufe tätigte. Deshalb ging sie ins angrenzende Arbeitszimmer ihres Mannes und hob selbst ab.

»Caldwell-Residenz«, meldete sie sich übellaunig. »Ja, bitte?«

»Ist Mr Henry Caldwell zu sprechen?«, fragte eine kratzige Männerstimme.

»Das kommt darauf an. In welcher Angelegenheit möchten Sie meinen Mann denn sprechen?«, fragte Ida zurück. »Haben Sie auch einen Namen?«

Aus dem Hörer kam ein trockenes Auflachen. »Den habe ich in

der Tat, Ma'am. Ist mir gerade wieder eingefallen. Angus MacIntyre. Und wenn Sie jetzt bitte Ihren Mann an den Apparat rufen würden. Ich habe ein wichtiges Geschäft mit ihm zu besprechen.«

»In meinem Haus wird nicht gerufen, das überlasse ich dem Pöbel auf der Straße!«, beschied sie ihm, dann wandte sie sich an ihren Mann, der in den Raum getreten war, und sagte, ohne den Hörer abzudecken: »Ein ungehobelter Kerl mit Namen Angus MacIntyre für dich. Angeblich geht's um Geschäftliches.«

Henry runzelte die Stirn. Der Name sagte ihm nichts. Er nahm seiner Frau die Ohrmuschel ab. »Caldwell«, meldete er sich. »Worum geht's?«

»Angus MacIntyre hier, Constable Angus MacIntyre«, stellte sich der Anrufer vor. »Es geht um Ihren Neffen Elliot. Der junge Herr ist in den *Sutro Baths* bei abartigen sexuellen Handlungen mit einem anderen jungen Burschen erwischt worden. Ich nehme an, dass Sie ein starkes Interesse daran haben, den Namen Caldwell vor dem Schmutz eines Skandals zu bewahren.«

Schockiert sog Henry die Luft ein. »Ja, natürlich!«, stieß er hervor und ignorierte Idas neugierige Blicke.

»Dann schlage ich vor, wir bereden unter vier Augen, wie diese Geschichte am besten aus der Welt zu schaffen ist«, sagte Constable MacIntyre.

»Und wo?«

»Ich bringe Ihren Neffen in die Stadt, ist in meinem Service inbegriffen.« Er lachte wie über einen guten Witz. »Wir treffen uns in zwanzig Minuten am Lotta-Brunnen. Der befindet sich schräg gegenüber vom ›Palace Hotel‹ …«

»An der Kreuzung Kearny, Geary und Market Street«, fiel Henry ihm ins Wort. »Ich bin hier aufgewachsen und kenne mich in der Stadt aus, Constable MacIntyre.«

»Nun, dann sollten Sie auch wissen, dass man zu so einem Treffen nicht unvorbereitet kommt«, erwiderte Angus MacIntyre.

»Meine Dienste haben ihren Preis, und ich nehme keine Schecks. Also stecken Sie genügend Scheine ein, wenn Sie Ihren Neffen nicht vor Gericht und im Gefängnis sehen wollen!« Und ohne eine Antwort abzuwarten, hängte er ein.

Du Dreckstück von einem miesen Erpresser in Uniform!, schickte Henry ihm stumm hinterher, ignorierte die Fragen seiner Frau und machte, dass er mit dem Duesenberg in die Stadt kam. Was kümmerte es ihn, dass der Hausdiener erst halb fertig war? Dann musste er den Wagen nachher eben noch einmal waschen und polieren!

Constable Angus MacIntyre, ein kräftig gebauter Mann Mitte dreißig mit rötlichem Haar, Stiernacken und kleinen Schweinsaugen im fleischigen Gesicht, wartete bereits an dem schmiedeeisernen Brunnen. Er lehnte an der Haube seines Streifenwagens und spielte mit seinem Schlagstock, ließ den verschrammten Prügel rhythmisch in seine offene linke Hand klatschen. Er begrüßte Henry mit einem schmierigen Grinsen.

»Wie viel?«, fragte Henry ohne Umschweife und blickte kurz zu Elliot in den Wagen. Sein Neffe saß auf der Rückbank und trug Handschellen. Beschämt wich er seinem Blick aus und schaute zu Boden.

»Sie wären mit hundert davongekommen, aber für die Frechheit Ihrer Frau werden Sie noch einen Zwanziger drauflegen müssen!«, erklärte der Streifenpolizist unverfroren.

Henry zuckte nicht mit der Wimper. Er wusste, dass das Geld gut angelegt sein würde. »Was genau ist passiert?«

»Soll ich Ihnen vielleicht 'ne Beschreibung geben, wie die beiden Perversen es in der Umkleide getrieben haben?«, fragte der Polizist zurück.

Henry ging nicht darauf ein. »Wer war der andere?«

»Was soll der Mist? Wollen Sie, dass Ihr sauberer Neffe unbeschadet aus der Sache herauskommt oder nicht?«

Henry bedachte ihn mit einem grimmigen Blick. »Und Sie? Wollen Sie hundertzwanzig Dollar in den Wind schreiben, bloß weil Ihnen ein paar Fragen lästig sind?«

Angus MacIntyre verzog das Gesicht und zuckte schließlich die Achseln. »Okay, wie Sie wollen«, knurrte er, klappte seinen Protokollblock auf und schaute auf den Eintrag, den er in der Badeanstalt vorgenommen hatte. »Der andere Flötenspieler war ein gewisser Richard Delaney aus Pacific Heights, zwanzig Jahre alt, einziges Kind einer entsetzlich schockierten Bäckerswitwe, die erst gar nicht wusste, worum es ging. Die Arme hat fast der Schlag getroffen. Ja, da war leider nicht viel zu holen.« Er klappte den Block wieder zu und blickte mit breitem Grinsen zu Henry auf. »Sonst noch Fragen, oder können wir jetzt zum Abschluss unseres Geschäftes kommen?«

»Hier in aller Öffentlichkeit?«, fragte Henry ungläubig.

»Wieso nicht? Hier geht es um eine Spende für den Witwenfonds der Polizeigewerkschaft«, spottete der Constable, griff durch das offene Fahrerfenster in den Wagen und nahm eine Sammelbüchse vom Sitz. Sie trug einen Aufkleber, auf dem um Spenden für den besagten Wohltätigkeitsfonds geworben wurde. »Schön klein rollen die Scheine, dann sieht auch keiner, wie überaus großzügig Sie spenden.«

»Ich will das Protokoll!«

»Können Sie haben«, sagte Angus MacIntyre gleichgültig, riss die Seite heraus und gab sie ihm.

Henry schob einen klein gerollten Schein nach dem anderen durch die Trichteröffnung der Büchse, in der ein paar Münzen klapperten. Anschließend beugte Angus MacIntyre sich zu Elliot in den Wagen, nahm ihm die Handschellen ab und ließ ihn aussteigen. Dann klemmte er sich mit einem unverschämt spöttischen Gruß hinters Lenkrad und fuhr davon.

Mit gesenktem, hochrotem Kopf stand Elliot da und wagte nicht, dem Onkel ins Gesicht zu sehen. Er wünschte, die Erde würde sich unter ihm auftun und ihn verschlingen. »Es tut mir leid«, stammelte er tonlos. »Ich wusste nicht, wer mir sonst hätte helfen können. Ich werde dir alles zurückzahlen.«

»Ach, vergiss das doch. Das habe ich gern getan. Du weißt doch, wie korrupt die Polizei ist. Diese Mistkerle schrecken vor keinem noch so miesen Trick zurück, um einem was abzupressen. Nimm's nicht so schwer, mein Junge!« Henry legte Elliot den Arm um die Schultern. Dabei hätte er ihm am liebsten vor die Füße gespuckt. Er hatte schon immer gewusst, dass der Junge nicht aus dem harten Caldwell-Holz geschnitzt war und nichts taugte. Jetzt hatte er den Beweis. Arthur würde sich im Grab umdrehen! Aber diese Gedanken behielt er für sich. »Ich weiß doch, dass du nicht so einer bist. Himmel, ein bisschen Gefummel unter Jungen, was ist schon dabei? Darum ist man doch noch lange kein Hinterlader, was? Fast jeder geht doch als junger Bursche durch so eine Phase. Natürlich bleibt das unter uns. So, und nun kein Wort mehr darüber. Jetzt gehen wir zusammen was trinken. Komm, ich lade dich zu mir in den Klub ein.«

Elliot schüttelte den Kopf. »Ich kann nicht. Bitte sei mir nicht böse, aber mir ist jetzt nicht danach zumute.« Er wollte bloß weg, wollte sich verkriechen wie ein waidwundes Tier, irgendwo, wo niemand ihn sah.

Henry war froh, nicht noch länger den verständnisvollen Onkel spielen zu müssen, und ließ ihn nur zu gern gehen. Ihm war nach Feiern zumute. Denn mit Elliots abartiger Verfehlung und dem Protokoll aus der Badeanstalt hielt er plötzlich im Kampf um die Vorherrschaft über die Reederei einen Trumpf in der Hand. Ein Trumpf, den er jedoch nicht leichtfertig verspielen durfte. Damit er die gewünschte vernichtende Wirkung hatte, musste er ihn zum richtigen Zeitpunkt ziehen!

22

Feiner Nieselregen fiel aus dem schiefergrauen Oktoberhimmel, als Harriet auf der Mason Street aus dem Geschäftshaus der Architekten *Palmer & Moore* auf die Straße trat, doch das nasskalte Wetter vermochte ihre Stimmung nicht zu trüben. Sie beeilte sich nicht einmal, zu ihrem Wagen und ins Trockene zu kommen. Wie eine Trophäe trug sie die lange Blechdose mit den Bauplänen zu ihrem Roadster. Behutsam, als hätte sie es mit rohen Eiern zu tun, legte sie sie in den Fußraum des Beifahrersitzes, dann glitt sie hinter das Lenkrad und startete den Motor.

Sie fuhr die Mason Street hoch. Als sie hinter dem »Fairmont Hotel« rechts in die Sacramento Street abbog, fiel ihr Blick auf einen Lieferwagen der *Cunard Line.* Vor dem Hoteleingang wurden die Überseekoffer von Passagieren des Luxusdampfers *Lusitania* abgeladen, der eine knappe Stunde zuvor im Hafen eingelaufen war. Ihre Gedanken gingen sofort zu Jordan.

Jetzt wird er schon halb über den Atlantik sein!

Zwei Tage zuvor hatte ihr Mann sich in New York auf dem Luxusliner *Mauretania* eingeschifft, der ebenfalls unter der Flagge der *Cunard Line* fuhr und wie die *Lusitania* erst vor fünf Jahren vom Stapel gelaufen war. Er fehlte ihr, aber noch mehr ihrem Sohn. Adrian weinte, wenn sie ihn abends zu Bett brachte und sie gemeinsam ein kurzes Gebet für Jordans gesunde Rückkehr sprachen, aber sie war dennoch froh, dass sie ihre eigenen Wünsche und die kindliche Selbstsucht ihres Sohnes hintangestellt und Jordan gedrängt hatte, an der Expedition in Ägypten teilzunehmen. Archäologische Ausgrabungen waren nun einmal seine Leidenschaft, und er hatte sie sich schon mehrere Jahre lang versagt – ihr zuliebe.

Harriet schämte sich noch immer dafür, dass der Anstoß dazu nicht von ihr gekommen war. Sie war viel zu sehr damit beschäftigt gewesen, sich im Kontor ins Tagesgeschäft zu stürzen und sich als geschäftsführende Direktorin der Caldwell Shipping Company zu beweisen, als dass sie auch noch Augen und Ohren sowie das nötige Feingefühl für seine Bedürfnisse gehabt hätte.

Ja, den Vorwurf hatte sie sich gefallen lassen müssen. Er war von Agnes gekommen, wenn auch in liebevolle Worte verpackt. Jedenfalls war sie es gewesen, die ihr die Augen geöffnet hatte, auch für die Anfälle von Niedergeschlagenheit, die neuerdings bei ihm zu beobachten waren.

»Hast du die Briefe von seinen Freunden aus England, Frankreich, der Schweiz und Deutschland auf seinem Schreibtisch gesehen?«, hatte Agnes sie gefragt, als sie zu einem ihrer Wochenendbesuche bei ihnen am Nob Hill gewesen war.

»Ja, Jordan ist ein eifriger Briefeschreiber. Er hält regen Kontakt zu seinen Freunden in Übersee.«

»Was natürlich nur ein billiger Trost ist, findest du nicht auch?«

»Wie meinst du das?«

»Na, du weißt doch sicher, dass sie ihm von ihren Vorbereitungen für die neue Grabungsexpedition berichten, zu der sie Ende Oktober, Anfang November von London aus aufbrechen.«

»Ja, nach Ägypten. Es soll wieder ins Tal der Könige gehen.«

»Weißt du, mir ist aufgefallen, dass er in letzter Zeit gar nicht mehr so fröhlich und ausgeglichen ist, wie wir es von ihm gewohnt sind«, hatte Agnes beiläufig das Thema gewechselt. »Er ist neuerdings oft sehr still und in sich gekehrt. Manchmal, wenn er sich unbeobachtet wähnt, kommt er mir regelrecht traurig vor. Und wenn man ihn fragt, was er hat, setzt er ein gequältes Lächeln auf und kommt mit irgendeiner Ausrede. Aber ich nehme ihm nicht mehr ab, dass ihn nichts bedrückt. Wie siehst du das, Harriet? Redet er wenigstens mit dir über das, was ihm auf der Seele liegt?«

Erst verblüfft, dann betroffen hatte Harriet sie angesehen. »Also jetzt, wo du es sagst, wird es mir auch bewusst«, hatte sie mit brennendem Gesicht gestanden. »Mein Gott, da musst du erst kommen und mir die Augen öffnen. Was musst du bloß von mir denken!«

»Ich verstehe das doch, Kind. Du hast ja auch so viel um die Ohren, wo du nun die Verantwortung für die Reederei trägst. Das ist eine große Aufgabe, die dich sicher ganz in Anspruch nimmt. Da bleibt nun mal nicht viel Zeit für anderes«, war Agnes verständnisvoll darüber hinweggegangen, hatte aber zumindest anklingen lassen, dass Harriets totale Konzentration auf die Firma zwangsläufig zulasten von Jordan ging. »Jordan hat zwar seine Arbeit in den Komitees der Wohltätigkeitsvereine, aber die füllt ihn wohl kaum wirklich aus. Bestimmt leidet er darunter, dass er an keiner Ausgrabung mehr teilnimmt. Oder ist zwischen euch beiden nicht alles so, wie es sein sollte? Entschuldige, dass ich so rundheraus frage, aber ich mache mir wirklich Sorgen um ihn.«

»Um Gottes willen, nein, Tante Agnes!«, hatte Harriet hastig beteuert, und es hatte der Wahrheit entsprochen.

Agnes hatte sie mit einem prüfenden Blick bedacht und schließlich zufrieden genickt. »Gut, dann lass uns darüber reden, wie wir am besten dafür sorgen können, dass Jordan seine Lebensfreude wiederfindet. Ich glaube, wir brauchen uns darüber gar nicht lange den Kopf zu zerbrechen. Wir bringen ihn einfach dazu, sich dieser Expedition seiner alten Freunde anzuschließen.«

»Ja, das hat er wirklich mehr als verdient«, hatte sie ihr beigepflichtet. »Aber was, wenn er sich weigert, Adrian und mich so viele Monate allein zu lassen?«

Agnes hatte gelächelt. »Jordan brennt bestimmt schon seit Jahren darauf, so etwas mal wieder zu machen. So wie du deine Aufgabe gefunden hast und darin aufgehst, hat er seine Leidenschaft für die Archäologie. Gewiss, die Trennung wird euch alle schmerzen, das weiß ich aus eigener Erfahrung, denn mein Mann hatte das gleiche Fieber und hat diese Reisen gebraucht. Und ich habe ihn immer wieder unter Schmerzen gehen lassen, gerade weil ich ihn geliebt habe.« Ein verräterischer Glanz war in ihre Augen getreten, als sie von Geoffrey sprach. »Weißt du, ich werde nie vergessen, was ich vor Jahrzehnten bei einem arabischen Dichter gefunden und mir zu Herzen genommen habe: *Es gibt keine Weisheit ohne Liebe, keine Liebe ohne Freiheit und keine Freiheit ohne den Mut, das zu verlassen, was aus uns geworden ist.* Und diese Freiheit der Liebe verlangt von uns, mehr zu geben, als zu nehmen.« Verlegen ob ihrer Gefühlswallung hatte sie sich geräuspert und zu ihren türkischen Zigaretten gegriffen. »So, und mit ein bisschen weiblicher Überredungskunst werden wir es wohl hinkriegen, dass Jordan an dieser Expedition teilnimmt!«

Harriet schmunzelte bei der Erinnerung. Jordan hatte es ihnen wahrlich nicht schwer gemacht. Sein Widerstand dagegen, sie und Adrian für mehrere Monate allein zu lassen, hatte ihrem Zureden nur einen Nachmittag lang standgehalten. Schon am Abend hatte er kapituliert, ein Kabel an seine Londoner Freunde geschickt und, auf dem Gesicht ein geradezu seliges Strahlen, mit den Reisevorbereitungen begonnen. Drei Tage später hatte er schon im Zug gesessen, um rechtzeitig in New York zu sein, bevor die *Mauretania* zu ihrer Transatlantikpassage auslief. Vor März nächsten Jahres war mit seiner Rückkehr nicht zu rechnen.

Es war richtig, dass sie Jordan zu der Reise gedrängt hatten. Was sie jedoch in den vergangenen Nächten allein im großen Himmelbett lange nicht hatte einschlafen lassen, war die Ungewissheit, wie Adrian und sie mit seiner langen Abwesenheit zurechtkommen würden.

Schnell verdrängte sie diesen Gedanken, parkte den Roadster in der Seitengasse neben dem Kontor, wo früher Magnus mit der Kutsche gewartet hatte, und griff nach der Blechrolle. Sie konnte es kaum erwarten, Slocum die Baupläne zu zeigen. Er war ihr in den vergangenen acht Monaten eine unersetzliche Stütze gewesen. Der Vater hatte ihr vieles beigebracht, und sie hatte die Fachbücher, die er ihr zu lesen gegeben hatte, intensiv studiert. Dennoch hätte sie es ohne Slocums jahrzehntelange Erfahrung und seinen Beistand nicht geschafft, sowohl die Geschäfte erfolgreich weiterzuführen, als auch das Vertrauen der Angestellten und Geschäftspartner zu gewinnen. Wann immer sie eine falsche Entscheidung in Erwägung gezogen hatte – was öfter der Fall gewesen war, als sie für möglich gehalten hatte –, war er auf seine trockene, pedantische Art eingeschritten. Dabei war er nie belehrend gewesen, vor allem aber hatte er sie nie in Gegenwart von Onkel Henry auf eine drohende Dummheit hingewiesen, sondern immer nur unter vier Augen. Und die jeweils nötige Kurskorrektur, wie er es nannte, hatte er stets mit der höflichen Floskel »Erlauben Sie mir, Ihnen eine Alternative vorzuschlagen« oder dem Einwand »Dabei wäre jedoch zu bedenken, dass …« eingeleitet.

Onkel Henry dagegen hätte sie ins offene Messer laufen lassen. Dabei hatte sie ihn ausdrücklich darum gebeten, ihr mit seinem Wissen beizustehen und *mit* ihr die Firma zu führen, wenn auch unter ihrer Leitung. Noch am Tag nach der Testamentseröffnung hatte sie ihm das Angebot gemacht, alle Aufgaben zu übernehmen, die mit technischer Ausrüstung, Wartung und Reparaturen der Flotte zu tun hatten. Es war ihr klüger erschienen, ihn einzubinden, immerhin hielt er einen beachtlichen Anteil an der Reederei. Und Jordan hatte ihr zugeraten: »Mach das. Wie schon die alten Lateiner sagten: *Halte Deine Freunde nahe bei dir, aber Deine Feinde noch näher!*«

Nach einer Woche Bedenkzeit hatte Henry ihr Angebot angenommen. Seitdem verbrachte er relativ regelmäßig mehrere Stunden am Tag bei ihr im Kontor und saß auf der Seite des Schreibtisches, auf der bis zum Tod des Vaters sie gesessen hatte.

»Wir können das neue Kontor ein gutes Stück größer machen als gedacht«, teilte sie ihrem Prokuristen freudig mit und rollte die drei Baupläne, einen für jedes Stockwerk, auf ihrem Schreibtisch aus.

»Das ist auch bitter nötig, so, wie wir hier aus allen Nähten platzen, Miss Harriet«, sagte Cecil Slocum. Für eine Reederei, unter deren Flagge mittlerweile einundzwanzig Schiffe fuhren, waren die Räumlichkeiten längst nicht mehr angemessen. Da hatte es auch nur kurz Erleichterung gebracht, das obere Stockwerk nicht mehr als Lagerraum zu nutzen, sondern vier Schreibtische dort aufzustellen. Das Haus würde ein zweites Obergeschoss erhalten und an der Rückfront verlängert werden.

»Wir können unser neues Geschäftshaus nach hinten, zu den Lagerhäusern hin, noch um fünfzehn Fuß erweitern«, erklärte Harriet und wies auf die entsprechende Zeichnung.

»Das wäre in der Tat ein beachtlicher Raumgewinn.«

»Mr Palmer meint, dass wir den Hof getrost um diese fünfzehn Fuß verringern können. Dann ist immer noch genug Platz, damit ein vierspänniges Fuhrwerk drehen kann. Außerdem gehört die Zukunft den Lastwagen mit Benzinmotor, und die sind viel wendiger.«

»Zukunftsprognosen kann ich im Allgemeinen wenig abgewinnen«, bemerkte Slocum. »Es sei denn, sie beziehen sich auf die Baukosten. Ich nehme doch an, dass Mr Palmer sich nicht zu fein war, Ihnen auch den Kostenvoranschlag für den Neubau mitzugeben?« Mit hochgezogenen Brauen sah er sie an.

»Nein, war er nicht.« Harriet lachte und nannte ihm die Summe.

»Heilige Großrah!«, entfuhr es Slocum. »Das lässt sich aber nicht aus den Rücklagen bestreiten. Dafür werden wir Kapital aufnehmen müssen. Und eine solche Investition, so notwendig sie auch sein mag und selbst wenn die Bilanz sie rechtfertigt, erfordert einen entsprechenden Beschluss der Versammlung der Anteilseigner, wenn ich das richtig sehe.«

»Das tun Sie«, sagte Harriet.

Wenig später traf auch Henry ein, ausnahmsweise in bester Laune. Er studierte die Baupläne, ließ sich die rückwärtige Erweiterung erklären und hatte zu Harriets ebenso großer Verwunderung wie Erleichterung nichts auszusetzen. Auch nicht an den Kosten.

»Die Geschäfte laufen blendend, das können wir uns leisten. Die Bank wird auch keine Einwände haben«, sagte er zuversichtlich. »Aber natürlich muss das von der Eignerversammlung abgesegnet werden. Ich weiß, das ist nur eine Formsache, da du die Mehrheit hältst, aber es muss doch alles seine Ordnung haben, oder siehst du das anders?« Er bedachte Harriet mit einem dünnen Lächeln.

»Ganz und gar nicht.«

»Damit der Neubau also möglichst schnell in Angriff genommen werden kann, schlage ich vor, dass du keine Zeit verlierst und die Versammlung für heute in zwei Wochen ansetzt.«

Was Harriet umgehend tat. Sie brachte die Benachrichtigungen noch am selben Tag zur Post. Denn wie Henry richtig gesagt hatte: Auch wenn sie die Mehrheit hielt und der Beschluss damit eine reine Formsache war, musste doch alles seine Ordnung haben.

23

Es war still geworden im Haus der Shaws am Nob Hill. Caitlin hatte Adrian gebadet und zu Bett gebracht und sich dann in ihr Zimmer zurückgezogen. Harriet hatte ihrem Sohn, dessen Haar so herrlich frisch nach Orangenblütenseife roch, vor dem Gutenachtkuss noch aus dem Märchenbuch vorgelesen.

Gerade wollte sie sich in ihrem Arbeitszimmer noch einmal die Baupläne und die detaillierte Kostenaufstellung vornehmen, als sie ein zögerliches Klopfen hörte. Sie erwartete keinen Besuch. Am Nob Hill stand man nicht unangekündigt vor der Tür, schon gar nicht zu dieser Abendstunde. Ausgenommen Boten der Western Union, die Telegramme austrugen.

Beunruhigt lief sie in die Eingangshalle, schaltete das Licht im Portikus an und öffnete. Doch es war kein Telegrammbote, der vor der Tür stand, sondern ihr Bruder.

»Elliot! Was machst du denn hier?«

Er verzog das Gesicht zu einem spöttischen Grinsen, das ihm jedoch missglückte. »Hatte irgendwie Sehnsucht nach dir, Schwesterherz. Ich hoffe, ich störe nicht beim Essen?«

»Unsinn! Wir haben längst gegessen, und Adrian liegt mit seinem Teddybären selig im Bett. Außerdem störst du nie, das weißt du doch.«

»Kann ich dann auch reinkommen?«

Mit einem Auflachen gab sie die Tür, die sie in ihrer Verblüffung noch immer blockierte, frei. Erst jetzt fiel ihr auf, dass ihr Bruder verändert war. Er sah irgendwie nicht mehr aus wie ein junger Mann aus gutem Haus, sondern eher wie ein Arbeiter von den Docks. Statt eleganter Lederschuhe, feiner Tuchhose und seidigem

Oberhemd trug er klobige halbhohe Arbeitsstiefel, eine graue Drillichhose und ein kragenloses Hemd aus derber, dunkelblauer Baumwolle. Darüber hatte er einen Norwegerpullover gezogen. Zudem hatte er sich die Haare fast militärisch kurz schneiden lassen. Neben ihm an der Hauswand lehnte ein prall gefüllter Seesack. Den packte er nun am Lederriemen und trug ihn ins Haus.

»Ja, sag mal, wie siehst du denn aus?«, fragte Harriet und schloss die Tür hinter ihm. »Und was willst du mit dem Seesack?« Eine dunkle Ahnung befiel sie. Aber nein, das war ja absurd, ihr Bruder hatte doch gerade erst mit dem Studium begonnen, Geschichte und Englische Literatur. »Komm, ich mach uns einen Drink. Wo ich dich doch viel zu selten sehe.«

Er rührte sich nicht von der Stelle. »Ich muss weg, Harriet. Ich kann hier nicht mehr bleiben.«

»Hast du dich mit Mutter gestritten? Also wenn du eine Bleibe brauchst, bis du was Eigenes gefunden hast, kannst du gern hier wohnen«, sagte sie und strahlte bei der Vorstellung, ihn für eine Weile im Haus zu haben. »Du kannst eins der Gästezimmer nehmen und so lange bleiben, wie du willst.«

Er schüttelte den Kopf. »Das ist lieb von dir, aber ich brauche kein Zimmer. Ich habe mich auch nicht mit Mutter gestritten. Wie denn auch? Wo sie mich gar nicht wahrnimmt.«

»Ja, aber, was …«

»Ich wollte dich einfach noch mal sehen, bevor ich den Sprung ins kalte Wasser wage.«

»Was für einen Sprung? Wovon um alles in der Welt redest du, Elliot?« Ihr Herz zog sich zusammen. Die ungute Ahnung war schlagartig Gewissheit geworden.

»Bevor ich dieser Stadt und meiner Vergangenheit den Rücken kehre und an Bord gehe«, teilte er ihr mit. »Ich habe auf der *Samoa* angeheuert.«

»Elliot! Das kannst du nicht machen!«, stieß sie hervor.

»Habe ich aber. Ist auch schon in dem Heuerbuch eingetragen, das sie mir bei der Anmeldung im Büro der *Sailors' Union of the Pacific* ausgestellt haben. Willst du es sehen? Läuft übrigens auf den Namen Eric Chalder«, sagte er mit einem schiefen Grinsen. »Captain Sutherland kennt mich zwar nicht, aber der Name Caldwell hätte doch ihn oder Leute von der Mannschaft misstrauisch machen können. Und Voreingenommenheit ist wirklich das Letzte, was ich als unerfahrene Deckhand auf meiner ersten Fahrt gebrauchen kann.«

Harriet war entsetzt. »Gütiger Gott! Wie kannst du denn so etwas machen? Ich verstehe ja, dass es dir hier zu eng wird und dass du in die Welt hinauswillst, aber doch nicht auf einem Segelschiff!«, beschwor sie ihn. »Falls du von Seefahrtromantik träumst, die gibt es nur in Romanen.«

»Ist mir bekannt. Mit der Suche nach Hochseeromantik hat das auch wirklich nichts zu tun.«

»Dann heuer doch wenigstens auf einem Dampfer an! Wir haben schließlich eine ganze Flotte! Ich könnte dir zu einer guten Position auf der *Santorini* verhelfen, das ist unser modernster Überseefrachter. Meinetwegen kannst du auch unter falschem Namen fahren, aber …«

Er schüttelte den Kopf und fiel ihr ins Wort. »Nein, es muss die *Samoa* sein! Sie hat mich schon immer fasziniert mit ihren hohen Masten und all der Takelage, die man bei jedem Wind und Wetter aufentern muss. Übrigens kannst du Mutter ruhig erzählen, dass ich auf einem Schiff angeheuert habe und wohl so schnell nicht nach San Francisco zurückkomme. Aber sag nicht, dass ich auf der *Samoa* bin, okay?«

»Bitte, nimm doch Vernunft an!« Beschwörend sah sie ihren Bruder an. Er war zwar längst nicht mehr von der schwächlichen Konstitution früherer Zeiten, hatte aber auch keine Ähnlichkeit mit den gestählten, muskelbepackten Seeleuten, die auf Segelschiffen wie der *Samoa* Dienst taten. »Du weißt nicht, auf was du dich einlässt! Die Arbeit auf so einem Dreimaster ist hart und wirklich nur was für …« Sie brach gerade noch ab, bevor sie aussprach, was ihn verletzen musste.

»… richtige Männer?«, beendete er den Satz, und ein bitterer Unterton schwang in seiner Stimme mit. »Das wolltest du doch sagen, oder?«

Sie blickte ihn verlegen an. »Mein Gott, du hast dich in den letzten Jahren toll herausgemacht und bist ein guter Schwimmer«, lenkte sie ein. »Aber für die Knochenarbeit auf so einem Segler muss man geschaffen sein. Und wenn du erst einmal an Bord bist, gibt es kein Zurück!«

»Aber genau das will ich, Harriet. Ich will mir keine Hintertür lassen, durch die ich verschwinden kann, wenn es hart auf hart kommt und ich der Wahrheit ins Gesicht sehen muss!«, sagte er grimmig. »Kein Wegducken, kein Ausweichen, keine Selbsttäuschung mehr.« Er biss sich auf die Lippe, atmete tief durch und erklärte mit geradezu wilder Entschlossenheit: »Ich will endlich wissen, wer ich bin!«

»Was soll das heißen, du willst wissen, wer du bist?«, fragte sie verwirrt. »Du bist mein Bruder, gut aussehend, intelligent und einer der wundervollsten Menschen, die ich …«

Er wedelte ungeduldig mit der Hand. »Du verstehst das nicht, Harriet. Was überhaupt kein Vorwurf ist, denn du kannst es gar nicht verstehen. Ich verstehe mich ja selbst nicht, wie solltest du es also können?« Und dann fuhr er, ihrem Blick ausweichend, stockend und leise fort: »Ich weiß nicht, wer ich bin … oder was ich bin … und ob ich … ob ich überhaupt ein richtiger Mann bin.« Er schluckte schwer. »Ich habe mich lange genug vor mir selbst versteckt, jedenfalls habe ich das Gefühl, dass ich mich selbst belüge. Aber so genau weiß ich das nicht. Ich weiß nur, dass ich endlich herausfinden muss, was und wer ich wirklich bin! Und deshalb muss es die *Samoa* sein.« Er zwang sich zu einem Lächeln. »Na, mach nicht so ein Gesicht, Schwesterherz. Es ist nicht das Ende der Welt. Kielholen und Auspeitschen gibt es heute nicht mehr. Also, wird schon schiefgehen. So, und jetzt lass dich noch einmal drücken.«

Harriet rannen Tränen übers Gesicht. Sie schlang die Arme um ihn und wollte ihn überhaupt nicht gehen lassen. Die *Samoa* fuhr auf der Westroute, bediente Hawaii, Australien, Indien und Afrika. Was bedeutete, dass gute anderthalb Jahre vergehen konnten, bis sie wieder einmal in den Heimathafen einlief. Erst Jordan, und nun auch noch ihr Bruder!

Elliot hatte den Seesack schon geschultert und stand in der offenen Tür, als ihm noch etwas einfiel. Er zog ein kleines Notizheft aus der Tasche. Sie erkannte es sofort. »Hier, schmeiß das bitte weg. Oder du versuchst es mal selbst mit dem Ausradieren dunkler Gedanken. Hat bei mir leider nicht so gut funktioniert. Vielleicht schafft es ja die *Samoa!*« Dann trat er hinaus in die Nacht.

24

Der benzinbetriebene Generator und die drei brusthohen Ventilatoren, die man in dieser Größe gemeinhin in den Wänden von Lagerhäusern fand, ratterten wie bei einem verbissenen Wettstreit gegeneinander an.

Der Lärm ging Frank gehörig auf die Nerven, aber es war wichtig, dass er für ein paar Stunden bei den Außenaufnahmen hier im Brush Canyon anwesend war. Er musste sich ein Bild davon machen, wie der schnauzbärtige Jack Holbrook, sein neuer Regisseur für die Wildwestfilme der *Silver Screen Studios,* seine Sache machte. Bislang hatte er den Eindruck, dass er mit Holbrook eine gute Wahl getroffen hatte. Der Mann verstand sein Metier, ohne sich jedoch als Künstler aufzuspielen, der Dutzende Takes brauchte, um mit dem Dreh eines Sandsturms oder eines simplen Ritts durch einen Canyon zufrieden zu sein. Die letzten beiden Szenen hatte er in jeweils nur drei Einstellungen im Kasten gehabt.

Der pittoreske Brush Canyon mit seinen Höhlen und dem angrenzenden Steinbruch der *Union Rock Company* lag am Stadtrand von Hollywood und war eine beliebte Kulisse für Western. Es gab keine Filmgesellschaft, die hier nicht schon gedreht hätte. An diesem Novembertag gehörte das Gelände der *Triple S* für ihren neuen *Lone-Rider*-Film mit ihrem Westernhelden Brett Hart. Die Crew hatte am frühen Morgen ein Stück von den Felsenhöhlen entfernt ein Gewirr schwerer Holzgestelle errichtet und Leinen gespannt, eine Vorrichtung zum Aufhängen von Außenkulissen. Aber erst einmal musste sich der Held auf dem Weg zu den rettenden Höhlen durch einen Sandsturm kämpfen. Er lag reglos am

Boden, links neben sich den Sattel seines Pferdes, das in der Szene davor verendet war, und in der Rechten sein Gewehr.

Holbrook hob das riesige Megafon an den Mund und brüllte über den Lärm hinweg: »Kamera! … *Action!*«

Vor der Kamera, die auf einem Leiterwagen montiert war, knallte die Klappe. Eine Fahrspur aus Brettern, unter denen alle Unebenheiten geglättet worden waren, führte zur Höhle. Zwei Männer, die zu den Statisten gehörten, kauerten hinter dem Leiterwagen und würden ihn gleich schieben, ein dritter passte vorn an der Lenkstange auf, dass der Wagen nicht von der Bretterbahn abkam.

Augenblicklich folgte Holbrooks nächstes Kommando: »Sand!«

Die Gehilfen bei den Ventilatoren, die Schaufeln griffbereit und neben sich hüfthohe Berge aus feinem Sand, begannen, in einem genau abgestimmten Rhythmus eine Schaufel Sand nach der anderen in den Windsturm zu schleudern. Brett Hart wankte los, kämpfte mit scheinbar letzter Kraft gegen den Sandsturm an, stürzte, kroch aber heldenmütig weiter und zog den Sattel hinter sich her. Der Leiterwagen blieb schräg vor ihm und rollte über die Bretter.

Holbrook schrie dem Schauspieler zu, er solle den Kopf höher halten und mehr Qual zeigen, und Brett Hart hob das Gesicht in den Hagel aus feinen Sandkörnern und brauchte nicht viel pantomimische Kunst, um eine gequälte Grimasse zustande zu bringen.

Das Ende der Einstellung bekam Frank nicht mehr mit, denn ein cremeweißer Oldsmobile Limited mit dunkelrotem Trimm und ebensolchen Speichenrädern tauchte auf. Der Fahrer betätigte die blecherne Hupe, was weder die Filmcrew noch den Schauspieler im Mindesten störte, und hielt neben ihm. Es war sein alter Freund Byron Adelson.

Er trug seine obligatorischen Knickerbockers, die ebenso bunt kariert waren wie seine Kniestrümpfe, die Weste und die Kappe auf seinem kantigen Kopf. Das schlichte weiße Hemd und das graue Tweedjackett milderten den Anblick zumindest ein wenig.

Byron, der Mitte vierzig war und dessen rotbrauner Schopf in breite rostrote Koteletten überging, hatte deutlich zugelegt; eine Rundlichkeit, zu der er mit Selbstvertrauen und der ihm eigenen Extravaganz stand.

»Das ist ja eine tolle Überraschung, dass du schon heute kommst!«, rief Frank, trat zu ihm an den Wagen und schlug ihm freundschaftlich auf die Schulter. Mit Byron verband ihn mehr als mit jedem anderen. »Wurde ja auch Zeit, dass du dich mal wieder blicken lässt, alter Kumpel. Nichts gegen das Telefon, aber so ist es mir lieber.«

Byron nickte. »Mir auch, nur liegt San Francisco leider nicht um die Ecke. Vergil hat mir gesagt, dass du hier bist, ich war schon bei euch auf dem Studiogelände. Mann, da wird ja wie verrückt gebaut. Und nicht nur bei euch, sondern auch auf der anderen Seite der Landstraße.«

»Ist eine Menge passiert, seit du das letzte Mal hier warst. Neun Monate sind in Hollywood eine kleine Ewigkeit, da sind bestimmt eine Million Fuß Film durch die Kameras gelaufen.«

»Das glaube ich dir.«

»Und was die Baumaßnahmen auf der anderen Seite der Straße angeht: Dort errichtet Uncle Carl sein neues Studio, auf dem Land der einstigen Taylor Ranch. Er hat das ganze Gebiet aufgekauft, sage und schreibe hundertzehn Hektar! Da wird eine richtige Film*stadt* entstehen. Soll ja auch *Universal City* heißen.« Carl Laemmle, der die *Universal* mit ihren vierzehn unter einem Dach vereinigten Filmgesellschaften leitete, ließ sich in Branchenkreisen gern mit »Uncle Carl« anreden. Er war mit siebzehn aus dem schwäbischen Laupheim nach Amerika gekommen und galt schon jetzt als Pionier der Filmindustrie. Niemand hatte den Edison Trust so erbittert bekämpft und dabei so viel riskiert wie er. Seinem Widerstand und den kostspieligen Prozessen, die er geführt hatte, war es maßgeblich zu verdanken, dass Edisons Geschäftsmethoden als illegal verurteilt worden waren und der Trust sein Monopol verloren hatte. »Das wird eine riesige Anlage. Schon nächstes Jahr sollen da fünfhundert Leute arbeiten, das muss man sich mal vorstellen. Dagegen wird sich unser Studio wie die reinste Klitsche ausnehmen.« Was Uncle Carl nicht davon abgehalten hatte, ihm ein lukratives Übernahmeangebot zu machen, aber das würde er seinem Freund später erzählen.

Byron zuckte die Achseln. »Mich interessiert nicht die Größe, sondern was unter dem Strich herauskommt, und was das betrifft, steht die *Triple S* ja wohl blendend da.«

Frank hob die Brauen. »So? Da scheinst du mehr zu wissen als ich. Im Augenblick bin ich schon dankbar, wenn ich jede Woche Löhne und Rechnungen bezahlen kann, ohne meinen Dispokredit zu sprengen. Das ist manchmal ein echtes Kunststück.«

»Na, das Klagen hast du ja schon gut gelernt! Bist also auf dem besten Weg zum erfolgreichen Unternehmer!« Byron grinste und fragte: »Sag, wirst du hier noch gebraucht, oder hast du Zeit?«

»Klar doch! Für dich immer.«

»Gut, denn wir haben einiges zu besprechen. Es gibt ein paar interessante Neuigkeiten. Aber das sollten wir nicht hier tun bei diesem infernalischen Lärm. Außerdem knurrt mir der Magen, bin heute Morgen ohne Frühstück. Also wie wär's mit einem kleinen Happen zum Lunch, bei dem wir alles bereden können?«

»Okay, also zum ›Hollywood Hotel‹, das ist hier noch immer die beste Adresse, wenn es ums Essen geht.« Frank gab Skinny Bescheid, dass man ihm seinen Wagen nachbringen solle, und stieg zu Byron in den Oldsmobile. Es war nur eine kurze Fahrt zurück in die Stadt.

»Hollywood wächst ja rasant«, stellte Byron fest und wunderte sich, dass die neuen Bewohner offenbar Häuser im maurischen und spanisch-mexikanischen Kolonialstil bevorzugten. Es gab auch Gebäude, die gut in die italienische Renaissance oder das viktorianische Zeitalter gepasst hätten. Schöne Kulissen zum Wohnen. Selbst die finstere Tudor-Epoche mit ihrem dunklen Balkenwerk war vertreten.

Frank nickte. »Und wie! Wir sollen demnächst die Marke von zehntausend Einwohnern knacken.«

»Aber die Begeisterung der Alteingesessenen für die Invasion der Filmleute scheint nicht allzu groß zu sein.« Byron wies im Vorbeifahren auf ein Schild in einem Vorgarten. No dogs, no actors!, stand da in großen Lettern. »Das ist schon das vierte, das ich seit dem Ortseingang gezählt habe.«

Frank lachte. »Jeder Fortschritt hat seine Gegner und Verlierer.«

»Dumm nur, dass der Fortschritt so wenig Interesse daran zeigt, sich mal dieser elenden Sandpisten anzunehmen, die sich Boulevards und Avenues nennen«, stichelte Byron, worauf Frank erwiderte, dass man in anderen Teilen von Hollywood schon begonnen habe, für einen festen Straßenbelag zu sorgen.

»Und was hat es mit diesen stinkenden, merkwürdig schimmernden Bächen im Rinnstein auf sich? Das sieht gar nicht gesund aus.«

Frank verzog das Gesicht. »Das sind die Abwässer aus den Fixierlabors und Kopieranstalten. Ist wirklich eine Schweinerei, dass manche das Zeug einfach in den Rinnstein kippen. Aber das wird's nicht mehr lange geben. Die Stadtverwaltung arbeitet an einer Verordnung zum richtigen Entsorgen von diesem Giftzeug.«

Der Speisesaal des »Hollywood Hotel« war selbst zu dieser frühen Mittagsstunde gut besucht. Trotzdem fanden sie noch eine stille Ecke, in der sie ungestört reden konnten.

Was Byron unter einem kleinen Happen verstand, zeigte sich, als er das größte Black-Angus-Steak orderte, das sich auf der Speisekarte fand. »Englisch, mein Freund!«, teilte er dem Kellner mit. »Wehe, mein Teller schwimmt nicht im Blut. Das würde Sie nicht nur ein saftiges Trinkgeld kosten!«, drohte er mit einem Augenzwinkern.

Frank bestellte ein kleines Filet Mignon, rosa gebraten.

»Als Vorspeise bringen Sie uns zwei doppelte Whisky auf Eis, und dann bringen Sie uns eine Flasche Champagner. Schön gekühlt, okay?«

»Sehr wohl, Sir!«

»Nett, dass du mich einlädst, Byron«, sagte Frank leicht verwundert, als der Kellner sich entfernt hatte. »Aber es hätte kein Champagner sein müssen. Ich steh gar nicht so auf Alkoholsprudel.«

Byron grinste bis über beide Ohren. »Aber ich, Frankieboy! Wir haben was zu feiern. Und da du die Rechnung bezahlen wirst, werde ich doch nicht so blöd sein, dich billig davonkommen zu lassen.«

»Und was genau feiern wir?«

»Das hier, alter Knabe!« Byron zog einen Scheck aus der Tasche und schob ihn Frank über die weiße Damasttischdecke zu.

Frank riss ungläubig die Augen auf, und fast wäre ihm auch noch die Kinnlade heruntergeklappt. Es war ein Scheck über fünfundzwanzigtausend Dollar, ausgestellt von einer Firma, deren Name ihm nichts sagte. »Himmel! Woher kommt das Geld? Und wer ist das, *Continental Film Union Distributors?*«

Byrons Grinsen wurde noch eine Spur breiter. Er lehnte sich zurück, drückte die Brust heraus, hakte die Daumen hinter die Weste und verkündete stolz: »Das ist der neue Name meines Filmverleihs!«

»Warum hast du denn deinen Verleih umbenannt, und wofür ist der Scheck?«

»Ich habe mir zwei kleinere Konkurrenten einverleibt, die *Midwest Reliance,* die ihren Sitz in St. Louis hat, und die *Chicago Majestic Film Distributors*«, erklärte Byron. »Beide hatten große Schwierigkeiten, am Markt mitzuhalten. Mehrere Filmproduzenten, die sie unter Vertrag hatten, sind entweder pleitegegangen oder produzieren am Markt vorbei. Wir haben uns zusammengeschlossen, aber keine Sorge, ich halte sechsundfünfzig Prozent an dem neuen Laden.«

»Das ist ja fantastisch! Glückwunsch, Byron.«

»Du kannst dich gleich mit beglückwünschen«, sagte Byron, während ihre Drinks kamen. »Denn deine Filme werden jetzt nicht mehr nur in den siebenhundert Lichtspielhäusern gezeigt, die ich hier im Westen unter Vertrag habe, sondern auch in den vierhundert im Mittleren Westen und den sechshundert an der Ostküste, die meine Partner mit ins Geschäft gebracht haben. Der Scheck da ist die Vorkasse für den Verleih der *Triple*-*S*-Filme in diesen neuen Häusern, insbesondere für die drei Teile von *Desert Gold,* die drüben im Osten genauso erfolgreich sein werden, wie sie es hier waren. So, jetzt weißt du, warum du heute die Zeche zahlst!«

»Unter den Voraussetzungen mit Vergnügen!«, versicherte Frank. »Solange du solche Schecks bringst, hast du bei mir Champagner frei bis zum Abwinken!«

Byron lachte, und sie stießen mit Whisky auf den Zusammenschluss der drei Verleihfirmen an. Und kaum hatten sie sich eine Zigarette angesteckt, schleppte auch schon der Kellner den mit Eis gefüllten Standkühler und die Flasche Champagner an.

Der Ober hatte die Flasche gerade geöffnet, als ein kleiner Mann von Mitte vierzig den Saal durchquerte und in ihre Richtung schaute. Er hatte ein rundliches Gesicht, eine randlose Brille mit kreisrunden Gläsern und große Lücken zwischen den kräftigen Zähnen. Bekleidet war er mit einer eierschalenfarbenen Hose, zu der er eine Weste und ein Jackett aus feinem dunkelblauen Kammgarn trug. Die goldene Kette einer Taschenuhr warf ihre zwei Bögen über die Mitte der Weste, den weißen Hemdkragen zierte eine große blaue Fliege mit dezenten weißen Punkten. In der Rechten schwang er einen altmodischen Spazierstock. Als er zu ihnen an den Tisch trat und die schwarze Melone lüftete, entblößte er schütteres dunkles Haar.

»Das lasse ich mir gefallen, Champagner zum Lunch!«, sagte er in flüssigem Englisch, aber mit deutlichem schwäbischen Akzent. Ein verschmitztes Lächeln trat auf sein Gesicht.

»Mr Laemmle!«, grüßte Frank.

»Ich bitte Sie!«, wehrte der *Universal*-Chef ab. »Wir waren doch schon bei Frank und Uncle Carl, und dabei sollten wir auch bleiben, selbst wenn Sie nicht Teil unserer großen Filmfamilie werden wollen.« Er zwinkerte ihm gutmütig zu.

Byron sah Frank überrascht an, und Frank stellte die beiden einander vor, bat Uncle Carl, doch an ihrem Tisch Platz zu nehmen, und bedeutete dem Kellner, er solle eine dritte Champagnerschale bringen.

»Nun, was gibt es zu feiern, Frank?«, erkundigte sich Carl Laemmle mit belustigter Miene. »Also wie Sie letzte Woche den Colonel auf seinem eigenen Studiogelände übertölpelt und Fatty Smiley mitten beim Dreh abgeworben haben, ist ja allein schon eine Runde Schampus wert. Das hat für eine Menge Schadenfreude gesorgt, zumindest bei denen, die mit Colonel Selig und seiner *Polyscope* nichts am Hut haben.«

Byron machte ein ungläubiges Gesicht. Ted Smiley, wegen seiner Leibesfülle von den Fans liebevoll »Fatty« genannt und bekannter Slapstick-Komiker, war auf dem besten Weg, ein Star zu werden. »Du hast Fatty zur *Triple S* geholt? Wie um alles in der Welt hast du das geschafft?«

Frank griente. »War eigentlich ganz einfach. Die *Polyscope* hat Komparsen und Statisten gesucht, die ihren eigenen Frack mitbringen konnten. Dafür gab es zwei Dollar extra. Sie mussten für den Film einen ganzen Ballsaal mit Schwalbenschwänzen füllen. Also habe ich mir einen besorgt, mich als Komparse anheuern lassen und bin bei der ersten Gelegenheit zu Fatty in die Garderobe spaziert, um ihm ein Angebot zu machen.«

»Aber Fatty war doch garantiert bei *Polyscope* fest unter Vertrag!«

»Da muss Ihrem Freund ein Vögelchen gesungen haben, dass

die *Polyscope* Fatty gegenüber vertragsbrüchig geworden war«, warf Uncle Carl ein. »Und das, ohne sich dessen bewusst zu sein. Ein kleiner Fehler im Vertrag, richtig?«

»Richtig, laut Vertrag hätten sie schon einen weiteren Fatty-Film herausbringen müssen. Das hatten sie verschlampt, weil der Colonel den Film neu geschnitten haben wollte und den Erscheinungstermin verschoben hatte. Das hat mir Tony Russo gesteckt, der neuerdings bei uns für Publicity zuständig ist.«

Byron grinste. »Gehe ich recht in der Annahme, dass dein Pressemann vorher für die *Polyscope* gearbeitet hat?«

Frank grinste zurück. »Scharf kombiniert, Sherlock Holmes!«

Nun wiegte Byron bedenklich den Kopf. »Mit solch einem Handstreich wirst du dir nicht nur Freunde machen.«

»In Hollywood macht man sich nicht Freunde; man hat genug damit zu tun, zu überleben«, erwiderte Frank. »Das waren Fattys Worte, als er bei mir unterschrieb.«

»Oh, da wir gerade vom Überleben reden«, sagte Uncle Carl und setzte sein Champagnerglas ab. »Wie es heißt, zahlen Sie Fatty dreihundertfünfzig Dollar die Woche. Das sind hundert mehr, als er bei *Polyscope* bekommen hat.«

Frank zuckte die Achseln. »Er wird seine Gage locker einspielen.«

Uncle Carl schüttelte den Kopf. »Fünf Dollar haben die Schauspieler früher am Tag bekommen und waren froh darüber. Jetzt kriegt man nicht mal mehr einen drittklassigen Provinzschauspieler für unter hundertfünfzig Dollar die Woche, während Stars wie Mary Pickford nicht nur mehrere Tausend Dollar die Woche einstreichen, sondern auch noch am Einspielergebnis beteiligt sind! Und selbst die kleinen Lichter bestehen darauf, im Vorspann und auf Plakaten namentlich genannt zu werden! Also diese Entwicklung macht mir wirklich Sorgen.«

Frank sah ihn verblüfft an. »Machen Sie Witze? Sie waren es

doch, der das alles in Gang gesetzt hat, Sie haben dieses Star-System doch erfunden, Uncle Carl! Schon vergessen?«

Carl Laemmle zog eine gequälte Miene. »Wie könnte ich das vergessen? Ich habe damit angefangen, und jetzt haben wir den Salat. Aber wir müssen gegensteuern, wo es noch etwas zu retten gibt.«

»Und wo wäre das?«, fragte Frank.

»Wir sollten alle zu dem bewährten Standard zurückkehren, dass Filme eine maximale Länge von zwei Spulen haben. Wir müssen auf Massenware setzen, kurz und gut verdaulich, das ist das, was die Leute wollen. So wie sie auch mit Vorliebe die Massenware kaufen, die bei Henry Ford und anderen vom Band läuft«, sagte Carl Laemmle nachdrücklich. »Diese neumodischen *Feature*-Filme, die ein Heidengeld verschlingen, sind der falsche Weg. Die führen zwangsläufig in den Ruin, lassen Sie sich das gesagt sein, mein junger Freund. Wir sind doch nicht im Filmgeschäft, um uns von Schauspielern und Regisseuren die Hosen ausziehen zu lassen! Kein Geschäftsmann, der rechnen kann und hier oben alle zusammenhat«, er tippte sich an die Stirn, »legt die Lunte ans eigene Geld! Ich meine, man muss doch nicht gleich seinen Verstand aufgeben, nur weil man in Hollywood ist!«

Nun mischte sich Byron ein. »Entschuldigen Sie, aber Sie haben mit *Traffic in Souls* doch selbst einen Feature-Film gedreht«, sagte er verwundert. »Und wie ich aus meinen Kreisen höre, dürften Sie mit dem Streifen eine knappe halbe Million einfahren – bei nicht einmal sechstausend Dollar Produktionskosten!«

Carl Laemmle lachte und zeigte sein lückenreiches Gebiss. »Ich habe nicht die Absicht, Ihre Einschätzung der Bruttoeinnahmen zu bestätigen.«

»Aber sie dementieren wollen Sie auch nicht, oder?«, forderte Byron ihn heraus.

»Selbst wenn die Zahlen zutreffen«, Carl Laemmle schmunzelte hintersinnig, »ändern sie nichts an meiner Überzeugung, dass die *lukrative* Zukunft des Films bei den Zweispulern liegt. Aber natürlich ist es Ihnen unbenommen, Ihr Geld in teure Fünf- und Sechsspuler zu versenken. Nun denn, Gentlemen. Ich danke für den Champagner und die reizende Plauderei.«

Der *Universal*-Chef wollte sich gerade erheben, als ein ähnlich kleiner Mann von etwa Mitte zwanzig an ihrem Tisch vorbeikam. Er war von schlanker Gestalt und elegant gekleidet, hatte schwarzes Haar, bewegte sich anmutig und hatte das blendende Aussehen, das für einen jungen Liebhaber in der Hauptrolle verlangt wurde. Er kam in Begleitung eines bildhübschen Mädchens von vielleicht vierzehn, fünfzehn Jahren.

»Mack Sennetts Neuerwerbung für die *Keystone Studios*«, bemerkte Carl Laemmle leise und mit einem Augenzwinkern zu Frank. »Für hundertfünfzig Dollar die Woche, wie es sich gehört. Mack hat begriffen, dass es schlecht fürs Geschäft ist, in teure Stars und anspruchsvolle Filme zu investieren. Nobodys wie der da bringen unter dem Strich mehr in die Kasse.«

»Wer ist das?«, fragte Frank. »Kennen Sie ihn?«

»Nicht persönlich. Ich weiß nur, dass er Engländer ist, von der Bühne kommt und mit einer drittklassigen Vaudeville-Truppe durch Nordamerika getourt ist«, sagte Carl Laemmle mit gedämpfter Stimme. »Jetzt versucht er bei *Keystone* sein Glück vor der Kamera. Er nennt sich Charles Spencer Chaplin.«

»Und das Mädchen ist seine Tochter?«, fragte Byron mit gefurchter Stirn.

Carl Laemmle seufzte, schüttelte den Kopf und erhob sich. »Nicht, dass Sie es von mir gehört haben, Gentlemen, aber es soll Männer geben, die sich ihre Gespielinnen aus dem Kindergarten holen«, raunte er, hob die Melone und verabschiedete sich mit den Worten: »Feiern Sie, solange Sie noch Geld dazu haben.« Doch sein Lächeln nahm dem Spott die Spitze.

25

Die außerordentliche Sitzung der Eigner fand im »Fairmont Hotel« statt, wo Harriet für den späten Vormittag einen kleinen Konferenzraum angemietet hatte. Schon der Vater hatte es so gehalten. Bei der Katastrophe von 1906 war das »Palace«, bis dahin das erste Haus am Platz und der Schauplatz aller gesellschaftlich relevanten Veranstaltungen, vollständig ausgebrannt, und der Wiederaufbau hatte Jahre gedauert. In der Zeit war das »Fairmont«, das keinen Luxus vermissen ließ, an seine Stelle getreten.

Harriet hatte auch für die übliche Verköstigung gesorgt. Zwei Silberplatten mit Kanapees standen bereit, ebenso ein kleiner Barwagen mit Brandy, Scotch und Gin sowie einem Sodasiphon und einem Silberkübel voller Eiswürfel. Und eine offene Holzkiste mit kubanischen Zigarren und Zigaretten lud dazu ein, sich zu bedienen.

Als Erste erschienen Bradley und Gregory Anderson. Beide waren von stämmiger Statur, Mitte fünfzig und hatten die harten Gesichter von Männern, die sich aus einfachen Verhältnissen zu beachtlichem Wohlstand hochgekämpft hatten und dabei nicht zimperlich vorgegangen waren. Kurz nach ihnen traf Henry ein. Er war ungewöhnlich aufgekratzt und leutselig, geradezu die Freundlichkeit in Person, während die beiden Eigner aus Portland einen etwas mitgenommenen, wenn auch zufriedenen Eindruck machten.

»Danke, dass Sie es einrichten konnten«, sagte Harriet. »Ich hoffe, es hat Ihnen nicht zu viele Unannehmlichkeiten gemacht, auf so kurze Notiz und außer der Reihe nach San Francisco zu kommen.«

»Ganz und gar nicht, meine Liebe«, beteuerte Bradley Anderson gönnerhaft und griff sogleich in die Holzkiste. Eine Zigarre steckte er sich in die Brusttasche, eine zweite leckte er genüsslich an. »Wir kommen hier gut auf unsere Kosten, nicht wahr, Greg?«

Gregory nickte. »Das kann man wohl sagen. Wir sind schon seit zwei Tagen in der Stadt. Waren die besten, die wir je hier hatten. Hab nicht gewusst, dass Nächte so kurz sein können«, sagte er mit einem breiten Grinsen und legte Henry vertraulich die Pranke auf die Schulter: »Ihr Bruder ist ein fabelhafter Gastgeber und Unterhalter. Also was der uns die letzten beiden Tage geboten hat …«

»Wir wollen doch nicht übertreiben, mein lieber Gregory«, fiel Henry ihm lachend ins Wort. »Ich habe Ihnen nur ein paar Sehenswürdigkeiten gezeigt, die einem Ortsfremden, ja selbst den meisten Einheimischen nicht sofort ins Auge fallen. Man muss schon wissen, wo man die wahren Perlen dieser Stadt zu suchen hat.« Dazu zwinkerte er den beiden auf eine Weise zu, die aus scheinbar harmlosen Worten eine schmierige Doppeldeutigkeit machte.

Eine ungute Ahnung beschlich Harriet. Doch bevor sie fragen konnte, wie es kam, dass sie schon seit zwei Tagen in der Stadt waren, ohne sie im Kontor aufgesucht und einen ersten Blick auf die Pläne geworfen zu haben, betrat James Farrell, der achtundvierzigjährige Juniorchef der Pacific Maritime Bank, den Raum. Slocum, der wie immer Protokoll führen würde und das Eintreffen der Eigner draußen im Flur abgewartet hatte, hängte das *Bitte nicht stören!*-Schild an die Messingklinke und schloss die Tür. Die Männer machten sich am Barwagen einen Drink, und dann drängte auch Henry schon darauf, mit der Sitzung zu beginnen.

Harriet hatte die Baupläne auf der unteren Hälfte des Konferenztisches ausgebreitet und die Ecken mit kleinen Pyramiden aus Bleikristall beschwert. Für jeden lag eine Kopie der Kostenaufstellung bereit. Doch sie kam nicht dazu, den Miteignern die Pläne zu erläutern.

Henry unterbrach sie schon nach den ersten Worten. »Bitte entschuldige, werte Nichte«, sagte er mit scheinbarer Freundlichkeit, die sich jedoch in seinen kalten Augen nicht zeigte, »aber bevor wir zum ersten und einzigen Tagesordnungspunkt kommen können, dem zweifellos notwendigen Ausbau unseres Geschäftshauses, möchte ich geklärt wissen, wer die Firmenleitung innehat.«

»Was soll das, Henry?«, fragte Harriet mehr verärgert als beunruhigt. »Jeder weiß doch, dass ich über die Stimmenmehrheit verfüge und die Firma leite!«

»Das wird sich noch zeigen!«, erwiderte er und bedachte sie mit einem hämischen Blick. »Jedenfalls bewerbe ich mich hiermit für den Geschäftsführerposten und beantrage, dass darüber abgestimmt wird!«

»Ich unterstütze den Antrag!«, kam es augenblicklich von Bradley Anderson.

»Womit unseren Statuten nach die Pflicht zur Abstimmung gegeben ist, selbst wenn ich dem Antrag nicht zustimmen würde, was jedoch nicht der Fall ist«, ließ ebenso prompt Gregory verlauten, als habe er nur auf das Stichwort gewartet.

Was Harriet sagte, dass Henrys Angriff mit den beiden Männern aus Portland abgesprochen war. Aber was sollte der aussichtslose Versuch, sie zu entmachten, wo er doch genau wusste, dass sie sich im Besitz der Stimmenmehrheit befand? War ihr etwas entgangen? Aber nein, was immer er auch aushecken mochte, mit den fünfundfünfzig Prozent, die sie in die Waagschale werfen konnte, stand ihre Mauer unüberwindlich.

»Also gut, wenn dir so viel an dem unwürdigen Spielchen liegt, sollst du deine Abstimmung haben, *Onkel* Henry!«, sagte sie kühl. »Mr Slocum, nehmen Sie bitte zu Protokoll, dass ich mit meinen siebenundzwanzig Prozent für mich als Geschäftsführerin stimme und, dem Testament folgend, als Verfügungsberechtigte mit den zehn Prozent meines Bruders Elliot Caldwell, den zehn Prozent meiner Schwester Ashley Caldwell und den acht Prozent meiner Mutter Evelyn Caldwell meinen Anspruch als geschäftsführende Direktorin der Caldwell Shipping Company geltend mache. Mit meiner Mehrheit von fünfundfünfzig Prozent erkläre ich somit den Antrag meines Onkels für gescheitert und abgelehnt.«

Henry lachte höhnisch. »Du irrst, du hast keine Mehrheit!«, rief er. »Du kommst gerade mal auf *siebenundvierzig* Prozent!«

James Farrell, ein hagerer Mann mit dem Temperament eines auf Zahlen fixierten Bankers und erklärter Feind unnötiger Worte, nickte knapp. »Bitte die Gegenstimmen zu Protokoll nehmen, Mr Slocum.«

»Ich stimme für Mr Caldwell!«, rief Bradley Anderson eilfertig.

»Er kriegt auch meine Stimme«, ergänzte sein paffender Bruder Gregory. »Wir brauchen einen wie ihn an der Spitze der Firma!«

Henry richtete sich zu voller Größe auf, warf sich förmlich in die Brust und griff in sein Jackett. »Und *ich* habe nicht nur meine einundzwanzig Prozent, sondern nehme neuerdings auch die Stimmberechtigung für die acht Prozent meiner Schwägerin Evelyn Caldwell wahr!« Triumphierend warf er ein Blatt Papier auf den Tisch. »Notariell beglaubigt und gültig für die nächsten zehn Jahre! Hier, Slocum, eine ebenso beglaubigte Abschrift für das Protokoll und Ihre Unterlagen!« Er schob dem Prokuristen die Zweitausfertigung zu.

Harriet war, als habe ihr jemand den Boden unter den Füßen weggezogen. Fassungslos starrte sie auf die Abtretungsverfügung. Nicht eine Sekunde zweifelte sie daran, dass ihre Mutter ihr in den Rücken gefallen war. Jetzt wusste sie auch, warum Evelyn zwei Tage zuvor nach Boston gereist war. Angeblich hatte sie von Madame Worchester ein Mahnschreiben erhalten, in dem von irgendeiner Verfehlung Ashleys die Rede war und die alte Ziege damit drohte, eine neuerliche Übertretung mit einem Verweis aus dem Pensionat zu ahnden. Gezeigt hatte die Mutter ihr das Schreiben nicht. Aber selbst wenn es existierte, lag der wahre Grund ihrer unverhofften Reise wohl eher darin, dass sie ihr für einige Wochen nicht unter die Augen treten wollte.

Harriet blickte zu Slocum, der in gebotenem Abstand zu den Eignern am Ende des Tisches saß und alles protokollierte. Sein Gesicht zeigte ungläubige Bestürzung.

»Damit hat Mr Caldwell fünfundvierzig Prozent auf sich vereinigt«, stellte Gregory Anderson sachlich fest. »Womit Mr Farrell mit den acht Prozent der Bank das Zünglein an der Waage ist.«

»Allein die Tatsache, dass meine Schwägerin meiner Nichte trotz mütterlicher Verbundenheit das Vertrauen entzogen hat und die Führung der Firma in meinen Händen sehen will, dürfte Ihnen zu denken geben, Mr Farrell«, sagte Henry mit einem hämischen Seitenblick zu Harriet. »Außerdem stehe ich Ihrem Vorschlag, wir sollten uns verstärkt um Verträge mit der U.S. Post bemühen und die Flotte mit entsprechend schnellen Schiffen anpassen, sehr viel aufgeschlossener gegenüber als meine Nichte.«

Harriet spürte, wie ihr das Blut ins Gesicht schoss. Sie fühlte sich gedemütigt, nicht von Henry, sondern von ihrer Mutter. Nie hätte sie für möglich gehalten, dass Evelyn sich gegen die eigene Familie stellen würde. Nicht weil sie ihre Tochter so geliebt hätte, nein, das wahrlich nicht, aber weil sie die Firma eines Tages in den Händen ihres Enkels Adrian sehen wollte und nicht in denen von Guy.

Es fehlten ihr die Worte, und in ihr regte sich nicht ein Funke Widerstand. Sie sah die Dinge klar und deutlich. Hätte sie auch nur den Schimmer einer Chance geahnt, James Farrell auf ihre Seite zu ziehen, sie hätte bis zum Letzten um seine Stimme gekämpft, aber diesen Schimmer einer Chance gab es nicht. Die Sache war schon entschieden gewesen, lange bevor sie diesen Raum betreten hatte. Der Banker hatte sie als Geschäftsführerin akzeptiert, weil ihm aufgrund des Stimmenverhältnisses nichts anderes übrig geblieben war. Aber nun, da sich die Möglichkeit ergab, den Weiberrock durch einen gestandenen Mann zu ersetzen, war es keine Frage, wie er sich entscheiden sollte.

James Farrell räusperte sich. »Nun, in Anbetracht der schwierigen Zeiten und der großen Herausforderungen, vor denen die Caldwell Shipping Company steht, halte auch ich es für ratsam, das Kommando in die Hände eines erfahrenen und überaus fähigen Steuermanns zu legen und im Namen der Bank für Mr Caldwell zu stimmen«, sagte er, um dann mit einem huldvollen Lächeln in Harriets Richtung hinzuzufügen: »Wobei ich nicht unerwähnt lassen möchte, dass Sie tapfer die Stellung gehalten und für eine Frau Ihre Sache wahrlich nicht schlecht gemacht haben, Mrs Shaw.«

»Hört, hört«, gab einer der Eigner aus Portland halb spöttisch, halb anerkennend von sich.

Harriet empfand die Bemerkung, die James Farrell zweifellos als Kompliment verstanden wissen wollte, als eine Ohrfeige, die sie am liebsten handgreiflich erwidert hätte. Wut brandete in ihr auf, doch sie beherrschte sich und schaffte es sogar, kühl zu lächeln.

»Seien Sie versichert, dass ich Ihnen das nicht vergessen werde, Mr Farrell«, sagte sie, und an die versammelte Männerrunde gewandt, fügte sie hinzu: »Da sich meine Gegenwart ja nunmehr erübrigt hat, überlasse ich Sie also den Händen meines Onkels, die noch zu weit mehr fähig sind, als Sie sich vermutlich vorstellen können. Guten Tag, die Herren, und gute Fahrt mit Ihrem neuen Steuermann!« Sie ignorierte Henrys Siegergrinsen, nahm ihre Tasche und verließ das Konferenzzimmer aufrechten Hauptes. Den Gefallen, mit der Tür zu knallen, tat sie ihnen nicht.

Henry kam ihr hinterhergelaufen und packte sie am Arm.

Sie riss sich los. »Was willst du?«, herrschte sie ihn an.

»Ich will, dass wir uns verstehen.«

»Wir verstehen uns schon lange nicht mehr. Seit ich herausgefunden habe, was für ein mieser Charakter du bist! Auf Verständnis kannst du bei mir nicht zählen.«

Er lachte geringschätzig. »Dein Verständnis kannst du dir sonst wohin stecken! Ich will, dass du kapierst, wie der Hase von jetzt an läuft. Für dich ist Schluss. Ich will dich nicht im Kontor sehen. Morgen räumst du deine persönlichen Sachen aus dem Schreibtisch, und dann hältst du dich von der Firma fern!«

»Nichts lieber als das! Dich nicht sehen zu müssen, wird eine Wohltat sein!«

»Und bilde dir ja nicht ein, du könntest deinen Möchtegernentdecker von Ehemann aufhetzen und seine Beziehungen dazu nutzen, mir Schwierigkeiten zu machen!«, warnte er sie. »Das wird dir nicht bekommen! Euch allen nicht, das kannst du mir glauben! Die Zeit der Samthandschuhe ist vorbei, damit das klar ist! Wenn du mir noch einmal in die Quere kommst, wirst du teuer dafür bezahlen! Auch in zwei, fünf oder zehn Jahren noch. Meinetwegen kaufe ich deine Mutter aus, aber wie sie sich auch entscheidet, die acht Prozent bleiben bei mir!«

Sie sah ihn mit kalter Verachtung an. »Sonst noch eine Gemeinheit, die du loswerden willst?«, fragte sie, konnte sich aber des beunruhigenden Gefühls nicht erwehren, dass er keine leere Drohung ausgesprochen hatte.

Henry schob sein Jackett zurück, hakte die Daumen hinter die Weste und wippte auf den Schuhspitzen. Eine unerträgliche Selbstgefälligkeit und Häme ging von ihm aus. »Willst du denn gar nicht wissen, was deine Mutter dazu gebracht hat, sich in meine Hände zu begeben?«

Sie stellte sich auf eine üble Überraschung ein. Es konnte gar nicht anders sein. Henry brannte ja förmlich darauf, es ihr zu sagen. Was bedeutete, dass er ihre Mutter wohl kaum schlicht überredet hatte, ihm ihre Stimmrechte abzutreten. Er musste es ihr irgendwie abgepresst haben.

»Du wirst es mir schon sagen. Du kannst es ja gar nicht erwarten, meine Reaktion zu sehen. Irgendetwas Mieses, Schändliches hast du dir wohl einfallen lassen.«

»Auf das Miese und Schändliche versteht ihr euch besser als ich!«, entgegnete Henry höhnisch. »Ihr steht in meiner Schuld, so ist das. Ich habe euch davor bewahrt, dass dein feiner Bruder vor Gericht kommt und ihr einen ausgewachsenen Skandal am Hals habt!«

Harriet schluckte. »Warum hätte Elliot vor Gericht kommen sollen?«

»Weil er ein dreckiger Hinterlader ist!«

»Ein was?«

»Dein Bruder ist vom anderen Ufer, Harriet. Er ist einer von diesen abartigen Typen, die es mit Männern treiben«, sagte Henry. »Kapierst du es jetzt?«

Harriet wollte es nicht wahrhaben. »Unsinn!«, wehrte sie die Anschuldigung ab, dabei wusste sie sofort, dass ihr Onkel die Wahrheit sagte. Das Notizbuch der dunklen Gedanken, die plötzliche Flucht, die verzweifelte Behauptung, nicht zu wissen, wer oder was er sei, herausfinden zu müssen, ob er ein richtiger Mann sei – all das fügte sich nun zusammen und ergab Sinn. Jetzt verstand sie auch, warum die Mutter sich nicht darüber empört hatte, dass Elliot sein Studium geschmissen, bei Nacht und Nebel das Elternhaus verlassen und als Seemann angeheuert hatte. »Soll er doch zur See fahren und bleiben, wo der Pfeffer wächst!«, war ihr einziger Kommentar gewesen.

»Von wegen Unsinn!« Henry lachte hämisch und griff in seine Jackentasche. »Dein warmer Bruder ist in den *Sutro Baths* dabei ertappt worden, wie er sich von einer anderen Schwuchtel in der Umkleide einen hat blasen lassen, wenn du weißt, was das ist.

Hier ist das Protokoll des Polizisten, der die beiden abgeführt hat! Hat mich eine Stange Geld gekostet, Elliot vor dem Gefängnis und euch vor dem Skandal zu bewahren. Aber was tut man nicht alles für die liebe Verwandtschaft.« Er hielt ihr den Zettel vor die Nase.

»Du dreckiger Erpresser!«, stieß sie voller Abscheu hervor.

Das schmierige, selbstgefällige Grinsen verschwand, und sein Blick wurde hart. »Steck dir deine billige moralische Entrüstung an den Hut!«, blaffte er. »Damit beeindruckst du mich nicht. Überleg dir lieber, ob es klug ist, sich mit mir anzulegen. Also, wenn du nicht willst, dass ich die Perversität deines Bruders an die große Glocke hänge und die Zeitungen sich genüsslich auf die Story stürzen, kommst du mir besser nicht mehr in die Quere! Kümmere dich um Angelegenheiten, die einem Weiberrock angemessen sind!« Und damit stolzierte er zurück ins Konferenzzimmer, um sich als neuer geschäftsführender Direktor der Caldwell Shipping Company beglückwünschen zu lassen und sich mit fremden Federn, nämlich den Bauplänen, zu schmücken.

Harriet musste all ihre Willenskraft aufbringen, um nicht die Beherrschung zu verlieren und etwas Unbedachtes zu tun. Erst mit einiger Verzögerung war sie in der Lage, sich bewusst zu machen, was Henry ihr über Elliot eröffnet hatte.

Sie wusste noch nicht, wie sie dazu stand. Zum Glück würde sie Zeit haben, in Ruhe darüber nachzudenken und in sich eine Meinung reifen zu lassen. Doch wie immer diese ausfallen mochte, sie würde nichts daran ändern, dass Elliot ihr geliebter kleiner Bruder blieb.

Ihre Mutter sah das völlig anders. Sie kehrte erst Ende der zweiten Dezemberwoche aus Boston zurück, und zwar nicht in Begleitung von Ashley. Vielmehr hatte sie die Wogen, die Ashley durch ihr unziemliches Verhalten aufgewühlt hatte, geglättet. Allerdings ließ sie sich nicht weiter darüber aus, worin das unbotmäßige

Verhalten, das angeblich Ashleys tadellosen Ruf ebenso hätte beschädigen können wie den des Instituts, bestanden hatte.

Ebenso wenig war Evelyn gewillt, länger mit ihr über Henry und ihre Abtretungserklärung zu reden. »Was hätte ich denn machen sollen? Er hat mir keine Wahl gelassen, und natürlich hat er mir verboten, dir davon zu erzählen!«, rief sie. »Beschwer dich bei deinem Bruder! Das hast du alles ihm und den abscheulichen, widernatürlichen Handlungen zu verdanken, bei denen man ihn erwischt hat! Außerdem hast du auch nichts auf diesem Posten verloren. Eine Reederei zu führen, ist eine Aufgabe für einen Mann.«

Harriet protestierte.

Schroff fiel Evelyn ihr ins Wort. »Lass mich in Ruhe! Ich will nichts mehr davon hören. Schick dich gefälligst in die Rolle, die die Natur dir beschieden hat, und sorg für einen weiteren Enkel! Und was deinen Bruder angeht, so soll er es nicht wagen, mir unter die Augen zu treten, solange er nicht dieser gottlosen Perversität abgeschworen hat. Sag ihm das!«

»Du verstößt ihn?«

»Nein, *er* schließt sich aus der Gesellschaft aus. Ich halte nur mein Haus und unseren Familiennamen rein!«, erklärte sie angeekelt.

»Mutter, Elliot ist dein Sohn!«

Evelyns Gesicht verschloss sich zu einer Miene unbarmherziger Zurückweisung. »Ich habe keinen Sohn, der … der abartig ist!«

26

Harriet war, als stürze sie in ein tiefes schwarzes Loch. Zehn Jahre lang hatten die Geschäfte der Reederei mehr oder weniger ihr Leben bestimmt, hatten die Leidenschaft für die vielfältigen Aufgaben des Unternehmertums in ihr geweckt und ihr ein einzigartiges Gefühl der Bestimmung gegeben – und nun hatte Henry ihr all das mit einem Handstreich genommen. Der üble Verrat an seinem Bruder, mit dem er schon Jahre zuvor die Kontrolle über die Firma hatte erringen wollen, war an Jordans rechtzeitigem Eingreifen gescheitert. Diesmal jedoch hatte es keine Rettung gegeben. Genau genommen war es noch nicht mal zu einem Kampf gekommen. Sie hatte seinen Methoden nichts entgegenzusetzen gehabt.

Von heute auf morgen ihrer Aufgabe und der täglichen Routine im Kontor und auf den Docks beraubt zu sein, war mehr als ein kurzes Erschrecken. Es warf sie aus dem Gleichgewicht. Und niemand war da, der sie hätte auffangen können, der ihr gut zugeredet und ihr geholfen hätte, mit ihrer Ohnmacht und der Demütigung fertigzuwerden. Jordan trieb sich in der ägyptischen Wüste herum. Selbst wenn sie ihm umgehend geschrieben und ihn gebeten hätte, nach Hause zu kommen, hätte er nicht vor Januar oder Februar wieder in San Francisco sein können. Er war so weit weg, dass er ebenso gut auf dem Mond hätte sein können. Außerdem ließ ihr Stolz – so tief die Wunden, die Henry ihrem Selbstwertgefühl geschlagen hatte, auch waren – nicht zu, dass sie Jordan per Telegramm zur Rückkehr drängte, nur um sich bei ihm ausweinen zu können.

Und als wäre das alles nicht genug, wartete in dem tiefen Loch, in das sie stürzte, auch noch die bedrückende Frage, was sie von Elliot denken und wie sie sich zu seiner … Neigung stellen sollte.

Tante Agnes, bei der sie auf *Seven Oaks* über die Weihnachtstage seelischen Beistand und neue Zuversicht fand, war es schließlich, der sie sich anzuvertrauen wagte, was ihren Bruder betraf.

»Ich liebe ihn und begreife nicht, wie unsere Mutter so unbarmherzig über ihn urteilen … ja, ihn geradezu *ver*urteilen und verstoßen kann«, sagte sie, als Adrian oben in seinem Zimmer schlief und sie im Wohnzimmer vor einem prasselnden Kaminfeuer saßen und einen von Tante Agnes' Weinen tranken. »Aber ich kann mich auch nicht so recht an die Vorstellung gewöhnen, dass mein Bruder mit Männern … sexuell zusammen sein will. Irgendwie ist das doch nicht normal, oder?«

»Was ist schon normal?«, fragte Agnes zurück.

Harriet zuckte die Achseln. »Nun ja, eben dass Frauen Männer lieben und Männer Frauen«, sagte sie, und die Antwort klang selbst in ihren eigenen Ohren lahm.

»Normal kommt vom lateinischen *norma,* das vor allem in der Baukunst und Mathematik verwendet wurde und so viel bedeutet wie Winkelmaß, Richtschnur oder Maßstab.« Agnes steckte eine türkische Zigarette in ihre elfenbeinerne Zigarettenspitze. »Später wurde es auf das Rechtsdenken übertragen, und irgendwann war es ein allgemeiner Begriff. Normal sein bedeutet, dass etwas der Norm entspricht. Was wir normal nennen, ist, grob gesagt, also nur das, was die Mehrheit einer Gesellschaft als allgemein übliches und akzeptiertes Verhalten betrachtet, nicht mehr und nicht weniger. Aber hat diese Normalität überall und zu allen Zeiten Gültigkeit?« Sie beantwortete die Frage gleich selbst. »Natürlich nicht. Sie ist unablässig dem Wandel der Zeiten und Kulturen unterworfen.«

»Wie meinst du das?«

»Na, sind denn zum Beispiel Kannibalismus und das Sammeln

von Schrumpfköpfen für dich normal, nur weil sie irgendwo im Dschungel praktiziert und für völlig normal gehalten werden?«

»Nein, natürlich nicht.«

»Oder denk an die Menschenopfer bei den Azteken oder den mittelalterlichen Glauben an Hexen und das vermeintliche Recht, ihnen unter der Folter ein Geständnis abzuringen und sie auf Scheiterhaufen zu verbrennen. Das war mal eine Zeit lang richtig in Mode!«

Schaudernd schüttelte Harriet den Kopf. »Du hast wirklich grausige Beispiele!«

Agnes schmunzelte. »Mag schon sein, aber diese Sachen haben alle zu gewissen Zeiten und in gewissen Kulturen als normal gegolten. Genauso gut kannst du an die Ausrottung der Indianer denken, an Sklaverei und Leibeigenschaft, Kinderarbeit in Bergwerken oder die Norm, dass es Schulbildung nur für das Bürgertum gab. An die Willkür von gekrönten Häuptern, die sich für von Gott auserwählt hielten. Oder daran, dass ein Kapitän noch bis vor Kurzem das Recht hatte, einen unbotmäßigen Seemann zu Tode peitschen oder kielholen zu lassen, wobei es natürlich dem Kapitän zustand zu beurteilen, was unbotmäßig war und was nicht.«

»Ja, dass die Menschen ihre Ansichten immer wieder neuen Maßstäben angepasst haben, ist mir klar, aber was das Sexuelle angeht, so scheint es da doch eine über die Jahrhunderte hinweg beständige Norm zu geben«, wandte Harriet ein.

»Von wegen!«, widersprach Agnes und füllte ihre Gläser auf. »Vermutlich haben schon seit Beginn der Menschheitsgeschichte Männer Männer geliebt und Frauen Frauen, das haben die Römer und vor allem die alten Griechen öffentlich und sehr eindeutig als völlig korrektes Verhalten proklamiert. Auch die Mythen erzählen davon. Denk an die Geschichte von Zeus, der als Adler zur Erde hinabfliegt und Ganymed, den schönsten jungen Mann der Welt, als seinen Geliebten auf den Olymp holt. Und wann immer man sich in Künstlerkreisen aufhält, wird einem bewusst, dass die Hingabe an das eigene Geschlecht in unserer Gesellschaft alles andere als eine Seltenheit ist und schon gar keine entartete Spielart der Schöpfung.«

»Aber es steht unter Strafe«, seufzte Harriet.

»Nur weil etwas per Gesetz verboten ist, muss dieses Gesetz nicht rechtens sein. Oder hältst du es für rechtens, dass Frauen nicht wählen dürfen?«

Harriet lachte. »Gütiger Gott, nein! Natürlich hoffe ich, dass das Wahlrecht für uns Frauen bald vom Kongress beschlossen wird. Trotzdem steht Homosexualität unter Strafe. Wer wie Elliot mit einem Mann erwischt wird, dem droht Gefängnis!«

»Was eine Schande ist! Im Garten der Liebe wächst mehr als nur eine betörende Blume. Gottes Schöpfung ist nicht auf Gleichschaltung ausgelegt, sondern auf bunte Vielfalt. Und kein Mensch sucht es sich aus, welches Geschlecht er liebt«, sagte Agnes mit unerschütterlicher Überzeugung. »Das ist keine freie Willensentscheidung, so wie man sich im Hutladen je nach Laune oder Geldbeutel zwischen verschieden attraktiven Modellen entscheidet, heute für dieses und morgen für jenes. Zu welchem Geschlecht wir uns hingezogen fühlen, ist uns in die Wiege gelegt. Es ist ein unabänderliches inneres Verlangen, das nach Erfüllung drängt und weder durch die bösartige Voreingenommenheit der Gesellschaft noch durch die Androhung von Strafen gelöscht zu werden vermag.«

»Ja, so muss es wohl sein. Es wäre ja auch nicht sinnvoll, sich aus freien Stücken für etwas zu entscheiden, das man unter allen Umständen verbergen muss und das einem das Leben ruinieren oder einen gar ins Gefängnis bringen kann«, sagte Harriet nachdenklich. »Elliot hat wohl lange dagegen angekämpft.« Was musste ihr kleiner Bruder in all den Jahren, in denen er das Verlangen in sich entdeckt und vermutlich zu unterdrücken gesucht hatte, gelitten haben! Sie jedenfalls würde ihn nicht aus ihrem Herzen verstoßen.

Selbst wenn sie es versucht hätte, sie hätte es nicht gekonnt. Dafür liebte sie ihn einfach zu sehr.

»Weißt du, ich halte es mit Dorothy Parker, die einmal so treffend gesagt hat: *Heterosexualität ist nicht normal, sondern nur weit verbreitet*«, schloss Agnes mit einem Augenzwinkern. »Was will man dem noch hinzufügen?«

Die Tage auf *Seven Oaks* und die langen, vertrauensvollen Gespräche mit Agnes hatten Harriet sehr geholfen, ihr Selbstbewusstsein wieder aufzurichten und sich ihrer eigenen Vorurteile bewusst zu werden.

»Schade, dass wir morgen wieder in die Stadt müssen«, sagte sie bei einem langen Spaziergang durch die im Winterschlaf liegenden Felder und Weinberge des Landguts. »Die Tage sind einfach zu schnell vergangen. Aber das Gefühl habe ich hier ja immer. *Seven Oaks* ist einfach ein wunderschönes, friedvolles Stück Natur.«

In Agnes' Augen blitzte es auf. »Wer sagt denn, dass du zurückmusst? Wer wartet denn am Nob Hill auf dich? Doch nur ein paar Bedienstete, die bestimmt nichts dagegen hätten, sich noch länger einen faulen Lenz zu machen. Und du siehst, wie wohl Adrian sich hier fühlt. Wo sonst kann er so in der freien Natur herumtoben, auf einem Traktor fahren und Pidgin-Englisch lernen?«, fragte sie verschmitzt, denn nichts tat Adrian lieber, als sich draußen herumzutreiben. »Also, warum bleibt ihr nicht einfach länger?«

»Ja, wenn es nur nach mir ginge – ich würde ja gern, aber übermorgen fängt die Schule wieder an«, sagte Harriet mit bekümmerter Miene.

»Und? Schulen haben wir hier auch, und mein Enkel ist ein aufgeweckter Junge, der gute Zensuren schreibt. Der wird nicht absacken, nur weil er mal die Schule wechselt. Also komm, gib dir einen Ruck und bleib noch ein paar Wochen, am besten, bis Jordan zurück ist. Du lebst da drüben doch so einsam wie ich hier!« In einer spontanen Wallung drückte sie Harriet an sich. »Und ich hätte euch so gern bei mir. Wer weiß, wie viele Jahre mir noch bleiben.«

»Red nicht so einen Unsinn, du wirst steinalt!«, versicherte Harriet hastig, und vor Rührung stiegen ihr die Tränen in die Augen. »Und wir sind gern bei dir, Tante Agnes.«

»Dann ist das abgemacht! Ihr bleibt! Ruf gleich Caitlin an, und gib ihr Bescheid, damit sie sich drüben in der Stadt nicht fragen, wo ihr bleibt. Und sie soll nicht vergessen, dir deine Post nachzuschicken.«

Nur zu bereitwillig ging Harriet darauf ein. Sie wusste, dass Adrian begeistert sein würde, wenn er hörte, dass sie noch bleiben würden und er die Schule unten in Napa besuchen konnte. »Also gut, wir bleiben, bis wir dir auf die Nerven gehen.«

Agnes lachte glücklich. »Dann siehst du dein Haus am Nob Hill erst wieder, wenn ich unter der Erde liege!«

Wenige Tage später traf nicht nur Jordans verspätete Weihnachtspost ein, sondern auch der erste Brief ihres Bruders. Er hatte ihn in Sydney aufgegeben, zwei Seiten gefüllt mit seiner eleganten, gleichmäßigen Schrift. Mit erstaunlicher Beobachtungsgabe sowie trockenem Humor und einer Prise Selbstironie schilderte er seine ersten Monate auf See.

... Du wirst nicht vergessen haben, dass ich nie viel vom kirchlichen Wunderglauben gehalten habe. Nun muss ich gestehen, dass die Samoa mich von meiner Kleingeistigkeit restlos kuriert hat. Nach zwei Tagen als Matrose war ich nämlich der felsenfesten Überzeugung, dass Seekrankheit unweigerlich zum Tode führt und dass ich die erste Woche, die uns gleich einen Sturm beschert hat, keinesfalls überleben werde. Doch, Wunder über Wunder, ich habe nicht nur die erste Woche, sondern sogar mehrere, in mancher Hinsicht knüppelharte Monate überlebt. Da soll noch einmal jemand sagen, die Welt sei nicht

ein wahres Füllhorn an Wundern. Na ja, vielleicht hat das Füllhorn sich auch nur über dem Pazifik verirrt und wollte seine Last loswerden, sodass es sich zufällig über mich ergossen hat! Denn was habe ich nicht alles gelernt, Schwesterherz! Eine ganze Litanei könnte ich herunterbeten von Dingen, von denen ich dachte, ich würde niemals hinter ihr Geheimnis steigen, schon gar nicht in dem vom Bootsmann erwarteten Tempo. Aber auch dieses Wunder – zu lernen, wie man Taue spleißt und Leinen richtig einschert – war mir vergönnt, wie auch die Einsicht, dass Schwindelfreiheit auf einem Balkon eine Sache ist, eine völlig andere aber, im Sturm bei rollendem Schiff in die Takelage zu müssen. Kurzum: Meine Begeisterung für die Freiheit unter Segeln hat unter dem zuweilen recht groben Ansturm der Wirklichkeit einen ziemlichen Dämpfer erlitten, sodass ich nun doch Deinem Rat gefolgt und hier in Sydney von Segel auf Dampf umgestiegen bin. Ich habe auf dem britischen Getreidefrachter City of Liverpool angeheuert, wo ich gute Chancen habe, endlich herauszufinden, wie sich eine trockene Koje anfühlt. Den Heimathafen des Schiffes verrate ich Dir aber nicht. Ich bin zuversichtlich, dass Du ihn mit angemessener geistiger Anstrengung herausfindest.

Elliots Brief endete mit den Zeilen:

Wir laufen morgen aus. Bin auf den Sueskanal gespannt. Vielleicht kann ich, wenn wir an Ägypten vorbeidampfen, Jordan zuwinken. Schreib ihm, er soll sich auf eine hohe Wüstendüne stellen und nach einem Dampfer mit zwei Schornsteinen Ausschau halten! Übrigens werden wir ein paar Tage in Alexandria liegen. Wenn Du mir schreiben willst, schick Deinen Brief postlagernd an das Reisebüro von Thomas Cook. Die haben dort eine Niederlassung, aber wo haben die keine? Du fehlst mir, Schwesterherz, auch wenn ich keine vernünftige Erklärung dafür habe. So, Schluss mit den Kalauern. Mir geht's einigermaßen, also sorg Dich nicht um mich. Ich bereue nicht, dass ich aus Frisco weg und zur See gegangen bin. Hier kriege ich langsam den Kopf frei. Muss wohl am manchmal recht starken Wind liegen. So, das war's dann. Grüß alle, die was auf meine Grüße geben. Das dürfte ja bei den wenigen, die dafür infrage kommen, zu machen sein. Sei gedrückt, altes Mädchen!

Elliot

Harriet vergoss ein paar Tränen, so dankbar und erleichtert war sie. Zugleich fühlte sie sich schuldig, weil Elliots Brief sie zu Tränen rührte und ihr so viel mehr bedeutete als die liebevollen und ausführlichen Schreiben, die Jordan ihr alle zehn, zwölf Tage schickte.

Sie setzte sich sofort an den Tisch und schrieb Elliot zurück, berichtete von allem Möglichen, nur nicht davon, dass Onkel Henry die Mutter mit dem Protokoll des Polizisten erpresst und sie aus der Reederei gedrängt hatte. Sie wollte ihm kein schlechtes Gewissen machen, aber er sollte wissen, dass sie mittlerweile erfahren hatte, warum er in jener Novembernacht San Francisco so überstürzt verlassen und unter falschem Namen auf der *Samoa* angeheuert hatte. Deshalb teilte sie ihm in einem Postskriptum mit:

Ein unschöner familiärer Vorfall, dessen Einzelheiten hier nichts zur Sache tun, hat mich dazu gebracht, ein langes Gespräch mit Tante Agnes zu führen. Es hat mir geholfen, gewisse Dinge, die ich bis dahin nie richtig bedacht hatte, zu verstehen und nicht mit Scheuklappen vor den Augen zu sehen. Ich soll Dich grüßen und Dir sagen, sie hält es mit Dorothy Parker, die gesagt hat, heterosexuell zu sein sei nicht normal, sondern nur weit verbreitet. Dem schließe ich mich an, liebster Bruder. Und damit ist gesagt, was es dazu zu sagen gibt. Pass auf Dich auf, und schreib bald wieder! Nein, komm besser so schnell wie möglich zu uns zurück!

In unverbrüchlicher Liebe,
Deine Schwester Harriet

Doch Elliot blieb in der Ferne. Und es war gut, dass Harriet nicht ahnte, dass er weder die Mutter jemals wiedersehen noch je wieder über die Schwelle seines Elternhauses treten würde.

27

Es war früh am Mittwochmorgen, kurz nach Sonnenaufgang, und Frank hatte sich gerade ins Büro begeben wollen, als das Telefon klingelte. Es war George Cutter, der lange als Detektiv für die Pinkerton-Agentur gearbeitet hatte, aber schon seit Jahren in San Francisco seine eigene Detektei betrieb. So schlecht die Verbindung war, so gut war die Nachricht des Privatdetektivs. Er war kein Mann vieler Worte und kam gleich zur Sache. »Ich habe jetzt die Beweise, die Sie brauchen, Mr Maynard!«

Wenn Frank nicht schon eine Tasse schwarzen Kaffee getrunken und dazu die erste Zigarette des Tages geraucht hätte, spätestens jetzt wäre er hellwach gewesen. »Hieb- und stichhaltige?«, fragte er und wusste, dass er sich das hätte sparen können. Cutter war ein Pedant. Nie hätte er von Beweisen gesprochen, wenn auch nur der geringste Zweifel möglich gewesen wäre.

»Fotos lügen nicht«, sagte Cutter denn auch, um sich sofort zu korrigieren. »Zumindest diese nicht. Sie lassen nicht den leisesten Zweifel daran, was wann geschehen ist.«

Nach all den Jahren! Und er hatte gar nicht mehr damit gerechnet, dass Cutter etwas zutage fördern würde. Wie gut, dass er zumindest die Hoffnung nicht verloren und seinen Auftrag zur Jahreswende nicht zurückgezogen hatte! Cutter war nicht billig, und er schickte seit Jahren alle sechs Monate seine übliche Rechnung. *Rausgeschmissenes Geld!*, hatte er noch vor Kurzem gedacht. Und nun das!

Frank empfand grimmige Freude und Genugtuung. Jetzt würde er doch noch zu seinem Recht kommen! Und Cutters Gebühren waren ein Tropfen auf den heißen Stein im Vergleich zu dem, was er diesen legalen Betrügern in Rechnung stellen konnte, die sich Versicherungen nannten!

»Soll ich Ihnen die Fotos schicken?«

»Nein, ich komme und hole sie mir ab.«

»Geben Sie mir nur rechtzeitig Bescheid, damit Sie mich auch im Büro antreffen.«

»Ist Ihnen morgen früh um neun recht?«

»Ja, das kann ich einrichten, Mr Maynard.« Wenn George Cutter verwundert war, dass sein Mandant sich unverzüglich auf den Weg machen wollte, so ließ er sich das nicht anmerken. Ein knapper Gruß, und dann hängte er ein.

Frank packte eine Reisetasche, steckte zwei dünne Aktenordner mit wichtigen Aufzeichnungen ein und wählte die Privatnummer seiner Sekretärin. Es war Viertel vor sieben, und sie brauchte erst um halb acht im Büro zu sein. Er teilte ihr mit, dass er nach San Francisco müsste, und trug ihr auf, seine Termine für den Rest der Woche abzusagen. Allzu viel stand sowieso nicht in seinem Kalender, war es doch die Woche vor Ostern. »Vergil wird die Stellung halten, Emily. In Notfällen erreichen Sie mich im ›Fairmont‹.«

Er versuchte, auch Vergil ans Telefon zu bekommen, aber so früh am Morgen war das vergebliche Liebesmüh. Sein Freund und Partner hatte die Unart entwickelt, zu Hause den Hörer von der Gabel zu nehmen oder den Stecker zu ziehen, um nicht gestört zu werden. Seine Pokerrunden waren ihm heilig, und wenn er eine neue Eroberung mit nach Hause brachte, was häufiger geschah als der Mondwechsel, sollte das nervige Telefon ihm nicht die romantische Stimmung versauen, wie er mehr als einmal erklärt hatte.

So fuhr Frank auf seinem langen Weg nach Norden bei ihm vorbei. Vergil hatte einen Bungalow im spanisch-mexikanischen Baustil an der Ecke Chula Vista und Canyon Drive gemietet, am nördlichen Stadtrand von Hollywood, wo das Gelände schon zu den Santa Monica Mountains anstieg. Im steinigen Vorgarten wuchsen fast mannshohe Kakteen.

Auch die Klingel hatte Vergil abgestellt, sodass Frank mit der Faust gegen die Tür hämmern musste, um auf sich aufmerksam zu machen, und das mehr als einmal. Endlich schwang die Tür auf, und Vergil blinzelte durch seine karamellbraune Hornbrille ungnädig in die Sonne. Der schwarzseidene Morgenmantel, den er sich hastig übergeworfen hatte, klaffte bis hinunter zum Nabel auf.

»Mann, Frankie! Willst du die Nachbarschaft aus den Betten schmeißen und wegen nächtlicher Ruhestörung angezeigt werden?« Vergils Stimme war von zu viel Alkohol und Zigaretten rau wie Schmirgelpapier. Er war sichtlich verkatert und trat schnell aus dem hellen Sonnenschein zurück. »Hast du mal auf die Uhr geschaut?«

»Ja, es ist zehn nach sieben.«

»Also nachtschlafende Zeit!«, knurrte Vergil, zog den Morgenmantel fester zu und kratzte sich über die Bartstoppeln. »Wo zum Teufel brennt es?«

Frank folgte ihm ins Wohnzimmer. Es roch muffig, nach abgestandener Luft, kaltem Zigarettenrauch und aufdringlich süßem Parfüm. Auf dem Couchtisch bildeten mehrere halb leere Flaschen, ein Martinishaker, ein Sodasiphon und ein überquellender Aschenbecher ein Stillleben ganz eigener Art. Die Rasierklinge, der zum Röhrchen gerollte Geldschein und die Reste weißen Pulvers auf der Glasplatte legten beredt davon Zeugnis ab, dass der »Schneemann« auch in diesen südlichen Breiten seine Runde machte und auf Kunden wie Vergil bauen konnte. Aber Alkohol, Koks sowie Aufputschtabletten und starke Schlafmittel gehörten mittlerweile zu Hollywood wie Flüstertüte und Kamerateams. Hinten beim Durchgang mit dem Rundbogen tauchte im Halbdunkel des Flurs eine junge Frau auf. Sie war nur mit einem schwarzen Spitzenhöschen bekleidet und versuchte, ihre Brüste mit den Armen zu bedecken, wenn auch nicht sehr überzeugend. Mit einem koketten Kichern huschte sie ins Bad. Das Profil der langhaarigen Blondine mit der Stupsnase kam ihm bekannt vor. Das war zweifellos die kurvenreiche Mary Vernon, die sein Casting-Büro ihm vorgestern auf Vergils Empfehlung hin für Probeaufnahmen vorgeschlagen hatte.

»Mein Gott, muss das wirklich sein?«, fragte Frank indigniert. »Hast du die Masche mit dem jungen Gemüse aus dem Casting-Büro nicht allmählich mal über?«

Vergil war seinem Blick gefolgt und grinste mit einer Mischung aus Verlegenheit und Besitzerstolz. »Hast du sie dir mal genau angesehen, Frank? Die Kleine hat mehr Kurven als ein Korkenzieher! Und was kann ich dafür, dass sie so scharf auf mich ist? Die ist schneller aus ihren Klamotten gekommen, als ich mir den Hosenschlitz aufknöpfen konnte!«

»Sie ist nicht scharf auf dich, alter Mann, weil du so umwerfend aussiehst und der Traum einer jeden jungen Frau bist, sondern weil sie sich eine Rolle in dem neuen Melodram erschlafen will, das wir gerade besetzen«, erwiderte Frank unverblümt. »Und das weißt du so gut wie ich. Mann, du könntest leicht ihr Vater sein!«

»Na, hat sich aber nicht so angefühlt.«

»Okay, deine Sache. Aber komm nicht zu mir und leg dich für sie ins Zeug, wenn sie Ärger macht, weil die Probeaufnahmen gezeigt haben, dass wir sie nicht gebrauchen können! Und lass gefälligst die Finger von dem Scheißzeug!« Er deutete auf die Kokainreste auf der Glasplatte. »Einen Partner, der nicht weiß, was bei uns auf dem Spiel steht, und sich wie ein Schwachkopf die Birne mit Drogen vollknallt, kann ich nicht gebrauchen!«

Ärger flammte auf Vergils Gesicht auf, keine Spur mehr von schläfriger Benommenheit. »Red nicht mit mir, als wär ich ein verdammter Junkie, nur weil ich mir manchmal eine Linie durch die Nase ziehe. Und zwar *nach* der Arbeit und bei besonderen

Gelegenheiten wie gestern Abend! Das Tütchen mit dem Koks lag schon seit einer Woche in meinem Tresor, ohne dass ich es angerührt hätte!« Er reckte herausfordernd das kräftige Kinn, als wollte er die Auseinandersetzung handgreiflich fortführen. »Oder willst du vielleicht behaupten, dass ich meinen Job nicht mehr gut mache?«

»Nein, will ich nicht. Du machst deine Sache so gut wie eh und je«, lenkte Frank ein und verkniff sich den Zusatz, dass er wolle, dass Vergil seine Arbeit auch in Zukunft so zuverlässig erledige. »Aber darum ging es gar nicht, und das weißt du. Tut mir leid, dass ich dir auf den Schlips getreten bin. Du bist nun mal mein wichtigster Mann in der Firma, und auch sonst bist du mir alles andere als gleichgültig, okay?«

Vergil entspannte sich, und der Ärger verschwand aus seinem Gesicht. »Okay, Schwamm drüber. Aber jetzt sag, warum du überhaupt gekommen bist. Was gibt es so früh so Wichtiges zu bereden?«

»Ich muss für ein paar Tage nach San Francisco und mich um eine persönliche Angelegenheit kümmern. Hat nichts mit der Firma zu tun«, erklärte Frank. »Aber ich wollte dir vorher noch diese Aufstellung zum Durchlesen bringen.« Er reichte ihm einen der schmalen Hefter, die er zu Hause eingesteckt hatte. »Ich habe da einige Ideen zu Papier gebracht, wie wir unsere Filme noch besser produzieren und die Firma noch erfolgreicher am Markt positionieren können. Was davon etwas taugt und was nicht, darüber reden wir nach meiner Rückkehr.«

»Klar, in Ordnung. Ich werde schon was zum Kritteln finden, Mehrheitspartner«, frotzelte Vergil, um ihm zu verstehen zu geben, dass er nicht nachtragend war. Dann wünschte er ihm eine Reise ohne allzu viele Reifenpannen und brachte ihn zur Tür.

Frank setzte sich in seinen Hispano-Suiza, tankte bei Scott auf dem Cahuenga Boulevard voll und fuhr über den Pass ins sonnengoldene San Fernando Valley, ohne noch einen Abstecher zum Gelände der *Silver Screen Studios* zu machen.

Er hatte eine lange und staubige Fahrt vor sich. Bis nach San Francisco waren es je nach Route vierhundertfünfzig bis fünfhundert Meilen. Was bei der streckenweise immer noch miserablen Landstraße bedeutete, dass er womöglich erst um sechs, sieben Uhr abends an der Bay eintraf. Aber das machte ihm nichts aus. Er fuhr gern Auto, und wann hatte er schon mal einen ganzen Tag Zeit, für sich zu sein und ungestört seinen Gedanken nachhängen zu können? Es gab so vieles, das ihn beschäftigte und worüber er sich Klarheit verschaffen musste. Bei blauem Himmel und bestem Aprilwetter auf den kalifornischen Landstraßen unterwegs zu sein, war trotz mancher Schotterpiste ein Vergnügen, das er auszukosten gedachte.

Kurz vor Sonnenuntergang erreichte er San Francisco, die Stadt an der Golden Gate Bay, die sein persönliches Tor zur Freiheit gewesen war und die er vor acht Jahren, von Schmerz und Schuldbewusstsein getrieben, fluchtartig verlassen hatte. Die Stadt, in der seine Frau Florence und ihr ungeborenes Kind begraben lagen und in der Harriet lebte. Die Frau, die er über alles geliebt und in deren Armen er gelegen hatte, als Florence mit dem Ungeborenen in den Trümmern ihres vom Erdbeben zerstörten Hauses verblutet war.

Als er über die Anhöhe der Twin Peaks kam, lagen Stadt und Bay im milden, rotgoldenen Abendlicht vor ihm. Die Wucht zwiespältiger Gefühle, die auf ihn einstürmten, zwang ihn, an den Straßenrand zu fahren und um Fassung zu ringen. Die unbändige Freude, die ihn zunächst gepackt hatte, lag schon Sekunden später in bitterem Wettstreit mit den Dämonen der Vergangenheit. Sie hatten ihre zerstörerische Gewalt über ihn zwar verloren, hausten aber immer noch wie Schattenwesen in den Höhlen seiner Erinnerung. Ihm war, als habe er heimlich einen wunderbaren Ort betreten, der ihm einst gehört hatte, an dem sich aufzuhalten er jedoch kein Recht mehr hatte.

Die Dunkelheit lag schon über San Francisco, als er schließlich hinunter in die Stadt fuhr und im »Fairmont« abstieg. Doch es hielt ihn nicht im Hotel. Den Großteil der Nacht verbrachte er auf einsamen Streifzügen durch die Stadt, und für einige Stunden verkroch er sich mit einer Flasche billigen Whiskys in einer dunklen Ecke des »Cobweb Palace«, einer Seemannskneipe an der Waterfront. Als er vierzehn gewesen und mit seinem Freund Lenny unter die Austernräuber gegangen war, hatte er die Schenke als sein zweites Zuhause betrachtet, aber inzwischen kannte ihn hier längst keiner mehr. Was ihm nur recht war, wollte er doch mit niemandem sprechen, sondern allein in einer dunklen Nische sitzen und den wieder aufgebrochenen Schmerz mit Whisky betäuben.

Zu seiner Verwunderung erwachte er weder verkatert noch in niedergedrückter Stimmung. Wieder in San Francisco zu sein hatte ihm einen ordentlichen emotionalen Schlag versetzt, aber der hatte ihn nicht umgeworfen, sondern er hatte ihn weggesteckt und verdaut. Die Dinge waren, wie sie waren, das Rad der Geschichte ließ sich nicht zurückdrehen, und das Leben ging seinen Gang. Zeit, sich auf das zu konzentrieren, was ihn an die Bay geführt hatte.

George Cutter, der sein schlichtes Büro wie gehabt auf der Market Street hatte, war ein Mann Ende vierzig und äußerlich ganz und gar unauffällig. Eine ideale Eigenschaft in einem Beruf, bei dem es wesentlich darauf ankam, unbemerkt zu bleiben.

Der Detektiv übergab Frank sieben Fotos. Sie bewiesen eindeutig, dass sowohl sein Nickelodeon auf der Folsom Street als auch das *Maynard,* sein großartiges Filmtheater auf der Kearny Street, das Erdbeben im April 1906 unbeschadet überstanden hatten und erst durch das Feuer zerstört worden waren. Dasselbe galt für das Haus auf der Clay Street, in dem er die Räumlichkeiten eines pleitegegangenen Vaudeville-Theaters aufwendig zu einem modernen Filmtheater hatte umbauen lassen. Die Arbeiten hatten kurz vor ihrer Beendigung gestanden, als die Katastrophe über die Stadt gekommen war.

»Auf allen Fotos sind die Schäden des Bebens deutlich zu erkennen, ohne dass diese aber Ihre damaligen Unternehmen betreffen«, sagte er. »Hier sehen Sie die aufgerissene Kearny Street mit den Fontänen aus den zerfetzten Wasserleitungen. Da geht ein tiefer Spalt mitten durch die Kreuzung an der Clay Street, und hier, auf der Folsom Street, sehen Sie links die eingestürzten Wohnhäuser, während auf der gegenüberliegenden Seite Ihr Nickelodeon völlig unversehrt steht. Nicht das Beben, sondern das anschließende Feuer hat zum Einsturz der Häuser geführt, in denen Sie Ihre Filmtheater hatten!« Er schob die Fotos zusammen. »Kein Gericht der Welt wird die Beweiskraft dieser Belege infrage stellen. Jetzt kommen Sie bei den Versicherungen, die sich Ihnen und unzähligen anderen gegenüber so schändlich um ihre Zahlungspflicht gedrückt haben, endlich zu Ihrem Recht, Mr Maynard.« Damit reichte er ihm zu den Fotos seine abschließende Rechnung sowie die Adresse eines Anwalts, der sich auf diese Versicherungsfälle spezialisiert hatte.

Frank suchte diesen Anwalt umgehend auf und betraute ihn mit der Sache. Anschließend traf er sich mit Byron am Grab von Ezra Silverman auf dem *Mission Cemetery.* Zum Mittagessen begaben sie sich in das Wirtshaus nahe beim Friedhof, in dem sie zehn Jahre zuvor auch nach Ezras Beerdigung gesessen hatten und wo Byron ihm als Ezras Vermächtnis die Schlüssel zu einem Schließfach bei Wells Fargo und die kostbare *Pathé*-Kamera übergeben hatte.

Bis in den Nachmittag hockten sie dort zusammen, redeten über Ezra, tauschten mal lachend, mal wehmütig Erinnerungen aus. Und als Frank sagte, dass es kaum einen Tag gebe, an dem er nicht in irgendeiner Hinsicht an Ezra denke, erwiderte Byron, ihm gehe es nicht viel anders.

Schließlich aber wandten sie sich aktuellen Themen zu, insbesondere den rasanten Veränderungen in der Filmindustrie.

»Die Zeiten, als die Kinos eine ganze Woche lang ein und dasselbe Programm spielen konnten, sind vorbei«, sagte Byron. »Immer mehr Betreiber wechseln ihr Programm *täglich!* Das schafft einen enormen Bedarf an immer neuen Filmen.«

»Was in meinen Augen aber nicht für Uncle Carls Theorie spricht, dass das Publikum nur einheitliche Massenware vorgesetzt bekommen will«, erwiderte Frank. »Im Gegenteil! Ich glaube vielmehr, dass die Leute dieser ewig gleichen Kost überdrüssig werden. Ich bleibe dabei, dass die Zukunft dem abendfüllenden Feature-Film gehört. Es ergibt sehr wohl Sinn, viel Geld für erstklassige Schauspieler, eine aufwendige Produktion *und* ein Drehbuch auszugeben. Es ist ein Unding, dass die meisten Filme noch immer ohne richtiges Drehbuch produziert werden. Da werden die Bewegungsabläufe und der grobe Handlungsrahmen skizziert, und das ist es dann! Auch wenn es keinen Ton gibt, sollten die Schauspieler die zu den Szenen passenden Texte sprechen, als könnte man sie hören! Und auf einen Großteil der Grimassenschneiderei, die manche für Schauspielkunst halten, könnten wir auch gut verzichten. Ich jedenfalls werde Geld für professionelle Drehbuchautoren ausgeben.« Natürlich würden sie auch weiterhin preiswerte Ein- und Zweispuler produzieren, insbesondere für Slapstick-Filme war diese Länge ideal. Er hatte schon mit Vergil ausgemacht, dass der die Verantwortung und Leitung dieses Produktionszweigs der *Triple S* übernahm. Für die nervenaufreibend langwierigen Prozesse eines Feature-Films fehlte es ihm an Geduld, Interesse und Überblick, das hatten sie beide beim Dreh der drei Teile von *Desert Gold* festgestellt.

Byron pflichtete ihm bei. »Was den Feature-Film betrifft, weist auf meiner Seite des Geschäfts alles darauf hin, dass wir da richtigliegen. Für ein billig produziertes Wochenprogramm, also neun Einspuler, neun Zweispuler, einen Dreispuler und eine Wochenschau, zahlt mir ein Kinobetreiber zurzeit rund hundert Dollar. Für einen abendfüllenden Sechsspuler mit Starbesetzung gibt es, je nach Ort und Kinoklasse, mittlerweile zwischen fünfunddreißig und fünfzig Dollar – pro *Spieltag!*«

Frank nickte. »Die Preise für Erstvorführungen werden noch steigen, da bin ich mir sicher.« Die Klassifizierung der Filmhäuser, die schon der Edison-Trust mit der Macht seines Monopols in Gang gesetzt hatte, war längst zu einem starren System geworden, dem sich kein Kinobetreiber mehr entziehen konnte. Die Häuser mit der höchsten Bewertung besaßen das alleinige Recht auf Erstaufführungen von neuen Filmen. Ihnen folgten Filmhäuser der zweiten Klasse, die die erste Wiederholung dieser Filme zeigen durften, und die Kinos der dritten Klasse durften nur alte Filme ins Programm nehmen.

»Übrigens wird es bald ein glanzvolles Filmtheater geben, das hier in der Stadt das Premierentheater für alle großen Filme der *Silver Screen Studios* ist. *The Maynard* kehrt als *Maynard Palace* an die Bay zurück!«, verkündete Frank mit breitem Grinsen und erzählte von Cutters Erfolg.

Byron freute sich für ihn und stieß mit ihm auf diese gute Nachricht an. Allerdings konnte er sich nicht verkneifen zu sagen, Frank möge sich bloß nicht verzetteln und finanziell übernehmen, indem er nun wieder beginne, eine Kette teurer Filmtheater aufzubauen.

Frank tat sein Bestes, um ihn zu beruhigen. »Du kennst mich lange genug, um zu wissen, dass ich kein Vabanquespieler bin. Also, sieh du nur zu, dass du meine abendfüllenden Spielfilme so teuer wie möglich unter die Leute bringst.«

Wenig später trennten sich ihre Wege, und Frank fuhr nach Presidio Heights hinüber, wo auf dem *Laurel Hill Cemetery* Florence begraben lag. Die Grabstelle war gepflegt und frisch bepflanzt. Es tat ihm gut zu wissen, dass die Friedhofsgärtnerei, der er jährlich einen Scheck schickte, ihre Arbeit gewissenhaft erledigte. Er legte frische Blumen nieder und leistete einmal mehr stumme Abbitte, dass er nicht für Florence da gewesen war. Aber selbst das wurde, wenn er ehrlich war, der bitteren Wahrheit nicht gerecht. Seine Schuld hatte ja nicht damit begonnen, dass er in der Stunde der Katastrophe nicht bei ihr gewesen war. Er hätte Florence erst gar nicht heiraten, ihr und sich selbst nicht einreden dürfen, sie könnten zusammen glücklich werden. Er hatte sich aus tiefer Verzweiflung in diese Ehe geflüchtet, und damit war sie von Anfang an zum Scheitern verurteilt gewesen. Das war seine eigentliche Schuld.

In tiefer Niedergeschlagenheit machte er sich schließlich wieder auf den Weg zu seinem Wagen. Doch er fand nicht gleich auf den breiten Hauptweg zurück, folgte einem der schmalen Sandwege, bog an einer Grabstelle mit einem lebensgroßen Engel rechts ab und fuhr im nächsten Augenblick wie vom Blitz getroffen zusammen. Keine fünf Schritte vor sich erblickte er eine schlanke, dunkelhaarige Frau in einem Kostüm aus dunkelgrünem Samt mit blassgelben Paspelierungen. Sie stand vor einer Grabstelle mit einem mächtigen Stein aus blankem schwarzen Marmor und hielt die Hand eines sieben-, achtjährigen Jungen mit dunkelblondem, leicht gelocktem Haar.

Harriet.

Das Wiedererkennen geschah im wahrsten Sinne des Wortes augenblicklich. Nicht für die Dauer eines Wimpernschlages hegte er Zweifel.

Sein Herz raste. Ihm war, als breche tief in ihm ein Damm, hinter den er seine Liebe verbannt hatte. Nun zeigte sich, wie brüchig dieser Damm war. Ezra hatte einmal gesagt: »Erinnerungen sind wie Geschosse. Manche zischen vorbei und erschrecken dich, andere reißen dich in Stücke.«

Harriet, die aus dem Augenwinkel registriert hatte, dass jemand um die Ecke gekommen und am Nachbargrab stehen geblieben war, wandte den Kopf. Sie zuckte ebenfalls zusammen und erblasste, gewann aber bewundernswert schnell die Fassung zurück. Sie wandte sich an ihren Sohn.

»Sei so lieb und hol uns drüben vom Brunnen noch eine Kanne Wasser, Adrian«, trug sie ihm auf und wuschelte ihm durchs Haar. »Grandpas Rosenbüsche können noch einen Guss gebrauchen.«

»Ja, Mom«, sagte der Junge, trottete davon und warf Frank im Vorbeigehen einen freundlichen Blick aus blassblauen, aufmerksamen Augen zu.

Frank trat zu Harriet, hielt aber zwei Schritte Abstand, als fürchtete er, den Tumult seiner Gefühle nicht kontrollieren zu können, wenn er ihr noch näher kam. Er wusste nicht, was er sagen, wie er das Gespräch beginnen sollte. Sofern es denn überhaupt zu einem Gespräch kam. Er war schlicht überwältigt.

Ihre Blicke trafen sich und hielten einander fest, während sich das Schweigen über mehrere Sekunden hinzog.

Es war Harriet, die den Bann brach. »Du siehst gut aus, Frank«, sagte sie im Ton unverbindlicher Konversation. Sie brachte sogar ein Lächeln zustande, als hätten sie sich nicht vor acht Jahren das letzte Mal gesehen, sondern gestern. Aber in den Mundwinkeln zitterte das Lächeln.

»Du auch, Harriet. Nein, stimmt nicht.« Er schnitt eine Grimasse. »Du siehst besser aus als je zuvor.«

»Ja? Na, auf Komplimente hast du dich schon immer verstanden«, erwiderte sie spöttisch, doch das Aufleuchten in ihren Augen sagte etwas ganz anderes.

Er zuckte die Achseln. »Manchmal reicht die Wahrheit.« Dann blickte er kurz dem Jungen nach. »Ist das dein Sohn?«

Harriet nickte. »Adrian ist gerade sieben geworden.« Was nicht stimmte, war er doch vier Monate älter. Aber das war das Letzte, was Frank erfahren durfte.

»Du bist bestimmt stolz auf so einen prächtigen Jungen. Bist du mit Jordan …« Er brach verlegen ab.

Sie hob ihre Hand, zeigte ihm den Ehering, als gelte es, etwas zu beweisen. »Ja, wir haben damals gleich geheiratet und mit dem ersten Kind nicht lange gewartet.«

»Und hat der Kleine Geschwister?«, fragte Frank weiter, obwohl ihn das überhaupt nicht interessierte. Ihm war jedes Thema recht, das ihr Gespräch in die Länge zog und ihm weitere kostbare Sekunden schenkte, in denen er sie ansehen und in ihrer Nähe sein konnte.

»Bisher noch nicht. Und du?«

»Weder Ehefrau noch Kind.« Er wechselte schnell das Thema. »Das mit deinem Vater tut mir leid«, sagte er und deutete auf den Marmorstein.

Harriet nickte und sah ihn unverwandt an. »Ja, Gehirnschlag, letzten Februar. Er war gleich tot.«

»Dann leitest du jetzt die Firma?« Gütiger Gott, das war doch absurd! Warum blieben sie so auf Distanz? Und was zum Teufel redeten sie für ein belangloses Zeug? Wo doch alles in ihm danach schrie, sie in die Arme zu nehmen und zu küssen.

Sie lachte auf und schüttelte den Kopf. »Onkel Henry hat sich die Mehrheit ergaunert und mich vor die Tür gesetzt. Man kann eben nicht alle Schlachten gewinnen. Aber so leicht gebe ich mich nicht geschlagen. Und wie ist es dir ergangen? Wo bist du all die Jahre gewesen?«

Er machte eine vage Geste. »Überall und nirgends. Hab versucht, vor die Hunde zu gehen, aber selbst das ist mir nicht gelungen. Irgendwie habe ich es geschafft, wieder auf die Beine zu kommen.«

»Und jetzt bist du wieder in San Francisco?« Erwartungsvolle

Anspannung lag in ihrer Stimme. Sie hing förmlich an seinen Lippen.

»Nein, ich bin nur kurz in der Stadt, hatte geschäftlich hier zu tun.«

»Bist du noch im Filmgeschäft?«

Er nickte. »Ich lebe seit ein paar Jahren in Hollywood. Wenn man nichts Rechtes gelernt hat und fürs Kino brennt, ist man dort gut aufgehoben.«

»Kann ich mir denken. Viel Schein und Oberflächlichkeit, was man so hört und liest«, stichelte Harriet. »Aber die Bräune steht dir. Offenbar bist du viel im Freien.«

»Ja, da unten herrscht an Schein in jeglicher Form kein Mangel.«

Sie lachte kurz, wurde aber, als sie Adrian mit der Kanne kommen sah, gleich wieder ernst. »Schön, dich noch mal gesehen zu haben und zu wissen, dass es dir gut geht. Aber jetzt geh bitte, bevor mein Sohn zurück ist. Ich will nicht, dass er etwas aufschnappt.«

Sein Herz krampfte sich zusammen. So durfte es nicht enden! »Ich muss dich wiedersehen, Harriet, bevor ich morgen früh abreise!«, stieß er hervor. »Ich weiß, es war nicht richtig, dass ich damals so Hals über Kopf aus der Stadt verschwunden bin und dich …«

»Schon gut, Frank! Das Glück ist selten pünktlich, und verpasste Chancen bleiben verpasst, auch wenn man sie zum tausendsten Mal wiederkäut!«, unterbrach sie ihn. »Wenn ich dir noch irgendetwas bedeute, dann gehst du jetzt und bringst mich nicht in die Verlegenheit, meinem Sohn irgendwelche Lügen erzählen zu müssen. Bei allem, was wir einmal füreinander empfunden haben: Bitte geh!«

»Ich wohne im ›Fairmont‹, Zimmer 507! Ich warte auf dich! Bitte komm und lass uns reden!«, sagte Frank hastig und legte all sein Flehen in Blick und Stimme.

Ein Ausdruck zwischen Schmerz und Qual flackerte in ihren Augen. »Das kannst du dir sparen. Ich werde nicht kommen. Und jetzt geh, Frank!«, flüsterte sie, weil ihr Sohn, der sich mit der schweren Blechkanne abschleppte, schon fast in Hörweite war.

»Zimmer 507! Bitte komm!«, raunte Frank beschwörend, zog den Hut und sagte laut: »Sehr freundlich von Ihnen, Ma'am!« Dann ging er eilig und ohne sich noch einmal umzudrehen davon.

Aufgewühlt kehrte er ins »Fairmont« zurück. Er hatte doch in ihren Augen gelesen, dass sie ihn noch immer liebte! Das war keine Einbildung gewesen. Er wusste nicht, was er sich erhoffte und was geschehen würde, wenn sie seiner Bitte folgte. Aber das war auch völlig ohne Bedeutung, solange sie nur kam.

Bis tief in die Nacht wartete er darauf, dass es klopfte. Es war qualvoll. Ruhelos ging er auf und ab. Jedes Mal, wenn er auf dem Flur Schritte vernahm, die sich seinem Zimmer zu nähern schienen, begann sein Herz, wild zu schlagen, und er lief zur Tür. Aber die Schritte verhielten nicht vor seinem Zimmer, sondern passierten es, ohne auch nur kurz zu stocken.

Sie kam nicht. Und ihn quälte die Ungewissheit, ob sie nicht hatte kommen können oder nicht hatte kommen wollen. Er trank sich mit schottischem Whisky in den Schlaf. Kurz nach vier erwachte er von seinem eigenen Schluchzen, das Gesicht nass von Tränen. Er stellte sich lange unter die eiskalte Dusche. Danach konnte er wieder einschlafen, und diesmal waren ihm zwei traumlose Stunden vergönnt.

Bevor er am Karfreitag morgens aus San Francisco abreiste, rief er George Cutter an und teilte ihm mit, dass er einen neuen Auftrag für ihn habe.

28

Ashley hatte die Hand in Marvins Hose und rieb seinen Schwanz, während er sie durch den Stoff ihres Schlüpfers hindurch befingerte. Mehr erlaubte sie ihm nicht, auch wenn es sie manchmal gelüstete, sein pralles Ding zwischen den nackten Schenkeln zu spüren. Aber so dumm, sich darauf einzulassen, war sie nicht. Sie würde ihn auch weiterhin an ihrer Leine zappeln lassen … na ja, besser gesagt: an ihrer Hand.

Plötzlich wurde die Brettertür des Geräteschuppens aufgerissen. Mit einem lauten Knall schlug sie gegen die Außenwand und riss Ashley aus ihrem Traum.

Mit einem Ruck richtete sie sich auf, zog die Hand zwischen den zusammengepressten Schenkeln hervor und blickte verstohlen hinüber zu Deborah, mit der sie sich das Zimmer im Pensionat teilte. Aber da stand kein zweites Bett. Sie blinzelte in die Dunkelheit, und erst jetzt fiel ihr ein, dass sie sich im Haus ihrer Schwester am Nob Hill befand und längst nicht mehr zu Madame Worchesters jungen Ladys gehörte. Die vertrocknete Alte hatte sie hochkant hinausgeworfen. Natürlich auf diskrete Art, um ihren Ruf zu wahren, aber das hatte sie nicht gekümmert, auch nicht das Getuschel und die Blicke. Sie hatte den Kopf hoch getragen und war sogar stolz gewesen, sich solch einen Abgang verschafft zu haben.

Mit einem wohligen Seufzer sank sie in die Kissen zurück. Der Wecker neben ihrem Bett zeigte halb eins. Ungefähr um diese Zeit hatte sie sich meist mit Marvin getroffen, dem knapp neunzehnjährigen Sohn des Hausmeisters. Es war ein Leichtes gewesen, ihm den Kopf zu verdrehen, sich von ihm mit Zigaretten versorgen zu lassen und ihn als williges Erkundungsobjekt für ihre erwachten

Begierden zu benutzen. Und das Verbotene daran hatte sie umso mehr gereizt.

Zum Glück hatte man sie nicht mit seinem Schwengel in der Hand, sondern nur beim Rauchen und mit einem Flachmann mit Brandy im Geräteschuppen erwischt. Das neidische Miststück Deborah, die mit ihren Hasenzähnen und dem Silberblick nie einen halbwegs ansehnlichen Mann abkriegen würde, ohne dass ihre Eltern einen Haufen Geld drauflegten, war ihr in der Nacht nachgeschlichen und hatte sie natürlich umgehend verpfiffen.

Aber was machte es schon, dass man sie des Hauses verwiesen hatte? Sie war sowieso lange genug in diesem Institut gewesen; es hatte begonnen, langweilig zu werden und ihr auf die Nerven zu gehen.

Daher war es ihr ganz recht, dass ihre Mutter sie nun in ein ähnliches Pensionat oben in Sacramento stecken wollte. Um sich mit eigenen Augen davon zu überzeugen, dass diese Einrichtung ihren Ansprüchen gerecht wurde, war Evelyn Wochen in die Hauptstadt von Kalifornien gereist. Wobei sie bestimmt die meiste Zeit bei den Séancen der Spiritisten verbrachte, die in Sacramento gerade einen Kongress abhielten. Ein Haufen Spinner und Abergläubische unter sich. Da musste es in der Welt der Toten und redseligen Geister ja ganz schön geschäftig zugehen!

Unruhig drehte sie sich von einer auf die andere Seite. An Wiedereinschlafen war nicht zu denken, jedenfalls nicht so schnell. Es regnete in Strömen. Eine Windbö schleuderte den Regen gegen das Fenster, Blitze zuckten, und dumpf grollte in der Ferne der Donner. Elendes Aprilwetter.

Da war er wieder, der laute Knall, der sie geweckt hatte. Er kam von unten. Ein Fensterladen, der im Wind schlug. Einmal, zweimal. Dann war es wieder still im Haus.

Ashley verspürte das Verlangen nach einer Zigarette. Hier im Gästezimmer zu rauchen kam jedoch nicht infrage, dafür hätte sie beide Fensterflügel aufreißen müssen. Ein Unding bei diesem Sauwetter. Ganz davon abgesehen, war auch die letzte der beiden Schachteln leer, die ihr einer der jungen Pullman-Bediensteten auf der langen Zugreise zurück an die Westküste beschafft hatte. Gerade mal drei Zigaretten hatte sie noch in dieses verdammt feudale Haus ihrer Schwester schmuggeln können, als die Mutter sie drei Tage zuvor für anderthalb Wochen hierher abgeschoben hatte.

Aber sie wusste, wie sie selbst zu dieser nächtlichen Stunde an Zigaretten kam. Paula Kowak, die aus Polen stammende Köchin ihrer Schwester, rauchte Chesterfields, und die bewahrte sie in der Küche in einer Schublade der großen Anrichte auf. Und dort unten konnte sie auch ganz unbesorgt rauchen.

Ashley schwang sich aus dem Bett, fuhr in ihre Plüschpantoffeln und huschte aus dem Zimmer. Sie nahm nicht die elegant geschwungene Treppe hinunter ins prächtige Foyer, sondern tastete sich im Dunkeln die rückwärtige steile Dienstbotenstiege hinunter. Im Erdgeschoss angelangt, wollte sie sich schon nach rechts wenden und den kurzen Gang zur Küche hinunterschleichen, als sie im Hauptflur zu ihrer Linken einen flackernden Lichtschein wahrnahm. Sie stutzte. Das konnte unmöglich eine Kerze und schon gar kein elektrisches Licht sein, dafür züngelte der Widerschein zu hoch.

Ein Kaminfeuer? Jetzt? Zu dieser nachtschlafenden Zeit?

Die Neugier war stärker als ihr Verlangen nach einer Zigarette. Auf Zehenspitzen und immer im tiefen Schatten der Wand näherte sie sich dem Zimmer, aus dem der unruhige Feuerschein kam. Das Kaminfeuer loderte in dem Raum, den ihre Schwester dem Kartenzimmer des Vaters nachempfunden hatte. Ashley kauerte sich neben der halb offenen Tür auf den Boden und spähte hinein.

Harriet hatte sich den Lehnstuhl, der sonst vor ihrem Sekretär stand, vor den Marmorkamin gezogen. Sie trug nur ein silbrig graues Nachthemd, und ihr Haar war durcheinander, was verriet, dass auch sie schon im Bett gelegen hatte und wohl erst vor

Kurzem hier heruntergekommen war und ein Feuer entzündet hatte, um … ja, um etwas zu verbrennen?

Was war so eilig, dass ihre ältere Schwester mitten in der Nacht aufstand, Feuer machte und ein Papier nach dem anderen in die Flammen warf? Verbrannte sie vielleicht alte Geschäftspapiere, für die sie keine Verwendung mehr hatte, seit Onkel Henry sie ausmanövriert hatte? Wie er das angestellt hatte, wollte ihr keiner verraten, aber dass er sich dabei nicht gerade lauterer Methoden bedient hatte, stand für sie außer Frage. Nicht dass sie direkt Schadenfreude empfunden hätte, aber so richtig leid tat es ihr auch nicht. Schadete ihrer Schwester nicht, auf ihren Platz verwiesen zu werden. Was hatte sie auch in der Firma zu schaffen gehabt? Die clevere Geschäftsfrau spielen? So was Affiges! Aber Harriet hatte sich ja immer gern wichtiggemacht, auf die angeblichen Vorrechte der Älteren gepocht und geglaubt, sie könne alles meistern, was sie sich in den Kopf setzte. Damit hatte sie Ashley schon früh genervt. Das hatte sie nun davon, dass sie auf so hohem Ross gesessen und versucht hatte, Männern wie Onkel Henry das Wasser abzugraben!

Ashley wagte sich noch ein Stück weiter vor. Jetzt sah sie, dass Harriet Briefe im Schoß hielt, mehrere kleine Päckchen, die mit Seidenbändern umwickelt waren. Verwundert beobachtete sie, wie ihre Schwester bei einem der Päckchen die Bänder abstreifte, doppelt geklappte Briefkarten und manchmal auch einen Briefbogen aus den Umschlägen zog, kurz einen Blick darauf warf und dann das Ganze ins Feuer warf.

Gerade hatte sie zu einem weiteren kleinen Packen gegriffen, der noch mit Seidenband umwickelt war, und schien im Begriff, ihn ins Feuer zu werfen, ohne sich den Inhalt der Umschläge noch einmal anzusehen, als sie sich plötzlich anders besann. Mit beiden Händen drückte sie das Bündel an die Brust und presste ihr Kinn dagegen, und Ashley meinte ein ersticktes Schluchzen zu hören. Glänzten da Tränen auf ihrer Wange?

Im nächsten Augenblick sprang ihre Schwester auf, nahm die beiden noch verbliebenen Briefbündel, bückte sich nach einem braunen Umschlag, der auf dem Parkettboden lag, und verstaute die Bündel darin. Dann ging sie zu ihrem Sekretär, zog die unterste Schublade auf und schob den Umschlag ganz nach hinten. Sie schloss die Schublade ab und legte den Schlüssel oben in eines der kleinen Fächer. Davor schob sie ein Tintenfass. Anschließend stieß sie mit dem Schürhaken die brennenden Scheite im Kamin auseinander, hängte ihn wieder zu Blasebalg, Feger und Schüppe an den Messingständer und stellte das verglaste Kamingitter vor das Feuer, das bereits in sich zusammengefallen war.

Schnell zog Ashley sich in die Schwärze des kleinen Salons schräg gegenüber zurück und spähte in den Gang. Kurz darauf kam ihre Schwester aus dem Zimmer, wandte sich nach rechts und verschwand aus ihrem Blickfeld. Doch sie hörte sie die große Treppe hinaufgehen.

Wenige Minuten später hockte Ashley mit den beiden Briefpäckchen vor dem Feuer. Bevor sie die Schleifen aufzog, prägte sie sich genau ein, wie ihre Schwester die Bänder gebunden hatte. Dann fächerte sie die beiden kleinen Stapel, die aus je einem Dutzend Briefe bestanden, auseinander. Auf allen Umschlägen war als Absenderin eine gewisse Emily Collins aus Antioch vermerkt, einem kleinen Städtchen oben am San Joaquin River. Als sie den Namen las, regte sich in ihr eine schwache Erinnerung aus ihrer Kindheit. Emily Collins? War das nicht die Cousine, von der Caitlin in den Jahren vor dem Erdbeben so oft Post erhalten hatte?

Ja, das war sie. Den Poststempeln war klar zu entnehmen, dass die Briefe in den Jahren 1904 und 1905 in Antioch aufgegeben worden waren. Aber wenn diese Briefe von Caitlins Cousine waren, wieso hatte Harriet sie dann aufbewahrt? Und was hatte ihre Schwester bewogen, sie zu nächtlicher Stunde hervorzukramen und dem Feuer zu übergeben, um dann auf halbem Weg innezuhalten und die restlichen Bündel hastig wieder zu verschließen, als seien sie ein kostbarer Schatz?

Ashley war auf den Inhalt der Briefe gespannt. Mit wachsender Verblüffung stellte sie fest, dass die Umschläge ausschließlich kurze, meist nur einzeilige Botschaften enthielten. Aber sie waren gewiss nicht an das unscheinbare Kindermädchen Caitlin gerichtet gewesen. Denn was da in schwungvoller Handschrift auf den Karten oder Briefbögen stand, waren Liebesbekundungen und -beschwörungen.

Wie kann es sein, dass ich Dich mit jedem Tag mehr liebe? Oder: *Ohne Dich kann ich mir ein glückliches Leben nicht mehr vorstellen, mein Liebling!* Manche Karten enthielten auch Tag, Ort und Zeit für ein Treffen, wobei ausschließlich Orte in San Francisco angegeben waren. Und dass da nicht eine Emily schrieb, die Caitlin in inniger Liebe zugetan war und sich nach ihr verzehrte, sondern dass es sich bei dem Absender um einen Mann handelte, verriet eine andere Nachricht, die da lautete: *Ich kann mir kein größeres Glück vorstellen, als Dich zur Frau zu haben! Schenk mir dieses Glück, Harriet!* Statt eines Namens stand unter fast allen Botschaften nur ein markantes *F.* Nur ein Mal hatte der Schreiber ein *Frank* und zwei Mal *F. M.* unter seine Liebesbeteuerungen gesetzt. Die beiden Briefe mit dem Monogramm waren dem Poststempel nach Anfang November 1904 in Antioch aufgegeben worden, der einzige mit dem vollen Vornamen Frank trug das früheste Datum von allen: *17. Oktober 1904.*

Ashley musste nicht lange grübeln, um zu dem Schluss zu kommen, dass ihre Schwester in jenen Jahren einen heimlichen Verehrer namens Frank M. gehabt hatte. Ebenso lag auf der Hand, dass Caitlins angebliche Cousine eine Erfindung gewesen war, damit Harriets Verehrer ihr, von den Eltern unbemerkt, solche Liebesbotschaften schicken konnte.

Aber mit der Lösung des ersten Rätsels stellte sich unweigerlich die nicht weniger rätselhafte Frage, wer dieser Frank M. sein mochte. Dass Harriet seine Briefe auch nach ihrer Heirat noch so viele Jahre aufbewahrt hatte, war schon merkwürdig. Noch viel merkwürdiger war aber der plötzliche Sinneswandel ihrer Schwester vorhin und ihre heftige Gefühlswallung.

Überhaupt hatte Harriet an diesem Tag merkwürdig nahe am Wasser gebaut, was ihr so gar nicht entsprach. Als sie am Nachmittag mit Adrian vom Friedhof gekommen war, hatte sie einen aufgewühlten Eindruck gemacht und lange gedankenverloren in diesem Zimmer am Fenster gestanden. Zweimal hatte Ashley sie fragen müssen, wo sie das neue Modemagazin denn nun hingelegt habe. Als Harriet sich schließlich zu ihr umgedreht hatte, waren ihre Augen feucht gewesen. Minuten später war sie dann noch mal aus dem Haus gegangen, weil sie angeblich noch etwas zu erledigen vergessen hatte. Ohne zu sagen, wohin sie wollte und wann sie zurückkommen würde.

Ob das alles mit dem Telegramm zusammenhing, das der Bote am Morgen gebracht hatte und in dem Jordan ihrer Schwester mitgeteilt hatte, dass er mit der *Olympic* in New York eingetroffen sei, den nächsten *Overland Limited* nehme und es nicht erwarten könne, sie in fünf Tagen in die Arme zu schließen?

Ashley war sich nicht sicher, ob das eine wirklich mit dem anderen zusammenhing, aber dass ihre Schwester etwas verbarg, und zwar nicht nur vor ihren Geschwistern, sondern auch vor Jordan, dessen war sie sich sicher. Vermutlich war es ein Geheimnis, mit dem es ihrer Schwester sehr ernst war und das zu kennen sich gerade deshalb lohnte. Es war immer gut, etwas in der Hand zu haben, mit dem man sich einen Vorteil verschaffen konnte. Wer solch eine Gelegenheit nicht wahrnahm, war ein Dummkopf. Was sie jedenfalls nicht war. Und deshalb würde sie irgendwie hinter das Geheimnis ihrer Schwester kommen und herausfinden, wer dieser Frank M. war!

29

Wohlig matt und liebessatt lag Frank da. Laura hatte sich an ihn geschmiegt, einen Arm auf seiner Brust und ein Bein über seinem Schoß. Das erste Licht verwässerte die Nacht vor den halb offenen Fenstern von Lauras Strandhaus in Santa Monica. Das Rauschen der Brandung drang zu ihnen herauf. Es war der erste Sonntag im Mai, und es versprach ein heißer Tag zu werden. Minutenlang lagen sie in einträchtigem Schweigen, ließen ihren Herzschlag zur Ruhe kommen und die Gedanken wandern.

»Lass uns heiraten, Laura.«

Sie lachte leise. »War der Sex heute so gut?«

»Es ist mir ernst«, sagte Frank, trug er sich doch schon seit seiner Rückkehr aus San Francisco mit dem Gedanken.

»Ach, Frank! Wirklich?«

»Ja, wir passen doch wunderbar zusammen. Vor Kurzem hat jemand etwas sehr Wahres gesagt, nämlich dass das Glück selten pünktlich ist. Also darf man nicht warten, dass es einem in den Schoß fällt, sondern muss die Sache selbst in die Hand nehmen.«

Sie richtete sich auf und sah ihn schweigend an, als wüsste sie nicht, wie sie auf den Antrag reagieren sollte. »Gib mir eine Zigarette«, sagte sie schließlich.

Er setzte sich auf, zündete zwei Woodbines an und gab ihr eine. »Wenn du Bedenkzeit brauchst …«

»Nein, brauche ich nicht«, fiel sie ihm ins Wort, legte ihm die Hand auf die Brust und sah ihn zärtlich an. »Sei mir nicht böse, aber das mit dem Heiraten vergessen wir besser schnell wieder. Ich teile nicht, Frank. In der Liebe bin ich egoistisch.«

Er sah sie verständnislos an. »Wieso teilen? Wie meinst du das?«

Sie nahm einen Zug und atmete lange aus. »Ich teile dich nicht mit Harriet. Das ist doch der Name der Frau, die du nicht vergessen kannst, nicht wahr?«

»Woher …«, begann er und brach bestürzt ab.

Sie schenkte ihm ein trauriges Lächeln. »Damals, als wir zum ersten Mal miteinander geschlafen haben und du in mir gekommen bist, da …« Sie stockte kurz und verzog das Gesicht. »Da hast du Harriet zu mir gesagt. Und in der Nacht nach deiner Rückkehr aus San Francisco hast du im Schlaf geweint und mehrmals gerufen: ›Bleib, Harriet!‹«

»O Gott, Laura! Entschuldige«, flüsterte Frank und biss sich auf die Lippen. Das Gesicht brannte ihm vor Scham.

Sie schüttelte den Kopf und strich ihm über die Brust. »Nein, *mir* tut es leid, Frank. Wir alle haben unsere Wunden, und manche sind zu tief, als dass ein anderer sie vergessen machen könnte. Die Zeit heilt eben doch nicht alle Wunden.« Sie drückte die Zigarette wieder aus.

Frank nickte betroffen. Was war nur in ihn gefahren, dass er geglaubt hatte, eine Ehe mit Laura könnte ihn von der Liebe zu Harriet erlösen? Hatte er vergessen, welche Tragödie er heraufbeschworen hatte, als er Florence geheiratet hatte?

»Hättest du mir nicht den Antrag gemacht, hätte ich kein Wort darüber verloren«, fuhr Laura fort. »Aber damit hast du mich dazu gezwungen, offen zu sein. Alles andere wäre unredlich und erst recht verletzend gewesen. Ich bin nämlich sehr gern mit dir zusammen, vermutlich liebe ich dich sogar, und außerdem bist du ein wunderbarer Liebhaber. Aber heiraten kann und werde ich dich nicht. Wir würden uns damit beide unglücklich machen. Lass uns dankbar sein für das, was wir haben, und nicht darüber nachdenken, wie lange es wohl gut geht. Mehr gibt es dazu nicht zu sagen. So, und jetzt mache ich uns ein deftiges Frühstück auf der Terrasse. Du hast mir alle Kraft geraubt! Und später gehen wir an den Beach!« Sie beugte sich über ihn, gab ihm einen innigen Kuss und sprang aus dem Bett. Splitternackt rekelte sie sich unbeschwert vor dem Fenster, als sei an diesem Morgen zwischen ihnen außer gutem, leidenschaftlichem Sex nichts weiter geschehen.

Frank fürchtete, sein törichter Antrag und Lauras beschämende Offenbarung könnten ihre Beziehung trüben, peinlich genug war die Situation ja gewesen. Aber so kam es nicht. Laura besaß die außerordentliche Fähigkeit, ihm das Gefühl zu geben, dass die Sache für sie abgehakt war. Er bewunderte sie schon lange für ihre Selbstständigkeit, für die Hartnäckigkeit, mit der sie sich in einer ihr feindlich gesinnten Geschäftswelt als Architektin behauptete. Aber fast noch mehr bewunderte er sie nun für ihr Selbstvertrauen und die Selbstachtung, die in den Worten *Ich teile nicht. In der Liebe bin ich egoistisch!* so klar zum Ausdruck gekommen war. Und als sie vor der Mittagshitze in die Kühle des Hauses flüchteten, sie seine Hand nahm und ihn ins Schlafzimmer zog, da wusste er, dass ihre Beziehung, so seltsam das auch sein mochte, nicht nur keinen Riss bekommen hatte, sondern auf einem ganz neuen Fundament des gegenseitigen Vertrauens und der Zuneigung stand.

Am späten Nachmittag gingen sie noch einmal für zwei Stunden an den Strand. Frank nahm die *Aeroscope*-Kamera mit, die er am Freitag aus der Reparatur geholt hatte. Er wollte mit ein paar privaten Strandaufnahmen testen, ob das Antriebswerk auch wirklich wieder ohne Rucken funktionierte. Außerdem lud die prächtige Wolkenbildung, die einen grandiosen Sonnenuntergang versprach, geradezu dazu ein, sie auf Zelluloid festzuhalten. Solche Landschaftsaufnahmen waren am Schneidetisch immer gut zu gebrauchen.

Aber wenn er ehrlich war, wollte er in erster Linie Laura auf Film bannen. Damit er mehr als nur seine Erinnerung hatte, wenn der Tag kam, an dem ihre Verbindung ihr Ende fand. Denn Laura war keine Frau, die sich auf Dauer mit der Rolle der Geliebten oder gelegentlichen Gespielin zufriedengab.

Er filmte sie, als sie nach einem kurzen Bad aus dem eiskalten Wasser kam, über den Strand auf ihn zulief, lachend die nassen Haare ausschüttelte und den eng anliegenden Badeanzug zurechtzupfte. Er ließ die Kamera laufen, als sie nach ihrem Handtuch griff, ihre Haare rubbelte und sich in den Sand setzte, den Kopf im Nacken, das Gesicht in der Sonne. Später, als sie auf ihrem Badetuch kurz eindöste, machte er noch eine Nahaufnahme. Die Linse fing ihr verträumtes Lächeln ein, während die Abendsonne auf ihrem Gesicht lag und die ersten Schatten nach ihr griffen.

Am Montagmorgen übergab er die Kassette einem Büroboten, damit er den Film zum Entwickeln brachte. Bevor er dazusagen konnte, dass er den entwickelten Film umgehend auf dem Tisch haben wolle, platzte Vergil in sein Büro und nahm ihn Beschlag. Es brannte mal wieder irgendwo bei der *Triple S*, wenn auch nicht buchstäblich. Wann tat es das mal nicht? Ärger, Streit, Eifersuchtsanfälle – Dramen aller Art waren unter Schauspielern, Regisseuren und Kameraleuten an der Tagesordnung. Mit dem schnellen Wachstum des Studios, der explodierenden Zahl der Festangestellten und dem steilen Anstieg der Produktionskosten nahmen auch die Konflikte zu. In allen Bereichen prallten übersteigerte Egos aufeinander, von den anderen alltäglichen Pannen und Schwierigkeiten gar nicht zu reden.

An diesem Tag wusste Frank zeitweise nicht, wo ihm der Kopf stand. Ein Termin jagte den anderen. Und wenn er glaubte, zwischen zwei Besprechungen einmal tief Luft holen zu können, klingelte das Telefon, oder Tony Russo kam mit dringenden Angelegenheiten, die diskret geregelt oder in Werbemaßnahmen umgemünzt werden mussten.

Wobei es einfacher und billiger war, die Polizei zu bestechen und den Namen der jungen Schauspielerin, die sich als das liebenswerte Mädchen von nebenan in die Herzen des Publikums gespielt hatte und nun stockbetrunken und zugekokst mit ihrem Auto im Straßengraben gelandet war, aus der Presse zu halten, als den Schreiberlingen die Story eines Schauspielers zu verkaufen, der neu war und nichts vorzuweisen hatte, das sich in irgendeiner Weise ausschlachten ließ. Bei Laszlo Hingrat, ihrem letzten Neuzugang und Favoriten für die Hauptrolle in allen großen Horrorfilmen der *Triple S*, hatten sie immerhin damit punkten können, dass er, ein Rumäne von langer, knochiger Gestalt und mit einem totenkopfähnlichen Gesicht, sich bis zu seiner Entdeckung als Anreißer einer Geisterbahn durchgeschlagen hatte.

Zuletzt gab es noch eine Besprechung mit Vergil und Jack Holbrook, der mittlerweile zum Chefregisseur aufgestiegen war. Ein Posten, den er sich redlich verdient hatte, führte er doch bei allen Feature-Filmen Regie. Aus Vergils Verantwortungsbereich, Slapsticks & Komödien, hielt er sich heraus, was wesentlich dazu beitrug, den Waffenstillstand zwischen ihnen zu erhalten. Die beiden so unterschiedlichen Naturelle konnten nicht gut miteinander.

Sie sprachen über Produktionspläne und darüber, welche Bühnen wann und für wie lange für welche Drehs gebraucht wurden. Es ging aber auch um Grundsätzliches.

»Wenn wir die Kosten einigermaßen in den Griff kriegen wollen, müssen wir uns intensiver um die *preproduction* und das *storyboard* kümmern«, sagte Frank. »Der Film muss vor dem Dreh im Skizzenbuch Bild für Bild zergliedert werden, samt jeweiliger Perspektive, Blickwinkel und so weiter. Das spart beim Dreh Zeit und Geld.«

Jack pflichtete ihm bei. »Ich halte es für Unsinn, chronologisch zu drehen. Wenn auf eine Innenszene zwei Außeneinstellungen folgen und danach wieder eine Innenszene, kostet das Hin- und Herwandern zwischen Innen- und Außenbühnen unnötig Zeit und Geld.«

Vergil, der am Gewohnten festhielt und den chronologischen Dreh sowie improvisierte Gags bevorzugte, machte einige Einwände, beugte sich aber schließlich den Vernunftargumenten, die Frank und Jack mit Dollarzahlen untermauern konnten.

»Und noch etwas sollten wir umgehend ändern«, kam Frank zu einem anderen Punkt, der ihm wichtig war. »Und zwar, dass wir die Stars alle möglichen und unmöglichen Rollen spielen lassen und so endlos viele Filme mit ihnen in die Kinos bringen. Mary Pickford war letztes Jahr in über dreißig Filmen zu sehen.« Er schlug die aktuelle Ausgabe der *Los Angeles Times* auf. »Und hier, in dieser riesigen Anzeige fordert King Baggott von *Universal* die Leute auf, ihm doch eine Rolle vorzuschlagen, die er *noch nicht* gespielt hat! Die sage und schreibe *vierundsechzig* Rollen, die er schon gespielt hat, stehen hier alle: chinesischer Student, Polizist, Einbrecher, italienischer Arbeiter, Diplomat, Trunkenbold, Minister, Bandit und immer so weiter.«

»Wahrlich vielseitig, der Mann«, spottete Jack Holbrook.

Vergil zuckte die Achseln. »Na und?« Offensichtlich verstand er nicht, was seinen Partner störte. »Ein guter Schauspieler muss eben in der Lage sein, jede Rolle zu spielen, wie der Film sie verlangt.«

»Ich halte das für Idiotie!«, erwiderte Frank. »Unsere Stars, aber auch die wichtigen Nebenbesetzungen sind unser kostbarstes Kapital. Sie wahllos für jede Rolle zu besetzen, ist in meinen Augen Fahren auf Verschleiß. So gewinnen sie weder an Glaubwürdigkeit noch an Profil. Damit will ich nicht sagen, dass man einen Schauspieler auf nur einen Figurentyp festlegen soll, aber die Rollen sollten doch innerhalb eines gewissen Spektrums liegen, das unseren Kassenmagneten ein klares Profil verleiht.«

»Genau, vor allem für die großen Rollen in den Feature-Filmen«, sagte Jack Holbrook. »Brett Hart überzeugt im Sattel als Cowboy, als Fallensteller oder als Goldsucher, aber nicht als Diplomat am französischen Kaiserhof oder als türkischer Haremswächter.«

Vergil sah das anders, weil es in seinen Slapstick-Einspulern und selbst bei den dreimal so langen Komödien nicht darauf ankam, welche Rolle man spielte, sondern darauf, wie komisch man war. Daher hielt er die ganze Diskussion für überflüssig und nutzte die erstbeste Gelegenheit, um sich unter einem Vorwand aus Franks Büro zu verdrücken.

Frank ging mit Jack Holbrook noch das Budget der nächsten beiden Spielfilme durch. Byron saß ihm im Nacken. Die Kinoketten machten immer mehr Druck, verlangten immer schneller neue Filme. Sie fingen sogar an, Studios eine ganze Jahresproduktion mit festen Lieferdaten abzukaufen, ohne dass die Studios einen konkreten Plan ausgearbeitet hatten, welche Filme sie drehen wollten.

Als sie alle wichtigen Punkte durchgegangen waren und Jack Holbrook schon an der Tür stand, fiel ihm noch etwas ein, und er drehte sich noch einmal um. »Wie lange wollten Sie mir denn Ihre neue Entdeckung vorenthalten, Frank?«, fragte er mit einem gutmütigen Lächeln. »Ganz der einsame Jäger, ja? Aber wenn die Ausbeute immer so ausfällt, will ich nichts gesagt haben.«

Überrascht blickte Frank von seinen Papieren auf. »Wovon reden Sie, Jack?«

»Na, von den Probeaufnahmen, die Sie von dieser Badenixe am Strand gemacht haben. Das nenne ich mal ein frisches, umwerfend natürliches Gesicht! Was für ein Unterschied zu all diesen austauschbaren Püppchen. Und dieses Lächeln! Wobei der Rest von ihrem Venuskörper auch nicht zu verachten ist.«

Verdattert sah Frank ihn an.

»Wo um alles in der Welt haben Sie diese Frau bloß aufgetrieben?«, wollte Jack Holbrook wissen. »Egal, die will ich für die Hauptrolle in *The Other Woman,* okay? Diese Laura L. ist die ideale Besetzung für die Rolle. Gute Idee auch, die Story an die Küste zu verlegen. Gleich morgen lasse ich das Skript ändern. Und falls Sie es nicht längst getan haben, nehmen Sie die Nixe unter Vertrag, bevor ein anderes Studio sie abwirbt!«

30

Jordan ließ die Scheibe Toast mit Orangenmarmelade sinken und sah Harriet ungläubig an. »Jetzt willst du mich auf den Arm nehmen. Henry hat dich nicht wirklich …« Er führte den Satz nicht zu Ende, denn ihr Gesichtsausdruck brachte die letzte Gewissheit.

»Er hat es leider geschafft«, sagte sie, und ein bitterer Zug legte sich um ihre Mundwinkel. Sie saßen bei mildem Wetter und einem sonnigen, leicht bewölkten Himmel im Wintergarten. Es war der Morgen nach Jordans Rückkehr.

»Gütiger Gott, und das hast du mir all die Monate verschwiegen?« Er griff nach ihrer Hand. »Warum hast du nichts davon geschrieben, Harriet? Ich hätte doch auf der Stelle meine Sachen gepackt und wäre zurückgekommen!«

»Genau deshalb habe ich es nicht geschrieben. Was hätte es denn genützt? Du hättest ja nichts tun können, also warum hätte ich dich um die Ausgrabungen bringen sollen, auf die du dich so gefreut hattest? Und jetzt bist du ja wieder bei mir.« Sie lächelte tapfer und drückte seine Hand. Es erstaunte sie selbst, mit welcher Freude und Erleichterung es sie erfüllte, dass er wieder da war. In seiner Gegenwart verblasste das Verlangen der letzten Woche, das wie eine Stichflamme in ihr aufgelodert war, zu einer schamhaften Erinnerung an einen flüchtigen Moment der Schwäche. Sie gehörte zu Jordan, ihre Liebe galt ihm. Und die Leidenschaft, mit der sie letzte Nacht auf seine Küsse und zärtlichen Berührungen eingegangen war, hatte daran wohl auch keinen Zweifel gelassen. »Ich werde darüber hinwegkommen. Außerdem liegt die schlimmste Zeit schon hinter mir – die überdies so schlimm auch nicht war. Tante Agnes hat gar nicht zugelassen, dass ich Trübsal blase.«

»Aber wie um alles in der Welt hat er das erreicht?«

Harriet erzählte es ihm.

»Dein armer Bruder! Und Respekt, dass er sich das getraut hat! Ich weiß nicht, ob ich den Mut aufgebracht hätte, einfach so zu gehen.«

Harriet war dankbar für seine Reaktion, auch wenn sie bei ihm keine verächtlichen Vorurteile erwartet hatte.

»Wie kann deine Mutter nur so herzlos sein? Und Henry – wir dürfen ihm die Erpressung nicht durchgehen lassen. Ich werde …«

»Gar nichts wirst du«, fiel sie ihm ruhig, aber bestimmt ins Wort. »Es ist lieb, dass du etwas unternehmen willst, aber ich möchte das nicht. Das ist es nicht wert. Henry ist sehr wohl zuzutrauen, dass er seine Drohung wahr macht und für einen Riesenskandal sorgt. Das zu verhindern bin ich meinem Bruder schuldig. Außerdem gilt die Abtretung nur für zehn Jahre. Wer weiß, ob sich meine Mutter dann noch einmal so leicht erpressen lässt.«

»Du hast doch laut Testament das Vorkaufsrecht sowohl für die Anteile deiner Mutter als auch für die deiner Geschwister, oder?«

Sie nickte. »Und bei Mutters Tod geht ihr Anteil zu gleichen Teilen auf Elliot, Ashley und mich über. Danach wird Henry also auf keinen Fall noch Geschäftsführer sein«, versicherte sie und fügte im Stillen hinzu: *Es sei denn, er heckt bis dahin noch eine andere Schweinerei aus.*

»Aber ich könnte doch versuchen, deiner Mutter ihre acht Prozent Firmenanteile abzukaufen«, schlug er vor. »Dann hättest du schon jetzt die Gewissheit, dass du die Kontrolle über die Reederei zurückgewinnen kannst, sobald du es für richtig hältst.«

Harriet war gerührt von dem großzügigen Angebot. Die Reederei schrieb fette schwarze Zahlen, was den Preis pro Anteil kräftig in die Höhe trieb. Aber nachdem sie kurz darüber nachgedacht hatte, sprach sie sich dagegen aus, denn sie hielt den Versuch für aussichtslos. »Mutter wird sich vorerst nicht darauf einlassen, und Henry könnte gewarnt sein, falls er irgendwie davon erfährt. Immerhin hält Mutter noch Kontakt zu Tante Ida. Nein, im Augenblick würde das nichts bringen. Vielleicht in ein paar Jahren. Trotzdem danke, dass du das für mich tun würdest.« Sie beugte sich vor und gab ihm einen Kuss auf die Wange.

Jordan strahlte. Doch später, als ihm ganz zu Bewusstsein kam, welch eine bittere Zeit Harriet durchgemacht hatte, während er seinem Vergnügen nachgegangen war, packte ihn das schlechte Gewissen. Er fragte sich, wie er seine lange Abwesenheit am besten wiedergutmachen könnte, und fand bald eine Antwort.

»Lass uns nach Europa reisen! Wir gehen noch einmal auf die Grand Tour. Und diesmal können wir sie richtig genießen«, schlug er ihr am späten Abend vor, als sie aus dem Bad kam – von seiner Idee fast so begeistert wie von dem halb durchsichtigen Negligé, das er noch nicht an ihr gesehen hatte und das ihn alles andere schlagartig vergessen ließ. »Himmel, du bist wunderschön!«

Verblüfft blieb Harriet im Türrahmen stehen, sodass das Licht aus dem Bad von hinten durch die cremeweiße Spitze fiel. »Nach Europa? Wann?«

Er zog sie in seine Arme. »Von mir aus nächste Woche, mein Liebling!«

Sie lächelte, als sie sah, wie sich seine Pyjamahose zu einem kleinen Zelt aufrichtete. »Aber du bist doch gerade erst von einer langen Reise zurückgekommen!«

»Und wennschon, ich reise für mein Leben gern. Und Paris im Mai ist ein Traum. Das haben wir damals, als wir so lange in London geblieben sind, falsch gemacht«, sagte er und schob eine Hand unter das Negligé. »Und dann fahren wir an die Loire und in die Camargue, wo es noch Wildpferde gibt und das traumhafte Städtchen Aiges-Mortes. Und nach Cannes und Nizza. Ach, es gibt noch so viel, was ich dir zeigen möchte. Die Toskana, die Ägäis, Istanbul … auf uns wartet so vieles, das wir noch nicht gesehen oder nicht richtig ausgekostet haben. Und was hält uns hier? Wer weiß, wie lange wir noch sorglos durch den alten Kontinent reisen können, so, wie die europäischen Großmächte einander angeifern.«

Es klang verlockend. Auf ihrer ersten Grand Tour, die zugleich ihre Hochzeitsreise gewesen war und über den wahren Zeitpunkt von Adrians Geburt im Schweizer Sanatorium hatte hinwegtäuschen sollen, hatte sie wegen ihrer zeitweiligen Übelkeit und der häufig erforderlichen Bettruhe nicht allzu viel unternehmen können.

»Und was ist mit Adrian?«

»Den nehmen wir natürlich mit!«, sagte er prompt, während sich seine Hände auf ihre Brüste legten und sie sanft drückten. »Unser Sohn ist alt genug für so eine Reise, die Schule läuft ihm nicht weg, abgesehen davon gibt es Privatlehrer. Caitlin nehmen wir auch mit. Sie kann sich um ihn kümmern, wenn nur wir zwei mal eine Exkursion machen wollen. Es wird wunderbar, das verspreche ich dir!«

Harriet lachte leise. »Ich glaube, das würde mir gefallen. Gehen wir also noch einmal auf die Grand Tour. Aber gibt es da nicht etwas, das du mir vorher noch zeigen möchtest?« Und ihre Hand glitt durch den Schlitz der Pyjamahose.

»Ja, und wie schnell du es gefunden hast!«

»Gestern Abend war mir so, als könnte man es hiermit auch wunderbar haben«, neckte sie ihn.

Keine drei Wochen später, als die Kirschbäume vor Notre-Dame in voller Blüte standen, trafen sie in Paris ein, wo sie für einige Tage im luxuriösen »Ritz« an der Place Vendôme abstiegen, bevor sie an die Loire und hinunter in die Camargue fuhren.

Es war eine Grand Tour, wie man sie sich nur erträumen konnte. Selbst das Wetter verwöhnte sie. Von einer Woge stillen Glücks getragen, ließ Harriet sich durch Europa treiben. Und obwohl Adrian und Caitlin bei ihnen waren, hatte sie das Gefühl, jetzt ihre eigentliche Hochzeitsreise zu erleben, frei nicht nur von körperlichen Beschwerden, sondern auch von all den Sorgen und Ängsten, die ihr damals keine Ruhe gelassen hatten.

Sie machten einen Abstecher in die Schweiz, um Professor Seethaler zu besuchen, in dessen Sanatorium Adrian vor siebeneinhalb Jahren zur Welt gekommen war. Dann ging es nach Italien, an den Lago di Garda, nach Rom und in die Toskana, und dann mit dem Orientexpress nach Istanbul, bevor dort die Sommerhitze einsetzte. Griechenland und die Ägäischen Inseln standen für die Rückreise vom Bosporus auf dem Programm.

Als sie am späten Nachmittag des 28. Juni von einem Besuch der Hagia Sophia und einem Bummel durch den großen Basar ins »Pera Palas«, das örtliche Vertragshotel des Orientexpress, zurückkamen, erfuhren sie von dem Attentat in Sarajevo. Fanatische Mitglieder einer serbisch-nationalistischen Bewegung hatten den österreichisch-ungarischen Thronfolger Erzherzog Franz Ferdinand und seine Frau getötet.

»Schrecklich! Und so sinnlos. Aber der Balkan war schon immer ein Pulverfass«, sagte Jordan eher beiläufig und orderte eine Flasche gut gekühlten Weißwein. Dann besprachen sie das Besichtigungsprogramm für den nächsten Tag. Und so schockiert sie von dem Attentat auch waren, keiner von ihnen ahnte, dass die Schüsse und die Bombe in der bosnischen Hauptstadt innerhalb weniger Wochen einen Weltkrieg auslösen würden.

Genau einen Monat später erklärte Österreich-Ungarn Serbien den Krieg. Zwei Tage darauf, am 30. Juli, ordnete Russland die Generalmobilmachung an. Am 1. August beschloss das Deutsche Reich den Krieg gegen Russland, und am 3. August zog es auch gegen Frankreich ins Feld. Worauf Großbritannien umgehend dem deutschen Kaiser seine Kriegerklärung überbringen ließ. Das

Pulverfass war explodiert. Europa ging in Flammen auf, und das jahrelange Morden begann.

Harriet und Jordan hatten das Glück, noch vier Plätze im letzten Zug zu bekommen, der sie sicher nach Paris zurückbrachte, bevor der Orientexpress für die Dauer des Krieges seinen Dienst einstellen musste. Nach kurzem Aufenthalt setzten sie mit der Fähre nach England über und bezogen in London im »Carlton Hotel« Quartier, an der Ecke Haymarket und Pall Mall.

Drei Tage nach ihrer Ankunft in London ließ Harriet sich die Haare schneiden. Als sie ins Hotel zurückkam und sich an der Rezeption ihren Zimmerschlüssel aushändigen ließ, sprach jemand sie von hinten an. Harriet hätte die Stimme sofort erkannt, auch ohne das »Hallo, Schwesterherz!«.

Sie wirbelte herum. »Elliot! Gütiger Himmel, du bist es wirklich!«

Ihr Bruder hatte sich aus einem der dick gepolsterten Fauteuils erhoben und kam auf sie zu. Er war braun gebrannt, sein Haar von Salzwasser und Sonne gebleicht, und er trug zu einem Straßenanzug aus nussbraunem Cord ein hellblaues Hemd mit Krawatte. Doch obwohl selbst die Kleidung der Hotelbediensteten weitaus vornehmer war, von der Eleganz der Hotelgäste ganz zu schweigen, bewegte er sich in dieser luxuriösen Umgebung mit der Unbekümmertheit eines Mannes, der einen feuchten Kehricht auf den Standesdünkel der Reichen gibt. Und sie sah auf den ersten Blick, dass seine vormals weichen Gesichtszüge eine härtere, männliche Note angenommen hatten. Auch seine Schultern erschienen ihr breiter, überhaupt war seine Statur durch die vielen Monate harter Arbeit auf See deutlich kräftiger und muskulöser geworden. Sein Anblick trieb ihr die Tränen in die Augen. Wie stolz sie auf ihn war und wie sehr sie ihn vermisst hatte!

»Ich hoffe, ich komme nicht ungelegen«, sagte er und lachte sie an.

»Und wie, du Schwachkopf!«

Sie fielen sich in die Arme, und Harriet küsste ihn auf beide Wangen und hielt ihn länger fest, als ihm in der Öffentlichkeit recht war. Aber seine Verlegenheit kümmerte sie nicht, sie war viel zu glücklich, ihn nach so langer Zeit an sich drücken zu können. Umso mehr, als sie befürchtet hatte, ihr letzter Brief mit ihrer veränderten Reiseroute, den sie postlagernd nach Liverpool geschickt hatte, könnte ihn nicht mehr rechtzeitig erreichen.

Endlich gelang es Elliot, sich aus ihrer Umarmung zu befreien. Aber auch er hatte verräterisch feuchte Augen, als er seine Krawatte zurechtrückte und fragte: »Wo stecken denn Adrian und dein Göttergatte?«

»Adrian ist mit Caitlin im Zoo, und Jordan ist bei seinem Schneider in der Savile Row, aber beide müssten bald zurückkommen«, sagte sie. »Komm, lass uns in den ›Palm Court‹ gehen und Champagner bestellen! Wir müssen doch feiern, dass du bei uns in London bist! Du weißt gar nicht, wie sehr ich mich freue, dass du es noch geschafft hast!«

Elliot grinste. »Ich habe den Heizer bestochen, damit er ein paar Kohlen extra in die Kessel schaufelt! Hat funktioniert. Aber wenn es dich nicht beleidigt, bestell ich mir lieber ein Bier. Bin reichlich aus der Übung, was Champagner betrifft. Der wird an Leute aus dem Vorschiff selten ausgeschenkt.«

Sie lachte. »Du kannst dir bestellen, was du willst! Ach, Elliot, ich kann es noch gar nicht glauben! Mein Gott, wir haben uns so viel zu erzählen!« Überglücklich drückte sie seine Hand, während sie in den Innenhof mit der Glaskuppel gingen. Sie entschieden sich für einen Tisch auf einer der kleinen Galerien, die mit Orientteppichen ausgelegt und mit Zimmerpalmen und fast mannshohen chinesischen Vasen dekoriert waren. Doch bevor sie ihn diskret fragen konnte, ob er inzwischen herausgefunden habe, wer er sei und was es für ihn bedeute, ein Mann zu sein, musste sie etwas anderes wissen.

»Kommst du mit zurück nach Amerika?«, fragte sie hoffnungsvoll. »Jordan hat Kabinen auf der *Mauretania* gebucht. Sie läuft übermorgen aus. Ich bin sicher, dass wir für dich auch noch eine Passage kriegen. Und natürlich bist du unser Gast, Bruderherz.«

»Das ist lieb, aber ich bleibe in Europa. Amerika steht derzeit nicht auf meinem Plan.«

»Was steht denn dann darauf? Du willst doch wohl jetzt, wo der Krieg ausgebrochen ist, nicht weiter zur See fahren, oder? Ständig hört man, dass der Krieg hauptsächlich auf See ausgetragen wird und dass dabei diese neumodischen U-Boote eine wichtige Rolle spielen werden!«

Elliot schüttelte den Kopf. »Von der Seefahrt habe ich erst mal genug.«

»Aber was willst du dann machen?«, drang sie in ihn, und eine schreckliche Ahnung befiel sie. »Um Himmels willen, du hast doch wohl nicht vor, Soldat zu werden? Das kannst du mir nicht antun, bitte! Wir sind Amerikaner, wir sind neutral, wie die Schweizer!«

Er wich ihrem Blick aus und zuckte die Achseln. »Noch habe ich gar nichts beschlossen. Aber wir haben Krieg, Schwesterherz, und zwar einen richtig großen. So liegen die Dinge nun mal«, sagte er und hob den Blick, um ihr ein schiefes Lächeln zu schenken, als wolle er sich schon jetzt für etwas entschuldigen, das er vielleicht in naher Zukunft tun würde. »Und ob Amerika sich aus einem Krieg, an dem alle europäischen Großmächte beteiligt sind, auf Dauer heraushalten kann, wird sich erst noch zeigen. Eins steht jedenfalls fest: Ich bleibe in Europa.«

In dem Augenblick wusste Harriet, dass Elliot in den Krieg ziehen würde, und ihr sank das Herz.

31

Nun lass uns gehen«, sagte Frank, schnippte die Zigarettenkippe hinaus in den Regen und kurbelte das Seitenfenster schnell wieder hoch. Das Licht bunter Reklameleuchten tanzte über den nassen Asphalt. Downtown Los Angeles herrschte an diesem ersten Samstagabend im Dezember starker Verkehr, und die Räder der vorbeifahrenden Autos erzeugten im beständigen Nieselregen ein singendes Rauschen.

»Ich kann nicht!« Wie ein Häufchen Elend saß Laura in ihrer eleganten Abendgarderobe neben ihm und umklammerte ihre schmale Handtasche.

»Unsinn. Natürlich kannst du.« Er lachte leise.

»Ich kann wirklich nicht!«, beteuerte sie. »Ich schaffe es einfach nicht, da reinzugehen.«

»Ach was, das passt doch gar nicht zu dir. Also rede dir das erst gar nicht ein.«

»Fühl doch mal, wie kalt meine Hände sind!«

Er nahm ihre Hand, die eiskalt war, und rieb sie liebevoll. »Du wirst doch jetzt nicht kneifen, nachdem du all die Monate die Gelassenheit in Person warst und alles mit Bravour gemeistert hast. Okay, ein bisschen Lampenfieber darfst du schon haben, das ist normal, das haben alle. Aber für Angststarre gibt es wahrlich keinen Grund.«

Sie schüttelte den Kopf und schluckte krampfhaft. »Ich hätte mich niemals darauf einlassen sollen.«

»Zum Glück hast du es aber getan.«

Sie sah ihn mit gequälter Miene an. »Das wird eine einzige Katastrophe. Ich weiß nicht, was damals in mich gefahren ist. Du hättest mich nicht dazu überreden dürfen.«

Er lächelte nachsichtig. »Das habe ich nicht. Wir haben fast zwei Tage und Nächte über nichts anderes geredet, und am Schluss habe ich dich drei Tage lang in Ruhe gelassen, damit du ganz allein zu einer Entscheidung kommen konntest. Nicht mal telefoniert haben wir«, erinnerte er sie sanft. »Niemand hat dich gezwungen, den Vertrag zu unterschreiben. Du hast dich aus freiem Willen auf die Herausforderung eingelassen. Und heute kannst du dich davon überzeugen, wie richtig diese Entscheidung war.«

Was hatte Laura auch zu verlieren gehabt? Im Februar hatte sie das letzte Haus, das sie hatte entwerfen und bauen dürfen, fertiggestellt. Und nach fast drei Monaten beruflicher Untätigkeit hatte ein neuer Kunde, für den sie schon erste Entwürfe angefertigt hatte, seinen Auftrag unter fadenscheinigen Vorwänden zurückgezogen. Zwar musste sie dank der Lebensversicherung ihres verstorbenen Mannes und der Unterstützung durch ihren Vater nicht befürchten, in absehbarer Zeit der Wohlfahrt anheimzufallen, aber die fünfhundert Dollar Wochengage über sechs Monate hinweg hatten ihr finanzielles Polster doch deutlich erhöht; die Summe übertraf alle ihre Honorare als Architektin zusammengenommen um einige Tausender.

»Ich habe es getan, weil es so verrückt klang, dass ich es einfach versuchen musste. Aber vor der Kamera zu stehen ist etwas anderes, als sich jetzt dem Urteil des Publikums auszusetzen«, sagte sie und blickte hinauf zu dem Reklameschild, auf dem der Titel des Films und die Namen der drei Hauptdarsteller prangten. Einer lautete *Laura Lynn.* Es erschien ihr unwirklich, und doch lief dort im Saal jetzt *The Other Woman* mit ihr in der positiven weiblichen Hauptrolle. »Ich habe einfach Angst, dass ich mich blamiert habe und die Leute mich nicht mögen.«

»Die Kamera liebt dich, das hat Jack Holbrook dir mehr als einmal versichert. Und auch das Publikum wird hingerissen sein – wie unsere Filmcrew, der Cutter und selbst Tony Russo, der nun wirklich ein abgebrühter Zyniker ist. So, und jetzt lass uns gehen.« Frank stellte den Motor ab. »Die Vorstellung hat längst angefangen, und niemand wird dich erkennen, wenn wir uns im Dunkeln ganz hinten ins Kino setzen.«

Er griff zu Hut und Regenschirm, zog Laura mit sanftem Nachdruck aus dem Wagen und unter den Schirm und legte ihr einen Arm um die Schultern. Und nun, da das Unabänderliche geschah und sie mit ihm durch den ausgestorbenen Vorraum ging, straffte sich ihr Körper. Sie würde es mit Anstand hinter sich bringen. Immerhin wurde der Film in diesem Theater als Preview gezeigt, landesweit in die Kinos sollte er erst einige Wochen später kommen. Falls er sich als Flop erwies, würde er vermutlich gar nicht landesweit gezeigt werden, und niemand würde groß zur Kenntnis nehmen, wer sich hinter dem Namen Laura Lynn verbarg.

Der Saal des *Electric Theater,* das schon seit 1902 auf der Main Street existierte und sich rühmen konnte, das älteste Lichtspielhaus in Los Angeles zu sein, war gut gefüllt, aber nicht voll besetzt. Niemand wandte sich nach ihnen um, als sie sich in die hinterste Reihe setzten, die Jack Holbrook für sie frei gehalten hatte.

Schon nach wenigen Minuten spürte Frank, wie gebannt das Publikum dem Geschehen auf der Leinwand folgte, und bei jeder Nahaufnahme von Laura bekam er eine Gänsehaut. Es war zwar ein abendfüllender Feature-Film, aber ein Sechsspuler der Low-Budget-Kategorie, deshalb gehörten Lauras Leinwandpartner nicht zu den Stars, sondern zur soliden B-Klasse. Aber einen Star hatte der Film dennoch: Laura Lynn mit ihrer ergreifenden Glaubwürdigkeit und bezaubernden Natürlichkeit.

Sie spielte eine begabte Pianistin, die sowohl ihre erste Liebe als auch ihren Traum von einer Karriere als Konzertpianistin aufgab, um durch die Heirat mit einem Geschäftsmann den angeschlagenen elterlichen Betrieb zu retten. Aus Pflichtbewusstsein ertrug sie die Herrschsucht und die Affären ihres Mannes. Er verließ sie kurzzeitig, nur um reumütig zurückzukehren. Sie aber wählte nach dem Tod der Eltern und dem Bankrott der Firma die Freiheit. Ihre Jugendliebe hatte ihr aus Wien geschrieben, und so zeigte sie ihrem Mann die kalte Schulter und ging in der letzten Szene an Bord eines Passagierschiffes, das sie nach Europa bringen würde.

Bei der Szene, in der sie den Ehemann in die Wüste schickte und mit gepackten Koffern das verhasste Haus verließ, jubelte das Publikum.

Als das Licht im Saal anging, trat Thomas L. Tally, der Besitzer des *Electric Theater,* mit einem dicken Strauß Rosen vor den Vorhang und verkündete stolz, dass die Hauptdarstellerin dieses ergreifenden Films, Miss Laura Lynn, zugegen sei. Dass auch der Regisseur anwesend war, erwähnte er nach Absprache mit Frank und Jack erst, nachdem Laura im Applaus hatte baden können.

Natürlich musste Laura auf die Bühne, damit er ihr die Rosen überreichen konnte, während Tony Russo, dessen Fotografen schon bereitstanden, ein Blitzlichtgewitter auf sie niedergehen ließ. Frank überließ es Jack Holbrook, sie unter dem begeisterten Applaus auf die Bühne zu begleiten.

Auch er stand da und klatschte wie alle anderen im Kinosaal. Auf einmal spürte er einen feinen Schmerz, der überraschend tief ging und sich mit Wehmut und einem Anflug von Reue mischte. Er konnte nicht dagegen an, dass ihm Tränen in die Augen stiegen, denn ihm wurde bewusst, dass sie nicht länger ihm gehörte. Nicht, dass Laura ihm jemals gehört hatte, aber er spürte, dass sie mit jeder neuen Woge Applaus ein Stück weiter von ihm abrückte. Er sah das Bild einer Raupe, die sich vor seinen Augen in einen wunderschönen Schmetterling verwandelte und in Höhen aufstieg, zu denen er keinen Zugang hatte.

Am Filmhimmel war ein neuer Stern geboren.

32

Reglos lag Tau-Tau auf dem fauligen, platt gedrückten Strohsack der Pritsche aus zusammengeschweißten Eisenstäben. Angespannt, aber geduldig wartend, starrte er hinauf zu dem vergitterten Fenster hoch oben in der dicken Granitmauer. Es war kaum größer als eine Schießscharte und selbst dann nicht mit der Hand zu erreichen, wenn er sich auf die Zehenspitzen stellte und streckte, soweit er nur konnte.

Er hatte sich das Holzbein abgeschnallt und auf die Brust gelegt. Mit beiden Händen presste er seinen kostbarsten Besitz an sich. Ihm stieg der vertraute Geruch von Schweiß, Dreck und Urin in die Nase, der im Laufe der Jahre in Holz und Lederriemen eingedrungen war wie Beize. Er besaß keine Uhr, aber selbst mit geschlossenen Augen spürte er, dass es nicht mehr lange dauern würde. Höchstens noch eine Stunde. Was nicht mehr war als ein lächerlicher Tropfen in dem Ozean von fünfzehn Jahren Gefängnis.

Tau-Tau wartete, dass über San Quentin der Mond aufging. Denn in dieser Nacht würde der Vollmond ihm wieder einmal das Geschenk machen, seinen milchigen Schein durch das winzige Fenster zu ihm hinunterzuschicken. Besser konnte er es sich nicht wünschen.

Die Wärter hatten die nackten Glühbirnen auf den Gängen längst ausgeschaltet, und in den Zellen gab es kein elektrisches Licht. Steinerne Stille lag wie eine Grabplatte über den Gefangenentrakten. Nur hier und da hörte man das Wimmern eines von Albträumen gequälten Insassen. Auch die Neuen lernten schnell, selbst im Schlaf keinen Lärm zu machen. Wer einmal durch die Hölle von einer Woche Dunkelzelle im Keller gegangen war, der lernte selbst das, was zu lernen ihm bis dahin als unmöglich erschienen war.

Als Seemann war Tau-Tau harte Zucht und Gehorsam gewohnt, was ihm geholfen hatte, sich einzuordnen und weniger bittere Strafen einstecken zu müssen als andere. Auf See war der Kapitän uneingeschränkter Herr über Leben und Tod. Und manch einer herrschte mit einem brutalen Regime über seine Mannschaft. Doch im Vergleich zu dem, was die Insassen von San Quentin von den Schließern zu erdulden hatten, erschien Tau-Tau selbst der übelste Tyrann, unter dem er gefahren war, in einem vergleichsweisen milden Licht. In diesen kalten Mauern unterlag jede Bewegung, jedes Wort, jede Handlung einem gnadenlosen Regelwerk. Fast grenzte es an ein Wunder, dass es noch keine Vorschriften dazu gab, wie man zu atmen hatte. Aber wie man nach dem Wecken um 5.30 Uhr aus der Zelle auf den Gang zu treten hatte, wie man mit dem Gesicht zur Wand stehen und beim Appell seine Nummer brüllen musste, in welcher Haltung man seine Brille, die abends vor dem Einschließen eingesammelt worden war, morgens wieder in Empfang zu nehmen hatte und selbst, welcher Rhythmus im Gleichschritt einzuhalten war, alles war streng geregelt.

Langsam hellte sich das schwarze Rechteck des Fensters auf. Das schmutzige Grau bekam einen milchigen Schein, der wiederum einen Stich ins Silbrige erhielt. Und dann kroch der Mond wie ein fleckiger Silberteller über das Gitter der Fensterstäbe.

Es war so weit!

Lautlos richtete Tau-Tau sich auf. Er klemmte sich das obere Ende der Prothese unter den linken Arm und packte das kurze und sehr viel dünnere untere Ende mit der Rechten. Ein kräftiger Ruck, und die konisch zulaufende Fußstange ließ sich in ihrem Gewinde drehen.

So primitiv das Holzbein auch war, Mitchell Sumner, der Zimmermann der *Josefine,* hatte damals gute Arbeit geleistet. Damit Tau-Tau nicht einen schweren Klotz mit sich herumschleppen musste, hatte er zu leichtem Balsaholz gegriffen. Er hatte die ausgehöhlten Hälften eines Quarter grain aus der Mitte eines Balsastammes gut miteinander verklebt und vernagelt, in das untere Ende des Hohlkörpers ein Gewinde geschnitten und das viel dünnere kurze Endstück dort angeschraubt.

Tau-Tau drehte das Fußstück heraus, legte es neben sich und schüttelte vorsichtig seinen geheimen Schatz aus dem Hohlraum. Nicht die zusammengerollten und mit Gummiband umwickelten Geldscheine im Wert von zwölf Dollar waren das Kostbarste, was er ins Gefängnis gerettet hatte, obwohl ihm das Geld bestimmt irgendwann von Nutzen sein würde – kein Gefängnis war ausbruchssicher, auch wenn es sich dessen noch so sehr rühmte –, nein, was sich nicht einmal mit dem Zehn- oder gar Zwanzigfachen der Geldscheine aufwiegen ließ, war die mit Kordel verschnürte Rolle aus Wachspapier, etwa so lang wie ein Zigarrenstumpen der billigen Sorte, aber nicht ganz so dick. Unter dem Wachspapier verbargen sich das Foto der Chinesin und der Ausriss aus der *Napa Gazette* mit dem Bild der frisch verheirateten Tochter von Captain Arthur Caldwell.

Andächtig wickelte er beides aus und breitete seinen Schatz auf der kratzigen Decke aus. Nur einmal im Jahr, nämlich am Jahrestag seiner Einlieferung nach San Quentin, erlaubte er es sich, Foto und Zeitungsartikel aus der Prothese zu holen, das hatte er sich selbst zur eisernen Regel gemacht. Nur so bewahrte diese eine Nacht im Jahr ihre Magie, und in der Zwischenzeit gab sie ihm die Kraft der Vorfreude.

Tau-Tau sann in diesem Augenblick nicht über seine Dummheit und die fatale Messerstecherei nach, die ihn fast anderthalb Jahrzehnte Freiheit kosten würde, falls ihm ein Ausbruch nicht gelang. Was geschehen war, war Wasser unter der Brücke. Nein, ihn erfüllte ausschließlich der Gedanke, dass er noch lange nicht am Ende war. Er berauschte sich an der Gewissheit, dass der Tag der Abrechnung kommen würde. Dann würde er groß Kasse machen!

Zweiter Teil

1918–1926

33

Am Morgen des 11. November 1918 hängte Elliot sich den Lederriemen seines Kleidersacks über die Schulter, brachte die Krücken zu Schwester Claire und verließ das Feldlazarett von Armancourt. Fast zur selben Zeit unterzeichneten knappe zehn Kilometer weiter nördlich auf einer Waldlichtung bei Compiègne die Vertreter des Deutschen Reiches und die Abgesandten der alliierten Westmächte in einem Eisenbahn-Salonwagen den Waffenstillstand, der den Ersten Weltkrieg beendete. Millionen Soldaten waren auf den Schlachtfeldern verreckt, und noch mehr Zivilisten hatten den Tod gefunden. Mehr als siebzehn Millionen hatten für die konkurrierenden Großmachtansprüche mit dem Leben bezahlt. Und als wären nicht schon genug Kummer und Leid über die Menschen gekommen, wurden nun innerhalb von drei Tagen weltweit Millionen durch die Spanische Grippe* dahingerafft. *Three-day-fever* oder *purple death* nannten die amerikanischen Soldaten die Seuche, weil der Krankheitsverlauf so rasant war und weil die Haut der Betroffenen sich so stark verfärbte.

Elliot wünschte, es hätte ein Grab gegeben, an dem er von Pascal hätte Abschied nehmen können, aber das Artilleriegeschoss hatte seinen geliebten Freund und Fliegerkameraden im Stacheldrahtverhau der Schützengräben von Verdun im wahrsten Sinne des Wortes in Fetzen gerissen. Da war kein Leichnam mehr gewesen, den man hätte bergen und beerdigen können, selbst wenn man in einer Kampfpause sein Leben dafür aufs Spiel gesetzt hätte. Pascal

* Die Spanische Grippe forderte zwischen 1918 und 1920 weltweit fast 50 Millionen Todesopfer und gehört damit wie die Pest von 1348 zu den größten Pandemien.

und er hatten in der Freiwilligen Fliegerschwadron *Escadrille Américaine* gedient, Pascal als Pilot im Cockpit eines Voisin-Doppeldeckers und er als sein Bordschütze. Sie waren viel mehr gewesen als nur Kameraden, aber das gehörte zu einem anderen Leben, von dem ihm seit jener Nacht in den Bombenkratern von Verdun nur noch Erinnerungen geblieben waren. Er würde sie als die kostbarsten seines Lebens hüten. Aber auch etwas anderes würde er zeit seines Lebens nicht loswerden, nämlich die beiden Granatsplitter, die zu nah am Rückgrat in seinem Leib steckten, als dass die Chirurgen es gewagt hätten, sie zu entfernen. Dass er es bei seinen Verwundungen überhaupt mit dem deutschen Deserteur durch die feindlichen Linien zurück zu den eigenen Stellungen geschafft hatte, grenzte an ein Wunder. Da hatten die Ärzte nicht auf ein zweites wetten wollen.

An diesem Morgen kam kein Zivilist ohne Sonderbescheinigung mit der Eisenbahn nach Paris. Alle Züge wurden für die Rückführung der Truppen und der aufgeblähten Etappe benötigt.

Elliot nahm den Überlandbus. Für die gerade mal achtzig Kilometer in die französische Hauptstadt brauchte das klapprige, voll beladene Gefährt mit der ausgeleierten Federung geschlagene zweieinhalb Stunden. Soldaten, Militärfahrzeuge und lange Kolonnen von Kriegsinvaliden verstopften die Landstraßen an vielen Stellen.

Die Stadt präsentierte sich kalt, feucht und überfüllt, aber auch voller Schönheit und Lebensfreude. Wie wunderbar, wieder da zu sein. Wenn doch nur Pascal an seiner Seite gewesen wäre!

An der Gare de Lyon stieg er aus. Das letzte Stück hinüber nach Saint-Germain-des-Prés wollte er auf dem linken Seineufer zu Fuß gehen, wie er es so oft mit Pascal getan hatte. Er überquerte den dunkel, still und gleichmütig dahinfließenden Fluss auf dem Pont d'Austerlitz und ging auf dem Quai Saint Bernard nach Norden in Richtung Quartier Latin, folgte der sanften Biegung der Seine, wo die Île de la Cité den Strom wie eine vorn und hinten spitz zulaufende Festung teilte, und ließ sich auf dem Weg in die Rue Jacob Nr. 44 Zeit. Dort fand er das bescheidene »Hotel Jacob et d'Angleterre« so vor, wie er es aus dem wundervollen Jahr kannte, das er mit Pascal hier gewohnt hatte. Wer hier abstieg, buchte das Zimmer nicht für die Nacht, sondern blieb Wochen oder Monate, manch einer sogar Jahre. Dass die Besitzer, die ihn wie einen verlorenen Sohn willkommen hießen, nicht dasselbe große Zimmer frei hatten, das sie damals bewohnt hatten, machte ihn erst traurig. Dann aber fand er, dass es so besser war. Er musste neu anfangen, seinem Leben ein neues Ziel, einen neuen Sinn geben. Was nicht hieß, dass er die Erinnerungen nicht immer als kostbaren Schatz hüten würde.

Er ließ sich einige Wochen ziellos treiben, wanderte durch die Stadt und grübelte, was er mit dem Rest seines Lebens anfangen sollte. Es gärte in ihm, vage Ideen von Vorhaben und möglichen Richtungen zeichneten sich ab, aber nichts davon packte ihn mit Entschiedenheit, diesem Impuls nun auch zu folgen. Er ließ dieses Suchen in sich selbst bewusst zu, und es gab ja auch keinen Grund zur Eile. Der wirtschaftliche Niedergang Frankreichs hatte zu einem Umtauschkurs geführt, der ihm für jeden Dollar mehr als zwölf Francs einbrachte. Damit war das Leben für Amerikaner mit Einkommen in Dollar selbst in Paris geradezu spottbillig. Eine Flasche roter Pinard kostete gerade mal sechzig Centimes, und selbst in einem guten Restaurant wie dem »Pré aux Clercs« in der Rue Bonaparte bekam man ein üppiges Drei-Gänge-Menü für gerade mal sechs Francs, also nicht einmal einen halben Dollar. Da reichte es, wenn die Anwaltskanzlei in San Francisco ihm auf seine Aufforderung hin dann und wann von den aufgelaufenen Zinsen seiner festverzinslichen Anleihen fünfhundert Dollar überwies.

Es war in der Woche vor Weihnachten, als er in der Rue Dupuytren Nr. 8 auf die Leihbücherei und Buchhandlung *Shakespeare & Company* stieß, die von der exzentrischen einunddreißigjährigen Sylvia Beach aus Baltimore betrieben wurde. Die Regale waren mit Büchern vollgestopft, die Wände mit den Fotografien lebender und verstorbener Berühmtheiten behängt. In diesen Räumen und in Gesellschaft der ebenso geistreichen wie lebensfrohen Buchhändlerin fühlte er sich auf Anhieb heimisch. Er schrieb sich als Mitglied der Leihbücherei ein und bezahlte seinen bescheidenen Halbjahresbeitrag, und schnell entwickelte sich zwischen Sylvia Beach und ihm ein herzliches Verhältnis. Zudem schloss er an diesem Ort neue Freundschaften, denn die Leihbücherei und Buchhandlung, die kurze Zeit später in die Rue de l'Odéon Nr. 12 umzog, wurde zusehends zu einem Treffpunkt intellektueller Ex-Patrioten, von denen es in Paris mehrere Zehntausend gab.

Hier kaufte er auch einem Journalisten, der für eine englischsprachige Zeitung in Paris arbeitete und sich gerade eine neue Schreibmaschine zugelegt hatte, seine gebrauchte Underwood ab.

Eine gute Woche lang stand das schwarze Ungetüm auf dem Holztisch unter seinem doppelflügeligen Fenster. Daneben lagen die Notiz- und Tagebücher, die er wundersamerweise unbeschädigt durch die Kriegsjahre gebracht hatte. *In Times of Darkness* hatte er nachträglich auf das Deckblatt des Journals geschrieben, in dem er seine Kriegserlebnisse festgehalten hatte. Am Ende der Woche fiel der erste Schnee, und über Nacht legte sich über Paris eine weiße Decke, die alle Geräusche zum Verstummen zu bringen schien. An diesem eiskalten Januarmorgen setzte sich Elliot schließlich an die Underwood, spannte einen Bogen Papier ein und blickte einen langen Moment auf die leere Seite. Doch was er wirklich sah, war Pascals Gesicht, damals, als sie im Schatten des Voisin-Doppeldeckers gesessen hatten. Dazu hörte er seine Stimme.

Und so begann Elliot, mit zwei Fingern in die Maschine zu tippen: »Manchmal denke ich, dass Gott uns vergessen hat«, sagte Pascal und steckte sich eine Gitanes zwischen die Lippen. »Aber dann sage ich mir, wie absurd das ist. Denn warum sollte er sich überhaupt um das kümmern, was hier unten passiert. Da hätte er ja viel zu tun, findest du nicht, mon cher américain?«

34

Die Sonne stand schon tief über *Seven Oaks,* als Harriet, Agnes und Jordan einen Spaziergang zu den Weinbergen machten. Doktor Morton war gegangen, Adrian lag in einem tiefen, festen Genesungsschlaf, und Caitlin wachte an seinem Bett.

Dankbar, dass die tödliche Gefahr abgewendet war, gingen sie den Weg zu den Weinbergen hinauf. Wildblumen sprenkelten die Wiesen, und das junge Blattgrün oben an den Rebstöcken war Balsam für die Seele. Sie hatten so viel Grund, dankbar zu sein. Unter anderem dafür, dass sie die Möglichkeit gehabt hatten, sich vor der todbringenden Epidemie hierherzuflüchten und in der Abgeschiedenheit, fern von Menschenansammlungen, Schutz vor Ansteckung zu finden. Wobei Adrians Erkrankung bewies, dass sie selbst hier draußen noch gefährdet waren.

Seit dem vergangenen Herbst wütete die Spanische Grippe auch in San Francisco. Anfangs hatte man die tödliche Gefahr des Fiebers, an dem fast jeder Dritte erkrankte, nicht erkannt. Erst als sich die Toten häuften und die Schreiner nicht mehr schnell genug Särge liefern konnten, hatten die Behörden Alarm geschlagen und Maßnahmen getroffen. Seitdem war es Pflicht, in der Öffentlichkeit eine Schutzmaske zu tragen. Wer sich nicht daran hielt, wurde mit einer hohen Geldstrafe belegt oder wanderte für mehrere Tage ins Gefängnis. Die üblichen Atemmasken aus Gaze, wie Chirurgen sie trugen, waren jedoch schon bald nicht mehr zu bekommen gewesen, weshalb die Leute sich aus Leinen, Chiffon und anderen Stoffen eigene anfertigten. Manche schufen sich groteske Gebilde, deren bedrohliches Aussehen an die Zeiten der Pest erinnerte.

Harriet dachte an Elliot, von dem sie ein paar Tage zuvor Post bekommen hatte. Sie wünschte, er würde endlich nach San Francisco zurückkehren. Aber sosehr sie ihren Bruder auch vermisste, seinem Brief hatte sie entnommen, dass ihn nichts nach Hause drängte. Sie ermahnte sich, nicht undankbar zu sein. Gottlob hatte er den Krieg und die Verwundung, über die er in seinen Briefen vage hinweggegangen war, überlebt. Lediglich von »ein paar kleinen Granatsplittern« war die Rede gewesen, aber die Poststempel des Feldlazaretts hatten verraten, dass er dort gute dreieinhalb Monate verbracht hatte. Mit leichten Verletzungen blieb man nicht so lange im Krankenhaus. Was ihn jetzt in Paris hielt und womit er seine Zeit verbrachte, darüber ließ er sich ebenso wenig konkret aus. Nun, ihr Bruder hatte wohl seine Gründe, und das sollte sie akzeptieren. Wenn er nur gesund blieb, wollte sie mit allem anderen zufrieden sein.

Ihre Gedanken wanderten zu ihrer Mutter und Ashley. Beide hatten auf ihre und Jordans Bitten, mit ihnen ins Napa Valley zu gehen, geradezu entrüstet reagiert. Ihnen sei das Leben auf dem Landgut zu primitiv, hatten sie Harriet unmissverständlich zu verstehen gegeben. Zudem konnte ihre Mutter Tante Agnes nicht ausstehen. Vermutlich, weil Agnes, weltläufig und exzentrisch, wie sie war, sich einen Teufel darum scherte, was ihre Mutter von ihr dachte. Und wenn Evelyn eines nicht ertragen konnte, dann, sich nicht in Szene setzen und den Ton angeben zu können.

Harriet dagegen gefiel es auf *Seven Oaks* mittlerweile besser als in der Stadt. Das große Haus auf dem Nob Hill vermittelte ihr ein Gefühl der Kühle und Leere, insbesondere wenn Jordan auf Reisen war. Während der Kriegsjahre hatte es zwar keine Ausgrabungen in Ägypten gegeben, an denen er hätte teilnehmen können – ganz abgesehen davon, dass die Schiffsreise dorthin lebensgefährlich gewesen wäre, nachdem das Deutsche Reich den uneingeschränkten U-Boot-Krieg erklärt und damit begonnen hatte, auch Schiffe neutraler Staaten zu versenken –, aber Jordan hatte sich an Expeditionen beteiligt, die im Dschungel von Mexiko und Mittelamerika nach verschollenen Tempelanlagen und anderen Kultstätten suchten. Dieser Leidenschaft erlag er immer wieder, sosehr er auch versuchte, standhaft zu bleiben. Nicht einmal die Malaria, an der er in Panama erkrankt war, hatte ihn davon kuriert. Gottlob hatten sich die schweren Fieberanfälle dank der guten Medizin bald wieder gelegt, aber wirklich geheilt war er nicht. Es hatte Rückfälle gegeben, und das bereitete ihr Sorgen, von denen Jordan jedoch nichts wissen wollte.

Sie unterdrückte einen wehmütigen Seufzer. Sie hatte sich längst damit abgefunden, dass er sie immer wieder monatelang allein ließ. Das war nun einmal das Leben, das sie gewählt hatte, und es wäre ungerecht gewesen, sich darüber zu beklagen. Jordan und sie führten durchaus keine schlechte Ehe. Es war eine ruhige, friedliche Partnerschaft, getragen von Respekt und gegenseitiger Zuneigung, und wenn sie im Bett zusammenkamen, was in den letzten Jahren seltener geschah, als sie es sich gewünscht hätte, dann war der Sex zärtlich und befriedigend. Was ihr jedoch neben einem weiteren Kind versagt blieb, waren der Rausch der Ekstase und das tiefe, unerschütterliche Gefühl der Geborgenheit, komme, was da wolle.

Schnell verdrängte sie die trüben Gedanken. Wie dumm und kindisch, immer wieder auf das zu starren, was ihr versagt blieb, statt sich auf das viele Gute und Schöne zu konzentrieren, mit dem ihr Leben gesegnet war! Sie gab sich einen Ruck und schloss rasch zu Agnes und Jordan auf.

»… das solltest du aber wirklich wissen, Jordan!«, sagte Agnes scherzhaft rügend und drohte ihm mit ihrer langen Zigarettenspitze, in der eine schwarze Orient steckte. »Auf *Seven Oaks* bringt ein Morgen Rebstöcke knapp drei Tonnen Weintrauben.«

»Und was bringt das in Flaschen, Tante?«

»Sechzig Kisten oder siebenhundertzwanzig Flaschen guten Cabernet«, antwortete Harriet, noch ehe Tante Agnes dazu kam.

»Da hörst du es, du Ignorant!«, schimpfte Agnes und warf Harriet ein strahlendes Lächeln zu. »Du bist quasi mit Trauben im Mund zur Welt gekommen und stellst noch heute Fragen, die selbst Harriet längst im Schlaf beantworten kann!«

Jordan grinste. »Es hat eben seine Vorteile, eine Frau zu heiraten, die nicht nur schön ist, sondern auch klug. Aber ich verstehe nicht, dass du mit der Ernte nicht zufrieden bist. Ich meine, siebenhundertzwanzig Flaschen pro Morgen sind doch ganz stattlich. Wer soll denn den ganzen Wein kaufen?«

»Wir haben hier im Napa Valley, was das Wetter und die Bodenbeschaffenheit betrifft, die besten Voraussetzungen, um bei einer besseren Pflege und Anbaumethode gut und gern das Doppelte und mehr zu ernten«, sagte sie. »Deshalb werde ich auch die zum Verkauf stehenden siebzehn Morgen der Lennards erwerben, die im Westen an unser Gut grenzen. Das Land ist nicht mit Rebstöcken bepflanzt, sodass ich dort ganz neue Sorten hochziehen kann. Die Setzlinge lasse ich mir aus Frankreich kommen. Das Land hat ideale Südwestlage. Ich bin mit dem alten Gregg schon handelseinig geworden.«

Jordan sah seine Tante an und furchte die Stirn. »Das ist aber keine Investition, zu der ich dir raten würde«, sagte er. »Was willst du mit einem so großen Weingut? Bitte nimm es nicht krumm, aber ich halte das in deinem Alter für eine ausgesprochen schlechte Idee. Du kannst dein Geld doch viel gewinnbringender anlegen.«

»Ich glaube nicht, dass es Agnes auf einen möglichst hohen Gewinn ankommt. Wäre das der Fall, hätte sie dich bestimmt längst um Rat gefragt«, warf Harriet ein. »Ihr geht es wohl mehr um das Gut und all das prächtige Land, das zum Verkauf steht und *Seven Oaks* zu einem der größten Weingüter hier im Tal machen könnte.«

Agnes nickte energisch. »Das hast du richtig erkannt, Harriet.

Land ist immer sein Geld wert, und die Vorstellung, *Seven Oaks* noch um siebzehn Morgen vergrößern zu können, ist *gerade für mich alte Schachtel* äußerst verlockend«, erwiderte sie in Jordans Richtung. »Denn Land verliert nie seinen Wert, mein Junge, Land bleibt!«

»Keiner hat dich alte Schachtel genannt!«, protestierte Jordan. »Das käme mir nie in den Sinn!«

Agnes fuchtelte mit der Zigarettenspitze vor seinem Gesicht herum und fuhr ungerührt fort: »Was man von Geld auf der Bank oder in Aktien angelegt häufig nicht sagen kann. Das hat uns die Geschichte ja wohl oft genug gelehrt! Außerdem, was soll ich denn sonst mit meinem Geld anfangen? Es dir überschreiben, wo du doch schon so viel geerbt hast und bei meinem Tod noch einen weiteren Haufen erben wirst?«

»Bitte red nicht so, als würdest du schon auf dem Sterbebett liegen, Agnes!«

»Na, meine Vorstellung auf der Bühne des Lebens hat jedenfalls ihren letzten Akt erreicht«, erklärte Agnes sachlich, doch in ihren Augen blitzte es fröhlich. »Und ich finde, der sollte besonders denkwürdig sein, bevor der Vorhang fällt!«

»Denkwürdig wäre eine solche Investition zweifellos, nur erscheint sie angesichts der politischen Lage alles andere als vernünftig, geschweige denn weitsichtig«, beharrte Jordan etwas frostig. »Oder hast du vergessen, was uns diese unsäglichen Aktivisten von der Anti-Saloon-Liga und all die anderen fanatischen Abstinenzler und Puritaner beschert haben? Der Senat hat das Gesetz doch schon beschlossen. Und wenn es in den nächsten Monaten von sechsunddreißig Bundesstaaten bestätigt wird, haben wir im Januar nächsten Jahres mit dem *Volstead Act* die Prohibition am Hals! Da hilft selbst ein Veto von Präsident Wilson nicht mehr. Was machst du dann mit den Tausenden Flaschen Wein, die du hier produzierst?«

Agnes lachte spöttisch. »Ein ganzes Land trockenlegen? So etwas Lächerliches! Absurder geht es wirklich nicht! Prohibition funktioniert ja noch nicht einmal in den trockenen Countys. Da wird in jedem Waldstück seit eh und je Alkohol schwarzgebrannt. Nein, dieses sogenannte ehrenwerte Experiment ist von vornherein zum Scheitern verurteilt. So, und jetzt habe ich so richtig Appetit auf ein Glas von unserem besten Cabernet. Kann auch sein, dass zwei daraus werden, nicht wahr, Liebes?«, sagte sie und lächelte Harriet verschwörerisch zu, teilten sie beide doch die Liebe zu gutem Wein, während Jordan lange gereiftem Whisky die Treue hielt. »Und morgen bring ich das Geschäft mit dem alten Gregg Lennard unter Dach und Fach.« Damit wandte sie sich wieder Jordan zu und stieß mit der langen Zigarettenspitze nach ihm, als wollte sie ihm ein Loch ins Hemd brennen. »Denn Land, mein Junge, ist und bleibt die Krone unter den Juwelen der Investitionen!«

Drei Tage später klingelte das Telefon auf *Seven Oaks.*

Harriet, die in der Nähe stand, hob ab.

Ihre Schwester war am Apparat. »Mutter ist tot, die Spanische Grippe hat sie geholt«, teilte Ashley ihr ohne Umschweife mit und fügte im selben Atemzug hinzu: »Ich will das Haus, damit du das gleich weißt!«

35

Beerdigt wurde Evelyn Caldwell an einem für San Francisco typischen Apriltag. Kurz vor Anbruch der Dämmerung trieben vom Pazifik her die ersten Nebelfelder in die Stadt. Die milchige Suppe wogte über die Hügel, strömte in die Straßenschluchten und kroch in jede Gasse. Man sah keine drei Schritte weit, und die aufsteigende Sonne hatte Mühe, sich bemerkbar zu machen. Auf den Nebel folgten ein paar Stunden später, als der Gottesdienst endete und die Trauergesellschaft dem Sarg über den Friedhof zur Grabstelle folgte, heftiger Regen und ein ekelhaft kalter Wind aus Nordwest. Doch als der letzte Segen verklungen war und die Totengräber zu den Seilen griffen, um den Sarg in die Grube hinunterzulassen, riss die Wolkendecke über dem *Laurel Hill Cemetery* auf. Strahlendes Sonnenlicht fiel auf das Meer von Blumen und prächtigen Kränzen und brachte die schweren Messingbeschläge des schwarz lackierten Sargs zum Funkeln.

»Das sieht Mutter mal wieder ähnlich! Selbst im Sarg sorgt sie noch für einen dramatischen Auftritt«, raunte Ashley bissig und fragte dann übergangslos: »Hast du schon mit den Anwälten wegen der Grundbuchüberschreibung gesprochen?«

Harriet warf ihr einen ungläubigen Blick zu. Nicht, dass sie von Ashley Tränen und Trauer erwartet hätte. Ihr selbst erging es ja nicht viel anders; sie konnte nicht um ihre Mutter weinen. Die wenigen Tränen, die ihr in der Kirche und jetzt auf dem Friedhof gekommen waren, hatten der Nähe und Mutterliebe gegolten, die Evelyn ihnen *nicht* hatte schenken können oder wollen. Der Einzige aus der Familie, der wirklich erschüttert war und um der Toten willen weinte, war Adrian. Dabei hatte auch er von seiner

Großmutter wenig Zuneigung und Aufmerksamkeit erfahren. Die Unschuld und Großherzigkeit eines Kinderherzens kannten eben noch kein Ressentiment. Das lehrte einen das Leben erst später.

Harriet hatte Elliot telegrafisch vom Tod der Mutter unterrichtet. Er hatte umgehend aus Paris zurücktelegrafiert, bestürzend direkt und unversöhnlich:

Nachricht zur Kenntnis genommen - stopp - Meine Mutter lebt jedoch noch - stopp - Grüß Caitlin lieb - stopp - Elliot

Sie konnte ihm diese scheinbare Gefühlskälte nicht vorwerfen. Evelyn hatte ihn zwar zur Welt gebracht, aber es war Caitlin gewesen, die ihn mit mütterlicher Liebe aufgezogen und umsorgt hatte.

Trotz des zunächst miserablen Wetters hatte sich zur Beerdigung von Evelyn Caldwell alles eingefunden, was in der auf Schifffahrt orientierten Geschäftswelt von San Francisco Rang und Namen hatte. Beachtlich war auch die Zahl der Frauen aus dem vermögenden Bürgertum, die zu Evelyns spiritistischem Zirkel gehörten. Selbst Jordans Vater und Brüder waren gekommen. Sie standen bei Henry, Ida und Guy, die sich um kummervolle Mienen bemühten, aber eher ungeduldig wirkten. Insbesondere Henry. Es war, als könne er es nicht erwarten, dass man endlich zur Hauptattraktion im Programm kam. Immer wieder blickte er zu Harriet hinüber, und dann wich seine aufgesetzte Trauermiene einem hämischen Ausdruck.

Der Leichenschmaus wurde in Harriets und Jordans Villa am Nob Hill gehalten. Angesichts der zu erwartenden Zahl von Gästen hatten sie den Catering-Service des nahe gelegenen »Fairmont Hotels« mit der Lieferung kalter und warmer Platten beauftragt, und das Hotel stellte auch das nötige Personal.

Als Harriet sah, wie Ashley in ihrem schwarzen Taftkleid verloren in der Tür zum Esszimmer lehnte, binnen weniger Minuten erst ein und dann noch ein Glas Champagner vom Tablett eines Kellners nahm und mit einem Schluck halb leerte, wurde ihr bewusst, dass weder in der Kirche noch auf dem Friedhof der Verlobte ihrer Schwester an deren Seite gewesen war. Ashley hatte sich an Silvester mit Peter Burlington verlobt, dem einzigen Sohn eines Besitzers mehrerer großer Druckereien. Peter war ein recht attraktiver Mann Anfang dreißig, dessen Interessen allerdings nicht über Druckerschwärze, Setzmaschinen und Papierpreise hinausgingen. Und obwohl Harriet sich um ihrer Schwester willen um ein herzliches Verhältnis bemühte, wurde sie mit ihm nicht recht warm. Jordan erging es nicht viel anders; sie waren sich darin einig, dass Peter Burlington ein Langweiler mit dem Horizont einer Druckwalze war.

»Sag mal, wo steckt denn dein Verlobter?«

»Keine Ahnung, interessiert mich auch nicht«, gab Ashley schnippisch zurück, als sei Harriets Frage eine Zumutung. »Außerdem bin ich nicht mehr verlobt.«

»Wie bitte? Ihr habt die Verlobung gelöst?«, fragte Harriet ungläubig. »Wann?«

»Vorgestern. Und nicht wir, sondern *ich* habe ihn in die Wüste geschickt!« Sie leerte das Glas auf einen Zug.

»Habt ihr euch gestritten? Neulich fandst du ihn doch noch himmlisch und umwerfend!« Und dass er aus einer steinreichen Familie kam und das Erbe mit niemandem würde teilen müssen, hatte zweifellos viel zu ihrer Schwärmerei beigetragen. »Letzte Woche habt ihr noch Pläne für eure Flitterwochen gemacht, und jetzt ist es aus? Darf ich fragen, warum?«

»Ja, du darfst.« Ashley verzog das Gesicht, als habe sie in eine Zitrone gebissen. »Es gab keinen Streit. Ich wüsste auch gar nicht, wie das mit ihm gehen sollte. Peter hat das Temperament einer Schlaftablette! Ich war ihn einfach leid. Dieses ewige Gerede, was sie gerade wo drucken, wo man Papier für ein paar Dollar weniger bekommt und all solche öden Sachen! Außerdem hat er Mundgeruch und schweißige Hände! Mehr gibt es dazu nicht zu sagen, also nerv mich bloß nicht mit weiteren Fragen. Das Thema ist bei mir durch, okay?« Sie hielt den nächsten Kellner an, nahm sich ein Glas Weißwein und steuerte auf Charles Kipling zu. Der Anwalt und Nachlassverwalter war gerade erst gekommen und hatte in der Eingangshalle einem Bediensteten Mantel und Hut übergeben.

Harriet sah ihr kopfschüttelnd nach. Ashley hatte schon immer einen Hang zu Sprunghaftigkeit gehabt, und dass sie beinahe auch noch aus dem dritten Mädchenpensionat verwiesen worden wäre, sagte genug über ihren Mangel an Verantwortungsgefühl und Anstand. Aber dass sie Peter Burlington von einem Tag auf den anderen den Laufpass gegeben hatte, war doch merkwürdig und passte so gar nicht zu ihrem berechnenden Charakter. Wie oft hatte sie sich gerühmt, sich mit Peter »eine blendende Partie geangelt« zu haben!

Wenig später sollte Harriet aus der Zeitung erfahren, was Ashley wohl bewogen hatte, ihre Verlobung so abrupt zu lösen: Die Druckereien waren extrem hoch mit Hypotheken belastet, das Unternehmen hatte sich mithilfe gefälschter Bilanzen neue Kredite verschafft, und nun war nicht nur der Ruin unabwendbar, sondern Peters Vater hatte auch mit strafrechtlichen Konsequenzen zu rechnen. Peter musste Ashley gegenüber entsprechende Andeutungen gemacht haben, und die hatte natürlich nicht im Traum daran gedacht, zu ihm zu halten und mit ihm auf der Verliererseite zu stehen.

Während Ashley den Anwalt mit Beschlag belegte und sie sich nicht im Mindesten an dessen irritierter Miene störte, löste sich Henry aus der Gruppe im großen Salon und trat zu Harriet in den Korridor zwischen Foyer und Esszimmer.

»Es mag nicht der ideale Zeitpunkt für Geschäfte sein, aber wir haben etwas zu bereden, das nun mal keinen Aufschub duldet«, sprach er sie an, wobei sein öliges Grinsen seine Worte Lügen strafte. »Lass uns in dein Kartenzimmer gehen, wo wir ungestört sind.«

Verblüfft wandte Harriet sich zu ihrem Onkel um. »Ich wüsste nicht, warum. Mit dir mache ich keine Geschäfte, das müsstest du doch langsam wissen!«

Er zwirbelte seinen pomadisierten Schnurrbart. »Ich fürchte, dir wird nichts anderes übrig bleiben, meine Liebe! Aber es liegt ganz bei dir, ob die Angelegenheit unter uns bleibt oder du sie öffentlich machen möchtest.«

Die vage Ahnung, die sie auf dem Friedhof beschlichen hatte, nämlich, dass Henry etwas im Schilde führte, wurde Gewissheit. Sie fröstelte, als habe sich eine eisige Hand auf ihr Rückgrat gelegt, doch anstelle einer Antwort zuckte sie nur indigniert die Achseln und ging ihm voran ins Kartenzimmer.

»Was willst du?«, fragte sie, kaum dass er die Flügeltür hinter sich geschlossen hatte.

»Evelyns Firmenanteil.«

Harriet bedachte ihn mit einem Lächeln. »Ja, da Mutter nun tot ist, ist die Abtretung des Stimmrechtes über die acht Prozent das Papier nicht mehr wert, auf dem sie steht. So leid es mir auch tut«, höhnte sie, »aber du wirst den Chefsessel räumen müssen, mein lieber Onkel.«

Henry bewahrte sich sein selbstsicheres Lächeln. »Ich habe nicht die Absicht, dir die Firma zu überlassen, und dazu wird es auch nicht kommen. Ganz abgesehen davon, dass ein Weiberrock in solch einer Position nichts zu suchen hat. Tatsache ist, dass du mir die acht Prozent verkaufen wirst, ob es dir nun gefällt oder nicht«, beschied er ihr mit unverschämter Herablassung. »Laut der lächerlichen testamentarischen Verfügung meines Bruders hast du ja stets das Vorkaufsrecht, wenn in der Familie Firmenanteile zum Verkauf stehen. Da der Kaufpreis laut selbigem Letzten Willen von einem Bankgutachter zu ermitteln ist, wirst du auch eine faire Summe erhalten. Und das ist alles, worauf du Anspruch hast.«

Seine Selbstgewissheit beunruhigte sie mit jedem Moment mehr. Sie musste schlucken, weil ihr ein ekelhafter Kloß in der Kehle saß, erst dann konnte sie antworten. »Ich denke nicht daran zu verkaufen!« Es sollte energisch klingen, doch das leichte Zittern in ihrer Stimme verriet ihre Beklemmung.

Er bedachte sie mit einem mitleidigen Blick. »Wie gesagt, es wird dir nichts anderes übrig bleiben. Denn ich glaube nicht, dass du scharf auf einen Skandal und all seine bitteren Folgen bist. Und der hier dürfte die Klatschreporter bestimmt eine Zeit lang beschäftigen.« Genüsslich zog er einen gefalteten Briefbogen aus der Brusttasche. »Ich nehme an, dass es dir nicht recht wäre, wenn alle Welt und mit ihr dein kleiner Junge erführe, dass Jordan nicht sein Vater ist. Es gar nicht sein kann, wo er doch laut dem zweifachen Labortest von diesem Doktor Gifford zeugungsunfähig ist, also sozusagen mit Platzpatronen schießt, wenn du mir diesen Vergleich erlaubst.« Mit höhnischem Grinsen hielt er ihr den Brief hin. »Dass das Geheimnis deines Bastards gewahrt bleibt, sollte dir eigentlich die acht Prozent Firmenanteil wert sein, meine liebe Nichte.«

Harriet erbleichte und starrte auf den Brief. Er trug den Namen und die Praxisadresse von Doktor Vernon Gifford, der zu Jordans Klubfreunden, aber nicht zu den Ärzten gehörte, die die Familie gemeinhin konsultierte. In dem Schreiben teilte Gifford ihrem Mann mit, dass auch die zweite Laboruntersuchung einer Samenprobe die im ersten Test festgestellte Zeugungsunfähigkeit bestätigt habe. Er hätte ihm das gern bei ihrem für den Nachmittag vereinbarten Termin persönlich mitgeteilt, müsse die Praxis jedoch in einer dringenden ärztlichen Angelegenheit verlassen und hoffe, auf Jordans Verständnis zählen zu dürfen, dass er ihm das Ergebnis nun notgedrungen brieflich mitteile.

Und dann fiel ihr Blick auf das Datum. Sie blinzelte ungläubig, und ihr war, als tue sich der Boden unter ihr auf. *23. August 1913.* Seit bald sechs Jahren wusste Jordan, dass er zeugungsunfähig war und das Ausbleiben weiteren Kindersegens in ihrer Ehe nichts mit Adrians schwerer Geburt und den Komplikationen zu tun hatte, die bei ihrer Niederkunft aufgetreten waren. Er hatte nicht den Mut aufgebracht, mit ihr darüber zu reden, wohl weil ihm das Eingeständnis peinlich gewesen wäre und seinem männlichen Selbstwertgefühl schweren Schaden zugefügt hätte. Stattdessen hatte er sie in dem Glauben gelassen, dass sie einfach keine Kinder mehr bekommen könne. Ihr war es nie in den Sinn gekommen, ihn zu bitten, er möge sich untersuchen lassen. Wie sie dieses Thema überhaupt gemieden hatten. Sie, weil sie sich einbildete, am Ausbleiben weiterer Kinder schuld zu sein, er offenbar aus stummer Scham über die Nutzlosigkeit seiner Samenergüsse. Und wenn sie ihn einerseits auch verstand, so überwog doch das Gefühl, hintergangen und schmerzlich im Stich gelassen worden zu sein.

»Woher hast du das?«, hörte sie sich mit erstickter Stimme fragen.

»Jordan hat den Brief damals in der Bar vom *Bohemian Club* liegen lassen, nachdem er Trost im Whisky gesucht hatte«, sagte er hämisch, faltete das Schreiben zusammen und steckte es wieder weg. »Er war wohl noch betrunkener, als ich dachte. Ich habe den Brief all die Jahre gut aufbewahrt. So was hält man ja in Ehren, nicht wahr? Schätze, jetzt ist der richtige Zeitpunkt gekommen, ihn dir zu verkaufen. Es sei denn, du willst, dass sich die Schmierfinken von den Zeitungen wie die Hyänen darauf stürzen.« Er verspritzte sein Gift mit sichtlichem Genuss. »Dann bekommt eure sowieso verdächtig lange Hochzeitsreise ein völlig neues, und zwar hässliches Gesicht. Aber nein, du machst mir nicht den Eindruck, als wär's dir egal, ob man deinen Sohn in der Schule und anderswo einen Bastard nennt. Ich denke, wir sind uns handelseinig. Also, dann um zehn beim Notar, liebe Nichte! Ach ja, und mein aufrichtiges Beileid!« Damit stolzierte er aus dem Zimmer.

Jeglicher Kraft beraubt, sank Harriet in den nächsten Sessel. Sie wusste, dass sie nicht nur endgültig die Kontrolle über die Firma verloren hatte, sondern etwas noch viel Kostbareres. Es hatte mit Jordan und ihr zu tun, und das Wissen um diesen Verlust ließ ihr die Tränen übers Gesicht laufen.

36

Es war schon kurz nach acht und damit für Frank verhältnismäßig spät, als er sein Haus im Coldwater Canyon verließ. Hätte er sich beim Frühstück, das bei ihm aus einem Becher schwarzem Kaffee und einer Zigarette bestand, nicht in dem neuen Drehbuch festgelesen, er wäre schon um halb sieben auf dem Weg zum Studio gewesen. Normalerweise hielt ihn nichts in dieser geschmacklosen Kreuzung aus amerikanischem Vorstadtbungalow und spanischer Hazienda. Es war ein Haus ohne Seele und Charakter. Zudem hatte es für seine Bedürfnisse als Junggeselle drei Schlafzimmer, zwei volle Bäder und ein gutes Dutzend Rundbögen zu viel. Als Laura ihn kurz nach dem Kauf einmal besucht hatte, hatte es sie angesichts der Hässlichkeit regelrecht geschüttelt.

Der Gedanke an Laura versetzte ihm einen Stich. Es war so gekommen, wie er es ihr am Abend nach der Preview prophezeit hatte. Sie hatte das Kinopublikum im Sturm erobert und war inzwischen der größte und lukrativste weibliche Star der *Silver Screen Studios.* Sie hatten in den Monaten vor dem Krieg noch zwei-, dreimal miteinander geschlafen, aber dann hatten sie es beide für klug erachtet, Geschäftliches und Privates nicht zu vermengen. Manchmal wünschte er, sie hätten es darauf ankommen lassen, aber er wusste sehr wohl, dass sie bei aller Zuneigung und erotischen Anziehung für ihn nur so etwas wie ein Seelenpflaster gewesen war. Ein herrlicher Balsam, der den Schmerz vorübergehend zu betäuben vermochte, nicht aber die Wunde hätte heilen können. Mittlerweile waren diese Überlegungen ohnehin nutzlose Gedankenspiele, war sie doch mit einem Hotelier liiert, der an der Westküste der USA und in Kanada mehrere Hotels besaß.

Was nun das Haus betraf, so fragte Frank sich, als er an diesem Septembermorgen in seinen Wagen stieg, warum er diese Geschmacksverirrung überhaupt gekauft hatte. Wo er doch selten vor Mitternacht nach Hause kam und es ihn für gewöhnlich schon gegen fünf aus dem Bett trieb.

Aber natürlich hatte er einen guten Grund gehabt – oder zumindest gedacht, aus moralischer Verantwortung einen zu haben. Aus Mitleid hatte er sich dazu hinreißen lassen, Abigail Thurnton das Haus abzunehmen, für das sich nach dem Tod ihres Mannes kein Käufer fand. Bei den hohen Hypotheken, die auf dem Haus lasteten, hätte sie bei der drohenden Zwangsversteigerung auch noch das bisschen Eigenkapital verloren, das in dem monströsen Kasten steckte. Das hatte er nicht mit ansehen können, nachdem Abigail schon ihren Mann verloren hatte und mit Ende dreißig als Mutter von vier halbwüchsigen Kindern in eine unsichere Zukunft blickte. Hank Thurnton war ein guter Regisseur gewesen und hatte einige recht profitable Filme für das Studio gedreht. Leider hatte er dann aber geglaubt, Heroin erst schnupfen und sich schließlich auch noch spritzen zu müssen, um noch kreativer sein und mit den jungen Stars im Regiestuhl mithalten zu können. Alkohol, Kokain und Tabletten, die in der Filmbranche üblichen Aufputschmittel, hatten ihm nicht mehr gereicht. Bis er sich eines Tages in der Dosis vertan und sich mit dem Dreckzeug den goldenen Schuss gesetzt hatte.

Zumindest die Hanglage des Hauses und der Garten mit den üppigen Jasmin- und Bougainvilleabüschen machten was her, wenn sie auch kein hinreichender Grund waren, hier wohnen zu bleiben. Sobald er den Kopf frei hatte, würde er einen Makler damit beauftragen, einen anderen Trottel für dieses Ungetüm zu finden. Und von Leuten, die nicht nur zu viel Geld, sondern auch einen ausgemacht schlechten Geschmack hatten und protzigen Schein liebten, gab es in Hollywood ja nun wahrlich keinen Mangel.

Als Frank den Coldwater Canyon Drive hinunter nach Beverly Hills fuhr und dann nach links auf den West Sunset Boulevard in Richtung Cahuenga Pass abbog, staunte er einmal mehr, in welch rasantem Tempo aus dem verschlafenen, staubigen Hollywood eine blühende, pulsierende und geradezu rastlos weiterwachsende Stadt geworden war, in der der hektische Herzschlag der Filmindustrie den Rhythmus angab. Längst hatten alle großen Studios ihre Produktionsstätten hierher an die Westküste verlegt.

Am meisten staunte er jedoch über den atemberaubenden Aufstieg seiner eigenen Filmgesellschaft, die vor gerade mal zehn Jahren noch aus den beiden Wohnwagen, dem Wellblechschuppen und dem Bohrturm von Roderick Morrison bestanden hatte. Manchmal mussten Vergil und er sich kneifen, um sich zu vergewissern, dass sie das alles nicht nur träumten.

Als er die Ventura Road verließ und die kurze Stichstraße zum Studiogelände hochfuhr, wuchs vor ihm der Bohrturm empor, die Balken schon seit Jahren mit silbern lackiertem Blech verkleidet, an der Spitze ein rotierender Scheinwerfer. Kurz darauf tauchte rechts daneben auch der weiße, hohe Torbogen am Eingang des Geländes auf, gefolgt von den Konturen einer stattlichen Ansammlung von Gebäuden und Kulissenstraßen, die sich dahinter erstreckten.

Neben dem Verwaltungsgebäude gleich links hinter dem Tor und einem ähnlichen zweistöckigen Flachbau auf der gegenüberliegenden Seite, wo die Filmrollen entwickelt und geschnitten wurden sowie ein Vorführsaal und weitere technische Abteilungen untergebracht waren, gab es drei Hallen mit geräumigen Studiobühnen für Innenaufnahmen. Sie reihten sich entlang der Studiostraße aneinander und trugen an ihren weißen Außenwänden in großen Lettern die Beschriftung *Stage 1, Stage 2, Stage 3.* In jeder der Hallen, die mit moderner Kulissentechnik und leistungsstarken Scheinwerfern ausgestattet waren, konnten mehrere Produktionsteams gleichzeitig an ihren Sets arbeiten.

Das Herzstück des Studiogeländes war für Frank jedoch das, was sich hinter den Gebäuden anschloss, den Großteil des umzäunten Areals in Anspruch nahm und von ihm stolz die »Straßen der Welt« genannt wurde. Dort standen als Außenkulissen die detaillierten Nachbauten von mehr als einem Dutzend tatsächlich existierender Straßen. So gab es die Straße in Paris, eine römische Piazza, zwei Gassen eines Londoner Slumviertels und, daran angeschlossen, eine Prachtstraße, ebenfalls in London. In nächster Nachbarschaft erstreckte sich ein Straßenzug, der nach einer Ortschaft in New England aussah. Natürlich war auch New York vertreten, und es gab einen Straßenzug, der die typischen Elemente von Monte Carlo samt Casino wiedergab. Dazu gesellten sich ganz hinten staubige Wildweststraßen, ein mexikanisches Dorf mit Kirche und Bodega sowie die Außenanlagen eines Forts und die Fassade einer Bahnstation.

Vergil hatte ihr Gelände einmal scherzhaft *Silver Screen City* genannt, in Anspielung auf *Universal City* auf der anderen Talseite, wo Carl Laemmle mit über fünfhundert Leuten gut doppelt so viel Personal beschäftigte wie sie und sich zusätzlich zu den »Straßen der Welt« noch einen großen Zoo mit zahlreichen exotischen Tieren zugelegt hatte. Wie es hieß, bestand gut die Hälfte der *Universal*-Belegschaft aus Deutschen, oder zumindest sprachen die Leute Deutsch. Viele Angestellte gehörten zu Uncle Carls Verwandtschaft, weshalb in der Branche auch der Satz kursierte: *Der Carl Laemmle hat eine große Faemmle.* Aber Respekt hatten alle vor ihm. Uncle Carl war unbestritten einer der ganz Großen, auch wenn er sich dem Feature-Film weiterhin beharrlich verweigerte.

Frank hielt vor dem Wachhaus unter dem hohen, elegant geschwungenen Torbogen, obwohl der Wachmann ihn und seinen Wagen längst erkannt und diensteifrig die Schranke gehoben hatte.

Der stämmige Wachmann war der Kriegsversehrte Edgar Ludlow, dessen linker Arm in einem Stumpf endete. Auch das rechte

Auge hatte er durch einen Granatsplitter verloren. In der Augenhöhle saß seitdem ein Glasauge, das starr über jeden hinwegblickte. Edgar Ludlow stand stramm und salutierte, als sei er noch beim Militär. »Guten Morgen, Mr Maynard! Wunderschöner Tag heute!«

Frank pflichtete ihm bei. »Was macht Ihr Großer, Edgar?«, erkundigte er sich dann. »Norman, richtig?«

Edgar schwoll die Brust vor Stolz, dass der mächtige Boss der *Triple S* sich nicht nur die Zeit nahm, ein paar Worte mit ihm zu wechseln, sondern sogar den Namen seines Sohnes noch wusste. »Ja, Sir! Der Schulcoach hat ihn ins Footballteam aufgenommen, als White Receiver. Der Junge rennt wie der geölte Blitz!«

»Und Ihre Kleine? Die wickelt ihren Daddy bestimmt um den Finger, was?« Frank zwinkerte ihm zu.

»Bei den blauen Augen gibt's nur eins, Sir: bedingungslose Kapitulation!«, gestand Edgar. »Aber sie kann auch schon das Abc und das Einmaleins, und dabei kommt sie erst nächstes Jahr in die Schule.«

»Mir scheint, Sie und Ihre Frau machen irgendwas richtig, Edgar.«

Der Wachmann grinste breit. »Ja, weiß der Teufel, wie wir das hingekriegt haben. Sind vielleicht auf der Geburtsstation vertauscht worden«, scherzte er, um dann mit einem dankbaren Seufzen festzustellen: »Ach Gott, ja. Das Leben meint es gut mit uns, Sir.«

»Da sagen Sie was, Edgar.« Frank wünschte ihm noch eine gute Schicht und fuhr zum Verwaltungsgebäude, wo er im zweiten Stock sein Büro hatte. Auf der Straße herrschte ein buntes Treiben aus zum Teil schon kostümierten Statisten, Komparsen und Schauspielern sowie Stuntleuten, Technikern und anderem Personal. Da führte ein Soldat, der die graue Uniform der Konföderierten im Amerikanischen Bürgerkrieg trug, ein Pferd am Zügel hinter sich her. Eine Postkutsche mit einem Viergespann im Geschirr rollte aus der Reparaturwerkstatt. Neben einer Gruppe von Wikingern mit Furcht einflößenden Streitäxten und Langschwertern gingen ein halbes Dutzend Indianer mit Kriegsbemalung in Richtung der Außenbühnen. Ihnen schlossen sich zwei bildhübsche Hawaiimädchen in Baströckchen und ein Mann an, der mit seiner schwarzen Melone und dem eleganten Anzug wie der Vorstandsvorsitzende einer Bank aussah.

»Gott sei Dank, dass Sie endlich hier sind!«, rief Doris Appleby, seine langjährige Sekretärin, kaum dass er zur Tür hereinkam. Die Hüterin seines ständig von allen Seiten belagerten Vorzimmers hatte den Ruf, ein unüberwindlicher Zerberus zu sein, und dafür war Frank oft mehr als einmal am Tag überaus dankbar. Mit traumwandlerischer Sicherheit trennte sie die Spreu vom Weizen. Wen sie durchließ oder am Telefon durchstellte, hatte ein berechtigtes Anliegen, wobei sie aber, je nach Lage der Dinge, nicht jedes berechtigte Anliegen auch umgehend auf die Agenda setzte. Manche stellte sie hintan, wenn es in seinem Interesse war, etwa Termine mit Vertretern der Bank, die wegen ihrer Millioneninvestitionen aufgrund irgendeines Gerüchts plötzlich unruhig wurden und Zahlen sehen wollten. Eine Filmgesellschaft war ein Minenfeld der Intrigen, gegenseitiger Missgunst sowie finanzpolitischer Tricksereien, und niemand verstand sich besser darauf, die Übersicht über die Tretminen zu bewahren, als Doris. Kurzum, sie war ein Segen und unbezahlbar. »Talbot hat schon dreimal nach Ihnen gefragt.«

Frank verzog das Gesicht. Andrew Talbot gehörte zu seinen besten Feature-Film-Regisseuren, und Devin Neville war einer der männlichen Stars von *Triple S,* abonniert auf die Paraderollen des betörenden Liebhabers. Er war der Schwarm zahlloser weiblicher Kinobesucher, auch wenn er den Höhepunkt seiner Beliebtheit mittlerweile wohl überschritten hatte. Im wirklichen Leben war er dagegen ein aufgeblasener Widerling, der sich zudem aus Frauen nicht das Geringste machte.

»Und, was steht an?«

»Es gibt Ärger mit Devin Neville.«

»Wann gibt es den mal nicht?«

Doris Appleby nickte und rückte die Haarnadel in ihrem strengen Dutt zurecht. »Muss irgendwie angeboren sein«, sagte sie mit der ihr eigenen Bissigkeit. »Jedenfalls ist Talbot mit seinem Latein am Ende und droht, die Regie hinzuschmeißen, wenn unser liebreizender Devin nicht endlich seine Stacheln einfährt und tut, was im Drehbuch steht. Also sehen Sie zu, dass Sie da drüben die Wogen glätten, bevor aus der Romanze eine unvollendete Tragödie wird.«

Frank seufzte. »Wo dreht Talbot?«

»Stage 2, aber Neville hat in einem Anfall von Überspanntheit seinen Zehnprozenter herzitiert«, teilte Doris ihm mit. Gemeint war Devin Nevilles Agent. »Zehnprozenter« war die Bezeichnung, die die Filmproduzenten den Agenten verpasst hatten, weil sie zehn Prozent der Gagen der von ihnen vertretenen Schauspieler kassierten. »Mit dem hat er sich in die Sessel-Lounge der Kantine verzogen. Ich vermute, in seinem Vertrag steht, dass er da weder für Essen noch für Getränke bezahlen muss, auch für die Alkoholika der Bar nicht.«

»Sie vermuten wie üblich richtig, Doris.«

»Nassauer.«

Frank nickte. Er zahlte Devin Neville fünftausend Dollar die Woche. »Sonst noch was Wichtiges?«

»Geht morgens die Sonne auf?«, fragte sie zurück, bedachte ihn mit einem spöttischen Augenaufschlag und griff zu einem Stoß rosafarbener Notizblätter mit den aufgedruckten Rubriken *Wer, Wann, Anlass* sowie *Zu erreichen in* und *Zu erreichen unter*, auf denen sie wichtige Nachrichten notierte. Sie wedelte mit den

Zetteln und meinte: »Die können wir gern alle durchgehen, wenn Sie glauben, dass es mit der brennenden Lunte an dem Pulverfass Talbot-Neville in Stage 2 keine Eile hat.«

Frank ersparte sich eine Antwort und beeilte sich, zum Set von Andrew Talbot zu kommen. Zunächst musste er sich durch eine lärmende Gruppe von Touristen kämpfen, die aus zwei Bussen stiegen und in die erste Halle wollten, um dort herumgeführt zu werden und den Dreh der neuen Folge einer beliebten Slapstick-Serie aus nächster Nähe zu beobachten. Die Idee mit den Besuchergruppen hatte er sich von Uncle Carl abgeschaut, der das schon lange machte und auf diese Weise geschickt Publikumsbindung betrieb.

Andrew Talbot tigerte, mit hochrotem Kopf und Kette rauchend, vor den Kulissen einer vornehmen Hotellobby auf und ab. Mit seiner randlosen Brille, den jungenhaft weichen Gesichtszügen und der schlaksigen Figur sah der gerade mal zweiunddreißig Jahre alte Regisseur aus wie ein Hochschullehrer, der eben die letzte Lehrprüfung bestanden hatte und nun die ersten tapsigen Schritte ins Berufsleben machte. Ein Eindruck, wie er trügerischer kaum hätte sein können. Talbot war ein Fuchs und ein Meister seines Fachs, und das schon seit vielen Jahren.

»Diese ständigen Schikanen lasse ich mir von diesem eingebildeten Lackaffen nicht länger bieten!«, rief er, sowie er Frank erblickte, schleuderte seine halb gerauchte Zigarette auf den falschen Marmorboden und hämmerte sie mit dem Absatz aus. Er stampfte darauf herum, als sei es Devin Neville, den er da unter seinem Halbstiefel hatte. »Das ist pure Sabotage! Ich lasse mir von diesem eitlen Einfaltspinsel nicht vorschreiben, wie ich Regie zu führen habe. Die Nahaufnahme ist die ultimative Hommage an die Schönheit eines Schauspielers, aber sie muss verdient sein, zum Teufel! Es ist ja nicht so, als wäre er der Zwillingsbruder von Rudolph Valentino. Außerdem entscheide ich, wann eine Großaufnahme von seiner blöden Visage angebracht ist, und nicht er! Dieser Säufer soll erst mal eine Entziehungskur machen, damit sein aufgeschwemmtes Gesicht nicht die Leute aus dem Kino treibt. Die Make-up-Truppe hat alle Mühe, ihn nicht aussehen zu lassen wie einen, der in einem Horrorfilm mit Laszlo Hingrat besser aufgehoben wäre. Und diese versoffene Null will mir Vorschriften machen! Ich habe schon hinter der Kamera gestanden und meinen ersten Film abgeliefert, als dieser schwule Kotzbrocken noch als Stichwortgeber in einem Klamauk-Programm über die Dörfer getingelt ist! Der Kerl hat so wenig Verstand unter seinem ondulierten Haar, dass er noch nicht einmal den Besenstiel hätte erfinden können. Und der will mir sagen, wie ich zu filmen habe?« Und in diesem Ton ließ Talbot noch zwei weitere Minuten lang Dampf ab.

Frank unternahm erst gar nicht den Versuch, ihm ins Wort zu fallen. Er wusste, dass das nichts gebracht hätte. Wenn Andrew Talbot in Rage war, ließ man ihn besser reden, bis er sich alles von der Seele geschimpft hatte. Erst dann war er wieder zu einem vernünftigen Gespräch fähig. Und so verhielt es sich auch diesmal.

»Also gut, worum genau ging es diesmal bei Ihrem Streit?«, fragte Frank, als der Wortschwall endlich versiegt war. Er hielt Talbot seine Woodbines hin, gab ihm Feuer und steckte sich auch eine an.

Der Regisseur nahm einen tiefen Zug. »Ihm gefallen auf einmal die gestrigen Einstellungen nicht mehr! Er will sie neu drehen – so, wie er sie sich vorstellt, dieser Klugscheißer!«, knurrte er, nahm das aufgeschlagene Skript vom Rezeptionstresen und deutete auf seine Regieanweisungen.

»Ihm gefällt doch grundsätzlich keine Einstellung, Andrew.«

»Das ist wohl wahr! Aber jetzt wird er frech und bringt Unruhe und Missstimmung in die Truppe. Ganz zu schweigen davon, dass er mir mit seinen Starallüren und dem ewigem Genörgel bei fast jeder Einstellung den Drehplan versaut!«, beschwerte sich Talbot und setzte zu einer Drohung an. »Unter diesen Umständen bin ich nicht gewillt …«

Frank hob abwehrend die Hand. »Ruhig Blut, Andrew. Ich bin ganz Ihrer Meinung, dass es mit Devin so nicht weitergeht. Es ist an der Zeit, ihn von seiner Wolke der Überheblichkeit wieder auf den Boden der Realität zu holen.«

Der Regisseur zog eine mürrische Miene. »Und wie soll das gehen?«

»Wir werden ihm einen Schuss vor den Bug verpassen. Lassen Sie mal sehen«, sagte Frank, nahm das Drehbuch von *The Stranger in Room 99* und warf einen Blick auf die Besetzungsliste, die hinten angeheftet war. »Sidney Vallon spielt den Heiratsschwindler, nicht wahr?«

Talbot nickte. »Und zwar ausgesprochen gut. Aus dem Burschen wird noch mal eine große Nummer, wenn wir ihn richtig besetzen.«

»Gut, tun wir das«, sagte Frank kurz entschlossen. »Er kriegt die Hauptrolle! Und Devin Neville verpassen wir die Rolle des miesen Betrügers.«

Talbot sah ihn mit offenem Mund an.

»Was meinen Sie, machen Sie mit, Andrew?«

Talbot grinste. »Verdammt, das wäre ein echter Schlag für ihn, wenn er am Ende als der Charakterlump dastehen würde, der er im wahren Leben ist! Aber dann müssten einige Szenen neu gedreht werden. Wie soll das gehen, ohne dass Neville den Braten riecht?«

»Sie drehen den Film wie im Skript festgelegt zu Ende. Und dann setzen Sie einen Nachdreh von zwei, drei Tagen an, bei dem Devin Neville nicht gebraucht wird. Er wird sich nichts dabei denken, zumal es seine Einstellungen nicht betrifft. Außerdem geht er nach einem Dreh doch immer gleich auf Reisen, er würde also gar nichts davon mitbekommen. Und wenn er nächstes Jahr den *final cut* sieht, ist es zu spät, um noch etwas zu ändern. Abgesehen davon hat er, wenn es darum geht, wie der Film letztlich in die Kinos kommt, gar kein Mitspracherecht.«

Der Regisseur nickte, zog aber doch eine skeptische Miene. »Also ob diese radikale Wendung in der Story mit einem so kurzen Nachdreh machbar ist – dafür lege ich meine Hand nicht ins Feuer.«

»Mehr Geld kann ich nicht bewilligen.« Immerhin sprachen sie von rund dreißigtausend Dollar, die er verpulverte, nur um Devin Neville eine Lehre zu erteilen. So viel kostete ihn ein dreitägiger Nachdreh bei einem Feature-Film. Früher, als er noch Kameramann gewesen war, hatte man für solch eine Summe ein gutes Dutzend Filme produzieren können! Aber diese Zeiten waren vorbei. Mittlerweile schlug sogar ein Low-Budget-Film, der in sechsundzwanzig Tagen abgedreht sein musste, mit einer Viertelmillion zu Buche. »Aber keine Sorge, Gillespie kriegt das hin. Was solche kniffligen Aufgaben betrifft, ist er ein wahrer Magier«, versicherte Frank. Alan Gillespie war ihr Chefcutter. Er hatte mehrfach Filme gerettet, die andere schon als sicheren Verlust abgeschrieben hatten. Sein Schnitt eines erfolgreichen Kriminalfilms, bei dem der Hauptdarsteller mitten im Dreh einen Herzschlag erlitten hatte und tot umgefallen war, galt als Glanzleistung.

»Ich werde mein Bestes geben, Frank!«

»Etwas anderes erwarte ich von Ihnen auch nicht. Und was die Einstellungen betrifft, mit denen Neville nicht einverstanden ist, drehen Sie sie so, wie er es will.«

Irritiert hob Talbot die Brauen.

»Aber sagen Sie den Kameraleuten, sie sollen mit leeren Filmkassetten drehen«, fuhr Frank fort, bevor der Regisseur protestieren konnte. »Bei dem Lärm hier hört er nie und nimmer, dass kein Film durchläuft. Sicherheitshalber schicke ich Ihnen noch ein paar Besuchergruppen rüber, dann denkt er sowieso nur an die

Autogramme, die er geben muss, und die Bewunderung, in der er sich sonnen kann.«

Frank ließ einen höchst zufriedenen Regisseur zurück und begab sich zu Devin Neville und seinem Agenten in die Kantine. Sie hatten zwei Flaschen vom besten Scotch kommen lassen und sich in eine ordentliche Krawallstimmung getrunken. Der Schauspieler plusterte sich auf wie ein Pfau, und sein Agent, diese schleimige Kröte, versuchte, ihn mit seiner Empörung und ebenso lächerlichen wie unverschämten Drohungen noch zu übertrumpfen. Frank ballte die Hände zu Fäusten. Es fiel ihm schwer, dem eitlen Fatzke und seinem Zehnprozenter Honig ums Maul zu schmieren, Verständnis zu heucheln und zu versichern, dass er mit Talbot ein ernstes Wort gesprochen habe und nun dafür gesorgt sei, dass die beanstandeten Einstellungen neu gedreht würden.

»Na warte!«, murmelte er, als die Kantinentür hinter ihm zufiel. »Dieses miese Spiel treibst du nicht noch mal mit mir!«

37

Frank ging sofort zu seinem Chefcutter. Alan Gillespie war ein massiger Mittvierziger mit kahl rasiertem Kopf, buschigen Brauen und einem Van-Dyke-Kinnbart. Statt einer Brille hatte er einen altmodischen Kneifer an einer Kordel um den Hals hängen. Er war einer der Besten seiner Zunft, und allein er nahm bei den teuren Feature-Filmen der *Triple S* den *final cut* vor.

Der Schneideraum wirkte wie ein undurchdringlicher Wald aus Stalaktiten, wobei diese aus zerbrechlichem Zelluloid bestanden. Zu Hunderten hingen sie von Holzgerüsten unter der Decke, alle nach Szene und Einstellung nummeriert.

Gillespie thronte hinter seinem Schneidetisch mit dem Bildbetrachter. Rechts neben der Spule hatte er die aufgeschlagene Schnittliste für *River of Dreams,* an dem er gerade arbeitete, auf einem Tischlseständer postiert. Wobei die Bezeichnung »Liste« der Sache nicht wirklich gerecht wurde, war diese doch so umfangreich wie Melvilles *Moby Dick.* Wie üblich lutschte Gillespie an einem giftgrünen Minze-Lollipop, von denen er immer einen großen Glasbehälter voll in Reichweite hatte. Gerade spannte er einen langen Filmstreifen in den Bildbetrachter ein.

Er hatte eine Schwäche für Witze, wobei sein Geschmack selten mit seiner Begeisterung mithalten konnte. »Kennst du den schon, Frank? Kommt Chaplin in einen Kindergarten, natürlich ausschließlich für hübsche Mädchen. Sagt die Betreuerin: ›Also bei aller Liebe, Mr Chaplin, aber da werden Sie sich wohl noch ein paar Jahre …‹«

Frank winkte ab und unterbrach ihn mit einem müden Grinsen. »Lass es gut sein, Gillespie. Dass Chaplin auf Minderjährige steht und niemand ihm auf die Finger haut, weil alle ihn für ein Genie halten, ist ja keine Neuigkeit mehr«, sagte er und dachte daran, wie er mit Uncle Carl im Restaurant des »Hollywood Hotel« gesessen und den Nobody Charles Chaplin zum ersten Mal gesehen hatte. Hundertfünfzig Dollar die Woche hatte der Brite damals bei *Keystone Pictures* bekommen. *The Little Tramp* und *The Kid* hatten ihn in unerreichbare Sphären katapultiert. Seine Jahresgagen gingen in die Millionen, sodass kein Studio sich ihn mehr leisten konnte. So hatte er im Februar mit der *United Artists* seine eigene Filmgesellschaft gegründet und die Stummfilmstars Mary Pickford und Douglas Fairbanks sowie den Starregisseur als Partner mit ins Boot geholt. Was sein Liebesleben betraf, so schrammte er mit seinen blutjungen Mädchen seit Jahr und Tag haarscharf an einer Anklage und Gefängnisstrafe vorbei. Er baute wohl auf die Möglichkeit, die jeweilige Gespielin schnell in Mexiko heiraten und die Beziehung damit legitimieren zu können, sollte es doch einmal brenzlig werden. Und das würde es irgendwann, dessen war Frank sich sicher.

»Wenn es den Staatsanwalt nicht kümmert, soll es mich auch nicht kümmern«, sagte er achselzuckend und erzählte Gillespie von Neville und was Talbot und er beschlossen hatten. »Kriegst du das hin?«

Der Chefcutter grinste und ließ den Lolli zwischen seinen dicken Lippen kreisen. »Wird ein hartes Stück Arbeit, aber scheiß drauf! Klar, ich schneide dir den aufgeblasenen Schnösel auf das passende Format zurecht!«, versicherte er voller Schadenfreude, und Frank wusste, dass er seine Sache gut machen und wie Talbot darüber bis zuletzt Stillschweigen bewahren würde.

Sie sprachen noch kurz über den Film, von dem Gillespie gerade den ersten Rohschnitt anfertigte, und Frank wollte schon gehen, als die Tür aufflog und Tony Russo in den Schneideraum platzte, das lockige schwarze Haar glänzend von Brillantine und extravagant gekleidet wie immer: schwarze Hose und schwarzes Hemd, bordeauxrotes Jackett und ein schwarz-rot gestreiftes Halstuch, gebunden wie bei einem Cowboy. Und weil er die bescheidene Körpergröße seiner neapolitanischen Eltern geerbt hatte, trug er Stiefeletten mit zwei Finger hohen Absätzen.

Frank verglich den Leiter seiner Presse&Publicity-Abteilung oft mit einem Wiesel oder einem aufgezogenen Kreisel. Der Mann war immer in Bewegung. Er konnte nicht eine Minute still sitzen, sondern wippte ständig mit den Beinen oder ließ die Fingerknochen knacken, aber an seiner Arbeit war nichts auszusetzen. Und Tony Russo war nicht nur tüchtig, einfallsreich und schnell mit der Zunge, sondern obendrein einer der besten Fixer in ihrer skandalträchtigen Branche. Ihm fehlte jegliche Hemmung, sich die Hände schmutzig zu machen und notfalls auf nicht legale Art Probleme aus der Welt zu schaffen, wie sie im Filmgeschäft nun mal unweigerlich auftauchten, und zwar öfter, als es einem als Filmproduzenten lieb sein konnte. Als Fixer – einer, der die Sachen wieder hinbog – war er so unersetzlich wie Doris als Wächterin über sein Vorzimmer.

»Ah, hier stecken Sie, Boss!«, rief er. Eine brennende Zigarette baumelte in seinem Mundwinkel, und in der Hand hielt er ein Klemmbrett mit einem Stoß Papiere. »Ich muss unbedingt …« Weiter kam er nicht.

»Mann, sind Sie noch bei Trost, mit einer brennenden Zigarette hier reinzukommen? *Raus!*«, brüllte Gillespie, sprang wie von der Tarantel gestochen auf und stieß Russo zurück auf den Gang. »Zelluloid ist hochgefährliches Zeug. Nitrafilm brennt wie der Teufel! Ein Funke, und der Raum steht in Flammen! Wollen Sie mir den Film abfackeln, Russo?«

»Oh, habe ich ganz vergessen, dass ich noch eine …«, setzte Tony Russo erschrocken an.

Gillespie dachte nicht daran, sich seine Entschuldigung anzuhören, sondern knallte ihm die Tür vor der Nase zu.

Frank folgte seinem Pressemann hinaus auf den Flur. »Das hätte ins Auge gehen können«, sagte er mit finsterer Miene. »Seien Sie froh, dass der Dicke so schnell auf den Beinen war!«

Tony Russo beeilte sich, hoch und heilig zu versprechen, dass ihm solch ein Fehler nicht ein zweites Mal unterlaufen werde.

»Okay, das reicht!«, fiel Frank ihm ins Wort, als ihm die Beteuerungen zu langatmig wurden. »Jetzt sagen Sie schon, was es so Dringendes gibt.«

»Louis Stricker hängt mir schon wieder in den Ohren. Angeblich schulden wir ihm noch ein paar Scheine, damit er den Mund hält.«

Franks Gesicht verfinsterte sich. »Der Stricher, den Neville mit besoffenem Kopf im Park am Silver Lake Reservoir aufgegabelt und mit nach Hause genommen hat?«, fragte er.

Tony Russo nickte. »Er meint, er kriegt bei den Zeitungen mehr für seine Geschichte, als wir ihm gezahlt haben. Ich glaube zwar nicht, dass er die Drohung wahr macht, aber drauf ankommen lassen würde ich es auch nicht.«

»Okay, geben Sie ihm noch einen Fünfziger«, entschied Frank. »Aber wenn er dann noch mal kommt, schicken Sie ihm zwei von unseren Stuntmen vorbei. Keine Knochenbrüche, okay? Aber genug Prügel, dass er für ein paar Tage Blut pisst und begreift, dass er, wenn er es zu weit treibt, den Kürzeren zieht!«

Tony Russo zuckte nicht mit der Wimper. »An so was in der Art hatte ich auch schon gedacht.«

Sie beredeten noch einige Probleme, die sich zum Glück mit legalen Mitteln aus der Welt schaffen ließen, dann kehrte Frank in sein Büro zurück.

»Haben Sie die Lunte austreten können?«, fragte Doris.

»Das wird sich zeigen«, sagte er. »Zumindest sprühen erst einmal keine Funken mehr nahe am Pulverfass. Aber keine Sorge, wir kriegen diesen arroganten Schnösel noch auf ein handliches

Format gefaltet!« Dann ging er in sein Büro, steuerte auf den Barwagen neben der ledernen Sitzgruppe zu und wechselte das Thema: »Wer schreibt bei uns die schlechtesten Drehbücher, Doris?«

Die *Silver Screen Studios* hatten stets ein gutes Dutzend Drehbuchschreiber unter Vertrag. Die »Schreibzellen« waren in der oberen Etage des gegenüberliegenden Gebäudes untergebracht. Die Leute arbeiteten Ideen zu Filmstorys aus, die das Studio ihnen vorgab. Einige hatten mal erfolgreich für den Broadway geschrieben, doch in der Mehrzahl waren es Schriftsteller, die einst in der Buchbranche einen Namen gehabt hatten, aber seit Langem keinen Hit zwischen zwei Buchdeckeln mehr hatten landen können. Selten schrieben sie Drehbücher, die ihrer eigenen Fantasie entsprangen, und nur eine verschwindend geringe Zahl der fertigen Skriptes schaffte den Sprung vom Papier auf die Leinwand. Die Masse wanderte ins Archiv oder gleich in den Schredder. Die Lohnschreiber hatten Anwesenheitspflicht. Sie mussten von morgens bis abends an der Schreibmaschine oder vor ihrem Schreibblock sitzen, ob ihnen nun etwas einfiel oder nicht. Bezahlt wurden sie pro Woche, wobei es für ein fertig abgeliefertes Skript einen Bonus gab. Das sollte die härtesten Trinker unter ihnen anspornen, eine Arbeit auch wirklich zu beenden, denn an der Flasche hingen sie fast alle. Die Crème de la Crème unter ihnen waren die zwei, drei *story editors.* Denen vertraute man Drehbücher, die es wert waren, gerettet und in kinotaugliche Form gebracht zu werden, zum Umschreiben an.

Doris musste nicht lange nachdenken. »Wenn ich einen Preis für den unsäglichsten Drehbuchschreiber Hollywoods vergeben müsste, so würde er an Louis Butterfield gehen! Der Mann ist konkurrenzlos schlecht. Seine Storys sind nicht nur todlangweilig, sondern auch noch hanebüchen unlogisch.«

»Ausgezeichnet! Er kann gar nicht schlecht genug sein!«, sagte Frank, warf mit grimmiger Miene drei Eiswürfel in eines der schweren Kristallgläser und füllte es halb mit schottischem Haig Whisky. »Besorgen Sie mir ein, zwei von seinen Meisterwerken.«

»Das geht leider nicht, Mr Maynard.«

»Und warum nicht?«

»Weil Sie ihn vor einem halben Jahr gefeuert haben.«

Er konnte sich an den Namen Louis Butterfield nicht erinnern, was aber nichts zu sagen hatte. Die Drehbuchabteilung unterstand Vergil. Vergil traf auch die Vorauswahl und legte ihm nur die Drehbücher vor, die er für vielversprechend hielt. Dass er, Frank, die Leute mit seiner Unterschrift heuerte und feuerte, war reine Formsache.

»Gut, dann suchen Sie mir im Archiv ein paar seiner grauenhaftesten Drehbücher heraus.« Er nahm einen kräftigen Schluck und spürte, wie der Scotch ihm durch die Kehle rann und in seinem nüchternen Magen ein herrliches Feuer entfachte. Das hatte er nötig gehabt, und zum Teufel damit, dass es noch nicht einmal Mittag war!

»Wir haben seine Bücher gar nicht erst ins Archiv gegeben, sondern gleich geschreddert. Mr Hall meinte, es sei humaner, jemanden auf die Guillotine zu schicken, als ihn zu zwingen, ein Drehbuch von Louis Butterfield zu lesen.«

Frank lachte und nahm sich eine Zigarette. »Das klingt ganz nach Vergil«, sagte er. »Okay, dann rufen Sie Butterfield an, und sagen Sie ihm, dass er wieder eingestellt ist. Er kriegt auch einen Fünfziger mehr die Woche. Ich schätze, das wird ihn inspirieren, noch größeren Mist zu verzapfen. Und lassen Sie Mr Hall außen vor, ich bespreche das später mit ihm.«

Die Augen der Sekretärin leuchteten auf. »Butterfield soll für Mr Neville schreiben, oder? Sie denken an den Studiovertrag!«

Ein Lächeln huschte über sein Gesicht. »Wie könnte ich Ihnen etwas vormachen, Doris?« Dann wurde seine Miene ernst. »Wir werden Neville auf das rechte Maß zurechtstutzen. Mal sehen, wie lange er braucht, um zu begreifen, dass seine Karriere den Bach hinuntergeht!« Er musste dafür bezahlen, aber wenn er Neville die Starallüren durchgehen ließ, hatte er über kurz oder lang einen ganzen Stall von Tyrannen am Hals. Das konnte er nicht zulassen.

Er wies Doris an, in der nächsten halben Stunde niemanden zu ihm zu lassen und auch kein Telefongespräch durchzustellen. Dafür versprach er hoch und heilig, sofort danach mit ihr den Stoß Nachrichten durchzugehen, der schon seit Stunden auf ihrem Schreibtisch wartete. Merkwürdig war nur, dass dieser Stoß selbst im Laufe des längsten Arbeitstages selten einmal nennenswert schrumpfte.

Zuerst telefonierte er kurz mit George Cutter. Er bedankte sich für die Fotos und den Bericht, die der Privatdetektiv ihm in der Woche zuvor wie üblich geschickt hatte. Sehr viel länger dauerte sein Gespräch mit Byron. Erst redeten sie über Byrons jüngsten Entschluss, seinen Firmensitz nach Hollywood oder Los Angeles zu verlegen, weil sich dort nun einmal das Zentrum der Filmindustrie befand, dann wollte Byron wissen, wie weit Franks Pläne hinsichtlich des Kinopalastes in San Francisco gediehen waren. In Los Angeles gab es schon ein *Maynard Palace*. Es hatte kurz nach dem Ausbruch des Krieges seinen Betrieb aufgenommen, gehörte zu den neuen »Kathedralen des Films«, die überall im Land gebaut wurden, und lief seit dem ersten Tag blendend. Frank hatte es damals für klüger gehalten, das erste Haus seiner geplanten Kette von Premiere-Filmpalästen nicht oben in San Francisco, sondern in der Nähe zu bauen, wo er schnell vor Ort sein konnte.

»San Francisco kriegt sein *Maynard Palace* nächstes Jahr, die Arbeiten auf der Dupont Street beginnen in ein paar Wochen«, sagte er. »Aber darüber können wir später noch mal reden. Jetzt brauchte ich deinen Rat und deine Hilfe in einer anderen Angelegenheit.«

»Und das wäre?«

Frank sagte es ihm.

»Du bist verrückt!«, schepperte es aus dem Hörer.

»Ich gebe zu, es ist nicht unbedingt notwendig, verrückt zu sein, aber hier in Hollywood hilft es«, erwiderte Frank, um jedoch gleich wieder ernst zu werden. »Ich weiß, dass ich mir da einen dicken Brocken vorgenommen habe, aber es ist eine Gelegenheit, die sich einem so schnell nicht wieder bietet. Das Gesetz ist durch, die Prohibition kommt. Ab 16. Januar sind Herstellung, Transport, Verkauf und Ausschank von Alkohol verboten.«

»Was die Leute nicht daran hindern wird, weiter zu trinken!«, prophezeite Byron. »Das Gesetz ist idiotisch und wird nicht durchsetzbar sein, weil es schlichtweg gegen die menschliche Natur ist, zumindest die amerikanische!«

»Genau. Die Prohibition wird risikofreudigen Leuten, die verbotenerweise Alkohol herstellen und schmuggeln, ein Vermögen einbringen, und der Ausschank an gewöhnliche Kunden wird in allen möglichen Arten von Flüsterkneipen weitergehen. Aber die Wirte von Bierhäusern und ähnlich großen Läden können ihren Betrieb nicht einfach in irgendwelche Hinterzimmer oder Kellerräume verlegen. Die werden gezwungen sein dichtzumachen.«

»Und diese Läden willst du jetzt alle aufkaufen und zu Kinos umbauen lassen?«

Frank lachte. »Natürlich denke ich nicht daran, sie *aufzukaufen*, und schon gar nicht will ich alle. Mir schwebt vor, den Wirten von zwei- bis dreihundert wirklich geräumigen Gaststätten Pachtverträge anzubieten. Natürlich müssen sie beste Laufkundschaftlage haben, damit sich der Umbau lohnt. Und da kommst du mit deiner Vertretertruppe ins Spiel. Deine Leute kennen sich aus und wissen, welcher Standort sich für ein Kino eignet.«

»Aber der Umbau wird ein Heidengeld kosten!«

»Meinen Berechnungen nach dürften es im Schnitt nicht mehr als fünftausend Dollar pro Haus sein. Und die Wirte werden sich an den Kosten beteiligen müssen.«

»Himmel, selbst bei nur fünf Riesen pro Schuppen wären es anderthalb Millionen, die du für so eine Kinokette aufbringen müsstest. Wo willst du denn das Geld hernehmen?«, fragte Byron besorgt.

»Schon mal was von Banken gehört?«

Aus dem Hörer kam ein trockenes Auflachen. »Hast du denn bei all deinen anderen Projekten finanziell überhaupt noch Luft nach oben?«

»Ich kriege das hin, Byron. Werde meine Banker schon davon überzeugen, dass auch sie einen goldenen Schnitt machen, wenn sie mir das Projekt finanzieren.«

»Aber zu welchem Preis? Womöglich setzt du damit alles, was du dir in zehn harten Jahren aufgebaut hast, aufs Spiel! Unsere Filmindustrie gilt ja schon als Haifischbecken, aber gegen die Gnadenlosigkeit der Banker sind wir doch ein geradezu zahmes Völkchen!«

»Da ist was dran. Aber ich werde aufpassen, dass diese Finanzhaie nicht das falsche Blut zu riechen kriegen«, wiegelte Frank ab.

»Dann darf im nächsten Jahr nicht einer deiner Feature-Filme an der Kinokasse schwächeln!«, gab Byron zu bedenken. »Ich hoffe, das ist dir klar?«

»So klar wie Gin«, erwiderte Frank und verzog das Gesicht, musste er doch sofort an Devin Neville denken, der im nächsten Jahr nicht, wie im Produktionsplan festgelegt, mit mindestens drei Filmen auf der Kinoleinwand vertreten sein würde, sondern sehr wahrscheinlich nur mit *The Stranger in Room 99.* Die Mindereinnahmen, die das bedeutete, würde er irgendwie ausgleichen müssen, und er wusste noch nicht, wie. Aber das wollte er Byron nicht auf die Nase binden, zumal er ihm die gesamte Jahresproduktion für 1920 bereits im Paket verkauft hatte. Ihm würde schon etwas einfallen. Jetzt brauchte er erst einmal Byrons Bereitschaft, ihm mit seinen Leuten bei der Suche nach geeigneten Standorten zu helfen – und das so schnell wie möglich.

Byron enttäuschte ihn nicht und willigte ein, diese Aufgabe zu übernehmen. Natürlich nicht für Gotteslohn. Er handelte heraus, dass er an der Kette von »Kneipenkinos«, wie sie das Unternehmen nannten, eine Beteiligung von fünf Prozent vor Steuern bekam. Denn Haifische waren sie alle, auf die eine oder andere Art.

Nach dem Telefonat mit Byron ging Frank mit Doris die rosa Notizzettel durch, woraus sich ein halbes Dutzend weitere Telefonate sowie mehrere Besprechungen ergaben. Den Großteil des Nachmittags verbrachte er damit, sich den Rohschnitt eines Kriminalfilms anzusehen und mit Gillespie und dem Regisseur Änderungen zu bereden. Danach sah er sich die ersten Muster einer romantischen Komödie mit Betsy La Mar an, einem anderen weiblichen Star der *Triple S,* doch anders als Laura Lynn war die quirlige, sauerstoffblonde Betsy auf die frivolen und charakterlich zwielichtigen Rollen spezialisiert. Anschließend saß er geschlagene zwei Stunden mit Jack Holbrook im stickigen, verräucherten studioeigenen Vorführsaal. Sie ließen sich die Probeaufnahmen von fast zwei Dutzend Schauspielern vorführen und besprachen, welche für die wichtigen Nebenrollen in Holbrooks nächstem Feature Film infrage kamen.

Die abendlichen Schatten krochen schon von den Hängen der Santa Monica Mountains herab, als Frank mit Kopfschmerzen und brennenden Augen endlich in sein Büro zurückkehren konnte. Die Belüftungsanlage im Vorführsaal musste unbedingt verbessert werden!

Gerade hatte er sich einen Drink eingegossen, eine Zigarette angezündet und die dicke Unterschriftenmappe aufgeschlagen, die Doris ihm auf den Schreibtisch gelegt hatte, als Vergil den Kopf zur Tür hereinsteckte. Er hatte einen Stoß Drehbücher unter dem Arm.

»Hast du ein paar Minuten Zeit?«

»Natürlich, für dich immer«, sagte Frank und winkte ihn herein.

Vergil schloss die Tür hinter sich und legte Frank das halbe Dutzend Drehbücher auf den Schreibtisch. »Schau da bei Gelegenheit mal rein. Ganz ordentliche Ausbeute, besonders das Horror-Skript *Night of the Ravens,* das was für Laszlo Hingrat wäre, und *On the Wings of Love.* Die Story schreit geradezu nach Laura Lynn in der Hauptrolle. Du solltest es ihr zuschicken, sowie sie mit dem Dreh in Afrika fertig ist und von der Safari zurückkommt, die sie danach noch anhängen will.«

»Klingt ja vielversprechend«, sagte Frank und schraubte die Kappe wieder auf seinen Füllfederhalter. Er hatte den merkwürdigen Eindruck, dass Vergil nicht nur sehr müde, sondern auch bedrückt war.

»Gut, dass du dir schon einen Drink eingegossen hast«, sagte Vergil mit Blick auf das Whiskyglas, das Frank auf einem Stoß Akten abgestellt hatte, und ging selbst hinüber zum Barwagen. »So einen brauche ich jetzt auch, damit ich nicht wieder kneife und die Sache endlich angehe wie ein Mann.«

»Schlechte Nachrichten?«, fragte Frank alarmiert.

Vergil zuckte die Achseln, grub mit dem Glas Eiswürfel aus dem Silberkühler und ließ sich gleich mit der Flasche in der Hand in einen der dick gepolsterten Ledersessel fallen. »Kommt auf die Perspektive an. Schätze mal, dass deine nicht ganz so rosig ausfällt wie meine. Komm, setz dich zu mir. Wenn du da als Filmmogul hinter dem Monstrum von Schreibtisch thronst, kriege ich es wieder nicht über die Lippen.«

Frank war nun ernstlich beunruhigt. Er nahm Glas und Zigarette und setzte sich auf die Couch. »Was um Himmels willen kriegst du sonst nicht über die Lippen?«

Vergil warf ihm einen schiefen Blick zu, nahm einen kräftigen Schluck und platzte dann halb trotzig, halb beschämt heraus: »Na, dir zu sagen, dass ich rauswill!«

»Raus aus was?«

»Aus der *Triple S.*«

Sprachlos sah Frank ihn an.

»Schau mich nicht an, als würde ich dir ein Messer in den Rücken stoßen wie ein mieser Verräter!«

Frank schluckte. Die Nachricht war zwar kein Messerstich in den Rücken, aber doch ein gewaltiger Tiefschlag. »Red keinen Quatsch, Vergil! Wir sind schließlich nicht nur Geschäftspartner, sondern auch Freunde. Klar bin ich geschockt. Du musst mir zugutehalten, dass ich darauf in keiner Weise vorbereitet war. Aber lassen wir das. Sag mir lieber, wie du dir das mit dem Ausstieg vorstellst.« Er spülte den bitteren Geschmack im Mund mit einem halben Glas eiskaltem Whisky herunter. »Soll ich dich auszahlen, oder willst du stiller Teilhaber bleiben? Wie hast du dir das gedacht?«

Vergil ging nicht auf die Frage ein. »Hör mal, ich gehe jetzt auf die sechzig zu …«, begann er stattdessen.

»Bis zur sechzig ist es ja noch ein bisschen hin. Du bist gerade einundfünfzig geworden!«, fiel Frank ihm ins Wort.

Vergil zuckte die Achseln. »Und wennschon, dann sind es eben gefühlte sechzig. Aber darum geht es nicht. Du weißt, ich habe mit Emily an der Ehefront eine zweite Chance bekommen. Wir sind jetzt seit fünf Jahren verheiratet und haben zwei kleine Kinder. Ich will diese Ehe nicht auch noch vor die Wand fahren, indem ich nie Zeit habe.«

Frank nickte, wenn auch widerwillig. Sein Freund war damals, als sie beide noch für die *Centurio* gearbeitet hatten, durch einen bitterbösen Scheidungsprozess gegangen. Zum Glück war diese erste Ehe kinderlos geblieben.

»Weißt du, mein Traum war es schon immer, in Wyoming eine nette kleine Ranch mit ein paar Dutzend Rindern und ein paar Pferden zu haben und auf eigenem Land mit meiner Familie in einem großen Blockhaus zu leben, die schneebedeckten Gipfel der Grand Tetons vor der Haustür«, sagte Vergil. »Jetzt kann ich mir den Traum leisten, Frank. Und die guten Jahre, die mir mit Emily und meinen Kindern hoffentlich noch bleiben, will ich nicht damit verbringen, mich für das Studio aufzureiben, nur damit mein Vermögen noch mehr wächst. Es war eine unglaubliche Zeit, dir beim Aufbau des Ganzen zur Seite zu stehen …«

»Das war weit mehr als ein Zur-Seite-Stehen«, widersprach Frank, wehmütig, weil er wusste, dass es sinnlos war, ihn zum Bleiben überreden zu wollen. Seine Entscheidung war längst gefallen. »Allein hätte ich es nie geschafft.«

Vergil lächelte dankbar. »Sei es, wie es will, für mich ist es Zeit, den Absprung zu wagen und nach Wyoming zu ziehen. Eine Ranch habe ich schon gefunden, nicht weit von Jackson Hole.«

Frank leerte sein Glas, goss Vergil nach und gönnte auch sich selbst noch einen zweiten Drink. Den brauchte er dringend. Denn egal, was Vergil für seinen Anteil an der Firma verlangte und was er über Kredite abdecken musste, ihm würde danach kein ausreichender Spielraum mehr für die Kette von Kneipenkinos bleiben. Er versuchte, sich seine Enttäuschung nicht anmerken zu lassen. Er war Vergil mehr schuldig als nur seinen gerechten Anteil, und irgendwo tief in seinem Innern beneidete er ihn sogar. »Also gut, kommen wir zum geschäftlichen Teil der Sache. Was willst du für deine fünfundzwanzig Prozent haben?«

»Was, schätzt du, ist mein Anteil wert?«, fragte Vergil zurück.

Frank zuckte die Achseln. »Eine dicke Stange Geld, das ist mal sicher!«

»Wärst du mit zweieinhalb Millionen einverstanden?«, schlug Vergil vor. »Eine halbe Million bei Abschluss des Kaufvertrags, den Rest in zehn Raten jeweils zum Quartal, also über zweieinhalb Jahre verteilt.«

Franks Stimmung hellte sich sofort auf. Das war ein niedriger Preis bei überaus großzügigen Konditionen! Womöglich war sein Kneipenkino-Projekt ja doch nicht tot. »Ich fürchte, das ist viel weniger, als dir zusteht.«

Vergil schüttelte den Kopf. »Mir reicht es, und ich gedenke nicht, mit dir zu schachern. Außerdem sind zweieinhalb Millionen genau die Summe, die dein neuer Partner aufbringen kann, um an meiner Stelle bei dir einzusteigen.«

»Du hast einen neuen Partner für mich?«

Vergil nickte mit breitem Grinsen. »Ja, Jack ist interessiert, meine Firmenanteile zu übernehmen.«

»Jack *Holbrook?*«, vergewisserte sich Frank ungläubig.

»So ist es! Der Mann ist nicht nur ein erstklassiger Regisseur, sondern hat augenscheinlich auch ein geschicktes Händchen mit seinen Börsengeschäften«, erklärte Vergil. »Abgesehen davon, dass er hier ein Spitzengehalt bekommt und am Einspielergebnis seiner Filme beteiligt ist, hat er vor Jahren auch noch ein nettes kleines Erbe eingestrichen, und daraus ist ein stattliches Vermögen geworden. Jedenfalls hat er das Geld und könnte sich bei dir einkaufen, falls du bereit bist, ihn dir als neuen Partner vorzustellen. Immerhin kommt ihr doch gut miteinander aus, oder?«

Ja, Jack Holbrook konnte er sich sehr wohl als neuen Partner vorstellen. Dass Jack finanzielles Geschick besaß, wusste er seit Langem, so einen Mann konnte er in der Firmenspitze gut gebrauchen. Allerdings würde er ihm für die zweieinhalb Millionen keine fünfundzwanzig, sondern nur zwanzig Prozent anbieten. Aber das waren Details, die später zu klären waren. Jetzt galt es erst einmal, mit Vergil handelseinig zu werden, und das wurden sie schnell. Per Handschlag besiegelten sie das einvernehmliche Ende einer gut zehnjährigen erfolgreichen Partnerschaft. Ihrer Freundschaft dagegen war eine viel längere Zeit beschieden.

»Auf unserer Ranch ist immer ein Zimmer für dich frei, Frankieboy! Und ein saftiges Steak und eine Flasche Haig werden auch immer auf dich warten, okay?«, versicherte Vergil mit seltsam wässrigen Augen, als sie sich in einer Gefühlswallung zu einer ungeschickten Männerumarmung hinreißen ließen.

Als Vergil gegangen war, setzte Frank sich wieder hinter seinen Schreibtisch. Aber er griff weder zum Füllfederhalter, um die Papiere in der Unterschriftenmappe zu unterschreiben, noch machte er sich an eine der anderen Arbeiten, die darauf warteten, dass er sich ihrer annahm. Er saß still im Armstuhl und blickte auf das teure gerahmte Foto an der gegenüberliegenden Wand, das er selbst zehn Jahre zuvor gemacht hatte: Roderick Morrisons Camp, aufgenommen von der Spitze einer ausgefahrenen Feuerwehrleiter aus. Doch sein Blick ging durch das Foto hindurch.

Es war Doris, die ihn aus seinen Gedanken holte, als sie ihm wie üblich Bescheid gab, dass sie Feierabend machte. »Gütiger Gott, was sitzen Sie denn hier im Dunkeln, Mr Maynard? Warum machen Sie kein Licht?«

Er rang sich ein Lächeln ab. »Im Dunkeln lässt es sich gut nachdenken.«

»Unsinn! Sie haben genug gearbeitet, und es ist spät. Gehen Sie nach Hause!«, ermahnte sie ihn.

»Zu wem nach Hause?«, entfuhr es ihm.

Ein trauriger Ausdruck trat in ihre Augen, und sie wich seinem Blick aus. »Sie sollten sich mehr Ruhe gönnen. Sie arbeiten zu viel. Guten Abend, Mr Maynard.«

»Ihnen auch einen guten Abend, Doris.«

Sie nickte stumm und zog die Tür leise ins Schloss. Das schwache Licht, das eben noch unter der Tür hindurch aus dem Vorzimmer zu Frank ins große Büro gedrungen war, erlosch. Augenblicklich füllte die Dunkelheit das Zimmer vollkommen und streckte ungehindert die kalten Schattenfinger nach ihm aus.

38

In der Woche vor Ostern des Jahres 1920 trafen sich Harriet und Agnes zum Lunch im »Fairmont«. Es war ein nasskalter Märztag, was Agnes nicht daran hinderte, in einem extravaganten Kostüm aus rotgolden changierender Seide in den Palm Court zu spazieren. Dazu trug sie einen fast wagenradgroßen Hut, der einem chinesischen Mandarin gut zu Gesicht gestanden hätte, und balancierte, die elfenbeinerne Zigarettenspitze mit der brennenden schwarzen Orient in der halb ausgestreckten Hand vor sich her wie eine Monstranz. Dass sie die Blicke sämtlicher Gäste auf sich zog, wobei sich befremdete und bewundernde die Waage hielten, schien sie nicht zu bemerken.

Harriet fand, dass Agnes noch dünner geworden war, auch im Gesicht. Wie Pergament spannte die Haut über ihren prägnanten, nun aber doch sehr knochigen Zügen.

Ihre Schwiegertante, wie sie Agnes manchmal liebevoll nannte, tat die Besorgnis belustigt ab. »Dummes Zeug, Kind! Ich hoffe, du brauchst in deinem zarten Alter nicht schon eine Brille!«, sagte sie und wandte sich an den Oberkellner, der augenblicklich an ihren Tisch getreten war, um sich nach ihren Wünschen zu erkundigen. »Das Übliche, Jason. Aber bringen Sie mir erst einen steifen französischen Tee.« Was seit Einführung der Prohibition hier an der Bay das Codewort für französischen Cognac war.

Denn natürlich floss der Alkohol auch weiterhin in Strömen; das seit wenigen Monaten geltende Gesetz hatte nur zu Veränderungen an den äußeren Umständen geführt sowie Schwarzbrennern und Schmugglerbanden quasi eine Lizenz zum Gelddrucken zugespielt.

Der Oberkellner zuckte nicht mit der Wimper und deutete eine Verbeugung an. »Sehr wohl, Ma'am.«

»Ich schließe mich an«, sagte Harriet nach kurzem Zögern, und keine fünf Minuten später wurde ihnen in feinsten französischen Teetassen Cognac serviert. An einem Nachbartisch schenkte ein Kellner zwei konservativ gekleideten Geschäftsleuten aus einer kleinen Kanne ein. Nur floss aus der Porzellantülle kein dampfender schwarzer Kaffee, sondern bernsteinfarbener Scotch. Und was die beiden jungen Frauen, die mit ihren Männern an einem anderen Tisch saßen, per Strohhalm aus hohen geriffelten Kristallgläsern tranken, nannte sich *Orange Blossom* und war ein potenter Mix aus viel Gin und einem Schuss Orangensaft. Ein Drink, bei dem der Alkohol besonders schnell ins Blut ging.

»Du solltest weniger rauchen«, mahnte Harriet sanft, als Agnes eine neue schwarze Orient in die Zigarettenspitze steckte und sich von einem Ober Feuer geben ließ. Dass sie immer kurzatmiger wurde, hatte doch zweifellos mit ihrem Zigarettenkonsum zu tun.

»Mit bald fünfundsiebzig fange ich nicht an, lieb gewonnene Gewohnheiten aufzugeben. Eher lege ich mir noch ein paar unvernünftige zu! Das Vernünftige zu tun oder mich Konventionen zu beugen, war nie eine Maxime für mich, das müsstest du inzwischen wissen«, entgegnete Agnes mit einem Lächeln. »Also vergiss deine wohlgemeinten Bekehrungsversuche. Und jetzt erzähl, ob Adrian es ins Schulorchester geschafft hat.«

»Hat er«, sagte Harriet stolz. »Und wenn er weiter tüchtig übt, kriegt er beim Weihnachtskonzert vielleicht sogar einen Soloauftritt.«

Agnes strahlte. »Sag ihm, ich wünsche mir einen Chopin!«

Harriet lachte, und sie bestellten einen leichten Lunch. Während des Essens sprachen sie über alles Mögliche, nur Jordans Name fiel nicht ein einziges Mal. Beide mieden sie das Thema geflissentlich, doch als der Kellner ihre Teller abgeräumt hatte, konnte Agnes sich nicht länger beherrschen.

»Hast du inzwischen von Jordan gehört, wann er zu dir und seinem Sohn zurückzukehren gedenkt?«, fragte sie grimmig.

Harriet unterdrückte das schwere Seufzen, das sich in ihrer Brust regte. »Es wird wohl bei Mai bleiben, wie wir es besprochen hatten«, sagte sie und zwang sich zu einem unbeschwerten Lächeln, das nicht sehr überzeugend ausfiel. »Diesmal ist er ja spät aufgebrochen, weil wir über Weihnachten noch zum Skifahren in Kanada waren.«

»Das sieht dir ähnlich, dass du trotz allem noch Entschuldigungen für ihn findest!« Agnes schüttelte verdrießlich den Kopf. »Der Herr ist mein Zeuge, wie sehr ich an Jordan hänge. Ach was, ich liebe ihn abgöttisch! Und ich verstehe seine Leidenschaft für archäologische Grabungen bis zu einem gewissen Punkt. Mein seliger Geoffrey war ja nicht viel anders. Aber was Jordan Adrian und dir Jahr für Jahr mit seinen langen Abwesenheiten antut, ist einfach nicht recht.«

»Soll ich ihn vielleicht zu Hause anbinden?«, fragte Harriet müde. »Und was bringt es, wenn ich ihn nicht gehen lasse? Du weißt doch selbst, wie unglücklich er dann ist. Wem wäre damit geholfen?«

»Keinem, ich weiß«, seufzte Agnes. »Aber es tut mir so leid für dich, Kind. Du hast etwas Besseres verdient, als jedes Jahr monatelang das Leben einer Strohwitwe führen zu müssen. Das tut keiner Ehe gut.«

Harriet lächelte tapfer. »Ich habe gewusst, worauf ich mich einlasse, Agnes. Jordan hat nie einen Hehl daraus gemacht, wie viel ihm diese Expeditionen bedeuten. Und man kann einem Vogel nun mal nicht die Flügel stutzen, ohne zu zerstören, was ihn so besonders macht, nicht wahr?« Einen Moment lang war sie versucht zu gestehen, dass die Entfremdung zwischen Jordan und ihr längst Alltag geworden war und nicht allein auf seine Auslandsaufenthalte zurückgeführt werden konnte. Nicht, dass es Missstimmung oder gar Streit zwischen ihnen gegeben hätte. Aber die einst tiefe Zuneigung zwischen ihnen war längst einer freundschaftlichen Verbundenheit gewichen, die auf dreizehn Jahren Ehe gründete und sich vor allem ihrer gemeinsamen Liebe zu Adrian verdankte. Auch die erotische Anziehung hatte sich mehr oder weniger verflüchtigt, zumindest was sie betraf. Sie schliefen nur noch selten miteinander, und wenn es doch einmal geschah, war ihr danach meist zum Weinen zumute. Manchmal erschreckte es sie, was aus ihrem Leben geworden war. Dann ahnte sie eine Leere in sich, in die zu schauen sie sich scheute aus Angst vor dem, was sich ihr offenbaren könnte. Gottlob war es ihr bisher noch immer gelungen, diesem Sog zu widerstehen und sich daran zu erinnern, dass sie allen Grund hatte, jeden Tag aufs Neue dankbar zu sein für das, was sie hatte. Ihr Leben hätte auch einen ganz anderen Verlauf nehmen können. Dass er sie davor bewahrt hatte, würde sie Jordan niemals vergessen.

Sie schreckte aus ihren trübsinnigen Gedanken auf. »Entschuldige, was hast du gesagt?«

»Dass ich wünschte, du hättest eine Aufgabe.«

»Du scheinst Adrian vergessen zu haben.«

Doch das fegte Agnes beiseite. »Das zählt nicht. Nicht, dass ich dir, was Adrians Erziehung betrifft, etwas vorwerfen könnte, ganz im Gegenteil, aber die Aufgaben einer Mutter füllen jemanden wie dich nicht aus. Nein, spar dir den Widerspruch! Das eine hat mit dem anderen nichts zu tun. In deinen Adern fließt das Blut einer Geschäftsfrau! Und es schreit zum Himmel, dass dein schurkischer Onkel es geschafft hat, dich aus der Firma zu drängen. Dein Vater wusste, was in dir steckt, und er wollte, dass du ihm nachfolgst. Das beweist sein Testament.«

Es versetzte Harriet noch immer einen Stich, wenn sie daran

erinnert wurde, dass Henry sie mittels Erpressung um ihr Recht gebracht hatte. »Noch ist nicht aller Tage Abend, Schwiegertante. Irgendwann zwinge ich ihn in die Knie«, erwiderte sie und täuschte eine Zuversicht vor, die sie nicht wirklich hatte. Und dann wechselte sie das Thema, indem sie auf das Osterfest zu sprechen kam, das Adrian und sie auf *Seven Oaks* feiern würden.

Agnes wollte noch einige Besorgungen machen, bevor sie die Fähre zurück nach Napa nahm, und so verabschiedeten sie sich nach dem Dessert und einem schnellen Kaffee voneinander.

Fünf Tage später starb Agnes.

Ihr Haus war voller Gäste gewesen. Harriet und Adrian waren schon am Gründonnerstag gekommen, und Agnes hatte noch gute Freunde aus Napa über das Wochenende eingeladen. Sie alle hatten ein fröhliches Fest gefeiert. Nach dem Kirchgang bei Sonnenaufgang und einem anschließenden ausgiebigen Brunch auf der rückwärtigen Terrasse war sie müde geworden.

»Freunde, entschuldigt mich, aber mein heiliger Mittagsschlaf ruft! Und diesem Ruf ist in meinem Alter Folge zu leisten. Feiert nur fröhlich weiter, in einer Stunde stoße ich wieder zu euch. Also seht zu, dass ihr bis dahin mit euren kritischen Bemerkungen über mich fertig seid!«, hatte sie gescherzt. Sie hatte Kusshände in die Runde geworfen, ihr Champagnerglas geleert und sich in ihr Zimmer zurückgezogen.

Als sie zwei Stunden später noch nicht zu ihnen zurückgekehrt war, hatte Harriet nach ihr gesehen – und sie tot auf ihrem Bett vorgefunden. In einem Berg weicher Kissen, die Arme entspannt auf der seidenen Tagesdecke und mit einem friedlichen, fast verträumt wirkenden Gesichtsausdruck.

»Herzstillstand im Schlaf«, stellte der Hausarzt unverhohlen neidvoll fest. »Einen schöneren Tod kann man sich kaum wünschen.«

Der Tod ihrer Mutter hatte Harriet nicht das Herz zerrissen, an deren Grab waren ihre keine Tränen gekommen. Um Agnes trauerte sie dagegen mit jeder Faser ihres Körpers, und sie konnte lange nicht aufhören zu weinen. In diesen Kummer mischte sich jedoch noch ein anderer Schmerz, nämlich die Verbitterung darüber, dass sie allein mit Adrian am Grab dieser wundervollen, exzentrischen Frau stehen musste. Das Telegramm an Jordan, das sie zuerst aufsetzte, spiegelte diese zornige Ohnmacht wider:

> Endlich Königsgrab gefunden? + stopp + In Napa neues Grab ausgehoben + stopp + Agnes' Beerdigung übermorgen + stopp + Keine kostbaren Grabbeigaben + stopp + Nur grenzenloser Kummer + stopp + Kranzschleife mit deinem Namen würdiger Vertreter + stopp + Harriet

Sie zerriss das Formular und trug in ein neues ebenso eisig wie kurz ein:

> Agnes tot + stopp + Beerdigung übermorgen + stopp + Harriet

Als sie es am Schalter der *Western Union* abgab, spürte sie in sich eine eigenartige Wut. Die schien wie aus Glas, und sie fürchtete, sie könnte jeden Moment in ihr zerspringen und sie zerreißen. Und so, wie sie diese klirrende Wut in sich spürte, ahnte sie auch die zerstörerische Kraft, die sich entladen und alles ins Haltlose reißen würde, wenn sie die Kontrolle darüber verlor.

39

Devin Neville warf sich in die steife Hemdbrust. Er hatte sich für den Termin mit dem Studioboss in Schale geworfen wie für eine Paraderolle als eleganter Herzensbrecher. Aber das Gespräch lief nicht so, wie er erwartet hatte, ganz und gar nicht. »Mir gefällt Ihr Ton nicht, Mr Maynard!«, empörte er sich nun und knallte das Drehbuch auf den Schreibtisch.

»So, mein Ton gefällt Ihnen nicht.« Frank hob die Brauen, legte den Kopf leicht schief und furchte die Stirn, als denke er ernsthaft darüber nach, was da zu tun sei. »Nun, ich könnte Gesangsstunden nehmen, nur fehlt mir dazu die Zeit, von mangelndem Interesse ganz zu schweigen. Sie werden sich also an meinen Ton gewöhnen müssen, wenn Sie hier eine Zukunft haben wollen, mein lieber Devin.«

»Sie wissen genau, was ich meine! Und sparen Sie sich den süffisanten *lieben Devin*«, bellte der Schauspieler, aber wohlweislich nicht mit voller Stimmkraft. Er kannte seine Rolle in dieser Szene, auch wenn sein Stolz ihm gebot, ein letztes ehrenhaftes Aufbäumen zu markieren. »Dieses Drehbuch ist eine Beleidigung für jeden halbwegs intelligenten Menschen! Und erzählen Sie mir nicht, dass Sie aus der idiotischen Story einen Film machen wollen!« Erregt tippte er auf das dritte Drehbuch-Desaster von Louis Butterfield, das noch schlechter war als die beiden vorherigen. »Die grauenhafte Rolle in diesem Schmierenstück haben Sie mir doch nur angeboten, weil Sie wissen, dass ich sie ablehnen *muss!* Denn genau das ist Ihre Absicht. Aber ich werde nicht zulassen, dass Sie mich mit diesem Dreck auf Eis legen und meine Karriere sabotieren!«

»Soso, das werden Sie nicht zulassen«, wiederholte Frank mit einem trügerisch milden Lächeln. Aufreizend langsam erhob er sich und ging hinüber zum Barwagen, um sich einen Drink einzugießen. Devin Neville bot er keinen an, was eine wohlkalkulierte Kränkung war. Endlich hatte er ihn da, wo er ihn haben wollte. Dass er darauf verzichtet hatte, seinen Agenten zu diesem Termin mitzubringen, bewies, dass er den Ernst seiner Lage endlich begriffen hatte. Aber die Kapitulation musste erst erklärt sein, bevor Frank gewillt war, zu einvernehmlichen Geschäftsbeziehungen und höflicheren Umgangsformen zurückzukehren.

Vergebens hatte er gehofft, dass Devin Neville schon viel früher in die Knie gehen würde. Das hatte das Studio eine Menge Geld gekostet, denn er hatte sich für zwei Filme, in denen Devin Neville die männliche Hauptrolle hatte spielen sollen, von Adolph Zukors *Famous Players Film Company* für eine stolze Summe einen Schauspieler leihen müssen. Zum Glück war die Rechnung unter dem Strich einigermaßen aufgegangen. Trotzdem war Frank mehrmals kurz davor gewesen, als Erster das Handtuch zu werfen. Nun war er froh, es nicht getan zu haben und den stummen Wettstreit zu seinen Gunsten beilegen zu können.

»Haben Sie in letzter Zeit mal einen Blick in Ihren Studiovertrag geworfen?«, erkundigte er sich, nippte an seinem Scotch und kehrte hinter den Schreibtisch zurück. »Hier ist meine Ausfertigung. Bitte bedienen Sie sich, falls Sie Ihr Gedächtnis etwas auffrischen wollen.«

»Ich weiß genau, was in meinem Studiovertrag steht!«, knurrte Devin Neville. »Diese Art von Knebelverträgen müsste verboten sein!«

Womit der gute Mann nicht ganz unrecht hat, dachte Frank. Alle Studios, und die *Triple S* machte da keine Ausnahme, banden ihre Schauspieler mit einem Siebenjahresvertrag an sich. Es war die längste Vertragsdauer, die das kalifornische Gesetz erlaubte, wobei die Rechte und Pflichten in diesen Studioverträgen ungleich verteilt waren. Lehnte ein Schauspieler ein Drehbuch als inakzeptabel ab, galt die Wartezeit bis zum nächsten ihm angebotenen Film nicht als Vertragsdauer. Die Wochen und Monate wurden schlichtweg an die sieben Jahre angehängt, sodass der Schauspieler, sollte er mehrere Drehbücher ablehnen, leicht für zwei oder drei weitere Jahre an das Studio gebunden war. Auch fiel dann die vereinbarte Wochengage weg, die überhaupt nur für vierzig Wochen im Jahr gezahlt wurde. Die restliche Zeit galt als unbezahlter Urlaub, auch wenn die Stars jederzeit für Pressetermine und andere Publicityauftritte zur Verfügung stehen und einen aufwendigen Lebensstil pflegen mussten, wie er von einem Star erwartet wurde. Das Studio dagegen hatte das Recht, den Vertrag alle sechs Monate neu zu »bewerten« und gegebenenfalls zu kündigen, was zahllosen Starlets und glücklosen Nebenrollendarstellern widerfuhr, die schon verglühten, bevor man sie überhaupt am Filmfirmament hatte wahrnehmen können.

Was den Studios aber nahezu unbegrenzte Macht über ihre Schauspieler verlieh, waren die Moralklauseln. Seite um Seite nahmen sie in den Verträgen ein. Jede Übertretung einer der unzähligen Verhaltensmaßregeln konnte einem als Vertragsbruch ausgelegt werden und Grund für eine fristlose Kündigung sein. Besonders rigide war der Sexualkodex formuliert, der sexuelle Aktivitäten außerhalb der Ehe grundsätzlich verbot. Was bei der Wirklichkeit des ausschweifenden Lebens in Hollywood so aussichtsreich war wie der Versuch, das Gefieder von Raben weiß zu waschen. Und gerade deshalb stand es in den Verträgen drin und hing vom ersten Tag an wie ein Damoklesschwert über jedem, egal ob Star oder Starlet.

»Da ist schon was dran, Mr Neville«, räumte Frank freimütig ein. »Diese Verträge haben, egal bei welchem Studio, unendlich viele Klauseln. Aber ich erinnere mich gut, dass Sie damals, als ich Sie aus dem miesen Hinterhofstudio geholt und Ihnen diesen Vertrag angeboten habe, gar nicht schnell genug unterschreiben konnten.«

Der Schauspieler biss die Zähne zusammen und schwieg, denn dem hatte er nichts entgegenzusetzen. Bekannt gemacht hatten ihn erst die Filme der *Silver Screen Studios.*

»Also gut, lassen wir das Geplänkel und kommen wir zu des Pudels Kern!«, sagte Frank. Sein Terminkalender war zu voll, als dass er Zeit und Geduld für lange Scheinscharmützel gehabt hätte. »Die Verträge sind, wie sie sind, Devin. Sie räumen Ihnen keine Mitbestimmung ein, und damit hat es sich. An der Kinokasse bringt Ihr Name immer noch gutes Geld, das billige ich Ihnen zu. Sie sind jedoch weder ein zweiter Rudolph Valentino, noch können Sie einem Mann wie Douglas Fairbanks das Wasser reichen. Aber selbst wenn Sie solche Starqualitäten hätten, würde ich Ihnen die Besserwisserei und ständigen Querelen mit den Regisseuren nicht durchgehen lassen. Sie können sich also überlegen, welchen Weg Sie einschlagen wollen. Option eins: Sie hören auf, sich am Set aufzuspielen, dem Regisseur ins Handwerk zu pfuschen und dadurch die Produktionskosten in die Höhe zu treiben, und wir sind wieder alle Freunde, und die finanzielle Dürre wird dem gewohnt warmen wöchentlichen Geldregen weichen. Oder aber, und da sind wir bei Option zwei: Sie weigern sich auszuführen, was man Ihnen sagt, halten den Dreh auf und machen der gesamten Crew die Arbeit schwer. In dem Fall schmeiße ich Sie bei den nächsten Dreharbeiten hochkant vom Set, besetze Ihre Rolle neu, und Sie können Ihrer Karriere Adieu sagen.«

»Es gibt noch eine dritte Option.«

Frank fixierte ihn mit einem stechenden Blick. »So? Ich wüsste keine.«

»Na ja, Sie könnten mich auch gehen lassen«, sagte Devin Neville und zuckte fast entschuldigend die Achseln, als wisse er selbst, wie illusorisch sein Vorschlag war.

Frank bedachte ihn mit einem dünnen Lächeln. »Damit ein Konkurrent von meiner jahrelangen Investition profitiert und Sie sich vielleicht noch rühmen, den Maynard in die Knie gezwungen zu haben?« Er schüttelte den Kopf, und sein Blick wurde kalt. »Ich sage Ihnen, was ich tun werde: Ich werde Sie die nächsten drei, vier Jahre auf der Ersatzbank verhungern lassen, darauf können Sie Gift nehmen! Danach zahlt Ihnen keiner mehr auch nur halbwegs das, was Sie bei mir bekommen, solange Sie Ihre Arbeit machen, wie meine Regisseure und ich es von Ihnen verlangen. Sie haben die Wahl.« Er steckte sich eine Zigarette an und hielt auch Devin Neville die Schachtel hin. Ein stummes Friedensangebot. »Ich habe da übrigens ein fantastisches Drehbuch, das ich gerade besetzen muss. Wäre eine Paraderolle für Sie.«

Devin Neville leckte sich nervös über die Lippen und zögerte kurz, dann nahm er eine von Franks Woodbines und ließ sich Feuer geben. Er sog den Rauch tief in seine Lungen und ließ ihn mit einem langen, resignierten Ausatmen entweichen. »Okay, begraben wir das Kriegsbeil, und sehen wir, was wir gemeinsam auf die Leinwand bringen können«, erklärte er, als habe er sich zu einem großherzigen Verzicht bereitgefunden. Doch sein schiefes Grinsen sagte alles, es besiegelte seine Kapitulation.

»Schön, dass wir uns verstehen«, erwiderte Frank. Er reichte ihm versöhnlich die Hand und verabschiedete ihn mit einem Drehbuch, von dessen Geschichte und männlicher Hauptrolle der Schauspieler begeistert sein würde. Die Regie würde Talbot übernehmen, das war seine Abmachung mit Holbrook, der ihn wie Vergil in seinem zehn Monate währenden Zermürbungskrieg gegen Devin Neville unterstützt hatte.

Ach, Vergil! So gut er sich auch mit Holbrook verstand, sein alter Freund, mit dem er sich durch die harten Anfangsjahre zum Erfolg gekämpft hatte und der nun auf seiner Ranch in Wyoming lebte, fehlte ihm sehr. Holbrook war ein solider, verlässlicher

Partner, der von den komplexen Finanzen eines Studios vielleicht noch mehr verstand als von der Regie, und bei den zig Millionen, mit denen sie jonglierten, um ihre Jahresproduktion von mindestens dreiundzwanzig Filmen zu finanzieren, war ein solcher Mann Gold wert. Aber eine innige Freundschaft verband ihn mit ihm nicht.

Frank nahm sich vor, bald mal wieder mit Vergil zu telefonieren, in einer ruhigen Stunde. Und irgendwann würde er wohl auch die Zeit finden, sich selbst ein Bild von dem Rancherleben zu machen, das Vergil immer in so glühenden Farben schilderte. Der Kerl hatte im vergangenen halben Jahr die Zeit gefunden, ihm drei lange Briefe zu schreiben. *Briefe!* Gütiger Gott, wann hatte er das letzte Mal einen Brief geschrieben? Nicht dieses geschäftliche Zeug, das er Doris täglich im Dutzend diktierte, sondern einen privaten und dazu auch noch langen Brief? Das musste noch vor dem Weltkrieg gewesen sein, als er mit Laura liiert gewesen war. Nach ihrem ersten Rendezvous im »Costello's« am Strand von Santa Monica. Himmel, lag das wahrhaftig schon sieben, nein, acht Jahre zurück?

40

Tau-Tau war zu der Erkenntnis gelangt, dass das Leben in San Quentin sich von dem auf See wenig unterschied. Die fundamentalen Gesetze beider Welten waren gleich. Ein Schiff, das sich der Gewalt einer sturmgepeitschten See störrisch widersetzte, war zum Untergang verurteilt. Es wurde über kurz oder lang von den Brechern in Stücke geschlagen, mochte es auch noch so solide gebaut sein oder unter Dampf laufen. Nur wenn es sich der vernichtenden Kraft beugte, den eigenen sturen Kurs aufgab und demütig vor dem Wind lief, konnte es den Terror der See überleben. Wie auch ein Seemann sich den ganz eigenen Gesetzen an Bord eines Schiffes nicht widersetzen konnte, ohne einem verhängnisvollen Schicksal anheimzufallen.

Es hatte ein paar Jahre gedauert, und er hatte dafür bezahlt, die brutalen Gesetze von San Quentin nicht gleich begriffen und als eine in der Gefängniswelt herrschende Naturgewalt akzeptiert zu haben. Vier qualvolle Wochen Dunkelhaft, die ihn fast den Verstand gekostet hatten, waren der bittere Preis dafür gewesen, dass er sich gegen die Misshandlungen eines Wärters gewehrt und ihm mit seiner Prothese drei Zähne ausgeschlagen hatte. Dass er auf den verhassten Schließer losgegangen war, hatte ihm aber auch bei den anderen Gefangenen Respekt verschafft und ihn vor den Belästigungen durch Lebenslängliche und vor den gefährlichen Zellengangs geschützt. So hatte er sich mit der Dunkelhaft zumindest diese Vorteile erkauft, die an einem Ort wie San Quentin nicht hoch genug zu schätzen waren.

An diese in jeder Hinsicht dunklen ersten Jahre dachte er inzwischen kaum noch. Er hatte sich dem Willen der Schließer unterworfen, sich auch in jeder anderen Hinsicht in sein Schicksal gefügt und lief im rauen Seegang von San Quentin brav vor dem Wind. Und seit sie ihm vor einem halben Jahr mit George Gillmore einen neuen Zellengenossen zugeteilt hatten, lebte er mehr denn je in den rosigen Traumbildern der Zukunft, die nach mittlerweile zehn abgesessenen Jahren in greifbare Nähe rückten.

George Gillmore war ein schmächtiges Bürschchen von achtundzwanzig Jahren, das ihn nicht allein wegen seines spitz zulaufenden Gesichts an ein nervöses Frettchen erinnerte. Gillmore war flink auf den Füßen und besonders flink mit den Fingern, wenn es galt, jemanden zu bestehlen. Er hatte sich lange als Taschendieb und Trickbetrüger durchgeschlagen. Sein erster Versuch, als Einbrecher Karriere zu machen, hatte ihn geradewegs für fünf Jahre nach San Quentin geführt. Gute dreieinhalb hatte er noch vor sich. Was bedeutete, dass er anderthalb Jahre vor ihm in die Freiheit entlassen wurde.

Und das gedachte Tau-Tau für sich zu nutzen. Gillmore war genau der Komplize, den er brauchte, um herauszufinden, ob sein Wissen am Tag seiner Entlassung überhaupt noch einen Cent wert sein würde. So viel konnte in den anderthalb Jahrzehnten, die er hier eingesperrt war, da auf der anderen Seite der Bay passieren. Gillmore würde seine Vorhut sein, sein Spitzel in der letzten Zeit des Hoffens und Bangens!

Sie kamen prächtig miteinander aus. Was nicht zuletzt daran lag, dass Gillmore einen Heidenrespekt vor ihm hatte, als Schmächtling einen Beschützer brauchte, für diesen Schutz zu allem bereit war und von seinen Südseegeschichten gar nicht genug bekommen konnte. Seemannsgarn zu spinnen, verrückte Abenteuergeschichten und schlüpfrige Anekdoten mit halb nackten Insulanerinnen zu erfinden fiel ihm gottlob nicht schwer. Und es vertrieb ihm selbst so manche Nachtstunde.

Ja, mit dem unterwürfigen Frettchen hatte das Schicksal ihm

den richtigen Mann zur richtigen Zeit geschickt. Was ihn neben der Frage, was sich in den vergangenen Jahren in San Francisco wohl getan hatte und was in den kommenden fünf noch passieren mochte, beinahe genauso beschäftigte, war das Nachdenken darüber, wann und vor allem wie weit er Gillmore in die *Leviathan*-Geschichte einweihen konnte, ohne seine Trümpfe aus der Hand zu geben.

Nun, an Zeit, sich das zu überlegen und zu einem Entschluss zu kommen, fehlte es ihm jedenfalls nicht.

41

An einem drückend heißen Septembertag des Jahres 1921 platzte Tony Russo in Franks Büro. Wie üblich bedeuteten sein unangekündigtes Erscheinen und die Tatsache, dass Doris ihn sofort durchgelassen hatte, dass es einige Krisen in den Griff zu bekommen galt.

»Die guten oder die schlechten Nachrichten zuerst, Boss?«

»Gibt's denn überhaupt gute?«

»Schlecht sind sie alle, aber es gibt ein paar, die gegen die anderen richtig gut aussehen. So ähnlich wie …« Er suchte nach einem passenden Bild und wedelte mit seiner brennenden Zigarette, ohne sich um die Asche zu kümmern, die er dabei über den Orientteppich verstreute. »Na ja, wie angeschossen, aber nicht Volltreffer und tot.«

Frank verdrehte die Augen. »Okay, dann fangen Sie mit ›angeschossen‹ an.«

»Unsere Zwillinge sehen nicht mehr wie Zwillinge aus. Joan passen die Kostüme für den neuen Film nicht, weil sie sich einige Pfunde mehr angefuttert hat als erlaubt.« Russo sprach von Joan und Jane Marigold, zwei hübschen Rothaarigen von sechzehn Jahren, die mit ihren Verwechslungskomödien besonders beim jugendlichen Kinopublikum großen Erfolg hatten. Die Auflage, ein bestimmtes Gewicht zu halten und beim Drehstart vorweisen zu können, fand sich in jedem Studiovertrag. In der Branche nannte man sie gern spöttisch *potato clause,* doch vom Studio wurde sie bitterernst genommen. »Ich habe sie zum Doc geschickt, damit er ihr eine Portion Wurmlarven gibt. Diese Bandwürmer sollen Wunder wirken.«

»Muss das sein?« Frank war kein Freund dieser rabiaten Methode, und wenn sie zehnmal zum Standardprogramm aller Studios gehörte. »Kriegt sie das nicht auch mit Schwitzbädern und Abführmitteln hin?«

»Keine Chance, dass sie die Pfunde ohne die Würmerkur rechtzeitig von den Rippen kriegt. Die ekelige Prozedur wird ihr hoffentlich eine Lehre sein, damit sie sich nicht wieder zwischen den Drehs mit Süßigkeiten vollstopft.«

Frank seufzte. »Okay, weiter. Wer liegt noch angeschossen auf dem Pflaster?«

»Die süße Olivia Bellmont, und das im wahrsten Sinne des Wortes, wenn Sie die Kugel durch ein Spermium ersetzen, das sich auf eine ihrer hinreißenden Eizellen gestürzt hat«, verkündete Tony Russo gewohnt zynisch. »Und nun gedeihen sie gemeinsam und werden seit drei Monaten immer mehr.«

»Wie zum Teufel …«, setzte Frank zu der Frage an, auf die Tony Russo nur gewartet hatte.

»Ganz einfach, sie hat bei ihren letzten drei Monatsmeldungen gelogen.« In allen Studios wurden Tabellen geführt, in denen die Periode der Schauspielerinnen vermerkt wurde. Diese monatlich zu melden gehörte zu den vertraglich vereinbarten Pflichten. Jede vom Studio nicht genehmigte Schwangerschaft galt als Vertragsbruch und konnte die fristlose Kündigung zur Folge haben, zumindest aber empfindliche Kürzungen oder gar eine zeitweise Streichung der Gage. »Fragen Sie mich nicht, was sie sich dabei gedacht hat, Mr Maynard. Vielleicht dachte sie, wenn sie nur weiter von einer wilden Party zur anderen flattert, sich ordentlich mit harten Drinks abfüllt und die Nächte durchtanzt, wird sie das Kind schon irgendwann los. Das hat aber nicht geklappt. Und jetzt ist der Jammer groß und der Schaber unumgänglich.«

»Will sie das Kind behalten?«

»Und als gefallenes Mädchen ihre Karriere in die Tonne hauen? Doch nicht unsere liebreizende Olivia Bellmont!«

Frank verzog das Gesicht. »Das sähe ihr wirklich nicht ähnlich. Und wer ist der Vater?«

Tony Russo lachte abfällig und steckte sich die nächste Zigarette an. »Ihr sind auf Anhieb ein halbes Dutzend Namen eingefallen, und dabei ist ihr noch nicht einmal ein Hauch Schamröte in die Wangen gestiegen. Die süße Unschuld, die sie vor der Kamera so überzeugend spielt, hat mit ihrem wahren Leben so viel zu tun wie eine fromme Klosterschwester mit Madame Bovary.«

»Okay, schicken Sie sie zu Doc Tanner, und legen Sie sie nach dem Eingriff für ein paar Wochen an die Kette!«, sagte Frank, für den das Thema, so unerfreulich es auch war, damit abgehakt war. Er würde Olivia drei, vier Monatsgagen streichen. Sich darüber aufzuregen oder gar moralisch zu entrüsten, dafür war Hollywood nicht der rechte Ort. Diese Dinge passierten immer wieder. Weshalb auch jedes Studio verschwiegene und gut bezahlte Abtreibungsärzte, Privatkliniken für Suchtkranke sowie Anwälte und Informanten auf einer »schwarzen Lohnliste« stehen hatte. Eine ganze Industrie lebte von den Lastern und Fehltritten der Stars und Starlets, aber auch der Studiobosse, Regisseure und anderen Filmleute, auf die um keinen Preis das unerbittliche Licht der Öffentlichkeit fallen durfte.

Frank trommelte nervös mit den Fingern auf der ledernen Schreibunterlage. Er hatte noch eine Menge zu erledigen, bevor er am nächsten Tag nach San Francisco fuhr, und die Zeit raste ihm davon. »Ich hoffe, das war's.«

»Tut mir leid, Boss, aber da liegt, um im Bild zu bleiben, noch eine hässliche Leiche vor unserer Haustür. Die müssen wir schleunigst fortschaffen, bevor eine große Sache draus wird.«

»Mach es kurz!«

»Unser Salonlöwe Stanley West hat gestern Abend kurz hinter

Beverly Hills einen Unfall gebaut. Dabei ist die Farmersfrau, deren Ford er gerammt hat, leicht verletzt worden.«

Frank kniff die Augen zusammen. »War er betrunken?«

»Lebt ein Fisch im Wasser?«, gab Tony Russo zurück, sah den genervten Ausdruck auf dem Gesicht seines Bosses und sprach schnell weiter. »Stockbesoffen war er diesmal zum Glück nicht, sondern nur angeschickert. Die Einzelheiten erspare ich Ihnen. Jedenfalls war er geistesgegenwärtig genug, eine Anzeige und sonstiges Aufsehen zu vermeiden. Er hat den zuständigen Streifenpolizisten geschmiert und sich das Stillschweigen der Farmersfrau und ihres Mannes gekauft.«

Frank sah seinen Fixer verständnislos an. »Dann ist doch alles in Ordnung.«

»Leider nicht. Er hat den Fehler begangen, die beiden zur Ambulanz zu fahren, wo man zum Glück keine Knochenbrüche feststellen konnte und die Frau gleich wieder entlassen wurde. Stanley ist auf dem Parkplatz im Wagen sitzen geblieben, aber eine Schwester, die gerade ihre Nachtschicht beendet hatte und aus dem Krankenhaus kam, muss ihn erkannt und ihren Verdacht an die liebe Hedda Fletcher verkauft haben.«

»Nein, nicht auch noch diese Giftspritze!«, stöhnte Frank und griff nach seinen Zigaretten. Er war versucht, sich einen Drink zu holen, beherrschte sich aber.

An Reportern, die angesichts des unersättlichen Interesses der Leser an allen möglichen Bereichen der Filmwelt und in der Hoffnung auf eine große Story jedem noch so lächerlichen Gerücht hinterherjagten, herrschte in Hollywood kein Mangel. Aber Hedda Fletcher und ihre Konkurrentin Lulu Parson bildeten eine Klasse für sich. Die beiden hatten ihre jeweils eigene Kolumne, die in Hunderten von lokalen wie überregionalen Zeitungen gedruckt wurde, wobei Hedda Fletcher für den *Los Angeles Examiner* schrieb, der zum Blätterwald des Hearst-Konzerns gehörte. Sie waren erbitterte

Rivalinnen, die einander in ihren Kolumnen mit spitzer Feder und auf Partys sowie den glanzvollen Premieren und Veranstaltungen der Studios mit ebenso spitzer Zunge öffentlich bekriegten. Bei ihnen drehte sich alles darum, den dicksten Insider-Knüller lanciert, eine sensationelle Neuigkeit zuerst berichtet, einen Skandal aufgedeckt zu haben. Dafür unterhielten sie ein weitgespanntes Netz von Informanten aus allen Gesellschaftsschichten. Beide waren sie begnadete Selbstdarstellerinnen, pflegten ihren eigenen extravaganten Stil und planten ihre Auftritte in der Öffentlichkeit genauso akribisch wie die Studios die ihrer Stars, mit deren Bekanntheitsgrad sie denn auch fast mithalten konnten.

»Hedda Fletcher hat zwar nicht mehr in der Hand als einen Verdacht«, fuhr Tony Russo fort. »Aber sie hat Blut geleckt, und Sie kennen sie. Ein Piranha ist ein Zierfisch gegen dieses Biest. Jedenfalls sitzt sie mir im Nacken. Andererseits will sie es sich nicht mit Ihnen verderben, wo Sie ihr doch vor ein paar Wochen erst zwei exklusive Meldungen zugespielt haben. Und da dachte ich …«

»Nun sagen Sie schon, was Sie ihr angeboten haben«, fiel Frank ihm ungeduldig ins Wort.

»Es musste natürlich ein Knüller sein, deshalb dachte ich, wir spielen ihr eine Story zu, die in ihrer Kolumne was hermacht, nämlich zwei verschwiegene, scheinbare *Tête-à-Têtes* zwischen unserer Diva Laura Lynn und Laszlo Hingrat, unserem Meister des Horrors«, schlug Russo mit breitem Grinsen vor. »Das Ganze natürlich von vorn bis hinten inszeniert und die Fotos gestellt! Dass die Story von einer Liaison zwischen den beiden frei erfunden ist und sie nur zusammen essen waren, weil sie ein gemeinsames Projekt besprechen mussten, juckt doch hinterher kein Schwein mehr. Die Fletcher hat für ein paar Tage ihre Exklusivstory, und wir haben unsere Ruhe. Und die zusätzliche Publicity, die dabei für Laura und Laszlo abfällt, nehmen wir doch gerne mit. Man kann nie zu viel Presserummel haben, oder?«

Frank dachte kurz darüber nach und stimmte dem Vorschlag schließlich zu. Russo hatte schon mit Laszlo geredet, und der hatte gleich zugesagt. Die Geschichte auch Laura Lynn schmackhaft zu machen, das wollte Russo jedoch lieber dem Boss überlassen. Deshalb hatte er sie für den späten Nachmittag ins Studio gebeten und ihr nur gesagt, Mr Maynard wolle eine wichtige Publicityangelegenheit mit ihr besprechen.

Als Laura am späten Nachmittag in seinem Büro erschien, mischte sich bei Frank eine gute Portion Bedauern in die Wiedersehensfreude. Ihr honigblondes Haar fiel in kunstvollen Wellen auf den Kragen eines lässig eleganten braunen Capes aus feinstem Mohair. Darunter trug sie ein marineblaues Herbstkostüm mit cremeweißen Paspelierungen und einem breiten Gürtel, das ihre makellose Figur dezent, aber nachdrücklich zur Geltung brachte.

»Eine schöne Frau muss man entweder mit Leidenschaft oder mit Verehrung betrachten!«, sagte er und ging strahlend auf sie zu.

»Geht nicht auch beides?«, erwiderte sie mit einem spöttischen Lächeln und neigte leicht den Kopf, damit er ihr einen Kuss auf die Wange drücken konnte.

Frank war versucht, sie auf den Mund zu küssen und in seine Arme zu ziehen, aber er wusste, dass es ein Fehler gewesen wäre. Ohne einen Rest Glut ließ sich kein Feuer entzünden, Erinnerungen allein reichten nicht. Sie waren beide hell leuchtende Sterne am Filmfirmament, sie die berühmte Diva, er der mächtige Studioboss, doch sie kreisten nicht wie einst umeinander, sondern folgten ihren eigenen Bahnen, die sich nur dann und wann flüchtig überschnitten.

So hauchte er ihr einen Kuss auf die zarte Haut und drückte sich um eine Antwort, indem er fragte: »Kann ich dir einen Drink anbieten?«

»Gern, aber kannst du ihn mir auch *machen?*«, neckte sie ihn mit einem Augenzwinkern.

»Ich werde mein Bestes geben, Laura. Ist trockener Martini noch dein Favorit?«

Sie nickte, streifte mit einer filmreifen Bewegung das Cape von den Schultern, drapierte es über die Armlehne des Ledersofas und setzte sich, während Frank sich um die Drinks kümmerte. Sie schlug die seidenbestrumpften Beine übereinander, klappte ein silbernes Etui auf und zog eine dünne Zigarette mit goldenem Mundstück heraus.

Frank beugte sich zu ihr hinunter und gab ihr Feuer. Dabei stieg ihm ihr Parfüm in die Nase, Sandelholz und tausend himmlische Verheißungen. Dann reichte er ihr das Glas und setzte sich mit seinem Scotch zu ihr.

Laura nippte nur an ihrem Martini, der perfekt sei, wie sie versicherte, während sie über Russos Vorschlag sprachen. Wie erwartet hatte Laura gegen die erfundene Story nichts einzuwenden, sie war längst Profi genug, um den Wert einer solchen Publicity würdigen zu können. Außerdem war Laszlo Hingrat ein äußerst charmanter Mann, dessen Gesellschaft alles andere als Horror und Gänsehaut erzeugte.

»Das könnte lustig werden, so fast im Sinne von *The Beauty and the Beast*«, sagte sie. »Vielleicht sollte man das wirklich mal verfilmen. Weißt du, wer das Märchen geschrieben hat?«

Frank nickte. »Ursprünglich eine Französin namens Villeneuve, ich glaube, so um 1740, aber die bekannte Version stammt von einer anderen Französin, die der Geschichte ein paar Jahrzehnte später den richtigen Dreh gegeben hat.« Er wusste das, weil Holbrook ihm schon seit einiger Zeit mit der Story in den Ohren lag. Aber noch schreckte er vor den enormen Kosten zurück, die diese Produktion mit sich bringen würde. »Und du hast recht, es ist eine verrückte Geschichte, die nach der Leinwand schreit.«

»Aber nicht nach mir, zumindest nicht, was die Leinwandversion angeht«, sagte sie lachend.

Nachdem das Geschäftliche besprochen war, geriet ihre Unterhaltung ins Stocken. Ein befangenes Schweigen zog sich hin, als müssten sie beide erst einmal überlegen, worüber sie noch reden könnten.

Frank war es schließlich, der fragte: »Und wie geht es dir sonst, Laura? Was macht dein Hotelmagnat?«

Sie zuckte die Achseln. »Vermutlich das nächste Grandhotel bauen oder kaufen«, sagte sie und spießte die Olive im Martiniglas so energisch auf, als steche sie jemandem ein Schwert ins Herz.

Er sah sie überrascht an. »Keine Hochzeitsglocken?«

Laura schüttelte den Kopf, und der Anflug eines bitteren Lächelns zeigte sich in ihren Mundwinkeln. »Du weißt, ich teile nicht. In der Liebe …«

»… bist du egoistisch«, beendete er den Satz und brachte ein schiefes Lächeln zustande. »Ja, ich erinnere mich.«

»Ach, das hätte ich ja fast vergessen: Glückwunsch zu deinem grandiosen neuen Filmtheater!«, lenkte sie schnell von sich ab. »Dein zweites *Maynard Palace* wird nächste Woche in San Francisco eröffnet, richtig?«

»Ja, am Columbus Day. In der Woche feiert San Francisco im großen Stil die *Fleet Week.* Da liegt die gesamte Pazifikflotte der Vereinigten Staaten im Hafen, es gibt eine Flottenparade und viele andere Veranstaltungen, und die Stadt ist voll von Seeleuten und Besuchern. Besser hätte ich es mit der Eröffnung gar nicht treffen können«, sagte Frank mit einigem Stolz. Er freute sich schon auf die Tage an der Bay. Byron hatte fest versprochen, zum *Grand Opening*-Spektakel zu kommen. Sie hatten ja einiges zu feiern. Ihr Millionenprojekt mit den Kneipenkinos, für das Frank bei den Banken mit allem gebürgt hatte, was er als Sicherheit hatte aufbieten können, war ein voller Erfolg.

»Du hast einfach ein goldenes Händchen, Frank«, sagte Laura und schenkte ihm ein warmes Lächeln. »Wo wäre ich heute ohne dich? Ich habe dir unendlich viel zu verdanken, und du wirst immer einen besonderen Platz in meinem Herzen haben. Aber damit sage ich ja nichts Neues, nicht wahr?« Sie legte ihre Hand auf seinen Arm, und für einen wunderbaren Augenblick war alles, was sich in den vergangenen Jahren still und leise zwischen sie geschoben hatte, wie weggeblasen.

»Du hast mir gefehlt«, hörte Frank sich sagen und legte seine Hand auf ihre.

Einige kostbare Sekunden saßen sie schweigend so da, verbunden durch Erinnerungen, die ihnen beiden kostbar waren. Doch sie wussten, dass es keinen Neuanfang geben würde.

Laura brach den Bann, indem sie ihm ihre Hand sanft entzog, das noch halb volle Martiniglas auf den Glastisch stellte und sich erhob. »Wir sollten mal wieder zusammen essen gehen, Frank«, leitete sie den Abschied ein.

»Ja, das sollten wir, Laura«, sagte Frank ebenso unverbindlich.

»Ich könnte aber auch bei mir in Santa Monica für dich kochen.« Es klang nicht nach einer wirklichen Einladung, sondern eher so, als denke sie laut über diese theoretische Möglichkeit nach.

»Ja, das könntest du.«

Laura seufzte. »Na, mal sehen, wann sich das einrichten lässt. Aber du weißt ja …« Sie stockte und wich seinem Blick aus.

Er wusste, dass sie in dem Haus, in dem sie sich so oft geliebt hatten, nie wieder nur für sie beide kochen würde, und er ersparte es ihr, nach einer vagen Vertröstung zu suchen, die ihn nicht verletzte.

»Ja, ich weiß. Leider.« Und nun war er es, der hastig das Thema wechselte. »Übrigens solltest du dir allmählich einen Agenten nehmen.«

Sie lachte leise auf. »Damit ich ihm zehn Prozent von dem zahle, was du mir auch ohne seine dramatischen Auftritte und sein Geschachere gibst?« Sie schüttelte den Kopf. »Du wirst mir immer das geben, was ich wert bin, Frank.«

»Ich gebe dir, was immer du haben möchtest, Laura.«

Warm, aber auch ein wenig traurig lächelte sie ihn an. »Aber man kann nicht immer alles bekommen, was man möchte, nicht wahr?«

»Nein, das kann man nicht«, pflichtete er ihr wehmütig bei. »Vor allem dann nicht, wenn der eine nicht teilen und der andere nicht loslassen kann.«

»So ist es. Viel Glück mit der Eröffnung in San Francisco, du hast es verdient.« Sie drückte ihm noch einen Kuss auf die Wange, und dann war sie weg. Aber ihr dezenter Duft und so etwas wie der Nachklang ihrer Anwesenheit verharrten noch lange im Raum, während Frank hinter seinem schweren Schreibtisch saß und in kleinen, bedächtigen Schlucken den Rest aus ihrem Martiniglas trank.

42

Ashley wippte im Rhythmus der Musik, die aus dem großen Ballsaal des »Cliff House« zu ihr in den Vorraum der Damentoilette drang. Bürgermeister James Rolph, der nicht von ungefähr den Spitznamen »Sunny Jim« trug, hatte für die große Gala zu Ehren der Offiziere der Pazifikflotte das *Paul Whiteman & His Ambassador Orchestra* engagiert. Die Big Band, mit Holz- und Blechbläsern stark besetzt, spielte einen schmissigen Song nach dem anderen. Dazu konnte man die neuen Tänze wie den Shimmy, den Bunny Hug oder den Charleston tanzen, dass die Beine nur so flogen. Jetzt erklang *Avalon,* das Stück, das der Jazzsänger Al Jolson kürzlich zum Hit gemacht hatte. Die Aufnahme fand sich auch in Ashleys umfangreicher Sammlung von Schellackplatten für ihr Grammophon.

Jetzt war sie doch froh, dass sie sich von Harriet hatte überreden lassen, mit ihnen zur *Salute to the American Sailors*-Gala zu gehen. Der Abend hoch über den Klippen am Pazifik versprach eine Menge guter Musik, und bestimmt würde sie mit den Offizieren, die in ihren schmucken weißen Uniformen einfach unwiderstehlich waren, auch ihren Spaß haben. Sie würde sich einen flotten Captain oder Major angeln, der was hermachte und ihr auf der Tanzfläche gewachsen war. Und mal sehen, was die Nacht noch brachte!

»Famose Musik, was, Herzchen?«, flötete ein junges Ding, das in einem violetten, gerade knielangen Flapper-Kleid aus einer der Kabinen kam und sichtlich beschwipst an ihr vorbeitänzelte, das Gesicht milchig weiß gepudert und die tiefschwarz gefärbten Haare zu einem jungenhaften Bob geschnitten. Aber ihre Beine waren zu dick, und da half es auch nicht viel, dass sie Seidenstrümpfe trug und sich die Knie puderte. Aber viel schlimmer war, dass die kleine Schnapsdrossel ganz offensichtlich keinen dieser neuen Büstenhalter anhatte, die für eine flache Brust sorgten, sodass das Kleid glatt fiel. Üppige Kurven entsprachen nicht mehr dem Ideal, als mondän galt jetzt die knabenhafte Erscheinung in Verbindung mit einer verrucht aufsässigen Ausstrahlung.

Ashley antwortete nur mit einem blasierten Lächeln und musterte wohlgefällig ihr eigenes Abbild im Spiegel über dem rotbraunen Marmorwaschtisch. Für das, was ihr von der Natur mitgegeben war, hatte die Kleine sich nicht übel zurechtgemacht, aber wenn es auf dieser Gala ein perfektes *flapper girl* gab, dann schaute es ihr hier mit frechem Blick entgegen!

Sie hatte sich die Augenbrauen ausgezupft und dann mit kühnem Winkel nachgezogen. Ihr Gesicht war geschminkt, ohne grell angepinselt auszusehen, die Augen waren mit schwarzem Kajal betont, und sie hatte kussechten Lippenstift aufgelegt. Ihr Kleid, das knapp unterhalb des Knies endete, war ein Gedicht aus schwarzem Crêpe de Chine, besetzt mit Streifen silbriger Seide, die bei jeder Bewegung flatterten wie die winzigen Flügel silbern gefiederter Kolibris. An ihren Armgelenken klimperten Emaillereifen, zwei lange Perlenketten hingen ihr um den Hals, und auf dem Kopf trug sie, ganz nach der Flapper-Mode, eine topfrunde schwarze Cloche mit Silberstickereien. Das Haar hatte sie sich selbstverständlich zum Bob schneiden lassen, kinnlang und, wie bei ihrer Lieblingsschauspielerin Clara Bow, in s-förmigen Wellen eng angelegt.

Seit die Prohibition in Kraft war und der nächtliche Zug mit der Clique durch Flüsterkneipen, Bars und Cabarets immer den Reiz hatte, dass man in eine Polizeirazzia geraten oder es mit Bootleggern oder gar Gangstern zu tun bekommen konnte, war das Leben richtig aufregend geworden. Dass der illegale Alkohol in Strömen floss, und zwar überall, trug nicht unmaßgeblich zu dem neuen Schwung und rauschhaften Vergnügen bei, dem das bisherige trübe Alltagsgrau ihres Lebens gewichen war.

Die Flapper-Bewegung, der sie sich mit Haut und Haar verschrieben hatte, gab ihr das Gefühl, zum ersten Mal richtig zu leben – so, wie es ihrer Natur entsprach. Für die steifen Konventionen der verknöcherten Alten, die Schminke für lasterhaft hielten und Frauen das Recht auf Rauchen in der Öffentlichkeit absprachen, hatten Flapper wie sie nur Verachtung übrig. Sie setzten sich über das Gebot ihrer Mütter, stets ein unauffälliges und schickliches Benehmen an den Tag zu legen, hinweg und demonstrierten ein ungestümes, keckes weibliches Selbstbewusstsein. Aufsässigkeit gegenüber jeglicher Autorität, Freizügigkeit in sexueller Hinsicht und eine ausgeprägte Vorliebe für Hochprozentiges definierten ihren neuen Lebensstil, und dazu gehörten auch die freche Flapper-Mode und die einfach himmlische Musik, vor allem Jazz und Swing.

Nicht auszudenken, wie es wäre, wenn sie in dieser verrückten, aufregenden Zeit in einer konventionellen Ehe festsäße! Was war sie dem Schicksal dankbar, dass die Burlingtons gerade noch rechtzeitig in den Bankrott gerutscht waren und damit sie vor dem fatalen Fehler bewahrt hatten, sich an diesen öden Pedanten Peter mit seinen schweißigen Patschhänden zu ketten.

Ashley lachte in den Spiegel, warf sich eine Kusshand zu und tauchte zu *Whispering* wieder ein in das festliche Menschengewühl, das unter funkelnden Kronleuchtern durch den Ballsaal wogte, vorbei an mit Golddamast bezogenen Wänden und mannshohen Spiegelflächen zwischen den halben Schmucksäulen. Der Saal war ein flimmerndes, vielstimmiges, strudelndes Meer von Menschen in eleganten Abendroben, Cocktailkleidern nach Flapper-Art, weißen Uniformen mit rasiermesserscharfen Bügelfalten und bunten Ordensbändern sowie Bedienstetenlivreen, und auf der Bühne an der Stirnseite gab der Bandleader mit seinem Taktstock den Rhythmus des fröhlichen Gewoges an.

Sie steckte sich eine Zigarette in die lange Spitze, die für ein Flapper-Girl ein ebensolches Muss war wie Schminke und Bob, und sofort trat aus einer Gruppe junger Offiziere ein Mann an ihre Seite und gab ihr Feuer.

»Wie sieht's mit einem Tanz aus, fremde Schöne?«, fragte er hoffnungsvoll und ließ das Feuerzeug zuschnappen.

Sie musterte ihn kurz. Der Mann sah passabel aus, war aber bestenfalls so alt wie sie, und der einsame Stern auf seinen Schulterklappen verriet, dass er bloß Leutnant war. Mit so jungem Gemüse gab sie sich an einem Abend, an dem so viel reichere Beute darauf wartete, von ihr erlegt zu werden, nicht ab.

»Danke fürs Feuer. Aber um mit dieser Art von Feuer zu spielen«, sie deutete mit der Zigarettenspitze auf sich, »bist du noch zu klein. Da verbrennst du dir bloß die Finger. Also geh brav zurück zu deiner Mami und lass dir eine Gutenachtgeschichte vorlesen.« Sie hörte noch das schadenfrohe Gelächter seiner Kameraden, ging aber schon weiter. Ein Tablett mit Champagnergläsern schwebte vorbei, sie bediente sich und arbeitete sich durch die Menge in Richtung Bühne.

Zufällig entdeckte sie Harriet vor der Tanzfläche. Ihre Schwester wechselte gerade ein paar Floskeln mit einer ältlichen Schachtel in einem hochgeschlossenen dunkelgrauen Taftkleid, die einst zum Freundeskreis ihrer Mutter gehört hatte. Der sauertöpfische Ausdruck und die viktorianische Aufmachung weckten in Ashley ungute Erinnerungen an Madame Worchester.

Dagegen bot Harriet in ihrem nicht ganz fersenlangen, perfekt sitzenden Abendkleid aus rubinrotem Chintz einen hinreißenden Anblick. Sie trug ihre kostbare Jadekette. Das blauschwarze Haar fiel ihr in Wellen auf die nackten Schultern. Insgeheim musste Ashley ihrer Schwester zugestehen, dass sie eine klassische

Schönheit war. Ein echter Hingucker, wie sie in der Flapper-Clique wohl gesagt hätten. Aber das war kein Grund, sie zu beneiden. Was blieb ihr denn anderes übrig, als sich mit dieser konventionellen Rolle zu begnügen? Immerhin war sie nicht nur Ehefrau und Mutter, sondern schon Mitte dreißig und damit viel zu alt, um noch als Flapper überzeugen zu können. Dieser Zug war für sie längst abgefahren!

Jordan war nicht in der Nähe, und das war Ashley ganz recht. Ihr Schwager, der sich wie Onkel Henry für die Gala in einen blöden Frack geworfen hatte, war noch spießiger als ihre Schwester. Als die beiden in ihrem protzigen Pierce-Arrow am Telegraph Hill vorgefahren waren, um sie abzuholen, hatte Jordan zwar kein Wort über ihren Aufzug verloren, aber das war auch nicht nötig gewesen, man hatte ihm die Missbilligung deutlich angesehen. Was sie nicht im Mindesten gekümmert hatte. Jordan konnte ihr den Buckel runterrutschen. Ihr sagte keiner mehr, was sie zu tun oder zu lassen hatte!

Es war ihr überhaupt ein Rätsel, wie ihre Schwester mit einem so konventionellen Mann zusammenleben und das Bett teilen konnte. Aber so ganz rund lief es bei den beiden ja wohl auch nicht. Jordan verbrachte mit seinen blöden Buddeleien fast so viel Zeit irgendwo in Ägypten wie zu Hause am Nob Hill. Vielleicht war das ja das Erfolgsrezept ihrer Ehe. Obwohl Harriet nicht gerade den Eindruck machte, als sei sie wunschlos glücklich. Manchmal, wenn sie sich unbeobachtet wähnte, glaubte Ashley, in den Zügen ihrer Schwester regelrechte Schwermut zu entdecken. Nun, was immer zwischen den beiden funktionierte oder auch nicht, es interessierte sie nicht. Das sollten sie miteinander ausmachen. Die Ehe war sowieso nur etwas für einfältige und schutzbedürftige Gemüter, die Freiheit nicht zu schätzen wussten.

Aber sie musste bei Gelegenheit mit Harriet über das Elternhaus sprechen. Es würde ihr nicht leichtfallen, es einzugestehen, und dann auch noch vor der älteren Schwester, die immer alles besser wusste und sogar meinte, die Caldwell Shipping Company erfolgreicher führen zu können als Onkel Henry. Geschah ihr ganz recht, dass Henry sie ausgebootet hatte; der Onkel war eben ein schlauer Fuchs.

So oder so war es eine Dummheit gewesen, nach dem Tod der Mutter die Villa haben zu wollen. Der Reiz des Besitzes war ein kurzes High gewesen, das sich schnell verflüchtigt hatte. Längst kam sie sich in den Zimmerfluchten vor wie in einem Geisterhaus. Was sollte sie auch allein mit all den Räumen? Die Partys stiegen in den Flüsterkneipen und Bars, wo es hoch herging und die Bands einem fast so einheizten wie der Moonshine, der illegal gebrannte Alkohol. Und dann die ständigen Ausgaben! Alle naselang musste etwas repariert, neu gestrichen oder sonst wie ausgebessert werden. Der Unterhalt des Hauses sowie die Löhne für ihr Zimmermädchen und die Haushälterin, die sich auf ihre Kosten ein schönes Leben machten, weil sie so viel unterwegs war, fraßen beständig an dem kleinen Vermögen, das sie geerbt hatte. Später, wenn sie endlich ihren Anteil an der Reederei verkaufen konnte, würde sie im Geld schwimmen, aber bis dahin musste sie zusehen, dass sie mit dem über die Runden kam, was auf dem Konto lag. Und der Betrag schrumpfte beunruhigend schnell.

Endlich stand sie bei ihrer Schwester, die soeben die alte Schachtel losgeworden war. Als ein Kellner mit einem vollen Tablett Champagnerschalen in ihre Nähe kam, tauschte sie schnell ihr leeres Glas gegen zwei volle Schalen aus.

»Komm, trink mal mit mir, das macht dich locker, Schwesterherz«, sagte sie und hielt ihr ein Glas hin.

»Ich wüsste nicht, wieso ich locker sein sollte«, erwiderte Harriet mit gerunzelter Stirn, nahm den Champagner aber an.

»Na, vielleicht um mit deinem Jordan mal einen flotten Shimmy zu versuchen«, schlug Ashley vor.

»Ich glaube nicht …«, setzte Harriet an, verstummte jedoch, als ein lauter Trommelwirbel sowie drei kurze Trompetenstöße das Stimmengewirr übertönten. Alle Augen richteten sich auf die Bühne, und der Lärmpegel sank zu einem Murmeln zusammen.

Sunny Jim, der Bürgermeister, hatte mit Admiral Hugh Rodman, dem Oberkommandierenden der Pazifikflotte, die Bühne erklommen. Jetzt baute er sich vor dem Mikrofon auf und richtete ein Grußwort an die geladenen Gäste.

Ashley hörte nur mit halbem Ohr hin. Gelangweilt ließ sie die salbungsvollen Worte des Bürgermeisters an sich vorbeiziehen. Gerade dankte er einem Sponsor, dessen großzügige Spende diese Gala und vor allem das Engagement der berühmten Big Band überhaupt erst möglich gemacht hatte.

»… aber nicht nur dafür haben wir ihm zu danken, sondern wir freuen uns, dass nun auch unsere Stadt sich rühmen kann, über ein *Maynard Palace* und damit ein grandioses Lichtspieltheater zu verfügen, das jeden Kinobesuch zu einem Ereignis macht! Gestern war die feierliche Eröffnung, bei der ich die Ehre hatte, das rote Band zu durchschneiden. Wenn ich Sie einen Moment zu mir bitten darf, Mr Maynard?« Er streckte die Hand aus und winkte einen Mann aus der Menge zu sich auf die Bühne.

Verwundert registrierte Ashley, dass ihre Schwester zusammenfuhr, als habe sie jemand von hinten erschreckt. Die Schale schwankte in ihrer Hand, und ein kleiner Schwall Champagner schwappte über den Rand.

»Ist was, Harriet?«, fragte Ashley.

»Ich wüsste nicht, was sein sollte«, erwiderte ihre Schwester mit merkwürdig gepresster Stimme.

Jetzt stutzte Ashley erst richtig. Sie sah ihr doch an, dass irgendetwas nicht stimmte. Himmel, ihre Schwester war ja mit einem Mal blass wie eine gekalkte Wand. Alles Blut schien aus ihrem Gesicht gewichen. Warum?

Indessen erklomm der Mann, der einen eleganten Smoking trug und ziemlich langes, lockiges hellblondes Haar hatte, widerstrebend die Bühne und gesellte sich zum Bürgermeister.

»Ladys und Gentlemen, Frank Maynard!«, posaunte Sunny Jim ins Mikrofon und deutete auf den großzügigen Sponsor, der zu ihm getreten war. »Frank Maynard, Gründer und Präsident der erfolgreichen *Silver Screen Studios* in Hollywood, deren wunderbare Filme uns allen schon so manchen unvergesslichen Leinwandmoment beschert haben und dem wir nun auch das *Maynard Palace,* das prächtigste Filmtheater an der gesamten Bay, verdanken!«

Höflicher Applaus erhob sich im Ballsaal.

Harriet aber rührte sich nicht. Wie versteinert stand sie leichenblass neben Ashley und starrte auf den Mann, der jetzt dankend die Hand hob, freundlich in die Menge lächelte und nach einer leichten Verbeugung wieder von der Bühne ging.

Frank Maynard.

Der Name hallte wie ein Gong in Ashley nach und jagte dann wie ein elektrischer Stoß durch ihr Bewusstsein. Frank Maynard! Konnte es sein, dass dieser Studioboss und Kinobesitzer mit jenem Frank M. identisch war, mit dem ihre Schwester damals eine Affäre gehabt hatte und von dem all die heißen Liebesbotschaften stammten, die zu verbrennen ihre Schwester selbst nach so vielen Jahren nicht übers Herz brachte? Wenn das der Fall war, dann hatte sie gerade eine sensationelle Entdeckung gemacht!

Bevor sie versuchen konnte, Harriet etwas zu entlocken, hatte diese sich auch schon abgewandt und Schutz in der Menge gesucht.

Doch Ashley ließ sich nicht abschütteln. Zwar achtete sie darauf, Abstand zu halten, doch sie verlor Harriet nicht aus den Augen. Sie wollte Gewissheit haben. Und wenn es so war, wie sie vermutete, war es doch mehr als wahrscheinlich, dass Harriet und dieser

Frank Maynard irgendwann im Laufe des Abends aufeinandertrafen – zufällig oder herbeigeführt.

Keine halbe Stunde später erfüllte sich ihre Hoffnung. Ihre Schwester hatte sich dem lärmenden Gewoge entzogen und war hinaus auf die umlaufende Terrasse getreten, die im milden Licht bunter Lampions lag. Sie stützte sich auf die steinerne Brüstung, als traue sie ihren Beinen nicht, und blickte hinaus auf die dunkle See, deren Wogen unten gegen die Klippen brandeten. Augenblicke später löste sich eine Gestalt aus den nächtlichen Schatten und trat zu ihr.

Es war genau dieser Frank Maynard!

Er berührte sie sanft an der Schulter, und sie fuhr herum. Er sagte etwas, das Ashley aber nicht verstand, verbarg sie sich doch ein gutes Dutzend Schritte entfernt hinter einem der großen Steinkübel, die mit rund geschnittenen Buchsbäumen bepflanzt waren. Aber als er sie am Arm festhalten wollte und Harriet sich von ihm frei machte, hörte Ashley sie gequält sagen: »Nein, Frank! … Ich kann nicht … ich darf es auch nicht. Und wohin soll es auch führen? Dafür ist es längst zu spät!« Und dann lief sie weg, verschwand um die Ecke in Richtung landseitiger Terrasse.

Ashley lächelte voller Genugtuung. Erwischt! Jetzt galt es, dieses Wissen zu nutzen und den größtmöglichen Vorteil daraus zu ziehen.

Kurz nachdem sie ihrem Frank begegnet war, drängte Harriet ihren Mann, sie nach Hause zu bringen; angeblich hatte sie schlimme Kopfschmerzen. Ashley war sofort zur Stelle und bat ihre Schwester, die Nacht bei ihnen am Nob Hill verbringen zu dürfen. Sie gab vor, sich neuerdings in dem großen Haus zu fürchten und in ihren Albträumen von den spiritistischen Séancen ihrer Mutter verfolgt zu werden. Worauf Jordan die Augen verdrehte und kaum merklich den Kopf schüttelte. Aber natürlich sprach er nicht aus, dass er ihre Anwandlungen für affektierten Unsinn hielt. Immerhin wollte er nächste Woche mal wieder nach Ägypten aufbrechen, da hütete er sich selbstverständlich, kurz vorher noch Verstimmungen mit Harriet heraufzubeschwören, obendrein wegen solcher Nichtigkeiten.

Ihre Schwester hatte, wie nicht anders erwartet, nichts dagegen, dass sie über Nacht blieb, herrschte in ihrer protzigen Stadtvilla an Gästezimmern doch kein Mangel. Harriet freute sich sogar darüber.

Ashley zwang sich, bis halb zwei wach zu bleiben. Dann erst schlich sie sich auf nackten Füßen hinunter in Harriets Kartenzimmer, tastete nach dem Schlüssel für die Schublade und nahm den Umschlag mit Frank Maynards Liebesbotschaften an sich.

Am nächsten Morgen huschte sie aus dem Haus, kaum dass die Bediensteten der Shaws ihre Arbeit aufgenommen und die ersten Vorbereitungen für das Frühstück getroffen hatten. Sie hinterließ eine kurze Nachricht an Harriets Platz am Esszimmertisch. Darin bedankte sie sich für das Nachtquartier, entschuldigte sich für ihr frühes Aufbrechen und erklärte, sie habe sich spontan zu einer kleinen Reise entschlossen. Wohin diese gehen und wie lange sie dauern sollte, erwähnte sie wohlweislich nicht.

43

Großartig, Jack!«, rief Frank, als die Reitergruppe im Galopp und mit wehendem Banner auf die trutzige Ritterburg zupreschte, die auf einer zerklüfteten Anhöhe thronte. »Das sieht unglaublich echt aus! Und dabei bin ich noch nicht mal ein ahnungsloser Kinogänger, sondern weiß, dass Sie getrickst haben.«

Holbrook grinste stolz. »Wie gesagt, *optical effects*. Ganz wie ich es Ihnen versprochen habe.«

»Ja, wirklich beeindruckend! Das Bild wirkt so naturgetreu, dass man nicht nur die Burg, sondern auch die Landschaft drum herum einfach für real halten *muss*. Und das konnte ich mir bei einem *glass shot* nicht vorstellen.«

Sie saßen allein im halb abgedunkelten Vorführraum. Holbrook hatte Frank anhand des Musters, das er nach der Aufnahme am Vortag in der studioeigenen Kopieranstalt hatte ziehen lassen, die neuen optischen Effekte demonstriert.

»Das auf Glas so echt hinzukriegen, verlangt tatsächlich ein hohes Maß an Kunstfertigkeit«, sagte er, während der Filmstreifen mit der Reiterszene auslief und helles Licht über die Leinwand flackerte.

Bei dieser neuen Tricktechnik wurde der Vorder- oder der Hintergrund einer Einstellung mit größtmöglicher Genauigkeit auf eine Glasplatte gemalt. Diese wurde vor die Kameralinse montiert, sodass die Szene durch das bemalte Glas hindurch aufgenommen wurde. Die optische Illusion war perfekt, solange der Regisseur darauf achtete, die Schauspieler in der entsprechenden Perspektive zu platzieren und agieren zu lassen. Mit dem *glass shot* erübrigte sich die Errichtung kostspieliger Kulissenbauten, die mehr bieten mussten als eine Fassade. Das machte Produktionen möglich, die bis dahin wegen astronomischer Kulissenkosten nicht über ein Ideenkonzept hinausgelangt waren.

Frank steckte sich eine Zigarette an. »Wunderbar, dann können wir uns ja doch an das Kreuzritter-Projekt wagen«, sagte er. »Das sollten Sie umgehend in Angriff nehmen.«

Holbrook setzte gerade zu einer Antwort an, als das Telefon klingelte. Es befand sich auf dem kleinen Tisch, der zwischen ihre beiden Sessel montiert und mit zwei kleinen Leuchten versehen war. Jetzt leuchtete das grüne Licht in der Telefonkonsole, was bedeutete, dass der Anruf nicht von außerhalb, sondern über die studioeigene Leitung kam.

»Holbrook … Ja, was gibt's, Erich?« Er lauschte kurz und reichte dann den Hörer an Frank weiter. »Für Sie, Frank. Von Traunstein.« Er deckte die Sprechmuschel mit der Hand ab, bevor er hinzufügte: »Es scheint Ärger bei ihm am Set zu geben.«

Frank runzelte die Stirn und nahm den Hörer entgegen. Erich von Traunstein, ein deutscher Immigrant, war noch nicht ganz dreißig Jahre alt und doch seit zwei Jahren sein bester Regisseur in der Sparte Slapsticks & Komödien. Er verstand sich nicht nur auf das perfekte Timing von Gags, sondern hatte auch ein Händchen im Umgang mit Filmcrew und Schauspielern. Noch nicht ein Mal hatte er von einem Set aus angerufen, weil es Ärger gegeben hätte, den er nicht selbst in den Griff bekam. »Ich höre, es läuft nicht rund bei Ihnen, Erich? Mann, machen Sie mir bloß keinen Kummer!«

»Ich hätte es auch lieber anders geregelt, als Sie damit zu belästigen«, versicherte von Traunstein. »Aber ich bin mir nicht sicher, ob Sie dann nicht noch schlechter auf mich zu sprechen gewesen wären.«

»Worum geht es denn?«

»Es hat hier einen unangenehmen Zwischenfall gegeben. Wir

drehen gerade die Polizeirevier-Szenen für *Love – Lost & Found,* und plötzlich kam eine junge Frau in reichlich derangiertem Zustand ins Set getaumelt und hat eine fürchterliche Szene gemacht. Hat geweint und behauptet, überfallen und fast vergewaltigt worden zu sein. Im ersten Moment haben wir's für bare Münze genommen. Sie hätten sie sehen sollen! Ihr Kleid war vorn tief eingerissen, ein Strumpf hatte sich vom Hüfthalter gelöst, und angeblich hatte sie auf der Flucht einen Schuh verloren. Ich meine, es hätte ja sein können. Aber dann hat sie plötzlich in die Runde gelacht und gefragt, wie sie war. Ich nehme an, sie war bei der Besuchergruppe, die wir vorher in der Halle hatten.«

»Und wegen so einer Lappalie rufen Sie mich an?«, fragte Frank ungläubig.

»Nun ja …«

»Wofür haben wir denn unseren Sicherheitsdienst? Schmeißen Sie diese Person hochkant raus und erteilen Sie ihr Hausverbot. Und wenn sie was beschädigt hat, rufen Sie die Polizei und erstatten Anzeige! Aber wieso belästigen Sie mich mit diesem Kleinkram? Das bin ich von Ihnen überhaupt nicht gewohnt!«

»Es ist nur so, Sir«, antwortete von Traunstein überraschend förmlich. »Diese Frau behauptet, zu Ihnen in einem … nun ja, in einem besonderen persönlichen Verhältnis zu stehen.«

»Ach was?« Frank lachte auf. Er hatte schon seit Längerem keine feste Beziehung mehr. Und der flüchtigen Affären, mit denen er eine Zeit lang die innere Leere zu bekämpfen versucht hatte, war er längst überdrüssig. Und niemals hätte er sich mit einer verrückten Möchtegernschauspielerin eingelassen, die zu solch ärgerlichem Stunt fähig war. »Mir scheint, Sie haben sich da eine Verrückte eingefangen, Erich. Haben Sie denn wenigstens ihre Personalien festgestellt?«

»Das noch nicht, die Kleine kann ganz schön die Krallen ausfahren. Ich habe sie erst mal in der Garderobe einschließen lassen.

Ich wollte Ihnen nicht vorgreifen. Allerdings hat sie ihren Namen genannt.«

»Der wird mir nichts sagen. Aber okay, wie heißt Ihre durchgeknallte Störerin?«

»Harriet … Harriet Caldwell-Shaw.«

44

Sie sind nicht Harriet Caldwell-Shaw«, sagte Frank grimmig und knallte die Tür zu seinem Büro hinter sich zu. Sie hatte in der Garderobe nicht mit ihm reden wollen. Und er war ebenso wenig darauf erpicht gewesen, sich am Set, wo gut ein Dutzend gespitzter Ohren wohl jedes Wort begierig aufgefangen hätten, mit ihr auseinanderzusetzen. Deshalb hatte er von Traunstein aufgefordert, sie von seiner Studio-Security zu ihm bringen zu lassen. »Sie sind Ashley Caldwell, Harriets Schwester!«

»So viel bezaubernde Ähnlichkeit, ja?«, erwiderte Ashley neckisch und sah sich unbekümmert um, als sei sie einer Einladung gefolgt und müsse gleich ihr Urteil über die Einrichtung abgeben. »Oder muss ich aus anderen Gründen geschmeichelt sein, dass Sie mich gleich erkannt haben?«

»Ich stelle hier die Fragen. Also, was wollen Sie?« Er dachte nicht daran, ihr auf die Nase zu binden, dass er ihr Gesicht dank George Cutters Gewissenhaftigkeit an diesem Nachmittag nicht zum ersten Mal sah. Die Fotos hatten eine gut aussehende junge Frau gezeigt, doch in Fleisch und Blut war Harriets Schwester geradezu bildhübsch, wenn auch eher im Sinne von puppenhafter Schönheit. Aber das war keine Entschuldigung dafür, kostspielige Dreharbeiten zu stören. »Sagen Sie gefälligst, was Sie mit Ihrer hysterischen Szene bezwecken! Und das ein bisschen flott, wenn ich bitten darf. Ich habe weder Lust noch Zeit, mich mit überspannten Selbstdarstellerinnen abzugeben.«

»Wirklich? Ich dachte, Sie sind der Boss eines großen Filmstudios? Da müsste das doch zu Ihrem täglich Brot gehören.« Sie schürzte die dunkelroten Lippen und warf ihm einen aufreizenden Blick zu.

Seine Miene blieb abweisend. »Wenn Sie sich bei der *Triple S* als Schauspielerin bewerben wollen, bitten Sie im Casting-Büro um einen Termin, Miss Caldwell!«

»Sagen Sie ruhig Ashley zu mir«, flötete sie unbeeindruckt, spazierte zur Sitzgruppe, nahm dreist in einem der Ledersessel Platz und schlug die langen Beine übereinander. Den zerrissenen Strumpf hatte sie in der Garderobe durch einen neuen ersetzt, ebenso die halb aufgefetzte weiße Chiffonbluse. Sie hatte sich während der drei Tage, die sie schon in Hollywood war, gut vorbereitet und genau geplant, wie sie vorgehen wollte. »Ich meine, wo meine Schwester und Sie mal so dicke miteinander waren und ich mit Herz und Seele ein Flapper-Girl bin, wäre es doch absurd, so zu tun, als würde auch nur einer von uns was auf Konventionen geben, oder?«

Frank war wie vom Donner gerührt. Ungläubig starrte er sie an, und für einen Moment fehlten ihm die Worte. Was wusste dieses arrogante, freche Ding über ihn und Harriet?

Ashley lächelte zufrieden. Mit dieser Anspielung hatte sie ins Schwarze getroffen, das sah sie ihm an. »Ich fand's übrigens gar nicht nett von meiner Schwester, dass sie im ›Cliff House‹ auf der Terrasse so brüsk zu Ihnen war. Ich meine, immerhin sind Sie doch Adrians Vater.«

Nun wurde Frank bleich.

»Aber diese privaten Angelegenheiten gehen mich schließlich nichts an, da will ich mich gar nicht einmischen«, sagte sie schnell, bevor er ihr an die Gurgel gehen oder sonst wie erbost reagieren konnte. »Und jetzt zeigen Sie sich doch bitte von der Seite des Gentlemans, der Sie zweifellos sind, sonst hätte sich meine liebe Schwester ja nie mit Ihnen eingelassen. Bieten Sie mir einen Drink an.« Sie gab einen theatralischen Seufzer von sich und bedachte ihn mit einem koketten Kleinmädchenblick. »Hat schon Courage gekostet, diese Show abzuziehen und von Ihrem Wachdienst hierhereskortiert zu werden.«

Er schluckte noch einmal. »Was wollen Sie?« Dabei deutete er auf den Barwagen.

Sie zuckte die Achseln. »Das Gleiche wie Sie, Frank«, sagte sie und fügte hinzu: »Ich schätze, Sie brauchen jetzt was Starkes.«

Frank lachte kurz auf und schüttelte den Kopf. »In der Tat!«, knurrte er und griff zum Scotch. Ihr Selbstbewusstsein stand ihrer Frechheit in nichts nach. Dass sie mit ihm spielte, gefiel ihm gar nicht, aber es war nicht zu leugnen, dass sie Courage hatte. Und auf den Mund gefallen war sie auch nicht.

Er reichte ihr ein gut gefülltes Glas Whisky-Soda. »Hat Harriet Sie geschickt?«, fragte er und bereute es augenblicklich. Genau genommen bereute er, dass in der Frage so deutlich Hoffnung mitgeklungen hatte.

»Sie lieben sie noch immer, oder?«

Franks Gesicht verschloss sich. »Schluss mit dem Theater, Miss Caldwell! Spucken Sie endlich aus, was Sie von mir wollen. Aber wenn Sie glauben, mich erpressen zu können …«

»… hätte ich mit den reizenden Liebesbotschaften, die Sie meiner Schwester damals geschickt haben, bestimmt gar nicht so schlechte Karten«, fiel sie ihm ins Wort, öffnete ihre große Handtasche, zog einige Briefumschläge hervor und warf sie auf den schwarz lackierten Tisch. »Aber dann hätte ich mir nicht die Mühe zu machen brauchen, mich zweimal für eine Besuchergruppe bei Ihnen im Studio anzumelden und dann am Set die hysterische Gans zu spielen. Dann wäre ich gleich hier hereinspaziert.«

»Woher haben Sie die?«, stieß er hervor, griff nach einem der Briefe und las die Nachricht, die er Harriet vor vielen Jahren geschickt hatte: *Ich kann mir kein größeres Glück vorstellen, als Dich zur Frau zu haben!* Anderthalb Jahrzehnte waren seitdem vergangen, und er konnte sich noch immer kein größeres Glück vorstellen. Er spülte den bitteren Geschmack mit einem Schluck Whisky hinunter, aber gegen den Schmerz in seinem Innern half auch der stärkste Alkohol nichts.

Freimütig erzählte Ashley, wie sie auf die Briefe gestoßen war und wie sie sie in der Nacht nach der Gala an sich genommen hatte. »Und dass nicht Jordan, sondern Sie der Vater von Adrian sind, konnte ich mir nach der reizenden Lektüre natürlich an den zehn Fingern ausrechnen. Sie können die Briefe haben, ich habe keine Verwendung dafür. Wär auch nicht gut, wenn sie eines Tages zufällig jemandem in die Hände fielen. Tun Sie damit, was Sie wollen. Sie sollen sehen, dass ich mit offenen Karten zu Ihnen komme«, sagte sie, wobei sie unverfroren log, denn die drei entscheidenden Briefe, deren Poststempel bewiesen, dass die Affäre bis Mitte April 1906 gedauert hatte, befanden sich nicht in dem Stoß.

Frank legte den Brief zurück und griff zu seinen Zigaretten.

»Gute Idee.« Sie lächelte. »Stecken Sie mir auch eine an?«

Schweigend zog er zwei Zigaretten aus der Schachtel, rauchte beide gleichzeitig an und reichte ihr eine.

Sie schloss die Lippen um die Woodbine, als denke sie dabei an etwas ganz anderes. »Geben Sie mir eine Chance, Frank. Ob ich Ihnen mit den Briefen einen Gefallen getan habe, der einen Gegengefallen wert ist, müssen Sie entscheiden, aber wie gesagt: Ich habe keinen Grund, Sie zu erpressen, weil ich weiß, dass ich vor der Kamera gut bin! Ich war im Pensionat die Beste in der Pantomimegruppe, was Madame Worchester mir bestätigt hat. Und dass ich der Kamera was zu bieten habe, sieht ja wohl ein Blinder, oder?« Sie setzte sich auf, schob den Oberkörper seitlich vor, legte die Fingerspitzen an die leicht geöffneten Lippen und blickte lasziv zu ihm auf. »Also was vergeben Sie sich, wenn Sie Probeaufnahmen mit mir machen?«

Frank sah sie einen langen Moment an und rang mit sich. Es war verrückt, dass er überhaupt darüber nachdachte, eigentlich sollte er sie umgehend vor die Tür setzen. Aber sie hatte etwas an sich, das über ihre körperlichen Attribute hinaus reizvoll war. Irgendwie erinnerte sie ihn an seine eigene Jugend, daran, wie er mit ähnlicher Dreistigkeit und Anmaßung versucht hatte, sich die Welt hinzubiegen, und Austernbänke ausgeraubt hatte. Ashley war nicht nur unverschämt und selbstbezogen, sondern hatte auch etwas Wildes an sich, das eine Art von Echo in ihm hervorrief. Alles auf eine Karte setzen, sich den Teufel darum scheren, was andere dachten und was »man« tat oder nicht – das hatte sie mit ihm gemein. Außerdem war sie Harriets Schwester. Und womöglich war sie die Brücke zu ihr …

Schließlich gab er sich einen Ruck, griff zum Telefon und ließ sich mit von Traunstein verbinden. »Frank hier«, meldete er sich und kam ohne Umschweife zur Sache. »Sie sagten, Ihre Kameramänner hätten die Szene mit dem hysterischen Flapper-Girl vorhin aufgenommen, richtig?«

»Ja, sie dachten erst, ich hätte das so geplant, und haben einfach weitergedreht.«

»Wie viel von dem Spektakel haben Sie?«

»Gute zwei, drei Minuten, würde ich sagen. Leider konnte ich erst so spät eingreifen, weil ich …«

»Gut, zwei, drei Minuten reichen«, fiel Frank ihm ins Wort. »Schicken Sie den Film zum Entwickeln. Schauen Sie sich das Muster mit dem Flapper-Girl genau an, heute noch. Und dann rufen Sie mich an und sagen mir, ob sie vor der Kamera was taugt!«

45

Eine Schiffssirene schrillte weit draußen auf See, und augenblicklich verblassten das kleine Boot auf dem Strand und die Hände, die ihren nackten Körper liebkosten. Beim zweiten Schrillen erlosch der warme Sonnenschein. Als das Telefon zum dritten Mal schellte, fuhr Harriet aus dem Schlaf, und der wunderschöne Traum wurde zu einer vagen Erinnerung.

»Jordan? Gehst du ran?«

Niemand antwortete. Nur schleppend fiel ihr ein, dass Jordan schon vor vier Tagen nach Ägypten abgereist war. Schlaftrunken tastete sie nach dem Schalter ihrer Nachttischlampe. Das Licht schmerzte in den Augen. Blinzelnd richtete sie sich auf. Hinter den Vorhängen, die einen Spalt offen standen, war es noch stockdunkel. Kein Wunder, zeigte ihr Wecker doch zwanzig Minuten vor sechs. Noch eine gute Stunde bis zur Morgendämmerung!

Wieder klingelte das Telefon. Es stand, von zwei bequemen Lesesesseln flankiert, auf dem Beistelltisch in der Ecke neben dem großen Erkerfenster. Gütiger Gott, wer konnte das zu dieser nachtschlafenden Zeit sein? Ein Anruf zu dieser Zeit konnte nur schlechte Nachrichten bedeuten. Eine unbestimmte Angst packte sie. Hastig schlug sie die Bettdecke zurück, wankte zum Telefon hinüber und nahm mit wild schlagendem Herzen ab.

»Shaw-Residenz hier. Ja, bitte?«, meldete sie sich mit belegter Stimme.

»Na, endlich erwische ich dich mal!«

Harriet glaubte, nicht richtig zu hören. »Ashley?«

»Ja, dir auch einen guten Morgen! Schön, dass du nach meiner so unglaublich langen Abwesenheit meine Stimme noch *fast* auf Anhieb erkennst!«

»Sag mal, bist du noch ganz bei Trost?«, beschwerte sich Harriet, insgeheim jedoch ungemein erleichtert. Ihre Schwester klang wahrlich nicht so, als habe sie ihr etwas Bestürzendes mitzuteilen, ganz im Gegenteil. Aber was sollte die nächtliche Störung? »Weißt du überhaupt, wie spät es ist? Noch nicht einmal sechs!«

»Stimmt, zeigt meine Uhr auch an«, antwortete Ashley unbekümmert. »Wird langsam Zeit, dass ich mir ein paar Stunden Schlaf gönne. Hab eine lange Nacht hinter mir. Du glaubst nicht, wen ich alles getroffen habe.« Sie kicherte. »Aber das erzähle ich dir ein anderes Mal. Also, bevor ich zu Bett gehe, wollte ich dich doch noch an die Leine kriegen. Und das ist mir ja auch endlich geglückt. Ich telefoniere nämlich schon endlos hinter dir her. Möchte wirklich mal wissen, wo du dich immer herumtreibst, Schwester.«

»Eine gute Frage, die ich dir schon seit gut anderthalb Wochen stellen möchte!«, erwiderte Harriet und sank in einen der weich gepolsterten Sessel. »Außerdem telefonierst du nicht endlos hinter mir her, sondern du hast mich gerade mal zweimal verpasst. Allerdings hast du weder eine Nachricht noch eine Telefonnummer für einen Rückruf hinterlassen.«

»Mein Gott, was macht es für einen Unterschied, wie oft genau ich angerufen habe? Da kommt mal wieder deine öde Buchhalterseele durch. Du hast einfach zu viel Zeit im Dunstkreis von diesem Pedanten Slocum verbracht. Ich hab es jedenfalls nicht mit dieser Erbsenzählerei«, gab Ashley zurück. »Ist ja letztlich auch egal. Warte mal, ich will mir nur schnell eine Zigarette anzünden.« Ein Feuerzeug schnappte mit einem Klicken auf, und eine Flamme fraß sich knisternd in den Tabak. Ein scharfes Inhalieren, begleitet vom Zuschnappen des Feuerzeugs, und dann redete Ashley weiter. »Also, warum ich dich in erster Linie angerufen habe …«

»… ist wohl, um zu sagen, warum du so Hals über Kopf verschwunden bist. Die Nachricht, die du hinterlassen hast, war jedenfalls reichlich kryptisch«, fiel Harriet ihr ins Wort. »Also, was hat das alles zu bedeuten? Wohin bist du gereist, und von wo rufst du an?«

»Ich bin im Süden.«

»In Mexiko?«

Ashley lachte. »So betrunken könnte ich gar nicht sein, dass es mich dahin verschlagen würde. Der tiefe Süden Amerikas reicht mir dicke. Über die Grenze zu den *greasern* kriegt mich keiner.«

»Sag mal, bist du betrunken?«

»Nööö«, kam es lang gezogen und mit einem erneuten Kichern aus der Muschel. »Eigentlich nicht, jedenfalls nicht richtig. Ich glaube, ich bin schon wieder ganz schön nüchtern. Außerdem, selbst wenn ich es wäre, hätte dich das nicht zu kümmern, große Schwester. Ich bin volljährig und kann tun und lassen, was ich will, und auf mich aufpassen kann ich auch.«

»So? Dein Verhalten legt aber einen ganz anderen Schluss nahe! Und jetzt sag mir endlich, wo du steckst!«, drängte Harriet ungehalten. »Das ist ja wohl das Mindeste, was ich erwarten kann, nachdem du mich aus dem Bett geholt hast!«

»Nun werd mal nicht dramatisch, Schwesterchen«, höhnte Ashley, und dann ließ sie die Bombe platzen. »Halt dich fest: Ich bin in Hollywood!«

»Wo bist du?«, hörte Harriet sich fassungslos fragen. Hollywood war für sie gleichbedeutend mit Frank. Zwar ahnte sie noch keine Zusammenhänge, aber sie spürte schon die unheilvollen Worte, die gleich über die Lippen ihrer Schwester sprudeln würden.

»Du hast richtig gehört, Schwesterchen. Ich bin in Hollywood, und ich werde hier bleiben. Das Haus werde ich verkaufen, so schnell es geht. Mich hält da oben nichts mehr. War sowieso blöd, mir diesen Klotz ans Bein zu hängen. Aber egal, das ist Schnee von gestern. Mein Leben findet ab sofort hier statt – ich bin jetzt Schauspielerin!«

Harriet erstarrte.

»Hast du gehört?«, hakte Ashley nach und kostete jedes Wort aus. »Ich habe Probeaufnahmen gemacht und einen Filmvertrag bekommen! Frank hat mich für sieben Jahre unter Vertrag genommen. Du weißt, welchen Frank ich meine, oder? Den, mit dem du so viele Jahre eine heiße Affäre hattest und der, wie ich wette, Adrians Vater ist. Was ich natürlich nicht an die große Glocke hänge, das versteht sich ja. Ist aber schon ein starkes Stück, was du dir da geleistet hast. Und dabei hast du immer die rechtschaffene große Schwester herausgekehrt und mir Vorschriften gemacht! Auf deine Art verstehst auch du eine Menge von der Schauspielerei. Aber egal, jedenfalls komme ich bei Franks *Silver Screen Studios* ganz groß raus, du wirst sehen. Nächste Woche drehe ich schon. Bald kannst du dich rühmen, einen Filmstar zur Schwester zu haben.«

»Woher …«, setzte Harriet an, doch sie brachte kein weiteres Wort heraus. Das Blut rauschte in ihren Ohren, und sie war froh, im Sessel zu sitzen, fühlte sie sich doch plötzlich jeglicher Kraft beraubt.

Ashley redete einfach weiter. »Du erreichst mich übrigens im ›Hollywood Hotel‹, das ist hier die edelste Absteige. Da wimmelt es nur so von Filmstars. Frank hat mir zwar nicht aufgetragen, dich zu grüßen, aber ich denke mal, ich tu's trotzdem. Obwohl es wirklich nicht nett war, wie du ihn auf der Terrasse vom ›Cliff House‹ behandelt hast. Na ja, du musst eben die ehrbare Fassade wahren, was? Ist aber schon witzig, dass ich jetzt sein neuestes Pferdchen im Stall bin, findest du nicht?« Ihr viel zu lautes Lachen klang nach Hohn und Triumph. »Der liebe Frank hat wohl eine besondere Schwäche für die Caldwell-Schwestern. Aber wer könnte es ihm verdenken? So, jetzt bist du auf dem Laufenden, große

Schwester. Zur Premiere meines ersten Films kommst du doch, ja? Ich schick dir auch ein paar Freikarten. Okay, dann bis später mal!« Und damit legte sie auf.

Harriet war wie betäubt. *Ihr* Frank und Ashley? Er war die Liebe ihres Lebens und rächte sich für ihre Zurückweisung, indem er sich mit ihrer Schwester einließ? Konnte es einen größeren Verrat geben? Sie war außer sich vor Zorn und Schmerz.

46

Es war der letzte Mittwoch im scheidenden Jahr. Der tiefblaue Himmel über dem Napa Valley war wie blank gefegt, nirgends auch nur der Hauch eines Wolkenschleiers. Zwar fehlte der Dezembersonne die wärmende Kraft, weshalb Harriet sich in ihrem Korbsessel auf der Terrasse von *Seven Oaks* in eine flauschige Wolldecke gewickelt hatte, aber es tat gut, die Sonne im Gesicht zu spüren und sich im endlosen Himmel, der sich wie ein schützender Schild über den immergrünen Hügeln des Napa County spannte, zu verlieren.

Eine herrliche Stille lag über dem Gut. Die Trauben waren längst geerntet, die letzten Blätter von den Zweigen gesegelt und die kahlen Rebstöcke in den Winterschlaf gefallen. Selbst im Haus herrschte tiefe Stille. Paula Kowak, ihre tüchtige Köchin und Haushälterin, war zu Verwandten nach San José gereist und würde erst spät am Neujahrstag zurückkehren. Sie hatte sich die freien Tage redlich verdient. Caitlin war mit Adrian nach St. Helena gefahren, das im Tal zwanzig Meilen weiter nördlich lag. In der dortigen *Carnegie Library* gab es eine Ausstellung über die Geschichte des kalifornischen Weinanbaus, von den spanischen Siedlern und Missionaren bis hin zur unseligen Prohibition. Adrian, der sich zu ihrer Überraschung leidenschaftlich für alles interessierte, was mit dem Weinanbau zusammenhing, hatte sich diese Wanderausstellung nicht entgehen lassen wollen. Und danach wollte er mit Caitlin in den Gruselfilm *Dr. Jekyll and Mr. Hyde,* der dort gerade angelaufen war.

Harriet genoss die Ruhe nach den ebenso festlichen wie anstrengenden Feiertagen, während derer sie von Einladungen und

Gegeneinladungen ordentlich auf Trab gehalten worden war. Natürlich waren die viel zu teuren Geschenke, die Jordan schon Monate vor Weihnachten für Adrian und sie gekauft und mit liebevollen Feiertagswünschen versehen hatte, pünktlich wie immer am frühen Heiligabend ins Haus geliefert worden. Und genauso zuverlässig hatte Adrian beim Auspacken der Geschenke tapfer versucht zu überspielen, wie traurig er darüber war, dass seinem Vater jahrtausendealte Relikte im Wüstensand wichtiger waren, als mit ihnen Weihnachten zu feiern, mit Champagner und Feuerwerk das neue Jahr zu begrüßen und an seinem Geburtstag am dritten Januar zugegen zu sein. Harriet fürchtete, dass Adrian ihm das bei aller Liebe, die er für ihn hegte, später im Leben doch ankreiden würde.

Andererseits war in diesem ersten Jahr der Prohibition auch ein dicker Posten auf Jordans Habenseite dazugekommen. Unter Einsatz all seiner Beziehungen und mit viel Zeitaufwand – der auch drei Behördenbesuche in Sacramento einschloss – hatte er tatsächlich noch kurz vor der Traubenernte das Wunder vollbracht, für *Seven Oaks* eine der seltenen und heiß begehrten Sondergenehmigungen zur Herstellung und zum Verkauf von »sakramentalem Wein« zu ergattern, wie er in christlichen Kirchen und jüdischen Gemeinde gemeinhin Verwendung fand. Daher musste *Seven Oaks* nicht wie viele andere Weingüter den Betrieb einstellen oder seine Trauben als Tafeltrauben feilbieten, was bei dem enormen Überangebot Schleuderpreise bedeutet und auf Dauer zwangsläufig in den Ruin geführt hätte. Zwar war das Überleben von *Seven Oaks* niemals vom Ertrag seiner Weinproduktion abhängig gewesen, aber ohne diesen Betrieb wäre es ein Landgut ohne rechte Seele gewesen. Adrian hatte schon tieftraurig befürchtet, dass bald nichts mehr so sein würde, wie er es bei Tante Agnes lieben gelernt hatte. Dass Jordan es mit unermüdlichem Einsatz geschafft hatte, ihrem Weingut dieses bittere Schicksal zu ersparen, hatte ihm die Bewunderung seines Sohnes auf eine ganz neue

Art eingetragen, nicht zuletzt auch den begeisterten Ausruf »Du bist einfach genial, Dad!« und eine stürmische Umarmung.

Und dennoch …

Nein, das lass mal besser sein! Der Tag ist zu schön, um ihn sich mit sinnlosem Selbstmitleid zu verderben!, ermahnte sich Harriet und verbot sich die negativen Gedanken, die sich einschleichen wollten.

»Ich glaube, ich brauche jetzt einen schönen heißen Tee mit einem kräftigen Schuss Rum!«, sagte sie laut, schlug die Wolldecke zurück und erhob sich aus dem Sessel. Und dann wollte sie sich den Roman *Diesseits vom Paradies* von F. Scott Fitzgerald vornehmen, den Adrian ihr von seinem Taschengeld zu Weihnachten geschenkt hatte. Caitlin hatte ihm bei der Auswahl unter den Neuerscheinungen geholfen.

»Hättest du auch einen für mich?«, fragte eine Stimme vom überdachten Teil der Terrasse her, eine Stimme, die zwischen Hoffen und Bangen schwankte. »Ich bin sicher, ich werde ihn brauchen, wenn auch wohl mehr den Rum als den Tee.«

Diese dunkle Stimme, die sie selbst unter unzähligen anderen augenblicklich herausgehört hätte, weil der Mensch dazu noch immer in ihren Träumen lebte, ließ sie wie vom Blitz getroffen zusammenfahren. Sie verlor das Gleichgewicht und wäre fast seitlich zurück in den Sessel gestürzt. Gerade noch rechtzeitig bekam sie die Rückenlehne zu fassen. Fassungslos starrte sie Frank an. Sein Anblick traf sie wie ein zweiter, unverhoffter Schlag.

Er trug eine schwarze Tuchhose und über einem nussbraunen Mohairpullover ein schwarzes Sakko, zu dem sein noch immer erstaunlich blondes, sonnengebleichtes und windzerzaustes Haar einen reizvollen Kontrast bildete. Gut sah er aus, unverschämt gut. Selbst die feinen Linien und Falten, die sich um Augen und Mundwinkel eingenistet hatten, und das erste Schläfengrau, das sie entdeckte, als er näher kam, standen ihm.

»Entschuldige, dass ich dich erschreckt habe.« Er drehte seinen dunkelbraunen Filzhut nervös in den Händen. »Das wollte ich nicht. Ich habe geklingelt, aber die Klingel tut es offenbar nicht. Und da bin ich um das Haus gegangen.«

Noch immer starrte sie ihn an, unfähig, ihre Gedanken und Gefühle unter Kontrolle zu bekommen. Wie alt mochte er jetzt sein? Vierzig? Nein, er war nur vier Jahre älter als sie, also neununddreißig. Vierzig erst im nächsten Jahr, das aber schon in drei Tagen …

Gütiger Gott, was sollte das? Wieso machte sie sich derart idiotische Gedanken darüber, wie alt Frank war? Als ob das irgendeine Rolle spielte – bei der Geschichte mit Ashley, die zu allem anderen jetzt auch noch zwischen ihnen stand. Und was hatte er hier überhaupt zu suchen? Hatte sie ihm denn nicht deutlich genug zu verstehen gegeben, was sie von ihm hielt und dass sie ihn weder sehen noch sprechen, noch sonst wie von ihm belästigt werden wollte?

»Was machst du hier?«, stieß sie hervor und ahnte plötzlich, dass sein Auftauchen an diesem Nachmittag, da sie völlig allein war auf *Seven Oaks,* kein Zufall sein konnte. Caitlin! Mit ihr musste er das abgesprochen haben, so wie damals, als sie ihre Komplizin gewesen war und die heimlichen Treffen erst möglich gemacht hatte. Na, die würde was zu hören bekommen, wenn sie aus St. Helena zurückkam!

»Mich gegen die Unterstellungen zur Wehr setzen, die du in deinem absurden Brief hier äußerst«, sagte er und hielt ein zerknittertes Kuvert hoch, das ihre Handschrift trug, »und die nicht das Geringste mit der Wahrheit zu tun haben! Da du meine Anrufe nicht entgegennimmst und meine Briefe ungeöffnet zurückschickst, ist mir nichts anderes übrig geblieben, als dich aufzusuchen und die Dinge richtigzustellen.«

Harriet funkelte ihn an. »Unterstellungen?« Sie schnaubte abfällig. »Ich habe es nicht nötig, dir etwas zu unterstellen. Es reicht völlig, dass ich wiederhole, was Ashley mir erzählt hat, und daraus die naheliegenden Schlüsse ziehe!«

Ein gequälter Ausdruck trat auf sein Gesicht. »Mein Gott, Harriet! Wie kannst du nur glauben, ich würde mich mit deiner Schwester einlassen, um mich dafür zu rächen, dass du mir an dem Abend im ›Cliff House‹ die kalte Schulter gezeigt hast? Es tut sehr weh, dass du mir das zutraust.«

»Dass es wehtut, bringt die Wahrheit nun mal oft mit sich. Willst du, dass ich anfange aufzuzählen, womit *du mir* wehgetan hast? Und nicht erst, seit du dich meiner Schwester … so überaus großzügig *angenommen* hast?«, entgegnete sie und steigerte sich in einen blinden Zorn hinein. Er war die Mauer, die sie vor der Macht ihrer wahren Gefühle für ihn schützte. »Also komm mir nicht damit! Und jetzt lass mich in Ruhe. Ich habe Besseres zu tun, als mir von dir Geschichten darüber anzuhören, was zwischen Ashley und dir läuft und was nicht. Wir haben nichts mehr miteinander zu schaffen. Deshalb bist du mir keine Erklärung schuldig, und ich habe keinen Grund, mir deine Rechtfertigungen anzuhören. Also mach, dass du wieder nach Hollywood kommst, zu deinen Sternchen und Flapper-Girls. Da bist du bestimmt in deinem Element!« Abrupt wandte sie sich ab und flüchtete durch die offenen Terrassentüren in die Küche.

»Nein, so einfach lasse ich dich nicht davonkommen!«, rief Frank und folgte ihr in die Küche. »Du sagst, wir haben nichts mehr miteinander zu schaffen, schreibst mir aber diesen Brief, in dem du mir unterstellst, dass ich mit deiner kleinen Schwester ins Bett gehe? Belüg dich doch nicht selbst! Wir sind noch lange nicht miteinander fertig, und wenn es dafür einen Beweis braucht, dann ist es dieser Brief!« Damit knallte er das Kuvert mit der flachen Hand auf den schweren Holztisch.

»So, sind wir nicht?«, höhnte sie mit hochgezogenen Brauen, mied jedoch seinen Blick. »Dann wird es aber höchste Zeit!«

»Ich werde dir sagen, wofür es höchste Zeit ist: für Ehrlichkeit und eine Aussprache, die wir schon vor Jahren hätten haben sollen«, erwiderte Frank mit grimmiger Entschlossenheit. »Aber zuerst muss ich das Missverständnis bezüglich deiner Schwester aus der Welt schaffen. Nein, du unterbrichst mich jetzt nicht! Ich weiß nicht, was für einen Bären sie dir aufgebunden hat, um dich eifersüchtig zu machen …«

»Ich wüsste nicht, warum ich eifersüchtig sein sollte!«, verwahrte sich Harriet, doch sie spürte, wie ihr das Blut ins Gesicht schoss.

Frank zog es vor, nichts darauf zu erwidern, und fuhr fort: »Tatsache ist: Ich habe nichts mit Ashley, und ich werde auch nie etwas mit ihr haben, ist das bei dir angekommen? Hier, damit hat sie bei mir Eindruck schinden wollen. Das heißt, genau genommen hat sie versucht, mich damit zu erpressen, auch wenn sie mir ihren Auftritt als das Gegenteil verkaufen wollte.« Er zog einen kleinen Packen Briefe aus der Innentasche seines Sakkos und warf ihn auf den Tisch. »Das sind einige von denen, die ich dir damals über die falsche Adresse in Antioch geschickt habe.«

Bestürzt starrte Harriet auf die Briefe. »Woher …«, setzte sie an, schluckte den Rest der Frage aber herunter, denn sie wusste die Antwort längst.

Er lachte trocken auf. »Ja, woher? Ashley wusste schon länger von ihnen und hat sie dir in der Nacht der Navy-Gala aus dem Sekretär gestohlen. Das hat sie mir stolz erzählt.«

Harriet ballte die Fäuste. »Dieses durchtriebene Biest!«

»Dass du dich nicht davon hast trennen können, will ich mal nicht weiter kommentieren«, sagte er mit einem zaghaften Lächeln, »aber klug war es nicht, sie all die Jahre aufzubewahren, selbst wenn Jordan von Anfang an von uns wusste, nicht wahr?« Er zögerte einen winzigen Moment, bevor er hinzufügte: »Auch dass ich Adrians Vater bin und nicht er.«

Sie sank auf den nächsten Stuhl und griff nach dem Bündel Briefe. Ihre Hände zitterten. »Seit … seit wann weißt du es?«, flüsterte sie und wagte nicht, zu ihm aufzusehen.

»Seit jenem Tag im April, als ich euch auf dem Friedhof getroffen habe. Also seit gut sieben Jahren.«

Sie hörte den unausgesprochenen Vorwurf. »Willst du mir jetzt Vorwürfe machen, weil ich es dir verschwiegen habe?«, begehrte sie halbherzig auf. »Du scheinst vergessen zu haben, dass du mich damals hast sitzen lassen und von heute auf morgen aus San Francisco verschwunden bist. Jahrelang warst du wie vom Erdboden verschluckt. Nicht eine einzige Nachricht von dir! Du hättest ebenso gut tot sein können. Hätte ich Jordan nicht gehabt …«

»Schon gut, Harriet«, fiel er ihr sanft ins Wort. »Ich weiß viel zu gut, was ich alles falsch gemacht … und was ich dir angetan habe. Und das werde ich mir selber wohl am wenigsten verzeihen. Aber damals hatte ich mich selbst verloren, ich wusste nicht, wie ich mit der Schuld leben sollte. Denn wäre ich in der Erdbebennacht bei meiner Frau gewesen, wäre ihr dieser schreckliche Tod vermutlich erspart geblieben. Dieser Gedanke, dieses Schuldgefühl, das mich jahrelang gequält und mich rastlos von einem Staat in den anderen hat ziehen lassen …« Seine Stimme versagte. Selbst nach über vierzehn Jahren erfüllte ihn die Erinnerung mit tiefer Scham. Er schüttelte den Kopf und fuhr leise fort: »Nein, dir mache ich wahrlich keinen Vorwurf. Ich hätte nur gern früher gewusst, dass Adrian mein Kind ist.«

Nun blickte Harriet zu ihm auf. »Um *was* zu tun? Adrian irgendwann beiseitezunehmen und zu sagen: ›Ich bin übrigens dein Vater!‹?«

»Nein, natürlich nicht«, sagte er und wusste selbst nicht, was anders gewesen wäre.

»Jordan wusste, dass ich ein Kind von dir erwartete. Er liebt mich und hat nicht eine Sekunde gezögert, mich trotzdem zu heiraten. Und nicht nur, dass er meine Ehre gerettet und Adrian davor bewahrt hat, als Bastard heranzuwachsen, er ist auch ein wunderbarer Vater«, erklärte sie, weil sie es Jordan schuldig war.

Dass ihre Ehe letztlich nicht zu jenem stillen Glück geführt hatte, das sie sich für sie beide erhofft und für das sie ihr Herz und ihren Körper bereitwillig geöffnet hatte, gehörte nicht hierher. »Er könnte den Jungen nicht mehr lieben, wenn er sein leiblicher Sohn wäre.«

»Ich habe keinen Grund, das zu bezweifeln, aber eines Tages …«

Nun fiel sie ihm ins Wort. »Ja, eines Tages werden wir es ihm wohl sagen müssen. Aber den Zeitpunkt dafür werde ich bestimmen, und wenn es so weit ist, werden wir es ihm gemeinsam sagen. Versprichst du mir das?«

Er sah ihr in die Augen und nickte. »Du hast mein Wort.«

»Gut, und jetzt würde ich doch gern wissen, wieso du meiner Schwester einen Vertrag gegeben hast«, gestand Harriet und griff zum Wasserkessel.

»Es ist ein Standardvertrag, der sie für sieben Jahre ans Studio bindet, aber nicht umgekehrt. Das Studio kann so einen Vertrag alle sechs Monate neu bewerten und sich entscheiden, ob er für weitere sechs Monate fortgesetzt oder gekündigt werden soll. Ich kann Ashley also schon in einem halben Jahr wieder vor die Tür setzen«, stellte er klar und erzählte ihr von dem Auftritt ihrer Schwester am Set und später in seinem Büro. »Zufällig sind die Kameras weitergelaufen, als Ashley in die Szene geplatzt ist, sodass wir unfreiwillig so etwas wie Probeaufnahmen von ihr hatten. Und Erich von Traunstein, der Regisseur, wollte sie für die kleine Nebenrolle, die in der romantischen Komödie noch unbesetzt war. So habe ich sie eben unter Vertrag genommen, für zweihundertfünfzig Dollar die Woche.«

»Ist das viel oder wenig?«

Er zuckte die Achseln. »Gegen die zehntausend Dollar Wochengage plus Gewinnbeteiligung einer Mary Pickfort ist es erbärmlich, aber gegenüber den fünfzig, die ein Komparse kriegt, schon ganz ordentlich.«

»Und? Wirst du einen Filmstar aus ihr machen?«, fragte sie leichthin, während sie Wasser in den Kessel laufen ließ.

Er lachte verhalten. »Ich bezweifle, dass ich es könnte, selbst wenn ich es wollte. Deine Schwester hat ein hübsches Gesicht, und dafür haben wir in Hollywood immer Verwendung, und ihren kleinen Part als überdrehtes Partygirl hat sie ganz anständig gemeistert«, sagte er. »Sicher kann sie mit solchen Nebenrollen im Filmgeschäft Fuß fassen, sofern sie es richtig anfängt und sie sich nicht nur ihrer Fähigkeiten, sondern auch ihrer Grenzen bewusst wird. Ich bezweifle nämlich, dass sie in der Lage ist, eine tragende Rolle zu spielen, dazu fehlt ihr das gewisse Etwas, die besondere Aura, wie Betsy La Mar oder Laura Lynn sie auf der Leinwand entwickeln …« Er machte eine kurze Pause und fügte leise und voll zärtlicher Sehnsucht hinzu: »Oder wie du sie hast, Harriet.« Er war hinter sie getreten, griff über sie hinweg und drehte den Wasserhahn zu.

Ihr war, als spüre sie seine Körperwärme. Der herbe Duft seines Rasierwassers stieg ihr in die Nase. Ihr Herz begann zu rasen, und eine Art von euphorischem Schwindel erfasste sie. Ihre Hand mit dem Wasserkessel zitterte. Schnell stellte sie ihn im Spülbecken ab.

Frank legte seine Hand auf ihre Schulter.

Die Berührung jagte einen Schauer durch ihren Körper, bis in die Zehenspitzen. Langsam und wie unter Zwang drehte sie sich zu ihm um.

Wortlos sahen sie einander an, und jeder las in den Augen des anderen die verzehrende Sehnsucht. Ihre Blicke verschmolzen miteinander, und ihr Atem fiel in einen schnellen, flachen Rhythmus, während ihr Herz das Blut in rasendem Tempo durch den Körper pumpte.

Frank legte die Hände um ihr Gesicht, mit einer Behutsamkeit, als sei es zerbrechlich wie hauchdünnes Porzellan.

Sie schüttelte kaum merklich den Kopf, wehrte sich aber nicht gegen die Liebkosung. Ihre Augen füllten sich mit Tränen.

»Nicht, mein Liebling«, flüsterte er und küsste ihr die Tränen weg. Und dann küsste er sie auf den Mund, teilte ihre warmen Lippen mit der Zungenspitze.

Harriet gab einen erstickten Laut von sich, schlang die Arme um ihn, zog ihn an sich und erwiderte den Kuss mit derselben Leidenschaft. Sie konnten voneinander nicht lassen. Harriet spürte, wie das Blut in ihren Unterleib strömte, sie mit Hitze und unbändigem Begehren erfüllte. Ihre Hand glitt an seiner Hose hinunter und ertastete sein hartes Glied. Sie zerrte an seinem Gürtel, zog den Ledergurt durch die Schnalle und knöpfte ihm den Hosenschlitz auf, ohne dass ihre Lippen sich voneinander lösten.

Frank stöhnte auf. Seine Rechte fuhr unter ihr Wollkleid, folgte dem glatten Seidenstrumpf bis zum Strumpfgürtel, zog ihr den Schlüpfer von der Hüfte und teilte mit dem Mittelfinger das feuchte, warme Fleisch zwischen ihren Beinen.

Harriet schob ihm den Unterleib entgegen. Sie wollte mehr, wollte sich alle Kleider vom Leib reißen, seinen nackten Körper mit Zunge und Lippen liebkosen und spüren, wie er tief in sie glitt und sie mit seinen Stößen erzittern ließ, bis die Wellen der Lust sie für eine wunderbare Ewigkeit davontrugen.

Doch plötzlich riss etwas sie aus ihrem Sinnesrausch und leistete Widerstand gegen das Verlangen nach völliger Hingabe und Erfüllung. Ihr Körper versteifte sich, und die Vernunft gewann die Oberhand.

Sie gab ihn frei. Mit einer halben Körperdrehung entzog sie sich seiner Hand und seinen Lippen. »Ich möchte es so gern, aber ich kann einfach nicht. Ich kann es Jordan nicht antun, selbst wenn er nie davon erfahren würde«, murmelte sie beschämt. Hastig brachte sie ihre Kleider in Ordnung. »Ich bin seine Frau und habe ihm Treue geschworen, und das ist das Mindeste, was ich ihm schuldig bin. Er hat es nicht verdient, dass ich ihn betrüge, und ich würde es mir selbst nicht verzeihen. Ich könnte nie wieder in einen Spiegel blicken, ohne mich zu schämen.«

Er schluckte hart und richtete ebenfalls seine Kleidung.

Zaghaft berührte sie seine Wange, hastig, als fürchtete sie, er könnte ihre Hand wütend wegschlagen. »Bitte verzeih mir. Es war meine Schuld. Ich hätte es nicht zulassen dürfen, dass es so weit kommt.«

Frank mied ihren Blick. »Ich habe dir nichts zu verzeihen, Harriet. Wir müssen uns unserer Gefühle nicht schämen. Außerdem war ich es, der …« Er ließ den Satz unbeendet und machte eine müde Handbewegung. »Ich glaube, ich gehe dann besser.«

»Nein, bitte bleib noch etwas«, bat sie leise. »Ich möchte nicht, dass wir so … verschämt und bedrückt voneinandergehen. Wir müssen nicht reden, Frank. Ich möchte einfach noch eine Weile nahe bei dir sein. Das würde mir viel bedeuten. Und dann kehrt jeder in sein Leben zurück, wie die Umstände es nun mal verlangen.« Sie streckte ihm die Hand hin. »Komm, lass uns in den Salon gehen.«

Er sah sie lange an, dann nickte er und ergriff ihre Hand.

Sie machten es sich auf der Couch bequem. Harriet zog die Beine an, schmiegte sich an ihn und hielt seine Hand mal gegen ihre Wange, mal sanft gegen ihre Lippen gedrückt. Er legte den Arm um sie, verbot es sich aber, ihr übers Haar zu streicheln oder sich zu anderen Liebkosungen verleiten zu lassen. Nicht ein Wort brach die gedankenschwere Stille. Ihre Tränen sagten alles.

Es dämmerte schon, als Frank ging. Sie tauschten einen letzten, verzweifelten Kuss. »Ich habe nie aufgehört, dich zu lieben, Harriet«, sagte er. »Und ich werde dich immer lieben.«

»Und ich dich, Frank«, erwiderte sie und sah ihm nach, bis die Dunkelheit ihn verschluckt hatte.

47

Der Sommer 1922 war für lange Zeit der letzte unbeschwerte und sollte im Buch der Erinnerungen nie verblassen, sondern für Harriet bis ans Ende ihrer Tage seinen einzigartigen Zauber bewahren. Denn es war ihr letzter Sommer mit Jordan.

Diesmal verbrachte er die gesamten Schulferien von Anfang Juni bis kurz vor dem Labor Day im September mit ihnen auf *Seven Oaks.* Nicht ein Mal fuhr er zu geschäftlichen Besprechungen oder gesellschaftlichen Anlässen in die Stadt, wie er es in früheren Jahren so oft getan hatte. Stattdessen fügte er sich ganz in den beschaulichen Rhythmus des Landlebens, ohne die üblichen Anzeichen von Unruhe zu zeigen. Später, im Rückblick, schien es Harriet, als habe er geahnt, dass er ihr und seinem Sohn nie wieder so nahe sein würde, und daher möglichst viel Zeit mit ihnen verbringen wollen. Oder war es, dass er bei ihr den verborgenen Seelenschmerz spürte, der in ihrer Ehe wie eine dunkle Unterströmung dahinfloss, ohne dass die glatte Oberfläche etwas davon verriet?

Aus welchem Grund auch immer, der Sommer hatte etwas Magisches und war ein Geschenk, für das sie immer dankbar sein würde. Adrian genoss die vielen Stunden ungeteilter Aufmerksamkeit, die Jordan ihm in diesen herrlich träge dahinfließenden Wochen und Monaten schenkte. Fast täglich, entweder sehr früh am Morgen oder in der goldenen Abendstunde, gingen sie zum Angeln hinunter an den Napa River, wo eine alte Silberweide mit ausladender Krone über ihren Lieblingsplatz, eine sandige kleine Ausbuchtung am Ufer, wachte. Auf der anderen Seite des Flusses, auf einem kleinen Gestüt in Pine Ridge, brachte Jordan ihm das Reiten bei. Mehrmals unternahmen sie auch Tageswanderungen durch das Hinterland, und einmal übernachteten sie nach ihrem Aufstieg zum Atlas Peak in einem kleinen Zelt. Aber ebenso gern saßen sie stundenlang über das Schachbrett gebeugt.

Es war früh am Abend eines warmen Tages Mitte Juli, als Harriet einen kleinen Spaziergang zu den Weinbergen unternahm. Nebenbei wollte sie sich ein Bild davon machen, wie weit das Unkraut zwischen den Rebstöcken nachgewachsen war und ob es wieder einmal an der Zeit war, nach Chang und seinen Leuten zu schicken.

Gerade trat sie aus einer der langen Reihen auf den Weg, der vom Landhaus zu den Weinbergen führte, als sie eine Gestalt gemächlichen Schrittes zu ihr heraufkommen sah. Sie trug etwas über der Schulter, was, konnte sie nicht erkennen. Die tief stehende Sonne blendete sie. Sie legte die Hand über die Augen, blinzelte und sah dem Fremden mit gefurchter Stirn entgegen. Sie erwarteten keinen Besuch, zudem sah der Mann nicht nach einem Besucher aus, sondern mehr nach einem der zahllosen Wanderarbeiter, die durchs Land zogen. Er trug eine ausgebeulte dunkelbraune Cordhose und darüber ein kragenloses, weit geschnittenes Hemd in einem verwaschenen Hellblau. Auch machte sie im Gegenlicht die dunklen Konturen eines Vollbarts aus und dass er eine schwarze Baskenmütze auf dem Kopf hatte. Als er in Rufweite war, stellte sie fest, dass ihm eine Art Seesack aus grobem, verdrecktem Segeltuch über die rechte Schulter hing.

»Hören Sie, wenn Sie Arbeit suchen«, rief sie dem Mann entgegen, »muss ich Sie leider enttäuschen.«

»Nö, ich habe eher an Faulsein gedacht«, kam es spöttisch zurück. »Aber wenn du mittlerweile am Hungertuch nagst, verdiene ich mir Kost und Logis notfalls, Schwesterherz.«

Harriet riss die Augen auf. »Elliot!« Wie ein Stromstoß durchfuhr sie die Freude, und sie flog mit ausgebreiteten Armen auf ihn zu. Mein Gott, wie lange hatte sie ihren kleinen Bruder nicht mehr gesehen! Neun lange Jahre. Eine Ewigkeit. Und was war in dieser Zeit nicht alles passiert!

Lachend ließ Elliot den Seesack ins Gras plumpsen, und sie fielen sich in die Arme.

Harriet drückte ihn fest an sich. »Ach, Elliot! Ich kann es noch gar nicht glauben. Mein kleiner Bruder. Endlich, endlich bist du wieder hier!«

»Gütiger Gott, werde ich den ›kleinen Bruder‹ denn nie los?«, protestierte er scherzhaft. »Immerhin bin ich achtundzwanzig.«

»Nein, wirst du nicht, Elliot!«, erwiderte sie überschwänglich. »Vor allem aber wirst du immer der liebste meiner Brüder sein.«

Er gab sich betrübt. »Was, da ich der Einzige bin, nicht gerade nach einem Riesenkompliment klingt.« Dann zwinkerte er ihr zu. »Aber ein alter Fahrensmann wie ich nimmt, was er kriegen kann.«

Sie strahlte ihn an. »Komm, lass dich anschauen!« Andächtig hielt sie ihn an den Schultern und trat etwas zurück, um ihn zu mustern. »Gut siehst du aus. Der Bart steht dir, solange du ihn so kurz hältst. Aber mager bist du. Da könnte ein bisschen mehr Fleisch auf die Rippen.«

Er nickte und sagte mit einem Augenzwinkern: »Die Verpflegung auf der Schiene ließ doch öfter mal zu wünschen übrig. War nicht gerade der Service wie in einem Pullman-Salonwagen.«

»Mit welchem Zug bist du denn gekommen?«

»Die hatten keine Namen, wie das eben bei Güterwaggons so ist.«

Sie sah ihn ungläubig an. »Was? Du bist den ganzen Weg von New York bis hierher auf Güterwaggons gefahren? Wie ein Hobo?«

Er grinste breit. »Genau, denn das war der Sinn der Reise. Viereinhalb Monate auf der Schiene geben einem eine ganz neue Perspektive auf das eigene Leben.«

Harriet kam aus dem Staunen nicht heraus. »So lange bist du schon in den Staaten?«

Er nickte. »Ende Februar bin ich in New York von Bord des

Frachters gegangen, auf dem ich für die Überfahrt als Deckhand angeheuert hatte. Ja, und von da ging es dann auf der Schiene weiter. Ich hab mich treiben lassen und die Güterzüge so genommen, wie sie gerade kamen«, berichtete er, als sei diese Art zu reisen die natürlichste Sache der Welt. Dabei wusste selbst Harriet, wie gefährlich das Leben eines Hobos war, selbst ohne die gewalttätigen Bremser auf den Güterzügen, die mit Eisenketten auf solche blinden Passagiere losgingen. »Auf diese Weise bin ich ganz schön herumgekommen, bis hoch nach Chicago und runter in den tiefen Süden, Alabama, New Orleans und Galveston. Dürfte, auf einer Karte eingezeichnet, eine ganz schön wilde Zickzacklinie ergeben. Direkt eine Metapher für das menschliche Leben mit all seinen Irrungen und Wirrungen.« Er zwinkerte ihr zu.

Harriet dachte darüber nach, ob sie noch im Nachhinein über seine Verwegenheit erschrecken oder ihn für seinen Wagemut bewundern sollte. Sie tat beides zu gleichen Teilen, wie ihr bewusst wurde, schüttelte aber doch den Kopf. »Glaubst du noch immer, dass du dich beweisen musst?«, fragte sie besorgt.

Elliot lachte herzhaft. »Nein, deshalb habe ich es bestimmt nicht getan, Harriet. Den kleinen Bruder, der damals voller Scham und Selbstzweifel aus San Francisco geflüchtet ist, gibt es nicht mehr. Nach der Zeit auf See, der Schlächterei des Weltkriegs und den Jahren, die ich mich in Paris durchgeschlagen habe, weiß ich ziemlich gut, wer ich bin!«, versicherte er. »Nein, es hat mich einfach gereizt, die Erfahrungen, von denen Leute wie Jack London und andere in ihren Short Storys und Zeitungsartikeln berichtet haben, selbst zu machen.«

Harriet wollte fragen, wieso ihm das so wichtig sei, musste es jedoch auf später verschieben, denn gerade kehrten ihre Männer vom Angeln zurück, und Adrian kam ihnen entgegengelaufen.

»Du bist also der Pilot, der im Krieg einen Doppeldecker geflogen hat?«, rief er, sobald er hörte, dass dies sein Onkel aus Frankreich sei. Voller Bewunderung sah er ihn an.

Elliot lachte. »Na, zum Piloten hat es nicht gereicht, ich habe es im Freiwilligen Fliegerschwadron *Escadrille Américaine* nur zum Bordschützen gebracht«, wiegelte er ab.

Was Adrians Staunen und Bewunderung nicht den geringsten Abbruch tat. Er löcherte den Onkel mit Fragen zu den Einsätzen und Luftkämpfen, an denen er beteiligt gewesen war. Elliot wich seiner brennenden Neugier mit vagen Antworten aus und lenkte geschickt von sich ab, indem er sagte, er habe von Harriet erfahren, dass Adrian sich schon jetzt besser mit der Traubenzucht und Weinherstellung auskenne als alle anderen in der Familie. Das Stichwort griff der Junge nur zu freudig auf und erklärte ihm gleich vor Ort, wie man feststellte, ob eine Traube schon die richtige Reife und Süße erreicht hatte.

»Das ist nämlich nicht jedes Jahr um dieselbe Zeit der Fall, sondern hängt stark von den Temperaturen und den Regenfällen im Sommer ab und davon, wie oft es bewölkt war«, erklärte er mit großem Ernst, während Elliot seinen Seesack schulterte und sie den sanften Abhang zum Landhaus hinuntergingen. »Ein guter Weinbauer schmeckt, ob es schon Zeit ist zu ernten oder ob man noch eine oder zwei Wochen warten muss. Trauben reifen nämlich nicht nach wie andere Früchte. Ich bin schon ganz gut darin, ich schmecke den Zeitpunkt für die Ernte ziemlich genau heraus. Und letztes Jahr hat mir der alte Claude, das ist unser Kellermeister, beigebracht, wie man das Mostgewicht bestimmt. Das misst man mit der Oechsle-Mostwaage.«

Jordan erwartete sie auf der Terrasse. Er hatte ihnen einen Drink gemacht, bei dem für die Erwachsenen kühler Weißwein eine wesentliche Rolle spielte. Der Drink und die herzliche Begrüßung bewahrten Elliot vorerst vor einem weiteren längeren Vortrag dieser Art.

Beim Zubereiten des Abendessens ging Elliot Harriet zur Hand und überraschte sie mit seinen Kenntnissen und Fertigkeiten im Kochen, was er halb stolz, halb verlegen mit der Bemerkung abtat, das bekomme man in Frankreich so zwangsläufig mit wie das Beten in einem Kloster, man müsse sich hier wie da nur lange genug aufhalten.

Sie saßen bis tief in die Nacht auf der Terrasse, und auf Adrians Drängen erzählte Elliot von seinen Erlebnissen auf dem Schienenstrang, zur See und im Krieg. Anfangs fürchtete Harriet, er könnte vergessen, dass Adrian erst fünfzehn war und nichts als ein behütetes Leben kannte, doch ihr Bruder bewies große Einfühlsamkeit und beschränkte sich auf spannende, abenteuerliche Geschichten und Anekdoten. Was die Unmenschlichkeit des Krieges und die rohe Gewalt anging, die auf Segelschiffen wie der *Samoa* und auch im Leben der Hobos herrschte, beließ er es bei vorsichtigen Andeutungen. Und nicht nur Adrian hing an seinen Lippen. Er war ein wunderbarer Erzähler.

Schließlich schickten sie Adrian zu Bett, und kurz nach eins zog sich auch Jordan zurück, weil ihm die Augen zufielen. Nun endlich konnte Harriet offen mit Elliot reden und das Thema anschneiden, das ihr mehr als alles andere am Herzen lag.

»Geht es dir gut in Paris?«, fragte sie, hatte er doch schon mehrmals durchblicken lassen, dass er nicht in Amerika bleiben, sondern in seine Wahlheimat Paris zurückkehren wolle.

Elliot nickte. »Ich habe gefunden, wonach ich gesucht habe«, sagte er, ohne zu zögern. »Einen Ort, an dem ich nicht verbergen muss, wer ich bin. Den Franzosen fehlt einfach das puritanische Erbe Amerikas. Das macht das Leben dort so viel freier und einfacher, insbesondere in Paris.«

»Und, hast du jemanden?«, fragte sie vorsichtig weiter.

»Ja.«

»Erzählst du mir von ihm?«

»Er heißt Maurice … Maurice Genevoix«, sagte er, und selbst wenn keine Kerze im Glaszylinder auf dem Tisch gestanden hätte, wäre ihr das glückliche Lächeln nicht entgangen, das auf dem Gesicht ihres Bruders erschien, sowie er den Namen aussprach. »Er ist vier Jahre älter. Lehrer am Gymnasium für Geschichte und Französisch. Wir wohnen seit zweieinhalb Jahren zusammen. Er würde dir gefallen. Ich hoffe, du lernst ihn irgendwann einmal kennen.«

»Das hoffe ich auch. Aber wieso bist du dann so lange weg? Macht es euch denn nichts aus, so viele Monate voneinander getrennt zu sein?« Doch kaum hatte sie die Frage gestellt, dachte sie: *Da bin ich ja wirklich die Richtige!*

Elliot schien ihre Gedanken erraten zu haben. »Nein, ich muss mir Maurice nicht mit einer Leidenschaft teilen, wie sie Jordan immer wieder in die Wüste treibt«, sagte er mit liebevollem Spott, um gleich darauf ernst fortzufahren: »Maurice hat sich vorübergehend vom Schuldienst freistellen lassen, um seinen Vater zu pflegen. Der Arme ist Witwer und leidet unter Muskelschwund im letzten Stadium. Er hat außer Maurice keinen, der sich um ihn kümmern kann.« Er griff zu seinen Zigaretten und zündete sich eine an. »Ich wollte mit in den kleinen Ort in der Normandie, wo sein Vater lebt, aber Maurice wollte das nicht, aus verschiedenen Gründen, und das musste ich akzeptieren. Der Vater ist sehr religiös und noch vom alten Schlag, und in dem Dorf kennt jeder jeden, und natürlich weiß weder der Vater noch sonst irgendjemand im Ort, dass Maurice mit einem Mann zusammenlebt. Das ist dort in der Provinz nicht anders als hier. Und wozu dem Mann in den letzten Monaten seines Lebens das Herz schwer machen? Die Ärzte geben ihm nicht mehr lange. Er wird es bald hinter sich haben, und dann kehren wir beide nach Paris und zu unserem Leben zurück.«

»Das tut mir leid für euch beide.«

»Muss es nicht, die Trennung hat auch ihr Gutes, Schwester. Sie zwingt jeden von uns zu prüfen, was ihm der andere bedeutet. Und das Ergebnis ist eindeutig positiv: Wir können es beide nicht erwarten, endlich wieder zusammen zu sein.«

Harriet war, als erröte er ein wenig. Beim Gedanken an das, was sie fühlte, wenn Jordan monatelang in Ägypten war, lächelte sie gequält. Die Sehnsucht der ersten Jahre hatte sich immer mehr verflüchtigt und war zusehends einer anderen, verbotenen gewichen, einer, die sie längst überwunden geglaubt hatte. Aber diese Sehnsucht war ohne Schuld nicht zu haben.

»So, und jetzt erzähl du, was es Neues von Ashley gibt«, lenkte Elliot sie gnädig von ihrem Trübsinn ab. »Ist sie wirklich auf dem Weg, eine Leinwanddiva zu werden? Na, wundern würde es mich nicht.«

Sie lachte. Diese Großherzigkeit, Ashley Außerordentliches zuzutrauen und ihr neidlos nur das Beste zu wünschen, war so wunderbar typisch für ihren Bruder. »Ob sie auf dem Weg zur Diva ist, kann ich nicht sagen. Ich habe bisher nur *Love – Lost and Found* gesehen, da hat sie eine Nebenrolle als überkandideltes Partygirl, und das hat sie auch ganz ordentlich gemacht. Die Figur habe ich ihr wirklich abgenommen. Dass sie ein Talent für dramatische Auftritte hat, weißt du ja.«

»Allerdings!«, sagte er belustigt. »Wenn eine den Titel ›Drama Queen‹ verdient, dann unsere Schwester!«

»Sie hat noch in zwei anderen Komödien mitgespielt, wie sie mich natürlich mehrfach hat wissen lassen, aber die habe ich mir noch nicht angesehen«, ergänzte sie und verschwieg, dass sie das auch nicht vorhatte. Sie machte sich nun einmal nichts aus diesen romantischen Komödien mit ihrer simpel gestrickten Handlung, den vorhersehbaren Missverständnissen und all dem Klamauk. Nichts als verlorene Zeit, zumindest was sie betraf. Aber das behielt sie für sich, weil es leicht so klingen konnte, als wolle sie Ashleys schauspielerische Leistungen heruntermachen.

Wie der Zufall es wollte, rief Ashley am nächsten Tag an. Harriet wunderte sich nicht, dass sie vor allem kundtun wollte, »ihr Regisseur« habe ihr für den nächsten Film eine »richtig große, wichtige Rolle« zugedacht. Als Harriet schließlich auch zu Wort kam und ihr von Elliots unverhofftem Besuch erzählte, fasste Ashley den spontanen Entschluss, für ein paar Tage zu ihnen nach *Seven Oaks* zu kommen.

48

Ihr Eintreffen zwei Tage später hatte Ähnlichkeit mit einer sorgfältig einstudierten Drehbuchszene. In einem himbeerroten Duesenberg Cabrio mit cremeweißen Ledersitzen fuhr Ashley vor. Passend zum teuren Automobil trug sie ein knielanges Flapper-Kleid in derselben Farbe, bis zum Ellbogen reichende Handschuhe und einen Topfhut. Natürlich durften zwei lange Ketten aus falschen Perlen nicht fehlen. Und um den dramatischen Effekt perfekt zu machen, hatte sie sich eine schwarze Federboa um den Hals geschlungen, die, als sie die lange Auffahrt heraufkam, im Fahrtwind wehte. Das laute Gehupe, mit dem sie schon unten auf der Landstraße begann, sorgte dafür, dass niemand auf *Seven Oaks* ihre filmreife Ankunft verpasste.

In nicht minder dramatischer Weise stieg sie aus dem Wagen, mit gezierten Bewegungen, wobei plötzlich ein Fächer wie hingezaubert in ihrer Hand lag und ihrem stark geschminkten Gesicht Luft zufächelte. Wie ein Schmetterling, der von einer Blüte zur anderen fliegt und sich nicht entscheiden kann, wo, ja, *ob* er sich überhaupt irgendwo niederlassen soll, tänzelte sie von einem zum anderen und begrüßte mit Luftküssen ihre Geschwister sowie Adrian und Jordan. Ein ahnungsloser Beobachter wäre nie auf den Gedanken gekommen, dass sie ihren Bruder seit fast zehn Jahren nicht mehr gesehen hatte, so beiläufig und nichtssagend fiel ihre Begegnung mit ihm aus.

Ähnlich sprunghaft plapperte sie laut drauflos, und die feinen Spitzen flogen, begleitet von Augenzwinkern und aufgesetztem Lachen, als sei das alles nur ein großer Spaß, in sämtliche Richtungen.

»Famos, euch alle mal an einem Fleck anzutreffen. Ist schon ein herrliches Stück Land, das Agnes dir hier hinterlassen hat. Aber im Erben bist du ja unschlagbar, Harriet. Sagt mal, gibt es hier auch was zu trinken? Nicht Wein, sondern was Richtiges? Ein Manhattan oder ein Orange Blossom wäre jetzt genau das Richtige, lieber Schwager. Wie gut, dass man in Ägypten im Sommer nichts ausgraben kann, ohne einen Sonnenstich zu kriegen, was, Harriet? Na, du hast dich ja ganz schön rargemacht, Brüderchen. Siehst aber ganz annehmbar aus, hab dich anders in Erinnerung, mehr so als Hänfling. Der Bart macht ganz schön was her, und irgendwas muss ja für einen sprechen, was? Kann sich mal einer um das Verdeck kümmern? Also ich bin wirklich fertig. Ich sehe bestimmt entsetzlich aus, aber bei dieser langen Fahrt kann ja wohl niemand erwarten, dass ich wie das blühende Leben daherkomme. Mein Gott, wenn meine Maskenbildnerin mich sehen würde.« Affektiert tastete sie über ihr Gesicht.

Dabei sah jeder, der Augen im Kopf hatte, dass sie die Fahrt weder in diesem Kleid noch so stark geschminkt und sorgfältig frisiert absolviert hatte. Harriet wäre jede Wette eingegangen, dass Ashley in San Francisco übernachtet und sich erst kurz vor der Fährüberfahrt frisiert und geschminkt sowie die langen Handschuhe und das Kleid übergestreift hatte. Da hatte sie nichts dem Zufall überlassen. Und ganz sicher war sie bis kurz vor der Auffahrt zu *Seven Oaks* mit geschlossenem Verdeck gefahren. Aber sie hielt den Mund. Was brachte es schon, Jagd auf schillernde Luftblasen zu machen? Die verloren auch ohne fremdes Zutun schnell ihren Glanz und zerplatzten. Ashley war Ashley, und für die kurze Zeit, die ihre Schwester sicher nur blieb, wollte sie keinen Streit.

»Also eigentlich hätte ich ja gar nicht kommen dürfen, wo ich mich doch auf den nächsten Dreh vorbereiten müsste«, fuhr Ashley in ihrem atemlosen Redestrom fort. »Nächsten Montag stehe ich für *Love at All Costs* vor der Kamera, das wird ein großes

Ding. Der liebe Eric … Also das ist mein Regisseur, Eric von Traunstein, ein Deutscher, von denen wimmelt es ja bei uns nur so, er schreibt sich eigentlich mit einem *ch* im Vornamen, aber das kann natürlich kein Schwein aussprechen, und darum sagen wir Eric zu ihm. Ist aber auch egal. Jedenfalls ist Eric ganz in Ordnung. Jordan, denkst du an meinen Drink? Und schön langsam mit dem Verdeck, Adrian! Wo war ich stehen geblieben? Ach so, ja! Also wie gesagt, der liebe Eric dreht jetzt schon den vierten Film mit mir, und die Rolle ist einfach göttlich und irgendwie auch zum Schreien. Die Story muss ich euch erzählen. Hast du mal Feuer, Brüderchen? In dem Film geht es nämlich um Folgendes …«

Ashley produzierte sich noch eine ganze Weile und gab die viel beschäftigte Schauspielerin, deren Name bald in großen Lettern über die Leinwand flimmern und in den Schaukästen der Filmtheater prangen würde. Doch irgendwann kam sie zum Ende ihrer enervierenden Vorstellung in maßlosem Geltungsdrang und benahm sich mehr wie die Schwester, die Harriet und Elliot kannten – was anstrengend genug war und niemanden vor bissigen, manchmal auch bösartigen Bemerkungen bewahrte.

»Was treibst du überhaupt drüben bei den Froschessern, Elliot?«, erkundigte sie sich, als sie auf der hinteren Terrasse saßen und sie ihren zweiten steifen Drink herunterkippte, als hätte sie Limonade im Glas. »Lässt du dich aushalten, oder lebst du von deinen Kapitalzinsen?«

»Weder noch, du Liebreiz in Person«, erwiderte Elliot ruhig. Doch Harriet war nicht entgangen, wie er bei dem gehässigen »Lässt du dich aushalten?« kurz die Augen zusammengekniffen hatte. Sie warf ihrer Schwester einen empörten Blick zu, den diese mit einem frechen Grinsen ignorierte. »Ich arbeite für die *Paris Times*. Das ist eine englischsprachige Wochenzeitung.«

»Und als was arbeitest du da? Als Bürobote oder Austräger?«

Ashley lächelte und gab ihrer Stimme einen neckischen Klang, aber in ihren Augen stand ein wenig freundlicher Ausdruck.

Elliot ignorierte auch diese Spitze. »Du wirst lachen, ich habe da tatsächlich als Redaktionsbote angefangen«, gab er sich unbeeindruckt von ihren Sticheleien. »Aber mittlerweile schreibe ich regelmäßig über alle möglichen Themen, die uns Ex-Patrioten interessieren können. Immerhin leben in Paris mehrere Zehntausend Amerikaner, und nicht alle können fließend Französisch.«

»Du aber schon, oder?«

Er zuckte die Achseln. »Ist mir nicht weiter schwergefallen«, sagte er schlicht.

»Na, mit Zeitungsschreibern haben wir beim Film auch viel zu tun«, sagte Ashley herablassend. »Arme Teufel, die meisten, und richtig auf die Reihe kriegen sie ihre Geschichten auch selten. Scheint mir jedenfalls nicht gerade erstrebenswert, immer hinter irgendwelchen Geschichten hinterherjagen und Klinken putzen zu müssen.«

»Ich schreibe zum Glück nicht für die Klatschkolumne, sondern berichte von besonderen Ereignissen und Sehenswürdigkeiten, die nicht in den üblichen Reiseführern zu finden sind. Dabei will ich nicht unbedingt bleiben, aber für eine Zeitung zu arbeiten ist für jemanden, der Schriftsteller werden und Bücher schreiben will, eine gute Schule«, sagte er selbstbewusst.

»Und ich wette, das wirst du auch!«, rief Harriet.

Ashley lachte mit abfälligem Unterton. »Du willst Schriftsteller werden? Das ist ja 'n Ding!« Sie sprang auf. »Na, ruf mich an, wenn sie dich für den Nobelpreis vorschlagen! Ich hole mir noch einen Drink, wenn das erlaubt ist, liebe Leute. Mir ist die Luft hier zu trocken!« Damit verließ sie die Terrasse und begab sich in die Küche.

»Nimm dir ihre Spitzen bloß nicht zu Herzen!«, raunte Harriet ihrem Bruder zu. »Du kennst sie doch. Wenn sie nicht im Mittelpunkt steht, ist für sie die Welt nicht in Ordnung.«

Er lächelte. »Keine Sorge, gegen Ashleys verbale Attacken war ich schon immun, bevor ich auf der *Samoa* angeheuert habe. Außerdem verliert sie schnell die Lust an diesen Scharmützeln, wenn man nicht darauf eingeht. Im Grunde tut sie mir leid. Offenbar glaubt sie ja, sie müsste immer so auf den Putz hauen.«

Wie Elliot vorausgesagt hatte, verlor Ashley schnell den Spaß daran, sich in Szene zu setzen und Sticheleien auszuteilen, die wirkungslos verpufften. Schon nach anderthalb Tagen wurde sie nicht nur der ländlichen Ruhe und des beschaulichen Tagesablaufs überdrüssig, sondern auch ihrer Gesellschaft. Für lange Spaziergänge, Federball und Boccia auf dem Rasen oder Brettspiele hatte sie ebenso wenig übrig wie für lange verträumte Stunden im Liegestuhl oder ruhiges Lesen. Angeblich wurde sie dringend zu Proben und Regiebesprechungen erwartet. Und sie beendete ihren Besuch mit einem ähnlichen Wirbelwind an Geschäftigkeit und Geltungsdrang, wie sie ihn nicht einmal zwei Tage zuvor eröffnet hatte.

Elliot dagegen blieb bis Ende August, und Harriet verbrachte eine wunderbare Zeit mit ihm. Es war, als sei ihre Familie erst jetzt wirklich komplett. Sanft floss die Zeit in der sommerlichen Trägheit dahin, trug Tage und Nächte in einem Gleichmaß mit sich fort, dass Harriet manchmal meinte, einen betörenden Tagtraum zu erleben, der kein Ende zu nehmen schien und in dem einfach alles stimmte. Es fiel ihr leicht zu verdrängen, dass Elliot nur auf die Nachricht aus Frankreich wartete, die ihn zurück zu seinem Lebenspartner auf einen fernen Kontinent rief, und dass auch Jordan sie schon im Oktober wieder für viele Monate verlassen würde. Umso schmerzlicher war der Abschied, als Elliot die Rückreise schließlich antrat. Diesmal nahm er jedoch den regulären Zug nach New York und buchte für die Atlantiküberquerung eine Kabine zweiter Klasse auf einem Passagierschiff, statt als Deckhand auf einem Frachter anzuheuern.

Mitte September, als Harriet schon seit gut einer Woche wieder mit ihrer Familie in der Villa am Nob Hill weilte und Jordan tief in seinen Reisevorbereitungen steckte, traf ein Päckchen aus New York ein. Als sie es öffnete, glaubte sie ihren Augen nicht zu trauen. Unter dem dicken Packpapier fand sie zwei druckfrische Exemplare eines Romans mit dem Titel *In Times of Darkness*. Der Name des New Yorker Verlags sagte ihr nichts, umso mehr aber der des Autors auf dem Umschlag, der auf ansprechende Weise geheimnisvoll gestaltet war. »Elliot C. Ladwell« stand da, was natürlich ein Anagramm von Elliot Caldwell war.

Ihr Bruder hatte mit einer Büroklammer an eins der Exemplare eine kleine Briefkarte geheftet. Darauf stand in flüssiger, männlich prägnanter Handschrift:

Schätze, jetzt kann ich mich tatsächlich Schriftsteller schimpfen. Verrückt, oder? Kann es selbst noch nicht recht glauben, dass mein Roman demnächst in Buchhandlungen ausliegt. Na, viele werden es nicht sein, es ist eine Auflage von gerade mal sechshundertfünfzig Exemplaren, aber das kümmert mich nicht. Lass mich ehrlich wissen, was Du von meinem Erstling hältst, Schwesterherz.

In Liebe,
Dein Bruderling

PS: Anbei ein Exemplar für unsere Filmdiva! Sag ihr, mit dem zweiten Roman peile ich den Nobelpreis an.

49

Frank stand unter der rot-weiß gestreiften Markise vor dem Eingang des »Hollywood Hotel« und wartete auf seinen Wagen. Er steckte sich eine Zigarette an. Es war früher Mittag. Das schwere Frühlingsgewitter, das bei seinem Eintreffen gut anderthalb Stunden zuvor losgebrochen war, hatte sich verzogen. Auch der sintflutartige Regen hatte fast schlagartig aufgehört. Schon brach die Sonne durch die letzten Wolkenfelder und ließ den nassen Asphalt glänzen wie lackiert. Die rasch zunehmende Wärme ließ im Handumdrehen vergessen, dass gerade erst der April angebrochen war und es bis zu den wirklich heißen Glutmonaten Südkaliforniens noch eine Weile dauerte.

Als er sein goldenes Feuerzeug zuschnappen ließ und den Kopf hob, bog der Hotelboy mit seinem Wagen in die sichelförmige Auffahrt ein. Und dann fiel sein Blick auf den silbernen Cadillac, der ein paar Sekunden vor seinem Hispano-Suiza von der Straße abgebogen war und als Erster heraufkam. Es war die firmeneigene repräsentative Limousine, auf deren Vordertüren das Logo der *Silver Screen Studios* prangte. Hinter dem Lenkrad saß, den grauen Filzhut in den Nacken geschoben, Tony Russo und grinste, als wüsste er ganz genau, was seinem Boss gerade durch den Kopf schoss.

Und in der Tat fiel Frank nun siedend heiß ein, dass an diesem Vormittag die Zensoren aus Kansas, Pennsylvania und Ohio erwartet wurden. Sein PR-Chef und Fixer hatte die drei Vorsitzenden, die in ihren Staaten das jeweilige *Board of Censors* oder *Board of Review* kontrollierten, in San Bernardino vom Bahnhof abgeholt. Nur sieben Bundesstaaten unterhielten derartige Zensurausschüsse, und jeder von ihnen hatte seine eigenen Regeln, die man beachten musste, wollte man dort für einen Film die Erlaubnis zur öffentlichen Vorführung erhalten. Und weil die Vorschriften in den sieben Staaten nicht einheitlich geregelt waren, musste so mancher Film in mehrere unterschiedliche Versionen umgeschnitten werden.

Und nun stand er, Frank, zufällig unter dem Hotelvordach, als habe er es sich nicht nehmen lassen wollen, diese Abgesandten der Zensurbehörden persönlich in Empfang zu nehmen.

»Verdammt, dieses scheinheilige Pack hat mir gerade noch gefehlt!«, fluchte er leise vor sich hin. Das harte Feilschen mit dem Wall-Street-Broker Mitch Kirkland vorhin war ihm schon reichlich gegen den Strich gegangen, da hatte er nicht das geringste Verlangen, jetzt auch noch den Grußonkel für diese verlogenen Zensoren zu spielen. Er wünschte, der Hotelbursche hätte sich mit seinem Wagen etwas mehr beeilt, oder er, Frank, hätte sich in einem anderen Luxushotel mit dem New Yorker Investmentbanker getroffen. Aber es war zu spät, um sich noch unbemerkt absetzen zu können, und so zwang er sich, als Tony Russo den Cadillac vor ihm zum Stehen brachte und die drei einflussreichen Männer geschmeichelt strahlten, weil der Studioboss persönlich sie willkommen hieß, zu einem Lächeln.

»Ich bin sicher, Mr Russo wird sich bestens um Sie kümmern, Gentlemen, und Ihren Aufenthalt so angenehm wie möglich machen«, versicherte er den beleibten Herren, nachdem er ihnen die Hand geschüttelt, ein paar freundliche Worte gesagt und verlogen beteuert hatte, ihre Arbeit sei für die Moral der Filmindustrie enorm wichtig und er wisse ihren Besuch in seinem Studio zu schätzen.

»Bei Ihnen soll ja alles vom Feinsten sein, Mr Maynard«, sagte der Zensor aus Kansas mit einem Augenzwinkern, das wohl kumpelhaft wirken sollte. Seine beiden Kollegen und er entsprachen mit ihrem beachtlichen Leibesumfang, dem Stiernacken, dem geröteten fleischigen Gesicht und der mit Brillantine zurückgelegten, schwindenden Haarpracht ganz dem Bild, das man sich gemeinhin von einem Lebemann machte. Dass sie in ihrem Amt für ein möglichst puritanisches Weltbild im Film zu sorgen und notfalls Verbote auszusprechen hatten, würde sie kaum davon abhalten, hier in Hollywood, unbeobachtet von Nachbarn und Kollegen, von all den verbotenen Früchten zu kosten, die ihre Zensurbehörde von der Leinwand zu verbannen suchte.

»Na, ich bin leicht zufriedenzustellen, Hauptsache, meine Steaks sind blutig, die Martinis eiskalt und meine Bettwärmer rothaarig«, verkündete der Zensor aus Ohio und lachte, als habe er einen besonders gelungenen Witz gemacht.

Auch seine Kollegen blökten belustigt und hatten zugleich das typisch lüsterne Blitzen in den Augen. Sie wussten, was sie erwartete.

»Erste Sahne ist unser Motto, Mr Paxton!« Tony Russo grinste komplizenhaft in die Runde. Wie ein Chamäleon war er in der Lage, sich jeder neuen Umgebung und Gegebenheit anzupassen. Er spielte den schmierigen Betreuer und Zuhälter, wenn es wie hier bei den Zensoren geboten war, und ebenso den kultivierten, zurückhaltenden Begleiter, wenn diese Rolle verlangt wurde. »Und das werde ich Ihnen liefern. Ich glaube nicht, dass es Ihnen an etwas fehlen wird. Jedenfalls wären Sie die Ersten, die etwas zu bemängeln hätten.«

Frank wusste, dass Tony ihnen, wie bei Besuchen von Zensoren üblich, auf Studiokosten den roten Teppich ausrollen würde. Dazu gehörten nicht nur luxuriöse Unterkünfte, erlesenes Essen, Alkohol bis zum Abwinken sowie Führungen durch das Studio und Privatvorstellungen, sondern er würde sie auch für die drei, vier Tage ihres Aufenthaltes mit jungen und bereitwilligen Starlets versorgen.

Zunächst hatte Frank sich dieser Praxis widersetzt, doch Tony hatte seine Bedenken schnell vom Tisch gewischt. »Mein Gott, wozu sind diese Mädchen denn sonst da? Das machen alle Studios so! Und wenn Sie nicht mitziehen, zahlen Sie einen hohen Preis, lassen Sie sich das gesagt sein. Die Kerle werden sich für Ihre Knausrigkeit – denn dafür werden sie die Verweigerung von freiem Starlet-Bumsen halten – rächen, indem sie mit der Zensurschere über Ihre Filme herfallen wie die schlimmsten Quäker!«

»Dann lassen Sie uns doch wenigstens Professionelle engagieren, wenn das angeblich dazugehört.«

»Geht nicht, Boss. Jung, hübsch und willig reicht denen nicht. Diese verdammten Heuchler wollen eine im Bett haben, die schon mal über eine Leinwand geflimmert ist, und sei es so kurz wie ein Furz. Das erst gibt ihnen das Gefühl, jemand zu sein. Also, wie wollen Sie's haben?«

Schließlich hatte er seinem PR-Mann in der Frage der *besonderen Betreuung* widerstrebend freie Hand gegeben. Er war nicht stolz darauf, dass er nicht besser war als die anderen Studiobosse. Aber so lief es nun mal in seinem Geschäft, und es sich mit den Zensoren zu verscherzen, das konnte er sich nicht leisten. Kein Studio konnte das.

Wenn nur die verdammten Aasgeier der Klatschpresse nicht gewesen wären! Legionen von Nutten, Strichern, Barkeepern, Hotelpagen, Zimmermädchen, Polizisten und Angestellten von Arztpraxen und Krankenhäusern verdienten sich in Hollywood etwas dazu, indem sie den sensationsgierigen Zeitungsmachern Informationen zuspielten. Während der vergangenen Jahre hatte es eine Vielzahl von Skandalen aller Größenordnungen gegeben, die über Wochen hinweg landesweit Schlagzeilen gemacht hatten. Chaplin hatte überstürzt in Mexiko geheiratet, um die Beziehung zu einer Minderjährigen legal zu machen und eine Anklage in den USA zu vermeiden. Ein anderer weltberühmter Komiker war wegen

Vergewaltigung mit Todesfolge während einer orgiastischen Hotelparty in San Francisco vor Gericht gestellt worden, und der Schaden für Hollywood war enorm gewesen, auch wenn der Mann letztlich freigesprochen worden war. Und diese beiden Fälle waren nur die Spitze des Eisbergs der Skandale um Missbrauch, Ehebruch, Scheidung, Drogen, Trunkenheit und sexuelle Ausschweifungen gewesen. Unter dem Deckmantel moralischer Entrüstung war in den Magazinen jedes noch so schlüpfrige Detail dieser Verfehlungen ausgebreitet worden. Mit unermüdlichem Eifer und tonnenweise Druckerschwärze hatte die Presse Gift und Galle gespuckt, die Frauenverbände waren gegen die angebliche Flut von unmoralischen, die Gesellschaft zersetzenden Filmen und den verderbten Lebenswandel der Leinwandstars auf die Barrikaden gegangen, und von den Kanzeln herab hatte man geifernde Hirtenbriefe verlesen und Hollywood als modernes Sodom und Gomorrha verdammt.

Aufgeschreckt von der zunehmend negativen Presse und dem lauter werdenden Ruf nach einer nationalen Zensurbehörde, hatten die Bosse der großen Studios *Universal, Metro Goldwyn-Mayer, Famous Players, Warner Brothers* und *Fox*, in der Branche auch *The Big Five* genannt, Gegenmaßnahmen ergriffen. Nicht nur in Form verschärfter Moralklauseln in ihren Studioverträgen, sondern auch, indem sie die Filmindustrie zur Gründung eines eigenen Verbandes mit einer Abteilung für Selbstzensur gedrängt hatten. Diese Vereinigung nannte sich *Motion Pictures Producers and Distributors Association* und hatte für das Amt des Vorsitzenden der Selbstzensur den angesehenen republikanischen Rechtsanwalt William H. Hays gewonnen, der unter Präsident Harding als United States Postmaster General gedient hatte. Er hatte schnell den Spitznamen »Zar von Hollywood« weggehabt, und damit waren fürs Erste die schlimmsten Pressewogen geglättet gewesen. Doch in Wahrheit war es mit Hays' Macht nicht weit her. Der in den

Verbandsstatuten festgelegten Selbstverpflichtung der Studios, nicht erst ihre fertigen Filme, sondern schon die Drehbücher zur Prüfung einzureichen, kamen die wenigsten Filmbosse nach. Zwar trieb die Selbstzensur arge Blüten, gab sie doch seitenlange Richtlinien dazu heraus, wie lang etwa eine Liebesszene oder ein Kuss sein durfte oder was bei einem Gewaltverbrechen zu zeigen erlaubt war, aber der Macht der Studiobosse und dem künstlerischen Willen der Regisseure waren William Hays und seine Nachfolger letztlich nicht gewachsen. Dennoch hatte Hollywood mit ihnen das entscheidende Ziel erreicht, der öffentlichen Erregung den Wind aus den Segeln zu nehmen und eine staatliche und nationale Zensurbehörde zu verhindern.

Auf der Fahrt zurück ins Studio machte Frank sich weder über die drei Zensoren und ihren kostspieligen Besuch noch über die allzu eifrigen moralischen Verlautbarungen des von ihm mitbezahlten William Hays Gedanken. Er hatte Wichtigeres zu erwägen, nämlich ob er das Angebot des Wall-Street-Bankers Mitch Kirkland annehmen sollte. Der Mann war an einer fünfzehnprozentigen Beteiligung an seiner Firma interessiert. Sein Angebot war nicht nur verlockend, sondern kam auch zur rechten Zeit. Die Filmproduktion wurde von Jahr zu Jahr kostspieliger. Mittlerweile waren Kosten von einer Million für einen Feature-Film keine Seltenheit mehr. Uncle Carl von der *Universal,* der sich mal wieder zu einem abendfüllenden Film durchgerungen hatte, gedachte für sein *The Phantom of the Opera* so viel allein schon für den Nachbau des Pariser Opernhauses auszugeben! Eine verdammte Million für eine *Kulisse!* Das waren schwindelerregende Summen, noch bevor die erste Klappe gefallen war.

Aber wenn man den wachsenden Ansprüchen des Publikums gerecht werden und auf dem Markt mithalten wollte, musste man zwangsläufig in derart aufwendige Projekte investieren. Zwar stand die *Triple S* finanziell gesehen recht solide da und machte an der Kinokasse hervorragende Umsätze, aber was ihn seit einiger Zeit in eine kritische Lage brachte, war die Tatsache, dass der Ausbau seiner exklusiven *Maynard Palace*-Kinokette enorm viel Kapital schluckte. Und so stand er vor der Alternative, entweder einen neuen Partner ins Boot zu holen und damit ein weiteres Stück Kontrolle über seine Firma abzugeben oder auf eine Expansion seiner Kinokette zu verzichten. Das eine schmeckte ihm so wenig wie das andere, und als er über den Pass ins San Fernando Valley kam und aufs Studiogelände fuhr, wusste er noch immer nicht, wie er sich entscheiden sollte. Mitch Kirkland erwartete innerhalb der nächsten vierundzwanzig Stunden eine Entscheidung. Danach würde er sich ein anderes Studio für sein millionenschweres Investment suchen.

Frank war keine fünf Minuten in seinem Büro, als Doris ihm zu seiner Überraschung mitteilte, dass Adolph Zukor für ihn am Telefon sei. Der Filmproduzent und Studioboss österreichisch-ungarischer Abstammung gehörte mit seiner *Famous Players Film Company* zu den Big Five von Hollywood.

»Stellen Sie ihn durch«, sagte Frank und war gespannt, was ein so viel beschäftigter Mann mit ihm bereden wollte. Sie kannten sich von den gelegentlichen Zusammenkünften der Studiobosse und gesellschaftlichen Anlässen. Sie konnten gut miteinander und hegten gegenseitigen Respekt, aber viel weiter ging ihre Beziehung nicht. Es klickte, und dann hatte er den Mann in der Leitung, der nicht nur eine eigene Kinokette von mehreren Hundert Lichtspielhäusern besaß, sondern Leinwandstars wie Douglas Fairbanks, Gloria Swanson und Rudolph Valentino unter Vertrag hatte.

»Was kann ich für Sie tun, Addy?«

»Ich will mir einen Ihrer Stars ausleihen«, kam Adolph Zukor ohne Umschweife zur Sache. Er war Geschäftsmann und kein Freund unnötiger Worte.

»Und an wen denken Sie?« Dass ein Studio einem anderen

Schauspieler auslieh, für die es gerade keine eigene adäquate Verwendung gab, geschah zwar nicht alle Tage, war aber durchaus üblich. Es war ein beliebtes Mittel, um die exorbitanten Gagen vor allem teurer Stars in der Wartezeit zwischen zwei eigenen Filmen zu sparen. Zudem verhalf manchmal der berühmtere Filmpartner von einem anderen Studio dem eigenen, noch nicht ganz so glanzvollen Schauspieler dazu, ebenfalls zum Publikumsliebling aufzusteigen.

»Ich habe gehört, dass Ihre Betsy La Mar für das nächste halbe Jahr drehfrei hat.«

Verblüffung trat auf Franks Gesicht, und es war gut, dass er Zukor am Telefon hatte und nicht in seinem Büro. Denn dass er den Dreh des nächsten großen Films mit seinem zweiten weiblichen Star um ein halbes Jahr verschieben musste, weil das Geld für eine andere Produktion dringender gebraucht wurde, hatte er erst vor wenigen Tagen entschieden. »So? Na, Sie scheinen ja das Gras wachsen zu hören«, gab er sich amüsiert. In Wahrheit war er plötzlich freudig erregt, witterte er doch ein gutes Geschäft, das ihm zum genau richtigen Zeitpunkt in den Schoß fiel.

»Ich höre schon, wenn die Samenkapseln aufbrechen, Frank«, sagte Adolph Zukor. »Also, hätten Sie Interesse, mir Ihren süßen Wirbelwind für vier, fünf Monate zu überlassen?«

»Wer soll denn ihr Partner sein?«

»Dreimal dürfen Sie raten.«

»Bei Douglas Fairbanks wäre ich womöglich interessiert«, gab Frank sich zurückhaltend. Dabei war er bereit, jeden zu akzeptieren, wenn nur die »Leihgebühr« hoch genug ausfiel. Er zahlte Betsy La Mar siebentausend Dollar die Woche. Wenn *Famous Players* die Gage übernahm, was in diesen Fällen üblich war, brachte ihm das eine Ersparnis von hundertzwanzigtausend Dollar.

»Nein, Douglas steht noch für den *Robin Hood* vor der Kamera. Wird übrigens eine Riesensache, Premiere ist im Oktober. In dem neuen Kinopalast, an dem Sid Grauman schon seit einem Jahr auf dem Hollywood Boulevard baut«, erzählte Adolph Zukor und fand kurz Gefallen an dem Thema, sodass er für seine Verhältnisse geradezu geschwätzig fortfuhr: »*Grauman's Egyptian Theatre* soll der Kasten heißen. Wird fast zweitausend Sitze haben und einen Säuleneingang wie ein verdammter Pharaonentempel. Innen wird's nicht weniger spektakulär. Verrückt, dieses Altägypten-Fieber, aber sei's drum, solange die Kasse klingelt, und das tut sie, ist es in Ordnung. Ich werde bei der Premiere übrigens fünf Dollar Eintritt nehmen, und für den Rest des Jahres wird der Robin-Hood-Film nur dort zu sehen sein. Später gehe ich mit den Preisen natürlich etwas runter, aber selbst der billigste Sitz wird noch zwischen anderthalb Dollar und fünfundsiebzig Cent kosten. Ich denke, das dürfte Sie interessieren. Wir sind ja nicht nur als Produzenten Kollegen. Nicht schlecht, was Sie mit Ihrer *Maynard Palace*-Kette in so kurzer Zeit auf die Beine gestellt haben. Aber zurück zum Geschäft.« Und nun ersparte er Frank weiteres Rätselraten, indem er mit dem Namen des Schauspielers herausrückte, mit dem Betsy La Mar bei ihm vor der Kamera stehen sollte. »Valentino wird's sein.«

Fast wäre Frank ein kleiner Aufschrei entfahren. Rudolph Valentino war ein einzigartiger Kinomagnet, übertroffen vielleicht nur noch von Charlie Chaplin, und er war der unangefochtene Schwarm aller Frauen … nun ja, zumindest fast aller Frauen. Was die Fans, die bei seinem Anblick in Verzückung gerieten, zu seinem Glück nicht wussten, war, dass er sich aus Frauen genauso wenig machte wie Devin Neville.

»Valentino? Nun, das klingt nicht uninteressant.«

Adolph Zukor gab ein kurzes, bellendes Lachen von sich. »Komisch, dass mich Ihr mildes Interesse nicht wundert«, spottete er.

Frank zog es vor, darauf nicht einzugehen. »Also, was wollen Sie für die fünf Monate zahlen?«

»Eigentlich müssten Sie der La Mar Geld *für mich* mitgeben. Es wird ein großartiger Kostümfilm, und ich wage gar nicht, Ihnen zu verraten, was allein die Kleider Ihrer Betsy kosten werden, weil ich fürchte, Sie könnten da drüben auf der anderen Seite der Berge vom Schlag getroffen zusammenbrechen!«, protzte Adolph Zukor.

Aber so ganz daneben lag er mit seiner Klage nicht. »Ja, die Garderoben der weiblichen Stars sind wahre Investments«, stimmte Frank ihm zu.

»Absolut.«

Bei allem Verständnis für den enormen Aufwand, den ein erstklassiger Kostümfilm bedeutete, dachte Frank doch nicht daran, sich über den Tisch ziehen zu lassen. Zukor mochte das Gras wachsen hören und erfahren haben, dass in der Produktionsplanung für das zweite Halbjahr 1923 kein Projekt für Betsy La Mar vorgesehen war, aber wie die nächsten Minuten des Feilschens bewiesen, hatte er nicht den Schimmer einer Ahnung, dass Frank den nächsten Dreh mit ihr verschoben hatte, um aus dem Studio-Jahresbudget Gelder für einen anderen Film frei zu machen, den er so schnell wie möglich auf die Leinwand bringen wollte.

Schließlich einigten sie sich auf eine Leihgebühr von hunderttausend Dollar für fünf Monate, die auch dann zu zahlen war, wenn die Drehzeit kürzer ausfiel oder das Projekt aus irgendwelchen Gründen abgeblasen wurde, und als sie auflegten, hatten beide das Gefühl, ein gutes Geschäft gemacht zu haben.

Aber später schlich sich bei Frank wieder die Frage ein, was ihm das letztlich brachte und ob darin, ein gutes Geschäft abzuschließen, die *Silver Screen Studios* zu einem der großen Player in Hollywood zu machen und noch mehr prächtige Kinopaläste zu eröffnen – ob im Verfolgen all dieser ehrgeizigen Ziele der Sinn seines Lebens lag. Was hatten diese Hatz und ihre zahllosen glanzvollen Anlässe, was hatten all der Erfolg und Luxus letztlich für einen

Wert? Was fühlte er wirklich in sich, jenseits all dieser atemlosen Geschäftigkeit? So genau wollte er das wohl nicht wissen, weshalb er jede Minute mit Arbeit zu füllen suchte. Aber tief in seinem Inneren ahnte er, dass hinter dieser blendenden Fassade beruflichen Erfolgs eine entsetzliche Leere gähnte und er trotz der vielen Menschen in seinem Leben in trostloser Einsamkeit gefangen war.

50

In der letzten Aprilwoche kehrte Jordan aus Ägypten zurück. Es sollte seine letzte Reise ins Land der Sonnengötter gewesen sein. Er hatte zu den Männern um den britischen Ägyptologen Howard Carter gehört, der mit seinem Team am 4. November 1922 im Tal der Könige auf eine unter Schutt verborgene Steintreppe gestoßen war. Sie hatte ihn zur Totenkammer des Pharaos Tutenchamun geführt. Die Entdeckung der unversehrten Kammer mit ihrem Schatz an kostbaren Grabbeigaben war eine Weltsensation und füllte noch immer die Zeitungen mit seitenlangen Berichten.

Es war jedoch nicht so, dass Jordan nun, da sein Traum von einer sensationellen Entdeckung in Erfüllung gegangen war, kein Interesse mehr an Ausgrabungsexpeditionen gehabt hätte. Nicht seine Leidenschaft dafür war versiegt, sondern ihm war nicht mehr genügend Lebenszeit für *irgendeine* Reise vergönnt. Er war zum Sterben nach Hause gekommen.

Harriet und Adrian erschraken, als sie ihn aus dem Pullman-Zug steigen sahen. Er war ein Schatten seiner selbst, abgemagert und mit eingefallenen Wangen. Selbst die tiefe Bräune konnte die ungesunde Farbe seiner Haut nicht verbergen. Er aber wiegelte ab und spielte den Ernst seines Zustandes herunter, schob ihn auf den Malariaanfall, der ihn im Februar wochenlang ans Krankenbett gefesselt hatte. Diesen Rückfall habe er längst überstanden, versicherte er, nun sei er auf dem besten Weg, zu alter Form zurückzufinden – nun, da er wieder zu Hause und in besten Händen sei.

Doch weder die häusliche Pflege noch die bald zurate gezogenen Ärzte vermochten sein Leben zu retten. Wie die Untersuchungen ergaben, waren seine Nieren von der Malaria derart geschädigt, dass auch die größte ärztliche Kunst gegen das allmähliche Versagen der Organe nichts vermochte.

Harriet ließ nicht zu, dass er in einem sterilen Krankenhauszimmer seinem Tod entgegendämmerte. Sie verpflichtete zwei tüchtige Krankenschwestern, die ihr zur Hand gingen und sich insbesondere um die Dosierung und Verabreichung der Schmerzmittel kümmerten. Im letzten Stadium der Krankheit half nur noch Morphin.

In einer regnerischen, schwülen Nacht Anfang Juli schickte Jordan die Schwester mit der Morphinspritze aus dem Zimmer. »Nicht jetzt, später!«, keuchte er. Er spürte, dass ihm nicht mehr viel Zeit blieb, um noch von Harriet und Adrian Abschied zu nehmen.

Adrian hockte bei ihm auf dem Bett, hielt seine ausgemergelte Hand und gab sich verzweifelt Mühe, nicht hemmungslos loszuweinen. Tränen liefen ihm übers Gesicht, doch er gab keinen Laut von sich. Harriet hatte sich einen Stuhl herangezogen und saß wie üblich zwischen ihnen, eine Hand auf der ihres Sohnes, eine bei ihrem Mann. Mit aller Macht hielt sie die Tränen zurück, damit Adrian nicht in noch tiefere Verzweiflung sank. Auch sie spürte, dass Jordans Lebenskraft sich ihrem Ende zuneigte.

Jordan versuchte, seinen Sohn zu trösten. »Nimm es nicht so schwer, mein Junge. Natürlich würde ich gern noch zehn, zwanzig Jahre oder länger leben. Der eigene Tod ist wirklich die größte narzisstische Kränkung, das gebe ich zu«, sagte er mit schwerem Atem und brachte ein schwaches Lächeln zustande. »Aber ich habe keinen Grund, mich zu beschweren. Ich hatte ein Leben, so wunderbar, wie es nur wenigen vergönnt ist. Ich hatte dich und deine Mutter, die beiden größten und unverdienten Geschenke meines Lebens. Als du zur Welt kamst und ich dich sah, dich winziges, rosiges Bündel Leben in meinen Armen hielt, war das die reine Glückseligkeit.«

Adrian schluchzte, und auch Harriets Kehle wurde eng.

»Mach es uns beiden nicht so schwer, mein Sohn. Der Tod …« Jordan hielt inne und rang rasselnd nach Atem. »… der Tod ist nichts, was uns trennt … Das, was ich immer für euch war, bin ich noch … Lacht weiterhin über das, worüber wir gemeinsam gelacht haben. Denkt an mich, damit mein … mein Name im Haus oder sonst wo erklingt, so wie es immer war. Wir sind fest miteinander verbunden, hörst du, Adrian? Der Faden zwischen uns ist nicht durchtrennt … Darüber hat der Tod keine Macht. Warum soll ich nicht mehr in euren Gedanken sein, nur weil ihr mich nicht mehr seht? Du bist immer bei mir, und ich bin immer bei dir. Ich bin nur auf der anderen Seite des Weges, vergiss … das nie.«

Er zog Adrian an sich und brachte mit äußerster Willensanstrengung – und der Hilfe von Harriet, die ihn beim Aufrichten stützte – eine Umarmung zustande. Dann fiel er in die Kissen und bat seinen nun hemmungslos weinenden Sohn, ihn für eine Weile mit seiner Mutter allein zu lassen.

»Harriet, ich muss für so vieles … Abbitte leisten. So vieles, das ich dir angetan habe! Ich weiß nur nicht, ob mir dafür … noch genug Zeit und Kraft bleibt«, stieß er hervor, sobald Adrian das Zimmer verlassen hatte. »Ich wollte das Beste … für dich und habe das Gute, das ich dir … hätte schenken können, verspielt.«

»Bitte, rede doch nicht so einen Unsinn!«, widersprach Harriet zutiefst traurig. »Es gibt nichts, wofür du Abbitte leisten müsstest.«

»Doch, das gibt es … sehr wohl«, beharrte er. »Unsere Aufgabe ist es nicht, einfach nur … glücklich zu sein. Das wäre zu billig, verstehst du? Jeder tritt mit einer Lebensaufgabe in diese Welt, jedenfalls glaube ich das. Nicht, dass sie dich … glücklich machen kann oder soll, aber sie ist es, die deinem Leben … Ziel und Sinn gibt.« Es dauerte ein, zwei Minuten, bevor er wieder Kraft gesammelt hatte. »Meine Lebensaufgabe bestand darin, mit dem vielen … geerbten Geld etwas Gutes zu tun und in Ägypten oder anderswo etwas … etwas Wichtiges zu entdecken, und im Ansatz war mir das auch vergönnt … aber auf deine Kosten. Du hast den Preis dafür bezahlt, denn ich habe dich aus Selbstsucht festgehalten. Es wäre zu schmerzhaft gewesen, dich gehen zu lassen.«

»Jordan, das stimmt doch gar nicht. Du hast Adrian und mich vor einem bitteren Schicksal bewahrt und uns so viel Fürsorge und Liebe geschenkt. Du hast dir nicht das Geringste vorzuwerfen!«, beteuerte sie und schmeckte das Salz ihrer Tränen auf den Lippen. »Nichts davon ist jetzt noch wichtig.«

Er schüttelte den Kopf. »Ich hätte dir ein, zwei Jahre nach Adrians Geburt – unter einem Vorwand, der deine Ehre geschützt hätte – die Scheidung ermöglichen müssen. Ich hätte dir die Freiheit schenken müssen, aber ich war zu egoistisch. Ich habe dich einfach zu sehr … geliebt. Mein … mein Glück war mir wichtiger als deins, und das …«, er rang nach Atem, »kann ich mir nicht verzeihen. Glaubst du, Gott wird es mir verzeihen?«

Tränen liefen ihr übers Gesicht. »Nicht nur du hast mich geliebt – ich habe dich auch geliebt«, versicherte sie, und es war keine gnädige Lüge im Angesicht des Todes. Sie mochte für Frank eine andere, brennende Liebe empfunden haben, doch das schmälerte nicht die stille Art der Liebe und Verbundenheit, die sie Jordan entgegengebracht hatte. »Es gibt nichts zu verzeihen.«

Er schwieg eine Weile, sammelte mühsam Kräfte, doch seine Lebensenergien waren so gut wie aufgebraucht. Als er schließlich wieder sprach, musste sie sich nahe zu ihm beugen, um ihn überhaupt zu verstehen.

»Jeder geht ja einmal diesen Weg ins Ungewisse. Wer weiß denn schon, was uns auf der anderen Seite erwartet, der ewige Schlaf oder das Reich Gottes … Was meinst du?«

»Ich wünschte, ich könnte dir Gewissheit geben. Aber ich weiß es so wenig wie du oder jeder andere.« Aber vielleicht war es auch gut, dass es diese Gewissheit nicht gab.

»Und ich wünschte, ich wäre … eines starken Glaubens fähig

gewesen und mir dessen jetzt sicher«, flüsterte Jordan. »Ich habe es oft versucht, hier und so oft … in der Wüste, unter diesem unglaublichen Sternenhimmel. Aber es kam nie der zündende Funke … Es hat nicht sollen sein … Meinst du, dass Gott mir das vorwerfen wird? Ich meine, wenn es ihn denn überhaupt gibt?«

»Wir alle haben unsere Fehler und Schwächen. Aber das ändert nichts daran, dass du ein wunderbarer, liebevoller Mensch bist«, sagte Harriet. »Und allein schon der Wunsch nach einem starken Glauben wird dir das Himmelreich Gottes öffnen.«

Ihm fielen die Augen zu. »Wenn es … das … denn gibt.«

»Irgendetwas wird es … *muss* es geben«, versicherte sie und schluchzte nun fast so wie Adrian. Jordan entglitt ihr, und nichts konnte dem mehr Einhalt gebieten.

»Ja, kann nicht sein … dass wir alle nur der Zufall eines gleichgültigen Universums sind … wozu dann das alles … die herrlichen Symphonien und Kunstwerke und all das andere, das das Leben so reich macht«, stieß er mit immer schwächer werdender Stimme hervor. »Aber dann … dann müsste ich dich ja da oben … mit deiner großen Liebe teilen.«

Es hielt Harriet nicht länger auf dem Stuhl. Sie legte sich zu ihm und schmiegte sich an ihn, die Lippen an seiner kalten Wange. »Dort wird es keinen Schmerz und auch kein Teilen mehr geben«, flüsterte sie.

»Ja, das ist gut … mein Liebling«, hauchte er. Es waren seine letzten Worte. Am frühen Morgen, als die ersten Sonnenstrahlen über die Bay tanzten und nach den Häusern auf dem Nob Hill griffen, starb Jordan in ihren Armen.

51

Kaum hatte Frank nach einem langen Gespräch mit dem Wall-Street-Investor Mitch Kirkland den Hörer eingehängt und sich trotz der frühen Vormittagsstunde einen Drink eingegossen, meldete seine Sekretärin sich über die Gegensprechanlage.

»Miss Ashley Caldwell wünscht Sie zu sprechen, Mr Maynard«, teilte sie ihm in dem kühlen, indignierten Ton mit, der nicht ihm galt, sondern jenen Bittstellern, die ohne Termin in ihrem Vorzimmer standen und gegen die sie eine starke Abneigung hegte. »Angeblich ist es dringend, obwohl ich noch nie jemanden habe sagen hören, dass sein Anliegen nicht brandeilig sei. Aber egal, und nein, einen Termin hat die … *Dame* nicht.«

Frank musste lachen, konnte er doch förmlich sehen, wie seine Sekretärin bei den letzten Worten die Augen verdrehte. Doris war wirklich unbezahlbar. Und an jedem anderen Tag hätte er ihr die Freude gemacht, Ashley Caldwell mit süßem Bedauern und einem zufriedenen Lächeln auf dem Gesicht wegschicken zu dürfen, doch an diesem sonnigen Oktobertag war er nach dem erfolgreichen Geschäftsabschluss mit seinem neuen Investor derart aufgekratzt, dass er Doris mit der Aufforderung überraschte, Ashley zu ihm durchzulassen.

Mit übertriebenem Hüftschwung und herausgeputzt wie für eine Flapper-Party der High Society stolzierte Ashley herein. Dabei wedelte sie mit einem Stoß Papiere, bei dem es sich nur um ein Drehbuch handeln konnte.

»Wie lange wollten Sie das noch vor mir geheim halten, mein lieber Frank?«

Frank sah sie verständnislos an. Ganz abgesehen davon, dass er nicht die leiseste Ahnung hatte, worauf sich ihre Frage bezog, störte er sich an ihrem Tonfall und dem frechen Lächeln. Damit wollte sie wohl den Eindruck erwecken, als seien sie freundschaftlich miteinander verbunden. Was ganz und gar nicht der Fall war. Das Einzige, was er von ihr wissen wollte, war, wie es Harriet nach dem Tod ihres Mannes ging. Er hatte noch früh genug von Jordans Tod erfahren, um rechtzeitig zur Beerdigung in San Francisco einzutreffen, aber er hatte sich in eine der hintersten Kirchenbänke gesetzt und auch auf dem Friedhof gebührenden Abstand gehalten. Immerhin hatte Harriet ihn gesehen. Zumindest glaubte er, einen Blick von ihr aufgefangen zu haben. Er hätte Ashley gern nach Harriet gefragt. Aber nach diesem dreisten Auftritt verging ihm die Lust, sich diese Blöße zu geben.

»Weder kann ich mich erinnern, Ihnen angeboten zu haben, mich ›mein lieber Frank‹ zu nennen, noch gibt es etwas, das Sie von mir hätten erfahren sollen, das ich Ihnen aber verheimlicht hätte, Miss Caldwell«, erwiderte er kühl.

Ashley zog einen Schmollmund, seufzte und klimperte mit den falschen Wimpern. »Müssen Sie denn gleich so schrecklich förmlich werden, Mr Maynard? Sie treiben mir noch die Schamröte ins Gesicht. Und dabei dachte ich, uns würde so einiges verbinden, zum Beispiel mein lieber Bruderling und meine liebreizende Schwester. Die betreibt ihre Trauerbewältigung übrigens in Paris. Scheint da drüben leichter zu gehen, vor allem, wenn man eine steinreiche Witwe ist. Ja, Harriet ist zu unserem Bruderherz nach Frankreich aufgebrochen, noch bevor der arme Jordan richtig unter der Erde lag. Und Adrian hat sie mitgenommen. Scheint wohl was Längeres zu werden.« Die letzten, spitzen Worte begleitete sie mit einem anzüglichen Blick. »Das wird Sie interessieren, oder?«

Das tat es, aber er dachte nicht daran, es zu zeigen. Was ihn mit Harriets Bruder verbinden sollte, war ihm ein Rätsel, das ihn jedoch nicht weiter kümmerte. »Sie liegen nicht ganz falsch damit, dass uns beide etwas verbindet«, sagte er. »Und diese Verbindung nennt sich Studiovertrag.« Schon ärgerte es ihn, dass er sich hatte hinreißen lassen, Harriets überspannte Schwester vorzulassen.

Sie gab einen resignierten Seufzer von sich. »Einen Drink könnten Sie mir aber schon anbieten, mein Studioherr und Gebieter.«

Frank fixierte sie. »Den Dialog hatten wir schon mal, und er wird in der Wiederholung nicht besser. Also kommen Sie gefälligst zur Sache.«

Für einen kurzen Moment blitzte Zorn in ihren Augen auf, doch sie hatte sich sofort wieder unter Kontrolle und präsentierte ihm ein Lächeln, das wohl eine Mischung aus unterwürfig bittendem Kleinmädchengesicht und einem verführerischen »Dafür kannst du von mir alles haben«-Blick sein sollte. »Ich will die Rolle der Martha. Sie ist mir einfach auf den Leib geschrieben. Ich wette, dass mein Bruder da beim Schreiben mich vor Augen hatte. Das Buch selbst ist ja nicht so besonders, aber Brett Wilder hat ein wirklich umwerfendes Drehbuch draus gemacht.«

Frank blinzelte irritiert. »Von welchem Drehbuch reden Sie?«

»Von *In Times of Darkness* natürlich, dem Kriegsroman von meinem Bruder, den Sie verfilmen wollen.«

»Sie irren, der Roman ist von einem gewissen …« Er stockte, denn in dem Moment begriff er, was so offensichtlich war.

»… Elliot C. Ladwell. Ja, hinter diesem blöden Pseudonym versteckt sich mein kleiner Bruder«, beendete Ashley den Satz mit süffisantem Hochmut. »Ihm ist offenbar nichts Besseres eingefallen, als die Buchstaben ein bisschen umzustellen. Hat sich wohl nicht getraut, diese Kriegsstory unter seinem richtigen Namen zu veröffentlichen. Aber das Drehbuch ist, wie gesagt, wunderbar geworden.«

Um ein Haar wäre Frank die Kinnlade heruntergeklappt. Der Roman, den er mit Laura in der weiblichen Hauptrolle verfilmen wollte, stammte aus der Feder von Harriets Bruder! Das haute ihn regelrecht um. Hatte Byron das gewusst? War es nur ein verrückter Zufall? Aber solche Zufälle gab es gar nicht. Sicher war jedenfalls, dass Harriet seinen Freund kannte, sie hatte ihn sogar einmal getroffen, wenige Wochen vor dem Erdbeben, als Byron ihn in San Francisco besucht hatte.

Im November hatte sein Freund ihm das Buch geschickt und ihm geraten, es unverzüglich zu lesen und sich die Filmrechte zu sichern. Was er getan hatte, das eine wie das andere. Er hatte die Rechte spottbillig bekommen, quasi für einen Apfel und ein Ei, denn das Buch war trotz der packenden Geschichte und des klaren, kraftvollen Stils im Strom der Neuerscheinungen untergegangen. Dem New Yorker Kleinverleger war es fast peinlich gewesen, Frank zu fragen, ob er für die Filmrechte zweitausend Dollar zu zahlen bereit sei. Dabei hätte er gut und gern das Fünf- oder sogar das Zehnfache verlangen können, ohne dass Frank auch nur mit der Wimper gezuckt hätte; solche Summen für Filmrechte an erfolgreichen Romanen waren längst gang und gäbe.

Frank glaubte fest an den Erfolg der Geschichte. Harriets Bruder erzählte von einer Freundschaft, die selbst im Angesicht des Todes nicht ins Wanken geriet, und einer Liebe, die über den von Politikern geschürten Hass zwischen den Nationen und die Unmenschlichkeit des Krieges triumphierte.

Im Mittelpunkt standen ein französischer Doppeldeckerpilot und sein amerikanischer Bordschütze, der sich bei Kriegsbeginn der Freiwilligen Fliegerschwadron *Escadrille Américaine* angeschlossen hatte. Weitere Figuren waren ein deutscher Deserteur und dessen Jugendliebe, die die drei Männer unter größter Gefahr bei sich aufnahm. Tödliche Gefahr, Missgunst und Verrat, aber auch Verständigung, Freundschaft und Liebe – und ein zutiefst anrührender Ausgang: Die Geschichte enthielt alles, was einen Film groß machen konnte.

Frank nahm einen kräftigen Schluck von seinem Scotch und gewann die Fassung wieder. Und der Ärger folgte sogleich. »Nun gut, das Buch ist also von Ihrem Bruder. Übrigens ist der Roman hervorragend. Ihn als ›nicht so besonders‹ zu bezeichnen, zeugt nicht gerade von ausgeprägtem Literaturverständnis, Miss Caldwell. Was mich aber viel mehr interessiert als Ihr literarisches Urteil ist die Frage, woher Sie das Drehbuch überhaupt haben?«

Völlig ungerührt von seiner Zurechtweisung, lachte Ashley verschmitzt. »Ich versteh mich nun mal gut mit dem kleinen Brett. Und da hat er mir erlaubt, mal einen Blick in sein neues Drehbuch zu werfen.«

Frank bezähmte seinen Zorn. Brett Wilder war Script Editor und sein bester Mann im Drehbuchteam. Kein Wunder, dass sie sich an den kleinen, rundlichen Mann mit den dicken Brillengläsern herangemacht hatte; so versuchte sie, sich gegenüber den anderen Schauspielerinnen, die er unter Vertrag hatte, einen Vorteil zu verschaffen. In dieser Hinsicht war Harriets Schwester wirklich kalt und berechnend. Er würde mit Brett ein ernstes Wort reden müssen, auch wenn das Drehbuch zu *In Times of Darkness* nun nicht gerade als streng geheim galt.

»Mal einen Blick hineinzuwerfen ist eine Sache. Eine völlig andere ist es, ein neues Drehbuch unbefugt in seinen Besitz zu bringen, Miss Caldwell! Und dass Brett Wilder nicht wirklich befugt war, Ihnen das Skript zu überlassen, dürfte Ihnen sehr wohl bewusst gewesen sein!«, beschied er ihr und streckte die Hand aus. Er war nicht nur verärgert, sondern auch des ganzen Palavers mit ihr überdrüssig. Sein Tag war dicht gefüllt mit Terminen, von denen selbst die unwichtigsten noch interessanter waren, als sich mit dem Realitätsverlust einer besseren Komparsin befassen zu müssen, die doch wahrlich meinte, eine führende Nebenrolle in einem Feature-Film für sich beanspruchen zu können. Wobei der Part der Martha fast eine zweite weibliche Hauptrolle war und echtes schauspielerisches Können verlangte.

Widerwillig händigte sie ihm die Drehbuchkopie aus. »Aber Sie müssen doch zugeben, dass mir die Rolle auf den Leib geschrieben ist!«, insistierte sie.

»Ich habe weder die Zeit noch die Absicht, mit Ihnen darüber zu diskutieren. Welche Rolle mit wem besetzt wird, ist eine Entscheidung, die ich ganz sicher nicht mit Ihnen bespreche. Und jetzt bitte ich Sie zu gehen.« Er zog sich hinter seinen Schreibtisch zurück und trat auf den kleinen Druckschalter am Boden, woraufhin neben dem Telefon seiner Sekretärin ein kleines rotes Licht aufleuchtete. So wusste Doris, dass sie mit irgendeiner dringenden Angelegenheit hereinplatzen und ihn von einem lästigen Besucher erlösen musste.

Sie erschien unverzüglich. »Entschuldigen Sie, aber ich habe Mr Zukor von *Famous Players* am Apparat!«, sagte sie und bedeutete Ashley, das Zimmer gefälligst zu verlassen. »Außerdem hat Miss Wilkinson den Termin heute Abend um halb sieben bestätigt.«

»Miss Wilkinson?«, fragte Frank, einen Moment irritiert.

»Karen Wilkinson, die Maklerin, die Ihr Haus verkaufen soll«, erinnerte sie ihn und legte ihm einen ihrer rosafarbenen Notizzettel auf den Schreibtisch. »Falls Sie den Termin wieder nicht einhalten können, möchten Sie sie bitte früh genug anrufen. Später als halb sieben wäre für eine Hausbesichtigung jedenfalls nicht günstig.«

»Nein, ich kann sie unmöglich noch einmal versetzen«, sagte Frank. »Außerdem wird es höchste Zeit, dass ich das Haus endlich loswerde. Also sagen Sie alle Termine ab, die ich für heute nach sechs noch auf meinem Kalender stehen habe.«

»Ich kümmere mich darum, sowie ich Mr Zukor zu Ihnen durchgestellt habe«, versicherte Doris und wandte sich an Ashley, die noch immer keine Anstalten machte zu gehen. »Kommen Sie bitte, meine Liebe! Stehlen wir Mr Maynard nicht noch mehr kostbare Zeit!« Mit einem Griff, der keinen Widerstand zuließ, packte sie Ashley am Arm und führte sie aus dem Chefzimmer ab.

Frank hob nur flüchtig die Hand, als Ashley ihm noch einen säuerlichen Gruß zurief. Sobald Doris die mit Leder gepolsterte Tür hinter sich schloss, sank er erleichtert in seinen Schreibtischstuhl. Er nahm noch einen Schluck von seinem Drink und griff nach dem Drehbuch. Hinter dem Namen Elliot C. Ladwell versteckte sich Harriets Bruder, das war wirklich ein Ding. Er war gespannt, auf welche Weise der Roman in Byrons Hände gelangt war. Sobald er Zeit fand, würde er ihn anrufen. Obwohl es letztlich nichts daran änderte, dass er von dem Roman begeistert war und darauf brannte, die Geschichte auf die Leinwand zu bringen. Und dass dieses aufregende neue Projekt ihn indirekt mit Harriet verband, machte die Sache ganz besonders wertvoll. Allein der Gedanke, dass sie womöglich an ihn gedacht und sich gewünscht hatte, dass er den Roman ihres Bruders verfilmte, berührte sein Herz. Hieße das doch, dass die einst unüberbrückbar scheinende Kluft zwischen ihnen nicht länger bestand. Das allein schon würde ihm viel bedeuten.

Er kippte den Rest Scotch hinunter, ließ das Spekulieren sein und stürzte sich wieder in die Arbeit. Gottlob gab es immer mehr zu tun, als der Tag es eigentlich erlaubte.

Und die Flucht in die Arbeit funktionierte wie üblich so gut, dass Doris ihn am frühen Abend dreimal ermahnen musste, endlich Schluss zu machen und an seinen Termin mit der Maklerin zu denken.

Es war schon kurz nach halb sieben, als Frank die Straße zu seinem Haus im Coldwater Canyon hochraste. Erleichtert stellte er fest, dass kein fremder Wagen in der Auffahrt stand. Vielleicht verspätete die Maklerin sich gerade um so viel, dass er noch ein bisschen für Ordnung sorgen konnte.

In großer Eile schloss er auf, hängte seinen Hut an den Garderobenständer und stellte seine Aktentasche neben der Kommode ab. Im Wohnzimmer brannte die Stehlampe bei den schweren Polstermöbeln vor dem Kamin, in dem man gut und gern einen Ochsen am Spieß hätte braten können, und aus dem Radioschrank drang Tanzmusik. Er konnte sich nicht erinnern, den Trumm von Rundfunkempfänger mit seinem polierten Nussbaumgehäuse am Morgen eingeschaltet zu haben, aber offenbar hatte er es getan und war mal wieder so in Gedanken gewesen, dass er vergessen hatte, Radio und Lampe beim Verlassen des Hauses auszuschalten.

Als er durch den Rundbogen ins Wohnzimmer trat, drang ein leises Klirren an sein Ohr. Gleichzeitig registrierte er aus dem Augenwinkel eine Bewegung. Er ahnte die schattenhaften Umrisse einer dunklen Gestalt, die aus Richtung der eingebauten Bar auf ihn zutrat. Der Schreck fuhr ihm in die Glieder, er wirbelte herum.

Vor ihm stand Ashley Caldwell, bekleidet nur mit einem schwarzen Negligé. Das Gewand reichte ihr bis zu den Fersen und war so gut wie durchsichtig. Es betonte die Formen ihres makellos schlanken, nackten Körpers mehr, als dass es etwas verhüllte. Sie hielt zwei Whiskygläser aus schwerem Kristall in den Händen. Das Negligé klaffte vorn bis zum Schoß auf und gab den Blick auf kurz getrimmtes blondes Schamhaar frei. Lächelnd kam sie auf ihn zu und streckte ihm eins der Gläser hin.

»Ich verspreche, ich mache den Schreck mehr als nur wieder gut«, sagte sie mit einer gurrenden Stimme, die sie wohl für verführerisch hielt.

Ihm war gar nicht bewusst, dass er das Glas nahm. Wie vom Donner gerührt stand er da und starrte sie an. »Was soll das?«, stieß er hervor.

Sie schürzte die Lippen. »Wonach sieht es denn aus, Frank? Was meinen Sie?«, fragte sie keck zurück. »Wünschen Sie sich, was immer Sie schon mal machen wollten, und ich schenke es Ihnen … und noch viel mehr, wenn Sie mich nur lassen.«

Ihr Anblick trieb ihm das Blut durch den Körper, was ihn jedoch ärgerte. Er war benommen vom Wettstreit seiner Gefühle. »Wie können Sie es wagen, bei mir einzubrechen?«

»Es käme mir nie in den Sinn, bei Ihnen einzubrechen«, sagte Ashley und bedachte ihn mit einem verschmitzten Lächeln. »Ich habe Ihren Ersatzschlüssel benutzt und mich selbst hereingelassen, damit ich Sie gebührend empfangen kann. Ach, ihr Männer seid so einfallslos, was das Verstecken von Ersatzschlüsseln angeht. Meistens findet man einen unter der Türmatte, oben auf dem Türrahmen oder unter einem Blumenkübel. Sie haben Ihren immerhin unter der Gießkanne versteckt.«

Kalte Wut packte ihn. Für wie einfach gestrickt hielt sie ihn, dass sie glaubte, sich die Rolle in dem Film erkaufen zu können, indem sie mit ihm ins Bett ging und versprach, seine Fantasien wahr zu machen? »Ziehen Sie sich sofort an und verschwinden Sie, Miss Caldwell!«, sagte er mühsam beherrscht.

Ashley, der das kalte Funkeln in seinen Augen entging, lachte leise. »Wenn Sie sich Sorgen machen, dass jeden Moment diese Karen Wilkinson vor der Tür steht, so kann ich Sie beruhigen. Ich habe mir erlaubt, sie anzurufen; so schwer war es nicht, die Nummer herauszufinden. Ich habe mich als Ihre Sekretärin ausgegeben und mich vielmals dafür entschuldigt, den Termin noch einmal verschieben zu müssen. Die Frau hat sehr verständnisvoll reagiert. Es gibt also keinen Grund …«

»Raus!«, fiel Frank ihr mit eisiger Stimme ins Wort. »Sind Sie denn von allen guten Geistern verlassen? Was glauben Sie, wer Sie sind? Der himmlische Vamp, dem keiner widerstehen kann? Sie können sich bei mir keine Rolle erschlafen, diese Masche funktioniert bei mir nicht. Ich habe es nicht nötig, auf diese billige Tour Frauen ins Bett zu bekommen! Aber sollte es mich doch mal nach einer Nutte verlangen, dann lasse ich eine kommen!« Er redete sich regelrecht in Rage »Ganz abgesehen davon steht Ihr mickriges Talent in keinem Verhältnis zu der schauspielerischen Leistung, die eine Rolle wie die der Martha verlangt. Sie sind ein Starlet, Miss Caldwell, gerade gut genug für unbedeutende Nebenrollen. Und das auch nur, weil Ihr Körper und Gesicht dem Auge etwas zu bieten haben. Darüber hinaus verfügen Sie über keine schauspielerischen Gaben, die Sie befähigen würden, auch nur eine halbwegs anspruchsvolle Nebenrolle auszufüllen. Finden Sie sich damit ab, dass Sie niemals ein Star, sondern immer nur ein Glühwürmchen am Filmhimmel sein werden. Und nun verschwinden Sie aus meinem Haus, bevor ich es mir noch anders überlege und die Polizei rufe!«

Auf die erste Leichenblässe, die der Schreck ausgelöst hatte, folgte brennende Schamröte, die ihr Gesicht überzog wie ein Ausschlag. Sie wankte ein paar Schritte zurück und rannte schließlich ins Schlafzimmer, wo sie ihre Kleider abgelegt hatte. Keine fünf Minuten später stürzte sie aus dem Haus.

Am nächsten Tag sorgte Frank dafür, dass sie angeblich auf einem Set gebraucht wurde und dort für mehrere Stunden festgehalten wurde. Dann rief er Tony Russo zu sich. »Besorgen Sie mir den Schlüssel zu Miss Caldwells Wohnung«, trug er seinem Fixer auf. »Sie finden sie auf Talbots Set in Stage 2. Talbot wird sie lange genug mit Beschlag belegen, damit Sie in aller Ruhe in der Garderobe nach ihrem Schlüssel suchen und einen Wachsabdruck davon machen können.«

»Geht klar, Boss«, sagte Russo, ohne nachzufragen, was Frank in der Wohnung von einem Niemand wie Ashley Caldwell wollte. Dass sie hübsch war, machte sie noch nicht zu etwas Besonderem, im Dunstkreis der Filmindustrie wimmelte es nur so vor schönen jungen Frauen. Nicht von ungefähr wurde gespottet, dass in Hollywood, Beverly Hills und Malibu Hässlichkeit durch entsprechende

Paarungen systematisch weggezüchtet und Schönheit zur Norm erhoben wurde.

Anderthalb Stunden später fuhr Frank mit dem Nachschlüssel nach La Brea hinüber, wo das Studio Ashley in den Fairfax Appartements einquartiert hatte. Er musste nicht lange suchen. Ganz wie er vermutet hatte, hatte Ashley einige der Briefe aus dem Jahr 1906 zurückbehalten. Sie befanden sich in einem alten Schuhkarton, den sie in ihren Kleiderschrank gestellt hatte, bedeckt von einem Durcheinander aus Handtaschen. Er selbst hatte von diesen Briefen nichts zu befürchten, aber für Harriet und vor allem für Adrian konnten sie Ungemach bedeuten, wenn Ashley ihnen Böses wollte. Und das war bei ihrem Charakter nicht auszuschließen.

Noch am selben Nachmittag erschien Frank am Set, rief Ashley in den Regisseurverschlag und übergab ihr die Kündigung ihres Studiovertrages sowie einen Scheck über fünfeinhalbtausend. »Hier haben Sie die elf Wochengagen, die Ihnen bis zum Ablauf der Kündigungsfrist noch zustehen. Zwei Männer von der Security werden Sie jetzt vom Studiogelände führen. Ab sofort haben Sie hier Hausverbot, Miss Caldwell!«, teilte er ihr förmlich mit. »Und falls Sie nach den drei Briefen suchen sollten, die Sie Ihrer Schwester gestohlen haben und womöglich für Gott weiß welche schmutzigen Zwecke missbrauchen wollten, sparen Sie sich die Mühe. Diese Briefe sind längst auf dem Weg nach da, wo sie hingehören!«

52

Die Stille im Haus auf dem Nob Hill war noch erdrückender als die Augusthitze, die der aufgeheizte Asphalt abstrahlte und die wie eine betäubende Wolke aus den Straßenschluchten aufstieg. Es war, als sei die Sonne nicht schon vor Stunden untergegangen, sondern stünde im Zenit. Vom Meer kam nicht der Hauch einer Brise. Selbst der Wind, auf den in San Francisco sonst immer Verlass war, schien vor der brütenden Hitze kapituliert zu haben. Und fast wünschte Harriet, sie wären noch länger in Frankreich geblieben. Elliot hatte sie nur ungern gehen lassen. Aber nach einem Jahr Abwesenheit war es Zeit gewesen, nach Hause zurückzukehren. Allein schon wegen Adrian. Und Kummer war an keinen Ort gebunden.

Ruhelos ging sie von einem Zimmer ins andere. Überall hatte sie das Licht brennen, ohne dass es geholfen hätte, das Gefühl der Leere und Verlassenheit zu vertreiben. Seit drei Tagen waren sie nun schon aus Frankreich zurück, doch sie fühlte sich noch immer fremd im eigenen Haus. Es war, als ginge sie durch eine Welt, die ihr in allen Details vertraut war, zu der sie jedoch die innere Beziehung verloren hatte. Nicht einmal während Jordans monatelanger Abwesenheiten hatte sie auch nur im Ansatz ein solches Gefühl erlebt.

Dass sie an diesem Abend in der riesigen Stadtvilla allein war, hatte nichts damit zu tun. Es war nicht die Einsamkeit, die ihr zusetzte, sondern das Gefühl innerer Leere. Gut möglich, dass Stimmen im Haus sie abgelenkt, ihre Gedanken in eine andere Richtung gelenkt hätten. Aber wie hätte sie ihrem Sohn abschlagen können, sich mit seinem Freund aus dem Ruderverein zu treffen und bei ihm zu übernachten? Ihre Haushälterin und Köchin

Paula Kowak hatte sie schon am Nachmittag nach Hause geschickt, denn sie hatte überhaupt keinen Appetit. Schon der Gedanke, allein an dem großen Tisch im Esszimmer zu sitzen, hatte heftigen Widerwillen in ihr ausgelöst. Das neue Zimmermädchen und weiteres Personal schickte die Agentur erst am nächsten Morgen zur Vorstellung, und Caitlin ging längst eigene Wege; sie stand in den Diensten einer gut situierten Familie in Alameda.

Es war richtig gewesen, dass sie so kurz nach Jordans Tod mit Adrian nach Frankreich gegangen war. »Lass Jordan in Frieden ruhen und komm mit Adrian zu mir nach Paris!«, hatte Elliot ihr am Tag der Beerdigung telegrafiert. Erst hatte sie gezögert, Adrian aus der vertrauten Umgebung herauszureißen und ihn mit nach Frankreich zu nehmen, weit weg von seinen Freunden, weit weg von *Seven Oaks.* Bevor sie mit ihm darüber sprach, hatte sie sich eine ganze Reihe von Argumenten zurechtgelegt, etwa dass Claude, ihr Kellermeister, schon dafür Sorge tragen werde, dass während ihrer Abwesenheit auf dem Weingut alles seinen gewohnten Gang gehe; dass sie das Haus auf dem Nob Hill einfach für unbestimmte Zeit einmotten und der Aufsicht eines bestellten Verwalters überantworten könnten; dass er, Adrian, mit seiner Intelligenz und raschen Auffassungsgabe nach ihrer Rückkehr bestimmt keine großen Schwierigkeiten haben werde, in der Schule den Anschluss zu finden. Doch zu ihrer Überraschung und Erleichterung hatte es überhaupt keiner Überredungskunst bedurft; er hatte sofort zugestimmt.

Das Jahr in Frankreich hatte ihnen beiden gutgetan, die Zeit im Haus von Elliot und Maurice, die kleinen Reisen durch das Land und dann die Monate in dem netten Cottage an der bretonischen Küste. Es hatte sie gezwungen, nicht all ihr Denken und Fühlen von Schmerz und Kummer dominieren zu lassen. Die alltäglichen Anforderungen, die ein fremdes Land und eine fremde Sprache an einen stellten und denen man gerecht werden musste, so gut es eben ging, waren segensreich gewesen. Und das galt ganz besonders auch für Elliots unaufgeregte, stille Fürsorge. Aus nächster Nähe und täglich mitzubekommen, dass ihr Bruder mit einem Mann zusammenlebte, war in der Tat etwas gewöhnungsbedürftig gewesen. Obwohl sie sich mit Maurice sofort gut verstanden hatten, kein Wunder bei einem so sympathischen, gut aussehenden und humorvollen Mann, hatte die offensichtliche Liebe zwischen den beiden ihnen in den ersten Tagen so manchen verlegenen Moment beschert. Aber das hatte sich schnell gegeben, bei Adrian sogar noch eher als bei ihr.

Die erschütterndste Erfahrung dieses Jahr war jedoch die Erkenntnis, dass Jordans Tod so etwas wie ein Vakuum in ihr hinterlassen hatte, eine Leere, die sich immer weiter auszudehnen schien. Trotz der tiefen Verbundenheit und der ganz eigenen Art von Liebe, die ihre Ehe all die Jahre bestimmt hatten, hätte sie nicht für möglich gehalten, dass sie ihn derart schmerzlich vermissen würde, dass sein Tod einen solchen Abgrund innerer Leere in ihr Leben reißen würde.

Plötzlich wurde ihr bewusst, dass sie jetzt schon zum dritten oder vierten Mal im Kreis durch die repräsentativen Räume im Erdgeschoss ging und die Silberrahmen mit den Familienfotos auf dem Flügel hin und her rückte. Jedes Foto mit Jordan ein schmerzhafter Stich.

Reiß dich gefälligst zusammen!, rief sie sich zur Ordnung. *Tu etwas! Beschäftige dich, und finde dich damit ab, dass die Dinge nicht mehr so sind, wie sie einst waren. Das Haus kann dir noch so leer und fremd vorkommen, im Kreis durch die Zimmer zu laufen taugt jedenfalls nicht als Therapie. Pass bloß auf, dass du jetzt nicht wunderlich wirst!* Sie musste an ihre Mutter denken. Hätte Evelyn noch gelebt, sie hätte bestimmt versucht, sie zu ihren spiritistischen Sitzungen mitzuschleppen. Beim Gedanken an ihre Mutter entfuhr ihr ein kurzes, traurig bitteres Lachen.

In ihrem Kartenzimmer, dem einzigen Raum, in dem sie sich nicht fremd und verloren vorkam, fand sie etwas, womit sie sich sinnvoll beschäftigen und ablenken konnte. Auf ihrem Schreibtisch wartete ein verschnürter Stoß Geschäftspapiere der Caldwell Shipping Company darauf, von ihr gelesen, zur Kenntnis genommen und in den entsprechenden Aktenordnern abgelegt zu werden. Ein volles Jahr hatte sie sich nicht darum gekümmert, wie es der Firma ging. Dabei hatte sie vor Jordans Tod die Geschäfte der Reederei aufmerksam verfolgt, Henry scharf auf die Finger geblickt und nicht eine Eignersitzung verpasst. Da gab es jetzt viel nachzuholen, wollte sie wieder auf den neuesten Stand kommen.

Sie setzte sich an den Schreibtisch, zog die Bronzeleuchte mit dem grünen Glasschirm näher und löste die Schnur von dem dicken Packen aus Kopien von Frachtverträgen, Versicherungspolicen, Zollpapieren, Gehaltsabrechnungen, Quartalsberichten und anderen Unterlagen. Aufmerksam und systematisch ging sie die Papiere durch. Die Firma wuchs weiter, Henry hatte einen neuen Frachter gekauft, womit die Caldwell-Flotte auf die stolze Zahl von sechsundzwanzig Frachtern unter Dampf und der *Samoa* als letztem und einzigem Segler angewachsen war. Doch der Gewinn war stark rückläufig, und das lag nicht am Ankauf des neuen Frachters, wie sie schnell feststellte. Im vorletzten Quartal, noch vor der Neuerwerbung, hatte die Flotte sogar einen Verlust von gut neunzehntausend Dollar eingefahren. Sie versuchte, den Grund dafür herauszufinden, und entdeckte ihn in den seitenlangen Aufstellungen über Kosten und Sonderbelastungen. Die *Salisbury,* die im Salpeterhandel eingesetzt war, hatte vor Chile Feuer gefangen und war ausgebrannt und gesunken. Doch *Lloyds* hatte sich geweigert, die vereinbarte Versicherungssumme auszuzahlen. Die Versicherung beschuldigte den Kapitän grober Fahrlässigkeit und unsachgerechter Lagerung der Fracht und stützte sich auf die Aussagen von sieben Seeleuten, die den Untergang überlebt hatten. Zwei andere Überlebende aus der Besatzung bestritten die Vorwürfe. Seitdem war in der Sache ein Gerichtsverfahren anhängig, aber die Chancen, gegen *Lloyds* zu gewinnen, standen schlecht, denn bei dem einen Zeugen zugunsten des Kapitäns handelte es sich um dessen Neffen und bei dem anderen um einen der Obrigkeit bekannten Kleinkriminellen.

Harriet blätterte weiter, überflog die Zahlen und wollte schon zum nächsten Blatt greifen, als ihr Blick in der langen Kolonne der laufenden Betriebsausgaben an einem Kostenpunkt weit unten auf der Seite hängen blieb. Sie stutzte, runzelte die Stirn und war im nächsten Moment wie elektrisiert.

Wie um alles in der Welt hatte ihr dieses Detail bloß all die Jahre entgehen können?

Endlich hatte sie etwas gegen Henry in der Hand!

Noch an dem Abend hämmerte sie das nötige Schreiben, nur ein knappes Dutzend Zeilen lang, in die Maschine. Sie unterschrieb Original und Durchschlag, steckte sie in getrennte Umschläge und konnte kaum erwarten, dass die Nacht dem neuen Tag wich. Um sich für den unwahrscheinlichen Fall, dass sie falschlag, eine Blamage zu ersparen, rief sie am Morgen in der Kanzlei von *Kipling & Whitcombe* an und vereinbarte noch für denselben Vormittag einen Termin mit Charles Kipling. Dieser bestätigte ihre Einschätzung der Sachlage, prüfte das Schreiben und nickte.

»Hieb- und stichfest. An dem Schreiben müssen Sie nicht ein Wörtchen ändern, Mrs Shaw«, versicherte er. »Bei diesem Schritt haben Sie das Recht uneingeschränkt auf Ihrer Seite.«

Harriet konnte gar nicht schnell genug zum Firmensitz der Caldwell Shipping Company kommen. Mit grimmigem Besitzerstolz stieg sie vor dem Kontor aus ihrem Auto und sah sich das prächtige, zweistöckige Backsteingebäude am breiten Bohlenweg der Waterfront an.

Und mit ebenso grimmiger Genugtuung durchquerte sie kurz

darauf Henrys Vorzimmer. Hinter dem Schreibtisch saß eine platinblonde, kurvenreiche Sekretärin, die keine dreißig war und besser hinter die Theke einer illegalen Bar mit Animierdamen gepasst hätte als an den Platz einer Chefsekretärin. Verblüfft blickte sie auf, als Harriet forschen Schrittes an ihr vorbeiging, ohne sie auch nur eines Blickes zu würdigen.

Dann sprang sie auf und rief entrüstet: »Hallo? Was tun Sie da? Warten Sie! Sie können doch nicht einfach …«

Ebenso gut hätte sie versuchen können, einen Wirbelwind aufzuhalten. Außerdem war sie nicht schnell genug, um sich Harriet noch in den Weg zu stellen.

Harriet platzte zu Henry ins Zimmer. Ihr Onkel saß weit zurückgelehnt hinter seinem schweren Schreibtisch, hatte die Füße mit den auf Hochglanz polierten schwarzen Lederschuhen auf die Tischkante gelegt und studierte in der kleinformatigen Wettzeitung die Quoten für die Pferderennen in Los Angeles. Er fuhr zusammen und rutschte mit den Schuhen von der Schreibtischkante. Hastig schob er die Wettzeitung unter einen Stoß Akten.

»Tut mir leid, Mr Caldwell!«, rief die Sekretärin, die offenbar nicht recht wusste, ob sie eher empört sein oder eher ihr Bedauern bekunden sollte, dass sie dieses Hereinplatzen nicht verhindert hatte. »Ich habe versucht, sie aufzuhalten, aber sie ist einfach an mir vorbeigestürmt!«

Henry schickte die Frau mit einer genervten Geste aus dem Raum und wandte sich an Harriet: »Du weißt, wie sehr ich deine Besuche schätze, liebe Nichte, aber jetzt scheinst du auch noch deine Manieren zu vergessen. Nun, dazu kommt es wohl zwangsläufig, wenn im Leben einer Frau der Mann fehlt, der ihr in ihrer geistigen Beschränkung hilft und ihr zeigt, wo ihr Platz ist.«

Das Lächeln, mit dem Harriet die Gemeinheit aufnahm, brachte mehr Geringschätzung zum Ausdruck, als eine bösartige Replik es vermocht hätte. »Danke, dass du mir gleich das Stichwort gibst.«

»Und welches sollte das sein? Fühlst du dich von der geistigen Beschränkung angesprochen?«, fragte er, lehnte sich zurück und verschränkte die Hände vor dem voluminösen Bauch.

»Was geistige Beschränkung betrifft, solltest du nicht von dir auf andere schließen, wobei das eine wohl das andere bedingt«, antwortete sie. »Nein, das Stichwort, das ich meine, ist der Platz, von dem du gesprochen hast. Nur handelt es sich um den, auf dem du gerade sitzt. Denn du wirst ihn in spätestens zwei Wochen räumen!« Sie knallte ihm das Schreiben auf den Tisch. »Hier ist die Kündigung, mein lieber Onkel! Und sie bezieht sich nicht nur auf das Kontor, sondern auch auf die Lagerhäuser. Du wirst dich nach einem neuen Quartier umsehen müssen.«

Er kippte mit dem Lederstuhl nach vorn und griff mit verächtlicher Miene nach dem Blatt. »Kündigung? Mach dich doch nicht lächerlich! Du kannst mir nicht kündigen. Ich bin geschäftsführender Direktor der Firma. Deine geistige Beschränkung scheint ja noch erheblicher zu sein, als ich dachte!« Er zerriss das Schreiben, knüllte die Fetzen zu einem Ball zusammen und warf ihn in ihre Richtung. »Hast du sonst noch etwas auf dem Herzen?«

Nun strahlte Harriet beinahe fröhlich. Wie sehr sie diesen Moment genoss! »Mag ja sein, dass du geschäftsführender Direktor bist, lieber Onkel Henry, aber der Caldwell Shipping Company gehörten weder das Geschäftsgebäude noch die beiden Lagerhäuser«, eröffnete sie ihm. »Die Immobilien waren immer Teil von Vaters Privatvermögen, und ich bin nun mal diejenige, der er sie vermacht hat. Steht alles im Addendum. Die Firma ist hier nur Mieterin, was sich ja auch in den regelmäßigen Mietzahlungen an mich widerspiegelt, und dagegen kannst du nicht das Geringste tun.«

Entgeistert starrte er sie an.

»Die Kündigung ist rechtens«, fuhr sie fort und tippte den Papierball an, sodass er über den Schreibtisch zu Henry zurückrollte.

Dabei genoss sie es, sein fassungsloses Gesicht zu sehen. »Das wusste ich natürlich schon, bevor mein Rechtsbeistand die Angelegenheit geprüft hat. Also, in zwei Wochen bist du hier heraus, sonst lasse ich die Gebäude räumen!«

»Das … das kannst du nicht machen!«, stieß er hervor, während ihm die Zornesröte ins Gesicht stieg. »Der Umbau … das Geld, das wir dafür aufgewendet …«

Harriet fiel ihm ins Wort. »Umbauten oder Verbesserungsmaßnahmen an einem Mietobjekt ohne schriftliche Erlaubnis des Besitzers begründen bei Beendigung des Mietverhältnisses keinen Anspruch auf Rückzahlung«, beschied sie ihm. »Es steht dir natürlich frei, Geld für einen Prozess auszugeben. Gewinnen wirst du ihn nicht.«

Henry lief puterrot an, als würde ihn gleich der Schlag treffen. »Du Miststück. Du denkst wohl, weil dich der Tod deines Mannes zu einer stinkreichen Witwe gemacht hat, kannst du dir alles erlauben!«, geiferte er, außer sich vor ohnmächtiger Wut.

Harriet lächelte kühl. »Ach, und mach dir wegen der zerrissenen Kündigung keine Gedanken. Slocum hat den Empfang schon auf meiner Ausfertigung bestätigt. Es muss ja alles seine Ordnung haben, nicht wahr? Ich lasse dir natürlich gern von meinem Anwalt eine beglaubigte Kopie zustellen. Auf meine Kosten. Ich weiß doch, was ich meinem liebreizenden Onkel schuldig bin. Einen schönen Tag noch, und genieß die Aussicht, solange du noch kannst. In zwei Wochen bist du hier raus.« Damit wandte sie sich um und ging.

Henry bedachte sie mit einem lästerlichen Fluch.

Das Hochgefühl verflog, kaum dass sie das Kontor verlassen hatte und ins helle Sonnenlicht trat. Ihr Blick glitt über das Menschengewimmel an der Waterfront, die lange Reihe der Landungsbrücken und das unablässige Kommen und Gehen der Schiffe. Sie schmeckte die salzige Luft auf der Zunge, roch den rußigen Rauch der Dampfer, hörte das Knattern von Segeltuch in der steifen Brise – und empfand plötzlich tiefe Niedergeschlagenheit. Wie sehr ihr das alles fehlte! Der Hafen, die Schiffe und der Handel mit Ländern rund um den Globus, das war ihre Welt. Dort oben ins Kontor, da gehörte sie hin, da war ihr Platz, an der Spitze der Caldwell Shipping Company. Jahrelang hatte der Vater sie für diese Aufgabe ausgebildet, und sein Testament hatte zweifelsfrei zum Ausdruck gebracht, dass er seine Nachfolge in ihren Händen hatte sehen wollen – nicht in denen seines Bruders. In diesem Augenblick begriff sie, wie sehr sie sich in ihrem Innersten danach sehnte, wieder auf der Brücke zu stehen und den Kurs anzugeben.

Nicht, dass ihr *Seven Oaks* auf einmal nichts mehr bedeutet hätte. Sie liebte das Weingut als die wunderschöne Oase, die es war, aber die Bewirtschaftung stellte keine Herausforderung dar, die sich auch nur im Ansatz mit der Leitung einer Reederei vergleichen ließ, unter deren Flagge mehr als zwei Dutzend Schiffe fuhren. Zumal die Prohibition den geschäftlichen Rahmen eines Weingutes doch erheblich einschränkte. Eines Tages, wenn das sogenannte noble Experiment, das ohnehin längst als gescheitert galt, der Vergangenheit angehörte, mochte das anders aussehen. Dann stand sicher auch Adrian bereit, sich der Herausforderung zu stellen und aus dem Weingut ein florierendes Unternehmen zu machen. Bis zu diesem Tag allerdings war ihre Rolle auf *Seven Oaks* die einer Treuhänderin und Sachverwalterin.

All die Jahre, seit Henry sie aus der Geschäftsführung verdrängt hatte, war es ihr gelungen, sich einzureden, dass es sie befriedigte, ein Weingut zu verwalten und profitabler zu machen. Nun erkannte sie, dass sie sich die ganze Zeit etwas vorgemacht hatte, dass sie sich in Wahrheit nichts mehr wünschte, als die Kontrolle über die Reederei zurückzugewinnen.

Es stimmte, was Henry mit giftigem Neid gesagt hatte. Jordans Tod hatte sie zu einer unerhört reichen Frau gemacht. Als sie bei der Testamentseröffnung erfahren hatte, was für ein Millionenvermögen er ihr und Adrian hinterlassen hatte, war ihr die Luft weggeblieben. Natürlich hätte sie nun die Mittel gehabt, sich eine eigene Reederei aufzubauen. Aber mit diesen Millionen auf dem Schiffsmarkt auf Einkaufstour zu gehen, war ohne jeden Reiz für sie. Sie wollte das Erbe ihres Vaters wahren und zu noch größerem geschäftlichen Erfolg führen. Sie war und blieb eine Caldwell von der Waterfront, auch wenn sie seit vierzehn Jahren Shaw hieß. An diesem Tag fasste sie den Entschluss, ihrem Vater Ehre zu machen und die Firma wieder unter ihre Kontrolle zu bringen, so wie er es vorbestimmt hatte. Irgendwann, irgendwie würde es ihr gelingen. Es konnte gar nicht anders sein, denn diese und keine andere Aufgabe war ihre Bestimmung!

53

»Dreh mir auch ’n Stäbchen, wo du schon dabei bist, Frettchen«, sagte Tau-Tau, spuckte schleimigen Rotz in den Dreck des Gefängnishofes und drehte das Gesicht wieder in den schmalen Streifen Dezembersonne, der zwischen den Wachtürmen über die hohen Mauern von San Quentin fiel. Allzu viel Kraft hatte die Sonne nicht, aber das bisschen Wärme war noch immer um ein Vielfaches besser als die klamme Kälte in ihrer Zelle und das nicht weniger kalte Licht der nackten Glühbirnen auf den Gefängnisfluren.

George Gillmore verzog das mausgraue Gesicht. Es passte ihm nicht, dass er ihm von seinem kostbaren Tabak eine Zigarette drehen sollte, doch er verkniff sich ein Aufbegehren. Ein schmächtiger Bursche wie er war ohne einen Beschützer hinter Gittern verloren. Der bullige Seemann mit der Ganzkörpertätowierung war sein Beschützer, und dieser Schutz hatte seinen Preis. So wie es seinen Preis hatte, beim Hofgang an einem der rostigen Tische sitzen zu dürfen, wo man im Winter am längsten Sonne abbekam. Tau-Tau hatte sich den Platz erkämpft, hatte mit Blut dafür bezahlt, dass ihm niemand diesen Platz streitig machte.

»Kannst die nehmen«, sagte Gillmore und überließ ihm die Zigarette, die er gerade für sich gedreht hatte. Manchmal hasste er ihn dafür, dass er ihm in allem zu Willen sein musste, vor allem in den Nächten, in denen Tau-Tau ihn von hinten nahm. Aber so bitter ihn diese Unterwerfung manchmal auch ankam, sie war immer noch besser, als ein »Wanderpokal« zu sein, der herumgereicht wurde und mit dem jeder machen konnte, was ihm gefiel.

Tau-Tau grinste. »Bist wirklich ’n feiner Kerl.«

Gillmore riss ein Streichholz an und gab ihm Feuer. »Finde ich auch«, erwiderte er trocken. »Deshalb könntest du auch endlich mal damit herausrücken, was es mit den verdammten Chinks und diesem Bobby Flake auf sich hat.« Er war es leid, mit vagen Versprechen hingehalten und über die Zusammenhänge im Dunkeln gelassen zu werden.

Tau-Tau zog an der Zigarette und inhalierte tief. »Ich hab dir doch gesagt, was du machen sollst, wenn du wieder draußen bist.«

»Ja, hast du«, sagte Gillmore mürrisch. »Und wenn ich für jedes Mal nur 'n lausigen Cent bekommen hätte, könnte ich mich mit dem Schotter bestimmt 'n Jahr lang im feudalsten Bordell einquartieren!«

Tau-Tau lachte kurz und zuckte dann mit den Achseln. »Mehr musst du nicht wissen, Frettchen. Wenn du machst, was ich dir sage, wirst du mit mir zusammen fett abkassieren.«

Gillmore war nicht bereit, sich weiterhin mit diesen Sprüchen abspeisen zu lassen. Seine Entlassung stand kurz bevor, und damit hielt er das bessere Blatt in den Händen. Bald brauchte der Seemann ihn, und das gab ihm den Mut, Tau-Tau nun die Stirn zu bieten.

»Nee, so läuft das nicht, Kumpel!«, erwiderte er. »In zwei Wochen hab ich meine Zeit abgesessen und bin hier raus. Ich hab meine eigenen Pläne, was ich dann machen will. Wenn du willst, dass ich für dich Augen und Ohren offen halte, nach diesem einstigen Decksjungen Bobby Flake suche und dir dann auch noch regelmäßig Bescheid gebe, wirst du mir schon sagen müssen, worum es, verdammt noch mal, überhaupt geht. Ich warte jedenfalls nicht anderthalb Jahre darauf, dass du endlich mit der Sprache herausrückst, was es mit den Chinks und deinem viel beschworenen Zahltag auf sich hat!«

Tau-Tau kniff die Augen zusammen und fixierte ihn einen Moment unschlüssig. Noch vor ein paar Monaten hätte er diese halbe Portion mit einem scharfen Blick zum Kuschen gebracht.

Das würde auch jetzt noch funktionieren, sogar bis zu Frettchens letztem Tag, ja sogar bis zur letzten Stunde. Aber das Risiko, dass er es sich mit ihm verscherzte und der Bursche nach seiner Entlassung nichts mehr von sich hören, geschweige denn sich bei ihm blicken ließ, war zu groß. Nach dreizehneinhalb Jahren in San Quentin quälte ihn die Ungewissheit mehr als die übelsten Schmerzen in seinem Stumpf. Er brannte darauf zu erfahren, ob da draußen alles noch so war, wie er es brauchte, um das Geschäft seines Lebens zu machen.

»Also gut, ich erzähl dir die Geschichte«, sagte er. Aber sein höchstes Ass würde er nicht aus der Hand geben. Nichts von dem, was er in seiner Prothese verbarg, würde Frettchen zu sehen bekommen. Nicht das Foto, nicht den Artikel und auch nicht die Notizen, die er sich in der verfluchten Einzelzelle gemacht hatte. Aber der Köder musste fett genug sein, damit Frettchen ihm nicht vom Haken ging.

»Du weißt, dass Schlitzaugen schon seit Jahrzehnten nicht mehr bei uns einreisen und sich hier niederlassen können, oder?«

Gillmore nickte. »Ja, glaub schon. Wir haben ja auch genug Chinks im Land.«

»Aber vor vierzig Jahren sah das noch viel übler aus«, fuhr Tau-Tau fort. »Es ging den Leuten richtig gegen den Strich, dass die Schlitzaugen wie 'ne verfluchte Heuschreckenplage in Amerika einfielen und sich überall breitmachten, vor allem bei uns an der Westküste. Deshalb gab's dann in den Achtzigern* dieses Gesetz gegen die Einwanderung von Chinesen.«

* Während des Goldrausches und des Baus der Transkontinentalen Eisenbahn waren Zehntausende Kulis nach Kalifornien gekommen und als billige Arbeiter höchst willkommen gewesen. Nach 1869 machte sich jedoch eine immer stärker werdende Anti-Chinesen-Stimmung breit. Es gab Massenproteste und gewalttätige Ausschreitungen mit Lynchmorden. All das führte dazu, dass der Kongress 1882 den *Chinese Exclusion Act* beschloss, der die Zuwanderung von chinesischen Arbeitern verbot. Erst fast 50 Jahre später wurde dieses Gesetz aufgehoben.

»Bis jetzt erzählst du mir nichts Neues«, bemerkte Gillmore, obwohl er von diesem Gesetz noch nie gehört hatte.

»Wollte nur sichergehen, dass du kapierst, warum der Skipper im Spätsommer 1885 mit uns erst nach Australien gesegelt ist, in dieses gottverlassene Nest Broome.«

»Broome? Nie gehört.«

Tau-Tau winkte ab. »Ist 'ne kleine Hafenstadt irgendwo an der australischen Nordwestküste. Die meisten da leben von der Perlenfischerei. Eine raue Gegend, aber für das, was unser Skipper vorhatte, genau richtig.«

»Und das war was?«

»Den Schiffsnamen, der bei *Lloyds* eingetragen war, von der Bordwand kratzen, 'nen neuen draufpinseln, das Schiff durch Anbauten am Ruderhaus etwas verändern und für Schiff und Crew falsche Papiere besorgen.« Tau-Tau nahm einen kräftigen Zug von der Zigarette. »Als wir dann nach Shanghai gesegelt sind, hieß unser Schiff *Leviathan,* und der Skipper hatte 'n Drahtgestell auf der Nase, dessen Gläser so falsch waren wie das Logbuch und seine Papiere auf den Namen Avery Morgan. Natürlich sind wir auch unter falscher Flagge gefahren. Hatten gleich 'ne australische mit an Bord genommen.«

Gillmore leckte das Zigarettenpapier an. »Und wie hießen der Schoner und euer Skipper in Wirklichkeit?«, fragte er mit Unschuldsmiene.

Tau-Tau grinste. »Netter Versuch! Aber so legst du mich nicht aufs Kreuz. Diese Einzelheiten hebe ich mir für später auf.«

»Na, hör mal! Ich hab gar nichts versucht!«, protestierte Gillmore. »War doch nur 'ne Frage. Wenn du mir nicht traust, suchst du dir besser einen anderen, der für dich den Laufburschen spielt!« Trotzig steckte er sich seine Zigarette an und verschränkte die Arme vor der Brust.

»Na klar vertraue ich dir! Aber du weißt, wie es ist: Manchmal geht's mit einem durch.« Tau-Tau zwinkerte ihm zu. »Also führe ich dich erst gar nicht in Versuchung. Würdest du an meiner Stelle auch nicht anders machen, gib's zu, Frettchen. Kein Grund, zu schmollen.«

Gillmore presste die Lippen aufeinander und schwieg mit beleidigter Miene.

»Was jetzt?«, fragte Tau-Tau drohend. »Bist du raus? Oder willst du wissen, wie es weiterging?«

»Ist doch klar, was ihr gemacht habt. Ihr habt in Shanghai Chinks an Bord genommen und heimlich nach Kalifornien gebracht!«, knurrte Gillmore.

Tau-Tau nickte. »War 'ne riskante Sache, aber unser Skipper brauchte dringend 'nen Haufen Geld, und weil die …«, er stockte gerade noch rechtzeitig, bevor ihm der Name *Sansibar* herausrutschen konnte, »… die *Leviathan* ein schnelles Schiff war, das kein Zollkutter hätte stellen können, hat er sich auf das Geschäft mit der chinesischen Sippe eingelassen. Wenn ich mich recht erinnere, hatte er den Tipp in Honolulu bekommen, von einem Kaufmann, der halb Chinese und halb Weißer war. Der Kerl hatte gute Verbindungen nach Shanghai und handelte mit den Namen von reichen Chinesen, die Ärger mit der Obrigkeit hatten oder aus anderen Gründen das Land verlassen wollten und bereit waren, sich die Einreise nach Amerika eine Stange Geld kosten zu lassen.«

Gillmore zuckte die Achseln. »Na und? Das juckt doch keinen Schwanz mehr, wen ihr da vor … fast vierzig Jahren nach Kalifornien geschmuggelt habt. Aus *der* Information lässt sich doch heute kein müder Cent mehr herausschlagen!« Er lachte geringschätzig. »Also wenn das dein grandioser Plan ist …«

»Nein, ist er nicht!«, fiel Tau-Tau ihm ins Wort. »Hältst du mich für so 'nen Schwachkopf, dass ich das nicht selber weiß?«

»Zum Teufel, dann lass endlich hören, was an der Geschichte so viel wert sein soll und warum es so wichtig ist, dass ich diesen Bobby Flake ausfindig mache!«, drängte Gillmore.

»Kein Schwein wird viel auf das geben, was ich gesehen habe und erzählen kann. Nicht mit der Visage und all der Tinte auf der Haut. Und die beiden Chinks, die in der Geschichte wichtig sind, werden Stein und Bein schwören, dass nichts davon wahr ist und sie schon immer in San Francisco leben. Aber mit Bobby Flake als zweitem Zeugen in der Hinterhand sieht die Sache anders aus, da bekommt die Geschichte Gewicht. Da werden die Leute, die ich zur Ader lassen werde, die Rang und Namen haben und 'ne Menge zu verlieren, sich zehnmal überlegen, ob sie nicht lieber zahlen sollen, als zu riskieren, dass ich das alles einem Zeitungsschreiber stecke. Bobby Flake darf natürlich nicht wissen, was wir vorhaben, sonst versucht er, uns auszubooten und sein eigenes Ding zu machen. Vielleicht gibt's ja auch noch andere, die damals dabei waren. Wilbur Burke, der Koch, soll auch noch leben – hieß es jedenfalls, bevor sie mich eingebuchtet haben. Aber bei Bobby Flake bin ich mir sicher. Der war Schiffsjunge auf der *Leviathan,* gerade mal fünfzehn Jahre alt.«

Gillmore verdrehte die Augen. »Weich mir doch nicht ständig aus, Tau-Tau!«, rief er. »Dieser Bobby Flake interessiert mich gerade einen Dreck. Ich werd ihn schon finden, wenn's sein muss. Aber erst will ich wissen, was du überhaupt zu Geld machen willst, Mann!«

»Ich werd's dir schon erzählen, aber dann, wenn es mir passt. Also finde dich damit ab, dass ich den Takt vorgebe und niemand sonst! Oder willst du heute noch irgendwohin, Frettchen?«, spottete Tau-Tau, spuckte einen Tabakkrümel in den Dreck und leckte sich über die Lippen.

Gillmore gab nur ein verdrossenes Schnauben von sich.

»Wo war ich? Ach ja, Shanghai«, nahm Tau-Tau den Faden wieder auf. »Wir haben damals nachts oberhalb der Hongkew Wharf achtzehn Leute an Bord genommen, die Sippe eines stinkreichen Kaufmanns, neun Männer, fünf Frauen und vier Halbwüchsige. Der Boss hat mit Seide und Jade gehandelt und musste schnellstens aus dem Land, weiß der Teufel, warum. Die haben mehrere Kisten und Stoffballen mit auf die *Leviathan* geschleppt. In der Nacht ging auch alles glatt, ebenso die Überfahrt. Tagsüber hielten wir die Schlitzaugen unter Deck eingesperrt, nur nachts durften sie für ein paar Stunden an die Luft. Ende November kamen wir schließlich an die Küste von Kalifornien. In einer fast mondlosen Nacht steuerte der Skipper eine Bucht an der Felsenküste an, die ein paar Meilen südlich des Golden Gate liegt. Das Wetter war ideal, leichter Nebel, aber nicht so, dass man gar nichts gesehen hätte. Die Chinks kletterten also an Deck, schleppten ihre Kisten und Tuchballen nach oben. Zwei junge Kerle, nicht viel älter als unser Schiffsjunge, Zwillinge und die Neffen des Kaufmanns, saßen schon im Beiboot, das wir zu Wasser gelassen hatten, und wollten die erste Fracht annehmen …« Er legte eine Pause ein. »Tja, und da ist es passiert. Da nahm die Katastrophe ihren Lauf.«

»Was ist passiert?« Nun hing Gillmore tatsächlich an seinen Lippen.

»Eine von den Kisten ging zu Bruch, und auf einmal lagen Dutzende kleine Lackkästchen auf den Decksplanken. In all diesen Schatullen war kostbare Jade. Und bei mehreren klebte ein Foto unter dem Deckel.«

»Und was war auf dem Foto drauf?«

»Es war ein Gruppenbild, in der Mitte eine hagere alte Frau, aber vornehm angezogen. Und mit einer kostbaren Kette aus Kaiserjade, aber das habe ich erst später rausgefunden. Die Kette hat sich natürlich unser Skipper gekrallt. Die Alte auf den Fotos war vermutlich die Großmutter, mit an Bord war sie aber nicht. Vielleicht wollte sie die Heimat nicht verlassen, oder sie war inzwischen gestorben, was weiß ich.«

»Juckt ja wohl auch kein Schwein«, sagte Gillmore. »Erzähl lieber von der Katastrophe. Ich kapiere nicht, wie 'ne geborstene Kiste zu 'ner Katastrophe führen kann.«

»Na ja, plötzlich war allen klar, dass dieser Kaufmann noch sehr viel reicher war als gedacht«, fuhr Tau-Tau fort. »Dabei hatte der Kerl in Shanghai endlos mit dem Skipper gefeilscht, sich die Haare gerauft und gejammert, dass die Überfahrt ihn an den Bettelstab bringt. Und in Wahrheit hätte der Kerl das Doppelte oder Dreifache zahlen können.«

»Sieht diesen verschlagenen Schlitzaugen ähnlich!«

»Das mit den Kisten voller Jade ist dem Skipper und der Crew übel aufgestoßen. Im Handumdrehen gab's böses Blut. Es wurde geflucht und herumgebrüllt und von beiden Seiten gedroht, aber wahrscheinlich wär alles noch gut gegangen, wenn nicht einer der Chinks ein verdammtes Messer gezogen hätte. Jedenfalls hat der Bruder vom Skipper sofort die Nerven verloren.«

Gillmore horchte auf. Das war eine Information, die sich als wertvoll erweisen konnte.

»Der war 'ne Ecke jünger als unser Skipper, gerade mal achtzehn. Typ Aufschneider und Maulheld, aber wenn's dicke kam, 'ne totale Niete«, sagte Tau-Tau verächtlich. »Wie auch immer, der Idiot hat seinen Revolver gezogen und wild um sich geschossen, hat dem Kerl mit dem Messer den halben Schädel weggepustet und die restlichen Patronen in den nächsten Chink gepumpt. Und dann ging's erst richtig los, es gab ein fürchterliches Gemetzel. Drei von der Crew sind dabei draufgegangen. Mich hätte es auch fast erwischt. Hab verdammtes Glück gehabt, dass die Klinge an meinen Rippen abgerutscht ist und nicht viel Schaden angerichtet hat. Nur schweinisch geblutet hat es.«

»Verdammt!«, stieß Gillmore hervor. »Und die Schlitzaugen?«

»Sind alle draufgegangen«, sagte Tau-Tau und schluckte. Zumindest hatten sie damals geglaubt, dass keiner der Chinesen mit dem Leben davongekommen war. Auch die beiden Neffen nicht, die im Beiboot gesessen hatten. In Todesangst waren sie davongerudert, als das Blutbad begann, aber dann waren sie unter Beschuss geraten und eine gute Meile vor der Küste aus dem Boot gesprungen. Ein sicherer Tod, darauf hätte jeder von ihnen sein Leben verwettet. Wer hätte auch je gehört, dass Schlitzaugen schwimmen und in nebeliger Nacht sicher an Land finden konnten? Ein Ding der Unmöglichkeit. Außerdem waren Henry Caldwell und der Bootsmann, der auf die beiden geschossen hatte, der festen Überzeugung gewesen, dass sie getroffen worden waren. »Dachten wir jedenfalls. Aber das war ein Irrtum. Die Zwillinge aus dem Boot sind tatsächlich mit dem Leben davongekommen und leben in Chinatown. Besser hätten wir es also gar nicht treffen können. Nun machen wir den Irrtum des Skippers zu Geld, Frettchen. Zu einem dicken Haufen Geld, so wahr ich Tau-Tau heiße!«

»Worauf du einen lassen kannst!«, sagte Gillmore, während die Hofklingel schrillte und das Ende des Freigangs verkündete. Sofort begannen auch die Wärter herumzuschreien und mit ihren Stöcken gegen die Metalltüren zu schlagen.

Verstohlen lächelte Gillmore, als er sich hinter dem breiten Kreuz seines verhassten Beschützers in die Schlange einreihte. Tau-Tau hatte recht, für manche Irrtümer bezahlte man einen hohen Preis. Das würde dem verdammten Holzbein nicht anders ergehen, dafür würde er sorgen. Denn wie immer Tau-Tau die Sache angehen wollte, er, das dumme Frettchen Gillmore, verfolgte einen ganz anderen Plan.

54

Der nächtliche Regen setzte ein, kaum dass Harriet von der Sacramento in die Taylor Street abgebogen war. Sie hatte gehofft, noch trockenen Fußes nach Hause zu kommen, aber dafür hätte sie sich im »Fairmont« fünf Minuten eher von ihren Freunden verabschieden oder aber ein Taxi nehmen müssen, was ihr für die kurze Strecke überspannt erschienen war. Außerdem hatte sie nach all dem Zigarren- und Zigarettenrauch in der Hotelbar dringend frische Luft gebraucht. Von dem bisschen Regen würde sie sich nach dem schönen Abend nicht die Stimmung verderben lassen. Wozu gab es Regenschirme?

Dem schwarzen Packard, der ein Stück oberhalb ihres Hauses zwischen zwei Straßenlaternen parkte, schenkte sie keine Aufmerksamkeit. Zigarettenrauch wehte aus einem halb offenen Wagenfenster und zog zu ihr herüber, doch das registrierte sie mehr mit dem Unterbewusstsein, während sie das schmiedeeiserne Gartentor aufschob. Hinter ihr ging die Wagentür auf und wurde laut zugeschlagen, was sie schon bewusster wahrnahm, aber erst die Schritte, die schnell näher kamen, bewogen sie, sich umzudrehen.

»Ashley?«, stieß sie ungläubig hervor.

In einem langen offenen Mantel aus weißem Nerz, der selbst für eine kühle Märznacht wie diese zu warm sein musste, kam ihre Schwester auf sie zustolziert. Unter dem Mantel trug sie ein scharlachrot und lila gemustertes Kleid, das auf Kniehöhe endete, sowie mehrere Halsketten unterschiedlicher Länge. Der Topfhut auf dem pechschwarzen Bob hatte dieselbe aufdringliche Farbe wie das Kleid.

»Und? Wie war's im Konzert?«, fragte Ashley. »Vivaldi, oder?«

»Ja, *Vier Jahreszeiten*«, sagte Harriet, noch immer fassungslos, dass Ashley sich nach allem, was sie sich auf Jordans Beerdigung geleistet hatte, noch traute, ihr unter die Augen zu treten. Ziemlich sicher roch sie Alkohol im Atem ihrer Schwester. Auch ihre Artikulation hatte etwas Schlurrendes, Ungenaues an sich, war aber noch weit vom Lallen entfernt. Richtig betrunken war sie also nicht, was nicht viel hieß. Denn Ashley vertrug eine Menge, was die ständige Übung machte.

»Wusste gar nicht, dass das Gefiedel so lange dauert.«

»Tut es auch nicht. Ich war nach dem Konzert noch mit Freunden aus, was dich aber nichts angeht«, erwiderte Harriet und versteifte sich. »Was tust du überhaupt hier?«

»Ich hab was mit dir zu bereden, aber deine blöde Hausangestellte hat mir nicht erlaubt, im Haus zu warten. Adrian hätte ja für mich bürgen können, dass ich seine Tante bin und zur Familie gehöre.«

»Nein, hätte er nicht. Außerdem ist er auch außer Haus.«

»Um diese Zeit? Das erlaubst du?« Ashley hob die gezupften Brauen. »Na, das sind ja schöne Sitten bei dir.«

»Adrian ist siebzehn und kann gut auf sich selbst aufpassen«, erwiderte Harriet kühl. Ihr Sohn war mit Gwen, seiner neuen Freundin, im Kino. *In Times of Darkness* wollte er sich mit ihr ansehen, ausgerechnet! Und Gwen danach in den Diner gegenüber einladen. Aber ihre Schwester war die Letzte, der sie das auf die Nase gebunden hätte.

»Ist mir doch auch egal«, sagte Ashley und winkte gelangweilt ab. »Aber sag mal, müssen wir das hier draußen im Regen bereden? Willst du mich nicht ins Haus lassen?«

»Nein, will ich nicht!«, sagte Harriet. »Du hast Hausverbot, hast du das schon vergessen?«

Ashley verdrehte die Augen. »Jetzt werd mal nicht so dramatisch. Das mit dem Hausverbot hast du ja wohl nicht ernst gemeint.«

Wütend funkelte Harriet sie an. »Ich soll nicht so dramatisch werden? Dazu habe ich alles Recht der Welt! Und ob ich das mit dem Hausverbot ernst gemeint habe. Du hast dich auf der Beerdigung unmöglich benommen, ein Skandal war das. Nicht nur, dass du in der Kirche betrunken von der Bank gerutscht und auf dem Friedhof über die Gräber gewankt bist. Das hätte ich dir ja noch verziehen, und ich hätte dir auch verzeihen können, dass du Jordans Bruder in Gegenwart seiner Frau dreist angemacht hast …«

»Geflirtet!«, fiel Ashley ihr ins Wort. »Ich hab ein bisschen mit ihm geflirtet. War doch nichts dabei. Und ihm hat's gefallen, dass sich eine Leinwandschöne bei ihm unterhakt; ich war nur mit meinen Absätzen auf dem blöden Schotterweg ein bisschen aus dem Tritt gekommen.«

Harriet ignorierte den Einwand, der mit dem wahren Geschehen nichts zu tun hatte. »Aber was ich dir nicht verzeihen kann, waren deine gemeinen Bemerkungen über Jordan und Adrian. Und das beim Leichenmahl hier im Haus!«

»Ich und gemeine Bemerkungen? Ich weiß wirklich nicht, wovon du redest.«

Harriet ballte die Fäuste. Auch jetzt, gute anderthalb Jahre nach dem Vorfall, kochte die Wut wieder in ihr hoch. »Nein, so betrunken warst du nicht, dass du dich daran nicht erinnern könntest. ›Dein Jordan war schon ein rechter Langweiler, aber immerhin hat der reiche Bankermohr seine Schuldigkeit getan, als dein Frankie dich mit dem Balg hat sitzen lassen!‹ Das hast du gesagt!«, schleuderte sie ihrer Schwester entgegen. »Und dass Adrian am Grab so geweint hat und auch später im Haus noch mal in Tränen ausgebrochen ist, konntest du offenbar überhaupt nicht verstehen. Sonst hättest du kaum diese abscheuliche Bemerkung von dir gegeben: ›Dein Junge soll sich mal ein bisschen zusammenreißen. Hat ja noch einen zweiten Vater. Ist nicht jedem vergönnt, oder?‹ Und das, wo Adrian ganz in unserer Nähe stand!« Sie schäumte förmlich vor Zorn.

»Ach was, das war doch nicht so gemeint. Und irgendwann wirst du's ihm ja doch mal sagen müssen. Oder willst du es ihm ewig verschweigen?«

Harriet zuckte zusammen, hatte Ashley damit doch einen empfindlichen Punkt berührt. »Nein, aber ich entscheide, wann der richtige Zeitpunkt dafür gekommen ist!«

»Mach dir doch nichts vor. So einen Zeitpunkt gibt es nicht«, erwiderte Ashley. »Aber um zu der uralten Geschichte zurückzukommen: Adrian konnte das gar nicht hören, wo ihn doch dieser staubige alte Anwalt um die Schulter gefasst und auf die Terrasse geführt hatte. Außerdem hab ich dafür von dir prompt eine Ohrfeige und einen Rausschmiss kassiert. Okay, war wohl auch verdient«, sagte sie ungeduldig. »Aber das ist doch längst Schnee von gestern. Mein Gott, wir haben alle mal einen Ausrutscher. Deswegen sind wir doch trotzdem Schwestern, oder etwa nicht? So, und jetzt stell ich mich wenigstens unter das Vordach, damit ich endlich aus dem Regen komme. Das wirst du mir ja wohl nicht auch noch verwehren, oder?« Ohne eine Antwort abzuwarten, lief sie über den kurzen Plattenweg zu den drei Stufen, die zum säulengetragenen Portikus vor dem beleuchteten Eingang führten.

Harriet folgte ihr und klappte ihren Schirm zusammen. »Das war nicht dein erster Ausrutscher dieser Art. Ähnlich gehässige Bemerkungen hast du schon auf *Seven Oaks* gemacht, als Elliot uns damals besucht hat«, erinnerte sie Ashley und wünschte, sie hätte da schon energischer durchgegriffen. »Auch Elliot gegenüber hast du dich unmöglich benommen.«

»Man wird ja wohl noch seine Meinung dazu sagen dürfen, dass der eigene Bruder eine Schwuchtel ist und es sich von einer anderen Schwuchtel von hinten besorgen lässt!« Ashley zog eine Schachtel Chesterfields hervor und steckte sich eine an.

»Wenn zwei Menschen einander lieben, ist daran nichts

Schmutziges!«, herrschte Harriet sie an. »Schmutzig ist nur, was du im Kopf hast und von dir gibst!«

Ashley lachte hämisch auf. »Klar, das musste ja kommen. Aber verteidige ihn nur, Harriet. Das hast du schon immer gemacht. War ja deine liebste Beschäftigung, kam gleich nach Uns-Vorschriften-Machen. Elliot ist ja nach Adrian dein zweiter Goldjunge, so wie Jonathan es für unsere Mutter war; einer, der nichts falsch machen kann und was ganz Besonderes ist. Vor allem jetzt, wo er unter die Schriftsteller gegangen ist, in Paris den Künstler gibt und diese Eintagsfliege von einem öden Kriegsroman veröffentlicht hat, den kein Mensch lesen will.«

»Da bist du aber schlecht informiert. Sein Buch geht gerade in die sechste Auflage, hat er mir geschrieben. Und bald erscheint auch sein zweiter Roman«, teilte Harriet ihrer missgünstigen Schwester mit.

Ashley blickte verdrossen drein und zuckte die Achseln. »So? Und wennschon. Der Erfolg ist jedenfalls nicht auf seinem Mist gewachsen. Diese rührselige Geschichte wäre doch sang- und klanglos untergegangen, wenn dein feiner Frank sie nicht verfilmt hätte!«

»Wie nett von dir, zumindest anzuerkennen, dass der Film hervorragend geworden ist«, gab Harriet bissig zurück. »Er ist wirklich fast so gut wie das Buch.«

»Ich würde ja gern noch weiter so anregend mit dir plaudern, aber dafür ist es mir allmählich zu spät und zu ungemütlich hier draußen«, sagte Ashley unvermittelt. »Also lass uns zu dem kommen, weshalb ich hier bin.«

»Dafür wäre ich in der Tat dankbar!«, erwiderte Harriet.

Nervös zog Ashley gleich zweimal an ihrer Zigarette. »Ich will dir meine zehn Prozent an der Firma verkaufen«, platzte sie dann heraus.

Harriet sah sie überrascht an. »Das kannst du erst nach Beendigung deines sechsundzwanzigsten Lebensjahrs, und bis dahin sind es noch fast neun Monate.«

»Ist mir nicht neu, aber so lange kann ich nicht warten. Ich hab die einmalige Chance, in ein tolles Filmprojekt zu investieren, das bestimmt einen Haufen Geld abwirft. Ich kriege da nicht nur eine der Hauptrollen, sondern kann auch als zweite Produzentin einsteigen«, sprudelte sie hastig hervor. »Und dafür brauche ich vierhunderttausend Dollar. Jetzt.«

»So? Mehr nicht?« Harriet verkniff sich den Kommentar, dass man ihres Wissens eigentlich dafür bezahlt wurde, vor der Kamera zu stehen, und nicht Hunderttausende mitbringen musste, um eine wichtige Rolle spielen zu dürfen. Sie ließ auch unerwähnt, dass Ashley ihr schon seit Langem keine prahlerischen Kurznachrichten mehr schickte, in welchem neuen Film sie bald zu sehen sei. Und das nicht erst seit ihrem Zerwürfnis am Tag von Jordans Beerdigung.

»Meine zehn Prozent sind gut und gern zwei Millionen wert, aber ich würde sie dir für anderthalb überlassen! Ich hab Erkundigungen eingeholt und auch schon mit einem Anwalt in Hollywood gesprochen«, fuhr Ashley schnell fort. »Der sagt, dass wir über den Verkauf einen Vorvertrag machen können, der mich verpflichtet, dir am Jahresende meinen Firmenanteil zu dem jetzt vereinbarten Preis zu überlassen. Er hat so einen Vorvertrag schon mal aufgesetzt. Hier, das ist er.« Sie zog ein paar schlampig gefaltete Papiere aus der Manteltasche. »Du kannst ihn natürlich von deinem Anwalt prüfen lassen. Du kriegst die zehn Prozent zu einem sensationellen Vorzugspreis. Und dass du mir meine Anteile spätestens an meinem Geburtstag abkaufst, steht doch sowieso fest. Ich weiß ja, wie scharf du darauf bist, Henry aus der Firma zu schmeißen und da wieder das Sagen zu haben. Obwohl ich wohl nie kapieren werde, warum du so versessen darauf bist, in einem öden Kontor zu sitzen und dich mit all dem langweiligen Kram abzugeben.

Aber das ist ja auch deine Sache. Jedenfalls kannst du meinen Anteil jetzt spottbillig kriegen. Meinetwegen kannst du dich mit deinem Banker und Anwalt bereden, was ein fairer Marktpreis ist, und dann ziehst du von der Summe einfach dreihundert Riesen oder so ab. Aber das muss schnell gehen, sonst bin ich aus dem Geschäft raus. Ich hab dir einen Zettel angeheftet, wo du mich die nächsten zwei Tage hier in San Francisco und danach dann wieder in Hollywood erreichst. Wenn du dich entschieden hast, rufst du mich am besten an. Aber wenn du eine so clevere Geschäftsfrau bist, wie Vater immer gesagt hast, wirst du diese Gelegenheit doch wohl nicht ungenutzt verstreichen lassen, oder?« Dazu wedelte sie fordernd mit dem Vertragsentwurf.

Harriet griff nicht nach den Papieren, sondern sah sie nur unschlüssig an.

»Mein Gott, ich brauche das Geld!«, beschwor Ashley sie, und zum ersten Mal schwang Verzweiflung in ihrer Stimme mit. »Das ist meine Chance, endlich groß rauszukommen! Die wirst du mir doch wohl nicht vermasseln! Lass mich nicht hängen, okay? Du bist doch jetzt wohl die reichste Witwe der Westküste. Vierhundert Riesen machen in deinem Konto doch noch nicht mal eine Delle!« Sie biss sich auf die Lippe, und dann fügte sie widerwillig ein leises, fast flehentliches »Bitte, Harriet!« hinzu.

War Harriet eben noch voll flammender Wut gewesen, empfand sie nun tiefe Traurigkeit. Auch Mitleid und Resignation regten sich in ihr. Das väterliche Erbe … nein, schlicht und ergreifend *Geld* war das Einzige, was sie noch verband. Das war die bittere Wahrheit.

»Du kriegst dein Geld.« Damit nahm sie die Papiere, wandte sich ab und ging ins Haus, bevor Ashley den feuchten Schimmer in ihren Augen sah. Sie waren doch Schwestern. Wie konnten sie da einander so fremd und gleichgültig sein?

55

Devin Neville ist die Scheiße im Arsch eines Esels nicht wert!«, stieß Talbot grimmig hervor, griff zu seinem noch halb vollen Glas und kippte den trockenen Martini samt Olive auf einen Zug hinunter, als bedürften seine Worte noch einer Bekräftigung.

Es war der Freitagmittag vor dem Labor-Day-Wochenende Anfang September, und Frank saß mit Andrew Talbot und Erich von Traunstein in einer der Nischen im »Musso & Frank Grill« auf dem Hollywood Boulevard. Holbrook fehlte. Er nahm nicht mehr regelmäßig an ihrem vierzehntägigen Jour fixe teil. Zwar führte er noch immer gelegentlich Regie bei Western, aber den Großteil seiner Zeit und Energie verwendete er längst darauf, die komplexe finanzielle Struktur des Studios vor einem Crash zu bewahren. Die Summen, mit denen sie jonglierten, um eine Jahresproduktion zu finanzieren, wurden immer schwindelerregender.

Das Restaurant mit seinem klassischen Dekor – holzgetäfelte Wände, dunkelrote Ledersitze und mit weißem Damast eingedeckte Tische – war mal wieder brechend voll, alle Tische besetzt, ebenso die Stühle an der Bar. In diesem Raum waren zu fast jeder Tageszeit mehr berühmte Schauspieler anwesend, als man auf der glanzvollsten Besetzungsliste einer millionenschweren Filmproduktion fand. War der spektakuläre Nachtklub »Coconut Grove« im »Ambassador Hotel« der ultimative Ort, an dem sich die High Society von Hollywood und Los Angeles des Nachts zum Sehen und Gesehen-Werden einfand, so übernahm das »Musso & Frank« diese Rolle bei Tag.

»Man hätte das sicher auch etwas dezenter ausdrücken können«, sagte von Traunstein indigniert, tupfte sich die Mundwinkel ab und legte die gestärkte Serviette sorgfältig gefaltet neben seinen Teller mit den Resten des Bœuf Stroganoff, während Talbot die seine zusammengeknüllt auf den Knochen seines T-Bone-Steaks geworfen hatte. »Aber unter dem Strich liegst du mit deiner Einschätzung schon nicht falsch.«

Talbot spuckte den Olivenkern ins leere Glas. »Jedenfalls kommt der Schweinehund mir nie wieder vor die Kamera! Und wenn ich Sie wäre, Frank, würde ich das Ekel von einem abgetakelten Schauspieler eher heute als morgen vor die Tür setzen! Das nächste Mal gibt es einen Skandal, der Sie mehr kosten wird als der jüngste Flop von unserem verehrten Kollegen Erich!«

Von Traunstein, dessen letzte Großproduktion an der Kinokasse eine Enttäuschung gewesen war, kniff die Augen zusammen und setzte ein hochmütiges Lächeln auf. »Sagen Sie, haben Sie schon *The Heart of it All* von Hellman gesehen? Nein? Grauenhaftes Drehbuch und noch grauenhaftere Schauspieler. Den Mist müssen Sie sich ansehen, Andrew. Er wird Ihnen gefallen, ist ganz Ihre Kragenweite«, konterte er.

Talbot funkelte ihn durch seine runden Brillengläser an. »Mein Mist verkauft sich wenigstens, Ihrer stinkt bloß zum Himmel, lieber Erich.«

Jetzt ging Frank dazwischen. »Meine Herren, ich bitte doch um ein wenig Mäßigung!«

»Ich nenne die Dinge beim Namen, mehr nicht, Frank!«, grollte Talbot.

Frank seufzte und schob seinen Teller zurück. Er hatte kaum etwas von seinem Steak gegessen, weil er zu sehr damit beschäftigt gewesen war, zwischen den beiden Streithähnen zu schlichten. Mittlerweile war ihm der Appetit vergangen. Er wünschte, Vergil wäre noch bei ihm und säße mit am Tisch.

Was nun Devin Neville betraf, so hatte Andrew Talbot leider

recht. Der einstige Star und Frauenschwarm wurde für das Studio zur Belastung, ja zu einem unkalkulierbaren Risiko. Er zehrte von längst verblasstem Ruhm und spielte nur noch in billigen B-Filmen mit. Und selbst da würde er bald nicht mehr einsetzbar sein. Der Mann war nicht nur ausgebrannt, sondern auch ein Junkie. Nach mehreren Entziehungskuren hing er schon wieder an der Nadel, was schlimm genug war. Aber jetzt hatte er auch noch seinen Liebhaber auf dem Gewissen. Er hatte den jungen Stuntman mit Heroin angefixt, und vor drei Tagen hatte der Bursche sich während einer wilden Party in Nevilles Haus eine Überdosis gespritzt. Wäre nicht Tony Russo sofort zur Stelle gewesen, um einmal mehr sein außergewöhnliches Talent als Mann fürs Grobe unter Beweis zu stellen, der Skandal wäre kaum zu verhindern gewesen, und das Studio wäre wohl die nächsten Wochen nicht aus den negativen Schlagzeilen herausgekommen.

»Über Neville brauchen wir nicht zu reden, der wird seinen Fuß nie wieder auf unser Studiogelände setzen«, versicherte Frank. »Worüber wir aber unbedingt reden müssen, ist, wie wir den Konflikt mit Ihren Besetzungslisten am besten lösen. Ich verstehe ja, dass Sie beide Laura Lynn und Sidney Vallon für Ihr nächstes Projekt haben wollen, aber …«

Talbot, kein Freund subtiler Worte, grätschte sofort dazwischen. »Es steht ja wohl außer Frage, dass ich hier das Vorrecht habe. Immerhin habe ich mit *The Price of Glory* das beste Einspielergebnis in der Geschichte des Studios eingefahren!«

»Nicht nach Abzug der astronomischen Summen, die Ihr Historienschinken verschlungen hat!«, bemerkte von Traunstein mit dem überheblichen Lächeln eines Mannes, der sich für ein Genie hielt und dies auch in der Fachpresse immer wieder zu lesen bekam. »Sie haben für den Film Unmengen von Geld verbrannt und Zelluloid für über dreieinhalb Stunden durch die Kameras gejagt. Davon ist dann mehr als die Hälfte direkt vom Schneidetisch in den Abfall gewandert – wo im Übrigen auch der Rest hingehört hätte, bedenkt man den künstlerischen Wert Ihres Streifens. Obwohl das Wort ›künstlerisch‹ in diesem Zusammenhang …«

Den Rest des Satzes bekam Frank nicht mehr mit, auch nicht Talbots ebenso bissige Erwiderung, denn in dem Augenblick sah er den jungen Mann in Kakihosen und einem Sporthemd aus weißem Leinen, der, ein blaues Sakko über dem Arm, soeben das Restaurant betreten hatte.

Frank stutzte.

Der junge Mann sprach kurz mit Henri, dem dicken Empfangschef, der hinter seinem Pult mit dem in rotes Leder gebundenen Reservierungsbuch thronte und nun auf ihren Tisch deutete. Als der junge Gast sich umdrehte und in ihre Richtung blickte, hätte sich Frank um ein Haar an seinem Whisky Sour verschluckt.

Adrian!

Plötzlich hatte er einen bitteren Geschmack im Mund. Hastig nahm er noch einen kräftigen Schluck Whisky. *Ich trinke zu viel,* schoss es ihm völlig zusammenhanglos durch den Kopf, *aber wer zum Teufel tut das nicht in Hollywood?* Er wappnete sich. Irgendwann hatte es ja so kommen müssen. Er hatte geglaubt, er sei darauf vorbereitet, doch das war er ganz und gar nicht, wie er nun feststellte. Sonst hätte sich nicht dieses verdammt flaue Gefühl in seinem Magen breitgemacht.

Mit verschlossener Miene, aber zielstrebig kam sein Sohn auf ihn zu. Nur einmal blinzelte er irritiert, als er an dem Achtertisch vorbeikam, an dem Douglas Fairbanks und Gloria Swanson Hof hielten und direkt neben ihm das perlende Gelächter der legendären Leinwanddiva erklang.

Der Disput zwischen den beiden Regisseuren erstarb, als Adrian an ihrem Tisch stehen blieb und Frank mit zusammengepressten Lippen fixierte. Trotz der Sonnenbräune wirkte er blass, und er hatte Schatten unter den Augen, als hätte er die letzten Tage kaum Schlaf bekommen.

»Ja, bitte?«, fragte Talbot sichtlich ungehalten über die Störung. »Falls Sie etwas auf dem Herzen haben …«

Adrian fiel ihm ins Wort, ohne den Blick von Frank zu wenden. »Ich bin hier, um mir ein Bild von dem Mann zu machen, der meine Mutter mit mir hat sitzen lassen!«, erklärte er, und seine gepresste Stimme verriet den mühsam beherrschten Zorn in ihm. »Dieser Mann dürften wohl Sie sein, Mr Maynard.«

»Ja, du hast den Richtigen gefunden«, sagte Frank und fügte mit leicht gequälter Miene in Richtung der beiden Regisseure hinzu: »Das ist mein Sohn Adrian.« Er war dankbar für das Stimmengewirr und laute Gelächter um sie her, das die peinliche Situation gnädig vor den anderen Gästen verbarg.

Für einen winzigen Moment erschien ein Ausdruck von Verblüffung auf Adrians Gesicht, als wundere es ihn, dass Frank ihn sofort erkannt hatte und seinen Namen wusste.

»Was Sie nicht sagen!«, rief von Traunstein und grinste. »Ich wusste ja gar nicht, dass Sie Frau und Kinder haben, Frank.«

»Zum Kinderzeugen braucht man keinen Ring am Finger«, belehrte Adrian ihn schroff, um dann hinzuzufügen: »Komisch, dass ich Sie daran erinnern muss. Ich dachte, das hier ist Hollywood, wo man nicht viel auf Sitte und Anstand gibt, solange man nicht vor der Kamera steht.«

»Himmel, mit welchem Gift haben Sie den denn großgezogen?«, fragte Talbot.

»Sie scheinen entweder nicht gut zu hören oder keine logischen Schlüsse ziehen zu können!«, sagte Adrian, und nun zitterte seine Stimme leicht. »Sonst hätten Sie doch begriffen, dass er das Großziehen anderen überlassen hat. Er ist nicht mein Vater, er hat mich nur gezeugt und dann das Weite gesucht. Er hat die ökonomische Version von Vaterschaft vorgezogen.«

»Nicht schlecht gebrüllt, Löwe«, sagte von Traunstein belustigt. »Deine Dialoge sind jedenfalls besser als so manches, was unsere hoch bezahlten Drehbuchautoren in ihre Schreibmaschinen hacken.« Er erhob sich und stieß Talbot an. »Aber ich denke, wir lassen hier mal die Klappe fallen und gönnen Vater und Sohn eine ungestörte Wiedersehensfeier.«

Talbot lachte, zwängte sich aus der Sitzbank und hieb Adrian die Hand auf die Schulter. »Geh nicht zu hart mit ihm ins Gericht, mein Junge«, sagte er jovial. »Zum Verein der Engel und Heiligen gehören wir alle nicht, also rupf ihn nicht zu hart. Er wird noch gebraucht.« Damit zwinkerte er Frank zu und verschwand mit von Traunstein. Beide hatten den Anstand, auf dem Weg nach draußen an keinem der Tische, an denen man ihnen winkte oder etwas zurief, auf einen Schwatz stehen zu bleiben.

Unschlüssig sah Adrian Frank an, als wüsste er plötzlich nicht mehr, was er sagen oder ihn fragen wollte.

»Lass uns gehen.«

»Wohin?«

»Dahin, wo wir ungestört reden können«, sagte Frank, legte ein großzügiges Trinkgeld auf den Tisch und gab Henri ein Zeichen, seinen Wagen vorfahren zu lassen. Das Essen kam auf die Rechnung, die monatlich vom Studio beglichen wurde. »Darum bist du doch hier, oder nicht?«

Adrian setzte eine geringschätzige Miene auf. »Was gibt es da noch groß zu reden? Kann mir schon denken, was Sie mir erzählen werden, um nicht wie der Schuft dazustehen, der Sie sind, Mr Maynard!«

»Scheint so, als hättest du dir dein Bild von mir schon gemacht, bevor du nach Hollywood gekommen bist. Aber warum bist du überhaupt hier, wenn du dein Urteil längst gefällt hast?«

»Ich hab meine Gründe«, antwortete Adrian ausweichend.

»Hältst du es für Gerechtigkeit, wenn in einem Prozess die Anklage zugleich auch noch Jury und Richter ist?«

Adrian blinzelte verwirrt. »Wie bitte? Natürlich nicht! Was soll diese unsinnige Frage?«

»Also, wenn einer deiner Gründe darin besteht, dass du von mir hören möchtest, warum Jordan dich aufgezogen hat und nicht ich, dann gib mir auch die Gelegenheit, es dir zu erklären. Deshalb lass uns gehen«, sagte Frank ruhiger, als er war. »Wenn aber dein Bild von mir schon fix und fertig ist und du lieber nicht hören möchtest, was ich dazu zu sagen habe, weil es an deinem Bild von mir kratzen könnte, sieh lieber zu, dass du wieder nach Hause kommst. Deinen Auftritt hast du jetzt ja gehabt – falls es dir allein darum ging, mich in der Öffentlichkeit bloßzustellen. Also entscheide dich!« Damit wandte er sich ab und ging zur Tür. Er wagte nicht, sich umzudrehen und nachzuschauen, ob Adrian ihm folgte.

Als er in die grelle Septembersonne hinaustrat, stand sein Wagen schon mit laufendem Motor vor dem Restaurant. Er öffnete die Beifahrertür und hörte Adrians Schritte hinter sich. Sein Herz raste. Würde sein Sohn ihn mit stummer Verachtung strafen und einfach weitergehen, oder stieg er zu ihm in den Wagen?

Für einen langen Augenblick stand Adrian vor der offenen Wagentür, während Frank um die elegante grau-schwarze Pierce-Arrow-Limousine herumging und dem Valet-Pagen ein Trinkgeld in die Hand drückte.

Schließlich stieg er mit trotziger Miene ein. In vorsorglicher Abwehr verschränkte er, kaum dass er Platz genommen hatte und der Page die Tür für ihn schloss, die Arme vor der Brust.

Frank schickte ein stummes Stoßgebet gen Himmel. Gott sei Dank, nun hatte er zumindest eine Chance, seinem Sohn seine Version der traurigen Geschichte zu erzählen, ihm eine neue Sicht der Ereignisse zu vermitteln und ihm vielleicht sogar näherzukommen.

»Weiß deine Mutter, dass du hier bist?«, fragte er, als er sich in den Verkehr auf dem Hollywood Boulevard einfädelte und Richtung Beverly Hills fuhr.

»Nein.«

»Sie wird sich Sorgen machen.«

»Nein, wird sie nicht.«

»Und warum nicht?«

Adrian sah sich zu einer längeren Erklärung gezwungen. »Sie denkt, ich bin mit den anderen von unserem Ruderverein bis morgen Nachmittag im Trainingslager. Meinem Coach habe ich erzählt, dass ich in einer dringenden Familienangelegenheit zwei Tage früher nach Hause muss.«

Frank nickte. »Und wer hat dir gesagt, dass du mich in dem Restaurant antreffen würdest?«

»Finden Sie das doch selbst heraus!«, blaffte Adrian. »Ich hau jedenfalls keinen in die Pfanne!«

»Okay«, sagte Frank und beließ es dabei, weil es unsinnig war, ihn wegen dieser Lappalie noch mehr gegen sich aufzubringen. Vermutlich hatte Hector, der neue Wachmann und geschwätzig wie ein altes Marktweib, es ihm gegen ein Trinkgeld verraten. Aber sein Jour fixe im »Musso & Frank« war auch alles andere als ein Staatsgeheimnis.

»Wohin fahren wir?«, wollte Adrian wissen.

»Zu mir nach Hause. Es ist nicht weit.«

»Was soll ich da?«, begehrte Adrian auf. »Sagen Sie mir, was Sie meinen, mir sagen zu müssen, und dann bringen Sie mich zum Bahnhof! Vielleicht kriege ich dann noch den Nachmittagszug zurück nach San Francisco.«

»Das eine geht nicht ohne das andere. Ich weiß, es klingt unsinnig, aber du wirst es noch verstehen. Und was deinen Zug angeht, so werde ich schon dafür sorgen, dass du ihn nicht verpasst.«

Adrian gab einen abfälligen Laut von sich und fiel, die Arme verschränkt, den Blick starr geradeaus gerichtet, für den Rest der Fahrt in verbissenes Schweigen.

Frank versuchte auch nicht, ihm ein Gespräch aufzuzwingen. Er wollte nichts riskieren. Eine knappe Viertelstunde später lenkte er die schwere Limousine in die Einfahrt eines ansehnlichen, aber nicht protzigen Bungalows. Das Haus verbarg sich hinter hohen Jasmin- und Bougainvilleahecken. Mit seinen zwei Schlafzimmern war es mehr als groß genug für einen Junggesellen wie ihn, der nur wenig Zeit zu Hause verbrachte. Außerdem war es auf angenehme Weise spartanisch modern eingerichtet und bot den Luxus eines blau gefliesten Pools im rückwärtigen Garten. Frank hatte das Haus möbliert gemietet, nachdem ihn die Maklerin Karen Wilkinson, eine überaus attraktive und frisch geschiedene Frau Anfang dreißig, von dem architektonischen Albtraum im Coldwater Canyon befreit hatte. Und sie hatte nicht nur einen Käufer für das steinerne Ungetüm gefunden, sondern kurz danach auch den Weg in sein Bett. Es war schön gewesen mit ihr, und es hatte ein gutes halbes Jahr gedauert, bis sie dann aus beruflichen Gründen nach San Diego gezogen war.

»Möchtest du etwas trinken?«, fragte er, als er seinen Sohn ins Wohnzimmer führte. Schwarze Ledersessel mit Chromgestell und klaren Linien dominierten die Einrichtung. Eine große, wandbreite Fensterfront ging auf den Garten mit dem Pool hinaus. »Ich bin hier erst vor Kurzem eingezogen und habe noch nicht …«

»Kommen Sie endlich zu dem, was Sie mir sagen wollen!«, schnitt Adrian ihm das Wort ab. »Ich kann's kaum erwarten, Ihre … *Version* zu hören.« Er spuckte das Wort aus wie eine übel schmeckende, verdorbene Frucht.

Frank nickte. »Bevor ich dazu komme, möchte ich aber wissen, woher oder, besser gesagt, von wem du erfahren hast, dass ich dein Vater bin.«

»Sie sind nicht mein Vater!« Adrian schrie fast, er war sichtlich außer sich vor Zorn. »Und das werden Sie auch nie sein. Ich habe nur einen Vater, und sein Name ist Jordan Shaw. Er und kein anderer ist mein Daddy! Hören Sie auf, sich etwas anzumaßen, das Sie nie waren und nie sein werden!«

Frank hob beschwichtigend die Arme. »Entschuldigung! So habe ich das nicht gemeint. Es tut mir leid, wirklich!«, beteuerte er. »Natürlich bin ich nicht dein Vater in dem Sinne, wie Jordan es war. Entschuldige, dass mir das so gedankenlos herausgerutscht ist. Ich weiß, dass ich nur dein … Erzeuger bin. Und wenn du mir jetzt bitte eine Antwort auf meine …«

Wieder ließ Adrian ihn nicht ausreden. »So richtig gesagt hat es mir keiner«, kam er Franks Bitte widerwillig nach und zuckte die Achseln. »Ich hab es mir mit der Zeit zusammengereimt. Tante Ashley hat mal vor Jahren, als wir alle auf *Seven Oaks* waren, ein paar komische Bemerkungen fallen lassen, die habe ich zufällig aufgeschnappt. Sie saß eines Nachts mit Mom auf der Terrasse und wusste nicht, dass ich noch mal aufgestanden war, um mir ein Glas Milch zu holen. Aber so richtig klar wurde es mir erst auf Daddys Beerdigung. Tante Ashley war betrunken und hat was richtig Gemeines gesagt. Ich hab das alles eine Zeit lang verdrängt. Aber dann wollte ich Gewissheit und hab Caitlin ausfindig gemacht. Die war viele Jahre meine Nanny.«

»Ich kenne Caitlin«, warf Frank ein.

»Sie hat erst nicht mit der Sprache rausrücken wollen, aber dann hat sie doch bestätigt, was ich vermutet hatte.«

»Hat sie dir auch die ganze Geschichte erzählt?«, fragte Frank nervös. Wenn es so war und Adrian trotzdem so abweisend war, hatte er wohl nicht den Hauch einer Chance, irgendwann einmal Zutritt zum Leben seines Sohnes zu erhalten.

Adrian verzog das Gesicht und schüttelte den Kopf. »Ich hab sie nicht aufgesucht, um mir von ihr lange Geschichten erzählen zu lassen. Gerade Caitlin, die mit ihrem irischen Hang zu endlosen Geschichten ja nie ein Ende findet.«

Frank atmete auf. »Dann will ich sie dir erzählen«, sagte er und fügte schnell hinzu: »Ich verspreche dir, mich kurzzufassen. Aber ich will von hinten anfangen: Dass du mein …« Er unterbrach sich noch rechtzeitig und setzte schnell neu an. »Dass ich mit deiner Mutter ein Kind gezeugt habe und du dieses Kind bist, weiß ich erst seit elf Jahren.«

Adrian stutzte. »Wie bitte?« Seine Miene verriet, dass er ihm nicht glaubte.

Frank nickte. »Es war zu Ostern 1914. Du warst sieben, und ich habe deine Mutter und dich auf dem Friedhof getroffen, am Grab deines Großvaters. Vielleicht erinnerst du dich daran.«

»Kann sein«, murmelte Adrian ausweichend.

»Als ich dich sah, wusste ich sofort, dass du mein Kind bist«, fuhr Frank fort. »Die Erkenntnis traf mich wie ein Blitz.«

»Na klar doch!«, höhnte Adrian.

Frank lächelte. »Ich weiß, in deinen Ohren klingt das verlogen, aber ich kann es beweisen. Aber lass uns dazu später kommen. Erst mal …«

»Ich weiß nicht, was Sie sich da an falschen Hoffnungen zusammenreimen«, fiel Adrian ihm ins Wort und warf einen Blick auf seine Uhr, »aber ein Später wird es nicht geben. Ich muss in zehn Minuten los. Also beeilen Sie sich mit dem Rest Ihrer Version!« Diesmal klang das Wort »Version« nicht mehr ganz so giftig, und er hatte sich zu einem »bitte« durchgerungen.

Frank erzählte ihm, wie seine Mutter und er sich kennengelernt und ineinander verliebt hatten. Ohne Ausschmückungen oder sentimentale Beteuerungen berichtete er, durch welche Verkettung von unglücklichen Umständen er sich von Harriet verraten gefühlt hatte und in einer Kurzschlusshandlung die Ehe mit Florence eingegangen war; wie Harriet und er ihren tragischen Fehler erkannt und schließlich heimlich wieder zueinandergefunden hatten, weil sie ohne den anderen nicht hatten leben wollen. Bis dann am 18. April 1906 die Katastrophe über San Francisco hereingebrochen war und er seine hochschwangere Frau sterbend im eingestürzten Haus gefunden hatte. Wie er jahrelang als fahrender Filmvorführer durch die Staaten vagabundiert und eines Tages in einem Nest namens Hollywood gestrandet war, wo er auf einen Kameramann namens Vergil Hall stieß.

Adrian unterbrach ihn nicht ein einziges Mal. Mit wachsender Aufmerksamkeit lauschte er seiner Geschichte. Er stand längst nicht mehr, sondern hatte auf dem schwarzen Ledersofa Platz genommen, wohl ohne sich dessen bewusst zu sein. Und nicht einmal hatte er auf die Uhr geschaut, obwohl die zehn Minuten längst verstrichen waren.

»Es war ein Schock, als mir auf dem Friedhof klar wurde, dass deine Mutter mit dir schwanger gewesen sein muss, als ich damals aus San Francisco verschwunden bin«, schloss Frank. »Aber da war für mich …«, er schluckte, »… schon alles verloren. Ich bin froh und dankbar, dass du einen so liebevollen Vater gehabt hast. Deshalb ist es mir auch nie in den Sinn gekommen, mich in dein Leben zu drängen. Es stand mir einfach nicht zu. So, und das ist nicht allein meine Version von dem, was damals geschehen ist, sondern es wird auch die sein, die deine Mutter dir eines Tages erzählt.«

Adrian nickte und wich seinem Blick aus. Er schwieg einen langen Moment, atmete dann tief durch und sagte leise: »Das habe ich alles nicht gewusst, Mr Maynard.« Es schwang ein Unterton trotzigen Aufbegehrens mit, die Verweigerung, in alldem einen Grund für eine Entschuldigung seinerseits zu sehen.

Die wollte Frank auch gar nicht hören. »Ich bin nicht dein Vater, aber du bist mein Kind und wirst es immer bleiben, auch wenn du nichts von mir wissen willst«, sagte er vorsichtig. »Aber würde es dich große Überwindung kosten, auf das ›Mr Maynard‹ zu verzichten und mich mit meinem Vornamen anzureden?«

Adrian zögerte und zuckte scheinbar gleichgültig die Achseln. »Nein, spricht nichts dagegen«, sagte er schließlich gönnerhaft, um dann ein verlegenes »Jetzt nicht mehr« hinterherzuschicken.

Frank lächelte. »Gut. Und jetzt möchte ich dir noch etwas zeigen. Es ist nicht nur für mich wichtig, sondern bestimmt auch für dich. Dann hast du alles, um dir nun wirklich ein Bild von mir zu machen.«

Adrian zuckte die Achseln. »Okay, meinetwegen. Den Zug kurz nach drei kriege ich ja sowieso nicht mehr«, sagte er und gähnte herzhaft. Nun, nachdem die Erregung und der Zorn auf seinen vermeintlichen Schuft von Erzeuger verflogen waren, sprang ihm die Müdigkeit förmlich aus den Augen. »Was ist denn noch so wichtig?«

»Es liegt noch drüben im Karton. Ich bin, wie gesagt, erst vor zwei Tagen eingezogen und noch nicht dazu gekommen, alle Kisten auszupacken. Warte, ich hole es.« Frank ging in sein Arbeitszimmer, kam mit einem kleinen braunen Umzugskarton zurück, öffnete ihn und nahm ein in Leder gebundenes Fotoalbum heraus, das ganz oben auf einem Stoß Bücher lag.

»Was ist das?«

»Schau es dir in Ruhe an, und ich denke, es ist besser, wenn du dabei allein bist. Ich mache indessen einen kleinen Spaziergang«, sagte Frank und hatte plötzlich einen Kloß im Hals. »Du hast vermutlich geglaubt, dass du in meinem Leben keine Rolle gespielt hast. Und zu einem Teil ist das ja auch richtig, weil ich kein Recht habe, Unruhe in deins und das deiner Mutter zu bringen. Es hat wehgetan, dir nicht sagen zu können, was ich …« Er brach ab, voller Furcht, die Fassung zu verlieren und sich lächerlich zu machen. Nach einer kurzen Pause fuhr er fort: »Aber du hast seit jenem Tag auf dem Friedhof vor elf Jahren in meinem Leben sehr wohl eine wichtige Rolle gespielt – wenn auch nur in meinen Gedanken.« Er reichte ihm das Fotoalbum und ging schnell hinaus.

Eine gute halbe Stunde ließ er seinem Sohn Zeit, um sich das Album anzuschauen. Es enthielt alle Fotos, die der Privatdetektiv George Cutter von Adrian geschossen und Frank seit 1914 regelmäßig geschickt hatte, zusammen mit kurzen Berichten über schulische und außerschulische Aktivitäten des Jungen. Manche Fotos zeigten ihn allein, viele aber auch mit seinem Vater oder seiner Mutter; auf einigen waren sie auch alle drei zu sehen. Aber nicht eins dieser Fotos war durch eine Verletzung ihrer Privatsphäre entstanden. Cutter hatte nur in der Öffentlichkeit fotografiert, vor der Schule, bei Adrians erstem Klaviervorspiel, auf dem Sportplatz, beim Ausritt im Napa Valley, auf Stadtfesten oder im Ruderklub. Und unter jedem Bild hatte Frank notiert, wann und bei welchem Anlass es entstanden war. Dazu hatte er Zeitungsausschnitte geklebt, kleine Meldungen über schulische und sonstige Ereignisse, an denen Adrian beteiligt gewesen war und über die im Lokalteil berichtet worden war.

Voller Unruhe, wie Adrian wohl auf das Album reagieren würde, ging Frank um den Block. Dreimal machte er die Runde, und genauso viele Zigaretten rauchte er dabei. Das Herz schlug ihm bis zum Hals, als er schließlich in seinen Bungalow zurückkehrte.

Adrian sagte nicht ein Wort. Was auch nicht möglich war, denn er lag auf dem Sofa und schlief, die Beine angezogen und das Album fest an die Brust gedrückt.

Frank weckte ihn nicht, sondern holte eine warme Decke und breitete sie behutsam über ihn. Er zog das Telefonkabel heraus, damit kein Anruf den Jungen mit schrillem Klingeln wecken konnte. Dann schob er einen der Sessel zu ihm herum, setzte sich hinein und wachte über den Schlaf seines übernächtigten Sohnes. In den Stunden, die er da bis zum Einbruch der Dunkelheit bei ihm saß, verschwamm das Bild seines siebzehnjährigen Kindes mehrmals vor seinen Augen. Er konnte sich nicht erinnern, wann er das letzte Mal eine derartige Ruhe und solchen inneren Frieden empfunden hatte.

Als er ihn schließlich weckte, indem er am Barwagen mit Gläsern und Flasche klirrte, war es schon kurz nach sieben und vollständig dunkel. Keiner von ihnen verlor ein Wort über das Fotoalbum, aber es stand auch weder stumme Beschämung noch peinliche Verlegenheit zwischen ihnen. Vielmehr war es eine Atmosphäre wie nach einem schweren Gewitter, dessen Sturzbäche die Luft gereinigt hatten. Es würde noch Zeit genug sein für das, was sie noch nicht in Worte fassen konnten und wollten. Das Neue, das mehr aus Hoffnung und vager Ahnung bestand, war noch zu zerbrechlich, als dass man es schon der Belastung durch Worte hätte aussetzen können.

»Mach dir wegen der Heimfahrt keine Sorgen. Ich bringe dich zum Bahnhof und kaufe dir ein Ticket für den Nachtzug«, sagte Frank. »Unterwegs können wir an einem Diner halten und etwas essen. Du hast bestimmt Hunger, und wir haben noch genügend Zeit, um uns etwas Ordentliches zu bestellen.«

Adrian nickte, und das einvernehmliche Schweigen behielten sie auch im Diner bei. Adrian stürzte sich mit großem Appetit auf das Steak, das er sich bestellt hatte. Für die lange Nachtfahrt ließ er sich ein doppeltes Pastrami-Sandwich und zwei Cokes einpacken.

Frank brachte ihn bis an den Zug. Jede Faser seines Körpers schrie danach, seinen Sohn in die Arme zu nehmen und wenigstens einmal fest an sich zu drücken. Aber er wusste, dass er damit alles wieder kaputt gemacht hätte. »Alles Gute, Adrian. Ich bin froh, dass du gekommen bist und wir uns kennengelernt haben.«

»Ja, ich auch«, sagte Adrian leise.

Mit heftig klopfendem Herzen wagte Frank einen vorsichtigen Vorstoß: »Ich hoffe, wir sehen uns mal wieder. Es würde mir sehr viel bedeuten.« Er streckte ihm die Hand hin und bangte, ob sein

Sohn sie ergreifen oder ihm diese winzige erste Geste der Versöhnung verwehren würde.

»Ja, mal sehen«, murmelte Adrian und wich seinem Blick aus. Aber er ergriff die Hand und erwiderte den herzlichen Druck. Und dann, im Umdrehen und eine Hand schon an der Griffstange des Waggons, fügte er schnell hinzu: »Nein, ganz bestimmt, Frank!«

Die Worte lösten in Frank eine Welle der Erlösung aus, fast überkam ihn Schwindel. Für einen Moment wurden ihm sogar die Knie weich, und er biss sich auf die Lippe, um nicht auf der Stelle in Tränen auszubrechen.

56

Harriet? Hörst du mich?« Frank presste den Hörer ans Ohr, als könnte das die Verständlichkeit verbessern. Dabei war das atmosphärische Rauschen nicht einmal besonders laut. Aber vielleicht hörte er gar nicht ein Rauschen in der Leitung, sondern sein eigenes Blut, das sein wild schlagendes Herz durch die Adern pumpte? Er war einfach viel zu aufgeregt. »Ich bin es, Frank.«

Kurzes Schweigen und noch mehr an- und abschwellendes Rauschen. Er fürchtete schon, sie könnte wortlos auflegen, doch dann hörte er ihre Stimme klar und deutlich. »Ich weiß, deine Stimme habe ich erkannt. Es hat mich nur überrascht, dass du es bist. Du bist nämlich nicht der Erste, der mir in den Sinn kommt, wenn bei mir abends um zehn das Telefon klingelt.«

Frank fühlte einen geradezu körperlichen Schmerz. »Tut mir leid, wenn ich dich aus dem Schlaf geholt habe«, sagte er und verfluchte sich dafür, dass er nach seiner Rückkehr vom Bahnhof so lange mit sich gerungen hatte, ob er nun anrufen sollte oder nicht. Eine ganze Stunde hatte er damit vertan. »Aber ich hielt es für unumgänglich, dich …«

»Nein, meinen Schönheitsschlaf hast du nicht auf dem Gewissen«, fiel sie ihm ins Wort. »Obwohl das am Ende wohl auch keinen großen Unterschied machen würde. Aber lassen wir das. Ich glaube nicht, dass du um diese Uhrzeit anrufst, um über alte Zeiten zu plaudern.«

»In gewisser Weise schon«, erwiderte Frank und beschloss, nicht um den heißen Brei herumzureden. »Adrian war heute bei mir. Ich habe ihn vorhin in den Nachtexpress nach San Francisco gesetzt.«

Harriet sog scharf die Luft ein. »Oh!«

»Ja, er hat gesagt, er wolle sich ein Bild von seinem Erzeuger machen. Aber was er eigentlich wollte, war, dem miesen Schuft, der seine Mutter und ihn hat sitzen lassen, Auge in Auge gegenüberzustehen und gehörig die Meinung zu sagen«, erzählte er. »Es hat ihn dann doch überrascht zu hören, dass die Dinge damals nicht so waren, wie er sie sich zusammengereimt hatte.«

»Um Himmels willen, Frank!«, stieß sie hervor. »Woher wusste er denn von dir?«

Frank wiederholte knapp, was Adrian ihm darüber mitgeteilt hatte. »Ashley ist wirklich eine Nummer für sich. Aber was mich viel mehr interessiert, ist, wie lange du es ihm noch verschweigen wolltest? Hatte er nicht ein Recht, es zu erfahren?«

»Natürlich wollte ich es ihm nicht ewig verschweigen!«, beteuerte sie. »Aber ich wusste nicht, wie er es aufnehmen und damit zurechtkommen würde. Deshalb wollte ich warten, bis er den Highschool-Abschluss hinter sich hat, also bis nächstes Jahr.«

»Und wann wolltest du es *mir* sagen? Auf dem Totenbett?«

Sekundenlanges Schweigen.

»Harriet?«

»Frank, bitte! Wir hatten das doch schon … damals auf *Seven Oaks*. Mach es uns nicht noch schwerer, als es schon ist.«

Er biss sich auf die Lippe, als er daran dachte, wie sie sich geküsst und dem Verlangen nacheinander beinahe nachgegeben hatten. Warum nur hatten sie es nicht zugelassen?

»Du kannst mir das mit Adrian vorwerfen«, fuhr sie gequält fort, »aber du weißt doch selbst, wie das ist. Man macht Pläne, nimmt sich etwas vor, und dann kommt einem das Leben dazwischen. Und als Jordan starb …« Sie führte den Satz nicht zu Ende.

»Es tut mir leid, dass du deinen Mann so früh verloren hast«, sagte er und schämte sich sofort, denn es war ebenso wahr wie gelogen. Natürlich wünschte er Harriet weder Schmerz noch

Leid, in keiner Form. Sie war die Liebe seines Lebens und würde es immer sein. Aber dass Jordan nicht mehr da war, erfüllte ihn *persönlich* ganz und gar nicht mit Bedauern. Liebe war nun einmal ein Zwitter: Auf der einen Seite bedeutete sie bedingungslose Hingabe und Selbstaufopferung bis in den Tod, auf der anderen machte sie einen besitzergreifend und kompromisslos eigensüchtig. Wie Laura gesagt hatte: *Ich teile nicht. In der Liebe bin ich egoistisch!*

»Danke … auch dass du zur Beerdigung gekommen bist. Ich habe sofort gesehen, welcher Kranz von dir war, auch wenn auf der Schleife kein Name stand«, sagte Harriet in verändertem, warmem Ton. »Ich hätte dich zum Leichenschmaus bitten und es dir da sagen sollen. Aber ich konnte an dem Tag nicht klar denken, und du warst nach der Beisetzung auch so schnell wieder weg.«

»Wie hättest du auch in dem Moment daran denken können«, erwiderte er. »Es war besser, dass ich beim Leichenschmaus nicht dabei war. So betrunken, wie deine Schwester auf der Beerdigung war, hätte sie vielleicht wirklich noch einen Skandal vom Zaun gebrochen.« Er machte eine kurze Pause. »Lassen wir das alles ruhen und freuen wir uns, dass wenigstens etwas Gutes aus der vertrackten Geschichte hervorgegangen ist, nämlich ein so wunderbares Kind.«

»Ja, das ist er.«

»Damals auf dem Friedhof habe ich gleich gedacht: So ein blendend aussehender Junge kann doch nur mein Fleisch und Blut sein!«, erklärte er.

»Und Adrian hat doch recht: Du *bist* ein Schuft!«, rief sie erleichtert aus. »Aber genug davon, ja? Einigen wir uns darauf, dass wir beide Fehler gemacht haben. Und jetzt sag mir, was genau du ihm erzählt hast und wie er es aufgenommen hat. Was habe ich zu erwarten, wenn er mich morgen zur Rede stellt? Muss ich auf die Knie fallen und Abbitte leisten?«

Frank lachte leise. »Wie gesagt, Adrian ist von meinem Schrot und Korn, er hat es aufgenommen wie ein Mann.«

»Jetzt gib nicht so an. Er hat ebenso viel von mir, und es war Jordan, der ihn zu dem Mann gemacht hat, der er ist.«

Diesmal widersprach Frank nicht, sondern erzählte ihr von dem Album mit den Fotos und Zeitungsartikeln, die George Cutter ihm schickte. Adrian würde ihr bestimmt davon berichten, also war es klüger, sie darauf vorzubereiten.

»Du hast einen Privatdetektiv auf uns angesetzt?«

»Ich habe ihn nicht auf euch angesetzt, und er hat nicht in eurem Privatleben herumgeschnüffelt!«, stellte Frank klar. »Cutter hat dann und wann *in der Öffentlichkeit und sehr diskret* Fotos von Adrian gemacht. Er ist euch nie zu nahe gekommen. Oder wäre es dir lieber gewesen, ich hätte Adrian irgendwann nach der Schule abgepasst und mich als sein leiblicher Vater vorgestellt? Ich hätte natürlich auch eines Tages vor der Tür stehen und darum bitten können, meinen Sohn kennenzulernen. Das hätte ich machen können, Harriet, aber ich wollte es weder dir noch dem Jungen antun. Was also blieb mir übrig? Die Fotos haben mich zumindest ein wenig an seinem Leben teilnehmen lassen, so kläglich dieser Ersatz auch ist. Willst du mir das vorwerfen?«

Es vergingen mehrere lange Sekunden, bis Harriet schließlich antwortete. »Nein, das will ich nicht«, sagte sie leise. »Das war nichts Unrechtes. Ich hätte es an deiner Stelle vermutlich genauso gemacht.«

Erleichterung durchströmte ihn, und er hoffte inständig, dass sie noch etwas sagte. Er wollte nicht, dass ihr Gespräch endete, wollte weiter hier im dunklen Wohnzimmer sitzen, hinaus in den Garten blicken, der im bläulichen Schimmer des beleuchteten Pools lag, und ihre Stimme hören.

Aber sie schwieg, und zu seiner Bestürzung wusste er plötzlich nicht, wie er die Unterhaltung wieder in Gang bringen sollte.

Während sich das Schweigen Sekunde um Sekunde hinzog, meinte er förmlich zu spüren, dass Harriet mit einer Entscheidung rang. So lächerlich es auch sein mochte, er war sich sicher, dass ihre nächsten Worte von schicksalhafter Bedeutung sein würden. Doch schon im nächsten Moment nannte er sich einen hoffnungslosen Narren. Sie würde das Gespräch mit ein paar unverbindlichen Worten beenden. Was zum Teufel hatte er denn auch erwartet?

Womit er auf keinen Fall gerechnet hatte, war das, was sie tatsächlich sagte. »Warte einen Moment, Frank! Ich muss den Hörer kurz aus der Hand legen.«

»Was?«

»Ich muss schnell rüber ins Bad und das Heißwasser abstellen. Das läuft zwar langsam, aber eine Überschwemmung willst du ja wohl nicht auch noch auf deiner Sollseite stehen haben, oder? Also bleib dran, bin gleich wieder da!«

Frank hörte, wie sie den Hörer auf eine harte Fläche legte, vermutlich ihren Nachttisch, und lächelte vor sich hin. Sie wollte weiter mit ihm reden und verschob dafür sogar das Bad, das sie sich eingelassen hatte!

»So, bin wieder da.«

»Ich hoffe, du hast noch keinen Badezusatz ins Wasser getan. Ich will nicht auch noch schuld sein, wenn gleich der ganze Schaum verschwunden ist.«

»Keine Sorge, der ist noch nicht drin.«

»Was nimmst du denn? Orangenduft oder Rosenblüten?«

»Nun mal ganz langsam!«, rief sie ihn scherzhaft zur Ordnung. »Fehlt bloß noch, dass du mich fragst, was ich anhabe!«

»So etwas käme mir doch nie in den Sinn!«, versicherte er. *Aber mir vorstellen, wie du in deinem Schlafzimmer auf dem Bett sitzt oder liegst, tue ich schon, Harriet! Mein Gott, wie könnte ich auch nicht?*

Sie lachte, als hätte sie seine Gedanken erraten, wurde aber gleich wieder ernst. »Sag mal, was macht eigentlich meine Schwester?«

Frank zögerte kurz. *Ich könnte dir erzählen, dass Ashley ihre zweite Abtreibung hinter sich hat, dem Alkohol mehr verfallen ist denn je und ihr Erbe für Rollen in den Produktionen eines drittklassigen Studios verschleudert, das mit anderen schäbigen Studios auf dem Sunset Boulevard und der Gower Street angesiedelt ist, einer Gegend, die wir in der Branche nicht von ungefähr Armenviertel nennen. Aber willst du das wirklich wissen? Und warum soll ausgerechnet ich dir diese bitteren Nachrichten bringen? Nein, zumindest nicht heute!* Und so sagte er ausweichend: »Ich weiß nicht, ob sie dir erzählt hat, dass ich letztes Jahr ihren Vertrag bei uns nicht verlängert habe. Sie war nicht zufrieden mit den kleinen Nebenrollen und hat Forderungen gestellt, die einfach lächerlich waren. Das Wollen setzt nun mal das Können voraus.«

Harriet seufzte. »Großer Filmruhm ist ihr wohl nicht beschieden, oder?«

»Deine Schwester wird nie mehr sein als ein hübsches Gesicht«, erwiderte er und fügte in Gedanken hinzu: *Und auch das nicht mehr lange, wenn sie weiter solchen Raubbau betreibt.*

»Weißt du, diese Stummfilme haben mich nie wirklich begeistern können, deshalb gehe ich auch ganz selten ins Kino …«, begann Harriet.

»Das höre ich jetzt aber nicht so gern«, warf er vermeintlich beleidigt ein.

»… aber deine Verfilmung von Elliots Buch hat mir sehr gefallen. Das ist ein wunderbarer, ergreifender Film geworden, und er hat dem Buch herrlichen Auftrieb gegeben. Ich habe mich so für Elliot gefreut.«

Er lachte. »Ja, Elliot Caldwell alias C. Ladwell! Ich habe wirklich bis zuletzt nicht gewusst, dass das dein Bruder ist. Das hast du raffiniert eingefädelt.«

»Ich wollte, dass du das Buch unvoreingenommen liest. Deshalb habe ich es erst an deinen Freund Byron geschickt. Ich habe ihn eindringlich gebeten, dir nicht zu verraten, wer hinter dem Pseudonym steckt – *falls* der Roman ihn so berührt, wie er mich berührt hat, und *falls* er dir die Verfilmung guten Gewissens ans Herz legen kann. Seine Adresse herauszufinden war nicht schwer, Byron Adelson ist nicht gerade ein Allerweltsname. Aber selbst wenn er Smith oder Miller geheißen hätte, wäre das kein Problem gewesen, denn so viele Filmverleihfirmen gibt es ja nun in Kalifornien nicht.«

»Ich bin sehr dankbar dafür, dass du mir damit zu einem Kassenerfolg verholfen hast – und das mit einem Stoff, der es verdient hat«, sagte Frank. »Aber wann kommt denn nun sein neuer Roman heraus? Der Verlag hält sich bedeckt, dabei sollte das Buch längst veröffentlicht sein.«

»Ja, Elliot hatte schon die Fahnen, aber dann hat er den Roman noch mal umgeschrieben. Ich glaube, der plötzliche Erfolg von *In Times of Darkness* hat ihn verunsichert. Plötzlich kamen ihm Zweifel, ob das zweite Buch mit dem Erstling mithalten kann«, vertraute sie ihm an. »Der neue Roman wird übrigens *Iron Road* heißen, weil er zu großen Teilen auf dem Schienenstrang spielt. Es ist die Geschichte eines jungen Mannes, der auf der Suche nach seiner verlorenen Liebe, aber auch nach sich selbst kreuz und quer durch die Staaten reist, zeitweise als mittelloser Hobo. Viel mehr weiß ich auch nicht.«

»Klingt interessant«, sagte Frank und dachte, dass nicht nur der Held von Elliots neuem Roman auf der Suche nach seiner verlorenen Liebe war.

»So, jetzt muss ich aber wirklich Schluss machen, sonst brauche ich gleich komplett neues Wasser.« Harriet klang fast, als bedaure sie, nicht länger mit ihm reden zu können. »Danke, dass du angerufen und mir das mit Adrian gesagt hast. Ich werde ihn am Bahnhof abholen.«

»Natürlich, und jetzt genieß dein Bad.« Er nahm all seinen Mut zusammen. »Es war schön, deine Stimme zu hören, Harriet. Und ich würde mich freuen, wenn wir … nun ja, in Kontakt bleiben und gelegentlich miteinander telefonieren könnten. Dann bräuchte ich Cutter nicht mehr loszuschicken, aber davon abgesehen. Es würde mir viel bedeuten.«

Kurze Stille. Frank hielt den Atem an, wartete gespannt. Senkte sich der Daumen, oder gab sie ihm die Chance, die er sich wünschte wie nichts sonst?

Endlich antwortete sie. »Ja, das sollten wir. Das nächste Mal rufe ich dich an. Gute Nacht, Frank.«

Herr, ich danke dir!

»Dir auch, Harriet.« Er presste den Hörer ans Ohr wie schon die ganze Zeit und wartete darauf, dass sie zuerst auflegte. Was sie jedoch nicht gleich tat. Ein paar Sekunden lang hörte er noch ihren Atem, als lausche auch sie und warte darauf, dass er die Verbindung unterbrach. Noch zwei, drei weitere Atemzüge, dann klickte es in der Leitung.

Frank behielt den Hörer noch einen langen Augenblick am Ohr. Schließlich legte er auf, sanft, so als wollte er jegliches Geräusch, das ihn aus diesem wunderschönen Traum zurück in die Wirklichkeit brachte, vermeiden. Denn wie ein Traum fühlte es sich an, dass auf einmal wieder alles möglich war.

57

Die Abenddämmerung senkte sich über die weihnachtlich geschmückte Stadt, als Harriet vom Friedhof zurückkehrte. Adrian hatte ihre Koffer schon in seinen Packard Single Six Roadster geladen, sein vorgezogenes Weihnachtsgeschenk und sein ganzer Stolz. Fünf Tage zuvor, am dritten Dezember und damit an seinem wahren Geburtstag, hatte Harriet ihm die Schlüssel für diesen traumhaft schönen Zweisitzer, unter dessen Haube ein kraftvoller Sechszylinder saß, überreicht. Seither ergriff er jede Gelegenheit, sich hinters Steuer zu setzen und durch die Stadt zu kurven. Aber natürlich hätte er seine Mutter auch ohne eigenen Wagen zum Bahnhof gebracht. Sie würden sich eine lange Zeit nicht sehen.

Harriet legte Hut und Mantel ab. »Keine Sorge, wir werden früh genug am Bahnhof sein«, sagte sie und zupfte die Lederhandschuhe von den Fingern. »Aber wenn du willst, kannst du den Wagen schon warm laufen lassen. Ich komme gleich. Muss nur kurz hoch, was erledigen.«

»In Ordnung, Mom!«

Harriet begab sich in ihr Kartenzimmer und schloss die Tür hinter sich. Sie setzte sich an ihren Schreibtisch und wählte Franks Nummer. Seine Sekretärin stellte sie sofort durch.

»Harriet!«, meldete er sich freudig überrascht. »Wie schön, dich zu hören! Und ich dachte schon, du hättest vergessen, dass wir in Kontakt bleiben wollten.«

»Ich wollte dir ein schönes Weihnachtsfest und alles Gute für 1926 wünschen«, sagte sie und fügte in Gedanken hinzu: *Und mein Versprechen einlösen. Ich wollte dich schon viel eher anrufen, habe mich aber immer nicht getraut. Weil ich Angst vor mir selbst habe.*

»Die Wünsche nehme ich gern entgegen, auch wenn sie reichlich früh kommen. Hat das einen besonderen Grund?«

»Ja, Adrian fährt mich gleich zum Bahnhof, ich nehme den Pullman-Express nach New York«, erklärte sie. »Ich rufe sozusagen zwischen Tür und Angel an, Adrian wartet schon. Darum muss ich es leider kurz machen.« *Schon um mich vor mir selbst zu schützen, Frank. Aber ich habe Adrian das Versprechen abgenommen, dass er dir zu Weihnachten eine Karte schickt. Nur erwarte nicht zu viel von ihm. Es wird seine Zeit dauern, aber irgendwann werdet ihr euch näherkommen und einander schätzen lernen.*

»Bleibst du über Weihnachten in New York?«

»Nein, da bin ich nur zwei Tage, gerade lange genug, um ein paar schöne Geschenke für Elliot und seinen Partner zu kaufen. Ich feiere Weihnachten und Silvester in Paris. Adrian verbringt das Fest und die Ferien mit Freunden in einem Ski-Resort in Kanada. Ich wollte da nicht das fünfte Rad am Wagen sein, aber auch nicht allein zu Hause vorm Weihnachtsbaum sitzen.«

»Warum hast du nicht mich gefragt? Ich feiere gern Weihnachten mit dir, wo immer du willst!«, sagte er wie aus der Pistole geschossen.

Sie errötete leicht und lächelte, ging aber nicht darauf ein. Die Vergangenheit war voll dunkler Schatten und barg für die Gegenwart Fallen, in die man tappen konnte und aus denen man nur unter großen Schmerzen wieder herauskam. Da war es ratsam, der Verlockung zu widerstehen, den eigenen Gefühlen zu misstrauen und sich jeden Schritt, ja jedes Wort gut zu überlegen. »Ich muss sowieso über Europa, weil ich die Urne mit Jordans Asche endlich nach Ägypten bringen muss.«

»Du musst was?«

Harriet lachte leise. »Klingt verrückt, oder? Es war sein letzter

Wunsch, dass ein Teil seiner Asche in der ägyptischen Wüste verstreut wird, irgendwo beim Tal der Könige. Das hat er im Testament ausdrücklich festgehalten. Und wenn man es recht bedenkt, ergibt sein Wunsch Sinn. Er wollte, dass gut die Hälfte seiner Asche dort die letzte Ruhe findet, denn auch im Leben war ja immer ein großer Teil von ihm mehr dort als irgendwo sonst in der Welt.« Sie unterdrückte einen wehmütigen Seufzer. »Ich habe mich bisher nur nicht dazu durchringen können, ihm diesen letzten Wunsch zu erfüllen.«

»Und Adrian?«

Sie wusste, was er fragen wollte. »Nein, dazu konnte ich ihn nicht bewegen, und das nicht allein wegen der Schule, was ich auch gut verstehe«, sagte Harriet schnell. »Er verbindet mit Ägypten nun mal nicht gerade glückliche Erinnerungen. Gegen diesen Bazillus, den Jordan von Geoffrey hatte, ist er jedenfalls immun. An manche Wunden rührt man besser nicht.«

»Da hast du wohl recht.«

»So, jetzt muss ich aber wirklich los, Frank! Frohe Weihnacht, und komm gut ins neue Jahr! Ich melde mich bei Gelegenheit wieder«, sagte sie hastig und legte auf, noch bevor er ihr seine Wünsche mit auf die Reise geben konnte. Ihr Herz schlug heftig. Sie stützte die Ellbogen auf die Schreibtischplatte, legte den Kopf in die Hände und schloss die Augen, um zur Ruhe zu kommen. Ein, zwei Minuten lang saß sie so da und hatte noch Franks Stimme im Ohr. Dann atmete sie tief durch, erhob sich und verabschiedete sich von Paula Kowak, wobei sie ihr einen Umschlag mit einer großzügigen Weihnachtsgratifikation in die Hand drückte.

Erst Mitte April kehrte Harriet aus Europa zurück. Wenige Tage danach rang sie sich dazu durch, sich telefonisch bei Frank zu melden. Doch Frank war nicht zu sprechen.

»Mr Maynard ist in Europa«, bekam sie zu hören, und es

verstörte sie, wie groß ihre Enttäuschung war. »Wir erwarten ihn frühestens Ende Mai zurück.«

Wie sie später erfuhr, war Frank nach Europa gereist, um mit der UFA über eine Zusammenarbeit zu verhandeln, einen europäischen Verleih für die Filme der *Silver Screen Studios* zu finden und sich genauer über filmtechnische Entwicklungen zu informieren, die seiner Meinung nach in der amerikanischen Fachpresse zu wenig Aufmerksamkeit bekamen.

Gut möglich, dass unsere Schiffe sich in dunkler Nacht auf dem Atlantik begegnet sind, dachte Harriet, und ihr fielen die Zeilen von Henry W. Longfellow ein: *Ships that pass in the night, and speak each other in passing, / only a signal shown, and a distant voice in the darkness; / So on the ocean of life, we pass and speak one another, / only a look and a voice, then darkness again and a silence.*

Aber sie wehrte sich gegen die Traurigkeit, die in diesen Zeilen lag. Schon möglich, dass das menschliche Leben nicht mehr war als ein kurzes Aufflackern in der Dunkelheit des Universums, aber wenn das Lebenslicht brannte und die Flamme der Liebe loderte, stemmte sich eine gewaltige Kraft gegen die Vergänglichkeit und das Bewusstsein der eigenen Bedeutungslosigkeit.

Frank schaffte es nicht, rechtzeitig zu Adrians Abschlussfeier wieder in Kalifornien zu sein, doch es war nicht sein Verschulden. Der Ozeandampfer, auf dem er sich in London eingeschifft hatte, musste nach nicht ganz zwei Tagen auf See wegen eines Schadens an der zweiten Schraube umkehren und zur Reparatur den Hafen Galway an der Westküste von Irland anlaufen. Es verging eine gute Woche, bis die Passagiere die Reise auf einem anderen Ozeandampfer fortsetzen konnten. So blieb ihm nichts anderes übrig, als Adrian seine Glückwünsche telegrafisch zu übermitteln.

Nach dem Abschluss reiste Adrian in Begleitung seiner Mutter an die Ostküste, um sich sowohl den Campus von Yale als auch den von Harvard anzusehen, denn von beiden Unis hatte er eine

Zusage erhalten. Am Ende entschloss er sich, sein Studium der Agrarwissenschaft in Harvard aufzunehmen, der Alma Mater seines Vaters. Den Sommer davor verbrachte er mit seiner Mutter auf *Seven Oaks*, das er als sein eigentliches Zuhause betrachtete.

In den Sommermonaten und bis in den späten September hinein versuchten Frank und Harriet mehrfach, einander telefonisch zu erreichen, doch es war wie verhext. Fand Harriet den Mut, ihn in Hollywood anzurufen, passte sie jedes Mal den falschen Zeitpunkt ab. Bei ihrem zweiten Anruf befand er sich irgendwo in Colorado, um sich um seine wachsende *Maynard Palace*-Kinokette zu kümmern, beim nächsten steckte er in einer Sitzung, und als sie es ein viertes Mal versuchte, war er irgendwo auf dem Studiogelände unterwegs und nicht zu erreichen. Ähnlich erging es Frank. Beide hatten sie nach diesen erfolglosen Anrufen das ungute Gefühl, aufdringlich zu sein, und deuteten die scheinbar zufällige Unerreichbarkeit des anderen eher so, dass es besser war, von weiteren Versuchen Abstand zu nehmen und zu warten, dass der andere die Initiative ergriff. Und so warteten sie beide bis in den Herbst hinein vergebens.

Als Adrian in Harvard anfing, fiel Harriet in eine Krise. Sie fühlte sich nutzlos und verlassen, wie ein Schiff, das Kurs und Antrieb verloren hatte und ziellos auf dem Meer dahintrieb. Sie war gerade einmal vierzig Jahre. Was sollte sie bloß mit dem Rest ihres Lebens anfangen? Nichts war ihr bisher wirklich gelungen, Adrian ausgenommen. Ihr fehlte eine Aufgabe, eine Herausforderung, ein Ziel, für das es sich zu kämpfen lohnte. Aber das war nicht alles, was sie schmerzlich vermisste. Das Haus auf dem Nob Hill mit all seiner Pracht erschien ihr wie ein goldener Käfig. Nicht einmal auf *Seven Oaks* fand sie mehr innere Ruhe, geschweige denn Trost. Immer erdrückender wurde das Gefühl, dass das Schicksal gegen sie war und ihr systematisch alle Freuden und jegliche Hoffnung raubte.

Die Wende kam an einem kalten, aber klaren Sonntagmorgen Ende Oktober. Unverhofft stand Cecil Slocum vor ihrer Tür und wünschte sie zu sprechen.

»Mr Slocum! Das ist aber eine nette Überraschung!« Sie freute sich wirklich, hatte sie ihn doch, seit sie Henry das Kontor und die Lagerhäuser gekündigt hatte, nicht mehr gesehen. Sie hatte den Kontakt gemieden, weil sie wusste, dass er seinem Arbeitgeber gegenüber loyal war, und ihn nicht in Konflikte stürzen wollte. Er war ganz der Alte, hielt sich aufrecht wie ein Ladestock, und seine Nase, auf der auch jetzt ein altmodischer Kneifer saß, war schmal wie eh und je. Nur war das einstige Fuchsrot seiner Koteletten und seines Haupthaars nachgedunkelt und von grauen Strähnen durchzogen. Und es hatten sich tiefe Falten in sein hageres Gesicht gegraben.

Er lüftete den Hut und deutete mit der ihm eigenen Förmlichkeit eine Verbeugung an. Ein verhaltenes Lächeln zeigte sich auf seinem Gesicht, und die Augen hinter den runden Brillengläsern funkelten vor Freude, als er sich für die Störung entschuldigte und hinterherschickte: »Was nun die Überraschung betrifft, der Sie so freundlich Ausdruck verliehen haben, so habe ich das Vergnügen, Ihnen eine noch viel größere bereiten zu können. Vorausgesetzt, Sie wollen die Kontrolle über die Caldwell Shipping Company *noch immer* zurück. Denn jetzt bietet sich Ihnen die Gelegenheit.«

58

Obwohl der Vorführraum überheizt war und die Luft stickig, lief Frank ein Schauer über den Rücken. Er bekam Gänsehaut, während er wie gebannt auf den Schauspieler und Sänger starrte. Denn die Worte, die der Mann auf der Leinwand sprach, blieben keine tonlosen Lippenbewegungen, wie man sie von den Stummfilmen gewohnt war, sondern drangen klar und deutlich aus den scheppernden Lautsprechern, und zwar vollkommen synchron mit den Mundbewegungen.

Er hatte die Zukunft des Films vor Augen! Nein, was er hier in dem angemieteten Vorführsaal nicht nur sah, sondern auch *hörte*, das war die Zukunft des Films!

Als der helle Endstreifen des zwölfminütigen Tonfilms mit seiner Zahlenfolge durch den Projektor ratterte und Lee de Forest, der dreiundvierzigjährige Erfinder, Produzent und Gründer der *De Forest Phonofilm Corporation,* das Deckenlicht einschaltete, blinzelte Frank.

»Nun, habe ich Sie überzeugt, Mr Maynard? Davon, dass sich schon bald keiner mehr einen Stummfilm ansehen, geschweige denn dafür Geld bezahlen will?« De Forest schien sich seiner Sache vollkommen sicher. »Der Film wollte von Anfang an hin zum Ton, weil es einfach in der Logik dieses Mediums liegt, die natürliche Einheit von Klang und Bewegung. Unsere Welt ist nun mal nicht stumm. Das Stumme ist nicht die Regel, sondern die Ausnahme, das *Un*natürliche! Oder sehen Sie sich im Theater eine Pantomime-Darstellung vom *Hamlet* an, wenn das Stück im Haus nebenan von Schauspielern mit lebendiger Sprache aufgeführt wird?«

»Ich muss gestehen, ich bin beeindruckt«, sagte Frank und steckte sich eine Zigarette an. Er war extra nach Chicago gekommen, um sich diese Tonfilme, für die de Forest einen Verleih suchte, vorführen zu lassen. Bislang zeigten die professionellen Verleiher an den Tonfilmen, die überwiegend musikalische Darbietungen präsentierten, kaum Interesse – allein schon wegen der Kosten, die mit den technischen Umrüstungen verbunden waren. Dasselbe traf auf fast alle Filmstudios zu. So gut wie jeder in der Branche hielt die Idee des Tonfilms für eine abstruse Verirrung, für Verrat an der hohen Kunst des Stummfilms, bestenfalls aber für die Marotte einiger Tüftler, die bald wieder in der Versenkung verschwinden würde.

Frank war sich dessen nicht so sicher, und nach dieser Vorführung umso weniger. Nicht allein wegen der Gerüchte, dass *Warner Brothers* in Zusammenarbeit mit Technikern von *Western Electric* an einem System arbeitete, mit dem sich ein Film mit zumindest einigen Tonpassagen produzieren ließ; *The Jazz Singer* sollte der Streifen mit Al Jolson in der Hauptrolle angeblich heißen. Schon bei seinem Besuch in Deutschland hatte Frank Kontakt zu Technikern und Erfindern aufgenommen, die sich mit der Entwicklung von Tonfilmen und der Herstellung von Geräten zum Abspielen dieser Filme befassten. Sie konzentrierten sich auf zwei unterschiedliche Techniken. Die einen räumten dem Nadeltonverfahren die größte Chance auf einen kommerziellen Erfolg ein. Dabei wurde der Ton auf einer Langspielplatte aus Wachs aufgezeichnet, und diese wurde bei der Wiedergabe mit dem Projektor starr gekoppelt. Allerdings waren diese Tonplatten mit einer Spielzeit von zwölf Minuten – mittlerweile industrieller Standard einer Filmrolle – nur einseitig bespielbar. Am Rillenanfang war ein Pfeil eingepresst, da musste der Vorführer die Nadel einsetzen, sowie auf dem Film das Startbild erschien. Abgespielt wurden die Platten von innen nach außen. Wenn es sich um einen langen Film handelte, musste der Vorführer nach zwölf Minuten, wenn sowohl die erste Filmrolle als auch die Tonplatte endete, auf einen anderen Projektor mit der nächsten Filmrolle und der dazu passenden Tonplatte wechseln. Das größte Problem beim Nadeltonverfahren bestand jedoch darin, dass trotz der starren Verriegelung von Platte und Projektor eine genaue Synchronisation nicht immer gewährleistet war.

Lee de Forest, eine schillernde Persönlichkeit und nicht nur Inhaber zahlreicher Patente und Erfinder bahnbrechender Radiotechnik, sondern auch Mittelpunkt so manchen Skandals und geschäftlichen Reinfalls, setzte dagegen auf die weitaus kompliziertere, aber auch zuverlässigere Lichtton-Technik. Bei diesem Verfahren wurde eine mit einem Lichtstreifen abzutastende Tonrandspur mit dem laufenden Filmstreifen verbunden. Was die Sache so kompliziert machte, war der Umstand, dass eine Tonspur gleichmäßig bewegt werden musste. Der jeweilige Ton konnte sich nicht auf gleicher Höhe mit den vorwärtsruckenden Bildfenstern des perforierten Filmstreifens befinden, weil man dann von der Tonspur nur ein unverständliches Rattern erhalten hätte. Deshalb brauchte es eine höhere Bildfrequenz und die Führung des Films über eine Rolle mit Schwungmasse, um eine Synchronisation von Bild und Ton zu erreichen.

»Kommen wir ins Geschäft?« Erwartungsvoll streckte de Forest ihm die Hand hin. »Werden Sie meine Filme in Ihren Kinos zeigen?«

»Ich bin sehr daran interessiert und werde sehen, was ich machen kann«, versprach Frank und meinte es ehrlich. »Aber endgültig zusagen kann ich erst, wenn ich weiß, was mich die Umrüstung eines Teils meiner Kinokette kostet und ob ich den Betrag stemmen kann.«

Auf der Fahrt zurück nach Kalifornien grübelte er stundenlang über den Tonfilm nach, darüber, was er nicht nur für die zukünftige

Filmindustrie bedeuten mochte, sondern welche umwälzenden Auswirkungen er insbesondere auf die *Silver Screen Studios* haben würde. Sie standen ohne Zweifel vor einer Revolution des Filmgeschäfts. Das war aufregend, aber auch beängstigend, denn die Umstellung der Produktion auf Tonfilme würde ein Multimillionen-Dollar-Loch in das Budget eines jeden Studios reißen. Das konnte ihm finanziell das Genick brechen, ganz sicher aber würde es ihn die Stimmenmehrheit in seiner Firma kosten, wenn er sich gezwungen sah, an die Börse zu gehen. Und dazu drängten ihn Holbrook, ihre Hausbank *Wells Fargo* und insbesondere Kirkland, der aalglatte Wall-Street-Banker, schon seit einiger Zeit.

Aber was war die Alternative?

Er sah keine. Es sei denn, er trennte sich von seiner Kinokette, die mittlerweile aus siebenundvierzig luxuriösen Filmpalästen westlich von St. Louis mit dem Markennamen *Maynard Palace* und vierhundertfünfzig regulären *Maynard's Filmtheatern* bestand. Beide, die Kinokette und das Studio, waren seine Kinder; in ihnen steckte sein Herzblut. Wie konnte er eins davon aufgeben? Wer verstieß ein geliebtes Kind und überließ es fremden Händen? Wobei sich auch noch die qualvolle Frage stellte, welches von beiden Kindern er retten sollte und welches den Finanzhaien der Wall Street überlassen, die nichts anderes wollten als eine möglichst hohe Rendite.

Die kaltschnäuzige Antwort präsentierte ihm Mitch Kirkland noch am Tag seiner Rückkehr im »Coconut Grove«.

59

Das »Ambassador Hotel« auf dem Wilshire Boulevard war ein majestätischer weißer Komplex, aus der Vogelperspektive ein riesiges H aus roten Ziegeldächern. Es war 1921 im italienischen Renaissancestil erbaut und mit einigen Art-déco-Elementen versehen worden. Mit seinen mehr als vierhundert Zimmern, dem großen Pool, den zweiundsiebzig Bungalows, die jeglichen Ansprüchen an Luxus gerecht wurden, und dem schon jetzt legendären Nachtklub »Coconut Grove« galt es nicht nur als die Krone der südkalifornischen Nobelhotels, sondern auch als der glanzvolle nächtliche Treffpunkt der High Society von Hollywood und Los Angeles.

Als Frank an jenem kühlen Novemberabend aus dem Taxi stieg und die schwarze Samtfliege seines maßgeschneiderten Smokings zurechtrückte, war er schon eine gute halbe Stunde zu spät. Er konnte ein wichtiges Telefonat mit Sidney Kaufmann, ihrem New Yorker Scout und Literaturagenten, als Entschuldigung anführen. Aber eigentlich bedauerte er seine Verspätung nicht. Am liebsten hätte er Holbrook und Kirkland im »Coconut Grove«, das dank des französischen Chefkochs Henri auch als Dinnerklub einen vorzüglichen Ruf genoss, vergebens warten lassen. Aber damit wäre die Sache nicht aufgehoben gewesen, sondern nur aufgeschoben.

Zum Teufel, bringen wir es hinter uns!

Zwei dunkelhäutige Pagen in der Livree, die Frank stets an arabische Haremswächter denken ließen, öffneten ihm beflissen die Doppeltüren. Sie waren aus schwerem schwarzen Glas und trugen, verziert mit goldenen Palmwedeln, in großen goldenen Lettern den Schriftzug »Coconut Grove«.

Das Orchester spielte eine beliebte Swing-Nummer, als er die breite Treppe in den Nachtklub hinunterging, das knallbunte Zauberland für Erwachsene. Wie die Livree der Pagen oben an den Türen sorgten auch die aufwendigen Wandmalereien und Dekorationen entlang der Treppe dafür, dass man sich vorkam wie nach Arabien versetzt, auf dem Weg in einen marokkanischen Palast.

Und dann spuckte der Mund der großartigen, sich nach unten hin weitenden Treppe den Gast an den Rand einer Oase, einer unüberschaubaren Zahl runder, mit weißem Leinen eingedeckter Tische für tausend Personen, die rund um die Tanzfläche angeordnet waren. Darüber wölbte sich die hohe, indigoblaue Decke mit einem funkelnden Sternenhimmel, und an der nach Süden ausgerichteten Wand im Rücken des Orchesters hing über einer aufgemalten tropischen Landschaft ein Mond. Echt war dagegen der von der Wand herabstürzende Wasserfall.

Überall zwischen den Tischen reckten sich hohe Pappmaschee-Kokospalmen dem blinkenden Sternenhimmel entgegen. Einst hatten sie zu den Kulissen von Rudolph Valentinos Kinohit *The Sheikh* gehört. In den Wipfeln hingen mechanische Affen, die mit glühenden Augen auf die Tische hinunteräugten, und zwischen den Palmen schaukeltem junge Schönheiten in knappen Kostümen über den Köpfen der Gäste, die in eleganter Abendgarderobe an den Tischen saßen oder die Tanzfläche bevölkerten.

Frank zündete sich eine Zigarette an und bahnte sich einen Weg durch das Gewoge, nickte der bezaubernden Joan Crawford zu, die *Metro Goldwyn Mayer* ihm im Jahr zuvor zusammen mit der fast gleichaltrigen Schwedin Greta Garbo vor der Nase weggeschnappt hatte, und wechselte zwei Tischreihen weiter ein paar Worte mit David W. Griffith, der einmal der erfolgreichste Regisseur Hollywoods gewesen war, aber nach mehreren großen Flops die von ihm mitgegründeten *United Artists* vor zwei Jahren hatte verlassen müssen. Erfolge von gestern zählten nicht, darin war Hollywood so gnadenlos wie die Wall Street.

Mit einem aufgesetzten Lächeln ging Frank schließlich hinüber zu Holbrook und Kirkland, die links vom Orchester vor einem kleinen Palmenhain in der ersten Reihe saßen. Diesen Platz direkt vor der Tanzfläche liebte Holbrook, denn von dort hatte man einen guten Blick aufs Parkett und das, was junge Frauen, die sich bei schnellen Jazznummern von ihrem Partner herumwirbeln ließen, einem an nackter Haut und reizvoller Wäsche darboten. Aber auch, weil man gut sehen konnte, wer die grandiose Treppe herunterkam und wer an welchem Arm, liebestrunken oder schlichtweg sternhagelvoll, nach oben wankte. Seit seiner letzten Scheidung, der dritten, hatte Holbrook etwas von einem Voyeur.

Als er sah, dass die beiden nicht auf ihn gewartet hatten, sondern ihrem Lobster Thermidor schon kräftig zu Leibe gerückt waren, reduzierte Frank die Entschuldigung für sein Zuspätkommen auf ein beiläufiges: »Sorry, aber Sid Kaufmann rief noch an. Es gibt Probleme mit einigen Filmrechten, an denen wir interessiert sind.«

Holbrook winkte ab und sagte mit vollem Mund: »Macht doch nichts, der Abend ist noch jung, Frank. Wir haben nur schon mal vorgelegt.«

Doch Kirkland nutzte die Gelegenheit, um einen kleinen Pfeil abzuschießen. »Und ich dachte schon, Sie hätten kalte Füße bekommen, Maynard, und wollten sich noch einmal vor der Entscheidung drücken!«, sagte er. »Dabei ist die längst überfällig. Irgendwann müssen Sie ja mal einsehen, dass Sie nicht auf zwei Hochzeiten gleichzeitig tanzen können, noch dazu, wenn deren Finanzierung Ihre Mittel übersteigt.«

Franks Gesicht nahm einen finsteren Ausdruck an. Er hatte eine bissige Erwiderung auf der Zunge.

Doch Holbrook kam ihm zuvor. Beschwichtigend hob er die Hände, samt Messer und Gabel, an der ein Stück Hummer hing.

»Nun lassen Sie Frankie doch erst mal in Ruhe einen Scotch trinken und sich was zu essen bestellen!« Und an Frank gewandt, fragte er schnell: »Wie war's denn in Chicago? Wir hatten ja noch gar keine Gelegenheit, darüber zu reden.«

Augenblicke später wünschte er, er hätte eine andere, unverfängliche Frage gestellt. Dann wäre das Thema Tonfilm an diesem Abend, der ohnehin schwierig zu werden versprach, gar nicht zur Sprache gekommen, und es wäre nicht zu dem Streit gekommen, der entbrannte, noch bevor der Kellner Frank den ersten Drink hingestellt hatte.

»Entschuldige, Frankie, aber das ist doch haarsträubender Unsinn«, sagte Holbrook und wischte sich mit der Serviette Cremesoße aus dem Walrossschnäuzer. »Ich weiß nicht, was dieser de Forest dir für Ammenmärchen über die Zukunft des Films aufgetischt hat, aber fest steht ja wohl, dass wir in nur wenigen Jahrzehnten den Stummfilm zu einer anerkannten Kunstform entwickelt haben. Die Sprache des Stummfilms ist universell, sie wird überall auf der Welt verstanden. Weshalb wir unsere Filme weltweit verkaufen können.«

»So ist es«, warf Kirkland ein. »Dieser Tonfilm ist doch bloß das Hirngespinst von ein paar technikverrückten Tüftlern. Am Markt wird sich das niemals durchsetzen. Ich weiß gar nicht, warum wir überhaupt darüber reden, wo wir doch viel Wichtigeres zu besprechen haben. Die letzten Bilanzen …«

»Ich glaube, Sie irren sich, Mr Kirkland«, fiel Frank ihm ins Wort. »Und wenn Sie mich fragen, sollten wir uns unverzüglich darauf einrichten, dass der Tonfilm kommt. Je früher wir unsere Produktion umstellen, desto weniger schmerzhaft wird es. Andernfalls sitzen wir eines Tages auf einer Jahresproduktion Stummfilme, die zig Millionen verschluckt haben, aber plötzlich keinen Cent mehr wert sind, weil das Publikum nur noch Tonfilme sehen will.«

»Machen Sie sich doch nicht lächerlich!«, erwiderte Kirkland und kniff die Augen zusammen. Ihn unterbrach man nicht ungestraft, daran ließ seine nächste Bemerkung keinen Zweifel. »Und ich weiß nicht, wie Sie das sehen, Holbrook, aber nach seiner Meinung gefragt hat hier am Tisch keiner, wenn ich mich nicht irre!«

Frank wollte ihm schon eine Erwiderung an den Kopf werfen, hielt sie aber im letzten Moment zurück. Stattdessen bedachte er ihn mit einem höflichen, kühlen Lächeln. Er mochte den Mann nicht, war von Anfang an nicht mit ihm warm geworden. Aber einen derart wichtigen Investor als Ignoranten zu bezeichnen, der nicht wisse, wovon er rede, wäre angesichts der angespannten Situation des Studios wenig hilfreich gewesen. Vielmehr war verbissen freundliche Diplomatie das Gebot der Stunde.

»Die Kunstsprache im Stummfilm ist unnatürlich«, erklärte er beherrscht und nahm dem Kellner mit einem dankbaren Nicken den ersten Scotch des Abends ab. »Sie ist ein notwendiges Übel, notwendig, eben weil der Ton, die natürliche Sprache, fehlt. Aber selbst die Pantomime reicht ja nicht, weshalb alle paar Minuten Tafeln mit erklärenden Zwischentiteln eingeblendet werden. Außerdem: Kein normaler Mensch gestikuliert so und schneidet im alltäglichen Leben derartige Grimassen, um sich verständlich zu machen. Wer das täte, würde vermutlich auf seinen Geisteszustand untersucht oder gleich ins Narrenhaus gesteckt! Und bei *Warner Brothers* würden sie wohl kaum mit großem Aufwand *The Jazz Singer* produzieren, wenn sie nicht auch der Überzeugung wären, dass im Tonfilm die Zukunft liegt.«

»Ach was, dieser Streifen ist doch nicht mehr als eine Vitaphone-Schallplatte, die man mit bewegten Bildern gekoppelt hat«, sagte Holbrook abwertend und zählte an den Fingern auf, was alles gegen Tonproduktionen sprach. »Wirklich große Filme mit dramatischer Handlung lassen sich doch gar nicht mit Ton filmen.

Das Mikrofon würde das Motorengeräusch der Kameras aufnehmen, die Schauspieler wären extrem in ihrer Bewegungsfreiheit eingeschränkt, müssten immer darauf achten, im Aufnahmebereich des Mikrofons zu bleiben. Ja, man brauchte schallisolierte Tonbühnen, natürlich auch bei Außenaufnahmen.«

»Das ist schon richtig«, räumte Frank ein und gab dem Kellner ein Zeichen, ihm einen zweiten Drink zu bringen. »Aber ich bin sicher, dass sich das technisch alles irgendwie machen lässt.«

Kirkland schnaubte abfällig. *»Irgendwie!«*

»Am gesamten Set müsste dann absolute Stille herrschen«, fuhr Holbrook fort. »Selbst wenn keine Besuchergruppen mehr durch die Hallen laufen würden, gäbe es im Hintergrund ja jede Menge Geräusche, genau wie beim Stummfilm. Da dürfte dann plötzlich keiner von der Crew mehr husten, sich die Nase schnäuzen oder über einen Slapstick-Gag lachen. Selbst der Regisseur müsste still sein, er dürfte keine Anweisungen mehr reinrufen!«

»Ha, ein Maulkorb für die Halbgötter auf dem Regiestuhl!«, warf Kirkland ein. »Na, das werden wirklich sehenswerte Filme!«

»Und wie willst du einen Tonfilm am Schneidetisch bearbeiten, Frank?«, hielt Holbrook ihm vor. »Völlig unmöglich, oder aber derart kompliziert, dass es gar nicht finanzierbar wäre. Jeder Nachdreh würde zu einem Albtraum! Und was ist mit unseren Schauspielern und ihrer Aussprache? Dass Betsy La Mar lispelt, die süße Lilly Levin sogar leicht stottert und Jonathan Morris, unser neuer Star und der männliche Held schlechthin, eine Fistelstimme hat, weiß bislang keiner. Im Tonfilm wären diese und viele andere Schauspieler, die heute die Kinokassen klingeln lassen, nicht mehr zu gebrauchen.«

Obwohl Holbrooks Einwände nicht von der Hand zu weisen waren, zuckte Frank nur die Achseln und nahm den zweiten Drink entgegen, von dem er wusste, dass er auch nicht lange vorhalten würde. »Es werden eben einige von der Leinwand verschwinden und andere an ihre Stelle treten. Das ist nun mal der Lauf der Welt.«

»Und was ist mit den Kinos? Die haben Sie in Ihrer Rechnung offenbar völlig vergessen. Schon verwunderlich, wo Sie sich doch immer noch an Ihre Kinokette klammern«, mischte Kirkland sich wieder ein. »Die Häuser müssten umgebaut werden. Die Anschaffung von Tonfilmprojektoren und Lautsprecheranlagen würde Unsummen verschlingen!«

»Glauben Sie denn, die Kino-Orgeln und das Gehalt der Trappeure, die jetzt für die musikalische Begleitung sorgen, werden aus der Portokasse bezahlt?«, gab Frank zurück. »Die Orchester, die ich in meinen Premiere-Kinopalästen beschäftige und die jeweils fünfzig Musiker umfassen, kosten mich, genau wie jeden anderen Betreiber solcher Häuser, gut und gern zweihunderttausend Dollar im Jahr!«

»Es mag sein, dass du bei der Umrüstung der Kinos unterm Strich kein Minus machst. Aber was das Studio angeht, dürfte die Umstellung auf Tonfilm Millionen kosten!«

»Genau! Geld, das Sie nicht haben. Womit wir auch endlich beim einzigen Thema wären, das von Bedeutung ist!«, tönte Kirkland. »Also lassen Sie uns mit der spinnerten Idee, dass diese modische Eintagsfliege dem Stummfilm Konkurrenz machen könnte, nicht noch mehr kostbare Zeit vertrödeln. Kommen wir lieber zu unserem Geschäft. Da ist es höchste Zeit, ein paar knallharte Entscheidungen zu treffen, Maynard.«

»Ich weiß, Sie wollen, dass wir mit dem Studio an die Börse gehen und Sie Kasse machen können!«, knurrte Frank und bestellte sich per Handzeichen den dritten Scotch.

Ein dünnes Lächeln spielte um die Lippen des Bankers. »Wenn wir es richtig angehen, machen wir alle Kasse, Maynard. Verkaufen Sie die Kinos endlich, dann können Sie sich beim Börsengang genügend Aktien sichern, um die Stimmenmehrheit zu behalten.«

Frank sagte nichts, wusste aber, dass dies nur eine schwache Hoffnung war. Schon jetzt hatte er Mühe, die knapp einundfünfzig Prozent an der Firma zu halten. Es musste nur ein Großkredit aufgekündigt werden, etwa von *Wells Fargo,* und er war die Mehrheit ein für alle Mal los. Was Kirkland natürlich wusste. Der verfluchte Finanzhai roch sein Blut doch schon im Wasser und wartete nur auf die Gelegenheit, ihn zu erledigen. In ihm kochten Zorn und Ohnmacht, wobei der Zorn nicht allein Kirkland und Holbrook galt, der mit dem Banker an einem Strang zog, auch wenn er oft den alten, verlässlichen Kameraden aus den Gründerjahren herauskehrte.

Auf einmal fragte er sich, wie er bloß hatte zulassen können, dass die Dinge sich so entwickelten und er nun derart in der Klemme saß. Wofür hatte er sich all die Jahre abgerackert? Für wen? Er war fünfundvierzig Jahre alt und hatte niemanden, der einmal seine Nachfolge antreten konnte und für den gegen Kirkland & Co. zu kämpfen sich gelohnt hätte. Noch nicht einmal einen guten Freund hatte er, mit dem er hätte reden und den er um Rat hätte fragen können. Selbst Byron war in diesen Dingen nicht frei von Eigeninteresse, hatte er doch nicht nur einmal vorgefühlt, ob Frank bereit sei, ihm seine Kinokette zu verkaufen. Und Vergil, der ihm als einziger selbstloser Freund geblieben war, hatte da draußen in seinem Wyoming nicht einmal Telefon!

Und Harriet? Würde sie mir zuhören?

»Außerdem lässt Ihnen der wachsende Kapitalbedarf doch gar keine Wahl. Wenn Sie mit den Großproduktionen der anderen Studios mithalten und im Geschäft bleiben wollen, müssen Sie sich die Millionen an der Börse holen«, fügte Kirkland genüsslich hinzu.

Holbrook seufzte und leckte sich die fettigen Finger ab. »Tja, ich schätze, da kommen wir wirklich nicht dran vorbei.«

Frank hatte das Gefühl, dass er jeden Moment die Beherrschung verlieren konnte. Er ertrug es nicht länger, Kirkland in die Augen sehen und sich seine selbstgefälligen Bemerkungen anhören zu müssen. Er ertrug es einfach nicht mehr, auch nicht mit noch mehr Alkohol. Er musste hier raus. Und zwar so schnell wie möglich.

Er kippte den Scotch in einem Zug hinunter. »Also gut, lassen Sie uns gleich darüber reden, wie Sie sich das vorgestellt haben, Kirkland«, gab er scheinbar nach. »Aber vorher muss ich kurz über der Porzellanschüssel meditieren!« Abrupt stand er auf und entfernte sich in Richtung Toiletten. Sowie er außer Sicht war, hielt er einen Kellner an, den er gut kannte, drückte ihm zwei Dollar in die Hand und trug ihm auf, ihn in fünf Minuten ans Telefon zu rufen.

Und kaum war er an den Tisch zurückgekehrt, tauchte auch schon der Kellner auf, entschuldigte sich für die Störung und teilte ihm mit, dass ein gewisser Mr Russo ihn dringend am Telefon zu sprechen wünsche.

Frank verdrehte die Augen. »Ich hoffe, er hat nicht schon wieder eine Hiobsbotschaft«, sagte er und ging zur Bar, wo es jedoch nicht nur schalldichte Telefonkabinen gab, sondern der Barkeeper ihn auch für zehn Dollar gern durch eine Hintertür und einen Dienstbotenaufgang zur Rezeption brachte.

In der Lobby betrat er tatsächlich eine Telefonkabine und meldete ein Gespräch nach San Francisco an. Inständig hoffte er, Harriet diesmal endlich an den Apparat zu bekommen.

Es war ihm nicht vergönnt. »Tut mir leid, aber Mrs Shaw weilt heute Abend außer Haus«, teilte ihm die Haushälterin höflich mit. »Nein, wann sie zurückkommt, kann ich Ihnen leider nicht sagen.«

Blitzschnell fällte Frank einen Entschluss. »Dann richten Sie ihr bitte aus, dass ich heute den Nachtexpress nach San Francisco nehme und sehr dankbar wäre, sie in den nächsten Tagen sprechen zu können. Frank Maynard mein Name. Falls Mrs Shaw mir eine Nachricht zukommen lassen möchte, ich werde ab morgen früh im ›Fairmont‹ zu erreichen sein. Danke … ja, Ihnen auch eine gute Nacht.«

Um ganz sicherzugehen, dass Harriet seine Nachricht auch erhielt, gab er noch im Hotel ein Telegramm auf. Darin teilte er ihr mit, dass er auf dem Weg nach San Francisco sei, im »Fairmont« absteigen werde und ihre Hilfe brauche, weil es Probleme mit den Filmrechten an Elliots neuem Roman gebe, was nicht einmal ganz gelogen war. Dann hinterließ er eine kurze, bewusst kryptische Nachricht für Holbrook und Kirkland unten im »Coconut Grove«. Er nahm ein Taxi zu seinem Bungalow, packte eine Reisetasche mit dem Nötigsten und war noch früh genug am Bahnhof, um Tony Russo telefonisch zu erreichen. Der saß wie vermutet im Hinterzimmer seiner bevorzugten Flüsterkneipe »Hell's Gate« am Pokertisch. Frank bat ihn, sich eine dramatische Geschichte einfallen zu lassen, weshalb er den Nachtklub so überstürzt verlassen hatte und nun für ein paar Tage nicht in der Stadt sein würde.

»Kein Problem, Boss«, versicherte Tony Russo, und Frank sah vor sich, wie er übers ganze Gesicht grinste. »Das ist eine meiner leichtesten Übungen.«

»Schicken Sie mir die Story nach Frisco ins ›Fairmont‹, damit ich weiß, was ich zu sagen habe.«

»Ist schon so gut wie unterwegs!«

Als Frank wenig später in seinem Erste-Klasse-Abteil saß, das gleichmäßige Rattern hörte und mit klopfendem Herzen in die Nacht hinausblickte, fragte er sich, ob er mit dieser spontanen Entscheidung nicht zu früh zu viel wagte. Aber er musste endlich wissen, ob es für Harriet und ihn, für ihre verlorene Liebe, mehr als nur eine vage Hoffnung gab. Gewiss, er ging ein Risiko ein, doch wie hieß es so treffend? *Nichts geschieht ohne Risiko, aber ohne Risiko geschieht auch nichts!*

60

Es war ein dunstiger Novembermorgen, und die Straßen von San Francisco erwachten zu lärmender Geschäftigkeit, als Frank im »Fairmont« zitternd aus der Dusche trat. Die letzten ein, zwei Minuten hatte er unter einem eisigen Wasserstrahl ausgeharrt, um die Benommenheit loszuwerden. Seine Hoffnung, während der Bahnfahrt wenigstens ein paar Stunden schlafen zu können, hatte sich nicht erfüllt. Die bange Frage, wie Harriet auf sein Telegramm reagieren würde, hatte ihn fast die gesamte Zeit wach gehalten. Aus der Sorge, einen nicht wiedergutzumachenden Fehler begangen zu haben, war längst beklemmende Angst geworden. Dabei war er sich im »Ambassador« noch so sicher gewesen, dass er genau das Richtige tat und es jetzt oder nie galt.

Er fuhr in den flauschigen Bademantel und wollte sich gerade die Haare trocken rubbeln, als der melodische Dreiklang der Klingel an seiner Tür ertönte. Er hatte sich eine Kanne Kaffee und Toast aufs Zimmer bestellt, bezweifelte jetzt aber, dass er auch nur einen Bissen hinunterbekommen würde.

Die schweren Samtvorhänge im Wohnbereich der Suite waren noch zugezogen, nur durch einen schmalen Spalt fiel graue Morgenhelle und sorgte für ein fahles Dämmerlicht. Er ging zur Tür, entriegelte sie und zog sie im Umdrehen mit der linken Hand ein Stück auf, während er sich mit dem Handtuch in der Rechten weiter die Haare trocknete.

»Stellen Sie es drüben ans Fenster«, sagte er über die Schulter, als er das leise Quietschen eines Rollwagens und das Klirren von Besteck und Porzellan hörte. Sanft glitt die Tür ins Schloss. »Ihr Trinkgeld liegt neben dem Telefon auf dem Beistelltisch.«

»Sehr freundlich, aber das Trinkgeld hat der Zimmerkellner schon von mir bekommen. Man kennt mich hier recht gut, sodass man mir dein Frühstück bedenkenlos anvertraut hat.«

Die Stimme fuhr ihm wie ein Blitz durch die Glieder. Er ließ das Handtuch fallen und wirbelte herum. »Harriet?«, stieß er hervor und fragte sich für einen Moment, ob er träumte oder gar unter Halluzinationen litt. Aber da stand sie, seine geliebte Harriet, in einem silbergrauen Cape mit Pelzbesatz am Kragen.

Sie ließ den Rollwagen stehen, wo er stand, und lächelte Frank nervös an. Ihre Züge spiegelten ihre Sehnsucht ebenso wider wie ihre Unsicherheit und die Zweifel an der Richtigkeit ihres Tuns.

Wortlos sahen sie einander an.

»Mein Gott, plötzlich weiß ich nicht mehr, warum ich gekommen bin!«, murmelte sie verlegen.

Frank schluckte. Das Herz schlug ihm bis zum Hals. »Doch, das weißt du«, erwiderte er. »So wie ich weiß, warum ich dir das Telegramm geschickt habe und nicht länger warten konnte, dich endlich wiederzusehen.«

Sie nickte. »Ich … ich konnte die ganze Nacht nicht schlafen …«

»Ich auch nicht.«

»Ich habe hier im Hotel angerufen und darum gebeten, dass sie mir sofort Bescheid sagen, wenn du kommst«, sagte sie hastig. »Ich konnte es einfach nicht erwarten …« Verstört brach sie ab und machte eine hilflose, nein, Hilfe *suchende* Geste.

»Ich auch nicht, und das schon seit vielen Jahren«, gestand er, trat zu ihr und nahm ihr Gesicht in beide Hände.

»Mein Gott, Frank!« Ihre Stimme zitterte, und Tränen stiegen ihr in die Augen. »Warum haben wir …«

»Ich weiß«, flüsterte er, und im nächsten Augenblick verschlossen seine hungrigen Lippen ihr den Mund.

Sie schlang die Arme um ihn und erwiderte den Kuss mit derselben drängenden Leidenschaft.

Nicht nur ihr Cape fiel auf den weichen Teppich, sondern auch sein Bademantel. Ihre Hände waren überall auf seinem nackten Körper, steigerten seine Lust und sein Begehren, auch ihre Haut zu spüren und zu liebkosen. In fiebriger Hast schälte er sie aus dem Kleid und auch aus all den anderen Kleidungsstücken. Es hätte nicht viel gefehlt, und sie wären gleich dort, neben ihren achtlos verstreuten Sachen und dem Rollwagen, zu Boden gesunken. Ohne Hände und Lippen voneinander zu nehmen, schafften sie es gerade noch ins angrenzende Schlafzimmer.

Sie liebten sich mit einer Wildheit, die ihnen beiden den Atem raubte und sie binnen weniger Minuten in die orgiastische Seligkeit katapultierte. Beim zweiten Mal aber nahmen sie sich Zeit und genossen es, sich gegenseitig zu verwöhnen und mit dem Körper des anderen wieder vertraut zu werden.

Es war längst hell, als sie, erfüllt von süßer Schwere und eng aneinandergeschmiegt, auf dem Bett lagen und sich der Realitäten ihres Lebens, die bestenfalls kompliziert zu nennen waren, langsam wieder bewusst wurden.

»Was ist mit Adrian?«, wagte er schließlich zu fragen.

Harriet rekelte sich wohlig und streichelte seine Brust. »Was soll mit ihm sein?«

»Wann und wie sollen wir es ihm sagen?«

»Ich weiß es nicht«, gestand Harriet. »Das wird sich ergeben. Er ist kein Kind mehr. Aber du solltest jetzt nicht darauf hoffen, dass er …«

»Ich erwarte gar nichts von ihm«, versicherte er schnell, weil er wusste, worauf sie hinauswollte. »Aber bitte lass mir die Hoffnung. Immerhin ist und bleibt er auch mein Kind.«

»Natürlich, entschuldige. Geben wir den Dingen Zeit. Es wird schon alles gut werden, irgendwie, nicht wahr?« Sie drückte ihm einen Kuss auf die Brust. Dann lachte sie leise und verträumt.

Zärtlich strich Frank ihr über das seidige Haar und streichelte ihren Arm. »Woran hast du gerade gedacht? Lass mich mitlachen, Liebling.«

»Darüber, dass wir hier zusammen im Bett liegen, dass … dass ich dich endlich wiederhabe … und morgen wahrscheinlich auch noch die Kontrolle über die Firma zurückgewinne«, zählte sie versonnen auf. »Fast habe ich Angst, dass mir plötzlich zu viel des Guten widerfährt.«

Flüchtig dachte Frank daran, dass er dagegen im Begriff war, die Kontrolle über eine seiner Firmen zu verlieren, was ihn im Augenblick allerdings nicht kümmerte. Er hatte Harriet zurück, das allein zählte. Die Schlachten, die er mit Holbrook und Kirkland auszufechten hatte, konnten warten, und der Ausgang war ungewiss. Kampflos würde er ihnen sein Studio jedenfalls nicht überlassen. Der Siegeszug des Tonfilms war nicht aufzuhalten, davon war er überzeugt, und wenn die *Triple S* nicht früh genug auf diese Technik umstellte, würden die Folgen katastrophal sein. Aber das alles hatte Zeit, viel Zeit.

»Und wie willst du das anstellen? Hat dein Onkel nicht die Stimmenmehrheit?«, fragte er. Cutters Berichte waren auch in dieser Hinsicht detailliert gewesen.

»Die Chance verdanke ich Slocum, unserem langjährigen Prokuristen. Er hat mich davon unterrichtet, dass den Anderson-Brüdern, die je acht Prozent an der Caldwell Shipping Company halten, das Wasser bis zum Hals steht und dass sie verkaufen müssen. Sie haben viel geliehenes Geld in die Automobilfirma *American Steamer* investiert, an die sie geglaubt haben und die nun bankrottgegangen ist.«

»Ich hab davon gelesen. Eine Weile waren die wirklich gut im Geschäft«, sagte Frank. Zu Beginn der Zwanzigerjahre hatte man häufig Autos gesehen, deren Motor mit Dampf arbeitete, doch diese Technik hatte sich nicht durchsetzen können. »Und wie stellst du dir das vor? Wie willst du deinen Onkel bei diesem Geschäft ausmanövrieren? Er wird dir doch nicht einfach so den Vortritt lassen.«

»Ich werde den beiden ein Angebot machen, das sie gar nicht ausschlagen können. Ihnen ist klar, dass mein Onkel versuchen wird, sie im Preis zu drücken, weil er weiß, wie dringend sie Geld brauchen. Ich dagegen biete ihnen nicht nur einen fairen Preis für ihre Anteile, sondern sogar noch einen fünfprozentigen Aufschlag.«

»Aber dieses Angebot kann dein Onkel überbieten, und er wird es mit Sicherheit tun«, wandte er ein.

»O nein, das wird nicht passieren! Ich werde nicht mit Henry in einen Bieterwettstreit treten!«, versicherte sie. »Erstens wissen die Anderson-Brüder nicht, dass er erst in drei Tagen aus dem Golf-Urlaub kommt, dass also morgen, bei dem von Slocum vereinbarten Treffen, ich an seiner Stelle erscheinen werde. Und zweitens werde ich ihnen klarmachen, dass es von mir nur dieses eine Angebot gibt. Nehmen sie es nicht sofort an und unterschreiben, zeige ich ihnen einen vorbereiteten Brief an Onkel Henry, in dem ich ihm mitteile, dass ich um die Anderson-Anteile nicht mitbieten werde. Dann werden sie begreifen, dass es mir Ernst ist!«

»Ihm würde das freie Hand lassen, den Preis noch tiefer zu drücken. Nein, so dumm werden sie wohl nicht sein, dass sie dein Angebot dann noch ablehnen. Cleverer Schachzug, Harriet.«

Sie lachte. »Dank Slocum hatte ich genügend Zeit, mir die nächsten Schritte gut zu überlegen.«

Sie schwiegen eine Weile. Wohlige Müdigkeit kam über sie und machte ihnen die Lider schwer.

»Harriet?«

»Ja?«, fragte sie schläfrig zurück.

»Was soll jetzt aus uns werden? Wie geht es mit dir und mir weiter?«

Sie seufzte leise. »Ich weiß es nicht, und im Augenblick will ich mir auch keine Gedanken darüber machen, wie unser Leben weitergehen soll, du in Hollywood und ich hier. Mir ist nur eins klar: Wenn wir es auch diesmal wieder vermasseln, wird es für uns nicht noch eine Chance geben.«

»Wohl kaum«, pflichtete Frank ihr bei und zog die Decke über sie beide, denn plötzlich war ihm kalt, als hätte ein winterlicher Hauch ihre erhitzten Körper getroffen. »Dann sollten wir alles tun, um es nicht wieder zu verderben.«

»Nein, das werden wir nicht, diesmal bestimmt nicht«, murmelte Harriet. Und während sie schon in den Schlaf hinübersank, legte sie den Arm um seine Brust, schob ihr Bein über seinen Schoß und drückte sich an ihn, als fürchtete sie entgegen ihrer Beteuerung, das Schicksal könnte sie doch wieder auseinanderreißen.

Epilog

Zwei Wärter führten Tau-Tau zu der Manntür, die in den linken Flügel des großen Eisentors von San Quentin eingelassen war. Schlüssel klirrten, schwere Riegel fuhren kreischend in rostigen Halterungen zurück, und dann öffnete sich ihm nach fünfzehn Jahren die Tür in die Freiheit.

»Raus mit dir, Einbein!«

Ein letzter brutaler Stoß traf ihn zwischen die Schulterblätter. Er taumelte hinaus in den grauen, nasskalten November. Nieselregen schlug ihm entgegen und böiger Wind von der See.

»Bis später dann, Einbein, wir sehen uns bestimmt wieder!«, rief einer der Wärter ihm nach. »Wir halten dir 'ne Pritsche warm.«

»Und 'nen schimmeligen Strohsack voller Wanzen!«, fügte der andere hinzu.

Hämisches Gelächter, und dann fiel die Manntür mit metallischem Dröhnen zu.

»Zur Hölle mit euch!«, fluchte Tau-Tau und spuckte in Richtung Tor. Bis zuletzt hatten sie ihn ihre Macht und Willkür spüren lassen. Stunde um Stunde hatten sie seine Entlassung hinausgezögert, hatten ihn schmoren lassen, bis sie endlich seine Papiere fertig gemacht und den Entlassungsschein ausgestellt hatten. Aber zum Teufel mit dem Dreckspack, er war in Freiheit!

Er schlug den Kragen seiner Jacke hoch und blickte sich auf dem weiten Vorplatz um, suchte nach Gillmore, der bei seinem letzten Besuch versprochen hatte, ihn abzuholen. Aber von dem Kerl war weit und breit nichts zu sehen. Nur ein Taxi stand unten neben dem Kiosk an der Bushaltestelle. Schon wollte er einen weiteren Fluch ausstoßen, als der gelbgrün lackierte Wagen der *Checker*

Cab Company sich in Bewegung setzte und auf ihn zuhielt. Augenblicke später erkannte er hinter dem Steuer seinen einstigen Zellengenossen.

Er grinste breit, als Gillmore neben ihm hielt und aus dem Wagen sprang. »Tod und Teufel, das lass ich mir gefallen! Du hast mir gar nicht erzählt, dass du einen Job als Taxifahrer hast, Frettchen.« Er boxte ihn in die Seite.

Gillmore erwiderte das Grinsen. Den Wagen hatte er letzte Nacht in Oakland gestohlen, aber das behielt er lieber für sich. »Ich hab's nun mal mit Überraschungen«, sagte er und hielt Tau-Tau die hintere Tür auf. »Los, steig ein. Du machst es dir am besten hier hinten bequem. Der Beifahrersitz ist leider mit Sirup verschmiert. Bin noch nicht dazu gekommen, das klebrige Zeug wegzumachen. Hinten hast du es mit deinem Holzbein sowieso bequemer.« Das mit dem Sirup war gelogen, aber auf dem Beifahrersitz konnte er den Alten nicht gebrauchen. Ihn hinten sitzen zu haben würde es anschließend leichter machen. Außerdem sah ihn dort niemand.

Tau-Tau stieg ein, und Gillmore fuhr los.

»Hast du was zu rauchen, Frettchen?«

»Klar doch!« Gillmore warf eine halb volle Schachtel Chesterfield nach hinten. Dann griff er zu der Flasche, die er dem Alten am liebsten an den Kopf gepfeffert hätte. Wie er es hasste, wenn er ihn Frettchen nannte! Aber er würde dafür bezahlen, wie auch für alles andere, was er ihm angetan hatte, und zwar bald! »Und hier ist Brandy!«, sagte er und reichte die Flasche nach hinten.

»Brandy?« Tau-Tau war begeistert. »Verdammt, dass du daran gedacht hast, Junge! Du hast wirklich den Bogen raus! Aus dir kann noch mal was werden.«

Gillmore machte gute Miene zu bösem Spiel. »Muss doch gefeiert werden, dass du nach fünfzehn verfluchten Jahren wieder draußen bist! Also, runter mit dem Zeug!«

»Worauf du einen lassen kannst!« Tau-Tau packte den Korken mit den Zähnen, zog ihn aus dem Flaschenhals, nahm gierig zwei, drei kräftige Schlucke und verzog das Gesicht. »Heiliger Donnerkiel, wenn das nicht ein verflucht scharfer Brandy ist! Wo hast du denn den aufgetrieben?«

»In meinem Geldbeutel herrscht Ebbe, da hat's für edlen Jameson-Whisky nicht gereicht. Ist aber bester Schwarzgebrannter, hab ich mir sagen lassen!«, rief Gillmore, um in Gedanken hinzuzufügen: *Und bestens geeignet, den bitteren Geschmack von Laudanum zu überdecken, von dem ich dir eine ordentliche Portion in den Fusel gemischt habe, du alter Sack! Du bist doch ganz scharf auf Opium, hast du mir selber erzählt. Na dann, zieh es dir rein!*

»Ist schon okay, Kleiner«, sagte Tau-Tau, nahm noch einen Schluck und spürte schon, wie ihm der Brandy zu Kopf stieg. Kein Wunder, hatte er doch fünfzehn Jahre lang nicht einen Tropfen Alkohol zu sich genommen. »Na los, gönn dir auch einen Schluck!«

»Nee, der ist nur für dich. Ich mach mir nichts aus Brandy, mein bevorzugtes Gift ist Gin!« Gillmore zog die Flasche mit dem Gordon's-Gin-Etikett aus dem Fach an der Fahrertür und hob sie hoch. Tau-Tau verabscheute Gin, das wusste er. »Also dann, auf den großen Coup, den wir jetzt endlich landen können.«

Sie stießen mit den Flaschenböden an, und dann wollte Tau-Tau wissen, ob sein ehemaliger Schiffskamerad Bobby Flake noch immer als Nachtwächter auf der Morgan-Werft unten am China Basin arbeitete, wie Gillmore ihm beim ersten Besuch nach seiner Entlassung erzählt hatte.

»Ja, der dreht da noch seine Runden«, sagte Gillmore und stieß erneut mit ihm darauf an, dass sie nun bald groß Kasse machen würden. Dass er inzwischen auch Wilbur Burke ausfindig gemacht hatte, den Kerl mit den verkrüppelten Ohren, der damals auf der *Leviathan* Koch gewesen war, verschwieg er. Der Mann betrieb seit Jahren im Süden der Waterfront, gegenüber dem Fabrikgelände der

Union Iron Works, eine schäbige Garküche. Das war schon mal ein Joker, von dem Tau-Tau nichts wusste.

»Mann, geht mir das Zeug in die Birne«, stöhnte Tau-Tau bald und hatte nicht nur hörbare Schwierigkeiten mit der Artikulation, sondern auch sichtlich Mühe, die Augen offen zu halten. »Verdammt, ich vertrag doch nichts mehr, Frettchen!«

»Das kommt schon wieder mit der Übung!«

Tau-Tau gab keine Antwort. Der Schwarzgebrannte und das Laudanum hatten ihn ausgeknockt wie eine gestreckte Gerade mitten auf die Kinnspitze. Ihm fiel der Kopf auf die Brust, und als Gillmore kurz darauf von der Landstraße in einen einsamen Sandweg abbog, der zur Küste führte, kippte Tau-Tau wie ein lebloser Sack zur Seite weg.

Hinter der Kurve hielt Gillmore im Schutz von Büschen und vergewisserte sich, dass Tau-Tau in tiefem Betäubungsschlaf lag. Er rüttelte ihn, doch der Alte rührte sich nicht. Er schlief mit offenem Mund und gurgelndem Schnarchen. Womöglich wachte er aus diesem Schlaf nicht wieder auf, aber das würde sich gleich entscheiden, wenn Gillmore wusste, was an Informationen in der Prothese steckte und ob er die Nummer mit der Erpressung auch ohne den tätowierten Mistkerl durchziehen konnte.

»So gefällst du mir schon besser, du verdammter alter Narr«, sagte er mit hämischer Genugtuung, hob Tau-Taus linkes Bein auf den Rücksitz und schraubte das Endstück aus dem klobigen oberen Teil der Prothese. All die Jahre in der Zelle hatte der Alte doch wahrhaftig geglaubt, er habe das Geheimnis mit dem Hohlraum vor ihm bewahrt. Dieser Tölpel!

Vorsichtig zog Gillmore eine schmutzige, mit einem Stück Kordel verschnürte und gerade mal daumendicke Rolle Wachspapier aus dem Hohlraum. Streifte die Kordel ab und rollte das Wachspapier aus. Vor ihm lagen ein Foto und ein Zeitungsausschnitt. Verblichen und das Zeitungspapier stellenweise brüchig, war dennoch beides dank des Wachspapiers und der Trockenheit in dem fest verschlossenen Hohlraum in so gutem Zustand, dass die Chinesin mit der kostbaren Jadekette um den hageren Hals genauso gut zu erkennen war wie die Zeilen des Zeitungsartikels und das Bild der jungen Frau, die am Arm ihres frisch angetrauten Ehemanns Jordan Shaw vor einer kleinen Kirche stand, laut Bildunterschrift Harriet hieß und die älteste Tochter des angesehenen Reeders Arthur Caldwell war.

Allein das hätte Gillmore vollauf gereicht. Aber Tau-Tau hatte auf der Rückseite des Fotos Bleistiftnotizen hinterlassen. Offenbar hatte er im Laufe der Jahre versucht, sich an die Namen all jener Männer zu erinnern, die damals mit ihm auf der *Leviathan* gefahren waren. Unter der dick unterstrichenen Überschrift Crew der Sansibar / Leviathan standen da elf Namen, auch der des Decksjungen und der des Kochs. An erster Stelle aber stand *Arthur Caldwell, Captain,* gefolgt von *Henry Caldwell / Hurensohn von Bruder.* Darunter hatte Tau-Tau seinen erpresserischen Plan mit einigen Stichworten umrissen.

George Gillmore studierte die Notizen eine Weile. Dann wickelte er alles wieder ins Wachspapier, steckte die Rolle in die Jackentasche und lächelte zufrieden. Wie erhofft hatte Tau-Tau ihm, dem unterwürfigen Frettchen, ein ganzes Blatt von Trümpfen in die Hand gegeben. Jetzt endlich konnte er Vergeltung üben für all die Quälereien und Erniedrigungen, die er hatte ertragen müssen. Nur schade, dass der alte Narr das nicht mehr mitbekam!